Brandon Sanderson

布蘭登・山德森

Brandon Sanderson

布蘭登・山德森

奇幻基地出版

迷霧之子

二部曲：昇華之井

Mistborn : The Well of Ascension

布蘭登．山德森 著
段宗忱 譯

Brandon Sanderson

BEST嚴選

緣起

在繁花似錦的奇幻文學花園裡，你或許還在門外徘徊，不知該如何抉擇進入的途徑；也或許你已經置身其中，卻因種類繁多，或曾經讀過不合口味的作品，而卻步、遲疑。

BEST嚴選，正如其名，我們期許能透過奇幻基地對奇幻文學的瞭解，以及對讀者的理解，站在出版者與讀者的雙重角度，為您精選好作家與好作品。

他們是名家，您不可不讀：幻想文學裡的巨擘，領域裡的耀眼新星。

它們最暢銷，您怎可錯過：銷售量驚人的大作，排行榜上的常勝軍。

這些是經典，您務必一讀：百聞不如一見的作品，極具代表的佳作。

奇幻嚴選，嚴選奇幻。請相信我們的眼光，跟隨我們的腳步，文學的盛宴、幻想世界的冒險，就要展開。

excellent bestseller classic

獻給費莉絲・卡爾

她也許從未理解過我的奇幻作品，卻帶我理解人生的種種課題

——因此造就我的文筆——即使她並不知曉。（外婆，謝謝！）

致謝

首先，我要大大表揚我最棒的經紀人Joshua Bilmes跟編輯Moshe Feder，因爲這本書需要經過相當多深思熟慮的規劃，而他們極其出色地完成了這項工作。非常感謝他們，以及他們的助手Steve Mancino（也是一名很傑出的經紀人），還有Denis Wong。

除了他們之外，Tor出版社之中還有數位我需要感謝的好人。Larry Yoder（全國最好的銷售代理）很成功地推廣了這本書，還有Seth Lemer，Tor的大眾市場藝術總監，爲書本及畫家配對的天才。提到畫家，我覺得才華驚人的Christian McGrath爲本書創作了極爲出色的原文版封面，請前往jonfoster.com欣賞他的其他作品。我的好朋友，同爲作家的Issac Stewart負責地圖跟章節標題的符號設計，關於他的資訊詳列於nethermore.com。Shawn Boyles是迷霧之子官方喇嘛（Llamas，布蘭登的創作團體）藝術家，是個徹頭徹尾的厲害傢伙，關於他的資料可以去我的網站查閱。最後，我要感謝Tor的宣傳部，尤其是Dot Lin，他們花了很多時間在宣傳我的書籍跟照顧我。謝謝大家！

下一輪要感謝的對象是我的初稿讀者們，他們不厭其煩地一再爲我的草稿提出意見，指出我所有來不及處理的問題、錯別字，還有前後矛盾的情節。下列隨機列出的有：

Ben Olsen、Krista Olsen、Nathan Goodrich、Ethan Skarstedt、Eric J. Ehlers、Jillena O’Brien、C. Lee Player、Kimball Larsen、Bryce Cundick、Janci Patterson、Heather Kirby、Sally Taylor、The Almighty Pronoun、Bradley Reneer、Holly Venable、Jimmy、Alan Layton、Janette Layton、Kaylynn ZoBell、Rick Stranger、Nate Hatfield、Daniel A. Wells、Stacy Whitman、Sarah Bylund，以及Benjamin R. Olsen。

特別感謝Provo Walden-books書局同仁們的支持。Sterling、Robbin、Ashley，還有可怕雙人組Steve "Bookstore Guy" Diamond，以及Ryan McBride（他們也都是我的初稿讀者）。我還要感謝我的兄弟，喬丹，因爲他（還有Jeff Creer）幫我製作了網站。喬丹也是官方「讓布藍登腦筋清楚（Keep Brandon's head on straight）」的人，他最認眞嚴肅的任務就是要取笑我跟我的書。

我的母親、父親和姊妹也一向是我極大的助力。

如果漏掉任何初稿讀者，非常抱歉！我下次會把你的名字放進來兩次。Peter Ahlstrom，我沒有忘記你，我只是故意把你的名字放在很後面，好讓你緊張一下。

最後，感謝我最棒的太太。在製作這本書時，我們結婚了。愛蜜莉，我愛妳！

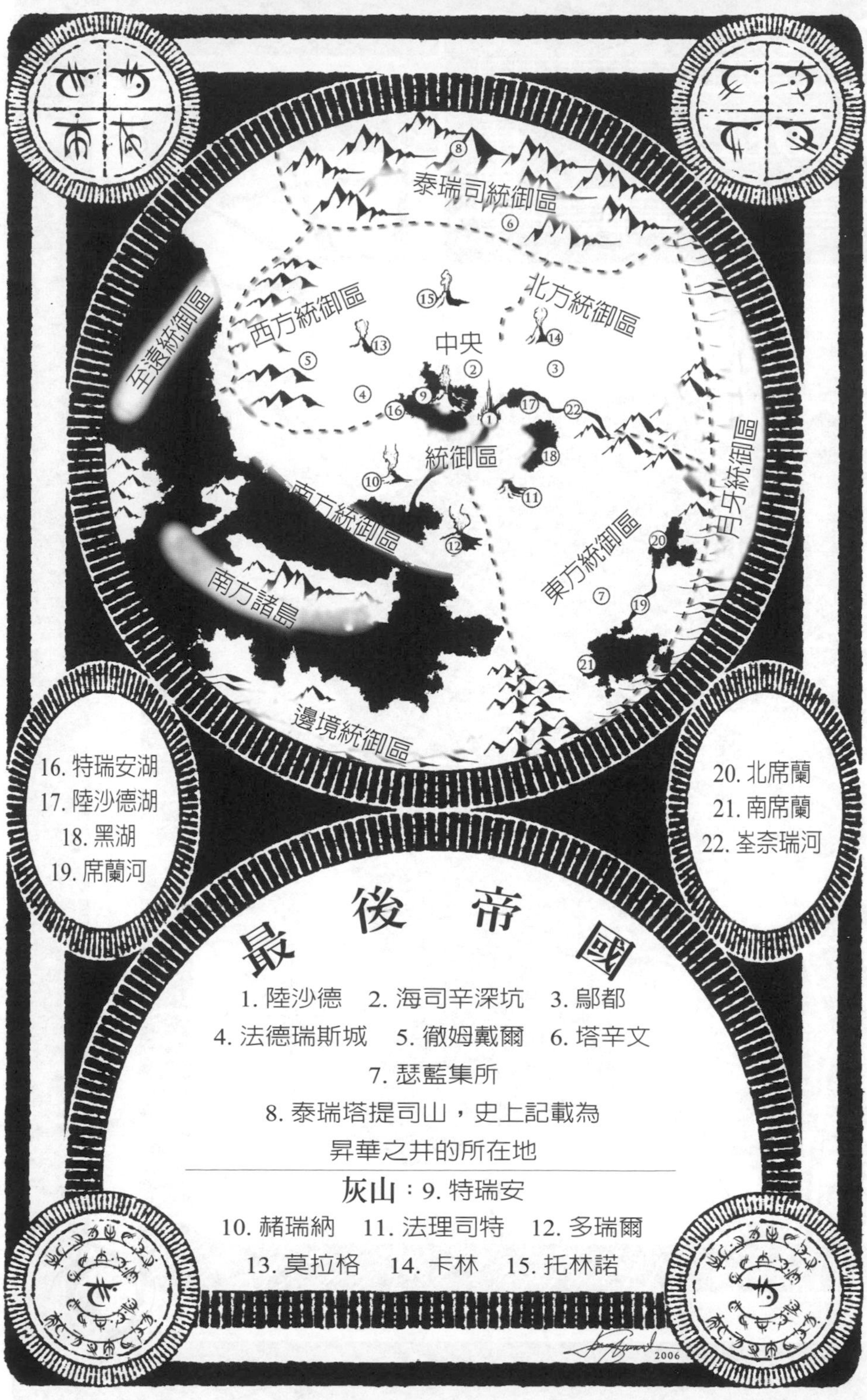
泰瑞司統御區
西方統御區
北方統御區
至遠統御區
中央
統御區
南方統御區
月牙統御區
東方統御區
南方諸島
邊境統御區
16. 特瑞安湖
17. 陸沙德湖
18. 黑湖
19. 席蘭河
20. 北席蘭
21. 南席蘭
22. 峑奈瑞河
最後帝國
1. 陸沙德　2. 海司辛深坑　3. 鄔都
4. 法德瑞斯城　5. 徹姆戴爾　6. 塔辛文
7. 瑟藍集所
8. 泰瑞塔提司山，史上記載為
昇華之井的所在地
灰山：9. 特瑞安
10. 赭瑞納　11. 法理司特　12. 多瑞爾
13. 莫拉格　14. 卡林　15. 托林諾
2006

THADEL)

錫門（Tin Gate）

炭窩（Sootwarren）

白鑞門（Pewter Gate）

老牆橋
(Old Wall Bridge)

14

6

8

12

棟街（Block Street）

2

鋅門（Zinc Gate）

工業區（Industrial District）

瑞

南橋
(South Bridge)

河

裂口區（The Cracks）

黃銅門（Brass Gate）

紅銅門（Copper Gate）

2006

陸沙德（LU

鋼門（Steel Gate）
灰巢（Ashwarrens）
山楊樹街（Aspen Row）
揪轉區（The Twists）
旅社區（Hotel District）
鐵門（Iron Gate）
舊城門（Old Gate）
商業區（Commercial Dis
青銅門（Bronze Gate）

1. 倖存者廣場
2. 克雷迪克．霄
3. 比爾姆司書店
4. 議事廳
5. 陸沙德警備隊軍營
6. 泛圖爾堡壘
7. 海斯丁堡壘
8. 雷卡堡壘
9. 艾瑞凱勒堡壘
10. 歪腳的店
11. 凱蒙的密屋
12. 老牆街
13. 坎敦街
14. 奧司托姆廣場
15. 費德運河
16. 運河街
17. 司卡市集

倖存者繼承人

PART I
Heir of the Survivor

我將這些文字寫於鋼鐵上，除此之外的，均不可信。

1

軍隊像暗色的血漬般染上天際。

依藍德·泛圖爾王靜靜地站在陸沙德的城牆上，望著敵軍。大片大片的灰燼緩緩地落在他身側。不是炭塊熄滅後的死白灰燼，而是顏色更深、更嚴酷的黑灰。灰山群的活動最近特別頻繁。

依藍德感覺灰燼輕灑在他的臉龐跟衣服上，但他絲毫不爲所動。遠方，血紅色的太陽即將落下，點亮前來掠奪他的王國的敵軍，形成了剪影。

「有多少？」依藍德低聲問道。

「我們猜有五萬人。」哈姆說道，他倚著城垛，壯碩的手臂交疊在石頭上。無數年來的落灰早已將整座城染黑，城牆也無可倖免。

「五萬名士兵……」依藍德的聲音越發低語。雖然他們相當積極地招兵買馬，卻連勉強兩萬人都不到，而且都是訓練不足一年的農民。光要維持這麼一小支軍隊就已經讓國庫資源左支右絀。如果當初找到統御主的天金，情況可能還會不同，但就現在的狀況來看，依藍德的政府正陷入嚴重的財務危機。

「你有什麼看法？」依藍德問。

「我不知道，阿依。」哈姆低聲說。「遠見向來是凱西爾的專長。」

「但你協助過他。」依藍德說道。「你跟其他人都曾是他的團員，是你們一起想出如何推翻帝國，並且落實了你們的計畫。」

哈姆沒回答，依藍德覺得自己可以猜出對方心中的念頭。一切的核心都是凱西爾。策劃的人是他，將所有狂想收斂成可行計畫的人也是他。他才是領袖、天才。

一年前，就在人民終於憤而推翻統御主的同一天，凱西爾死了。連這一點都是屬於他祕密計畫中的一部分。依藍德在混亂中登上了王座，但隨著日子過去，他越發覺得自己會守不住凱西爾跟他的夥伴如此犧牲才贏得的東西，並且輸給可能比統御主還要殘酷的暴君——一名空有「貴族」之名，卻器量狹小、奸險狡猾的霸徒，正帶領著軍隊前來陸沙德。

那是依藍德的親生父親。史特拉夫·泛圖爾。

「你有沒有可能……說服他不要進攻？」哈姆問道。

「也許吧。」依藍德遲疑地回答。「除非議會打算要直接開城投降。」

「他們想這麼做？」

「說實話，我不知道。我只是擔心他們會這樣想。這支大軍嚇到他們了，哈姆。」*而且這是無可避免*的，他心想。「總之，兩天後我會在會議中提案，同時阻止議會做出衝動的決定。多克森今天就會回來了，是嗎？」

哈姆點點頭。「趁那支大軍的先遣部隊來之前。」

「我認爲應該召集所有團員來開會。」依藍德說道。「看能不能想出解決目前困境的方法。」

「我們的人手還是不太夠。」哈姆說道，搓搓下巴。「鬼影還要一個禮拜才能回來，他統治老子的誰知道微風什麼時候才會回來，已經好幾個月都沒有他的消息了。」

依藍德嘆口氣，搖搖頭。「我想不出別的辦法了，哈姆。」他轉身，再次望向滿是灰燼的大地。日落後，軍隊點起了篝火，夜霧很快便會出現。

我得盡快回皇宮去，好好地想一想提案，依藍德心想。

「紋去哪裡了？」哈姆轉向依藍德問。

依藍德想了想。「這個嘛……」他開口。

「我也不太清楚。」

紋輕巧地落在潮溼的石板地上，看著迷霧開始在她身邊聚集，隨著黑夜的降臨湧現，如半透明的籐蔓般蜿蜒糾結，彼此纏繞。

諾大的陸沙德城市，安靜無聲息。自統御主死亡後，依藍德成立自由新政府到現在，即使已經過了一年，平民們一入夜仍然都待在家裡，因爲他們畏懼迷霧，這份恐懼深植於傳統，而不僅僅是統御主的律法。

紋靜靜地前行，五官保持高度敏銳，一如往常地在體內燃燒錫跟白鑞。錫增強她的感官，讓她的夜視力增強，白鑞則讓她的身體更強壯，腳步更輕盈，再搭配上紅銅——讓她使用鎔金術時不會被其他燃燒青銅的人察覺。這三種金屬，她幾乎從不熄滅。

有人說她疑神疑鬼，她覺得這是保持警覺。無論如何，這個習慣救了她好幾命。

她來到一條安靜的街道，停下腳步，探出頭窺視。其實她從不完全了解自己是如何能燃燒金屬，因爲她從出生以來就在使用鎔金術，接受凱西爾的正式指導前全憑靠直覺使用，所以「爲什麼」這件事對她來說，完全不重要。她跟依藍德不同：不需要凡事都有合理的解釋。對紋而言，她只要知道吞下金屬便能使用金屬的力量就夠了。

她欣賞力量，因爲她深知沒有力量的感覺。即使是現在，她在外表上還是沒有半點戰士的樣子。身形嬌小，不到五呎的她有著深黑色的頭髮與蒼白的肌膚，她知道自己看起來幾乎是怯弱的，雖然已經無法像童年流落街頭那時裝成營養不良的樣子，但看起來也絕對沒有會令人畏懼之處。

她喜歡這樣，讓她略佔上風——任何能讓她獲得優勢的事情，都是好的。

她也喜歡夜晚。陸沙德雖然廣大，白天時卻仍然顯得擁擠，令人窒息；但夜晚降臨後，迷霧如深厚的雲朵般落下，抑制、柔化、模糊一切。巨大的堡壘化成滿是陰影的高山，擁擠的平民住所像是被小販遺棄的瑕疵品般凌亂堆積。

紋蹲在建築物旁，仍然觀察著路口，小心翼翼地在體內燃燒鋼，這也是她之前吞下的金屬之一。一團透明的藍色線條立刻躍上眼前，向四周延伸，只有她能看得見。藍線從自己的胸口發出，連接附近的金屬來源，無論是什麼東西。線條的粗細直接對應金屬物體的體積，有些指向銅製門栓，其他則是固定木板的粗陋鐵釘。

她靜靜地等待。沒有線條晃動。燃燒鋼是判別附近是否有人的好方法。如果他們身上配戴了金屬，移動的藍色線條會讓他們暴露行蹤，當然，這不是鋼的主要用途。紋小心翼翼地探入沉甸甸的腰囊，掏出一枚錢幣，撞擊的聲響被厚重的墊布掩蓋。這枚錢幣跟別的金屬一樣，也有一條藍線與紋的胸口連結。

她將一枚錢幣彈入空中，抓住它的線條，然後燃燒鋼，反推錢幣。金屬片飛向空中，因為鋼推的力量在迷霧中劃出一道弧線，伴隨著清脆的聲響落在街心。

迷霧繼續盤旋，這在紋的眼中看起來，仍然濃密且神祕，遠比單純的霧氣更厚重，比任何一般氣候現象更規律，不斷翻騰飄流，在她身邊形成一條條細細的霧河。錫增強了她的視力，讓她能看穿迷霧，黑夜在她眼裡顯得更明亮，迷霧較不厚重，但依然存在。

一道影子出現在廣場之中，回應她剛拋入街心的錢幣，那是他們預先設定的暗號。紋小心翼翼地彎身上前，認出是歐瑟，一隻坎得拉。牠用的身體跟一年前那具不同，當時牠扮演的是雷弩大人的角色。然而，紋已經頗為熟悉這副逐漸禿頭，五官平凡的皮囊。

歐瑟來到她面前。「主人，妳找到妳要找的東西了嗎？」牠問道。語氣恭敬，但總帶有那麼一絲的敵意。一如往常。

紋搖搖頭，環顧四周。「也許我弄錯了。」她說道。「也許沒有人在跟蹤我。」承認這件事讓她有點難過，她原本很期待今天晚上也可以跟她的窺探者對打。她甚至不知道他是誰，一開始還誤以為對方是殺手。也許他眞的是。可是他似乎對依藍德沒什麼興趣，對紋倒是興趣濃厚。

「我們應該回去了。」紋站起身。「依藍德會找我。」

歐瑟點點頭。

就在此時，一波錢幣竄過迷霧，直朝紋飛灑而來。

我開始懷疑，也許只剩下我還存有理智。其他人難道看不出來？他們急著想要英雄出現，實現泰瑞司預言的承諾，所以直接做出結論，認爲所有的傳說跟故事都適用於同一個人。

2

紋立刻做出反應，跳起避開，速度快得不可思議，層層緞帶的披風隨著她掠過濕滑石板地面的身影翻飛。錢幣撞上她身後的地面，激起一陣碎石屑後又反彈，在霧中留下漣漪。

「歐瑟，快走！」她喝道，而牠早就已經逃向附近的小巷裡。

紋轉身蹲低，雙手按著沁涼的地面。鎔金金屬在她腹中焚燒。她燃燒鋼，看到透明的藍線出現在身旁，然後全神貫注地等待，等著……

另一波錢幣從陰暗的迷霧間竄出，每一枚背後都跟著一條藍線。紋立刻驟燒鋼，反推錢幣，擊回黑暗中。

夜晚再次回復沉靜。

雖然兩旁聳立著平民住宅，但以陸沙德的標準而言，這裡的街道算是寬廣的。迷霧懶洋洋地盤旋，將街道的盡頭隱匿。

八個人從霧裡走出。紋微笑。她說得沒錯：有人在跟蹤她。不過，這些人不是她的窺探者。他們缺乏他穩健的優雅和力量感。這些人魯莽很多。是殺手。

很合理。如果是她帶著一支軍隊要來征服陸沙德，那要做的第一件事，就是派一隊鎔金術師刺殺依藍德。

突然間，她感到腰側有一陣壓力，她一面咒罵，一面被推倒，錢袋從腰間被扯走。她自行拉斷了繩子，讓敵方鎔金術師將錢幣推離她身邊。這群殺手中，至少有一人是射幣——能燃燒鋼與推動金屬的迷霧人。仔細一看，有兩名殺手的腰間都有藍線，指向他們的錢袋。紋想回敬對方，把他們的錢袋也推走，但動手之前卻遲疑了。沒必要這麼快動手，說不定還要用到他們的錢幣。

少了自己的錢幣，也失去了從遠端攻擊的能力，不過如果這是一個搭配無間的團隊，那遠端攻擊也沒有意義，因爲他們的射幣跟扯手也一定早就準備好要對付突來的錢幣攻擊。逃跑也不是選擇，如果她逃了，他們會繼續去對付眞正的目標。

沒有人會派殺手來殺保鏢。殺手是用來殺重要的人。像是依藍德·泛圖爾，中央統御區的王。她愛的人。

紋驟燒白鑞，全身肌肉緊繃、靈敏、危險。前面有四名打手，她心想，打量著前進的人。他們這群專燒白鑞的人會擁有超越常人的肌肉能力，能承受凡人無法承受的身體重創，在近身戰中是很危險的對手，其他拿著木盾牌的人是扯手。

她向前虛晃一招，讓前進的打手們立即向後一跳。八名迷霧人對一名迷霧之子，如果他們夠小心，是會有點勝算的。兩名射幣各自靠街邊站立，準備從兩面夾擊她。最後一名靜靜站在扯手旁的人一定是煙陣，在戰鬥中算不上很重要的角色，因爲他的能力是讓敵方鎔金術師無法探查到同伴的存在。

八名迷霧人。凱西爾能辦到，他連鋼鐵審判者都能殺死了。但她不是凱西爾。關於這點，她仍然無法判定到底算不算是好事。

紋深吸一口氣，懊惱身邊沒有多餘的天金，只好燃燒鐵，讓她能拉引剛剛朝她襲來，落在附近的錢幣，如同能用鋼來推錢幣一樣。她握住錢幣，朝下一拋，向上跳躍，假裝要反推錢幣，讓自己飛入空中。其中一名射幣瞬時鋼推紋的錢幣，將它擊飛。因爲鎔金術無論推拉都必須以施術者的身體爲中心點，紋此時沒有可用的錨點，因爲再推向那枚錢幣只是會讓她朝反向側邊飛去。

她落回地面。

就讓他們以爲我被困住了，她心想，蹲踞在街上。打手似乎更有信心了點，走上前來。*就是這樣*，紋心想。*我知道你們在想什麼。這就是殺死統御主的迷霧之子？就這瘦骨如柴的小傢伙？有可能嗎？*

我自己也常這麼想。

第一名打手彎腰打算要攻擊，紋瞬間反攻。黑曜石匕首脫鞘而出，鮮血飛濺在黑夜裡。因爲紋一彎腰，躲過打手的木杖後，雙刃同時劃過他的大腿。

男子大喊出聲，打破夜晚的沉靜。

匕首突然出現在另一人胸口，他大聲咒罵。因爲他不是打手，無法燃燒白鑞增強體能。紋抽出匕首，扯下他的錢袋。那人的喉頭一陣咯咯作響，倒在石板地上。

一個，紋心想，快速轉身，汗水從額前飛散。走廊般的街道上，如今有七個人在她面前。他們大概以爲她會逃，沒想到她卻衝上前去。

衝到離打手不遠處時，紋用力一跳，拋開從死人身上奪來的錢袋。剩下一名射幣大喊，立刻想推開錢袋，但紋早已憑藉錢幣的上升之勢飛躍過打手的頭頂。

可惜的是，受傷的那名打手腦袋很清醒，留在後方保護射幣。紋一越過其他的打手，受傷的男子便朝她衝來，他的同伴則以令人目不暇給的速度對紋展開攻擊，經過白鑞增強的手臂揮舞著木杖。紋往地上一撲，一片緞帶便被襲來的木杖打斷，同時間，紋再次彈起，躲過第三名打手的攻擊。

一波錢幣朝她飛來。紋伸出手，鋼推，但那名射幣仍然繼續前推，兩人的推力在空中對撞。推拉金屬的關鍵在於重量，當錢幣懸掛在紋跟殺手之間時，便等同於紋以全身重量和殺手的全身重量相抗衡，兩人因此均被往後拋，紋躲開了打手的攻擊，射幣則倒向地面。

又一陣錢幣從另一個方向襲來，紋不待身體落地便驟燒鋼，讓自己的力量再次增強。眼前的藍線是一團混亂，但她可以將整團錢幣推開。

這名射幣一感覺到紋的碰觸便放開他的暗器，金屬四散在霧氣之間。

紋立刻以肩膀著地，翻滾一圈，驟燒白鑞增強平衡感，再瞬間躍起，同時燃燒鐵，將即將消失的錢幣又拉引了回來。

錢幣飛快地朝她撲來，紋順勢跳到一旁，將所有錢幣鋼推向衝上來的打手們，但錢幣卻立即轉向，朝扯手的方向旋轉前進。扯手無法推開錢幣，因為他跟一般的迷霧人一樣，只擁有一種鎔金術力量，所以只會鐵拉，但善用這項能力，便足以讓他妥善保護他的打手同伴。他舉高盾牌，伴隨著一聲悶哼，所有錢幣同時撞上木盾，散落一地。

不等看到結果，紋就已展開另一波攻擊，直接奔向左邊倒地不起，無人防守的射幣。男子驚訝地大喊，另一名射幣想要出手引開紋的注意力，但他的動作太慢。

紋落在地面的同時，射幣舉高他的木棍。她彎腰閃過他的第一擊，舉高匕首，然後——

藍線閃入她的視線範圍。快如閃電。紋立刻轉身，反推旁邊的門把，側翻閃避，她在地上一翻滾，單手撐地彈起，霧氣沾濕的雙腳在地上一陣打滑。

一枚錢幣落在她身後的地面，彈跳數下。那枚錢幣的攻擊目標似乎不是她，而是瞄準剩下的那名射幣殺手，可能逼得他將錢幣推走。

到底是誰出的手？歐瑟？紋猜想，但不可能。坎得拉不是鎔金術師，況且，牠不會主動攻擊。歐瑟只會按照指令行動。那名射幣殺手看起來也一臉迷惘。紋抬起頭，驟燒錫，看到有個人站在附近的建築物上方。一個黑暗的身影。他甚至懶得隱藏自己。*是他*，她心想。*她的窺探者。*

窺探者站在原地，不再對衝向紋的打手出手。面對同時襲來的三根木杖，紋咒罵出聲，彎腰閃掉一根，轉身繞過另一根，在握著第三根木杖的男子胸口插入匕首。他後退幾步，卻沒倒地。白鑞讓他強撐不倒。

*他為什麼要插手？*紋邊想邊跳到一旁。*為什麼要對一看就知道能將錢幣推開的射幣攻擊？*

但這一時的分神卻幾乎讓她喪命。一名打手趁她注意力不集中瞬間，從側面衝向她——正是被她劃傷大腿的那人。紋勉強閃過他的攻擊，卻陷入原先三人的包圍之中。

三人同時出手。

她勉強扭身，避過兩人的攻擊，但第三人的木杖直直擊中她的腰際，巨大的撞擊力讓她直飛向街道的另一邊，撞上一扇木頭店門。一陣碎裂聲傳來，幸好是門碎，不是她。她軟倒在地上，匕首不知掉落何處。一般人這種情形早就死了，但她經過白鑞增強的身體遠比一般人耐打許多。

她掙扎著喘氣，強迫自己站起來，驟燒錫，感官頓時猛然增強，包括痛楚。突來的衝擊讓她神智一下子清醒。

她被打中的腰側深深疼痛，但她不能停下來，尤其是有打手朝她衝過來，高舉起木杖時。

紋蹲在門口，驟燒白鑞，雙手握住木杖，低咆一聲後抽回左手，一拳將堅實的武器擊成木屑。打手腳下一陣踉蹌，紋將手中剩下的半截木杖朝他雙眼揮打過去。

縱使應該已頭暈目眩，他仍然沒有倒地。*不能靠蠻力打敗那些打手*，她心想。*我不能停下來。*

她衝到一旁，刻意忽略身上的痛楚，打手們試圖追她，但她比他們輕瘦，更重要的是，更快。她繞過他們，回頭來攻擊射幣、煙陣和扯手。一名受傷的打手再度退後來保護這些人。

射幣朝上前來的紋拋擲兩把錢幣，紋將錢幣推開，轉而拉引對方腰間的錢袋。

錢袋被紋扯走，那名射幣悶哼一聲。因為錢袋被綁在他的腰間，所以她的拉引反而將他整個人往前一扯。打手伸出手，拉住了他。

射幣有了穩固的錨點，紋反而被拉向他，她驟燒鐵，舉著拳頭飛過天際。那名射幣大喊出聲，一手忙著拉扯繩索，想把錢袋解下。

太遲了。拉力讓紋直直前衝，經過射幣的同時，一拳揮向他的臉頰，他的頭轉了整整一圈，脖子啪的一聲折斷。紋落地的同時，手肘直搥向訝異的打手下巴，將他朝後擊飛，接著補上一記飛踢，深中打手的脖子。

這兩個人再也無法起身。解決了三個。被拋下的錢袋落地、破裂，在紋腳邊的地上灑下上百個紅銅光點。她無視於手肘的陣陣發疼，轉身面對扯手。他握著木盾站在原地，奇特的是，他看起來一點都不憂心。

爆裂聲在她身後響起。紋大叫出聲，錫力增強的耳朵對突來的聲響過度反應，痛楚穿刺她的頭顱，令她舉手摀住耳朵。她忘記了煙陣的存在，他手中握著一對木條，設計成互擊時會發出巨大聲響的樣式。動作跟反應，行動跟後果是鎔金術的元素。錫讓她的眼力能穿刺霧氣，讓她擁有勝過殺手的優勢，但錫也讓她的聽覺極端敏銳。煙陣再次舉起木條。紋低咆一聲，從地面抓起一把錢幣，射向煙陣。扯手自然將這把錢幣拉向自己，讓它們撞上木盾再反彈入空中，此時紋偷偷鋼推了其中一枚，讓它落到他身後。

男子放下盾牌，對紋的小動作渾然無覺。紋立刻鐵拉錢幣，讓它朝自己的方向直飛，然後大力射入扯手大約胸口高的後背。他無聲倒地。

四個。

所有人停下動作。跑向她的打手突然停下腳步，煙陣也放下他的木條。少了射幣跟扯手，已經沒有任何人能推或拉金屬，留下紋站在一片錢幣當中。如果她用了這些錢幣，就連那些打手都不是她的對手。她只需要……

另一枚錢幣從窺探者的屋頂穿過空中。紋咒罵一聲，彎下腰。可是這枚錢幣沒有攻擊她，而是直接擊中煙陣。那名煙陣向後仰倒，即刻死去。

什麼？紋一驚，低頭看著死人。

打手衝上前來，紋反而後退，皺眉心想，爲什麼要殺煙陣？他已經不具威脅性了。

除非……

紋熄滅紅銅，然後燃燒青銅，這能讓她感覺到附近是否有其他鎔金術師正在使用力量。她感覺不到打手在燃燒白鑞。附近仍有煙陣在隱藏他們的鎔金術。

還有其他人在燃燒紅銅。

突然間，一切都有了合理的解釋。爲什麼這群人會冒險攻擊迷霧之子，爲什麼窺探者要攻擊射幣，爲什麼他要殺煙陣。紋正身陷極大的危機之中。

她必須在瞬間做出決定。此時，她仰賴直覺。從小在街頭長大，曾是盜賊與騙術高手，對她而言，直覺遠比邏輯更爲自然。

「歐瑟！」她大喊。「去皇宮！」

這當然是個暗號。紋向後一跳，暫時忽略打手的動向，等她的僕人彎身閃出小巷。牠從腰帶中抽出某樣東西拋向紋：一小瓶玻璃瓶，正是鎔金術師用來儲存金屬碎屑的容器。紋瞬間將瓶子鐵拉入手中。不遠處，原本倒在地上裝死的第二名射幣突然咒罵出聲，連忙爬起身。

紋轉身，將瓶內的液體一飲而盡。裡面只有一顆金屬珠。天金。她不敢冒險將它放在身上，不敢冒險讓它在戰鬥時可能被別人搶走，因此她命令歐瑟今晚留在附近，必要時將瓶子拋給她。

射幣從腰間拉出一把隱藏的玻璃匕首，跑在逼近的打手前衝向紋。紋僅遲疑片刻後悔她的決定，卻想不出迴避的方法。

這些人在他們之中藏了一個迷霧之子。跟紋一樣的迷霧之子，能夠燃燒十種鎔金金屬的每一種，等著適當的時機要攻擊她，趁她不備時撂倒她。

他一定有天金。然而打敗天金持有者的方法只有一種。天金是終極鎔金金屬，只有迷霧之子才能使用，也能輕鬆左右戰爭的結果。每顆珠子都是天價——但如果她死了，擁有天價之寶又有什麼用？

紋燃燒她的天金。

周遭的世界似乎變了模樣，每樣在移動的東西——搖曳的門窗，飛散的灰燼，攻擊的打手，甚至連綿漫長的霧氣都散發出半透明的分身。

分身擋在本尊前，讓紋清楚看見未來瞬間將發生的事情。

只有另外那名迷霧之子不受影響，而他身上散發出的並非一道天金影子，而是幾十個影子，顯示他也在燃燒天金。他的行動只停下瞬間，紋的身體必定也剛爆發出數十道令人迷惘的天金影子，因爲她能看到未來，她便能看見他的下一步行動，因此將改變她的行為，於是也改變他的行爲，結果就是兩個人的可能性宛如面對面的兩面鏡子倒影，在不斷的反射中延長至無限，誰都佔不了上風。

雖然他們的迷霧之子停下腳步，但四名不幸的打手仍然繼續前衝，完全不知紋正在燃燒天金。紋轉身，站在倒地的煙陣旁，一腳將木條踢入空中。

一名打手揮舞著木杖衝上前來，透明的天金木杖影子穿過她的身體。紋轉身閃到一旁，可以感覺到眞正的木杖從她耳邊呼嘯而過。有了天金的庇佑，閃躲這種程度的攻擊易如反掌。

她從空中抓下一根木杖，朝打手的脖子劈下，轉身再握住另一根，扭腰敲上男人的頭顱。他一面呻吟，一面倒下，紋再次轉身，輕鬆躲過另外兩根木杖。

木杖朝第二名打手的頭揮下，碎裂成木屑，發出空洞的聲響，像是樂師的敲擊——打手的頭顱裂開。他倒地後再也站不起來。紋將他的木杖踢入空中，拋下斷裂的木杖，接住，轉身舞出杖花，同時絆倒剩餘的兩名打手，各在他們的頭上快速卻強力地敲了一記，動作行雲流水。

兩人死去。紋蹲低身體，一手握著木杖，另一手按著被霧氣沾濕的石板地。那個迷霧之子遲遲沒有上前，紋可以看出他眼中的猶疑。力量不等同於能力，而他最大的兩項優勢，天金跟突襲都已經被泯除了。

他轉身從地上抓起一把錢幣射出，不是朝向紋，而是丟向仍站在巷口的歐瑟。他顯然希望紋對僕人的擔憂會引開她的注意力，甚至讓他有脫逃的機會。但他錯了。

紋無視於錢幣的去向，向前衝去，就在歐瑟的皮膚被幾十枚錢幣刺穿，大聲喊痛的同時，紋也將她的木杖拋向迷霧之子的頭。在木杖脫離她手指的瞬間，它的天金影子瞬間減少成只剩一個。

迷霧之子殺手彎腰完美地閃過，但這個動作使他一時分心，讓紋得以逼近。她得盡快攻擊，因爲她吞下的天金珠子不大，很快就會燒完，一旦沒了珠子，她的行動將完全暴露在對方面前，而她的對手將能完全掌握她的行動。他——

她那名已經極爲恐懼的對手舉起匕首，就在那瞬間，他的天金用完了。

紋的狩獵直覺立刻反應，她揮高拳頭，而他試圖要舉起手臂抵擋她的攻擊，但她早就看出他的意圖，因此半途改變攻擊方向，直拳擊中他的臉，同時趁他手中的玻璃匕首掉落摔碎前，靈巧地將他手中的玻璃匕首奪走，站起身，揮手割斷他的咽喉。

他緩緩地倒下。

紋站起身重重地喘氣，一群殺手屍體倒在她腳邊，有一瞬間，她感到自己龐大無比的力量。有了天金，她無所不能。她可以閃躲任何攻擊，殺死任何敵人。

天金燒完。

一切突然黯淡下來。身側的痛楚回到紋的意識中。她咳嗽、呻吟，知道自己會有瘀青，大瘀青。大概還斷了幾根肋骨。

可是她又贏了。就差那麼一點？如果她輸了，會發生什麼事？如果她不夠小心，或戰鬥的技巧不夠高明呢？

依藍德會死。

紋嘆口氣，抬起頭。他還在那裡，從屋頂上看著她，雖然過去幾個月來兩人互相追逐不下五六次，但她從來沒逮到他。總有一天，她會在夜裡將他逼到死角。

但不是今天。她沒那個體力，事實上，有一部分的她還在擔心他會攻擊她，可是……她心想，他剛才救了我。如果我太靠近那名隱藏身分的迷霧之子，我早就死了。只要他在我沒察覺的時候燃燒天金，他的匕首就會出現在我胸口。

窺探者繼續看著她片刻，整個人一如往常籠罩在迷霧之中，然後他轉身，跳入黑夜。紋讓他離開，她得處理歐瑟的事。

她蹣跚地走到歐瑟身邊，停下腳步。牠穿著僕人的襯衫、長褲，平凡無奇的身上滿是被錢幣攻擊的傷口，鮮血正汩汩流出。

牠抬起頭看她。「怎麼？」牠問道。

「我沒想到會有血。」

歐瑟一哼。「妳大概也沒想到我會痛。」

紋張開口，卻沒說話。事實上，她甚至沒想過這件事，但是她硬下心腸。這東西有什麼權利來責怪我？

不過，坎得拉還是很有用。「謝謝你把瓶子丟給我。」她說道。

「這是我的責任，主人。」歐瑟一面呻吟，一面以破碎的身體撐著小巷邊的牆壁站起來。「凱西爾主人將保護妳的工作交給我。我一向遵從契約。」

啊，對了。那偉大的契約。

「你能走路嗎？」

「不太容易，主人。那些錢幣打碎了幾根骨頭。我需要一個新身體。用這裡的殺手可以嗎？」

紋皺眉。她轉身看著死人們，看到他們躺在地上的血腥樣子，胃部一陣翻攪。她殺了八個人，手段殘忍有效率，正如凱西爾所訓練的那樣。

這就是我，她心想。跟這些人一樣，是殺手。

這是無可避免的。必須有人要保護依藍德。

可是，想到歐瑟把他們其中一人吃掉，消化他的屍體，讓牠奇特的坎得拉感官記住那人的肌肉、皮膚和器官的位置，好讓牠日後能複製出一模一樣的身體，就讓她更為反胃。

她瞥向一邊，看到歐瑟眼中隱藏的鄙夷。他們倆心知肚明她對牠吃人類身體的想法，心知肚明牠對她的偏見是做何感想。

「不行。」紋說道。

「我們不用這裡的人。」

「那妳得幫我另外找一具身體。」歐瑟說道。

「契約明定我不能被強迫殺人。」

紋的胃再次翻攪。*我會想到辦法的*，她心想。牠目前的身體屬於一個殺人犯所有，在被處決後交給了歐瑟，但紋還是擔心城裡有人會認出他的臉。

「你能回皇宮嗎？」紋問道。

「得花點時間。」歐瑟說道。

紋點點頭，讓他離開，轉身面對屍體。不知為何，她可以預料到，今晚會是個轉捩點。史特拉夫的殺手的確造成了遠超過他們想像的損害。

那顆天金是她的最後一顆。下次有迷霧之子攻擊她時，她將無法抵擋。

她應該會跟今晚被她殺掉的迷霧之子一樣，輕易地死去。

我的弟兄們忽略其他事實。他們無法將其他發生的奇特事件串連起來。他們對我的反對聽而不聞，對我的發現視而不見。

3

依藍德嘆口氣，將筆拋回桌上，靠回椅背揉著額頭。

他自認為在這世上對政治理論的熟悉程度應該算是數一數二，至少在他所認識的人當中，沒有人比得上他對經濟學的研讀、政府架構的研究，還有政治辯論的經驗。他瞭解所有能讓一個國家穩定公正的理論，並且很努力要將這些理論落實在他的新王國中。

他只是沒想到，原來內閣議會這麼令人煩躁。

他站起身，走到一旁幫自己倒了一點冰鎮過的酒，在經過陽台門邊時停下腳步。遠處，一片光暈穿透迷霧。是他父親軍隊的篝火。

他放下酒杯。在目前這麼精疲力竭的狀態下，酒精可能沒多少助益。*我不能就這麼一無進展地睡著。*他心想，強迫自己回到位置上。議會即將要開會，他今天晚上必須完成他的提案。依藍德拿起紙張，瀏覽其中的內容，就連他都覺得自己的筆跡很難看，上面一大堆被劃掉的句子跟注記反映出他的焦躁。他們知道軍隊的逼近已經好幾個禮拜了，但是議會居然還在爭論該如何應對。

有些人想要議和，有些人認為該要獻城，更有人覺得應該要立刻反擊。依藍德擔心獻城那方正在形成多數意見，因此他才要提案。如果這個動議通過，他就能爭取到更多時間。身爲王，他有權與外國政權直接交涉，這個提案會禁止議會做出任何衝動的行爲，至少得等他先跟中央統御區的相關人士會面過再說。

依藍德再次嘆口氣，拋下紙張。議會只有二十四個人，但要他們同意任何事情似乎比他們所爭論的議題本身還要困難。依藍德轉身，看著他桌上的唯一一盞桌燈，眼神穿過空曠的陽台，望向火光。他聽到腳步聲在頭上的屋頂響起。是紋在巡夜。

依藍德寵溺地一笑，但即使想到紋，還是無法讓他的心情好轉。*她今晚打敗的那群殺手，我能利用嗎？*如果他公開這次攻擊，議會會想起史特拉夫是多麼輕賤人命的人，因此減低將城市拱手讓人的意願，但是……也許他們也會開始害怕他會派殺手攻擊他們，因此更想投誠。

有時候，依藍德不禁思考，也許統御主是對的。當然不是他壓迫人民的做法，而是他將所有權力集於自身。最後帝國即便有諸多不是，卻是最穩固的存在，它持續了上千年，撐過無數叛亂，維持在世上屹立不搖的地位。

*不過，統御主是長生不老的，*依藍德心想。*那是我絕對做不到的。*

議會是最好的途徑。依藍德透過給予人民一個內閣，讓眾人都能擁有眞正合法的權利，以便讓他建立起穩定的政府。人民會有國王來維繫體制的永續，做爲團結的象徵，而且這個人不會有必須重新獲得任命的需要，因此不會受到污染，但人民也能擁有由他們的同儕組成的議會來爲民喉舌。

一切理論上聽起來都相當美好。

不過他們得先活過接下來的幾個月。

依藍德揉揉眼睛，再次沾濕筆尖，在文件最下方開始書寫新的句子。

統御主已死。

一年過去，紋仍然難以完全理解這個概念。統御主曾經是……一切。他是國王也是神，是立法者也是最終的權威，是永恆且絕對的，如今，卻死去了。

是紋殺的。

當然，事實沒有故事那般偉大。讓紋打敗皇帝的不是英雄般的力量或是神祕法力，她只是看穿他讓自己長生不老的技巧，因爲運氣好，甚至可以說是在意外中利用了他的弱點。她既不勇敢也不聰明。只是運氣好。

紋嘆口氣。她的瘀青陣痛，但她受過更嚴重的傷。她坐在曾經是泛圖爾堡壘的皇宮屋頂，就在依藍德的陽台上方。也許關於她的傳言是言過其實，但它們有助於保住依藍德的性命。如今雖然數十名軍閥在曾經是最後帝國的國境內鬥爭不休，但沒有人敢侵犯陸沙德。

直到現在。

火光在城外燃燒。史特拉夫很快就會知道他的殺手失敗了。然後呢？攻城嗎？哈姆跟歪腳警告過，陸沙德無法抵擋長期抗戰。史特拉夫也一定知道這點。

不過，至少此時此刻，依藍德是安全的。紋越來越擅長找到並且處理殺手，幾乎每個月她都會逮到想溜進皇宮的人。大部分只是間諜，鮮少有鎔金術師，但無論是普通人的鋼刀或鎔金術師的玻璃匕首，都能同樣輕易地殺死依藍德。

她不會容許這件事發生——無論發生什麼事，無論需要什麼代價——依藍德都必須活著。

一陣心慌突然襲上心頭，讓她忍不住爬到天窗邊去檢查他的安危。依藍德安全地坐在下方的書桌邊，忙著撰寫某個新提案或法條。王位並沒有改變這個人多少。他大她不過四歲，大約二十多歲，卻非常重視研究，對外表毫不在意，只有在參加重要聚會時才勉強願意梳個頭髮，連剪裁合身的套裝穿在他身上都顯得凌亂。

他可能是她所遇過最好的人。認眞、堅定、聰明、善良，而且不知道爲了什麼，他愛她。有時候，這件事比她殺了統御主那件事，更令她訝異。

紋抬起頭，繼續望著軍隊的火光，然後看看兩側。窺探者沒有回來。在這樣的夜裡，他經常會試探她——過度靠近依藍德的房間，然後再消失在城市中。

當然，如果他想殺依藍德，他可以趁她跟別人打鬥時動手……

這是個令人不安的念頭。紋不能隨時看著依藍德。令她害怕的是，有太多時間他都暴露在外。

的確，依藍德有其他的保鏢，其中甚至有鎔金術師，但他們跟她一樣分身乏術。今天晚上這批殺手是她這陣子以來所碰過最高強，也是最危險的。只要一想到躲在他們之中的迷霧之子，她就忍不住顫抖。他的攻擊技巧不是太好，但只要燃燒天金，挑選好時機攻擊紋的弱點，並不需要太多技巧。

迷霧繼續盤旋。軍隊的存在訴說著令人不安的事實：周圍的軍閥已經開始鞏固他們的領域，並且開始想擴張了。就算陸沙德能抵擋史特拉夫，還是會有其他人。

紋靜靜地閉上眼睛，燃燒青銅，仍然擔心窺探者或其他鎔金術師可能在附近，準備趁上次暗殺行動失敗後眾人警覺心降低的空隙動手。大多數迷霧之子認為青銅是種沒有多大用處的金屬，因為它很容易抵抗，只要靠燃燒紅銅，迷霧之子就能隱藏鎔金術，同時保護自己不受鋅或黃銅對情緒的操弄。而大多數迷霧之子認為，不隨時燃燒紅銅是愚蠢的行為。

但是……紋有能力穿透紅銅雲。

紅銅雲不是肉眼可見的東西，而是更為模糊的存在，有一團被壓制的空氣，鎔金術師能夠在其中燃燒他們的金屬，卻不需擔心會被燃燒青銅的人感應到。可是，紋卻可以感覺到在紅銅雲中使用金屬的鎔金術師。她至今不知為什麼自己可以辦到，就連她所認識的鎔金術師中最強的凱西爾都無法穿透紅銅雲。

可是今晚，她什麼都沒感覺到。

她嘆了口氣，睜開眼睛。雖然這項奇特的能力常讓她充滿疑問，但至少不是她獨有。沼澤確認過鋼鐵審判者也可以穿透紅銅雲，她也確定統御主辦得到，但是……為什麼她能？為什麼只不過勉強受過兩年迷霧之子訓練的女孩能辦到？

不只如此。她依然清晰記得，與統御主戰鬥的那天早上，其中一部分發生的事。她誰都沒說過，因爲那讓她有點害怕關於她的傳言跟傳說都是眞的——不知爲何，她從霧氣裡汲取了力量，利用它們做爲鎔金術的燃料，而非金屬。

她最後能打敗統御主完全是因爲那股力量，霧的力量。她喜歡跟自己說，猜出統御主的技倆只是因爲運氣好，可是……那天晚上有件奇怪的事，有件她辦到的事，而且是她本來不應該擁有也無法重現的能力。

紋搖搖頭。他們知道的眞的太少，不僅僅是鎔金術。她跟其他依藍德新生王國的領導人們已經盡力了，但少了凱西爾的指引，紋覺得自己茫然無措。計畫、成功，甚至是目標，都像是霧中惘然的身影，朦朧且恍惚。

你不該離開我們的，阿凱，她心想。你拯救了世界，但你應該要活著。凱西爾，海司辛倖存者，構思且執行最後帝國瓦解計畫的人。紋曾跟他相識，曾跟他共事，曾受過他訓練。他是傳說，更是英雄。但他曾經也是個凡人，會犯錯，不完美。司卡們自然而然崇拜他，然後將凱西爾創造的危急狀況怪罪在依藍德跟其他人頭上。

這個想法讓她心中充滿苦澀。每每想到凱西爾，同樣的情緒就會湧現，也許是因爲她覺得自己被遺棄了，抑或只是知道凱西爾跟自己一樣，其實都是名過其實的人。

紋再嘆口氣，閉上眼睛，繼續燃燒青銅。今晚的戰鬥耗費了她不少精力，讓她開始憂慮未來幾個小時該如何打起精神繼續守夜，尤其當她……

她感覺到了什麼。

紋猛然睜開眼睛，驟燒錫，轉身趴在屋頂隱藏身影。有人正在燃燒金屬，青銅波動微弱、隱約地鼓動，幾乎感覺不到，像是有人很小聲地正敲著鼓。鼓聲被紅銅雲遮掩，但那個人以爲他們的紅銅足以隱匿他們的形跡。

到目前爲止，除了依藍德跟沼澤外，世上再沒有別人知曉她奇特的力量。

紋小心翼翼地匍匐前進，手指跟腳趾被屋頂的紅銅瓦片凍得冰冷，她試圖判斷鼓動的方向，有哪裡……不太對勁。她無法判斷她的敵人正在燃燒哪種金屬。是白鑞的快速敲擊嗎？還是那是鐵的韻律？鼓動的感覺非常模糊，像是厚泥巴中的漣漪。

來自附近很近的地方，在屋頂上……

就在她面前。

紋全身僵硬，蹲下，夜風在她面前穿過一片霧牆。他在哪裡？她的感官不斷爭執：青銅說有東西在她正前方，但她的眼睛拒絕同意。

她研究著黑影裡的霧，抬起頭確認，然後站起身。*這是我的青銅感應第一次出錯*，她皺著眉頭想。然後，她看到了。

不是霧裡的東西，而是霧的一部分。那個影子站在幾呎外，很容易就錯過，因爲它的外型只隱約被迷霧勾勒出來。紋驚喘一聲，後退一步。

那個影子繼續站在原處。她看不出太多細節，它的五官很朦朧模糊，僅由被風吹亂的翻騰迷霧組成，要不是它的形狀遲遲未變，她會以爲那是雲朵間偶見的動物形狀。

但它一直在。每多一絲迷霧，它的身體跟長長的頭部輪廓就更清晰。混亂，卻穩定。看起來似乎是人形，卻沒有窺探者那麼實在，感覺起來……看起來……不對勁。

人形上前一步。

紋立刻有了反應，拋出一把錢幣，推過空中，金屬片穿過迷霧，勾拉出痕跡，直直穿透霧中的人形。

它站在原地片刻後，瞬間散去，消失在迷霧凌亂的細絲間。

依藍德華麗地寫完了最後一句，雖然知道自己還是會請書記將他的手稿重謄一遍，但他仍然感到相當自豪，相信自己終於推演出一套能夠說服議會不向史特拉夫投降的論述。

下意識地，他瞥向桌上的一疊文件，最上面放著一封看似簡單的黃色信件，依然端正地折起，血漬般的封蠟已經被拆碎。信的內容不長，依藍德很輕鬆地就記得信中的內容。

吾兒，

我相信你在陸沙德照看泛圖爾產業的這段時間，應該過得相當愉快。我已經掌握北方統御區，即將回到我們位於陸沙德的堡壘，屆時你便可將城市控制權交還予我。

史特拉夫．泛圖爾王

統御主死後，所有攻擊最後帝國的軍閥跟豪強中，史特拉夫．泛圖爾是最危險的一個，這是依藍德個人的親身經驗。他的父親是一名眞正的帝國貴族：他視人生爲無止境的貴族名聲競爭，而且也很擅長操弄這個遊戲，他讓泛圖爾的名號成爲崩塌時期前最強大的家族。

依藍德的父親不會將統御主的死視爲悲劇或勝利，只是一個機會。況且，史特拉夫心中意志懦弱且無用的兒子居然自稱爲中央統御區之王這件事，大概早讓他笑掉大牙。

依藍德搖搖頭，繼續研究他的提案。再重讀幾次，修正一點，我就可以上床睡覺了。我只是要……

一個身著披風的身影從屋頂的天窗躍下，輕輕地降落在他身後。

依藍德挑起眉毛，轉身面對蹲低的身影。「紋，妳知道我是故意開陽台的吧？妳要的話可以從那裡進來。」

「我知道。」紋說道，然後她衝過房間，以鎔金術師超自然的流暢動作，檢查了他的床下，再走到他的櫃子前將門扯開，帶著野生動物的警覺向後一躍，但裡面顯然沒有看到什麼會令她緊張的事物，於是她開始檢查通往依藍德其他房間的門戶。

依藍德寵溺地看著她。他花了點時間才習慣紋特別的……怪癖。他常開玩笑地說她神經兮兮，她則回敬這叫小心謹慎。她來他房間時，不管怎樣，有一半時間都會去檢查他的床跟衣櫃，另一半時間她會忍住，但依藍德經常抓到她以懷疑的眼神偷偷瞥著可能的隱藏位置。

她不需要擔心他的安危時，並不會這麼緊張，但依藍德漸漸開始瞭解，在他以爲是法蕾特·雷弩的面孔之後，隱藏著另一個很複雜的人。他愛上了她在宮廷中展現的一面，卻不知曉她容易緊張、疑神疑鬼的迷霧之子那一面，對他而言，要將兩人視爲同一人，仍然有些困難。

紋關上門，暫時停下動作，用她圓滾滾的黑眼睛看著他。依藍德發覺自己不由自主地微笑。雖然她有她的怪異之處，但也可能正因爲那些特質，所以他深愛這名瘦弱的女子，以及她堅定的眼神跟不加掩飾的性格。她和他所認識的所有人都不一樣，是兼具單純與誠實，美貌與智慧的女子。

不過，她有時會讓他擔心。

「紋？」他站起身問道。

「你今天晚上有看到什麼奇怪的東西嗎？」

依藍德想了想。「除了妳嗎？」

她皺眉，踏步走過房間，依藍德看著她穿著黑長褲、男襯衫的身影，迷霧披風的緞帶拖曳在身後。一如往常，她將披風的帽罩放下，步伐中帶著燃燒白鑞的人所獨有且自然流露的流暢優雅。

專心點！他告訴自己，你眞的累了。「紋？出了什麼事？」

紋瞥向陽台。「那個迷霧之子。那個窺探者，他又出現在城裡了。」

「妳確定？」

紋點點頭。「但是……我不認爲今晚他要來攻擊你。」

依藍德皺眉。陽台門戶仍然大開，一絲絲迷霧穿入，沿著地板爬行，直到終於蒸發。在門外是……黑暗。混亂。

只不過是霧而已，他告訴自己。水氣。沒什麼好怕的。「妳爲什麼認爲那個迷霧之子不會來攻擊我？」

紋聳聳肩。「我就是覺得他不會。」

她經常這樣回答。紋出生於街頭，因此她相信直覺，奇特的是，依藍德也相信她的直覺。他打量著她，看出她肢體語言中表露的不自在。今天晚上發生了讓她不安的事情。他望入她的雙眼，與她四目交接片刻，直到她別過眼。

「怎麼了？」他問道。

「我還看到……別的東西。」她說。「至少，我以爲我看到。有東西在霧裡面，像是煙形成的人形。我還可以用鎔金術感覺到那個人，但後來它就消失了。」

依藍德的眉頭鎖得更緊。他走上前，抱住她。「紋，妳把自己逼得太緊了。妳不能每天晚上都在街頭巡夜，然後大白天還要醒著。就算是鎔金術師，也需要休息。」

她靜靜地點頭。在他的懷裡，他一點都不覺得她是殺死統御主的強大戰士，只感覺像是累得超過極限的女子，感覺像是無法招架不斷襲來的變化的女子，跟依藍德有著相同心情的女子。

她讓他抱著她。一開始，她的身體還有些僵硬，彷彿有一部分的她仍然以爲自己會被傷害，有一絲殘餘的原始本能無法理解，怎麼會有有愛而無憤怒的碰觸。可是，她逐漸放鬆下來。依藍德是少數能讓她放鬆的人。當她抱他，眞正在抱他時，她會以幾乎是恐懼的焦慮緊緊攀住他。不知爲何，即使她具有強大的鎔金術，而且意志力過人，紋亦是出奇驚人地脆弱。她似乎需要依藍德。因爲這點，他覺得自己非常幸運。

有時候，她讓人幾乎腦充血。可是，還是幸運。紋跟他沒有討論他的求婚跟她的拒絕，不過依藍德經常回想起那件事。女人眞難懂，他心想，而且我還挑了其中最奇怪的一個。不過，他也沒什麼立場能抱怨。她愛他。所以，他也能應付她的怪癖。

紋嘆口氣，抬起頭來看他。當她終於放鬆時，他低下頭吻她，吻了很久，令她嘆息出聲。之後，她將頭靠在他的肩膀上。「我們還有另外一個問題。」她靜靜地說道。「我今天把最後一點天金用完了。」

「因爲跟殺手戰鬥？」

紋點點頭。

「嗯……我們知道這是早晚會發生的事。我們的存量不可能一直維持下去。」

「存量？」紋問道。「凱西爾只留了六顆珠子給我們。」

依藍德嘆口氣，更抱緊她。他的新政府應該要繼承統御主的天金，傳說中的金庫裡應該存著大量且驚人的數量，凱西爾認定他的新王國能夠擁有這筆財富，他死的時候堅信這點。問題只是，沒有人找到那筆庫存。他們只找到了一點天金——被做成統御主用來儲存壽命的護腕——那些早已被他們花在城市的補給品上，而且其中的天金含量其實只有一點點，跟傳說中的庫存量相差非常多，但比那些護腕多上數千倍的天金財富，應該仍在某處。

「我們只好想辦法應付了。」依藍德說道。

「如果有迷霧之子攻擊你，我殺不死他。」

「那是假如他有天金。」依藍德說道。「它已經越來越稀有了。我懷疑其他國王會有很多。」

凱西爾毀了海司辛深坑，世上唯一礦產天金的地方。但是，如果紋眞的得跟有天金的人戰鬥……

不要去想，他告訴自己。你只要不斷去找。也許我們能買到，或是找到統御主的庫存，如果它眞的存在……

紋抬起頭，看見他眼中的擔憂，而他知道她也推演出跟他一樣的結論。如今也沒什麼選擇，紋能將天金的存量保持到現在已經非常了不起。可是，當紋退後一步，讓依藍德回到他書桌前時，他忍不住不去想那顆天金可以被如何使用。他的人民冬天時需要糧食。

可是，如果賣了那顆金屬，他邊坐下邊想，我們會讓更多世界上最危險的鎔金術武器落入敵人手中，還是讓紋把它用了好。

當他重新開始工作時，紋將頭探過他的肩膀，遮住燈光。「這是什麼？」她問道。

「要議會在我的和談結果出來前不得私自行動的提案。」

「又來了？」她歪著頭，瞇著眼，試圖要看懂他的筆跡。

「議會拒絕了上一個版本。」

紋皺眉。「你爲什麼不直接告訴他們，他們必須接受？你是王。」

「聽我說。」依藍德說道。「這正是我一直想要證明的。我只是人，紋。也許我的意見不比他們的好。如果我們一起討論這份提案，它會比一個人提出的來得好。」

紋搖搖頭。「它會太懦弱。沒有利牙。你應該更相信自己。」

「這跟相信無關，跟正義有關。我們花了上千年推翻統御主，如果我做事的方法跟他一樣，那又有什麼差別呢？」

紋轉身直視他的雙眼。「統御主是個邪惡的人。你是個好人。這就是差別。」

依藍德微笑。「在妳心中就是這麼簡單，對不對？」

紋點點頭。

依藍德半抬起身，再次吻她。「我們有些人會把事情想得更複雜些，所以妳要多擔待點。現在，麻煩妳從我的燈光前移開，好讓我能繼續工作。」

她哼了哼，還是站起身，繞過桌子，留下一縷香氣。依藍德皺眉。她什麼時候用的？她有許多動作快到他根本來不及發現。

眾多矛盾之處組成這名自稱爲紋的女子，香水是其中之一。她要進入霧中時，不會用香水，通常只爲他而使用。紋喜歡不被人發現，但她也酷愛身上擁有香味——而且如果他沒注意到她換了味道，還會有點生他的氣。她似乎生性多疑且事事提防他人，但對她的朋友卻是無可動搖地忠誠。她夜晚外出時只穿著黑跟灰，非常努力要隱藏自己，但一年前在舞會上見到她時，穿著禮服跟裙裝的她又顯得無比自然。

不知道爲什麼，如今她停止穿裙裝，也從未解釋過爲什麼。

依藍德搖搖頭，繼續專心在他的提案上。跟紋相比，政治似乎單純許多。她雙臂靠在書桌上，看著他工作，一邊打呵欠。

「妳應該去休息了。」他說道，再次沾濕筆尖。

紋想了想，點點頭，脫下迷霧披風，裹在身上，然後倒在他桌旁的地毯上。

依藍德停下動作。「我不是要妳躺那裡，紋。」他有點好笑地說道。

「外面還有個迷霧之子。」她以疲累且模糊的聲音回答。「我不會離開你身邊。」她在披風中翻個身，依藍德注意到她臉上一閃而過的痛楚神情。她正注意不往左身側施力。

她鮮少告訴他打鬥的細節。

他告訴自己，不要杞人憂天，但沒有用。

強壓下心中的憂慮，他強迫自己再次開始閱讀。就在他快要讀完，發覺有一小處可以修改的瞬間——門上傳來敲門聲。

依藍德煩躁地轉身，不知道又是誰來打擾他。一秒後，哈姆的頭出現在門口。

「哈姆？」依藍德說道。「你還沒睡？」

「很不幸，沒錯。」哈姆走入房間。

「你又這樣熬夜，瑪德菈會想殺了你。」依藍德說道，放下筆。雖然紋有很多怪癖，但至少她跟依藍德一樣，喜歡晚上醒著。

哈姆只是翻翻白眼。他仍然穿著他標準的背心跟長褲。他同意當依藍德的侍衛隊隊長時，唯一的條件是他永遠都可以不穿制服。哈姆走入房間時，紋睜開一隻眼睛，很快又放鬆下來。

「不過也來不及了。」依藍德回答。「請問有何貴幹？」

「我想你應該會想知道我們已經辨認出想殺紋的殺手身分。」

依藍德點點頭。「可能是我認得的人。」大多數鎔金術師是貴族，而他對所有史特拉夫麾下的鎔金術師都很熟悉。

「我懷疑。」哈姆說道。「那些是西方的人。」

依藍德皺眉沉吟片刻，紋精神一振。「你確定？」

哈姆點點頭。「所以不太可能是你父親派來的，除非他很努力在法德瑞斯城招兵買馬，他們主要是來自於加爾得跟康拉得家族。」

依藍德靠回椅背。他的父親奠基在鄔都，泛圖爾的祖地。法德瑞斯跟鄔都隔著半個帝國之遙，得要走好幾個月的路程，所以他父親僱用西方鎔金術師的機率相當低微。

「你聽說過灰侯·塞特嗎？」哈姆問道。

依藍德點點頭。「西方統御區自命為王的其中一個。我對他所知不多。」

紋坐起身，皺眉。「你覺得是他派來的？」

哈姆點點頭。「他們一定在等溜進城裡的機會。最近幾天城門的混亂交通一定讓他們有機可乘，這意謂著史特拉夫的軍隊抵達以及對紋的襲擊兩件事同時發生，算是意外。」

依藍德瞥向紋。她迎向他的目光，他看得出來她不完全相信殺手不是史特拉夫派來的。依藍德則沒有這麼多疑。幾乎每個獨裁者都派過殺手想來殺他，為什麼塞特要缺席？

是天金，依藍德煩躁地心想。他從來沒找到過統御主的寶庫，卻無法阻止帝國中其他的統治者相信他沒把天金藏在某處。

「至少，殺手不是你父親派來的。」向來積極正面的哈姆說道。

依藍德搖搖頭。「我們的血緣關係阻止不了他，哈姆，相信我。」

「他是你父親。」哈姆說道，露出憂心的神色。

「那對史特拉夫而言一點都不重要。他沒派殺手的原因大概是他懶得殺我，不過如果我們撐得夠久，他就一定會。」

哈姆搖搖頭。「我聽說過兒子殺父親好取代他們的地位，但父親殺兒子……不知道老史特拉夫的腦子是哪裡有問題，居然想殺你。理論上……」

「哈姆？」依藍德打斷他。

「嗯？」

「你知道我通常很願意跟你討論事情，但我現在眞的沒時間談這個。」

「噢，對。」哈姆有點不好意思地笑了笑，起身要離開。「我也該回去找瑪德菈了。」

依藍德點點頭，揉揉額頭，再次拿起筆。

「記得要召集大家來開會。我們需要組織我們的盟友，哈姆。如果我們想不出個聰明絕頂的計畫，這個王國可能就要完了。」

哈姆轉過身，依然微笑。「阿依，聽你說得好絕望。」

依藍德望向他。「議會一團混亂，五六個軍閥帶著強大的武力準備對我們動手，幾乎每個月都有人派殺手來刺殺我，而且我愛的女人正漸漸把我逼瘋中。」紋對最後一句哼了一哼。

「哦，只有這樣啊？」哈姆說道。「你看，不怎麼嚴重啊。至少我們的對手不是長生不老的神跟他全能的祭司們。」

依藍德一呆，忍不住輕笑出聲。

「晚安，哈姆。」他說完，轉身回去處理他的提案。

「晚安，陛下。」

也許他們說得對。也許我發瘋、嫉妒，或只是笨。我的名字是關，哲人、學者、叛徒。我是發現艾蘭迪的人，也是第一個聲稱他是世紀英雄的人。我是開始一切的人。

4

這副身體沒有明顯的傷口，仍然倒在原處，村民們不敢動他。他的四肢扭曲成不自然的角度，周圍的泥土因爲他死前的掙扎而凌亂。

沙賽德伸出手，手指沿著其中一道痕跡摸下，雖然東方統御區的土壤比北方的陶土含量高，卻仍然偏黑而非褐色。連這麼南邊的地方都有落灰。被洗乾淨、堆滿肥料的無灰土壤，是只有貴族花園中的裝飾植物才能夠享用的奢侈品。世界上其他地方只能想辦法利用沒有處理過的土壤。

「你說他死時只有他一個人？」沙賽德問道，轉向面對身後的一小群村民。

一名皮膚黝黑乾硬的男子點點頭。「就像我剛才說的那樣，泰瑞司主人。他只是站在那裡，附近沒有別人，突然間他呆住，就倒在地上扭了一陣，然後就……不動了。」

沙賽德繼續研究屍體扭曲的肌肉，他臉上的表情凍結在痛苦的一剎那。沙賽德帶來了他的醫療紅銅意識——也就是束在他右上臂的金屬環——以意識探入，找到幾本他存在裡面的醫書，翻閱一陣。的確是疾病，死時症狀包括抽搐痙攣，雖然很少會這麼快發作後致死，但也不是沒有案例。如果不是因爲其他的狀況，沙賽德不會這麼在意這個人的死法。

「請你再說一遍你看到的事情。」沙賽德開口。

站在眾人前面，皮膚乾硬的男子叫做特珥，一聽這話臉色略微發白。他現在處於尷尬的立場，雖然他喜歡引人注意的天性讓他想要到處宣稱他的經歷，卻也害怕引來迷信同伴的懷疑。

「我只是經過，泰瑞司主人。」特珥說道。「我就走在二十碼之外的小路上，看到老傑得在耕作，他是個很勤奮的人，我們有些人在大人們離開後就不做事了，但老傑得依然繼續工作，我想他是知道無論有沒有貴族主人，冬天時我們還是要吃東西的。」

特珥停了一下，瞥向旁邊。「我知道別人怎麼說我，泰瑞司主人，但我真的親眼看見。我經過時是大白天，但這邊的山谷裡有霧，我就沒再往前走，因爲我從來不去霧裡，這點我太太可以幫我作證，所以我準備回頭，然後卻看到老傑得他還在工作，好像沒看到霧一樣。

「我原來要叫住他，但還來不及出聲，他就……就像我跟你說的那樣，我看到他站在那裡，然後全身一僵，霧在他身上繞了一下，他開始抽搐扭動，好像有很強壯的東西正抓著他在搖晃，然後，他就倒在地上，沒再起來了。」

沙賽德依然跪在地上，轉過頭去看屍體。特珥顯然有編故事的習慣，但這個屍體跟他的故事有諸多令人毛骨悚然的吻合之處，再加上沙賽德自己幾個禮拜前的經驗——

霧在白天出現。

沙賽德站起身，面向村民。「請給我一把鏟子。」

沒有人幫他挖墳墓。在南方的大熱天中，這是件緩慢、辛苦的工作。雖然秋天已到了，太陽還是很熾烈。陶土很難挖掘，幸好沙賽德多存了一些力量在他的白鑞意識中，正好讓他現在取用。

他的確需要，因爲他並非強壯的人。身材高挑，四肢修長的他長得像是個學者，同時仍然穿著泰瑞司侍從官的鮮豔長袍，也繼續剃頭，這是他四十多年來擔任侍從官養成的習慣。他不想引起土匪的覬覦，沒有戴太多珠寶，但他的耳垂又長又大，上面有許多可掛耳環的耳洞。

利用白鑞意識的力量略略增強了他的肌肉，讓他看起來較爲壯碩，但即便有額外的力氣，當他挖完墳墓時，外袍上仍然沾滿了汗水跟泥巴。他將屍體推入墳墓中，靜靜地站了片刻。這人曾是個認眞的農夫。

沙賽德在宗教紅銅意識中尋找合適的宗教，從他創造的多個索引之一開始，當他找到合適的宗教時，他才會取出其儀式細節的記憶。在他腦海中出現的文字跟他寫下、記憶的當時一樣清晰，當然，這個記憶在他腦海中會隨著時間消失，但在那發生之前，他早就會將這份記憶送回金屬意識中，這就是守護者——他的族人——儲存大量知識的方法。

今天他選的記憶屬於哈達，一個南方宗教，有個專司農業的神靈。跟大多數在統御主時代被壓制的宗教一樣，哈達的信徒早已絕跡上千年。

按照哈達的下葬儀式，沙賽德走到一旁的樹木邊，或者該說，在這一區勉強可稱爲樹的灌木叢邊，拔下一根長長的枝幹。村民們好奇地看著他將枝幹拿回墓旁，彎下腰，將它插入泥土裡，就在墳墓的下方，屍體的頭邊，然後他站起身，開始將土堆回墳中。

農民以黯淡無光的雙眼看著他。*如此抑鬱*，沙賽德心想。在五大統御區中，東方統御區是最動盪，最混亂的一個。這裡的男子全都年過半百。募兵團很有效率，這個村莊中的丈夫跟父親們可能都死在某個不再重要的戰場上。

很難想像居然有事情能比統御主的獨裁壓制還可怕。沙賽德告訴自己，因爲他跟其他人的貢獻，這些人的苦難會結束，他們有一天能獲得富足的生活。但他也親眼看到農夫們被迫互相砍殺，孩子們餓死，只因爲某個暴君強制「徵收」了整個村莊的食糧。他看到盜賊隨意殺人，只因爲統御主的軍隊不再巡邏運河。他看到混亂、死亡、憎恨、動蕩，而他無法不承認，自己必須擔負一部分的責任。

他繼續塡滿坑洞。他受的訓練是要成爲學者跟家僕，他是一名泰瑞司侍從官，最有用、最昂貴、地位也最高的僕人。如今，這件事已經沒有意義。他從來沒挖過墳墓，但他仍然很認眞，很努力，充滿敬意地進行這項工作。意外的是，進行到一半時，農夫們開始幫他一起將土壤推入洞中。

也許這些人還是有希望的，沙賽德心想，感謝地讓其中一人接過他的鏟子，完成工作。當他們結束後，哈達樹木的頂端剛好突出在墳墓前方的泥土上。

「你爲什麼要這麼做？」特珥問道，朝樹枝點點頭。

沙賽德一笑。「這是個儀式，特珥先生。如果你願意的話，應該還要搭配一篇祈禱文。」

「祈禱文？鋼鐵教廷的嗎？」

沙賽德搖搖頭。「不是的，朋友。這是一篇以前就有的祈禱文，來自統御主之前的年代。」

農民們面面相覷，皺著眉頭，特珥搓著下巴。可是，當沙賽德唸著他簡短的哈達禱詞時，沒有人說話。結束後，他轉向農民們。「它叫哈達教。我想，你們有些祖先是它的信徒。如果你們希望的話，我可以將它的教義教導給你們。」

眾人靜默地站在原地。人數不多，大概二十幾人，多數是中年婦女還有幾名較爲年長的男子，只有一個年輕人，一腳套著義肢。沙賽德有點意外看到他在農莊中活了這麼久，因爲大多數貴族會殺死殘障與病患，以避免他們浪費資源。

「統御主什麼時候回來？」一名婦女問道。

「我想他不會回來了。」沙賽德說道。

「他爲什麼遺棄我們？」

「改變的時候到了。」沙賽德說道。「也許也是該學會其他事實，其他人生的時候。」

眾人暗地一陣騷動，沙賽德無聲地嘆氣。這些人將信仰與鋼鐵教廷和它的聖務官聯想在一起。宗教不是司卡會多加思考的話題，甚至能躲就躲。

守護者們花了上千年蒐集跟記憶世界上死去的宗教，沙賽德心想。誰能想到，沒了統御主後，人民已經不想知道他們曾經失去的東西？

可是，他發現自己無法責難這群人。他們正掙扎著想活下去，原本已經嚴酷的世界突然更是難以預料。他們累了。所以遺忘許久的信仰無法引發他們的興趣，不也很自然嗎？

「來吧。」沙賽德說道，轉身面向村莊。「我有其他更實用的事情可以教你們。」

而我也是背叛艾蘭迪的人。因為如今我知道，他絕對不被允許完成他的征途。

5

紋可以看見城市中到處都是焦慮的跡象。工人們焦慮地四處遊走，市場的忙碌帶著一絲憂慮，像是被逼到牆角的老鼠，害怕卻又不知該如何是好，面臨末日卻無處可逃。

在過去一年中，許多人都離開了。貴族們逃跑，商人們找尋其他做生意的地方，但在同時，城市裡湧入無數司卡，他們不知如何聽到了依藍德的解放宣告，因此帶著希望樂觀而來，以一個過度操勞、營養不良，不斷被打擊的族群而言，他們已經盡力了。

因此，雖然眾人預言陸沙德很快就會垮，雖然到處都有人竊竊私語說它的軍隊又小又弱，人民依然留了下來，工作，生活，一如以往。司卡的生活向來就不穩定。

看到這麼繁忙的市場，還是讓紋很不習慣。她走在坎敦街上，穿著習慣的長褲跟襯衫，想著在崩解時期前造訪這條街道的情景。當時，這裡是一些高級裁縫店。

依藍德解除司卡商人的禁令後，坎敦街就變了。這條道路變成狂亂的市集，充滿店舖、小販、帳棚，爲了要吸引剛獨立且開始獲得薪水的司卡工人，店主們也改變他們的銷售方式。過去他們以豪華的櫥窗吸引顧客，現在則是大呼小叫，利用店員叫賣，甚至以雜耍來招攬客人。

街道忙碌到讓紋通常避免走到這裡，而且今天比平常更加嚴重。兵臨城下的大軍引發最後一波狂亂的買賣，人民試圖爲未來即將發生的事情做好準備，空氣中瀰漫著嚴肅的氣氛。少了些街頭藝人，多了些叫賣。依藍德下令八座城門全部關閉，因此逃跑已經不是可以選擇的選項。紋在心中暗暗猜想，不知道有多少人後悔留下來。

她以穩定卻快速的腳步走在街上，雙手交握避免肢體顯得緊張。小時候她在十幾個不同城市的路上遊蕩時，就不喜歡人群，因爲太難記住這麼多人的來去，太難專注這麼多忙亂的事情同時發生。小時候，她會待在人群邊緣，躲藏起來，只偶爾衝出去抓起掉落的錢幣或被忽略的食物。

現在的她不一樣了。她強迫自己挺直背脊，不允許眼睛垂下或試圖尋找躲藏的地方。她已經進步很多，但看見人群仍會讓她想起過去，而且那永遠會是她的一部分。

彷彿在回應她的念頭一般，兩個流浪兒穿過人群，一名穿著麵包師傅圍裙的壯碩男子對他們大聲怒罵。依藍德的新世界中仍然有流浪兒，不過她心想，付錢給司卡可能讓流浪兒的生活大有斬獲，因爲有更多口袋可以偷取，更多人讓店主分心，更多食物可以分配，更多雙手來餵乞丐。

她很難把她的童年跟現在的世界聯想在一起。對她而言，街頭上的流浪兒得學會安靜、躲藏，晚上才能出門翻垃圾，只有最勇敢的流浪兒才敢割別人的錢袋，因爲大多數貴族都認爲司卡的性命不值一錢。在她還小時，紋知道有好幾個流浪兒被經過的貴族殺害或砍斷手腳，只因爲他們看了覺得礙眼。

依藍德的法律可能無法消除貧窮——雖然這是他非常想做的事——但街頭流浪兒的生活品質確實有改

善。他的眾多優點，包括這一項，都是她愛他的原因。

人群之中仍然有些貴族，全是被依藍德說服，或認爲身家性命留在城內會比出城安全的人。他們或許走投無路，或是軟弱或愛好冒險。紋看著其中一人走過，身邊圍繞著侍衛，因爲她的普通打扮決定忽略她，沒多看她一眼。沒有貴族女子會像她這樣穿著。

那我是嗎？她心想，停在某間店鋪的櫥窗旁，看著裡面的書籍。這家店的生意向來不大，但利潤頗多，專門服侍無所事事的皇家貴族。她利用鏡中的倒影確保沒有人要從她背後突襲。我是貴族女子嗎？

也許有人會說她的貴族身分只是因爲裙帶關係。國王愛她，想娶她，而且她是海司辛倖存者的徒弟，即使她的母親只是司卡，她的父親——絕對是貴族。紋舉起手，摸著簡單的青銅耳針，這是她母親留給她的唯一紀念品。

只是小東西，但紋不確定自己想更瞭解她母親，畢竟她曾經想要殺掉紋，而且也的確殺了紋的親生姊妹，後來是瑞恩，紋的同母異父哥哥，救了她。他將滿身是血的紋，從才剛剛將耳針刺入紋耳朵不久的母親臂彎中拉出。

可是，紋依然留著那耳針。算是提醒吧。事實上，她不覺得自己是貴族，某些時候她甚至覺得和依藍德的貴族世界相比，她跟她發狂的母親有更多共同點。在崩解時期前她參加的舞會跟宴會都只是假象，夢一般的回憶，不屬於瀕臨崩毀的政府跟夜夜有殺手出沒的世界。

況且，紋參與舞會的身分一直都是個騙局，她只是假裝是個名叫法蕾特·雷弩的女孩。

而她依然在假裝。假裝不是餓著肚子在街頭長大的女孩，不是被鞭打次數遠超過受到他人善待的女孩。紋嘆口氣，離開櫥窗。但下一間店鋪令她忍不住停下腳步。櫥窗裡面擺了宴會禮服。

店裡沒有客人。在即將被進攻前夕，鮮少有人會想買禮服。紋在敞開的門前停下，幾乎像是被人用鎔金術拉引而離不開那樣。店內的假人身著華麗的禮服，紋看著那些衣物——緊束的腰際跟如鐘口般散開的裙襬。她幾乎可以想像自己站在背景流瀉著輕柔的音樂，桌面雪白的舞會之中，而依藍德站在他的陽台邊，翻著一本書。

她差一點要走進店裡。但，何必呢？城市即將被攻擊了。況且，那些衣服很昂貴。當初她花的是凱西爾的錢，現在她花的是依藍德的錢，而依藍德的錢就是王國的錢。

她背對禮服，走回大街。那些已經不是我了。法蕾特對依藍德無用。他需要的是一名迷霧之子，而不是彆扭地穿著不合身禮服的女孩。她昨晚的傷口已經確定變成瘀青，提醒她的處境。它們癒合的狀況很好，她一整天都在大量燃燒白鑞，不過大概還要僵硬好一會兒。

紋加快腳步，走向牲畜柵欄，但邊走邊瞥到有人正在跟蹤她。

也許用「跟蹤」這個詞還太高估對方的行爲了，那個人顯然不擅長隱藏自己，他的頭頂即將光禿，兩旁的頭髮卻留長，身上穿著一件簡單的司卡罩袍：米色的單件長衣，因灰燼而染黑。

這下可好了，紋心想。這就是她避免市集跟任何司卡聚集地的原因之一。

她再次加快腳步，那個人也增加了速度。很快地，他笨拙的動作引來注意力，但大多數人沒有咒罵他，反而尊敬地停下腳步，甚至還有人加入他，不久之後，紋身後跟了一小群人。

有一部分的她想拋下錢幣立刻飛走。是啊，紋半挖苦自己，大白天用鎔金術，這樣才不會有人注意到嘛。

所以她嘆口氣，轉身面對眾人。沒有一個人看起來有威脅性，男性都穿著長褲跟暗色襯衫，女子則穿著一件式實用的裙裝，幾個男子則穿著滿是灰燼的單件罩袍。

倖存者祭司。

「繼承者貴女。」其中一人說道，上前跪倒在地。

「不要這麼稱呼我。」紋低聲說道。

祭司抬頭看著她。「求妳。我們需要方向。我們擺脫了統御主，但現在該怎麼辦？」

紋後退一步。凱西爾知道他做了什麼嗎？他建立起司卡對他的信仰，然後以殉道者的身分死去，讓他們憤而起身反抗最後帝國。他有想過之後會發生的事情嗎？他有預見到倖存者教會的成立，同時以凱西爾取代統御主成爲神明來崇拜嗎？

問題是，凱西爾沒有留下任何教條給他的追隨者。他唯一的目標就是打敗統御主，有一部分是復仇，一部分是確立他的影響，還有一部分，紋希望，也是因爲他眞心想要解放司卡。

但現在怎麼辦？這些人一定跟她有同樣的感受，感覺徬徨無依，沒有光芒可以指引他們。紋當不了那道光芒。「我不是凱西爾。」她低聲說道，又退了一步。

「我們知道。」其中一人說道。「妳是他的繼承人。他離開了，這一次是妳倖存下來。」

「求求妳。」一個婦女說道，上前一步，手中抱著一名年幼的孩童。「繼承者貴女。如果打倒統御主的手能摸摸我的孩子……」

紋試圖退得更遠，但發覺自己已經抵上人牆。女子靠得更近，紋終於舉起遲疑的手，摸上嬰兒的額頭。

「謝謝妳。」女子說道。

「妳會保護我們，對不對，繼承者貴女？」一個年輕人問道，他不比依藍德大多少，有著髒污的臉龐跟誠實的雙眼。「祭司說妳會阻止那支軍隊，只要妳在，士兵就無法進城。」

這句話超過了她所能忍耐的極限。紋模糊地低聲回應一句，然後轉身從人群間擠出。幸好信眾們沒有再跟著她。

當她終於慢下腳步時，她不斷深呼吸，不是因爲疲累。她走入兩家商店間的小巷，站在陰影中，雙臂緊抱自己。她花了一輩子的時間想著該如何如何不受他人注目，如何能顯得安靜且無足輕重。現在，她不再有這些選擇。

那些人期待她什麼？他們眞的認爲她能靠一己之力阻止那支軍隊嗎？她在訓練的早期就學會一件事：迷霧之子並非無敵。她能殺死一個人。十個人會讓她有點難以招架。一支軍隊……

紋控制住自己，深呼吸幾口。良久後，她走回忙碌的街道，目的地已然不遠，一間很小，單面開放的帳棚，四面有柵欄。商人懶洋洋地靠在旁邊，他是一名臃腫的男子，只有一半的頭上有頭髮。紋呆站在原地片刻，無法判斷那是因為疾病、受傷，或純粹是喜好。男人看到她站在柵欄邊時，精神一振，拍落身上大量的灰塵，大搖大擺地走向她，露出僅存的幾顆牙齒，假裝他沒聽過也不在乎城外的軍隊。「啊，年輕的小姐。」他說道。「在找小狗嗎？我有任何女孩看了都會愛上的小幼犬，讓我抱一隻來，妳一定會覺得那是妳見過最可愛的小東西。」

紋雙臂交握，看著男子伸手從柵欄裡抓出一隻小狗。「不對。」她說道。「我是來找狼獒犬的。」

商人抬起頭。「狼獒犬，小姐？那不是給妳這樣的女孩子的寵物，那些是凶猛的野獸。我幫妳找隻可愛的毛毛狗，很可愛又很聰明的。」

「不。」紋攔下他的動作。「抱一隻狼獒犬來給我。」

男子再次停下腳步，看著她，在身上不雅的幾處地方抓了抓。「好吧，那我去看看……」

他走向離街邊最遠的柵欄。紋靜靜地等著，盡量低著頭避開氣味，聽著商人對他的動物大喊，挑選合適的一隻。過了一陣子，他終於拉著一條狗走回到紋身邊。的確是條狼獒犬，雖然身體不大，但眼神溫柔乖順，顯然脾氣相當溫和。

「牠是那一窩裡最小的。」商人說道。「我敢說是適合年輕女孩的好動物，應該也會是條好獵犬。這些狼獒犬的嗅覺遠遠好過任何動物。」

紋準備掏出錢袋，低頭看著狗兒喘氣的臉，牠似乎正在對她微笑。

「拜託，我的統御主啊。」她怒道，推開狗跟主人，直接走到後面的柵欄。

「小姐？」商人疑問道，不確定地跟在她身後。紋四周搜尋著狼獒犬。在後面，她看到一頭巨大黑灰色的猛獸被綁在木棍上，反抗地盯著她，喉嚨發出低咆。

紋指著牠問：「後面那頭多少錢？」

「那隻？」商人問道。「好小姐，那是看門犬，是要放牠在貴族的莊園中四處跑，攻擊任何擅入的人。那是最殘暴的動物之一啊！」

「好極了。」紋說道，掏出幾枚錢幣。

「好小姐，我不可能將牠賣給妳，不可能的。我敢打賭，牠比妳還要重一倍以上。」

紋點點頭，拉開柵門，踏步進去。商人大聲叫喊，但紋直接走到狼獒犬面前。牠開始瘋狂地對她吠叫，嘴角白沫四濺。

抱歉了，紋心想。她一邊燃燒白鑞，彎身衝上前，一拳搥向動物的頭。

動物全身一僵，腳步一陣蹣跚，然後失去意識倒在地上。商人停在她身邊，嘴巴闔不起來。

「繩子。」紋命令道。

他遞上一條讓她將狼獒犬的四肢腳綑綁在一起，她驟燒白鑞，將動物甩到肩上，身側的痛楚只讓她略略皺眉。

*這東西的口水最好不要滴到我的襯衫，*她心想，將一些錢幣遞給商人，走回皇宮。

紋將昏迷的狼獒犬甩在地上。門口的守衛在她進門時投以奇特的目光，但她已經習慣了。她撢撢雙手的毛屑。

「那是什麼？」歐瑟問道。牠回到了她在皇宮的房間，但現在的身體顯然已經不堪負荷，必須在平常人類沒有肌肉的地方形成肌肉才能讓骨架維持完整，而且在癒合的過程中，整個身體看起來是很不自然的，同時，牠身上仍穿著前一夜沾滿鮮血的衣服。

「這個。」紋說道，指著狼獒犬。「你的新身體。」

歐瑟呆了瞬間。「那個？主人，那是條狗。」

「是啊。」紋說道。

「我是個人。」

「你是隻坎得拉。」紋說道。「你能模仿皮膚跟肌肉。毛呢？」

坎得拉看起來並不高興。「我不能模仿。」牠說道。「但我能使用那動物原本的毛，就像我可以用牠的骨頭一樣……難道沒有別的身體嗎？」

「我不會爲你殺人，坎得拉。」紋說道。「而且就算我殺人，我也不會讓你……吃了他們。況且，這具身體比較不顯眼，如果我的侍從官一直有陌生男子替換，會有人說閒話的。我過去幾個月以來一直在跟大家說我想把你換掉。我會跟他們說，我終於讓你離開，不會有人想到我的新寵物其實就是我的坎得拉。」她轉身朝屍體點點頭。「這個很有用。人們不會留意人那樣注意狗，所以你能竊聽很多對話。」

歐瑟加深皺眉。「我不輕易做這種事。妳必須透過契約來強迫我。」

「好。」紋說道。「這是我的命令。要花多久？」

「一般的身體只花幾個小時。」歐瑟說道。「這可能會花更久時間。那麼多毛要看起來正常是個大挑戰。」

「那你現在就該開始了。」紋說道，轉向門，但她在出去的途中，注意到書桌上有個小盒子。她皺眉，走過去掀起蓋子，裡面有張小卡片。

紋貴女，

這是您要求的下一種合金。鋁不容易取得，但一個貴族家庭最近離城，我買到了他們的一些餐具。我不知道會不會成功，但我相信這值得嘗試，我將鋁混合百分之四的紅銅，感覺成果很有潛力。我讀過這種組合，它叫做硬鋁。

您的僕人，泰利昂

紋微笑，將紙條放在一旁，拿出盒子裡其他的東西：一小袋金屬粉跟一塊薄薄的金屬條，兩者應該都是這個叫做「硬鋁」的金屬。泰利昂是鎔金金屬師傅。雖然他本身並非鎔金術師，但他幾乎畢生都在爲迷霧之子跟迷霧人鑄造合金跟創造金屬粉。

紋將袋子跟金屬條收入口袋，轉向歐瑟。坎得拉面無表情地看著他。「今天送來給我的？」紋問道，朝盒子點點頭。

「是的，主人。」歐瑟說道。「就在幾個小時前。」

「你居然沒告訴我？」

「抱歉，主人。」歐瑟毫無情緒地說道。「妳沒有命令我要告訴妳是否有收到東西。」

紋恨恨地咬牙。牠知道她多焦慮地在等泰利昂送另一種合金來。他們之前試用過的合金都不對。知道某處有一種鎔金金屬等待被發掘讓她很不安。除非找到，否則她不會罷休。

歐瑟坐在原處，臉上的表情淡漠，昏倒的狼獒犬依然躺在牠面前的地上。

「你快處理那具身體。」紋說道，轉身離開房間去找依藍德。

紋最後在書房找到依藍德，他跟一個熟悉的身影一起在研讀某些文件。

「老多！」紋說道。他前天一到後就進房休息，因此她並沒有時間多跟他交談。

多克森抬頭，微笑。矮壯卻不胖，黑色的短髮，臉上依舊留著他慣常的半長鬍子。「哈囉，紋。」

「泰瑞司怎麼樣？」她問道。

「很冷。」多克森回答。「我很高興我回來了，不過我眞希望回來時沒發現外面那支軍隊。」

「無論如何，我們都很高興你回來了，多克森。」依藍德說道。「沒有你，王國可以說要崩裂了。」

「看起來不像啊。」多克森說道，闔上一個檔案夾，放回一疊檔案的最上頭。「看來我不在時，皇家事務局把事情維持得很好，你們根本不需要我。」

「胡說。」依藍德說道。

紋靠著門，看著兩人繼續他們的討論，強做歡顏。兩個人都下定決心要讓這個王國成功，即使是要他們假裝喜歡彼此。多克森指著文件中的各處，討論財務，還有他去依藍德統治之下的外圍村莊時所發現的問題。

紋嘆口氣，望向房間對面。陽光從彩色玫瑰窗透進來，讓不同的色彩照耀在文件夾和桌子上。即便到了現在，紋仍然不習慣貴族堡壘中隨處可見的華麗布置。那扇紅色與淺紫的窗戶既繁複又美麗，但貴族們顯然覺得它平凡到只適合放在堡壘的簡陋房間之中，像依藍德現在的書房這樣。

房間裡堆滿了書，屋頂到地板間都是書櫃，但已裝不下依藍德日漸增加的藏書量。她向來對依藍德的閱讀品味沒什麼興趣，裡頭大多數都是政治或歷史書籍，題材跟古老的書頁一樣枯燥。許多都曾是鋼鐵教廷的禁書，但這些老哲學家能把最禁忌的議題寫得極端無聊。

「好了。」多克森說道，終於闔起他的文件夾。「在你明天的演說前，我有些事情要做，陛下。哈姆跟你說過明天晚上還有城市防衛會議嗎？」

依藍德點點頭。「如果我能說服議會不要把城市交給我父親，我們必須想出策略來應付這支軍隊。我明晚會派人去找你。」

「很好。」多克森說道，朝依藍德點點頭，對紋眨眨眼睛，然後走出了擁擠的房間。

多克森一關上門，依藍德便嘆口氣，靠回他豐軟的椅子。

紋走上前。「他真的是個好人，依藍德。」

「噢，我知道。不過好人不代表會受人喜歡。」

「他也很好相處。」紋說道。「堅定，冷靜，可靠。我們整團人都依賴他。」雖然多克森不是鎔金術師，他仍是凱西爾的第一副手。

「紋，他不喜歡我。」依藍德說道。「真的……我很難跟用那種眼神看我的人好好相處。」

「你沒給他公平的機會。」紋抱怨，停在依藍德的椅子邊。

他抬起頭看她，露出疲累的笑容，背心散開，頭髮簡直一團亂。「嗯……」他懶懶地握住她的手。「我喜歡這件襯衫，紅色很適合妳。」

紋翻翻白眼，讓他輕輕將她拉入椅子上吻她。他的吻帶有激情，可能還有對生命中恆常事物的需要。紋回應，感覺自己貼近他時逐漸放鬆。數分鐘後，她嘆口氣，覺得舒坦很多。她鑽入他身旁，跟他坐在同一張椅子上。他將她拉近，讓椅子沐浴在透過窗戶照入的陽光下。

他微笑，瞥向她。「妳……好像用了新的香水。」

紋哼了一聲，頭靠在他的胸前。「那不是香水，依藍德。是狗味。」

「噢，幸好。」依藍德說道。「我還擔心妳瘋了。那麼，請問妳爲什麼會想要聞起來是狗的味道呢？」

「我去市場買了一條狗，把牠抱回來餵給歐瑟，當成牠的新身體。」

依藍德一愣。「紋，這眞是太聰明的主意了！沒有人會懷疑狗是間諜。不知道以前有沒有人想到過……」

「一定有。」紋說道。「畢竟這麼做實在太方便了，不過我猜想到這件事的人不會去跟別人分享。」

「有道理。」依藍德說道，再次靠回椅背。兩人如此貼近，紋可以感覺到他的身體依然緊繃。*明天的演講*，紋心想。*他在擔心*。「不過，我得承認一件事。」依藍德懶洋洋地說。「我有點失望*妳不是用狗*味的香水。以妳的社會地位，我可以想像一些當地的貴族仕女試圖要模仿妳，那樣就太有趣了。」

她挺起身，抬頭看著他得意洋洋的笑容。「你知道嗎？依藍德，有時候眞的很難知道你到底是在開玩笑，還是眞的呆。」

「那不是讓我顯得更神祕嗎？」

「你要這麼說也行。」她再次貼近他。

「不不，妳聽我說，妳還沒看出這正是我聰明的地方。」他說。「如果一般人分不出我什麼時候是白癡，什麼時候是天才，那也許他們會把我犯的錯都視爲絕佳的政治操作。」

「只要他們不把你絕佳的政治操作視爲錯誤就好。」

「應該不難。」依藍德說道。「我想我最近沒什麼會讓人看錯的地方。」

聽到他僵硬的口氣，紋擔憂地抬起頭，但他笑了笑，轉移話題。「所以歐瑟要變成狗了，那牠晚上還能跟妳一起行動嗎？」

紋聳聳肩。「我想是吧，但我其實打算這一陣子不要帶牠。」

「我希望妳能帶著牠。」依藍德說道。「妳每晚出去把自己逼到極限，讓我很擔心。」

「我應付得來。」紋說道。「總要有人守護你。」

「是啊。」依藍德說道。「但誰來守護妳？」

凱西爾。即便到現在，這仍然是她直覺的反應。她認識他還不到一年，但那一年是她這輩子中，第一次感覺到受人保護。

凱西爾死了。她，跟全世界的人一樣，都必須學會如何在沒有他的情況下活下去。

「我知道妳那天晚上跟那群鎔金術師對戰時受傷了，」依藍德說道。「所以知道有人跟妳在一起，對我的心靈健康來說，眞的會比較好。」

「坎得拉不是保鏢。」紋說道。

「我知道。」依藍德說道。「可是牠們極端忠誠。我從來沒聽說過有哪隻坎得拉會破壞契約。牠會照看妳。我擔心妳，紋。妳知道我爲什麼這麼晚不睡，一直在寫提案嗎？我睡不著，我知道妳可能正在哪裡戰鬥，甚至更嚴重的，躺在某條街道上等死，只因爲沒有人去幫妳。」

「我有時候會帶歐瑟一起。」

「是的。」依藍德說道。「但我也知道妳會找藉口把牠留下。凱西爾幫妳買到一名極爲寶貴的僕人。我不瞭解妳爲什麼這麼努力地閃躲牠。」

紋閉起眼睛。「依藍德。牠吃了凱西爾。」

「那又怎麼樣？」依藍德問道。「凱西爾已經死了。況且，那是凱西爾下的命令。」

紋嘆口氣，睜開眼睛。「我只是……不信任那東西，依藍德。那怪物不自然。」

「我知道，」依藍德說道。「我父親向來僱用坎得拉，但歐瑟至少有些能力。答應我妳會帶著牠。」

「好吧。可是我想牠也不喜歡這樣的安排。當牠在扮演雷弩，而我在扮演牠的姪女時，我們就處不來。」

依藍德聳聳肩。「牠會遵從契約。這才是最重要的。」

「牠是遵從契約。」紋說道。「可是那不是牠自願的。我敢發誓，牠很喜歡讓我氣急敗壞。」

依藍德低頭看著她。「紋，坎得拉是絕佳的僕人，牠們不會做這種事。」

「不，依藍德。」紋說道。「沙賽德才是絕佳的僕人。他喜歡跟人在一起，幫助他們，我從來不覺得他厭惡我。歐瑟可能會遵照我的每個命令，但牠不喜歡我，牠從來就不喜歡我。我看得出來。」

依藍德嘆口氣，揉揉她的肩膀。「妳不覺得妳有點不理性嗎？妳沒有理由要如此恨牠。」

「哦？」紋問道。「就像你沒有理由跟多克森處不來？」

依藍德一愣，然後嘆口氣。「妳說得有道理。」他說道，繼續摸著紋的肩膀，一面抬頭望著天花板，若有所思。

「怎麼了？」紋問道。

「我做得不是太好，對不對？」

「別傻了。」紋說道。「你是個很棒的王。」

「我也許是個還可以的王，但我不是他。」

「誰？」

「凱西爾。」依藍德輕輕說道。

「依藍德，沒人要你當凱西爾。」

「哦？」他回答。「這就是爲什麼多克森不喜歡我。他憎恨貴族，從他的談話跟行爲表現都看得出來。由他的過去來看，我其實也不能眞的怪他什麼，但無論如何，他不覺得我該當王，他認爲我的位置應該是由某個司卡來擔任，最好是凱西爾。他們都這麼認爲。」

「胡說八道，依藍德。」

「是嗎？如果凱西爾還活著，我會是王嗎？」紋一愣。

「妳明白了吧？他們接受我，不論是人民，商人，甚至是貴族，但在他們的心底，他們其實寧願我是凱西爾。」

「我不這麼希望。」

「眞的？」

紋皺眉，然後坐起身，轉個方向，讓自己順著躺椅跪伏在依藍德的上方，兩人的臉只有幾吋遠。「你永遠不准這麼想，依藍德。凱西爾是我的老師，但我不愛他。不像我愛你這樣。」

依藍德深深望入她的雙眼，然後點點頭。紋深吻了他，然後再次縮在他身邊。

「爲什麼不愛？」依藍德良久後問道。

「嗯，首先呢，他好老。」

依藍德輕笑。「我記得妳也取笑過我的年紀。」

「那不一樣。」紋說道。「你比我只大幾歲。凱西爾根本是老頭了。」

「三十八歲不是老頭。」

「差不多了。」

依藍德再次輕笑，但她看得出來，他對於她的答案不完全滿意。爲什麼她選了依藍德，而非凱西爾？凱西爾才是那個有遠見的人，是英雄，是迷霧之子。

「凱西爾是個偉大的人。」紋輕輕說道，讓依藍德摸著她的頭髮。「可是……依藍德，他有他的問題。令人害怕的問題。他很激烈，瞻前不顧後，甚至有點殘忍。不寬容。他會毫無罪惡感，甚至毫不在乎地殺人，只因爲他們支持最後帝國或是爲統御主工作。

「我可以將他當成老師和朋友般敬愛，但我不認爲我能愛他，由衷地愛那樣的人。我不怪他，他跟我一樣是街頭出身，當你爲了生存需要如此辛苦地掙扎時，你會變得堅強，也會變得嚴厲。無論是不是他的錯，凱西爾都……太像我年紀更小時所認識的一些人。當然阿凱比他們好太多太多，他發自內心地善良，也的確爲了司卡犧牲性命，但他實在太冷酷了。」

她閉起眼睛，感覺依藍德的溫暖。「你，依藍德．泛圖爾，就是好人。一個眞正的好人。」

「好人無法成爲傳說。」他低聲說道。

「好人不需要成爲傳說。」她睜開眼睛看著他。「他們無論如何都會做對的事情。」

依藍德微笑，然後親吻她的頭頂，靠回椅背。兩人在充滿溫暖陽光的房間裡，放鬆地躺了好一陣子。

「他曾經救過我一命。」依藍德終於說道。

「誰？」紋驚訝地問道。「凱西爾？」

依藍德點點頭。「在鬼影跟歐瑟被逮捕，凱西爾死去那天。當哈姆跟一群士兵試圖要放走囚犯時，廣場陷入一片亂鬥。」

「我在那裡。」紋說道。「跟微風和老多一起躲在一條小巷裡。」

「眞的？」依藍德說道，口氣聽來覺得有點好笑。「因爲我去找妳。我以爲他們把妳跟歐瑟一起逮捕了，那時牠仍假裝是妳的叔叔。我試圖要去籠子那裡把妳救出來。」

「你去做什麼?依藍德，那個廣場是座戰場!我的統御主，那裡面有審判者啊!」

「我知道。」依藍德淺淺地微笑。「因爲想殺我的那個人就是審判者。他都舉起了斧頭之類的，然後……凱西爾出現了。他撞上審判者，將他推倒在地。」

「可能只是巧合。」紋說道。

「不。」依藍德輕聲說道。「他是特地的，紋。當他跟審判者對打時，他看了我一眼，我從他的眼中看出來。我一直都在想那個瞬間。每個人都告訴我，凱西爾甚至比老多更憎恨貴族。」

紋想了一下。「他……在最後開始有點改變了，我想。」

「改變到願意冒生命危險去救一名與他毫無關係的貴族嗎?」

「他知道我愛你。」紋露出淺淺的微笑說道。「我想，在最後，那強過了他的恨。」

「我沒想到……」依藍德話還來不及說完，就看到紋轉過頭。她聽到聲響。有腳步聲。她坐起身一秒後，哈姆的頭探入房間。不過當他看到紋坐在依藍德的腿上時，他停下腳步。

「噢。」哈姆說道。「抱歉。」

「別走，等一下。」紋說道。哈姆又探入，紋轉向依藍德。「我差點忘記今天來找你的原因。我今天剛收到泰利昂寄給我的新包裹。」

「又一個?」依藍德問道。「紋，妳什麼時候要放棄?」

「我不能冒這個險。」她說道。

「它不可能這麼重要吧?」他問道。「如果所有人都忘記最後一個金屬有何效用，那它一定不是特別強大。」

「這是一個可能。」紋說道。「也可能它的力量大到教廷很努力要守住這個祕密。」她從椅子上滑下來站起身，從口袋中掏出布袋跟薄金屬條。她將金屬條遞給從沙發椅上坐起的依藍德。

反射著銀光的金屬跟它的原生金屬——鋁——一樣，輕得不像眞的。鎔金術師一不小心燃燒到鋁時，會將體內所有其他金屬全部燒光，因此，鋁一直是鋼鐵教廷的祕密。紋會知道鋁的用處完全是因爲有一晚曾被審判者逮到並灌食過，正是她殺死統御主的前一個晚上。

一直以來，正確的鋁合金比例都是個謎。鎔金術用的金屬都是成雙成對的：鐵跟鋼，錫跟白鑞，紅銅跟青銅，鋅跟黃銅。鋁跟……某樣東西。希望那是個強大的東西。她的天金已經用完了，需要其他替代品。

依藍德嘆口氣，將金屬條遞還給她。「妳上次燒這種東西時病了兩天，紋。我嚇死了。」

「它害不死我的。」紋說道。「凱西爾向我保證過，燃燒比例不正確的合金只會讓我很不舒服。」

依藍德搖搖頭。「凱西爾偶爾也會犯錯的，紋。妳不是說他誤解了青銅的效用嗎？」

紋一時間無法回應。依藍德的擔心如此懇切，她感覺到自己有點被說服。但是……

當城外的軍隊進攻時，依藍德會死。城裡的司卡應該能夠活下來，畢竟沒有統治者會蠢到將如此繁榮商城中的居民屠殺殆盡，但王一定會被殺。她打不過一整團軍隊，在準備工作上也出不了什麼力。

但是，鎔金術是她的特長，而她越擅長操縱金屬，她就越能保護自己所愛的男人。「我必須試試看，依藍德。」他說道。「歪腳說史特拉夫不會立刻攻擊，因爲他還需要幾天讓他的士兵從行軍中恢復體力以及探查城中狀況，意思是我不能再等下去。如果這塊金屬眞讓我病倒，至少我還能有時間復原，來得及參與戰鬥，前提是我必須現在就試。」

依藍德表情越發嚴肅，卻沒有阻止她，從經驗中學到制止不是對待紋的最佳方法。於是，他站起身。

「哈姆，你覺得這麼做好嗎？」

哈姆點點頭。他是名戰士：對他而言，冒險是合理的。她請他留下來是因爲萬一不順利，她需要他將她抱回床上。

「好吧。」依藍德說道，無奈地回身面向紋。

紋坐回椅子上，向後靠穩，捏起一小搓硬鋁粉，吞了下去。她閉起眼睛，感覺體內的鎔金存量。常見的八種都在，而且份量充足，體內並無天金或金，也沒有兩者的合金。就算她有天金，那麼稀少的金屬也只能用在緊急情況，另外三種則沒有太大用途。

新的金屬存量出現，跟前四次一樣。每次她燃燒鋁合金，立刻就會感到一陣眩目的頭痛。我怎麼就是學不乖……她心想，咬緊牙關，探入體內，將新的合金點燃。

什麼事都沒發生。

「妳試了嗎？」依藍德擔心地問道。紋緩緩點頭。「沒有頭痛，可是……不覺得這個合金有什麼功效。」

「可是它正在燃燒？」哈姆問道。

紋點點頭。她可以感覺到體內有著熟悉的溫熱感，一小簇火焰告訴她，金屬正在燃燒。她試著動了動，卻分辨不出這金屬對她的身體有何影響，最後只能抬頭聳聳肩。

哈姆皺眉。「如果它不會讓妳不舒服，那妳就找對了合金比例。每種金屬只有一種正確合金比例。」

「也許吧。」紋說道。「但說不定實際上並非我們以為的那樣。」

哈姆點點頭。「這是什麼合金？」

「鋁跟紅銅。」紋說道。

「有意思。」哈姆說道。「妳完全沒感覺？」

紋搖搖頭。

「妳得再多試試看。」

「看來這次是我運氣好。」紋將硬鋁熄滅後說。「泰利昂推斷，只要我們手中有足夠的鋁，大概有四十種合金可以試試看。這只是第五種。」

「四十種？」依藍德不可置信地問。「我沒想到原來可以有這麼多種合金！」

「不一定需要兩種金屬才能做出合金。」紋心不在焉地說。「只要一種金屬加別的東西就好。例如鋼，那是鐵跟碳的合金。」

「四十種……」依藍德又覆誦了一次。「妳每一種都要試？」

紋聳聳肩。「總要有個開始。」依藍德一聽這話，臉上立刻浮現擔憂的表情，但什麼也沒說。

「對了，哈姆，你找我們什麼事？」

「沒什麼大事。」哈姆說道。「我只是來看看妳想不想打兩場。外面那支軍隊讓我全身不舒服，而且我想妳多練習一下木杖也不是壞事。」

紋聳聳肩。「好啊。」

「阿依，你要一起來嗎？」哈姆問道。「順便練練？」

依藍德大笑。「跟你們之一對打？我可要顧到我的皇家面子啊。」

紋抬頭看著他，微微皺起眉頭。「你眞的應該多練習一下，依藍德。你連劍都握不好，你的決鬥杖也用得糟糕透頂。」

「有妳保護我，我還有什麼好擔心的？」

紋更加皺眉。「我們不可能隨時在你身邊，依藍德。如果你比較擅長保護自己，我就不必這麼擔心。」

他只是微笑，將她拉起來。「有一天我會練的，我保證。可是今天不行，我心裡掛著太多事情。就讓我去觀摩一下好嗎？也許光是看著你們，我就能學到點技巧。我偏好任何不需要被女孩子打得滿地找牙就能學會的武器訓練。」

紋嘆口氣，但沒再堅持。

我現在要寫下這些紀錄，將之刻在一塊金屬板上，因爲我害怕。爲我的安危感到害怕。是的，我承認我只是凡人。如果艾蘭迪眞的能從昇華之井返回，我很確定我的死亡會是他的首要目標。他不是個邪惡的人，卻是個無情的人。我想，他會這樣，都是因爲他所經歷的事。

6

依藍德靠在護欄邊，望著校場。有一部分的他眞的想下場跟紋和哈姆一起練習，但絕大部分的他不認爲有此必要。

他心想，所有可能對我下手的殺手都應該是熔金術師。我就算訓練個十年也不是他們的對手。

在校場內，哈姆甩了幾下木杖，接著點點頭。紋握著比自己長一呎有餘的木杖踏上前。看著他們，依藍德忍不住比較起兩人的差異。哈姆有著戰士的強壯身形跟壯碩肌肉，紋卻只穿著貼身襯衫跟長褲，少了披風的掩飾，她看起來比平常還瘦弱。

哈姆接下來的話更強調兩人間的差異。「我們是在練習木杖，不是鋼推或鐵拉，不要用白鑞以外的金屬，可以嗎？」

紋點點頭。

他們經常以這種方式對打練習。哈姆聲稱無論一名鎔金術師有多強大，訓練跟練習都是無可取代的，不過他讓紋用白鑞，因爲他說除非習慣它，否則突然增強的力量跟靈敏度只會讓身體手足無措。

校場是一座中庭，位於皇宮的軍舍旁邊，周圍是一條開放式的長廊。依藍德站在長廊中，屋頂幫他的眼睛遮去了豔紅太陽的刺目，令他感到相當舒適，輕飄飄的落灰又開始下起，偶爾有大片灰燼從空中飄落。依藍德雙臂交叉，靠在欄杆上，偶有士兵從他身後走過，忙著去辦事，但也有些人駐足觀看。對城堡守衛們來說，觀看紋和哈姆的對打是個愉快的休閒活動。

我應該要繼續去修改提案的，依藍德心想。*不是站在這裡看紋練武。*

可是……過去幾天來的壓力緊繃到讓他很難找到再去讀一遍演講稿的動力。他眞正需要的是花點時間思考，所以，他靜靜地站在這裡觀看。紋謹愼地靠近哈姆，雙手堅定地握著木杖。過去的依藍德會覺得仕女不該穿著長褲跟襯衫，但他跟紋相處的時間已經久到他習慣她這樣的穿著。禮服跟裙裝是很美，但紋的簡單衣裝看起來更適合，因爲那讓她看起來很自在。

況且，他還蠻喜歡薄衣服穿在她身上的樣子。

紋通常會讓對方先展開攻擊，今天也不例外。哈姆首先展開攻勢，兩人的木杖傳出一陣敲擊聲。紋雖然身形嬌小，卻絲毫不落下風。兩人快速一串交手後，各自退開，謹愼地繞著對方觀察。

「我賭女孩贏。」

依藍德注意到有人正一跛一跛地沿著走廊朝他走來，於是轉身，看到歪腳站到他旁邊，啪的一聲將一枚十盒金錢幣拍到欄杆上。依藍德朝他的將軍投以微笑，歪腳則是猙獰地咧嘴。大家都明白，這是他打招呼的方式。依藍德很快就喜歡上紋的夥伴們——多克森除外——不過他花了一段時間才習慣歪腳。這矮小的老人的臉長得像是扭曲的蘑菇，似乎隨時都不滿地瞇著眼睛，講話的聲音聽起來也沒愉快多少。

不過，他是一名才華洋溢的工匠，更是一名鎔金術師。他是個煙陣，不過已經鮮少使用他的力量。將近一年來，歪腳擔任依藍德軍隊的將軍。依藍德不知道歪腳是從那裡學會如何帶領士兵，但他非常擅長，也許是因爲他腿上多出一條疤痕的同時，除了贏得歪腳的外號之外，也學會了兵法。

「他們只是在練習對打，歪腳。」依藍德說道。「不會有人『贏』的。」

「他們最後一定會認真打起來。」歪腳說道。「從沒有例外。」

依藍德想了想。「你這是要我賭紋輸啊。」他終於說道。「這對我的健康來說，應該不太好。」

「那又怎麼樣？」

依藍德微笑，掏出一枚錢幣。他還是有點怕歪腳，所以不想冒犯他。

「我那不爭氣的侄子去哪裡了？」歪腳一面看著兩人對打一面問道。

「鬼影？」依藍德問。「他回來了？他是怎麼進城的？」

歪腳聳聳肩。「他在我門口放了件東西。」

「禮物？」

歪腳哼了一聲。「是一名葉伐城的大師的雕刻作品。上面貼了張紙條，寫說『老頭，讓你見識見識真正的大師作品長什麼樣』。」

依藍德輕笑，但被歪腳瞪了一眼，又不敢再笑下去。「小兔崽子的膽子從來沒那麼大過。」歪腳嘟囔道。「我敢發誓，都是被你們這幫人帶壞的。」

歪腳幾乎像是在微笑。還是說，他是認真的？依藍德從來都分不清楚歪腳是不是真如表面上那麼脾氣惡劣，還是其實自己一直都被他耍得團團轉。

「軍隊的情況如何？」依藍德終於問道。

「亂七八糟。」歪腳說道。「你想要一支軍隊？那你得再給我一年的訓練時間。現在這群小伙子連拿棍子的老太婆們都打不過。」

太好了，依藍德心想。

「不過現在也沒辦法。」歪腳抱怨。「史特拉夫正在建造一些基本防禦工事，但他主要是讓士兵休息。這個週末他應該就會攻擊。」

校場裡的紋跟哈姆繼續對打。目前的速度很慢，哈姆正在花時間停下來解釋一些原則或是姿勢。依藍德跟歪腳看了一段時間，對打逐漸變得激烈，每場的時間漸漸增長，兩人開始認眞起來，腳步在堅實的灰土地上踢起一陣陣煙霧。

雖然兩人力氣、臂長、訓練天差地別，紋還是讓哈姆費了不少力氣。依藍德發覺自己不由自主地微笑。將近兩年前，依藍德第一眼看到她時，就發覺她是「特別」的，只是到現在他才開始明白，光是「特別」兩字有多不足以形容紋。

一枚錢幣敲了敲木頭欄杆。「我也是壓紋贏。」

依藍德驚訝地轉身。說話的男子也是士兵，跟其他士兵一起站在後面觀看。依藍德皺眉。「你是……？」然後，沒再問下去。那個鬍子不對，站姿太挺，但站在他後面的人一定是他，錯不了。

「鬼影？」依藍德不可置信地問道。年輕男孩在很明顯的假鬍子後面微笑。「是叫哪門啊？」依藍德的頭立刻開始痛了起來。「統御主的，你該不會又開始說起方言了吧？」

「偶爾懷舊時講個兩句而已。」鬼影邊笑邊說道。他的口音顯示了他的東方血統。依藍德剛認識男孩的前幾個月，根本聽不懂他在說什麼。幸好，他逐漸擺脫了街頭方言，一如不再合身的舊衣服。如今這個身高超過六呎的十六歲年輕人跟依藍德一年前見到的瘦孩子已經截然不同。

鬼影靠在依藍德身旁的欄杆上，擺出青少年吊兒郎當的樣子，完全毀掉士兵的形象。當然，他的確也不是士兵。

「爲什麼要扮裝，鬼影？」依藍德皺眉問道。

鬼影聳聳肩。「我不是迷霧之子。我們這種比較普通的間諜不會飛簷走壁，只好用別的方式蒐集情報。」

「你站在那裡多久了？」歪腳問道，瞪著他的姪子。

「你來之前我就到了，糟老頭。」鬼影回答。「然後回答你的問題，我兩天前回來的，其實比多克森更早還到，我只是想在回報上任之前先休息一下。」

「不知道你有沒有注意到……」依藍德開口。「我們現在正在打仗。這可不是休假的好時間。」鬼影聳聳肩。「我只是不要你又把我派到別處，如果這裡要開戰，我希望能在這裡。那才刺激嘛。」歪腳一哼。「那你這套制服又從哪弄來的？」

「呃……這個嘛……」鬼影眼光偷溜到一邊，稍微又變回依藍德初識他時，那個沒有多少自信的男孩。

歪腳低聲罵了兩句沒大沒小，依藍德只是大笑，拍拍鬼影的肩膀。男孩微笑地抬起頭。雖然他一開始不引人注意，但事實證明，他跟紋的前任團員任何一人同樣重要。身為錫眼，就是能燃燒錫來增強感官的迷霧人，鬼影可以聽到遠方的交談，更可以看到遠處的細節。

「無論如何，歡迎你回來。」依藍德說道。「西邊有什麼消息？」

鬼影搖搖頭。「我很不願意說出來的話聽起來像是壞脾氣的叔叔，但西邊的消息並不好。你知道關於統御主的天金在陸沙德的傳言吧？又出現了，而且這次比先前都還更廣傳。」

「我以為這件事情已經處理好了？」依藍德說道。

微風跟他的手下花了將近六個月散布謠言，誤導所有軍閥，讓他們相信天金一定是被藏在另外一座城市，因為依藍德在陸沙德裡找不到。

「看來沒有。」鬼影說道。「而且……我覺得有人刻意散布這些謠言。我在街上混得夠久，感覺得出來這是個刻意編造的故事，這些傳言不對勁。有人故意要讓所有軍閥的矛頭指向你。」

這真是太好了，依藍德心想。「你不知道微風在哪裡，對不對？」

鬼影聳聳肩，但他已經不再注意依藍德，正看著校場內的對打。依藍德轉頭回去看紋跟哈姆。

正如歪腳所預測，這兩人開始更認真地比賽。教學已經結束，不再有快速、重複性的過招，而是認真在對戰，兩人在一片棍花跟塵霧間進退搏鬥。灰燼被攻擊帶起的勁風所吹起，在他們身旁飛舞，走廊上更多士兵停下腳步觀看。

依藍德向前傾身。鎔金術師間的對戰似乎比常人更爲激烈。紋試著想攻擊，可是哈姆同時揮杖，速度快得令人眼花撩亂。紋居然能即時舉起武器，但哈姆的力道讓她整個人翻倒，她以單肩著地，連哼都不哼便單手拍向地面一躍而起，腳下一瞬間打滑，但很快便恢復了平衡，重新站穩。

白鑞，依藍德心想。讓再笨拙的人都能變得靈巧，而在紋這樣原本就很優雅的人身上……

紋的眼睛一瞇，與生俱來的固執出現在她下巴的線條跟表情的不悅上。她不喜歡被打敗，就算她的敵手明顯強過她許多。

依藍德站直身體，打算要出聲喝止打鬥。在那一瞬間，紋衝上前去。

哈姆彷彿早已預料她的行動，立刻舉起木杖對衝入攻擊範圍的紋揮擊。她彎腰躲向一旁，僅以數吋之距閃過，揮動木棍用力搥向哈姆手中木杖的後方，讓他失去重心。然後，她彎腰衝上前攻擊。

可是哈姆很快便反應過來。他讓紋的攻擊帶著他轉一圈，利用慣性讓木杖揮舞一圈後，直朝紋的胸口強勁揮下。

依藍德不自禁地大喊一聲。

紋一躍而起。

她沒有金屬能讓她反推，但那似乎不重要。她躍入空中足足七呎高，輕而易舉地翻過哈姆的木杖。木杖從她下方揮過，她則在空中一個鷂子翻身，手指幾乎要碰到哈姆的木杖，單手將自己的木杖舞成一團杖花。

落地的同時，她的木杖呼嘯低揮，尖端劃過的地面被勾出一絲灰燼，重重擊向哈姆的雙腿後方，將他絆倒。他大叫一聲，摔倒在地。

紋再次躍入空中。

哈姆重重仰天摔倒在地面，紋落在他的胸口，冷靜地以木杖末端敲敲他的額頭。「我贏了。」

哈姆躺在原處，一臉茫然，紋則蹲在他的胸口。塵土跟灰燼靜靜地在中庭落下。

「我的天啊……」鬼影低聲喃喃，似乎道出十幾名圍觀士兵的心聲。

終於，哈姆輕笑出聲。「好，妳打倒我了。那現在能不能請好心點，在我按摩痲掉的腿時，幫我拿點東西喝。」

紋微笑，從他胸口跳下，照他的要求去做。哈姆搖搖頭，爬起來。雖然他剛剛是這麼說，但他走路時幾乎連跛都沒跛，也許會有個瘀青，但不會礙事太久。白鑞除了增強體力、平衡和速度之外，更能讓身體從根本上變得更強壯。能夠打碎依藍德一雙腿的力道，在哈姆身上會顯得無關緊要。

哈姆加入他們，朝歪腳點點頭，輕捶鬼影的手臂，然後靠著欄杆，揉揉左邊小腿，微微齜牙咧嘴。

「依藍德，我敢發誓，跟那女孩對打有時簡直像跟風對打一樣。她從來不會出現在我以為的地方。」

「她是怎麼辦到的，哈姆？」依藍德問道。「我是指剛剛那一跳。就算以鎔金術師的標準來看，也太神奇了。」

「她不是用鋼嗎？」鬼影說道。

哈姆搖搖頭。「不，我不覺得。」

「怎麼可能？」依藍德問道。

「鎔金術師可以從金屬汲取力量。」哈姆嘆口氣後放下腳。「有些人能比其他人擠出更多能量，但真正的力量是來自金屬，不是人的身體。」

依藍德想了想。「所以怎麼樣？」

「也就是說……」哈姆續說。「鎔金術師不需要擁有強健的身體就能擁有超強的力量。如果紋是藏金術師，那情況就不一樣，如果你看過沙賽德的力量如何增強——他的肌肉會變大，但鎔金術的所有力量都是來自金屬。

「大多數的打手，包括我自己，都認為讓身體強壯只會增強力量，畢竟燃燒白鑞的強壯男子會比擁有同樣鎔金力量的普通男子更強壯。」

哈姆搓著下巴，瞄著紋在地上留下的痕跡。「可是呢……嗯，我開始在想，也許還有別的狀況。紋是個瘦瘦的小東西，但當她燃燒白鑞時，她比任何普通戰士都要強壯好幾倍，她所有的力量都塞入一個小身體裡，根本不需要負擔額外的肌肉重量。她像是……昆蟲一樣，比她的體積或身體看起來還強壯許多。所以，當她要跳的時候，她是眞的很能跳。」

「可是你還是比她強壯。」鬼影說道。

哈姆點點頭。「這是我可以利用的一點，但前提是我打得中她——這越來越難辦到了。」

紋終於回來，端著一壺冰涼的果汁，她顯然決定回到堡壘去拿，而不是直接倒放在中庭裡的溫啤酒。她遞了一大杯給哈姆，也記得幫依藍德跟歪腳拿了杯子。

「嘿！」鬼影對正在倒果汁的她喊道。「那我呢？」

「你那鬍子看起來蠢死了。」紋邊倒邊說。

「所以我沒東西喝？」

「沒錯。」

鬼影一愣。「紋，妳是個怪女孩。」

紋翻翻白眼，然後瞥向中庭的水桶，旁邊的一個錫杯子飛入空中，橫越了中庭。紋伸出手，啪的一聲接住，然後放在鬼影面前的欄杆上。「高興了吧？」

「妳幫我倒點東西喝我就會高興。」鬼影說道，歪腳則一邊悶哼，一邊從自己的杯子喝了一口，然後伸出手將欄杆上的兩枚錢幣攬過收起。

「嘿，對了！」鬼影說道。「阿依，你欠我錢。快點付錢。」

依藍德放下杯子。「我沒答應要跟你賭。」

「你賠給憤怒老頭了，爲什麼不賠給我？」

依藍德一愣，嘆口氣，又掏出一枚十盒金的硬幣，放在鬼影的錢旁邊。男孩微笑，以俐落的扒手招數瞬間掃起。「多謝妳打贏了，紋。」他眨眼說道。

紋對依藍德皺眉。「你賭我輸？」

依藍德大笑，隔著欄杆吻她。「不是我自願的，我是被歪腳強迫的。」

歪腳一聽這話就哼了一聲，灌下剩餘的果汁，伸出手要人幫他重新倒滿。紋沒反應，他只好轉向鬼影，惡狠狠地朝男孩一皺眉。

鬼影嘆口氣，拿起壺斟滿歪腳的杯子。

紋依然不太滿意地盯著依藍德。

「我建議你小心點，依藍德。」哈姆輕笑道。「她打人還蠻痛的……」

依藍德點點頭。「所以，附近有武器時不要惹她比較好，是吧？」

「我可是過來人。」哈姆說道。

紋一聽這話就哼了哼，翻過欄杆站在依藍德身邊。依藍德一手摟住她，同時瞄到鬼影眼中一閃而逝的羨慕。依藍德懷疑那男孩愛慕紋已經有很長一段時間，但又覺得這也不能算是鬼影的錯。

鬼影搖搖頭。「我得幫自己找個女人。」

「那你還留著那個鬍子幹麼。」紋說道。

「只是個僞裝而已，紋。」鬼影說道。「阿依，你能不能給我個貴族頭銜什麼的？」

依藍德微笑。「我覺得這二者無關，鬼影。」

「對你來說有效啊。」

「這很難說。」依藍德說。「我總覺得是紋愛上我，所以才願意忽略我的頭銜，而不是因爲我的頭銜才愛上我。」

「但在她之前還有別人。」鬼影說道。「貴族女孩。」

「是有過一兩個。」依藍德承認。

「但紋習慣把競爭對手都殺掉。」哈姆說笑。

依藍德大笑。「她只處理掉一個，而且是珊自找的，畢竟她當時正想刺殺我。」他寵愛地低下頭看著紋。「不過我得承認，紋的確會讓別的女人輸得很不光彩。只要有她在，其他人看起來都黯然失色。」

鬼影翻翻白眼。「她把情敵殺死那部分比較有趣。」

哈姆輕笑，讓鬼影爲他倒更多果汁。「如果你想離開她，只有統御主知道她會做出什麼事，依藍德。」

紋立刻全身一僵，將他拉得更緊。她已經被遺棄太多次。即使兩人共同度過這麼多難關，即使他已經向她求婚，依藍德仍然必須不斷對紋承諾，他不會離開她。

該換個話題了，依藍德心想，原本輕鬆愉快的氣氛逐漸消散。「好了。」他開口道。「我要去廚房找點東西吃。妳要來嗎，紋？」

紋瞥向天空，應該是在看離天黑還有多久。一會兒後，她點點頭。「我也去。」鬼影說道。

「你不准去。」歪腳說道，一把揪住少年的後領。「你得給我待在這裡，解釋你到底從哪裡弄到我手下士兵的制服。」

依藍德輕笑，帶著紋離開。說實話，雖然結尾有點走調，但來看他們練習仍讓他心情愉快不少。凱西爾的團員有一種特質，就是能在最嚴重的情況下依然談笑自若，讓他暫時忘記自己的煩惱，也許這是倖存者留下的影響。據說，凱西爾堅持無論情況多惡劣，大家都必須能夠說笑，對他而言，這也是一種反抗。

當然，問題並未因此而消失，他們仍然必須面對一支比他們大好幾倍的軍隊，以及幾乎無防禦力的城市，可是，如果說有人能在這樣的情況下生存下來，那必定是凱西爾的團員。

在依藍德的堅持下，紋塡飽了肚子後，跟著他一起回到自己的房間。

坐在她房間地板上的是一隻跟她之前買回來一模一樣的狼獒犬。牠看看她，然後低下頭。「歡迎回來，主人。」坎得拉以嘶啞的低咆聲說道。

依藍德讚賞地吹聲口哨，紋則繞著牠走了一圈。每根毛髮的位置都完美無缺，如果牠沒說話，絕對不會有人猜得出這不是原本的狗。

「你怎麼還能說話？」依藍德好奇地問道。

「聲帶是皮肉，不是骨頭，陛下。」歐瑟說道。「更年長的坎得拉學會如何變化自己的身體，不僅僅是複製而已。我仍然需要消化一個人的屍體才能記憶且重塑一模一樣的特徵，但有些問題我可以自行解決。」

紋點點頭。「所以做這個身體花的時間比你之前說的還要更久？」

「不是的，主人。」歐瑟說道。「是因爲毛髮。很抱歉我沒有先警告妳，要長出這樣的毛髮需要非常仔細的過程，而且很花精力。」

「其實你之前說過。」紋說道，揮揮手。

「你覺得這具身體怎麼樣，歐瑟？」依藍德問道。

「說實話嗎，陛下？」

「當然。」

「牠貶低我的價值，同時也冒犯我的自尊。」歐瑟說道。

紋挑起一邊眉毛。你今天講話還眞直接啊，雷弩，她心想。今天心情比較暴躁，是吧？

牠瞥向她，但她無法讀懂狗臉的表情。

「即使如此……」依藍德開口。「你仍然會使用這具身體，對嗎？」

「當然，陛下。」歐瑟說道。「我寧死也不會破壞契約。契約是生命。」

依藍德對紋點點頭，彷彿剛證明一件很關鍵的事情。

任何人都能聲稱他們是完全忠誠的，紋心想。如果有人有「契約」來保證他們的榮譽感，那就更方便了，如此一來，當他們終於背叛時，才會令人感到更驚訝。

依藍德顯然在等她做些什麼。紋嘆口氣說：「歐瑟，我們未來要花更多時間相處。」

「如妳所願，主人。」

「是不是我的意願還很難說。」紋說道。「但這件事情是避免不了的。你那具身體還靈活嗎？」

「還可以，主人。」

「來吧。」她說道。「咱們來看看你跟不跟得上。」

可是，我也害怕，我所知道的一切，我的故事，會被遺忘。我害怕未來的世界。害怕我的計畫會失敗。害怕比深闇更可怕的末日。

7

沙賽德從沒想到他會有欣賞泥巴地的理由，但事實證明，這種地面拿來寫東西再適合不過。他拿根長棍子在地上畫了幾個字，讓他的六名學生照著抄。他們各自重複寫了幾次。

即使他在不同的農村司卡聚落間住了一年，沙賽德仍然訝異於他們生活的貧瘠。整個村莊中沒有半支粉筆，更遑論墨水或紙張。一半的小孩光溜溜地亂跑，唯一的住所是低矮狹長、屋頂破爛，僅有一個房間的矮土堆。幸好這些司卡還有農具，卻沒有任何可以用來打獵的弓箭或彈弓。

沙賽德帶領一群人去荒廢的宅邸中搜尋可用的物資，但收穫不大。他向村莊長老建議帶領村民冬天時搬入宅邸住，但他懷疑他們會照辦。光是要他們去宅邸就讓他們滿心恐懼，大多數人甚至不願意離開沙賽德的身邊，那個地方讓他們想起領主，領主讓他們想起痛苦。

他的學生們繼續抄寫。他花費了不少口舌向長老們解釋為何學習書寫是很重要的一件事。最後他們幫他挑選了一些學生，沙賽德很確定部分原因是為了討他歡心。他看著他們寫字，緩緩地搖頭。這些人的學習不帶任何熱情。他們會來是因為被命令要來，因為這是「泰瑞司主人」的意思，而不是眞心想接受教育。

帝國崩解之前，沙賽德經常想像一旦統御主不在會是個什麼樣的世界。他想像守護者會出現，將被遺忘的知識跟事實帶給興奮、感激的人民。他想像自己夜晚時在溫暖的爐火邊教導眾人，說故事給熱切的聽眾聽，從來沒停下來想過他的對象會是人手不足的村莊，村民們晚上疲累到無力理會過去的故事，從來沒想像過這群人對他的到來是感覺受到打擾，而非感激。

你得對他們有耐心，沙賽德嚴格地告訴自己。他的夢想如今似乎是他的虛榮心在作祟。其他的守護者先烈，為了保持知識的安全與隱密而死的數百名守護者，從來沒有期待要接受讚美或欣賞。他們嚴謹且默默無名地完成了偉大的工作。

沙賽德站起身檢視學生們的字跡。他們寫得越來越好了，終於能認出所有的字母。雖然不是多大的成就，但總是個開始。他對眾人點點頭，讓他們離開去協助準備晚餐。

所有人站起身鞠躬後四散。沙賽德跟著他們走出屋外，發現到天色原來這麼暗了，他也許把他的學生們留得太晚了。他搖搖頭，繞過小山坡一樣的土堆屋。他仍然穿著彩色V形花紋的侍從官服裝，也帶上幾副耳環。他仍然依循舊習，因爲那是他所熟悉的，即使它們對他也是壓迫的象徵。未來的泰瑞司人們會怎麼穿著？統御主強制加諸於他們身上的生活方式，是否會成爲文化中不可分割的一部分？他停在村落邊緣，低頭看著南谷，谷裡充滿黑灰，偶爾被褐色的樹籐或矮灌木切割。當然沒有霧。霧只有晚上才出來。那些故事是錯的。一定是他看錯了。

而且就算不是錯的又有什麼關係？他沒有責任要追究這種事。如今帝國已經崩解，他必須分灑他的知識，不是浪費時間追逐愚蠢的故事。守護者不再是搜尋者，而是指導者。他帶著上千本書，題材有關於農業、衛生、政府、醫藥。他需要把這些都教給司卡。這是席諾德所決定的。

可是一部分的沙賽德正抗拒這種想法，所以他很有罪惡感。村民需要他的教導，他也誠心想要幫助他們，但是他覺得自己錯過了一些線索。統御主死了，但故事似乎沒有結束。難道他漏掉了什麼？某個甚至比統御主更重大的事情？某個如此重大，如此廣泛到幾乎是看不見的？

還是其實這只是我的一廂情願？他思索著。從成年以來，我幾乎所有時間都花在反抗跟戰鬥中，冒其他守護者認爲是瘋狂的險。我對於假裝服從並不滿足，我必須要親自參與反抗行動。

雖然反抗行動成功，沙賽德的族人仍然沒有原諒他的參與。他知道紋跟其他人認爲他很溫順，但相較於其他的守護者，他簡直是個瘋子，一個鹵莽、不值得信賴的愚人，因爲他的缺乏耐性，危及整個組織。他們相信他們的責任就是等待，觀察，直到統御主消失的那天來臨。藏金術師的數量太少，不可以冒險參與公開的反抗行動。

沙賽德違背了這個決定。現在他又無法安於當導師的平靜生活。這是因爲他在潛意識中知道他的人民仍然處於危險中，還是因爲他無法接受被排除在核心之外？

「泰瑞司主人！」

沙賽德轉身，那個聲音聽起來極爲恐懼。又有人死於霧中了嗎？他立刻聯想。

詭異的是，雖然如此驚恐的聲音響起，所有司卡仍然待在土屋內。幾扇門略略打開，但沒有人緊張地跑出來，甚至沒有好奇的人現身，只有發出尖叫的人衝到沙賽德面前。她是一名農人，一個矮壯的中年婦女。她衝上前來的同時，沙賽德檢查了自己身上的藏金存量。他的白鑞意識在身上，可以提供力量，還有一個非常小的鋼戒指能增加一點速度，突然間，他後悔今天沒多戴幾只手環。

「泰瑞司主人！」女人氣喘吁吁地說。「他回來了！他回來找我們了！」

「誰？」沙賽德問道。「死在霧裡的人嗎？」

「不是，泰瑞司主人。是統御主。」

沙賽德發現他就站在村莊外。天色已黑，來找沙賽德的女人害怕地回到土屋內。沙賽德只能想像這些可憐的人每天如何被夜晚跟迷霧困於屋內，只能縮在屋裡，擔心著門外的危險。

的確是不祥的危險。陌生人靜靜地站在光禿的路面上，穿著黑色袍子，幾乎跟沙賽德一樣高。光頭，沒有珠寶，除非刺穿雙眼的巨大金屬錐算是珠寶。

不是統御主。是鋼鐵審判者。沙賽德仍然不了解這種怪物如何能繼續活著。那對金屬錐寬到剛好塞入審判者的整個眼眶，毀掉整顆眼珠，銳利的尖頭從頭顱後方微微刺出。傷口沒有半滴血。不知爲何，這一點讓他們顯得更詭異。幸好，沙賽德認得這名審判者。

「沼澤。」沙賽德輕聲說道，霧氣開始凝聚起來。

「你很難追蹤，泰瑞司人。」沼澤說。他的聲音讓沙賽德大爲震驚。跟先前已經不同了，變得更沙啞，更粗糙，彷佛聲帶被嚴重摩擦過，像是長年咳嗽的人所發出的聲音。跟沙賽德見過的其他審判者一模一樣。

「追蹤？」沙賽德問道。「我沒想到有人要找我。」

「無所謂。」沼澤說道，轉向南方。「我要。你必須跟我來。」

沙賽德皺眉。「爲什麼？沼澤，我在這裡有工作。」

「不重要。」沼澤轉回去面對他，少了眼球的注視盯在沙賽德身上。

是我的錯覺，還是自從我們上次見面後，他已經變成陌生人了？沙賽德一陣哆嗦。「到底什麼事，沼澤？」

「瑟藍集所是空的。」

沙賽德一愣。集所是教廷在南方的重鎮，在崩解之後是統御主信仰的審判者跟高階聖務官所退聚的地方。

「空的？」沙賽德問道。「不可能。」

「事實如此。」沼澤說道。他說話時沒有任何肢體語言。沒有手勢，沒有表情。

「我……」沙賽德沒說完。集所的圖書室不知隱藏了多少知識，奇蹟，跟祕密。

「你必須跟我來。」沼澤說。「如果被我的同胞發現，我會需要你的幫忙。」

我的同胞。審判者從什麼時候變成沼澤的「同胞」了？沼澤滲透他們是凱西爾推翻最後帝國計畫的一部分。他是他們的叛徒，不是弟兄。

沙賽德遲疑了。沼澤的側影顯得……不自然，甚至有點陰森。危險。

別傻了，沙賽德暗罵自己。沼澤是凱西爾的哥哥，倖存者在世上唯一的親人。身爲審判者，沼澤有權管轄鋼鐵教廷，因此雖然他參與了反叛行動，許多聖務官依然聽從他的指示。對於依藍德．泛圖爾的雛鳥政府而言，他是不可或缺的寶貴助力。

「去收拾東西。」沼澤說道。

我應該待在這裡，沙賽德心想。教導人民，而不是在大地上馳騁，追逐自我滿足。

然而……

「霧開始在白天出現了。」沼澤輕輕說道。

沙賽德抬起頭，沼澤正直視著他。在殘存的天光下，尖錐的圓底像是兩個圓盤般閃閃發光。迷信的司卡以爲審判者有讀心術，但沙賽德知道那只是愚蠢的迷信。審判者擁有迷霧之子的力量，因此能操弄他人情緒，卻不具有讀心術。

「你爲什麼這麼說？」沙賽德問道。

「因爲那是眞的。」沼澤說道。「整件事尙未結束，沙賽德。甚至還沒開始。統御主……他只是拖延戰術。一顆栓塞。少了他，我們剩下的時間已然不多。跟我一起去集所，我們必須趁機徹底搜查。」

沙賽德想了想，點點頭。「我去跟村民解釋一下。我們今晚就能出發。」

沼澤點點頭，沒有跟著沙賽德一起進入村莊，只是站在原處，站在黑暗中，讓霧氣環繞他。

一切都回到可憐的艾蘭迪頭上。我爲他感到難過，因爲他被強迫要承受的一切。因爲他被強迫要成爲的樣子。

8

紋躍入霧中，飛翔進夜空，越過黑暗的房屋和街道。迷霧裡偶爾透出一點巍巍顫顫的燈火。可能是巡夜的守衛，也可能是不幸的深夜旅人。

紋察覺到自己開始下墜，立刻在身前彈出一枚錢幣，鋼推讓它加速落到地面，著地的瞬間利用反作用力將自己彈起，騰回空中。鋼推的力道越小，越難控制，每跳一次，躍入空中的速度便越快。迷霧之子的跳躍不比鳥類的飛行，而像是反彈箭矢的迅擊。

然而，紋的動作仍是優雅的。她深吸一口氣，在城市上方劃出弧線，感受沁涼潮濕的空氣。白天的陸沙德瀰漫著炙熱的鑄鐵廠、烘烤的垃圾和飛落灰燼的氣味，但夜晚的霧氣讓空氣染上美妙的冰冷舒爽，近乎純淨。

紋到達跳躍的頂峰，有那麼一瞬間懸掛在空中，等著慣性改變。猛然，她往城市墜去，迷霧披風的緞帶在她身邊飄動，交織在頭髮中。墜落的同時，她閉著眼睛，想起在凱西爾放任卻仔細的教導下，剛學習接觸迷霧的那幾個禮拜。這是他給予她的。自由。雖然她成爲迷霧之子已經有兩年，但每每在霧氣間翺翔時，心神俱醉的感覺從未離去。

她閉著眼睛，燃燒鋼：線條依然出現在她眼簾後，一把絲線般的藍色光芒映著黑暗。她選了兩條指向下方的藍線，鋼推，讓自己重新劃出拋物線。

*在這之前我是怎麼活過來的？*紋心想，睜開眼睛，抬手將披風撩在身後。

一段時間後，她再次開始落下，此時卻不再拋擲錢幣，而是燃燒白鑞增強四肢力量，重重落在環繞泛圖爾堡壘的高牆上。青銅顯示附近沒有人使用鎔金術，鋼鐵並未顯示附近有金屬以異常的軌跡朝堡壘移動。

紋蹲在黑暗的牆頭邊緣，腳趾攀著石塊邊緣，停了片刻。腳下的岩石涼爽，錫讓皮膚比平常更爲敏感，她可以感覺出石牆需要好好刷洗一遍。夜晚受到潮濕空氣的養護，白日則受到附近高塔的遮蔭，石牆上面開始長出苔蘚。

紋靜靜地看著一陣微風推擠翻攪迷霧，聽見下面街道傳來有人走動的聲音，像是在奔跑。她渾身緊繃，檢查她的金屬存量，直到她查覺那犬形的身影。

她朝牆的另一面拋下錢幣，跳下。歐瑟已坐在地上，等她輕巧落地，最後一瞬間鋼推錢幣好減緩降落的速度。

「你的動作很快。」紋讚賞地說道。

「我只需要繞過皇宮花園即可，主人。」

「可是這次你比以前都更能跟上我的行動。狼獒犬的身體比人類更快。」

歐瑟想了想。「我想是吧。」牠承認。

「如果我要穿越城市，你跟得上嗎？」

「應該可以。」歐瑟說道。「如果妳把我弄丟了，我會回來這裡讓妳把我找回去。」

紋轉身，衝入一條小巷，歐瑟安靜地跟在她身後。

看看牠跟不跟得上更快的速度，她燃燒白鑞，立刻加快速度，沿著沁涼的石板地奔跑，雙足一如往常赤裸。一般人絕對無法維持這種速度，就算是受過訓練的運動員也不可能跟上她，因爲他絕對很快就會疲累。

光靠白鑞，紋可以極端的速度連續跑上好幾個小時。白鑞給了她力量，超越正常人感知的平衡感，讓她在迷霧統治的黑暗街道上狂奔，若是有人看見，也只能看到一團緞帶跟裸足。

歐瑟一直跟在她身邊。牠在黑夜中跟她並肩奔跑，全神貫注地大口喘氣。

厲害，紋心想，轉向旁邊的小巷，輕鬆從六呎高的柵門躍下，進入某低階貴族的宅邸。她轉身，腳步在濕草上一滑，仔細觀察。

歐瑟跳上木柵欄頂端，深色的犬形身體從霧間落在紋面前，穩穩高坐在地上，一邊喘氣，一邊靜靜地等著，眼神隱含反抗。

不錯嘛，紋心想，掏出一把錢幣。這個看你跟不跟得上。

她拋下一枚錢幣，後翻入空中，在霧中迴旋、扭翻，反推井邊的水龍頭，落在附近的一座屋頂上，再拋下一枚錢幣，鋼推越過下方的街道。

她不斷在屋頂間跳躍，有需要時隨意拋下一枚錢幣，偶爾瞥向後方，看到一個黑色的身影努力試圖跟上。牠扮成人類時鮮少跟隨她，都是紋在定點跟牠碰面，但在夜晚中的行動，迷霧間的跳躍……這是專屬於迷霧之子的領域。依蘭德叫她帶著歐瑟時，他知道自己的要求意謂著什麼嗎？如果她繼續在街上奔跑，絕對會暴露自己的行蹤。她落在屋頂上，握住建築物的石頭屋簷，猛然停下，探出身子俯瞰三層樓高的地面。迷霧在身旁盤繞，她繼續保持平衡。萬籟俱寂。

這麼快就甩掉啦，她心想。我只要向依藍德解釋說——

歐瑟重重落在不遠處的屋頂上，緩步朝她走來，一屁股坐下，期待地看著她。

紋皺眉。她以迷霧之子的速度在屋頂上足足跑了十分鐘。「你……怎麼上來的？」她質問。

「我先跳上一棟比較矮的樓房，然後再跳到這裡，主人。」歐瑟說道。「然後我沿著屋頂一路跟隨妳。屋頂間的距離很近，所以不難跳。」

紋的迷惑必定在她臉上一覽無遺，因為歐瑟自動繼續說道：「我對這把骨頭的判斷也許……言之過早了，主人。牠的嗅覺確實出眾，不僅如此，所有感官也都很敏銳。就算在一片漆黑中，也很容易追蹤妳去了哪裡。」

「原來……如此。」紋說道。「這是好事。」

「主人，我能否詢問剛才一番追逐的目的是什麼？」

紋聳聳肩。「我每天晚上都這麼做。」

「妳似乎很認真想要甩掉我。如果妳不讓我留在妳身邊，我很難保護妳。」

「保護我？」紋問道。「你甚至不能打鬥。」

「契約禁止我殺人類。」歐瑟說道。「可是如果有需要，我可以找人來幫忙。」

或是在危險時丟給我一點天金，紋承認。牠說得沒錯，牠可能很有用。我爲什麼這麼堅定要把牠甩掉？她瞥向歐瑟，後者正很有耐心地坐在原地，胸口上下劇烈起伏。她甚至沒意識到坎得拉其實也需要呼吸。

牠吃了凱西爾。

「來吧。」紋說道。她從屋頂上跳下，反推錢幣，沒有停下來注意歐瑟是否跟上。

她下墜時，從口袋中又掏出一枚錢幣，但決定先不要用，改成反推旁邊的窗框。一如大多數的迷霧之子，她經常使用最小幣值的夾幣來跳躍。在眾多錢幣中，正好有一種是跳躍跟彈射的理想大小跟重量。對大多數的迷霧之子而言，拋一枚夾幣，甚至一整袋夾幣都是無足輕重的支出。

但紋不像大多數的迷霧之子。在她小時候，一把夾幣是驚人的財富，如果她省吃儉用，這些錢夠她吃好幾個禮拜。當然，如果被其他盜賊發現她得到這麼大一筆錢，絕對意謂著痛苦，甚至死亡。

她已經很久沒有餓肚子了。雖然她的房間裡仍然隨時有一包乾糧，但也只是因爲習慣，而非焦慮。說實話，她對自己的改變不知該做何感想。不需要擔心日常生活所需是好事，但她的問題被更爲嚴峻的麻煩所取代。關於國家興亡的麻煩。

一整國人民的……未來。她在城牆頂端著陸。城牆比泛圖爾堡壘周圍的圍牆還高，更爲堅固。她跳到城垛上，手指抓著突出的石塊，向前探出，望著外面軍隊的篝火。

她從來沒見過史特拉夫・泛圖爾，但光從依藍德口中聽說的事情就夠讓她擔心了。

她嘆口氣，反手朝城垛一推，跳到城牆的走道上，靠著其中一塊岩石，歐瑟則從一旁的城牆樓梯爬上樓，走上前來，一如先前耐心地端坐著。

不論是好是壞，紋挨餓挨揍的單純日子已經一去不復還。依藍德的新生王國正陷入嚴重的危機，而她爲了保住自己的命，將最後一點天金也燒光，因此他不只暴露在軍隊的危險威脅下，甚至還包括了任何試圖要殺他的迷霧之子。

像是窺探者那樣的殺手嗎？神祕人介入她跟塞特的迷霧之子之間有何目的？他爲什麼選擇觀察她，而非依藍德？

紋嘆口氣，手探入錢袋，掏出那塊硬鋁。她先前吞下去的一點仍然存在她體內。

好幾個世紀以來，大家都認定鎔金金屬只有十種：四種基礎金屬跟合金，加上天金跟黃金。然而，鎔金金屬總是一對的——基礎金屬跟合金。紋一直覺得天金跟黃金被視爲一對很不對勁的，因爲它們並非彼此的合金。最後才發現，它們並不是一對，而是各自有合金，其中之一，就是脈天金——所謂的第十一金屬，它成爲讓紋知道該如何打敗統御主的線索。

凱西爾不知道用什麼方法找出脈天金。當紋最後一次見到沙賽德時，他很煩躁，至少是沙賽德式的煩躁，因爲他完全找不到凱西爾口中所謂傳說的任何線索。雖然沙賽德認爲教導最後帝國的人民是他身爲守護者的責任，但她並沒有忽略沙賽德南下的行程，亦是凱西爾聲稱找到第十一金屬的方向。

*這塊金屬也有傳言嗎？*紋暗自揣想，摩擦著硬鋁。*會不會有傳言能告訴我它的功效是什麼？*

其他金屬均有立即、明顯的效果，只有紅銅的功效是產生一種遮蔽，能夠隱藏鎔金術師的力量不被他人察覺，因此也無法靠感官知覺理解它的功效。也許硬鋁是類似的效用，它的效果是否只有另一名試圖對紋使用力量的鎔金術師才能察覺到？它是鋁的相反，而鋁是讓金屬消失，難道硬鋁是讓其他金屬更耐久？

有動靜。

紋勉強看到一絲陰影，一開始，原始的恐懼在她體內浮現：是那個霧中身影，前天晚上才看到的魅影嗎？

*妳在疑神疑鬼，*她用力告訴自己。*妳只是太累了。*況且，那一閃動作帶出的影子太深，輪廓看起來太*真實*，不可能是同樣的魅影。

是他。

他站在一座瞭望塔上，沒有蹲下，甚至懶得隱藏他的身影。這名未知的迷霧之子，是高傲，還是愚蠢？紋微笑，擔憂變成興奮。她準備好金屬，檢查體內的存量。一切都已經準備好。今天我會逮到你，朋友。

紋轉身，灑出一把錢幣，不知這迷霧之子是知道自己被發現，還是已經準備好迎接即將來的攻擊，無論如何，他非常輕易地閃躲，歐瑟跳起來轉身，紋抽出腰帶，拋下身上的金屬。

「想辦法跟上。」她低聲囑咐坎得拉，然後奔入夜晚，追蹤獵物。

窺探者在黑夜中飛竄縱跳。紋沒有太多追著另一個迷霧之子跑的經驗，只有來自跟凱西爾的練習，因此很快就發現自己有點上氣不接下氣，並且對於自己先前以同樣方式對待歐瑟感到一絲罪惡感。她現在正親身體會要在迷霧中跟著一名決心疾奔的迷霧之子有多麼困難，而且她還沒有狗的靈敏嗅覺。

靜默的黑夜中響起金屬敲擊的聲響，隨著窺探者一路往城中心移動而掉落的錢幣，叮叮咚咚地落在雕像跟石板地上。許久後，他終於降落在一座中央噴泉廣場。紋同時墜地，落地的瞬間驟燒白鑞，往側面撲去，四肢著地的同時，她臉上露出一絲笑容，白鑞增強了她的肌肉，她隨即扭身撲前，一面拉引一枚錢幣至掌心。

她的對手往後一躍落在鄰近噴泉的邊緣。紋落地，拋下錢幣，靠著它越過窺探者的頭頂。他彎下腰，警戒地追蹤她越過頂上的身影。

紋拉住噴泉中央的一座青銅雕像，止住身勢，蹲踞在斜凹的頂端，低頭看著對手。他正以金雞獨立姿勢站在噴泉邊緣，僅僅是翻騰迷霧中一抹黝黑安靜的身影，透露著……挑釁。

*妳抓得到我嗎？*他似乎無聲地在問。

紋猛地抽出匕首，從雕像上躍起，利用沁涼的青銅做爲錨點，朝窺探者直推而下。

窺探者也利用同樣一座雕像，將自己拉前，間不容髮地從紋身下竄過，激起一片水花，飛快的身勢如打水漂的石子在靜謐的水面輕點而過，最後一次躍起時立即反推，落在廣場的另一邊。

紋落在噴泉邊緣，冰冷的清水濺濕她全身。她一聲低吼，再次朝窺探者撲去。墜落地面的同時，他已然轉身，抽出自己的匕首。紋在地面迅疾翻滾，避過了第一波攻勢後馬上舉起雙刀，合十刺下。窺探者迅速地閃躲，匕首上晃落的水珠點點晶亮，蹲身落下的同時展現俐落的身姿，全身緊繃有自信，高手。

紋再次微笑，呼吸急促。她已經很久沒有這樣的感覺……距離和凱西爾對打的夜晚已經太遙遠。她保持低蹲的姿勢，觀察在兩人之間翻騰的迷霧。他的身材中等，體型精瘦結實，而且沒穿迷霧披風。

*爲什麼不穿披風？*迷霧披風是他們這類人的共同裝束，象徵自信跟隱密。

兩人的距離太遠，她看不清他的臉。不過，她看到他臉上泛出一絲笑容的同時，又往後躍起，反推另一座雕像。追逐戰正式開始。

紋跟著他穿過城市，驟燒鋼鐵，落在屋頂跟街道上，躍起的身體劃出一道又一道的大弧。兩人像在遊樂場中打鬧的孩童般竄過陸沙德，紋試圖想攔截對手，他則每次都恰巧躲過。

他非常厲害。遠比她所認識或面對過的迷霧之子都要厲害，可能只略遜於凱西爾。可是，自從她與倖存者對戰過後，她的能耐也是與日俱增。這個新來的會比她還強嗎？光想就讓她感覺一陣興奮。她一直認爲凱西爾是操縱鎔金能力的至高典範，往往忘記他也不過就是在崩解時代前的兩年多才得到力量。

*跟我練習的時間一樣長。*紋突然察覺這點。她落在狹隘、潮濕的街道，皺著眉頭，動也不動地蹲著。

她明明看到窺探者朝這條街降落。

狹窄又破舊的窄街其實跟一條小巷子差不了多少，兩旁都是三四層樓的建築物，毫無動靜。窺探者可能已經溜走，也可能正躲在附近。她燃燒鐵，卻沒有任何鐵線的動靜。

不過，她還有一招……

紋維持四處搜尋的行動，鎔金實際上卻已經改換成燃燒青銅，試圖想要刺穿她認爲應該在附近的紅銅雲。

果然。他躲在一棟廢棄建築物的房間裡，從幾乎完全閉上的百葉窗偷偷往外看。一旦知道他人在哪裡，她立刻辨認出他是用了哪些金屬跳到二樓去，還包括他用來關閉百葉窗的鐵窗鉤。有可能他之前已在這裡探過路，早就打算要在這裡甩掉她。

很聰明，紋心想。

他不可能會知道她有辦法刺穿紅銅雲，可是如果她現在攻擊，她擁有這種力量的祕密就會洩漏出去。紋靜靜地站起，猜想他正蹲在上方，警覺地等著她離去。

她微笑，檢視體內的硬鋁存量。這正是判斷她燃燒硬鋁是否會在另一名迷霧之子眼中顯得不同的好時機。窺探者應該正在燃燒他大多數的金屬，試圖預測她的下一步行動。

所以，紋自作聰明地燃燒了第十四種金屬。

巨大的爆炸聲在她耳中響起。紋驚喘出聲，詫愕地跪倒在地。身邊周遭一切變得明亮，彷彿某種能量點亮了街道。而且，她覺得好冷：鑽骨蝕心、凍懾心神的冷。

她發出呻吟，試圖想要瞭解那到底是什麼聲音。它……它不是一次爆炸，而是許多爆炸連續起來。規律的鼓動。像是她身旁有人在打鼓。是她的心跳。還有微風，跟呼嘯而過的狂風一樣響亮。狗在找食物吃的扒抓聲。人在睡夢中的鼾聲。她的聽覺彷彿被增強了上百倍。然後……沒了。紋跌坐在石板地上，猛然湧來的光線冰冷和聲響消散。附近的陰影中有身形在移動，但她看不清。她再也無法於黑暗中見物。她的錫……

燒完了，她終於回神發現。我體內所有的錫都被燒完了。當我燃燒硬鋁的同時，我也正在……燃燒錫。

我同時燃燒兩者。這就是祕訣。硬鋁徹底燃燒光她體內的所有錫，讓她的感官在非常短的時間內變得無比敏銳，卻也掠走了她所有的存量。再仔細一檢查，她發現同時在燃燒的其他金屬，包括青銅跟白鑞，也都沒有了。突然衝來的變化大到她來不及注意另外兩者。

晚點再想，紋告訴自己，搖搖頭。她覺得自己應該要又聾又盲，卻非如此。她只是有點被驚嚇到。黑色的陰影出現在她身邊的霧中。她沒有時間慢慢恢復，連忙撐地站起，卻又腳步一軟。這個身形太矮，不會是竊探者。是……

「主人，妳需要幫忙嗎？」

「你……跟上來了。」紋說道。

紋停下腳步，看到歐瑟來到她身邊坐下。

「很不容易，主人。」歐瑟不帶任何感情地說道。「妳需要協助嗎？」

「呃？噢，不需要。」紋搖搖頭，恢復神智。「我要你變成狗時疏忽了一件事。你現在不能幫我帶金屬在身邊了。」

坎得拉歪歪頭，邁開步伐走向附近的小巷，片刻後咬了個東西回來。她的腰帶。

牠將腰帶放在她腳邊，坐回等待的姿勢。紋拾起腰帶，拔起其中一個備用小瓶。「謝謝你。」她緩緩說道。「你這麼做眞的……很細心。」

「我只是履行契約，主人。」坎得拉說道。「如此而已。」

但你以前可沒替我想這麼多，她心想，吞下瓶內的金屬，感覺存量再次恢復。她燃燒錫，重新得回夜視力，心底也忍不住鬆了一口氣。自從她的能力被發掘後，她再也不需要摸黑出門。

竊探者的房間百葉窗大開。他一定是趁著她受驚的時候逃脫了。紋嘆口氣。

「主人！」歐瑟大喝。

紋飛快轉身。一名男子安靜地落在她身後。他看起來居然……有點面熟。瘦瘦的臉上有著一頭濃密的黑髮，頭正不解地微歪，她明白他眼中的疑問：她剛才爲什麼摔倒了？

紋微笑。「也許我剛才只是要引誘你現身。」她悄聲說道，知道他有錫力增強的耳朵聽得見她的聲音。

迷霧之子微笑，對她點點頭，似乎是在表達敬意。

「你是誰？」紋上前一步問道。

「敵人。」他回答，舉起手要她退後。

紋停下腳步。靜謐的街道上，迷霧盤旋在兩人身邊。「爲什麼要幫我擊退那些殺手？」

「因爲……」他緩緩開口。「我也是瘋子。」

紋皺眉，打量那人。她在乞丐眼中看過瘋狂的神色，但這個人不是瘋子。他驕傲挺拔站立著，在黑夜中望著她的眼神表露出自制。

*他到底在玩什麼把戲？*她暗自揣想。

她花了一輩子鍛鍊出的直覺警告她要小心。她才剛學會要信任朋友，而絕對不打算要對第一次在黑夜中碰面的人施予同樣的特權。

可是，離她上次跟另一名迷霧之子交談已經有一年了。她仍然有無法跟其他朋友解釋的身分衝突，就連哈姆跟微風這樣的迷霧人都無法瞭解迷霧之子的奇特雙重生活。既是殺手，又是保鏢，還是貴族仕女……同時仍是迷惘、安靜的女孩。這個人對自己的身分也有同樣的困惑嗎？

也許他能成爲她的盟友，讓中央統御區有第二名迷霧之子。就算她辦不到，也不能冒險跟他開打。在夜間進行練習戰是一回事，但若是這比賽變得危險，對方可能會用上天金。

如果那件事發生，她必輸無疑。

窺探者謹慎地端詳她。「請爲我解個惑。」他從霧中開口說道。

紋點點頭。

「妳眞的殺了他？」

「是的。」紋低聲說道。他只有可能指一個人。

他緩緩點頭。「妳爲什麼要跟著他們辦家家酒？」

「誰？」

窺探者朝迷霧中的泛圖爾堡壘揮揮手。

「這不是辦家家酒。」紋說道。「當我愛的人陷入危險時，絕對不是。」

窺探者靜靜地站著，然後搖搖頭，好像很……失望。然後，他從腰帶中掏出某樣東西。

紋立刻往後跳，但窺探者只是朝兩人之間拋擲一枚錢幣。彈了兩下後，錢幣停在石板地上。窺探者將自己反推入空中。

紋沒跟上。她伸手揉揉腦袋，總覺得至少該有陣頭痛。

「妳讓他走了？」歐瑟問道。

紋點點頭。「今晚到此爲止。他打得很好。」

「妳聽起來像是很尊敬他。」坎得拉說道。

紋轉過身，坎得拉語氣中的一絲鄙夷讓她皺起眉頭，但歐瑟耐心滿滿地坐在原處，再沒有透露半點情緒。她嘆口氣，重新繫回腰帶。「我們得幫你弄個背帶什麼的。」她說道。「我希望你能像有人形時那樣幫我帶著備用金屬。」

「不需要背帶，主人。」歐瑟說道。

「哦？」

歐瑟站起身，緩步上前。「請拿出一個瓶子。」

紋照牠說的掏出一個小玻璃瓶。歐瑟停下腳步，側轉過身，一邊肩膀正對著她，就在她的注視下，皮毛跟肌肉剝離，露出下方的血管跟層層皮肉。紋略略後退。

「不用擔心，主人。」歐瑟說道。「我的皮肉跟妳的不同。妳可以說我更能……控制它。請將金屬瓶放在我的肩膀肉裡。」

紋再照做，她看著皮肉包著瓶子癒合，消失於眼前。紋嘗試燃燒鐵，沒看到藍色線條指向隱藏的瓶子——體內的金屬不受其他鎔金術師的操控，就連刺穿身體的金屬，像是審判者眼睛的尖刺或紋的耳針也不能被他人推或拉。顯然藏在坎得拉體內的金屬亦是如此。

「危急時我會把它送來給妳。」歐瑟說道。

「謝謝。」紋說道。

「契約，主人。無須謝我。我只是按照契約行事。」

紋緩緩點頭。「我們回皇宮去吧。」她說道。「我想去看看依藍德。」

可是，讓我從頭說起。我在克雷尼恩初見艾蘭迪，當時他還是個年輕小伙子，尚未因爲長達十年的領軍生涯而扭曲。

9

沼澤變了。原本是搜尋者的他變得更爲……冷酷。他似乎總盯著沙賽德看不見的東西，回答時總是直接，說話時總是短促。

當然，沼澤講話從來不拐彎抹角。兩人走在風塵僕僕的官道上，沙賽德趁此機會研究他的朋友。他們沒有馬，就算沙賽德有，大多數動物也不肯靠近審判者。

鬼影之前說沼澤的綽號是什麼？沙賽德邊走邊想。在他變了個人之前，他們叫他……鐵眼。他後來的遭遇居然應驗了這個綽號。大多數人覺得沼澤的改變令人惶惶不安，因此對他敬而遠之。雖然沼澤似乎並不介意，但沙賽德仍特別費心思想跟他往來。他仍然不知道沼澤是否喜歡他這麼做。他們兩人的確處得不錯：有共同對研究學問跟歷史的興趣，也都對最後帝國的宗教狀況很有興趣。

而且，他來找我，沙賽德心想。當然，他嘴上是說為了以免不是所有的審判者都離開了瑟藍集所，但這藉口很薄弱，因為雖然沙賽德有藏金術的力量，卻仍然不是戰士。

「你應該待在陸沙德。」沼澤說道。

沙賽德抬起頭。沼澤一往如常，說話只挑重點。「為什麼這麼說？」沙賽德問道。

「他們需要你。」

「最後帝國其餘的地方也需要我，沼澤。我是守護者，我的時間不該被特定的一群人佔據。」

沼澤搖搖頭。「那些村民會忘記你來過，但沒有人會忘記即將在中央統御區發生的事情。」

「人的忘性很強，遠超出你能想像。戰爭跟王國也許在現在看起來很重要，但就連最後帝國也有其終點。既然最後帝國已經瓦解，守護者就不該再參與政治。」大多數守護者甚至會說我們打從一開始就不該參與。

沼澤轉身面向他，眼睛只剩被金屬填滿的眼眶。沙賽德沒有顫抖，但感覺不舒服。

「那你的朋友們呢？」沼澤問道。

這是很私密的問題。沙賽德別過頭，想著紋，還有他向凱西爾發過要保護她的誓言。她現在不太需要保護了，他心想。她甚至比凱西爾更擅長使用鎔金術，但沙賽德知道，有許多其他保護的方式是跟戰鬥無關。每個人都需要支持、建議和善意對待，尤其是紋。那可憐女孩的肩膀上承擔了太多。

「我……請人去幫忙了。」沙賽德說道。「我已經盡我所能。」

「不夠。」沼澤說道。「發生在陸沙德的事已不容忽視。」

「我不是在忽視它，沼澤。」沙賽德說道。「我只是盡力履行責任。」

沼澤終於別過頭。「你履行錯了。這裡一結束，你就回陸沙德去。」

沙賽德還想開口爭辯，但什麼都沒說。他能說什麼？沼澤是對的。雖然他沒有證據，卻相信陸沙德中正發生很重大的事情，也需要他的協助，因爲這結果會影響過去曾被稱爲最後帝國的整片大陸。

所以，他閉上嘴，乖乖跟在沼澤身後繼續走。他會回到陸沙德，證明自己的頑劣。也許，最後他會發現，並沒有什麼撲朔隱約的危機正威脅整個世界。他回去只是出於想跟朋友重聚的私心。

他寧願如此，因爲另外一個可能性讓他不寒而慄。

我第一次見到他時，最先注意到的就是他鶴立雞群的身高——雖然年輕，卻衣著樸實——令人不由自主地心生敬重。

10

議事廳設立在原本的鋼鐵教廷財政廷總部，天花板低矮，看起來比較像是演講廳，而非議事廳。中間有座高架的舞台，舞台前一排排長凳以扇形散開，舞台右邊建了一區座位給議員，左邊則是講台。講台面對的方向是議員，不是群眾，但隨時歡迎一般人民前來旁聽。依藍德認爲所有人都該對政府的政事運行有興趣，因此每次週會時見到僅有寥寥可數的觀眾前來旁聽，都讓他一陣難過。

紋的位置在講台這側，但在後面，直接面對觀眾。她跟其他護衛面向講台的後方以及對側的群眾，哈姆的守衛則穿著平常人的衣服坐在第一排的聽眾席，提供第一線的保護。原本紋要求舞台前後都該各有一排守衛，卻遭遇依藍德的大力抗議，他覺得有守衛坐在演講者身後會讓人分心，但哈姆跟紋雙雙堅持。如果依藍德每個禮拜都要出現在群眾面前一次，紋就要仔細監控他跟所有能看到他的人。

因此，為了要落座，紋得跨越整座舞台。許多目光跟隨著她移動。有些人是對桃色醜聞有興趣，他們認為她是依藍德的情婦，國王跟自己的私人殺手有親密關係更是八卦的絕佳素材；有些人則是對政治有興趣，想知道紋對依藍德有多少影響力，是否能利用她直達天聽；其餘人則是對日漸散布的傳說感到好奇，想知道紋這樣的女孩子難道眞能殺死統御主？

紋加快腳步，經過議員面前，在哈姆身邊坐下。在這麼正式的場合中，哈姆仍然只單穿著他的背心，裡頭不穿襯衫，因此穿著襯衫跟長褲坐在他身邊的紋，覺得自己相較之下並不突出。

哈姆微笑，欣喜地朝她肩膀一拍。她得強迫自己靜靜接下這一拍而不過度反應。不是她不喜歡哈姆，正好相反，她愛他，一如愛所有原本隸屬於凱西爾團隊的成員，但是……她很難解釋，甚至自己都無法說清楚，只是哈姆無意的碰觸讓她想扭身避開，總覺得人不應該這樣隨隨便便就碰觸對方。

她強迫自己甩開這些思緒，要求自己像其他人一樣。依藍德應該有個正常的女人。

他已經到了，一注意到紋的到來，就對她點點頭，引出她的微笑，然後他轉過身，繼續低聲跟潘洛德大人——其中一名貴族議員——交談。

「依藍德這下可高興了。」紋低聲說道。「這地方擠滿了人。」

「他們很擔心。」哈姆低聲說道。「而擔心的人對這類集會很在意。我可不覺得高興，這些人讓我們更難管理。」

紋點點頭，眼光在群眾之間來回巡視。人群的組成出奇地雜亂，這是在最後帝國時代絕對不可能共同聚會的各種群體。當然，一大部分是貴族。紋皺眉，想到這些貴族成員多想要操控依藍德，還有他對他們許下的承諾……

「妳怎麼會露出這種臉色？」哈姆問道，推推她。

紋打量著打手，期待的眼神在他堅毅的長臉中閃爍。哈姆在找人辯論一事上，幾乎有超人的敏銳度。紋嘆口氣。「我不知道該怎麼看這整件事，哈姆。」

「這整件事？」

「這整件事。」紋低聲說道，對議會比了比。「依藍德很努力想要讓所有人都滿意。他付出這麼多權力，這麼多錢……」

「他只是想要讓每個人都得到公平的對待。」

「不只如此，哈姆。」紋說道。「他簡直好像是打定主意要讓每個人都變成貴族。」

「這不是件好事嗎？」

「如果每個人都是貴族，那就沒有所謂的貴族。不可能每個人都有錢，也不可能每個人都管事。那是不合常理的。」

「也許吧。」哈姆深思地說道。「可是依藍德不是有公眾責任要能做到廣施公平正義？」

公眾責任？紋心想。我早該知道，怎麼可以跟哈姆討論這種事……

紋低頭。「我只是覺得他不需要議會就可以確保每個人都能得到良好的待遇。這些人只會爭吵，奪取他的權力，而他居然還放任他們。」

哈姆沒有接話，紋繼續研究聽眾。最早到的似乎是一群磨坊工人，因此搶到了最好的位置。大概十個月前，也就是議會成立的初期，貴族派僕人來替他們保留位置，或賄賂別人放棄原本的座位，但一被依藍德知道了這件事，他便禁止這兩項行爲。

除了貴族跟磨坊工人，還有許多的「新」階級。司卡商人跟工匠如今可自訂價格，他們才是依藍德的新經濟體制中真正的贏家。在統御主壓制的手段下，只有少數最優秀的司卡能贏得小康的生活，沒有了這些限制，司卡快速證明他們的能力跟敏銳度遠遠超過貴族同行，因此才在議會中的地位可與貴族並駕齊驅。

群眾中還有少數其他司卡，看起來跟依藍德登基之前差不多。貴族通常穿著套裝跟白日的禮貌及外套，這些司卡只穿著普通的長褲，有些還帶著白天工作留下來的污漬，衣服老舊、破爛，沾滿灰燼。

然而……他們不一樣了。不是衣著，而是姿勢。他們坐得比以前更挺，頭抬得更高，而且有足夠的空閒時間來參加集會。

依藍德終於起立，代表會議開始。他今天早上讓侍從爲他穿衣，因此幾乎可以算是完全整齊。他的套裝合身，釦子都扣對，背心也是搭配好的深藍色，就連頭髮都被梳得整整齊齊，棕色的短捲髮服貼。

通常依藍德會請其他演講者先開始，議員會花好幾個小時闡述對稅率或城市衛生的看法，但今天有更緊急的事情。

「各位。」依藍德說道。「由於目前的……狀況，很抱歉我們今天下午無法按照原本預定的議程進行。」

二十四名議員點點頭，其中幾人暗自嘟囔了什麼。依藍德不理會。他在群眾面前很自在，遠比紋來得自在。他攤開演講稿，紋則盯著群眾，尋找反應或麻煩的蛛絲馬跡。

「我們目前情況之緊迫應該已相當明朗。」依藍德開始讀出他之前準備的演講稿。「這個城市面對前所未有的危機，來自於他方暴君的侵略跟圍城。

「我們是新成立的國家，以統御主時期從未出現的原則奠定之邦國，然而我們是已擁有傳統之邦國。司卡得以擁有自由。按照我們的選擇跟決策統治。貴族不需屈從統御主的聖務官及審判者。

「各位，一年的時間不夠。我們嘗到了自由的滋味，更需要時間好好體會。在過去一個月中，我們經常討論跟爭辯這一天到來時，該採取什麼行動。很顯然，我們尚未達成共識，因此，我提出團結投票案。讓我們對自己跟人民承諾，不會在沒有經過通盤深切考慮的情況下，獻出城市。讓我們決議要蒐集更多資訊，尋求其他解決方法，甚至必要時不惜一戰。」

演講繼續進行，但依藍德已經在她面前練習過不下十數次，因此她反而開始研究群眾。她對於坐在後方的聖務官最為憂慮。他們對於依藍德對他們過去所做所為的負面評論似乎沒有多大反應。

她其實並不瞭解依藍德為何允許鋼鐵教廷繼續傳教。它是統御主權威的最後一塊殘骸。大多數聖務官固執地拒絕為依藍德的政府貢獻他們對行政運作及管理上的知識，同時仍以鄙夷的態度看待司卡。

然而，依藍德仍然允許他們留下來，只是嚴格規定他們不准教唆反叛或暴力，卻沒有聽取紋的建議把他們逐出城市。其實，如果能讓她擁有最終決定權，她會把他們通通處決掉。

終於，依藍德的演講結束，紋將注意力轉回他身上。「各位，」他說道。「我抱持絕對的信念向你們提出此項提議，同時是以我們所代表的眾人之名提出。我要求有更多時間。我提議暫停所有關於城市未來的投票案，直到皇家使者能與駐紮在城外的軍隊會面，瞭解是否有和談的可能性。」他放下演講稿，抬起頭，等待眾人回應。

費倫議員最先開口，他是一名商人，華貴的套裝穿得合身自在，誰也看不出來他是一年前才第一次套上這種服裝。「所以，你要我們給你決定城市命運的權力。」

「什麼？」依藍德問道。「我完全不是這麼說的。我只是要求有更多時間，去跟史特拉夫會面。」

「他拒收我們先前送去的任何信息。」另一名議員說道。「你覺得他現在為什麼會聽？」

「我們的做法根本完全錯誤！」一名貴族代表說道。「我們應該要決議懇求史特拉夫．泛圖爾不要攻擊，而不是決議去跟他會面聊天，我們需要盡快證明我們願意跟他配合。你們都看到他的軍隊了。他正打算要摧毀我們！」

「拜託。」依藍德舉起手說道。「我們不要離題了。」

另一名司卡代表議員開口，對依藍德先前的發話似乎渾然不覺。「你會這麼說是因為你是貴族。」他指著剛被依藍德打斷的貴族。「你說跟史特拉夫合作什麼的倒容易，反正你不會有多大損失！」

「不會有多大損失？」貴族說道。「我跟我的全體族人都可能因爲支持依藍德反抗父親而被處決啊！」

「呿。」一名商人開口說道。「根本沒有意義。我好幾個月前就提過，早該僱傭兵了。」

「你覺得錢要從哪裡來？」潘洛德大人，貴族議員中最資深的長者說道。

「稅金啊。」商人揮揮手說道。

「各位先生！」依藍德說道，然後再次更大聲地喊：「各位先生！」

他終於引起一些注意。

「我們必須下決定。」依藍德說道。「請各位不要離題了。我的提議呢？」

「沒有意義。」商人費倫說。「我們何必要等？直接邀請史特拉夫入城不就結束了，他反正一定會攻下陸沙德。」

紋靠回椅背，聽著他們又開始吵起來。問題在於，雖然她不喜歡那個叫費倫的商人，他的話卻不無道理。戰鬥不是很誘人的選項。史特拉夫的軍隊如此龐大，拖延眞的有用嗎？

「聽我說，聽我說。」依藍德說道，試圖想要引起他們的注意力，卻只有零星回應。「史特拉夫是我的父親。也許我能跟他談談，讓他聽聽我的？陸沙德是他多年的家，也許我能說服他不要進攻。」

「等等。」其中一名司卡代表說道。「糧食呢？你看到商人的糧價漲了多少嗎？在我們擔心軍隊之前，應該先討論如何降低物價。」

「你們總是把問題怪在我們頭上。」一名商人議員指著方才發話的司卡。於是，爭吵再度點燃。依藍德微微癱在講台，紋搖搖頭，對眼前已經分崩離析的局面相當同情。議會經常如此結束，她覺得他們不夠尊敬依藍德，也許這是他自己的錯，因爲他將他們提升到近乎自己的地位。

終於，討論漸漸平息，依藍德拿出一張紙，顯然是要準備記錄提案的投票結果。他看起來並不樂觀。

「好了。」依藍德說道。「投票吧。請記得，給我時間不代表放棄，只是讓我有機會去嘗試讓我父親重新考慮奪取城市的想法。」

「依藍德，孩子。」潘洛德大人說道。「我們都經歷過統御主的統治，我們都知道你父親是什麼樣的人，如果他想要得到這座城市，他絕對會奪取它，我們只能決定怎麼樣給他是最好的辦法，也許我們能想辦法讓人民在他的統治之下，仍能擁有某些自由的空間。」

眾人靜靜地坐在原處，首次沒有人重新開始爭吵，幾個人轉向潘洛德，他正以冷靜自持的姿態坐在原位上。紋不太瞭解這個人，只知道他是崩解時期後留在城市裡比較有勢力的貴族之一，而且他在政治上採取比較保守的作風，然而她從未聽過他說出鄙夷司卡的論調，也許這就是爲什麼他會這麼受人民歡迎的原因。

「我話說得很直。」潘洛德說道。「因爲這是事實。我們沒有討價還價的立場。」

「我同意潘洛德。」費倫插口。「如果依藍德想要跟史特拉夫．泛圖爾會面，我想這應該是他的權利，因爲王權賦予他與外國統治者談判的權限，但我們不需承諾不將城市交給史特拉夫。」

「費倫先生。」潘洛德大人開口。「我想你誤解我的想法。我說獻出城市是無可避免的，但我們在此同時應該盡量爭取，意思是我們至少應該跟史特拉夫會面以瞭解他的意圖，現在就投票將城市交給他太過急躁，反而過早暴露我們的立場。」

依藍德抬起頭，首次看起來滿懷希望。「所以，你支持我的提案嗎？」他問道。

「我認爲我們需要暫緩的空間，而如此的做法並非最上策。」潘洛德說道。「但是……既然軍隊已經抵達，我懷疑我們能有別的做法。因此，是的，陛下，我支持你的提案。」

其他幾名議員一聽潘洛德的話便隨即點頭，彷彿第一次認眞考慮這個提案。那個潘洛德的力量太大了，紋心想，瞇著眼睛端詳年長的政客。他們聽他的程度遠超過依藍德。

「那我們投票吧？」一名議員問道。

於是，投票開始。依藍德一一記錄下每個議員的投票，八名貴族，包括依藍德，投票贊成，讓潘洛德的意見格外顯出份量，八名司卡議員大多贊成，商人議員大多反對，但結果是依藍德得到他需要的三分之二支持。

「提案通過。」依藍德做出最後總結時說道，臉上露出些微訝異。「議會暫停免除投降之權，直到國王與史特拉夫．泛圖爾正式進行官方會談之後。」

紋靠回椅背，試圖想釐清她對投票的看法。依藍德成功推過提案是好事，但達成的方式讓她不安。

依藍德終於從講台退下，讓不滿的費倫開始下一波討論。商人提案要將城市的食物儲存交給商人保管，但這次是依藍德親自領導反對聲浪，爭執再度開始。紋饒富興味地觀察眾人。依藍德知不知道他在反對他人提案時，跟其他人有多像？

依藍德跟其他幾名司卡議員想辦法拖延整件事，到了午餐時間仍未進行投票。聽眾席的人紛紛站起伸懶腰，哈姆則轉向她。「不錯的會議，是吧？」

紋只是聳聳肩。

哈姆輕笑。「我們眞的得想點辦法來處理妳對公眾責任的反感，小妞。」

「我已經推翻過一個政府。」紋說道。「我覺得我暫時已經盡了我的『公眾責任』。」

哈姆微笑，不過仍然謹愼地盯著群眾，紋亦然。現在每個人都站起身來回走動，正是對依藍德下手的好時機。有一個人特別引起她的注意力，讓她皺眉。

「我一下子就回來。」她對哈姆說道，站起身。

「你的決定是對的，潘洛德大人。」依藍德說道，站在年長的貴族身邊，趁著休息時間低聲交談。「我們需要更多時間。你知道如果城市被我父親奪走，他會採取什麼手段。」

潘洛德大人搖搖頭。「孩子，這可不是爲了你。我這麼做只是爲了確保費倫那個笨蛋不會在你父親保證尊重我們的貴族頭銜之前，就把城市先交了出去。」

「話不能這麼說。」依藍德舉起手指說道。「一定有別的方法！倖存者絕對不會在毫無戰鬥的情況下就放棄。」

潘洛德皺起眉頭，依藍德頓時住口，暗罵自己。這名老貴族是傳統派，對他稱讚倖存者絕對不會有什麼正面觀感。凱西爾對司卡的影響讓許多貴族感覺被威脅。

「你多花點時間想想吧。」依藍德說道，瞥向一旁靠近的紋。她揮手要他離開議員區，因此他立刻告退，越過舞台來到她身邊。「什麼事？」他低聲問道。

「後面的女人。」紋低低說道，眼中滿是懷疑。「藍色衣服，個子高挑那個。」

人不難找。她穿著亮藍色的襯衫，鮮豔的紅裙，是個中年婦女，身材偏瘦，長及腰際的頭髮編成一條辮子，耐心地站在原處，看著人們在房間內走動。

「她怎麼了？」依藍德問道。

「泰瑞司人。」紋說道。

依藍德遲疑。「妳確定？」

紋點點頭。「那些顏色……這麼多首飾，她一定是泰瑞司人。」

「那又如何？」

「我沒見過她。」紋說道。「而且我知道她一直在看著你。」

「大家都在看我，紋。」依藍德說道。「我畢竟是王。況且，妳爲什麼應該見過她？」

「所有泰瑞司人一進城就會來見我。」紋說道。「我殺了統御主，在他們眼中，我是解放他們的人，但我不認得她，她甚至沒來向我道謝。」

依藍德翻翻白眼，抓住紋的肩膀，轉過她身子，不再讓她面對那婦女。「紋，我覺得我必須盡到紳士的義務，告訴妳一件事。」

紋皺眉。「什麼事？」

「妳美得不可方物。」紋愣住。「這有什麼關係？」

「完全沒有關係，」依藍德微笑說道。「我只是要妳分心。」

紋緩緩放鬆，露出一絲笑意。

「紋，我不知道有沒有人跟妳說過。」依藍德認眞說道。「但妳有時候眞的很容易疑神疑鬼。」

她挑起一邊眉毛。「是嗎？」

「我知道妳很難相信這件事，但是眞的。我個人覺得這樣的特質很迷人，但妳眞的認爲有泰瑞司人想殺我嗎？」

「可能沒有吧。」紋承認。「但老習慣……」

依藍德微笑，然後瞥向聚集成一小群一小群，正在低聲交談的議員。他們的團體沒有外人。貴族跟貴族，商人跟商人，司卡工人跟司卡工人，顯得份外分裂，如此偏執。最簡單的提議往往造成長達數小時的爭論。

他們必須給我更多時間！他心想。但在同時，他也發現問題所在。有了更多時間之後呢？潘洛德跟費倫正確地戳破了他的提案弱點。事實是，整座城市已經陷入困境。沒人知道該拿武力強盛的入侵敵人怎麼辦，遑論依藍德。他只是知道他們還不能放棄。還不行。一定有辦法克服。

紋仍然轉過頭看著群眾。依藍德跟著她的視線。「妳還在看那泰瑞司女人？」

紋搖搖頭。「是別的事……有問題。那是歪腳的信差嗎？」

依藍德一愣，轉過頭去。果然，在房間最遠處，有幾個士兵正穿過人群朝舞台走來，眾人開始交頭接耳，神色惶惶不安，甚至有些人已經快步離開房間。

依藍德感覺紋焦慮地全身一僵，恐懼直搗內心。來不及了。軍隊進攻了。

其中一名士兵來到高台前，依藍德連忙衝上前去。「什麼事？」他問道。「史特拉夫進攻了嗎？」

士兵皺眉，一臉憂色。「不是的，陛下。」

依藍德輕吐一口氣。「那是怎麼一回事？」

「陛下，第二支軍隊，剛剛抵達城外了。」

奇特的是，一開始是艾蘭迪的純眞引起我的注意。他才來到這座大城市幾個月，我便僱用他成爲我的助手。

11

兩天內的第二次，依藍德站在陸沙德城牆頂，端詳前來入侵他王國的軍隊。依藍德瞇著眼睛，遮擋紅色午後陽光，但他不是錫眼，看不出新客人的端倪。

「他們有可能是來幫忙的嗎？」依藍德滿是期待地問道，望著站在他身邊的歪腳。

歪腳老臉直接一垮。「他們用的是塞特的旗幟。記得他嗎？兩天前剛派八個鎔金術師去殺你的傢伙？」

冰寒的秋日讓依藍德全身一顫，回過頭繼續望著第二支軍隊。它駐紮的地方離史特拉夫的軍隊有一段距離，靠近陸沙戴文運河，發源於崟奈瑞河的西側。紋站在依藍德身邊，哈姆則在安排都城衛隊的工作，狼獒犬身體的歐瑟則很有耐心地坐在紋腳下的城牆走道上。

「我們怎麼會沒看到他們逼近了？」依藍德說道。

「史特拉夫。」歪腳說道。「塞特從同樣的方向過來，我們探子的注意力一直都集中在史特拉夫的軍隊上。史特拉夫可能幾天前就知道有另外一支軍隊正在靠近，但我們根本沒機會看到他們。」

依藍德點點頭。

「史特拉夫正在設立警戒線，好觀察敵方的軍隊。」紋說道。「我懷疑他們之間的關係能多友善。」

她站在城垛上方，雙腳幾乎踩在城牆邊緣。

「也許他們會攻擊彼此。」依藍德滿懷希望說道。

歪腳一哼。「我很懷疑。他們勢均力敵。史特拉夫可能比較強，但我懷疑塞特會冒險進攻。」

「那他爲什麼還要來？」依藍德問。

歪腳聳聳肩。「也許是因爲他想比老泛圖爾先到陸沙德，搶先攻佔這裡。」

他說得好像陸沙德的淪陷已既成定局。依藍德的胃一陣痙攣。他靠著城牆，透過石造箭孔往外看。紋跟其他人是盜賊跟司卡鎔金術師，幾乎一輩子都在被他人追捕，也許他們已經習慣處理這種壓力跟恐懼，但依藍德不是。

他們怎麼能忍受這種毫無控制，無可轉圜的人生？依藍德覺得自己沒有半點力量。他能怎麼做？逃走，讓城市自生自滅嗎？這當然不是選擇，但是面對不是一支，而是兩支軍隊要毀掉他的城市，奪取他的王位，依藍德發覺自己很難控制雙手不顫抖，只能用力握緊粗糙的石塊。

凱西爾一定找得到解決的辦法，他心想。

「看那邊！」紋的聲音打斷依藍德的思緒。「看到沒有？」

依藍德轉身，紋瞇著眼睛仔細檢視塞特的軍隊，使用錫力探看依藍德無法靠普通視力看清的遠方。

「有人從軍營中出來了。」紋說道。「他在騎馬。」

「信差？」歪腳問道。

「有可能。」紋說。「他的速度蠻快的……」她沿著高牆邊緣的石頭跳竄，坎得拉立刻起身，靜悄悄地跟隨在她之後。

依藍德瞥了歪腳一眼，後者聳聳肩，兩人一起站起身，也跟了下去，最後發現紋站在靠近高塔附近的牆邊，望著逐漸接近的騎士。至少，依藍德是這麼猜想，因爲他仍然看不見她看到了什麼。

鎔金術，依藍德心想，搖搖頭。他爲什麼連半點力量都沒有，就算是只有紅銅或鐵這種比較弱的力量也好。

紋突然咒罵，直直坐起身。「依藍德，那是微風！」

「什麼?!」依藍德說道。「妳確定？」

「沒錯！有人在追他。弓箭手騎馬跟著他。」

歪腳咒罵，對附近的傳令揮揮手。「快派騎兵出動！截斷追他的人！」

傳令兵狂奔而去，但紋搖搖頭。「他們來不及的。」她幾乎是自言自語地說。「那些弓箭手會逮到他，至少會射殺他，連我都跑不了那麼快。但，或許……」

依藍德皺眉，抬頭看著她。「紋，就算是妳，也跳不了這麼遠。」

紋低頭看了他一眼，一笑，從城牆一躍而下。

紋準備好硬鋁，之前雖然已經服用過一些，但還沒使用。時機未到。希望能奏效，她心想，尋找合宜的錨點。她身邊的高塔頂端有加強的鐵欄杆，是再合適不過的選擇。

她以鐵拉住欄杆，將自己硬拖到高塔頂端，立刻再次跳躍，強迫自己跳得越高越好，遠離城牆，熄滅了鋼跟白鑞以外的所有金屬。

然後，一面繼續鋼推欄杆，一面燃燒硬鋁。

突然一股力量衝撞她的身體，強到她相信要不是有同樣強大的白鑞力量相互制衡，她的身體早就被撕裂成碎片。她猛地從堡壘飛射而出，橫越天際，彷彿被巨大的隱形神祇拋過天空，速度快到空氣在她耳邊轟隆作響，突然遽增的壓力讓她一時無法思考。

她一陣驚慌，四肢彷彿失去控制，幸好挑對了路線，直直衝向微風跟追趕他的人。

不知道微風做了什麼，但鐵定大大激怒了某人，因爲足足有兩打人在追著他，人人張弓搭箭，準備將他射倒。

紋向地面墜落，在硬鋁引發的驟燒中，鋼跟白鑞燃燒殆盡，她連忙抽出腰間的小瓶一口喝盡，但就在她拋下瓶子的同時，突然感到一陣奇特的暈眩。她不習慣在大白天跳躍，看到地面朝她衝來有點奇怪，身後沒有迷霧披風飄隨也有點奇怪，更奇怪是沒有霧在……

領先的騎士放低了弓，瞄準微風，兩個人似乎都沒注意到從上方宛如鷹隼般撲下的紋。好吧，不能說是撲下，應該算是直直墜下。紋突然回神，馬上燃燒白鑞，朝逼近的地面拋下一枚錢幣，再反推一把好減緩墜勢，同時讓自己往旁邊一偏，恰好重重落在微風跟弓箭手之間，激起一陣塵土。

弓箭手放開了張滿的弓弦。

紋落地又彈起，塵土在她周遭飛揚。她伸出手，將自己反推入空中，朝飛箭直直撲去，施力反推。箭尖往後撕裂，將箭身一剖爲二，木屑四散，然後深深埋入放箭的弓箭手額頭。

男子從馬上摔下。紋則穩穩落地，施放力量，猛推向領頭的人身後兩匹坐騎的馬蹄鐵，扯得牠們腳下猛然踉蹌，順勢將她往後一拋。馬兒吃痛的嘶鳴與身體倒地的聲音交錯響起。

紋繼續前推，懸空數呎沿著路面向前飛行，很快便追上微風。他微胖的身軀一驚，發現紋居然懸浮在他奔馳的馬匹旁，衣服還隨著疾風獵獵作響，不由得露出驚愕的神情。紋對他俏皮地一眨眼，探出力量，拉扯另一名騎士的盔甲。

反作用力頓時止住她的身形，身體肌肉抗議突然反撲的慣性，但她刻意忽略湧上來的痛楚。被她扯住的人好不容易才沒摔下馬背，卻被紋腳先頭後的併腿飛踹給踢下去。

她穩穩落在黑土地面，方才的騎士同時翻滾落地。不遠處，剩下的騎士們終於拉住馬匹，硬生生在幾呎之外停下。

凱西爾大概會進攻吧。對方人數雖然多，卻都穿著盔甲，馬腳上也都套了馬蹄鐵。而紋不是凱西爾。她成功拖延騎士的追趕直到微風得以脫逃，這就夠了。

紋探出力量，用力推向一名士兵，順勢向後飛竄，讓騎士們有機會把受傷的同伴扶起，但那些士兵毫不領情，直接又抽出以石爲尖的箭來。

紋看著那群人再度瞄準，煩躁地吐口氣。好吧，各位老兄，我建議你們要抓緊了。

她輕輕地推向他們，然後燃燒硬鋁，突來的力量讓胸口宛如受到重擊，腹部驟傳來的溫熱，咆嘯的狂風，一切如她所預期。她沒料到的是，她的錨點們居然連人帶馬被打得四下飛散，如狂風掃落葉。

這力量以後得更小心點，紋心想，咬緊牙關，在空中快速旋轉身體。她體內的鋼跟白鑞又再度用完，逼她得吞下身邊最後一瓶。以後她要多準備些。

一落地，她立刻狂奔，用白鑞保持身體平衡，即使速度飛快卻仍不會絆倒。她暫時放慢速度等微風的坐騎趕上後，立刻再次加快速度，恣意快奔，讓白鑞的力量跟平衡感維持身體的直立，跟疲累的馬匹並肩而行。一人一馬跑著，馬不時斜眼瞄她，似乎對於居然被人類趕上這事感覺有點著惱。

沒多久，兩人終於回到城市，鐵門一開始有動靜，微風便拉停馬匹，但紋懶得等，直接拋下一枚錢幣後反推，讓身體的慣性帶著她衝向高牆，隨著閘門大開，她第二次反推門上的鐵釘，利用推力直飛向上，以些微之差越過城牆頂端，穿過兩名被驚嚇到的士兵，這才落到另一邊的中庭裡，一手輕扶著沁涼的石板地穩住身勢。微風此時也通過了閘門。

紋站起身，微風拿著手帕擦擦額頭，讓馬匹小快步來到她身旁。他的頭髮比上次見到時又更長了，被順梳在腦後，髮梢微微搔弄著領口。雖然已經四十多歲，他的頭髮卻沒有半點斑白，頭上沒戴帽子，應該是被吹掉了，身上慣常的華麗套裝跟絲質背心，如今因爲方才的快奔而沾滿黑灰。

「啊，紋，親愛的。」微風說道，跟馬一起喘著大氣。「我得說，妳來得正是時候，而且妳的出場實在非常華麗。我雖然很不喜歡強迫別人來救我，但如果眞要被救，好歹也要這麼有型。」

紋笑著看他下馬，證明他絕對不是廣場中身手最矯捷的人。馬伕們上前來照料馬匹。依藍德、歪腳和歐瑟一起下樓來到中庭，微風又擦了擦額頭。應該有傳令找到了哈姆，因爲他正朝中庭跑來。

「微風！」依藍德說道，上前來與對方四臂交握。

「陛下。」微風說道。「陛下身體跟心情可否一樣安泰？」

「身體是好。」依藍德說道。「心情嘛……你也知道外面蹲了支軍隊。」

「是兩支才對。」歪腳一拐一拐地上前抱怨。微風折起手帕。

「啊，是親愛的克萊登先生，你還是這麼樂觀啊。」

歪腳冷哼一聲。歐瑟不疾不徐地走到紋身邊坐下。

「還有哈姆德。」微風瞄著他，後者臉上露出燦爛的笑容。「我差點成功騙自己忘記回來時，還會有你在這裡。」

「你就承認吧。」哈姆說道。「你很高興見到我。」

「見到你，或許。但聽到你？絕不可能。這段時間少了你在我旁邊永無停歇、煩不勝煩地絮絮叨叨一堆假設性的問題，我的日子過得挺美好的。」

哈姆的笑容變得更燦爛。

「我很高興見到你，微風。」依藍德說道。「但你來的時機如果能更好一點就好了。我原本希望你能阻止一些軍隊朝我們進攻。」

「阻止他們？」微風說道。「好傢伙，我爲什麼要這麼做？我才剛花了三個月說服塞特應該把他的軍隊帶來這裡。」

依藍德一愣，紋暗自皺眉，站在眾人之外。微風一臉沾沾自喜的樣子，不過這表情對他是家常便飯。

「所以……塞特王是站在我們這邊的？」依藍德滿懷希望地問道。

「當然不是。」微風說道。「他是來搜刮你的城市，順便要奪走傳說中的天金庫。」

「是你。」紋說道。「在外面散播謠言說統御主有天金庫在這裡的人，是你？」

「當然。」微風看著終於來到的鬼影。

依藍德皺眉。「可是……爲什麼？」

「親愛的老兄，請看看你的城牆外面。」微風說道。「我知道你父親一定會舉兵攻擊陸沙德，就算我多具有說服力也無法打消他這個想法，所以我開始在西方統御區散播謠言，然後讓自己成爲塞特王的幕僚之一。」

歪腳悶哼。「計畫不錯。簡直是瘋子才會想到，但不錯。」

「瘋子？」微風說道。「我的精神狀態完全沒問題，歪腳。這一步可不是瘋子的決定，而是極高明的妙招啊。」

依藍德一臉迷惘。「微風，我不是要侮辱你的妙招……但帶著一支敵方軍隊來城外，爲什麼是件好事？」

「這是基本協商策略法，老兄。」微風解釋，接過馬伕從遞來的決鬥杖，指著城外的塞特軍隊。「當協商中只有兩方參與，而有一方遠強過於另一方時，會讓較弱的一方，也就是我們，很難與之抗衡。」

「我明白。」依藍德說道。「但就算有三方，我們還是最弱的。」

「是的。」微風說道。「但另外兩方勢均力敵。史特拉夫可能強一些，但塞特的人數較多。如果任何一方攻擊陸沙德，他的軍隊都會蒙受損失，足以令他無法抵抗另外一支軍隊的攻擊——攻擊我們就是暴露出弱點。」

「所以就進入互相掣肘的局面。」歪腳說道。

「一點也沒錯。」微風說道。「相信我，依藍小子。在那種情況下，有兩支大敵軍遠比只有一支大敵軍要好太多。在三方協商中，最弱的一方通常是有最多權力的，因爲投誠到任何一方都能造成該方的最終勝利。」

依藍德皺眉。「微風，兩方我們都不想投誠。」

「我知道。」微風說道。「可是我們的對手不會知道。帶來第二支軍隊代表我們可以有更多思考的時間，那兩大軍閥都認爲他們可以先到，但他們卻同時抵達，所以現在他們必須重新評估情勢，我在猜最後會是延長圍城戰，至少持續一兩個月。」

「但還是沒解釋該怎麼樣把他們趕走。」依藍德說道。

微風聳聳肩。「我把他們弄來這裡，你該去想怎麼處理他們，而且我得告訴你，要讓塞特準時抵達可眞是不容易。他原本會比泛圖爾整整早到五天，幸好幾天前有某種……急病感染了整個軍營的人，據說是有人在主要水源下了毒，讓整個軍營的人腹瀉不止。」

站在微風身後的鬼影吃吃笑了起來。

「沒錯。」微風看著男孩。「我就知道你會喜歡這個主意。你還是那個說話沒人聽得懂的煩人鬼影嗎？」

「是那裡沒。」鬼影說道，改回他的東方街頭方言。

微風輕哼。「大半時候你說話還是比哈姆德的話好懂。」他嘟囔，轉過身面向依藍德。「難道沒有人要找馬車來帶我回皇宮嗎？我差不多已經安撫你們這群不知感恩的傢伙將近五分鐘，盡力讓自己看起來越可憐越疲累越好，結果你們沒一個人有良心來同情同情我！」

「你一定退步了。」紋微笑說。微風是安撫者，燃燒黃銅的鎔金術師，能夠安撫另一個人的情緒。技巧高超的安撫者能夠完全壓制一個人的所有情緒，只留下他想要的心情，等同於能操控對方的想法，在紋所認識的安撫者中，微風無人能出其右。

「其實……」依藍德說道，轉過身看著高牆。「我正希望能回城牆去多研究一下軍隊。你在塞特的軍隊中待了那麼久，一定能告訴我們很多事。」

「可以，會的。但我不要爬那些台階。你們看不出來我有多累嗎？」

哈姆哼了一聲，往微風肩頭用力一拍，激起一片灰塵。「你怎麼會累？跑的是你那匹可憐的馬。」

「我的情緒極端疲憊，哈姆德。」微風說道，拿手杖敲敲他的頭。「我離開的方式令人不太舒服。」

「到底發生了什麼事？」紋問道。「塞特發現你是間諜嗎？」

微風一臉尷尬。「就是……塞特大人跟我……鬧翻了。」

「他逮到你跑到他女兒床上了，是吧？」哈姆說道，引起眾人一陣笑。微風絕對不是好女色的人。雖然他擅長操縱他人情感，但紋認識他這麼久，從來沒聽他說過對任何羅曼史有興趣。多克森曾說過微風太自我中心，不會去考慮這類事情。

微風對哈姆的話翻翻白眼。「說實話，哈姆德，我覺得你年紀越大，笑話也越不好笑了。我認為一定是你練習的時候把頭給敲壞了。」

哈姆微笑，依藍德則召來兩輛馬車。眾人在等待的同時，微風開始講述他的旅行。紋低頭看著歐瑟。她仍然沒找到機會跟其他人提起歐瑟換了身體的這件事，也許微風回來後，依藍德會想跟他的私人幕僚們開個會，趁那個時間點應該不錯。不過，這件事不能驚動太多人，因為她希望皇宮裡的侍從們都認為她把歐瑟遣走了。

微風繼續說故事，紋帶著笑意聆聽。他天生擅長演講，而且能夠十分巧妙地運用鎔金術，讓她幾乎感覺不到他在操控她的情緒。過去她曾覺得他的入侵令她十分不悅，但如今她已經明白，碰觸他人的情緒是微風的本性，就像美麗的女子憑天生的臉蛋與身材去吸引眾人的目光，微風吸引他人注意力的方式則是靠幾乎不自覺地使用黃銅力量。

當然，他仍然是個混帳傢伙，最喜歡用驅使他人為自己服務的方式來佔別人便宜，只不過紋已經不會對他選擇用鎔金術來達到這個目的而生氣。

馬車終於到來，微風發出滿意的嘆息，這時候才看看紋，對歐瑟點點頭。「那是什麼？」

「一條狗。」紋說道。

「妳講話還是這麼直爽。」微風說道。「那妳為什麼會有一條狗呢？」

「我送的。」依藍德說道。「她想要狗，我就買了一隻送她。」

「結果你挑了隻狼獒犬？」哈姆好笑地問道。

「你也跟她打過架的，哈姆。」依藍德笑著回答。「你會送她什麼？貴賓狗嗎？」

哈姆輕笑。「我不會。這隻狗其實還蠻合她的。」

「不過牠幾乎和她一樣大。」歪腳補上一句，瞇著眼睛打量她。

紋伸出手，摸著歐瑟的頭。歪腳說得沒錯，她挑的動物體型即便以狼獒犬而言也相當巨大，牠的肩膀離地足足有三呎高。紋親身體驗過那身體有多重。

「這麼乖的狼獒犬不多見。」哈姆點點頭說。「你挑得很好，阿依。」

「好了好了。」微風開口。「我能不能拜託大家回皇宮去了？聊什麼軍隊啊狼獒犬的當然是好事，但我認為現在晚餐比較重要。」

「我們為什麼不跟其他人說歐瑟的事情？」依藍德問道。馬車載著他們三個一路顛回泛圖爾堡壘，其他四人則乘坐另外一輛。

紋聳聳肩。歐瑟坐在她跟依藍德對面的座位上，靜靜地看著兩人交談。「我早晚會跟他們說。」紋說道。「這種事情總覺得不應該在人來人往的廣場談。」

依藍德微笑。「保守祕密這個習慣很難打破，對吧？」

紋臉上一紅。「我不是故意不跟別人說牠的事，我只是……」她沒說完，低下頭。

「不要難過，紋。」依藍德說道。「妳一直以來都是過著只能靠自己，沒有別人可以信任的日子。不會有人要妳轉眼之間就改變。」

「已經不只轉眼之間了，依藍德。」她說道。「都已經兩年了。」

依藍德一手按著她的膝蓋。「妳已經越來越好了。其他人都在說妳變了好多。」

紋點點頭。換做是別人，一定會擔心我是不是也有祕密沒告訴他，但依藍德只是一心想要減少我的罪惡感。他好得超過她應該擁有的。

「坎得拉。」依藍德說道。「紋說你很能趕上她的腳步。」

「是的，陛下。」歐瑟說道。「這具骨肉雖然讓人厭惡，卻很適合追蹤跟快速移動。」

「如果她受傷了呢？」依藍德問道。「你有辦法把她拖到安全的地方嗎？」

「我沒有辦法很快地辦到，陛下。可是我能去求救。這具骨肉有諸多限制，但我會盡力遵守契約。」

依藍德一定是瞄到了紋挑起的眉毛，因爲他輕笑出聲。「牠會實踐牠的話的，紋。」

「契約是一切，主人。」歐瑟說。「它不只要求單純的服務，而是要求時時刻刻的警惕與專注。它就是坎得拉。服侍契約就是服侍坎得拉一族。」

紋聳聳肩。他們三個都安靜下來。依藍德從口袋中掏出一本書，紋靠著他，歐瑟則趴下，身體佔據整排座位。終於，馬車駛進泛圖爾中庭，紋發現自己居然期待能去泡個熱水澡，但在下馬車的同時，一名侍衛向依藍德衝來，雖然他開口時她來不及上前，錫力仍讓她聽得一清二楚。

「陛下。」侍衛低聲說道。「我們派去的信差找到您了？」

「沒有。」依藍德皺眉說道，紋走近兩人身側。士兵看了她一眼，口中卻沒停下。所有士兵都知道紋是依藍德的貼身侍衛跟主要親信，但此刻看著她的士兵臉上卻出現份外擔憂的神色。

「我們……這，不想要打擾您。」士兵說道。「所以沒張揚這件事。我們只是想知道……您是否一切安好。」他邊說邊看著紋。

「你在說什麼？」依藍德問道。

侍衛轉身面對國王。「是紋貴女房間內的屍體。」

「屍體」其實是一具骨骸。一具乾乾淨淨的白骨，光潔的表面上沒有半點血跡或皮肉，但很多根骨頭都斷了。

「對不起，主人。」歐瑟說道，聲音低到只有她聽得見。「我以爲妳會處理掉那些。」

紋點點頭。那具屍體當然就是在她將動物身體給歐瑟之前，他用的那具。

女僕們發現紋的房門沒關。按照紋的習慣，這代表她要人去清理，因此她們進了房間。紋將骨頭塞在一個籃子裡打算之後再處理，但女僕們顯然決定要看看籃子裡有什麼東西，結果大吃一驚。

「沒事的，隊長。」依藍德對年輕的侍衛說道。他是德穆隊長，皇宮侍衛隊的第一副官。雖然哈姆對制服避之唯恐不及，但這個人似乎認爲保持制服整齊光鮮是種榮耀與堅持。

「你沒張揚這件事是對的。」依藍德說道。「我們知道這些骨頭的事。不必擔心。」

德穆點點頭。「我們也猜想這是刻意的。」他沒有看紋。

刻意的，紋心想。*這下可好，天知道那傢伙以爲我做了什麼*。鮮少司卡知道坎得拉是什麼，德穆一定看不出來那具殘骸的祕密。

「你能悄悄幫我把那些處理掉嗎，隊長？」依藍德對骨頭點點頭。

「當然，陛下。」侍衛隊長說道。

他大概認爲是我把那個人吃了一類的，紋嘆口氣心想。*甚至把骨頭上的肉吸得半點不剩*。

這個猜測跟事實其實相差不遠。

「陛下。」德穆說道。「你要我們也把另外一具屍體處理掉嗎？」

紋全身一僵。「另一具屍體？」依藍德緩緩問道。

侍衛隊長點點頭。「當我們找到這具骨骸時，我們又找了幾隻狗去四處聞聞，狗沒找到殺手，但找到另外一具屍體，跟這具一樣，只有骨頭，完全沒有半點肉。」

紋跟依藍德交換一個眼神。「帶我們去看看。」依藍德說道。

德穆點點頭，領著他們出房間，對他的人低聲下了幾道命令，四個人——三個人加一隻坎得拉——沿著皇宮走廊走了一小段路，來到較不常使用的客房區。德穆讓守在一扇門邊的士兵退下，領著他們進入。

「那具屍體不是被放在籃子裡，陛下。」德穆說道。「它被塞在後面的櫥櫃裡。沒有狗的話，我們絕對找不到。那些狗輕易地便找到蹤跡，我不知道是怎麼辦到的，這些屍體完全沒有皮肉。」

果然又有另外一具屍體，跟先前那具一樣，堆在書桌邊。依藍德瞥向紋，然後轉向德穆。「能請你先離開一下嗎，隊長？」

年輕侍衛隊長點點頭，走出房間關上門。

「如何？」依藍德說道，轉向歐瑟。

「我不知道它是從哪裡來的。」坎得拉說道。

「但這是一具被坎得拉吃掉的屍體。」紋說道。

「毫無疑問，主人。」歐瑟說道。「狗會找到它們是因爲我們的消化液殘留在剛被排出的骨頭上，會散發一種獨特的氣味。」

依藍德跟紋對看一眼。

「可是不只如此。」歐瑟說道。「這不是你們所想那樣。這個人可能是在遠處被殺死的。」

「什麼意思？」

「這是被遺棄的骨頭，陛下。」歐瑟說道。

「坎得拉留下的骨頭……」

「因爲他找到新身體了。」紋接著說。「是的，主人。」歐瑟說道。紋看著皺起眉頭的依藍德。「多久以前？」他問道。「也許這是一年多前，我父親的坎得拉所留下的。」

「有可能，陛下。」歐瑟說道，但聽起來不像是絕對確定。牠走上前，嗅嗅骨骸。紋也拾起一根骨頭，放在鼻子前聞了聞。在錫力的幫助下，她輕易地聞到類似嘔吐物的味道。

「味道很重。」她看著歐瑟說道。

牠點點頭。「這些骨頭頗新，陛下。最多幾小時，甚至更短。」

「意思是皇宮某處有另一隻坎得拉。」依藍德說道，臉上浮現焦慮。「皇宮有侍從被……吃掉且取代了。」

「是的，陛下。」歐瑟說道。「看不出來是誰的骨骸，因爲這些是被遺棄的。那隻坎得拉已經帶走了新骨頭，吃下肉後穿上那個人的外皮。」

依藍德點點頭，站起身，迎向紋的注視。兩人四目相交，她知道他們想著同一件事情。皇宮中很有可能已經有侍從被取代，意思是安全網中有小漏洞，但有一個更危險的可能性。

坎得拉是無與倫比的演員。歐瑟模仿的雷弩大人完美到連認得他的人都被騙過，以同樣的能力去模仿貼身女侍或一般僕人綽綽有餘，但是，如果想要派間諜進入依藍德的核心會議，就必須取代更重要的人。一定是我們過去幾個小時中沒看到的人，紋心想，拋下骨頭。從議會結束後，她、依藍德和歐瑟大半個下午跟傍晚都在城牆上，自從第二支軍隊抵達後，城市跟皇宮便陷入混亂，信差花了好大一番力氣才找到哈姆，她不知道多克森在哪裡，而在歪腳剛剛到城牆加入他們之前，她也一直沒見到他。最後到的則是鬼影。

紋低頭看著一堆骨骸，打從心底感到一陣不安。很有可能，他們的核心團隊，也是前凱西爾團隊的一員，如今有了冒牌貨。

霧中鬼魂

PART II
Ghost in the Mist

直到多年後，我才確信，艾蘭迪就是世紀英雄，世紀英雄：克雷尼恩語中稱之爲拉布眞（Rabzeen），永世者（Anamnesor）。

12

陰暗混沌的暮色中，一座碉堡的輪廓浮現。

它坐落於地面上一大塊凹陷地區的正中央，宛若陷在火山口之中。兩旁山壁陡峭，下方谷地寬廣到讓沙賽德相信，就算是在白天，他應該也看不太得清楚谷地的另一側在哪裡。逼近的夜色，隱藏在層層霧氣之下，巨大凹地的彼岸只剩下一道深深的陰影。

沙賽德對策略跟戰術可說將近一無所知，雖然他的金屬意識裡藏著幾十本相關內容的書籍，但他自己是把內容全部忘光，好騰空來創建書目紀錄。以他有限的知識看來，瑟藍集所不容易防守。除了捨棄高地的優勢之外，環狀的山崖更提供敵人使用投石器密集攻擊的絕佳位置。不過這棟碉堡建造的目的不是爲了防禦外敵，而是爲了孤立於世。深藏在谷地中，它不易被外人發覺，尤其是谷地周圍略微拱起的一圈小丘，讓外人除非走到谷地邊緣，否則絕無可能發現下方的祕密。一路上沒有任何道路或指引，一般旅人更是無法爬下陡峭的山壁。審判者們並不想要有訪客。

「怎麼樣？」沼澤問道。

他跟沙賽德一起站在谷地的北面，腳下懸崖直落數百呎。沙賽德利用積蓄視力的錫意識提高原本的眼力範圍，雖然周圍變得一片模糊，但正前方的影像卻放大逼近。他再多用了一分力，刻意忽略過度壓縮影像所帶來的反胃感。

增強的眼力讓他得以細細研究瑟藍的外觀，彷彿他就站在正前方，看得清平實寬廣的岩石高牆上的每一道凹痕，鎖在外牆上的大鋼片上每一分鐵鏽，所有長滿苔蘚的轉角跟沾滿灰燼的平台。沒有半扇窗戶。

「我不知道。」沙賽德緩緩開口，停止使用錫意識。「從這裡看不出來碉堡裡是否有人居住。沒有動靜也沒有光線，審判者們或許只是躲在裡面。」

「不。」沼澤說道，冷硬的聲音在夜空中顯得很響亮。「他們不在了。」

「他們爲什麼要離開？我覺得這裡有極大的力量，也許無法抵禦軍隊進攻，但絕對可以將眼下的混亂時代阻擋在外。」

沼澤搖頭。「他們不在了。」

「你怎麼這麼確定？」

「我不知道。」

「那他們去哪裡了？」

沼澤看看他，轉過頭望向肩後。「北邊。」

「朝陸沙德去？」沙賽德皺眉問道。

「不止。」沼澤說。「來吧，我不知道他們是否會回來，但機不可失。」

沙賽德點點頭，畢竟這正是他們來的原因，但有一部分的他遲疑了。他是以學識與服侍貴族爲生的人，拜訪荒野中的鄉村小鎭已經瀕臨他的極限，現在還要他潛入審判者的重鎭……

沼澤顯然毫不在乎同伴的內心掙扎。已然是審判者的他轉過身，直直朝谷地邊緣走去。沙賽德將包袱甩過肩頭，跟了上去。終於，兩人看到一座類似籠子的器械，顯然是靠下方的繩索與滑輪牽動。籠子鎖在懸崖頂端，沼澤站在旁邊，卻沒進去。

「這是用滑輪操作。」沼澤說道。「意思是籠子需要下方的人力來拉。」

沙賽德點點頭，發現他說得對。沼澤上前一步，推動一支搖桿。籠子落下。繩索開始冒煙，滑輪發出尖銳的摩擦聲，在毫無阻力的情況下，巨大的籠子朝谷地直直墜下。不一會兒，隱約傳來迴蕩的撞擊聲。

沙賽德心想，如果下面有人，全都知道我們來了。

沼澤面向他，眼中尖刺的圓底在夕陽的餘暉中隱隱發光。「想辦法跟上。」他說，然後將一條繩索綁死，開始沿著繩索爬下。

沙賽德踏上平台邊緣，看著沼澤攀著懸掛的繩索深入滿是陰影與霧氣的深淵。然後，沙賽德跪下，打開背包，除下上臂與前臂的巨大金屬臂環，這是他主要的金屬意識，裡面裝滿守護者的記憶，橫跨數世紀的知識。他敬重地將臂環放在一旁，拿出一對小一點的金屬環，一個是鐵，一個是白鑞。戰士的金屬意識。

沼澤知道沙賽德在這方面多沒有經驗嗎？不是光力大無窮就能成為戰士。即便如此，沙賽德還是將一對金屬環扣在左右腳踝上，然後拿出一錫一紅銅的兩只戒指，套在手指上。

他束起包袱，甩過肩頭，拾起他的主要紅銅意識環，小心翼翼找了一個隱密的地點——兩個岩石間的狹小空隙——放了進去。無論下面發生什麼事，他都不想冒這對臂環會被審判者發現並銷毀的險。

為了要將紅銅意識裝滿記憶，沙賽德必須聽另一個守護者將他所有記錄的歷史、事實、故事都唸一遍，記下每一句，然後將這些記憶塞入紅銅意識，以供日後存取。沙賽德對過程本身幾乎沒有印象，但他可以取得任何他想要的書籍或文章，放回自己的意識中，就像第一次讀到一般鮮明地回憶。只是他手上一定要有臂環。少了紅銅臂環，他覺得相當緊張，卻只能搖搖頭，走回平台。沼澤非常快便來到谷地下方，他跟所有審判者一樣，都擁有迷霧之子的能力，但他如何得到這些能力，以及腦袋被一對尖刺鑿穿卻為何能活著，仍然是個謎團。沼澤從未回答過沙賽德這方面的問題。

沙賽德喊著沼澤，引起他的注意力，然後舉高背包往下投擲。沼澤伸出手，背包一震，被裡面的金屬拉入沼澤的手中。審判者將包袱甩過肩頭後，繼續往下。

沙賽德點頭感謝，然後從平台跳下，一面降落，一面探入鐵意識，汲取其中的力量。裝滿金屬意識向來要付出代價：為了要儲存視力，沙賽德必須忍受幾個禮拜的近視，在那段期間，他會手上戴著一只錫手環，將額外的視力儲藏，好供日後使用。

鐵跟其他的金屬不一樣，裡面不是儲藏視力、力氣、耐力，甚至不是記憶。裡面存的是完全不同的東西：重量。

今天，沙賽德不是運用鐵意識的能力，那只會讓他變得更重，而是開始儲存鐵意識，讓它吸走體重，他感覺到一陣熟悉的輕盈感，他的身體不像平常那麼沉重。

他降落的速度減慢了。泰瑞司哲人對使用鐵意識一事有許多論述，根據他們的解釋，這力量不是改變一個人的體型或重量，只是改變地面拉引他們的方式。沙賽德不是因爲體重減少而減慢速度，只是因爲以如此輕盈的身體而言，他暴露在風中的面積相對顯得較大。

不管科學的解釋如何，沙賽德的速度沒有那麼快了。腿上的細金屬環是他身上最重的東西，因此能保持他的雙腳向下。他舉起雙手，微微彎曲身體，讓身體逆風而行，因此雖然他下降的速度不像是葉子或羽毛般極度緩慢，卻也不是全速下墜，而是以受控制，幾乎是悠閒的方式落下。他平舉著雙臂，隨著風中獵獵拍動的衣角，超過了沼澤的進度，後者正好奇地看著他。

接近地面時，沙賽德用白鑞意識施用一絲力量準備好，落地時因爲他的身體如此輕盈，幾乎沒有任何震撼，甚至不需要彎曲膝蓋吸收最後一絲衝擊力。

他停止儲存鐵意識與使用白鑞，靜靜地等著沼澤。在他身邊，載人的籠子破碎地散落一地。沙賽德不自在地看著一地破碎的鐵扣環與鎖鍊。顯然有些來瑟藍的人不是自願的。

沼澤抵達谷地時，空氣中已滿是迷霧。沙賽德一輩子都在與霧氣共處，從來沒感覺過半點不安，但他現在開始覺得迷霧會嗆死他，像殺死他先前看到的可憐的老傑德一樣殺死他。

沼澤躍下最後十呎，以鎔金術師的靈敏著陸。即使跟迷霧之子相處了這麼久，沙賽德仍然相當佩服鎔金術的能力。當然，他從來沒有嫉妒過。雖然鎔金術在戰鬥中的效果比較好，卻不能擴張意識，讓人擷取上千年文化的夢想、希望和信仰，給不了療傷的知識，或是教導貧困的村莊如何使用現代施肥技術。藏金術的金屬意識並不華麗，卻對社會有更長遠的貢獻。

況且，沙賽德也知道幾個使用藏金術的小技倆，會讓準備最充分的戰士也吃到苦頭。

沼澤將包袱遞給他。「來吧。」

沙賽德點點頭，拾起背包，跟著審判者穿過滿是岩石的地面。走在沼澤身邊感覺很奇怪，因爲沙賽德不習慣見到和他一樣高的人。泰瑞司人原本就高，沙賽德更是高挑——手臂跟雙腿與身體比起來有點太長，可能是因爲他年紀很小時就被割閹所導致。雖然統御主死了，他的統治時期與育種計畫對泰瑞司文化的影響仍會殘存良久。他試圖用種種方法讓泰瑞司一族失去能使用藏金術的血脈。

瑟藍集所聳立在黑暗中。沙賽德如今身在谷地，碉堡看起來更顯陰森，沼澤站在正門的右方，沙賽德在他身後，其實並不害怕。恐懼在沙賽德的人生中向來不佔多少地位，但他會擔心，世界上的守護者已經所剩無幾。如果他死了，就又少了一個能旅行，能重拾失去的眞實和教導眾人的人。

雖然我現在也不是在做那些事……

沼澤看了看巨碩的鐵門，用盡全身力氣撲上去，顯然正在燃燒白鑞增強力氣。沙賽德加入他的行列，用力推。門文風不動。

沙賽德從白鑞意識中汲取力量，心中暗嘆可惜。這次用的力量遠勝過落地時所需，他的肌肉立刻膨脹數倍。藏金術跟鎔金術不同，經常是直接影響施用者的身體。袍子裡，沙賽德的身體變成一副專業戰士的健壯身軀，比原本的他力氣要大了兩倍。在兩人合作之下，門終於被推開。

門沒有發出任何聲音，只是緩慢且平穩地向內滑動，展露出一條漫長、陰暗的長廊。

沙賽德放掉白鑞意識，成爲原本的自己。沼澤踏入瑟藍，腳步踢起從洞開的大門湧入的迷霧。

「沼澤？」沙賽德出聲。審判者轉身。

「我什麼都看不到。」

「你的藏金術……」

沙賽德搖搖頭。「它只能增強我的夜視力，但至少需要一點光線，況且用這麼多視力會讓我很快耗盡錫意識。我需要燈籠。」

沼澤停下腳步，點點頭，在黑暗中轉身，很快就消失在沙賽德的視線中。

沙賽德心想，原來審判者不需要光線就能見物。他不意外，因爲金屬錐塞滿了沼澤的眼眶，完全摧毀了他的眼球。無論審判者的視力是運用何種奇怪力量，漆黑跟光明顯然都沒有差別。

數分鐘後，沼澤回來了，手中提著一盞燈籠。沙賽德從剛才的籠子判定審判者們養著爲數不少的一群奴隸跟僕人來服侍他們，那些人到底去了哪裡？都逃走了嗎？

沙賽德從背包中拿出打火石點亮燈籠，朦朧的光線照耀一條陰暗漫長的走廊。他踏入瑟藍，舉高燈籠，開始儲存手指上的小紅銅指環，將它變成紅銅意識。

「大房間。」他低語。「沒有裝飾。」他其實不需要開口，但他發現靠口述比較能形成清晰的回憶，好存入紅銅意識。

「審判者們顯然很喜歡鋼。」他繼續說道。「意料中的事，因爲他們的宗教經常被描述成鋼鐵教廷。兩旁牆上掛著巨大的金屬片，和外牆鋼片的差別是沒有鐵鏽。這裡的許多鋼片並非完全光滑，而是在表面上刻……幾乎是打磨了許多特殊的花紋。」

沼澤皺起眉頭。「你在做什麼？」

沙賽德舉起右手，讓他看到手中的紅銅戒指。「我必須記錄此次造訪。下次有機會時，我會需要將這個經驗重現給其他守護者。我認爲這裡有許多可以學習的地方。」

沼澤別過頭。「你不應該在乎審判者。他們不配讓你記錄。」

「配不配不是重點，沼澤。」沙賽德說道，舉起燈檢視一根粗壯的石柱。「所有宗教的知識都是寶貴的，我必須確定這些事情會延續下去。」

沙賽德看了石柱片刻，然後閉起眼睛，在腦海中組成影像，儲存在紅銅意識中。影像記憶沒有口述那麼清晰，因爲一旦從紅銅意識中取出，影像往往消散得很快，容易被理解扭曲。況且，影像無法傳達給別的守護者。

沼澤沒有回應沙賽德對宗教的看法，只是轉過身繼續走入建築物中。沙賽德緩緩跟隨，自言自語地將描述儲存在紅銅意識中。這是個很不一樣的經驗，因為他每說一句話，就感覺到每個念頭被吸走，只留下空洞。他不記得自己方才確切說了些什麼，但一旦他完成將記憶儲存入紅銅意識的工作之後，日後他隨時能絕對清晰地取回這些記憶。

「屋頂很高。」他說道。「裡面有幾根柱子，也是包裹在鋼鐵中，粗短而呈方形，並非圓形。我直覺認為創造這個地方的人不在乎細節，而是偏重整體線條跟絕對對稱。

「順著主要通道深入，建築物的結構仍然不變，牆上沒有繪畫，也沒有木頭裝飾或地板貼磚，只有線條嚴酷的深長寬廣走廊，地面會反射光線。每塊地板都是鋼片，大約有幾呎見方，觸感……冰冷。

「陸沙德的建築物大多充斥著織錦、彩繪玻璃、石雕，在這裡卻毫無所見，令我感到相當奇怪。這裡也沒有螺旋或拱門，只有方形跟長方形。到處是線條……好多線條，沒有半點柔軟感。沒有地毯，沒有軟墊，沒有窗戶。住在這裡的人跟平常人有迥然不同的世界觀。

「沼澤直直走在這條寬廣的走廊上，彷彿對裡面的設計毫無所覺。我先跟著他，之後再回來記錄。他似乎跟隨著某種……某種我無法感覺到的東西。也許是……」

沙賽德轉個彎，看到沼澤站在一個大房間的門口，突然說不出話來，燈火隨著他的手臂不斷顫抖。

沼澤找到僕人們了。

他們死去已久，因此沙賽德直到靠近才聞到臭味。也許沼澤就是跟著這氣味走：燃燒錫能帶來相當敏銳的嗅覺。

審判者們下手相當徹底。這是場屠殺的遺跡。房間很大，但只有一個出口，屍體在後方高高堆起，似乎是被凶猛的刀劍或斧頭所劈死。僕人們死時在房間後方縮成一團。

沙賽德別過頭。

但是沼澤仍站在門口。「這裡的氣味不對。」他終於說道。

「你現在才注意到？」沙賽德問道。

沼澤轉過身，瞥向他，眼神強硬。「我們不應該在這裡久留。我們身後的走廊盡頭有樓梯。我要上去，裡面是審判者的住所。如果我要找的資訊在此，那一定就在那裡。你可以留下，或是下樓，但不能隨我來。」

沙賽德皺眉。「爲什麼。」

「我必須獨處。我無法解釋。你看到審判者的暴行，我無所謂，我只是……不想同時在你身邊。」

沙賽德放下燈，讓光線迴避眼前可怕的景象。「好。」

沼澤轉身從沙賽德身邊經過，消失在黑暗的走廊中。留下沙賽德一人。

沙賽德試圖不要提醒自己這件事，折返回大廳，對紅銅意識描述了屠殺的景象後，再繼續詳述此處的建築跟藝術——如果鋼片上的花紋能被稱爲藝術的話。

他持續工作著，聲音迴蕩在冷硬的建築物間，燈籠在平滑的牆上倒映出微弱的光線，他的目光不由得被走廊遠處吸引。那裡有一池陰暗。一道通往樓下的台階。

他轉過身繼續描述牆上的燈座，知道自己早晚會走向那團黑影。這就是他的好奇心，需要知道未知的渴望。身爲守護者的他便是被這股渴望驅使，找到凱西爾的團隊。他對眞實的追求永無止境的一天，但他也無法忽略，因此他終於轉過身走向台階，只有自己低語的聲音是唯一的同伴。

「這些台階跟我在走廊中看到的很像，既寬且深，像是通往廟廷或皇宮的台階。但眼前這些通往地下，深入黑暗中。每一道都很大，像是在石頭中刻鑿出來後以鋼片墊上，每一階的落差很大，需要大步踏行。

「我一面走，一面揣想不知道是什麼樣的祕密讓審判者們認爲需要藏在地下碉堡的地窖中。這整棟建築物都是一個祕密，他們在這些寬廣的走廊跟空曠的房間中做什麼？

「樓梯的盡頭又是一間方形的大房間。我注意到一件事，這裡的門口都沒有門，每個房間都是開放式，能讓外面的人看見。我一邊走，一邊窺看著地面下的房間，發現巨大的空屋卻少有家具。沒有圖書室，也沒有休息室，很多房間裡有巨大的金屬塊，可能是祭壇。

「這個在樓梯後方的房間有點不同。我不確定這是什麼。也許是酷刑室？地面上焊著金屬桌，上頭都是血跡，不過沒有屍體。乾涸的血塊碎片跟粉末散在我的腳邊。我想，這個房間裡死過不少人。不過這裡似乎沒有什麼行刑器具，只有……

「錐子。像是審判者眼睛裡面的錐子。很大，很重，像是拿大鐵鎚敲入地面的金屬錐，有些的尖端沾滿鮮血，我覺得最好不要去碰，其他的……看起來跟沼澤眼眶中的一模一樣，但有些的金屬材質不同。」

沙賽德將金屬錐放在桌上，金屬相交敲擊出聲。他渾身顫抖，再次環顧房間。也許這是製造審判者的地方？他的腦中突然竄過一個可怕的念頭——在閉關於瑟藍的這幾個月內，審判者從原本的幾十人膨脹至更多倍。

不過似乎不對。他們向來隱密且自視甚高，所以要去哪裡找到他們認爲有足夠資格加入他們行列的人？爲什麼不乾脆把樓上的僕人都變成審判者，而是殺了他們？

沙賽德長久以來便懷疑，要變成審判者的人必須已經是鎔金術師。沼澤的狀況支持這個推論：他原本是搜尋者，擁有燃燒青銅的能力。沙賽德再次低下頭，看著血跡、尖錐和桌子，決定自己並不是很想知道怎麼製造新的審判者。

沙賽德正要離開房間時，手上的燈光照亮後方。還有一道入口。

他走上前去，試圖忽略腳邊的血跡。他進入一間令人望而生畏，風格迥異的房間。它直接凹陷入石壁，通往一道非常扭曲的台階。沙賽德好奇地沿著被許多人的腳步打磨光滑的台階走去。從進入這裡以來，這是他第一次感覺到空間很狹隘，來到樓梯終點時，他還得彎下腰，這才進入一間小房間。挺起身體，他舉高燈火，看到了……

一面牆。他的燈光照耀在牆上，跟之前一樣，這裡也有面鋼片，但這片有五呎寬，幾乎也有五呎高，上面全是文字。沙賽德的好奇心再次被撩撥起。他放下背包走上前去，舉高了燈籠想看清牆壁最頂端的文字。

是泰瑞司語。

的確是古方言，但就算不用語言紅銅意識，沙賽德也識得這些字。他越看，手越顫抖。

我將這些文字寫於鋼鐵上，除此之外的，均不可信。

我開始懷疑，也許只剩下我還存有理智。其他人難道看不出來？他們急著想要英雄出現，實現泰瑞司預言的承諾，所以直接做出結論，認爲所有的傳說跟故事都適用於同一個人。

我的弟兄們忽略其他事實。他們無法將其他發生的奇特事件串連起來。他們對我的反對聽而不聞，對我的發現視而不見。

也許他們說得對。也許我發瘋、嫉妒，或只是笨。我的名字是關，哲人、學者、叛徒。我是發現艾蘭迪的人，也是第一個聲稱他是世紀英雄的人。我是開始一切的人。

而我也是背叛艾蘭迪的人，因爲如今我知道，他絕對不被允許完成他的征途。

「沙賽德。」

沙賽德一驚，手中的燈差點掉下。沼澤站在他身後的入口，身影充滿威嚴、詭異、陰森。他呼應這個地方剛硬的線條跟冷酷。

「樓上的房間是空的。」沼澤說道。「這趟旅程完全浪費時間。我的兄弟們把所有有用的東西都帶走了。」

「不是浪費，沼澤。」沙賽德說道，轉身回去繼續讀鋼片。他還沒讀完，根本才剛開始。筆跡又小又擠，滿布整面牆壁。雖然時光久遠，鋼卻將文字完整保存下來。沙賽德不由得心跳開始加速。這是在統治主時期之前便留下來的文字，是泰瑞司哲人所寫的片段。這是個聖人。在十個世紀的追尋後，守護者們仍然沒有實現最初成立時的目的：他們仍未發現泰瑞司的宗教。

統御主剛掌權便壓制了泰瑞司一族的傳道，在他漫長的統治時期中，沒有一族遭受到如此嚴厲的迫害，僅有泰瑞司族——他自己的族人——因此對於他們一族的信仰，守護者們只找到了很模糊的片段。

「我得把這些文字抄下來，沼澤。」沙賽德說道，手摸向背包。用視覺記憶沒有用，不可能有人同時盯著這麼多文字，還要將文字記下來。也許他能將它們讀入自己的金屬意識，但他想要一個實體紀錄，能夠完美地保存字裡行間的段落結構與標點符號。

沼澤搖搖頭。「我們不能留在這裡。我甚至認爲我們不該來。」

沙賽德停下動作，抬起頭，然後從背包中抽出幾大張紙。「好吧。」他說道。「我把它拓印。我想這也比較好，能讓我看到文字寫下來時的原貌。」

沼澤點點頭，於是沙賽德拿出他身邊的炭塊。

他興奮地想，*這個發現……就像是找到拉刹克的日記。我們越來越貼近眞相了！*

就在他一面拓印，雙手小心翼翼精準移動的同時，腦中又閃過另一個念頭。擁有這樣一份文件後，他的責任感將不再允許他在村莊間遊走，而是必須回到北邊去分享他所發現的一切，以免他死去時，這份資料也隨之消失。他必須回泰瑞司。

或是……去陸沙德。從那裡他可以送信到北方，更有合理原因能回到事件發生的中心，再次見到那些團員。

但是，爲什麼這讓他更有罪惡感？

當我終於意識到，終於將所有期待經的徵象都指向他身上時，我多麼興奮。但當我對其他世界引領者宣告我的發現時，眾人均報以鄙夷的態度。

我多希望當初我聽了他們的話。

13

迷霧盤旋迴蕩，像是灰白色彩在畫布上溶成一片。光線暈落在西邊，夜晚正式登場。

紋皺眉。「你會覺得……霧提早出現了嗎？」

「提早？」歐瑟混濁的聲音傳來。坎得拉變成的狼獒犬跟她一起坐在屋頂上。

紋點點頭。「之前霧只會在天黑後才出現，對吧？」

「現在已經天黑了，主人。」

「但它們已經出現。太陽還沒完全下山，霧就已經開始聚集。」

「我看不出來這有什麼，主人。也許霧就跟其他天候一樣，也有不同變化。」

「你不覺得有奇怪的地方嗎？」

「妳要我覺得有點奇怪的話，我可以這麼想，主人。」歐瑟說道。

「我不是那個意思。」

「我道歉，主人。」歐瑟說道。「告訴我妳的意思，我絕對會按照妳的命令去相信。」

紋嘆口氣，揉揉額頭。真希望沙賽德能回來……她心想。可是，這是個不可能的願望。就算沙賽德在陸沙德，他也不會是她的侍從官。泰瑞司人再也沒有主人。她只能拿歐瑟湊合。至少這隻坎得拉能提供沙賽德不知道的資訊，只是她得套得出話。

「我們必須找到那個冒牌貨。」紋說道。「那個……取代別人的。」

「是的，主人。」歐瑟說道。

「我嗎，主人？」

紋向後一躺，靠在歪斜的屋頂上，手臂懶懶地放在屋瓦上。「那我需要對你有更多認識。」

「應該說是對坎得拉一族。要找到這個冒牌貨，我必須了解牠的思考方式，了解牠的動機。」

「牠的動機很簡單，主人。」歐瑟所說。「牠一定是在按照契約指示行動。」

「如果沒有契約呢？」

歐瑟搖搖狗頭。「坎得拉永遠都有契約。沒有契約便不准進入人類社會。」

「絕對沒有例外？」紋問道。

「絕對沒有。」

「如果這是隻私自行動的坎得拉呢？」紋說道。

「那種東西不存在。」歐瑟堅定地說道。

哦？紋懷疑地想，但她沒追問下去。沒有主人的坎得拉沒理由滲透皇宮，比較有可能是依藍德的敵人派來滲入皇宮，也許是其中一名軍閥，或是聖務官。就連城市中的其他貴族都有監視依藍德的好理由。

「好吧。」紋說道。「這隻坎得拉是個間諜，被派來蒐集另一個人的資料。」

「是的。」

「等一下。」紋說道。「如果牠真的取得了皇宮中某人的身體，那個人也不會是牠殺的。坎得拉不能殺人類，對不對？」

歐瑟點點頭。「我們受這條限制規範。」

「所以，有人溜入皇宮，殺死一個人，然後讓他們的坎得拉接收身體。」她安靜下來，試圖釐清頭緒。「最危險的可能——也就是他變成了團隊成員這件事，必須列爲優先考慮。幸好人是昨天死亡的，我們可以刪去微風，因爲他當時在城外。」

歐瑟點點頭。

「我們也可以刪去依藍德。」紋說道。「他昨天跟我們一起在城牆上。」

「這其中仍然包括團隊中的大半數人，主人。」

紋皺眉，重新靠了回去。她試圖爲哈姆、多克森、歪腳、鬼影找出牢固的證明。可是每個人都有好幾小時消失的時間，久到足以讓坎得拉消化他們，取代他們。

「好吧。」她說。「那我要怎麼找出那個冒牌貨？我怎麼在眾人之間辨識牠？」

歐瑟靜靜地坐在霧中。

「一定有辦法的。」紋說道。「牠的模仿不可能完美無瑕。弄傷牠有用嗎？」

歐瑟搖搖頭。「坎得拉模仿身體是完美的，主人。血、肉、皮膚、肌肉。妳見過我的皮膚裂開時的樣子。」

紋嘆口氣，站起身跨過屋頂的尖端。迷霧已經完全籠罩城市，夜晚迅速陷入漆黑。她開始沿著屋簷來回踱步，鎔金術師的平衡感讓她不會跌落。

「也許我能看出誰有奇怪的舉動。」她說。「大多數的坎得拉都像你這麼擅長模仿嗎？」

「在坎得拉中，我的能力只是一般。有些比較差，有些更強。」

「但沒有演員是完美的。」

「坎得拉鮮少犯錯，主人。」歐瑟說道。「但那也許是最好的方法。可是，請妳小心，我的族人在這方面傲視群倫。」

紋一怔。不會是依藍德，她用力告訴自己。他昨天一整天都跟我在一起。除了早上。太久了，她決定。我們在城牆上站了好幾個小時，而這些骨頭才剛剛被吐出來。況且，如果是他的話，我一定會知道……是吧？

她搖搖頭。「一定有別的方法。我能用鎔金術認出坎得拉嗎？」

歐瑟沒有立刻回答。她在黑夜中轉過身，端詳狗臉。「怎麼了？」她問道。

「這不是我們會跟外人提的事。」

紋嘆口氣。「我還是要知道。」

「妳命令我說嗎？」

「我眞的不想命令你任何事。」

「那我可以離開了嗎？」歐瑟問道。「妳不願意命令我，所以我們的契約解除了？」

「這不是我的意思。」紋說道。

歐瑟皺眉——那是個跟狗臉很不協調的表情。「如果妳能嘗試清楚表達妳的意願，對我來說會簡單許多，主人。」

紋惱恨得咬緊牙關。「你爲什麼這麼充滿敵意？」

「我並沒有敵意，主人。我是妳的僕人，按照妳的命令行事。這是契約的一部分。」

「隨便你說。你都是這樣對待你的每個主人嗎？」

「大多數主人都是要求我擔任某個特定身分。」歐瑟說道。「我有骨頭可模仿，可以成爲一個人，需要接受特定的人格。妳沒有給我任何指示，只有這副……動物骨頭。」

原來是這件事，紋心想。牠不高興這是狗的身體。「這些骨頭其實不重要，你還是同樣的你。」

「妳不瞭解。坎得拉是誰不重要，坎得拉變成誰才重要。牠所取用的骨頭，牠所模仿的角色，這才是重點。我以前的主人從來沒有這樣要求過我。」

「那你得接受我跟其他主人不一樣。」紋說道。「言歸正傳。我問了你一個問題。我能用鎔金術分辨出誰是坎得拉嗎？對，我命令你告訴我。」

歐瑟的眼中閃過一絲勝利的光芒，彷彿牠很滿意終於能強迫她重回她的角色。「坎得拉不受意志鎔金術影響，主人。」

紋皺眉。「一點都不？」

「是的，主人。」歐瑟說道。「妳可以試著煽動或安撫我們的情緒，但不會有任何效用。我們甚至不知道妳正試圖操控我們。」

像是在燃燒紅銅的人。「這不是最有用的資訊。」她說道，緩步走過坎得拉身邊。鎔金術師不會讀心術，也不能探知對方的情感。安撫或煽動對方情緒只是希望對方能按照自己的意願行事。

歐瑟看著她踱步。「如果能很輕易就看出誰是坎得拉，那我們就不會是傑出的模仿者了，不是嗎，主人？」

「你說得有道理。」紋承認。不過，再想想牠剛說的話，讓她又想到另一件事。「坎得拉能用鎔金術嗎？如果被吃掉的是鎔金術師？」

歐瑟搖搖頭。

那這就是另一個方法了，紋心想。如果我發現任何集團成員在燃燒金屬，就知道他不是坎得拉。當然，這也無法洗刷多克森或皇宮侍從的嫌疑，但至少能讓她刪除哈姆跟鬼影。

「還有一件事。」紋說道。「之前我們跟凱西爾一起行動時，他說我們不能讓你靠近統御主跟他的審判者。爲什麼？」

歐瑟別過頭。「這不是一件我們會說的事情。」

「我命令你說。」

「那我必須拒絕回答。」歐瑟說道。

「拒絕回答？」紋問道。「你可以這麼做？」

歐瑟點點頭。「我們不需要披露關於坎得拉本質的祕密，主人。這是……」

「契約條文。」紋幫他說完，皺著眉頭。我真必須花點時間再讀一次那東西。

「是的，主人。也許我已經說太多了。」

紋背向歐瑟，望著城市。迷霧繼續盤旋。紋閉上眼睛，以青銅搜尋，試著想要找到附近是否有鎔金術師燃燒金屬的跡象。

歐瑟站起，走到她身邊，然後再次在傾斜的屋頂上坐下。「主人，妳不是該去國王正在舉行的會議嗎？」

「也許晚一點吧。」紋睜開眼睛說道。在城市外，軍隊的篝火點亮天際。泛圖爾堡壘在她右方，是黑夜中的一盞光亮。在裡頭，依藍德正跟其他人在開會。許多政府中最重要的一些人都坐在同一個房間。她堅持要在外面守著，防備奸細跟殺手。依藍德會說她疑神疑鬼，沒關係，他要怎麼說她都可以，只要他能活著。

她重新坐下。她很高興依藍德挑選泛圖爾堡壘當皇宮，而不是搬入克雷迪克．霄，統御主的皇宮。那裡除了過大又不易防守外，更讓人想到他。統御主。

她最近經常想起統御主，或者該說是拉刹克，那個成為統御主的人。身為泰瑞司人，拉刹克殺了原本應該在昇華之井取得能力的那個人，而且……

而且什麼？他們仍然不知道。那個英雄踏上征途，是為了尋找保護子民不受名叫深闇的危險侵害的方法。這麼多的知識卻消失了，這麼多知識被刻意毀損。關於那段過去，最好的資訊來源是一本古老的日記，是世紀英雄在被拉刹克殺死之前所寫。可是，裡頭關於他的征途卻只提供極少的線索。

我為什麼還要擔心這種事？紋心想。深闇已經被遺忘上千年，依藍德跟其他人擔心更迫在眼前的事情是對的。

然而，紋仍然覺得她無法完全融入他們的思考模式。也許這就是爲什麼她選擇在外頭探查的原因，不是她不擔心即將來攻的大軍，而是覺得那問題跟她之間有某種……疏離感。例如此刻，雖然她想著威脅陸沙德的軍隊，思緒卻立刻又回到統御主身上。

妳不知道我爲人類做了什麼，他當時是這麼說的。就算你們看不出來，我仍然是你們的神。殺了我，你們是自取滅亡。這是統御主的遺言，當他躺在他的皇殿地板上，生命一點一滴地流逝時說出的。這些話困擾著她，直至今日，仍讓她全身發寒。

她需要讓自己分心。「你喜歡什麼樣的東西，坎得拉？」她轉向仍然坐在她身邊的狗問。「你的喜好跟厭惡是什麼？」

「我不想回答。」

紋皺眉。「不想還是不需要？」

歐瑟一頓。「是不想，主人。」牠的意思很明顯。妳得命令我。

她幾乎要這麼做了，但某件事阻止了她，是牠的眼神……雖然不是人類的雙眼，卻有某種熟悉的神色。她認得這樣的厭惡。在她還小時，每當她必須臣服於以威勢恫嚇下屬的首領，都有同樣的感覺。在犯罪集團中，所有人都必須按照命令行事，尤其是像她那樣一個小女孩，沒有階級，更無威脅他人的能力。

「你如果不想說就算了。」紋說道，轉身背對坎得拉。「我不會強迫你。」

歐瑟沉默。

紋吸入霧氣，它的沁涼潮濕搔弄著她的喉嚨與肺部。「你知道我喜愛什麼嗎，坎得拉？」

「不知道，主人。」

「是霧。」她說道，雙臂平舉。「力量。自由。」

歐瑟緩緩點頭。紋的青銅讓她感覺到附近有一陣隱約的鼓動。很安靜，但出奇地令人不安。這是她幾個晚上前在泛圖爾堡壘頂端感受過的同樣詭異鼓動。她沒有足夠的勇氣去探查那是什麼。

該是處理的時候了，她下定決心。「你知道我痛恨什麼嗎，坎得拉？」她低聲說道，一面伏低身體，檢查七首跟金屬。

「不知道，主人。」

她轉過頭，迎向歐瑟的雙眼。「我痛恨害怕。」

她知道其他人認爲她很敏感，疑神疑鬼。她跟畏懼共存的時間太久，久到她曾經以爲那是自然的。像是灰燼、太陽，或是腳下的土地。

凱西爾帶走了她的恐懼。如今她仍然小心翼翼，但已經不會隨時都感到驚恐。倖存者給了她一個不同的人生：她愛的人不會打擊她的人生。而且讓她看到比恐懼更好的——信任。如今她知道了這些，她絕不會輕易放棄。無論是軍隊，是殺手……或是鬼魂。

「想辦法跟上來。」她低聲說，然後從屋頂跳下，落到下方的街道。

紋沿著因霧氣而濕潤的街面向前直衝，讓逐漸增快的速度推著她跑，快到她來不及害怕。青銅鼓動的來源很接近了，就在前方那條街的建築物中。她判斷不是在頂樓，而是三樓一扇晦暗，百葉窗大開的窗戶。她拋下一枚錢幣，躍入空中直直飛起，靠反推對街的窗鎖調整角度，最後落在洞開的窗沿，雙手攀抓窗框，驟燒錫，讓眼睛習慣空房中的深深黑暗。

它果然在。整個身影都是以霧氣所組成，宛如戶外的迷霧一般翻騰旋轉，輪廓在陰暗的房間中顯得模糊。它站的位置正好能清楚看見紋跟歐瑟在交談的屋頂。

鬼魂不會偷看人……是吧？司卡從來不提靈魂這類的事，因爲這種話題太像宗教，而宗教是貴族獨有的特權。祭拜任何東西對司卡而言都是死刑，當然有些人仍然義無反顧，但盜賊太實際，不可能做這種事。

在司卡的傳說中只有一項東西符合這個怪物——霧魅。傳說中，晚上蠢到敢出門的人，靈魂會被霧魅偷走，可是現在紋知道霧魅是什麼，牠們是坎得拉的表親，奇特、有些許智慧的生物，會使用吞下的骨頭組出新的器官。的確是很怪異的生物，卻不是鬼魅，看起來甚至不太危險。夜晚中沒有陰森的鬼魅，不散的幽魂或是吃人的鬼怪。

至少凱西爾是這麼說的。在黑漆漆的房中，隨著霧氣扭動的身軀似乎是強而有力的反證。她緊握窗沿，恐懼宛如許久不見的老友重新來訪。

跑。逃。躲。

「你爲什麼偷窺我？」她質問。

那東西沒有動。它的身形似乎會拖著霧氣走，因此迷霧彷彿被風吹過一般，不斷飄動迴旋。

我可以靠青銅感覺得到它，所以它在用鎔金術，而鎔金術會吸引霧。

那東西上前一步。紋全身緊繃。

然後，鬼魅消失了。

紋愣在原地，皺起眉頭。就這樣？她以爲……有東西抓住她的手臂。某個冰冷、可怕，但非常眞實的東西抓住她，一陣痛楚竄過她的腦中，彷佛是從耳朵刺入直至頭顱。她大喊出聲，卻發現沒有聲音。隨著無聲的呻吟和顫抖不停的手臂，她向後跌出窗戶。

她的手臂依然冰冷，她可以感覺到它在身邊的空氣中揮動，似乎在散發冰冷的空氣，霧像流連不去的雲朵般自她身邊飄過。紋驟燒錫。痛楚、冰冷、潮濕、清醒衝入腦海，在落地的最後一瞬間，她終於能夠翻身，驟燒白鑞。

「主人？」歐瑟從陰影之間衝出。

紋搖搖頭，手撐著地站起，手掌下濕漉漉的石板地冰涼。她的左臂仍然可以感覺到流連不去的寒意。

「要我去找人來幫妳嗎？」狼獒犬問道。

紋搖搖頭，強迫自己歪歪倒倒地站起，抬起頭望向迷霧彼方的黑暗窗戶。

她全身顫抖，肩膀因撞擊到地面而疼痛，身側尚未恢復的瘀青也隱隱作疼，但她可以感覺體力漸漸恢復。她離開建築物，依然仰著頭。空中幽深的濃霧顯得……隱含凶兆，似乎在藏匿著什麼。

不。她下定決心。迷霧是我的自由，夜晚是我的家鄉！這是我的地方，經過凱西爾的教誨後，我再也無須畏懼黑暗。

她不能失去這件事。她不會回到恐懼的懷抱。但她揮手要歐瑟跟上，一同離開建築物的時候，仍然止不住腳步的迅疾。她沒有對牠解釋自己奇怪的行爲。

牠也沒有要求解釋。

依藍德將第三疊書放在桌上，抵著另外兩疊，結果反而讓所有書籍一陣滑動，危危欲墜。他連忙將書穩住，然後抬起頭。

穿著一套標準套裝的微風帶著笑意看著桌子，一面啜著酒。哈姆跟鬼影正在玩跳石，等著會議開始。鬼影佔了上風。多克森坐在房間角落，在筆記本上寫些什麼。歪腳則是坐在一張有著厚墊的椅子上，以他慣常的瞪視打量著依藍德。

他們之中任何一個人都可能是冒牌貨，依藍德心想。他仍然沒有辦法接受這個念頭。他能怎麼辦？不跟他們進行任何討論嗎？不，他太需要他們了。

唯一的選擇是裝做一切正常，繼續觀察他們。紋告訴他要試著找出他們反常的地方。他打算盡力而爲，但事實是他不確定自己能看出幾分。這比較屬於紋的特長。他需要擔心的是軍隊。

想起她，他瞥向書房後方的彩繪玻璃，意外地發現天色已暗。

已經這麼晚了？依藍德心想。

「我親愛的朋友……」微風開口。「當你跟我們說你只是需要『拿幾份重要的參考資料』時，你應該先警告我們，你預計要離開整整兩個小時。」

「呃……是的。」依藍德說道。「我一不小心就忘記時間……」

「兩個小時？」

依藍德尷尬地點點頭。「因爲要拿書。」

微風搖搖頭。「要不是中央統御區的命運懸於一髮，而且要不是我樂得看哈姆德把一整個月的薪水都輸給那小子，我早在一個小時前就走了。」

「呃，知道了，那我們現在就開始吧。」依藍德說道。

哈姆邊笑邊站起身。「其實這跟以前很像。阿凱也是每次都晚到，而且他喜歡晚上聚會。迷霧之子就愛熬夜。」

鬼影微笑，錢包鼓脹。

我們的貨幣仍然使用統御主的盒金制，依藍德心想。早晚得處理這件事。

「不過我倒怪想念那塊黑板的。」鬼影說道。

「我可不想。」微風回答。「阿凱的字根本不能見人。」

「絕對不能見人。」哈姆微笑，又坐了回去。「不過很有特色。」

微風挑起一邊眉毛。「眞要這麼說也行。」

凱西爾，海司辛倖存者，依藍德心想。就連他的筆跡也有神話般的地位。「言歸正傳。」他說道。「談正事要緊。城外還有兩支軍隊等著我們處理。除非想出應變的方法，否則今晚絕不散會！」

眾人交換眼色。

「其實，陛下……」多克森開口。「我們已經討論過該如何應對這個問題了。」

「哦？」依藍德訝異地問。不過，我的確讓他們在這裡晾了兩個小時。「說來聽聽。」

多克森站起來，將椅子拉近好加入眾人。哈姆開始解釋。

「阿依，情況是這樣的。」哈姆開口。「有了兩支軍隊在此，我們不需擔心任何一方會立刻展開攻擊，但我們仍處於絕對的危險之中，他們可能會展開拖延戰術，耗盡對方的資源。」

「也在等我們的糧食耗盡。」歪腳說道。「在發動攻擊前，讓我們跟對方的軍隊都陷入疲累的狀況。」

「正是如此。」哈姆繼續說。「所以我們陷入兩難的局面，因爲我們撐不了太久。這個城市本來就已經快進入飢荒的狀況，外面那些敵軍的主子可能很清楚這點。」

「所以？」依藍德緩緩問道。

「陛下，我們必須跟他們之一結盟。」多克森說道。「他們也很清楚，憑他們自身的力量是無法擊敗對方，但有了我們的幫助，就可以打破勢均力敵的狀況。」

「他們會夾攻我們，」哈姆說道。「把我們逼到狗急跳牆，直到我們不得不跟他們其中之一結盟爲止。我們別無選擇，否則就要讓人民挨餓。」

「所以，結論就是這樣。」微風說道。「我們無法撐得比他們久，所以必須選擇要讓誰來佔領陸沙德，而且我提議我們應該盡早決定，而不是等到我們的補給品耗盡。」

依藍德站起身。「跟任何一方結盟都意謂著我們要將王國拱手讓人。」

「確實如此。」微風敲敲杯子。「可是我帶來第二支軍隊的目的就是要讓我們有談判空間，至少能以我們的王國換來某種報償。」

「這有何用？」依藍德問道。「我們還是輸定了。」

「聊勝於無啊。」微風說道。「我認爲我們可以說服塞特讓你擔任陸沙德的臨時都督。他不喜歡中央統御區，他覺得這裡又貧瘠又平坦。」

「城市的臨時都督。」依藍德皺眉。「這跟中央統御區之王頗爲不同。」

「是沒錯。」多克森說道。「可是每個王都需要優秀的人才來爲他們管理手中的城市。你不會是王，但你跟我們的軍隊接下來幾個月可以活著，而陸沙德也不會被劫掠。」

哈姆、微風、多克森堅定地挺坐，直視他的雙眼。依藍德低頭看著自己的一疊書，想到他的學問跟研究。一文不值。從多久以前開始，他們就知道這是唯一的解決方法？

集團眾人似乎認定依藍德的沉默便是默許。

「塞特是最好的選擇嗎？」多克森問道。「也許史特拉夫會比較願意跟依藍德達成協議，畢竟他們是一家人？」

他當然會，依藍德心想，而且一有機會就會違約，但是……另一個選擇呢？將城市交給這個塞特？如果是他來作主，這塊土地，這些子民會有什麼樣的命運？

「我認爲塞特是最好的。」微風說道。「他非常願意讓別人統治，只要名聲跟金錢是他的就好。問題在天金。塞特認爲這裡有天金，如果他找不到——」

「我們就讓他搜城。」哈姆說道。

微風點點頭。「你得說服他，天金這件事是我刻意誤導他的。這應該不難，反正他對我的評價已經……這是另外一件小事。你得說服他我已經被處理掉了。也許他會相信，依藍德一發現我發動了軍隊來攻擊他，就把我處決掉。」

眾人點點頭。

「微風。」依藍德開口。「塞特大人對他領土上的司卡如何？」

微風一靜，然後別過頭。「恐怕不太好。」

「那得再想想。」依藍德說道。「我認爲我們得考慮該如何保護我們的人民。如果把一切就這麼交給塞特，那是保住我了，代價卻是犧牲整個統御區的所有司卡。」

多克森搖搖頭。「依藍德，你不是背叛他們。畢竟這是唯一的方法。」

「說得簡單。」依藍德說道。「可是最後良心要背負這種事情的人是我。我的意思不是要完全棄置你的提議，但我也有幾個提案，我們可以一起來討論討論……」

眾人面面相覷。歪腳跟鬼影一如往常在這類討論中保持沉默，歪腳只有在絕對必要時才會開口，鬼影則偏好完全不參與討論。終於，微風、哈姆、多克森一起轉頭面對依藍德。

「這是你的國家，陛下。」多克森謹慎地說道。「我們只是提議。」不過提的是非常好的意見，他的語氣暗示。

「是的，當然。」依藍德很快地挑出一本書，手忙腳亂之下，弄倒了其中一疊。書塔嘩啦啦地倒下，一本還跌入微風的懷中。

「抱歉。」依藍德看著翻翻白眼，將書放回書桌上的微風說。打開手中的書，他開口：「這本書裡面提到一些關於軍隊行動和安排相關的知識，相當值得研究。」

「呃，阿依？」哈姆皺著眉頭開口。「那看起來像是在講穀類運輸的書。」

「我知道。」依藍德說。「圖書室裡沒多少講戰略的書籍，我想這是上千年來沒有戰爭的必然結果，但這本書的確提到，要讓最後帝國的數支軍隊資源充足需要多少穀類。你們知道一支軍隊需要多少食物嗎？」

「你說得有道理。」歪腳點頭。「要餵飽士兵通常是搞死人的事情，在前線經常有爭奪補給品的問題，而我們只能派去處理偶發叛亂的小隊而已。」

依藍德點點頭。歪腳不常提起他過去在統御主軍隊中的事情，集團中的人也鮮少問起。

「所以，」依藍德開口。「我敢打賭，塞特跟我父親完全不熟悉這麼多人該如何調度，他們絕對會有補給品的問題，尤其是塞特，因爲他行動得太快了。」

「不一定。」歪腳說道。「兩方都掌握通往陸沙德的渠道，這讓他們很輕易就可獲得補給。」

「不只如此。」微風補充。「雖然塞特的領域多處於反叛狀態，但他仍掌握哈佛富雷克斯，那是統御主的穀倉地之一。塞特的穀糧只要運一趟就到了。」

「那我們只需破壞渠道，」依藍德說道。「想辦法阻止補給北上。渠道的確讓補給變得相當方便，但因爲我們知道是走哪條路，所以也漏洞百出。只要拿走了他們的食物，也許會逼得他們回家去。」

「還有一個可能。」微風說道。「就是逼得他們冒險攻擊陸沙德。」

依藍德一頓。「這也是有可能的。」他說道。「但是，這個，我一直在研究該如何守城。」他探向桌子另一邊的書。「這是詹戴拉所著的《現代城市管理》。裡頭提到陸沙德很難督管的原因是因爲城市過大，又有太多司卡貧民區，所以他建議利用巡迴城市守衛隊。我想我們在戰鬥時可以借用他的方法。我們的城牆太長，無法以人數緊密防守，但如果有小組人馬可以靈活調度——」

「陛下。」多克森打斷他。

「嗯？什麼事？」

「我們只有一群受訓不到一年的小孩跟男人，而且我們面對的不是一支，而是兩支軍容龐大的隊伍。我們無法靠武力贏得這場戰爭。」

「噢，當然。」依藍德說道。「這是自然的。我只是說，如果眞的要打，我有些策略——」

「我們只要打，必輸無疑。」歪腳說道。「我們輸定了。」

依藍德一時回不上話。「這，我只是——」

「不過，攻擊渠道是個好主意。」多克森說道。「我們可以祕密進行，可以僱用附近的土匪集團攻擊補給船隊。也許這不足以讓塞特或史特拉夫打道回府，但可以讓他們的處境艱難到願意與我們聯手。」

微風點點頭。「塞特已經很擔心他家裡統御區的不穩定。我們應該先派一個使者去找他，讓他知道我們對聯盟有興趣。如此一來，一旦他的資源補給出了問題，他立刻會想到我們。」

「我們甚至可以送信解釋微風被處決一事。」多克森說道。「就當作是示好。這麼一來——」

依藍德清清喉嚨。其他人一怔。

「我，呃，還沒說完。」依藍德說道。

「抱歉。陛下請。」多克森說道。

依藍德深吸一口氣。「你們說得對。我們無法與兩軍直接交戰，但我認為我們需要想辦法去挑撥他們互鬥。」

「老兄啊，你的想法是不錯。」微風說道。「可是要說服他們開戰，可不像要鬼影幫我斟酒那麼容易。」他轉過身，舉起空杯。鬼影起先愣了一下，接著嘆口氣，起身去拿酒瓶。

「是沒錯。」依藍德說道。「雖然沒有多少書在講述戰略，倒是有許多書都在講述政治。微風，你昨天才說過在三方僵持的局面中，身為最弱方的我們反而有更多力量。」

「沒錯。」微風說道。「我們的決定會直接影響他們兩方的戰爭結果。」

「對。」依藍德攤開書。「如今三方對峙的局面已經不是戰爭，而是政治角力，就像家族間的競爭一樣。在家族鬥爭中，就連最強大的家族都需要結盟。單獨的小家族力量衰微，但只要他們團結成一體，便會被視為強大的競爭對手。

「我們現在的處境就像是一個小家族。如果想要取得贏面，就得讓敵人先忘記我們，至少把我們當成無足輕重的卒子。如果他們都自認為佔到我們的便宜，可以利用我們去擊敗對方，之後有餘力時再來對付我們，那他們就會轉而針對對方。」

哈姆搓搓下巴。「依藍德，你的計謀是想漁翁得利，可是要冒不少風險。」

微風點點頭。「只要他們之間的勢力消長一出現變化，我們就得立刻轉向較弱的那方。即便如此，仍然沒有把握最後的贏家會衰弱到能被我們擊敗。」

「更不要提我們的糧食問題。」多克森說道。「你的提議要花不少時間，陛下。在這段期間，我們仍困於城內，食糧會日漸減少。現在已經是秋天，冬天就快來了。」

「這個計畫確實不容易執行，」依藍德同意。「而且非常冒險，但我認為我們辦得到。只要讓他們都認為我們是他的盟友，但不提供實際的支援，而是鼓勵他們攻擊對方，同時消磨他們的士氣，打擊他們的補給，強迫他們開戰。當塵埃落定之時，也許我們就能擊敗殘存的那一方。」

微風沉思。「的確很巧妙。」他承認。「而且聽起來蠻好玩的。」

多克森微笑。「只要是讓別人出力而我們獲益的事，你都覺得好玩。」

微風聳聳肩。「我本來就覺得操弄他人是有利可圖的事情，如今把它變成國家政策，有何不可？」

「大多數的統治結構其實都是這樣。」哈姆自言自語道。「政府組織存在的目的，不就是正式規範所有工作都是由他人負責？」

「呃，那計畫呢？」依藍德問道。

「我沒法決定，阿依。」哈姆言歸正傳。「聽起來像是阿凱的計畫，衝動、勇敢，而且有點瘋狂。」

他的語氣似乎在暗示他很訝異依藍德會提出這樣的意見。

說到衝動，我可不會輸給別人，依藍德氣憤地想，但瞬間便制止自己。再想下去，好像不是什麼好事……

「這麼一來，我們可能會惹上很嚴重的麻煩。」多克森說道。「只要有任何一方厭倦跟我們再玩下去——」

「就會毀了我們。」依藍德說道。「可是，諸位，你們都是賭徒。我不相信你們會寧願放棄這個計畫，而傾向直接對塞特俯首稱臣。」

哈姆跟微風對望一眼，似乎開始考慮這個可能性。多克森翻翻白眼，但似乎只是習慣性地反對。

沒錯，他們是不想選擇安全的方法。他們是膽敢挑戰統御主的人，曾經以詐欺貴族爲生的人。從某些角度看來，他們做事非常小心，對每個細節鉅細靡遺，時時刻刻不忘隱藏自己的行蹤，保護自己的利益，同時他們也經常願意爲了達到目標而豪賭一把。

不對，不只是願意，根本就是樂意之至。

很好，依藍德心想。我的內閣成員根本是一群喜歡尋求刺激的自虐狂。更可怕的是，我居然決定要加入他們的行列。可是，他還有別的選擇嗎？

「我們至少該考慮一下。」微風說道。「聽起來是很刺激。」

「微風，請等等，這個……我提議的原因不是因為這個做法很刺激。」依藍德說。「我從少年時就在計劃，一旦成為家族領導者，要如何讓陸沙德變成更好的城市。我不會一遇到阻礙就捨棄我的夢想。」

「那議會呢？」哈姆問。

「這正是整個計畫的精髓。」依藍德說道。「他們在兩天前的會議中已經投票贊成我的提議，所以在我跟我的父親會面和談之前，他們不得自行開啓城門。」

眾人靜靜坐在原處思考片刻。終於，哈姆轉身面向依藍德，大搖其頭。「我真的沒法決定，阿依。聽起來是很誘人。我們在等你的時候其實也討論了幾個大膽的計畫，跟你的提議有頗多雷同之處，可是……」

「可是什麼？」依藍德問。

「老兄，這樣一個計畫的成敗關鍵大多數會壓在你身上。」微風啜著酒說道。「跟對方國王會面的人必須是你，你必須說服他們雙方都相信，我們是他的盟友。我不是要挑剔你，但你真的沒有騙人的經驗。要我們同意讓新來的人擔任計畫的關鍵人物，實在有困難。」

「我辦得到。」依藍德說。「真的。」

哈姆瞥向微風，兩人雙雙轉頭望向歪腳。駝背的將軍聳聳肩。「那小子想試，就讓他去。」

哈姆嘆口氣，回過頭來。「我想，我是同意的，只要你真的覺得你辦得到，阿依。」

「我認為我辦得到。」依藍德掩飾自身的緊張說道。「我只知道我們不能輕言放棄。也許這個計畫不會成功，也許在被圍攻兩個月後我們仍然必須要獻城，但那至少能給我們兩個月，在這期間會發生很多事。在直接投降前，我認為等待轉機是值得冒險一試的。利用這段時間等待，還有計劃。」

「那就說定了。」多克森說道。「給我們一些時間來規劃更多的想法跟選擇，陛下。過幾天我們可以再討論細節。」

「好。」依藍德說道。「聽起來不錯。接下來，我想要提出——」

門口傳來敲門聲。依藍德應聲後，德穆隊長推開門，臉上顯現一絲尷尬的神情。「陛下？」他開口。「很抱歉，但是……我認爲我們逮到有人在偷聽你們的會議。」

「什麼！」依藍德說道。「是誰？」

德穆轉向一旁，揮手示意兩名侍衛上前。兩人領入一名女子，依藍德對她依稀有些記憶。她跟大多數泰瑞司人一樣，身材高挑，穿著顏色鮮豔但剪裁相當俐落的裙裝，耳垂被許多耳環拉扯而下垂。

「我認得妳。」依藍德說道。「前幾天，就在議會廳裡，妳那時一直在看我。」

女子沒有回答。雖然雙手被縛，但仍然背脊直挺，甚至是高傲地站著，眼光掃射過房間中的眾人。依藍德從未見過泰瑞司女子，只有見過從小被閹割後培育成僕人的泰瑞司侍從官。不知爲何，他總以爲泰瑞司女人應該是更怯懦的。

「她躲在隔壁房間裡。」德穆說道。「對不起，陛下。我不知道她怎麼溜進來的。我們發現她躲在牆邊偷聽，但我懷疑她聽到多少，畢竟牆壁是石頭做的。」

依藍德與女子四目對望。她年紀不小，應該有五十左右，雖不美麗，卻也不平凡。她的四肢很結實，長方形的臉龐中，五官端正，目光坦然，平靜堅定，讓依藍德無法長久與她對視。

「女人，妳想偷聽什麼？」依藍德問道。

泰瑞司女子無視於他，而是轉身面對其他人，以略帶有口音的聲音說道：「我要與王單獨對談。你們其他人可以退下了。」

哈姆微笑。「至少她膽子很大。」

多克森對泰瑞司女子開口：「妳憑什麼以爲我們會讓我們的王與妳獨處？」

「你們的王跟我要商談要事。」女子以公事公辦的語調說道，彷彿對自己是囚犯的身分渾然無所覺，或是毫不在乎。「你們無須擔心他的安危，我很確定躲在窗外的年輕迷霧之子絕對能輕易地把我制服。」

依藍德瞥向一旁大幅彩繪玻璃窗旁邊的小透氣窗。那個泰瑞司女人怎麼知道紋正在那裡監視他們？她的耳力必須相當敏銳才聽得到聲音，也許敏銳到能夠隔著石牆聽見他們的會談內容？

依藍德回過頭，面向女子。「妳是守護者。」她點點頭。

「沙賽德派妳來的嗎？」

「我是因為他才前來此處。」她說道。「但我不是被『派』來的。」

「哈姆，沒事的。」依藍德緩緩說道。「你們可以先離開。」

「你確定嗎？」哈姆皺眉問道。

「如果你們想的話，可以不用解開我的手。」女子說道。

依藍德心想，如果她眞是藏金術師，就算雙手被綁也不會對她有任何妨礙。當然，如果她眞是藏金術師，而且跟沙賽德一樣是個守護者，那他們根本無須擔心她會害人。至少理論上是如此。

眾人緩緩從房間離開，肢體語言透露他們對依藍德的決定充滿懷疑。雖然他們的職業已經不是盜賊，但依藍德個人以為，他們跟紋一樣，永遠泯除不了那段時間所帶來的影響。

「我們就在外面，阿依。」最後一個離去的哈姆說道，然後關上門。

然而，任何瞭解我的人都知道，我是不會輕易放棄的人。一旦我找到值得探索的目標，我不達目的絕不放棄。

14

泰瑞司女子扯斷綁縛她的繩索，繩子落到地上。

「呃，紋？」依藍德開口，開始懷疑跟這名女子會面是否明智。「也許妳該進來了。」

「其實她不在。」泰瑞司女子輕描淡寫地說道，上前數步。「她幾分鐘前去巡察了，所以我才允許自己被抓住。」

「噢，原來如此。」依藍德說道。「我現在要叫守衛們過來了。」

「別傻了。」泰瑞司女子說道。「如果我想殺你，在他們到達之前，我早就已經得手了。你先安靜一會兒。」

依藍德很不自在地站在原處，看著女子緩緩地繞行桌子一周，像是商人在檢視待價而沽的家具一樣審視他。終於，她停下腳步，雙手插腰。

「站直。」她命令。

「抱歉，妳說什麼？」

「你彎腰駝背的。」女子說道。「就算在朋友面前，王仍然應該隨時保持莊嚴的神態。」

依藍德皺眉。「我雖然很感謝妳的建議，但我不——」

「不對。」女子說道。「不要推託。下命令。」

「對不起，妳說什麼？」依藍德又問了一次。

女子上前一步，一手按上他的肩膀，穩穩地將他的背向後推，矯正他的站姿，接著退後一步，滿意地點點頭。

「請妳明白，」依藍德開口。「我不——」

「不對。」女子打算他。「你說話的方式應該更強勢。你的外在表現，包括你的用詞遣句、舉手投足、肢體語言，都會決定別人怎麼評斷及回應你。如果你的每句話都以遲疑和溫和的詞句開頭，那會顯得你軟弱而遲疑。你要更強勢！」

「妳到底在幹什麼？」依藍德終於忍不住氣急敗壞地質問。

「就是這樣。」女子說道。「你終於聽懂了。」

「妳說妳認得沙賽德？」依藍德問道，抗拒駝背的衝動。

「他是個舊識。」女子說道。「我的名字是廷朵。正如你所猜測，我是泰瑞司的守護者。」她的腳板不耐煩地在地上打著拍子，然後搖搖頭。

「沙賽德提醒過我，說你的外表相當邋遢，但我眞的以爲不可能有王者如此無能管理自身的形象。」

「對不起，妳說什麼？」依藍德問道。「我邋遢？」

「停止這種用詞。」廷朵喝斥。「不要問問題，直接表達你的意思。如果你要反對，就直接反對，不要讓我有猜測你是什麼意思的餘地。」

「好吧，妳說的話的確蠻有意思的。」依藍德說道，走向門口。「不過我今晚不想再被侮辱了，所以如果妳不介意的話——」

「你的人民認爲你是笨蛋，依藍德·泛圖爾。」廷朵冷靜地說道。

依藍德停下腳步。

「你一手組成的議會無視於你的權威。司卡相信你絕對無能保護他們。就連你的謀士朋友們都在你不在場時已經自行策劃，認定你的缺席不會有多大影響。」

依藍德閉上眼睛，緩緩深吸一口氣。

「你有很好的想法，依藍德·泛圖爾。」廷朵說道。「展現皇家氣度的想法。可是，你不是王者。只有被眾人接受為領袖的人才能領導他人，他能擁有的權勢也受眾人願意賦予的權力所節制。如果沒有人聽，世界上再好的想法都成就不了你的王國。」

依藍德轉身。「過去一年，我讀遍了四大圖書室中每一本關於領導與統治之術的書。」

廷朵挑起一邊眉毛。「那麼，我猜你浪費了許多應該站在公眾場合被你的人民注視，學習如何當統治者的時間而躲在房間裡。」

「書中自有黃金屋。」依藍德說道。

「坐而言不如起而行。」

「那我該從哪裡學起？」

「我。」

依藍德一時之間不知該如何反應。

「你可能已經知道，每個守護者都有自己的特殊領域。」廷朵說道。「雖然我們都會記憶同樣的一組知識庫，一個人的精力卻只能允許他研究跟理解其中的一部分。我們的朋友，沙賽德，花時間在鑽研宗教上。」

「那妳的專長是什麼？」

「傳記。」她說道。「我研究你從未聽說過的將軍、國王、皇帝的一生。依藍德‧泛圖爾，瞭解政治與領導學的理論，跟瞭解這些人是如何用人生落實他們的原則，是完全兩回事。」

「所以……妳能教會我該如何效法那些人嗎？」

「也許。」廷朵說道。「我尚未決定你是否無藥可救，但我既然人已經來了，自會盡一份力。幾個月前，我收到沙賽德寄來的一封信，裡頭解釋了你的困境。他沒有要求我來訓練你，但沙賽德可能也是該學會如何更強勢的人。」

依藍德緩緩點頭，迎向泰瑞司女子的注視。「所以，你願意接受我的指導嗎？」她問道。

依藍德思索片刻。如果她跟沙賽德一樣，那麼……我的確是需要有人幫我。「我願意。」他說道。

廷朵點點頭。「沙賽德也提到你是個很謙遜的人。這可能是你的優勢，但你必須懂得適時節制。我想，你的迷霧之子回來了。」

依藍德轉身面向旁邊的窗戶。百葉窗已經打開，允許霧氣開始散入房間，披露出蹲在窗台上，身著披風的身影。

「妳怎麼知道我在？」紋平靜地問道。

廷朵微笑。依藍德第一次看到這個表情出現在她臉上。「沙賽德也提到了妳，孩子。我想，妳跟我應該盡快私下談談。」

紋溜入房間，引來霧氣尾隨她身後，她關上百葉窗，擋在依藍德跟廷朵之間，毫不掩飾她的敵意跟不信任。「妳爲什麼來這裡？」紋質問。

廷朵再次微笑。「妳的國王花了幾分鐘才問出這個問題，但妳瞬間就提出來了。我想，你們會是很有意思的一對。」

紋的雙眼不友善地眯起。

「不過，似乎到了我告退的時候。」廷朵說道。「我們會有再見面的機會吧，陛下？」

「當然。」依藍德說道。「呃……我有沒有什麼可以開始練習的地方？」

「有。」廷朵說道，走向門口。「從不要說『呃』開始。」

「噢，好。」

廷朵一開門，哈姆的頭就探了進來。他立刻注意到綁住她的繩子已經落在地上，但他什麼都沒說，大概認爲是依藍德解開的。

「我想今晚到此告一段落。」依藍德說道。「哈姆，能否請你在皇宮內安頓廷朵女士？她是沙賽德的朋友。」

哈姆聳聳肩。「好吧。」他朝紋點點頭，然後離去。廷朵離開時，並未向任何人道晚安。

紋皺眉，然後瞥向依藍德。他似乎……心不在焉。「我不喜歡她。」她說。

依藍德微笑，疊起桌上的書。「妳向來不喜歡第一次見面的人，紋。」

「我喜歡你。」

「這證明妳很沒有看人的能力。」

紋一愣，接著露出笑容。她走到桌邊，開始翻檢書名。這些不是依藍德平常看的書，遠比他常看的題目實際多了。「今晚如何？」她問道。「我沒有什麼時間來聽。」

依藍德嘆口氣，轉身坐在桌邊，抬頭看著房間後方的玫瑰窗。天色已暗，鮮豔的色彩只隱約展現在黑色玻璃中的倒影。「我想，還算可以吧。」

「我就說他們會喜歡你的計畫。那正是他們會覺得充滿挑戰的東西。」

「我想是吧。」依藍德說道。

紋皺眉。「好了。」她說道，縱身躍起站到桌上，然後在他身邊坐下。「怎麼了？那女人說了什麼嗎？她到底想幹麼？」

「她只是給了我一些指導。」他說道。「妳知道守護者是怎麼樣的，他們總想要有人聽他們講課。」

「也許吧。」紋緩緩說道。她從來沒看過依藍德憂鬱的樣子，但他有時確實會灰心。他有這麼多的想法，這麼多的計畫跟希望，她有時候不禁揣想，他是如何樣樣分得清的。她會說他缺乏專注力。瑞恩總說專注力是讓小偷活著的唯一理由。可是，依藍德的夢想跟他本人息息相關。她懷疑他能拋棄夢想，她也不希望他這麼做，因爲那是她愛的一部分。

「他們同意計畫了，紋。」依藍德仍然望著窗外。「如妳所說，他們甚至看起來很興奮。只是……我忍不住認爲他們的提議比我的更有理性。他們希望跟其中一支軍隊結盟，交換條件是任命我爲陸沙德的臨時統治者。」

「那是放棄。」紋說道。

「有時候，放棄比失敗好。我剛迫使我的城市陷入長期持久戰，意思是在一切結束前，城市裡的人都要挨餓，甚至是陷入飢荒。」

紋按上他的肩膀，有點手足無措地看著他。通常都是他在扮演安慰者的角色。「這個方法仍然比較好。」她說。「其他人提出較安全的計畫，可能只是因爲他們認爲你不會同意更大膽的做法。」

「不對。」依藍德說道。「紋，他們並不想討好我，而是衷心認爲進行策略性結盟是個安全、完善的計畫。」他說到一半突然停下，直視著她。「那些人從什麼時候居然成爲我的政府中的理性派了？」

「他們必須要成長。」紋說道。「擔負如此重責大任後，他們不能再像過去那樣恣意而爲。」

依藍德轉身面向窗戶。「紋，坦白跟妳說，我擔心的是，也許他們的計畫也不理性，甚至是有點大膽，也許光是結盟就已經夠困難了。若是如此，我的提案根本就是可笑至極。」

紋捏捏他的肩膀。「我們打敗了統御主。」

「那時候有凱西爾。」

「你又來了。」

「抱歉。」依藍德說道。「可是，紋，我是認眞的，也許我想要繼續把持住這個政府的計畫根本就是過度自我膨脹的結果。妳是怎麼描述妳的童年的？當妳身處於盜賊集團，所有人都比妳壯，比妳強大，更比妳凶惡時，妳是怎麼做的？妳有反抗首領嗎？」

回憶在她腦海中一閃而過。躲藏，不敢抬頭，軟弱的回憶。

「那是過去。」她說道。「你不能允許別人永無止境地壓迫你。這是凱西爾教會我的事情，這是我們爲何要對抗統御主的原因，也是爲何司卡反抗軍多年來不斷違抗最後帝國，就算沒有勝算也從不放棄。瑞恩教我是反抗軍都是傻子，但瑞恩死了，最後帝國也滅亡了，況且——」

她彎下腰，直視依藍德的雙眼。「你不能放棄，依藍德。」她靜靜說道。「這種決定在你身上留下的陰影，不是我所樂見的。」

依藍德想了想，緩緩露出笑容。「妳有時候眞的很睿智。」

「你眞的這麼認爲？」

他點點頭。

「這樣啊。」她說道。「那你顯然跟我一樣，非常不會看人。」

依藍德大笑，伸手將她緊摟在身側。「妳今晚的巡邏應該一切都安好吧？」

那霧靈。她從樓上跌落，仍然記得的冰寒感覺，即便只是在手臂上殘存的隱約記憶。「對。」她說道。她上次跟他提及霧靈時，他立刻認定是她的錯覺。

「看。」依藍德開口。「妳該來開會的。我很希望妳在場。」

她一語不發。

兩人並肩坐了幾分鐘，望著夜色中的玻璃窗展露出奇異的美態。少了背後的透光，色彩已然無法分辨，但如此一來卻能專注於玻璃上的花紋。小碎片、細長條、圓弧形、大片玻璃在金屬的框架間交織合一。

「依藍德？」她終於開口。「我擔心。」

「妳不擔心的話，我反而要擔心了。」他說道。「外面的軍隊讓我擔心到幾乎無法思考。」

「不是。」紋說道。「不是這件事。我擔心其他的事。」

「例如？」

「例如……我一直想著統御主在我殺了他之前最後說的話。你記得嗎？」

依藍德點點頭。他不在現場，但她告訴過他。

「他跟我說了他對人類的貢獻。」紋說道。「故事裡都說他從深闇的威脅把我們救了回來。」

依藍德點點頭。

「可是，深闇是什麼？」紋說道。「你是貴族，你有權信教。鋼鐵教廷的教義是如何解釋深闇跟統御主的？」

依藍德聳聳肩。「其實沒提到多少。宗教不是禁忌，卻也不被鼓勵。教廷總在暗示他們會負責處理好一切，彷彿他們的管轄不容侵犯，也無須我們擔心。」

「但還是有教導過別的事情吧？」

依藍德點點頭。「他們的傳道主要都是在講述爲何貴族有特權，而司卡受到了詛咒。我想他們是希望我們理解我們有多幸運，說實話，我向來覺得他們的傳道讓人有點不安，因爲根據他們的說法，我們是因爲在統御主昇華前，我們的祖先支持他，所以後代的我們變成了貴族，這就意謂著我們的特權來自於別人的作爲，這算不上公平吧？」

紋聳聳肩。「世界上沒有公平這回事。」

「可是，妳不會生氣嗎？」依藍德說道。「看到貴族擁有這麼多，但妳只有這麼少，不會讓妳憤怒嗎？」

「我沒想過。」紋說道。「貴族擁有很多，我們才有機會從他們身上取得財物，我爲什麼要擔心他們的錢財是從哪裡來的？有時候我有食物，但別的盜賊把我打了一頓，將食物搶走。我是如何拿到食物重要嗎？最後還不是被人搶走。」

依藍德一愣。「妳知道嗎？有時候我忍不住去想，我讀過的政治理論家如果碰見妳，不知道會說什麼。我感覺他們會氣得撒手不管。」

她戳戳他的腰。「你談夠政治了。跟我說說深闇的事。」

「我想是某種怪物，某個又黑又邪惡，將近摧毀世界的東西。統御主去到昇華之井，在那裡獲得打敗深闇跟團結人類的力量。城裡有幾座雕像都在講這件事。」

紋皺眉。「是沒錯，但它從來不會解釋深闇到底長什麼模樣，在繪畫中也只是統御主腳邊的一團。」

「沒辦法，最後一個親眼見過深闇的人一年多前死了，看來也只能勉強接受那些雕像說的。」

「除非它回來了。」紋低聲說道。

依藍德皺眉，再次注視她。「這是妳擔心的事情嗎，紋？」他的表情微微一柔。「光是兩支軍隊還不夠？妳還得擔心世界的命運？」

紋自覺不好意思地低下頭，依藍德大笑出聲，將她抱入懷中。「唉，紋啊，我知道妳天性多疑，尤其是眼前的情勢連我都開始疑神疑鬼，但我想那是妳不需擔心的問題。我尚未接獲任何邪惡化身肆虐鄉里的報告。」紋點點頭，依藍德向後一靠，自認爲已經回答了她的問題。

她則是心想，世紀英雄前往昇華之井去擊敗深闇，但所有的預言都說，英雄不該將井的力量據爲己有，他應該要將力量獻出，相信這股力量自有辦法摧毀深闇。

拉刹克並沒有這麼做，而是將力量據爲己有。這不就意謂著深闇從未被打敗嗎？那麼，世界爲什麼尚未被摧毀？

「紅色太陽跟褐色植物。」紋說。「那也是深闇的影響嗎？」

「妳還在想這件事？」依藍德皺眉。「紅色太陽跟褐色植物？如果不是，那還可能是什麼顏色？」

「凱西爾說太陽曾經是黃色，植物是綠色。」

「好難想像。」

「沙賽德同意凱西爾的說法。」紋說道。「所有的傳說都說在統御主王朝的初期，太陽變色，灰燼開始自空中落下。」

「這樣啊……」依藍德說道。「深闇有可能跟此事有關，不過我真的不知道。」他靜坐沉思片刻。

「綠色的植物？爲什麼不是紫色或藍色？好奇怪……」

世紀英雄北行前往昇華之井，紋重拾思緒。她微微轉身，眼光被遠處的泰瑞司山脈吸引。井還在那裡嗎？

「妳成功從歐瑟口中套出什麼資訊了嗎？」依藍德問道。「能幫我們抓出間諜的資訊？」

紋聳聳肩。「牠告訴我坎得拉不能用鎔金術。」

「那妳就能找到我們的冒牌貨了？」依藍德精神一振。

「也許。」紋說道。「至少我可以測試鬼影跟哈姆，一般人會比較困難，但坎得拉不會受到安撫影響，也許這能幫助我找到間諜。」

「似乎很有希望。」依藍德說。

紋點點頭。她心中永遠是小偷的那一部分——也是依藍德常拿來開玩笑的部分——心癢難耐地想要對他使用鎔金術，看看他對推或拉是否會有反應，但她卻制止自己。這是一個她信任的人。她會測試其他人，但她不會質疑依藍德。某種程度，她寧願信任他，如果眞的錯了再來處理後果，而不願意處理不信任所帶來的憂鬱。

我終於瞭解了，她猛然一驚。凱西爾，我瞭解你跟梅兒的問題出在哪裡了。我不會重蹈你的覆轍。

依藍德正在看她。

「看什麼？」她問道。

「妳在微笑。」他說道。「我能知道是哪裡好笑嗎？」

她緊擁他。「不行。」她直接說。

依藍德微笑。「好吧。那妳去測試鬼影跟哈姆，但我鑾確定冒牌貨不是我們成員的一部分，我今天跟他們都說過話，感覺每個人一切正常。我們應該要搜查皇宮工作人員。」

他不知道坎得拉的模仿有多逼眞。敵方坎得拉可能花了好幾個月研習牠要模仿的對象，學習跟記憶他們的舉手投足細節。

「我跟哈姆和德穆都談過，」依藍德說。「身爲皇宮侍衛隊的成員，他們都知道發現骨頭的事，哈姆還猜到那是什麼東西，希望他們能夠在不打草驚蛇的情況下釐清可能的對象，找到冒充者。」

紋直覺地對依藍德容易信任他人的天性察覺到警訊。算了，她心想。就讓他保持對人性本善的信任吧，他要煩的事情已經夠多了，況且也許坎得拉模仿的是我們核心團隊以外的人。依藍德可以朝那個方向去搜尋。如果，冒充了我們其中之一……就是我多疑天性派上用場的時候。

「好吧。」依藍德站起身。「趁更晚前，我還有幾件事要去查一查。」

紋點點頭，他長長地吻了她許久，然後才離開。她在桌邊又坐了一會兒，不是再看巨大的玻璃窗，而是旁邊刻意留下一絲縫隙的小窗，通往夜晚的門戶。迷霧在黑夜中翻滾，試探地送入一絲絲霧氣，旋即在室內的溫暖中蒸發。

「我不怕你。」紋低聲說道。「我會找出你的祕密。」她從桌邊跳下，出了窗戶，打算跟歐瑟會面，再巡一次皇宮。

15

我很堅定相信，艾蘭迪就是世紀英雄，而且下定決心要證明這件事。我早應該服從眾人的意志，不應該堅持要跟艾蘭迪同行，好親眼見證他的旅程。

艾蘭迪會發現我對他身分的判定是遲早的事。

離開瑟藍的第八天，沙賽德醒來時發現只剩他一個人。

他站起身，掀開棉被，抖落夜間覆蓋其上的一層薄灰。樹蔭下原本沼澤睡的地方空無一人，但一片暴露在外的泥土顯示他原本睡的位置。

沙賽德站起身，跟隨沼澤的腳印走入刺眼的紅色陽光下。少了樹蔭的保護，這裡的灰燼深了許多，吹起灰燼的風勢也強勁許多。沙賽德環顧著強風掃掠的大地。沒有沼澤的蹤影。

他回到營地。這裡是東方統御區的核心地帶，生長著扭曲糾結的樹木，但樹枝廣闊平坦，且層層重疊，密密麻麻都是褐色的針葉，提供頗好的遮蔽，不過似乎沒有什麼保護是灰燼滲不透的。

沙賽德煮了一道簡單的湯做爲早餐。沼澤沒有回來。沙賽德在附近的小溪中洗了自己的衣袍。沼澤還沒有回來。沙賽德補了袖子上的一道裂縫，爲靴子刷油，剃頭。沼澤依然沒有回來。他拿出在瑟藍做出的拓印，謄寫了幾個字，然後強迫自己將紙張收起。他擔心若是太長時間攤開紙張，或是讓上面沾到灰燼，會讓拓印暈開，最好等到他能有張正常的書桌跟乾淨的房間再來做這件事比較好。沼澤還是沒有回來。

終於，沙賽德離開了，心中充滿莫名的急迫感，一部分是想要分享他所發現一切的興奮，一部分是想看看紋跟那個年輕的依藍德·泛圖爾王在陸沙德的狀況如何。

沼澤知道路。他會跟上的。

沙賽德舉起手，遮擋了紅色陽光，從山頂的高處往下望。大道的東邊天際有一抹黑。他從輿誌紅銅意識中汲取出關於東方統御區的描述。

知識在他腦中湧現，賜與他寶貴的記憶。那抹黑是一個叫做兀邦的村莊。他在目錄中翻找相應的輿誌。目錄開始變得模糊，其中的資訊變得難以記憶，意思是來回在紅銅意識與身體意識間搬移過太多次。

雖然儲存在紅銅意識中的意識永遠會是完美無瑕，但只要一進入他的腦子，就算只有片刻，這份知識就會開始凋零。他晚點得重新背誦一次目錄。

他找到需要的資訊，將正確的記憶灌注入腦海。輿誌對兀邦的描述是「景色如畫」，意思大概是某個重要貴族決定要在那裡搭設他的宅邸。輿誌也提到兀邦的司卡都是牧人。

沙賽德抄下剛才的資訊，然後將輿誌記憶重新收好。手邊的筆記會告訴他，他已經忘記的事情。輿誌的記憶跟目錄一樣，因為在他的腦海中盤留過，所以略有殘損，幸好他在泰瑞司還藏有另外一份紅銅意識，那是準備將他的知識傳遞給另一名守護者所留存的。目前這套紅銅意識是供他日常使用，不能應用的知識對任何人都無助益。

他背起背包。前往村莊對他會有幫助，就算會因此減緩他的腳程。他的肚子也很贊同這個決定。那些農民應該沒有多少食物，但也許他們能給他清湯以外的東西，況且，他們可能會有陸沙德的消息。

他從小山坡走下，選擇較窄的東邊岔路。過去最後帝國裡沒有多少往來的旅人，統御主禁止司卡離開他們所屬的土地，只有盜賊跟叛徒膽敢忤逆他。可是大多數的貴族都是靠商業貿易為生，所以兀邦這種小村莊可能會習慣有訪客。

沙賽德立刻注意到不尋常之處。山羊在路邊的野地間四處亂走，無人看顧。沙賽德停下腳步，從包袱中掏出一個紅銅意識，邊走邊找尋。一本關於畜牧的書聲稱牧人們有時會放任他們的動物們自行尋草，但他仍然感到緊張，於是加快了腳步。

*南邊是司卡的住所，他心想，可是這裡的牲畜有多到不夠人力來看管，免受盜賊或其他野獸的攻擊嗎？*小村莊出現在遠處。沙賽德幾乎說服自己，村莊中的毫無動靜，街道中的毫無動靜，空無一人的門口與在微風中搖曳的百葉窗，都是因為他的來訪，也許這些人怕到都躲了起來，或者人都不在，都去照料牲口……

沙賽德停下腳步。風向的變化從村莊帶來警示的氣味。那些司卡不是在躲藏，也不是逃跑。那是腐爛屍體的味道。

沙賽德猛然翻找出一個小戒指，這是嗅覺的錫意識，戴上拇指。風中的味道不只是死亡，而是腐敗、酸臭的屍體，還有排泄物的味道。他逆轉錫意識的使用，開始填充而非汲取，讓自己的嗅覺變得非常微弱，以免當場反胃吐出來。

他繼續前進，小心翼翼地進入村莊。兀邦的設計跟大多數司卡村莊一樣，規劃得很簡單，有十個大草屋，略圍成圓形，中央有一口井。建築物都是以木材搭起，屋頂則以同樣長滿針葉的樹枝紮成。管理者的小屋跟一棟精緻的貴族宅邸在山谷更深處。

要不是那股味道，還有詭異的空曠感，沙賽德或許會同意輿誌對兀邦的描述。以司卡的住處而言，這些草屋看起來狀況不錯，村莊則位於山谷間的一處低窪。

他走得更近，終於找到第一批屍體，躺在最近草屋的門口，大概有六具。沙賽德小心翼翼地上前，看得出來這些人都已經死了幾天了。他跪在第一個人旁邊，是個女人，看不出明顯的致死原因。其他人也都一樣。

沙賽德很緊張，卻強迫自己舉起手，拉開草屋的門，裡面的臭氣濃重到他即便逆向施用錫意識，仍然聞得到。

這間草屋與其他司卡住所一樣，都只有一個房間，裡面都是屍體，大多數包裹在薄棉被中，有些是背靠著牆，腐爛的頭顱軟軟地從脖子上垂下，身體乾瘦，幾乎沒有多少肉，只有乾巴巴的四肢跟突出的肋骨。乾涸的臉龐中有著茫然的雙眼。

這些人是因爲飢餓跟脫水而死。

沙賽德跌跌撞撞地離開小屋，低垂著頭。他不認爲在其他建築物中會看到不同的景象，但他還是去檢查，看見同樣畫面不斷重演。沒有傷口的屍體躺在外面的地上，裡頭更多屍體縮成一團，蒼蠅成群結隊地嗡嗡旋飛，遮蔽了死人的臉龐，在幾間房子裡他甚至看到被啃蝕過的人骨。

他跌跌撞撞走出最後一間小屋，用嘴巴大力呼吸。上百人沒有理由地死去。爲何這麼多人會只是坐著，躲在家裡，等待食物跟水耗盡？當外面還有這麼多亂走的牲畜時，怎麼可能會餓死？而那些躺在灰燼中的屍體又是因何而死？他們似乎不像裡面的屍體那麼瘦弱，但腐敗得太嚴重，他不敢斷言。

*我一定想錯了，這些人不會是餓死的，*沙賽德告訴自己。*這一定是某種瘟疫，某種疾病。這個解釋合理多了。*他在醫學紅銅意識中搜尋一遍，認爲一定有快速發病的疾病，讓染上的人很快地虛弱，而倖存者一定都逃了，留下他們的家人，不帶任何牲口……

沙賽德皺眉。他覺得他好像聽到聲響。

他轉身，從聽覺意識汲取聽力，那是呼吸跟動作的聲音，來自他造訪過的一間小屋。他衝上前拉開大門，再次看到可憐的死者。屍體躺在原處。沙賽德很仔細地逐具檢視，直到發現一具微微起伏的胸膛。

*被遺忘的諸神啊……*沙賽德心想。那個人已經離死亡不遠，頭髮全掉光，眼眶深凹。雖然他看起來並不是特別飢餓，沙賽德一定是因爲他骯髒，近似屍體的身體而錯過了他。

沙賽德上前一步。「我是朋友。」他靜靜地說。那個人動也不動地躺著，沙賽德皺眉，上前一步，輕按那人的肩膀。

男子的眼睛猛然睜開，他大喊一聲，跳起，暈眩焦急地翻爬過屍體，躲到房間的最後面，縮成一團，盯著沙賽德。

「請聽我說。」沙賽德放下背包。「別害怕。」他手邊除了高湯香料以外的食物就是一點肉，但他拿了一些出來。「我有食物。」

男子搖頭。「沒有食物。」他低聲說道。「我們都吃掉了，除了……那個食物。」他的眼光瞄向房間中央，是沙賽德先前注意到的骨頭。沒有經過烹煮，有啃咬的痕跡，堆在一塊破布下，彷彿要將它藏起來。

「我沒有吃食物。」男子低聲說道。

「我知道。」沙賽德上前一步。「可是有別的食物，在外面。」

「不能出去。」

「爲什麼?」

男子一語不發,然後低下頭。「霧。」

沙賽德瞥向門口。太陽即將行至天邊,但大概還有一個多小時才會落下。沒有霧。至少現在沒有。

沙賽德感到一陣冰寒。他慢慢轉過身,看著那人。「白天……有霧?」

男子點點頭。

「沒有散掉?」沙賽德問道。「不是幾個小時後就散去?」

男子搖搖頭。「好幾天。好幾個禮拜。都是霧。」

*統治主啊!*沙賽德一想,然後連忙驚醒。他已經很久沒有以那個怪物的名字咒罵,就算在心底亦然。

如果能相信這個人的說法,白天出現了霧,而且滯留不去,甚至長達數個禮拜……沙賽德可以想像司卡全都害怕地躲在草屋裡,千年來的恐懼、傳統、迷信讓他們不敢外出。

可是在裡面躲到餓死?就算對霧的恐懼是絕對深植心中,總不該足以讓他們寧願餓死吧?

「你們爲什麼不離開?」沙賽德低聲詢問。

「有人走了。」男子似乎自言自語地點點頭。「阿杰。你知道他有什麼下場嗎……」

沙賽德皺眉。「死了?」

「被霧帶走。天哪,他抖得好厲害。你知道的,他很固執。老阿杰就是這樣。天哪,他抖得好厲害。」

沙賽德閉起眼睛。*我在門外找到的屍體。*

被它帶走時一直掙扎。」

「有些逃走了。」男子說道。

沙賽德猛然睜開雙眼。「什麼?」

發瘋的村民點點頭。「有人跑了。他們離開村莊後對我們大喊。說沒事了,他們沒有被帶走。不知道為什麼。可是它殺了其他人。有些只是被它甩到地上，但他們之後又爬起來了。有些被殺死了。」

「霧讓有些人活下來，但殺了其他人？」

男子沒有回答。他又坐了下來，如今重新躺倒，無神地看著天花板。

「拜託你。」沙賽德說道。「你必須回答我。它殺了誰，又放了誰？他們中間的關連是什麼？」

男子轉身面向他。「該吃東西了。」他說道，然後站起身，走到一具屍體邊，扯著一隻手臂，撕下一塊腐爛的肉。很顯然這就是他沒有像其他人那樣餓死的原因。

沙賽德壓下一陣反胃，踏步跨過房間，抓住男子的手臂，不讓他將血腥的肉放入口中。男子全身一僵，然後望向沙賽德。「不是我的！」他大喊，抛下骨頭，跑到房間後方。

沙賽德站在原處片刻。*我必須要快，趕緊回到陸沙德。這個世界上有比盜賊跟軍隊更嚴重的問題。*

瘋狂的男子以野蠻的恐懼看著沙賽德背起背包，然後又將背包放下，拿出最大的白鑞意識，將寬金屬臂環套入前臂，轉身走向村民。

「不要！」男子尖叫，試圖衝到旁邊。沙賽德從白鑞意識中汲取出一股力量，感覺肌肉膨脹，袍子緗緊，一把扯住從他身邊跑過的男子，伸長了手臂抓著，不讓男子傷到彼此。

然後，他將那人帶出了屋子，他一進入陽光便停止掙扎，抬起頭，彷彿第一次見到陽光。沙賽德將他放下，放開白鑞意識。

男子跪下，抬頭望著太陽，然後轉過去看沙賽德。「統御主……他為何遺棄我們？他為何離開？」

「統御主是個暴君。」

男子搖頭。「他愛我們。他統治我們。現在他走了，霧就能殺我們。霧恨我們。」

他以出奇的靈敏跳起來，衝向離開村莊的道路。沙賽德上前一步，但又停了下來。他能做什麼？把那個人一路拖回陸沙德嗎？這裡有水井，也有動物可以吃。沙賽德只能希望那可憐人會想辦法活下來。

沙賽德嘆口氣，回到房屋拿起背包，出門的同時又停下腳步，拿出一個鋼意識。鋼儲存著最難存量的特性：速度。他花了好幾個月塡滿這個鋼意識，就爲了準備有一天，他可能需要以非常非常快的速度跑到某處。

現在，他戴上了鋼意識。

是的，在此之後，所有的謠言都是他在推波助瀾。我絕對無法像他那樣說服全世界，相信他的確是英雄。我不知道他自己是否相信這件事，但他讓所有人都堅信不移。

16

紋鮮少使用她的房間。依藍德分配給她一間非常寬敞的大房，也許這就是問題的根源。她從小就在角落、密屋、小巷道裡長大，一下子多了三間房間，讓她一時無法適應。

可是那其實不重要。她醒著的時候，不是跟依藍德，就是跟迷霧在一起。她的房間只是爲了讓她有地方睡而已。以目前的狀況看來，還多了一個讓她隨意擺弄的用途。

她坐在主間的地板上。依藍德的侍從官很在意紋沒有任何家具，所以堅持要爲她的房間擺設裝潢。今天一早，紋便把許多家具推到一邊，把地毯跟椅子堆在一角，好讓她能抱著書坐在沁涼的石地板上。

這是她擁有的第一本眞正的書，雖然只是許多紙張鬆散地被裝訂起來的冊子，但她反倒很喜歡這樣，簡單的封裝讓她撕得更順手。

她坐在一疊疊紙張之間，訝異著一本書被拆開來之後，裡面居然有這麼多頁。紋坐在其中一堆旁邊，翻弄著內容，搖搖頭，爬到另一堆，瀏覽了書頁後，挑出其中一張。

有時候我不禁想，我是否發瘋了。書頁如此寫道。

也許是來自於我知道我必須承擔全世界重擔的壓力。也許是來自於我見過的死亡，我失去的朋友。我被迫要殺死的朋友。

無論如何，有時候我會看到有影子跟著我。那是我不瞭解，也不想瞭解的黑暗怪物。也許它們是我用腦過度後的想像？

紋坐在原處，反覆閱讀這幾段。然後爬到另外一疊旁邊，抽出一張來。歐瑟趴在房間一邊，頭枕在爪子上看著她。當她把書頁放下時，牠終於開口：「主人，我已經看妳工作兩小時了，我得承認我看得一頭霧水。請問妳在做什麼？」

紋爬到另一堆紙邊。「我以為你不在乎我怎麼打發時間。」

「我是不在乎。」歐瑟說道。「可是我會無聊。」

「顯然還開始心煩氣躁。」

「我喜歡瞭解周遭正在發生什麼事。」

紋聳聳肩，指著一疊疊的書頁。「這是統御主的日記，不過不是我們認識的那個統御主，而是那個原本應該是統御主的人。」

「原本應該？」歐瑟問道。「妳是說他原本應該要征服世界，卻沒成功？」

「不是。」紋回答。「我是說原本在昇華之井取得力量的人，應該是他。寫書的這個人，雖然我們不知道他叫什麼，是某種預言中的英雄。至少……大家都是這麼以爲。總而言之，後來成爲統御主的拉刹克，是這個人的挑夫。你不記得當初你在模仿雷弩時，我們談過這件事？」

歐瑟點點頭。「我記得妳大致上提過。」

「我跟凱西爾潛入統御主皇宮中找到的書，就是這一本。我們以爲是統御主寫的，後來才發現是統御主所殺，他取代的那個人寫的。」

「是的，主人。」歐瑟說道。「請問一下，妳到底爲何要把它撕碎呢？」

「我沒有要撕碎它。」紋說道。「我只是把封皮拆下來，好方便重整頁面的順序。這有助於我思考。」

「我……明白了。」歐瑟說道。「那妳在找什麼？統御主死了，主人。如果我記得沒錯，是妳殺了他。」

我在找什麼？紋心想，拾起另一頁。霧中的鬼魂。她緩緩地讀著這頁。

它不是影子。

這個跟在我身後的黑色東西，只有我能看得見——它不是影子。它又黑又透明，但沒有影子的實際輪廓，它的存在相當薄弱，透明且無形。像是黑霧的形體或是迷霧，也許。

紋放下頁面。我也看過它，她心想。她記得一年多前讀到這段，當時認爲英雄一定開始發瘋了。他身上被加諸這麼大的壓力，會發瘋也不足爲奇吧？

但她現在更瞭解無名的日誌作者。她知道他不是統御主，並且開始瞭解他應該是怎麼樣的人。一個不確定自己在世界中的地位，卻被強迫要參與重要的事件，決定要盡其所能的人。某種程度也算是個理想主義者。

而霧靈追著他是什麼意思？看到它對她而言有什麼意義？

她爬向另一堆頁面。她花了一整個早上翻找日誌中關於那個霧中怪物的線索，但除了這兩段她已經熟悉的段落之外，並沒有找到其他資訊。

她將任何提到奇怪或超自然內容的頁面堆成一疊，將提到霧靈的頁面也疊成一小落。她也將提到深闇的頁面特別堆在一起，但諷刺的是，那是最大也最沒有效用的一堆。

日誌作者很習慣提到深闇，卻不常講到細節。

深闇很危險，這是很清楚的。它肆虐大地，殺了數千人，所到之處都造成混亂，帶來毀滅跟恐懼，但人類軍隊無法打敗它，只有泰瑞司預言跟世紀英雄能提供希望。

*他為什麼不講清楚點！*紋煩躁地想，一面翻弄著頁面。可是日誌的文風並非充滿資訊，而是憂鬱心情的發洩。英雄這本書是寫給自己，維持自己的理性看的，他將自己的恐懼跟希望放在紙上。依藍德說他有時候會因為類似的理由寫東西。紋覺得用這種方法來處理問題有點蠢。

她嘆口氣，轉向最後一疊紙，是她還沒讀過的頁面。她再次趴到石板地上開始閱讀，尋找有用的資訊。

這是很花時間的工作。除了她的閱讀速度本來就慢之外，還一直分心。她之前就讀過日誌，因此其中的暗示跟句子居然不斷提醒她當時她人在哪裡。兩年前，在費理斯，簡直就像是在另一個世界，她正從跟鋼鐵審判者交手所帶來的瀕死傷勢中恢復，被強迫要假扮成法蕾特·雷弩，一名年輕卻無社交經驗的鄉下貴族仕女。

當時，她仍然不相信凱西爾的計畫能推翻最後帝國。她留在集團裡是因為她在乎他們給她的陌生事物：友誼、信任、鎔金術的課程，而非她接受他們的目標。她當時絕沒想到，這個決定居然領著她出現在舞會跟宴會中，開始有一點點習慣成為她假裝的貴女身分。

可是那只是個騙局，只是幾個月的假裝。她強迫自己不再去想那些花俏的服飾跟舞會。她需要專注在實際的事情上。

但……這算實際嗎？她不禁心想，將書頁放在其中一疊上。研讀我幾乎不瞭解的東西，害怕沒有人注意，甚至沒有人在乎的威脅？

她嘆口氣，趴在地上，雙臂交疊在下巴。她真正擔憂的是什麼？是深闇會重返嗎？她只不過是在霧裡碰到幾次詭異的影子，甚至有可能如同依藍德的暗示一樣，那只是她過度豐富的想像力，而更重要的是另一個問題，如果深闇是眞的，她能怎麼辦？她不是英雄、將軍，也不是領袖。

噢，凱西爾，她拾起另一頁。我們眞的很需要你。凱西爾是超越規範的人……一個似乎能扭轉現實常理的人。他以爲犧牲自己來推翻統御主，就能爲司卡取得自由，但如果他的犧牲是開啓了通往更大危險的大門，引入相較之下足以讓統御主的高壓統治是更好選擇的危險，那該怎麼辦？

她終於讀完了手中的一頁，將它歸類到無用資訊的那疊，然後停下動作。她甚至不記得她剛才讀了什麼。她嘆口氣，重拾頁面，再次從頭讀起。依藍德是怎麼辦到的？他可以將同樣的書看過一遍又一遍。可是對紋而言，那很困難——

突然，她的思緒被打斷。我必須相信我沒有發瘋，書頁寫道。如果我不相信的話，我將再也無法帶著理性的自信，繼續我的征途。因此，跟在我身後的東西，必定是眞的。

她坐起身。她隱約記得日誌中的這段。那本書是以日記方法所撰寫，也是依次寫成，卻沒有明確日期，而且經常是漫無目的的長篇大論，英雄很喜歡耗費極多篇幅描述他的不安。這段特別無聊。

可是，就在抱怨文的中間，出現了一線資訊。

我相信，如果可以，它會殺了我。接下來的段落繼續寫道。影子跟濃霧所組成的東西有種邪惡的感覺，一碰到它，我的肌膚便立刻想縮回，但它所能做的似乎有限，尤其是對我。

可是它能夠影響這個世界。它插入費迪克胸口的匕首證明這點。我不確定哪件事讓費迪克更為震驚，是傷口，還是對他下手的東西。

拉刹克散播我刺傷費迪克的傳言，因為只有費迪克跟我能夠提出關於那晚的證言，但我必須做出決定。我必須下定決心，我沒有發瘋。如果不這麼想，我唯一的選擇就是承認刀子是我刺的。

不知為何，知道拉刹克對這件事的看法，反而讓我更輕易地下定決心。

接下來的一頁繼續講著拉刹克的事情，後來幾篇也沒再提到霧靈，但紋發現就算只有這寥寥數段，也讓她興奮萬分。

他做了決定，她心想。我也必須做出相同的決定。她從未擔心是她發瘋，但她認為依藍德的話是很合理的。如今，她駁斥依藍德的想法。霧靈不是她的壓力跟對日誌的印象所造成的產物。它是真的。

這不代表深闇回來了，也不代表陸沙德已陷入某種超自然的危險，但兩者均有可能。

她將這一頁跟另外兩篇有明確提到霧靈的頁面放在一起，然後繼續研究，下定決心要讀得更仔細。

軍隊開始紮營了。

依藍德站在城牆上，看著他的計畫輪廓逐漸開始成形。史特拉夫在北邊建立起防禦陣線，守衛通往鄔都的運河。鄔都離這裡不遠，是他的家鄉與首都。塞特則在城的西方紮營，防守陸沙戴文運河，通往他在哈佛富雷克斯的罐頭工廠。

罐頭工廠。依藍德真希望他在城市裡也有一座。這種技術比較新，大概只有五十年，但他讀過。學者們認為它主要的用途是為在帝國邊境戰鬥的士兵提供容易運輸糧食的方法，他們沒想過可以囤積起來應付圍城戰，尤其適用於陸沙德，但誰會想得到這種事？

在依藍德的注視下，兩軍開始派出巡邏隊，有些是看守兩方間的界線，更多是去防守其他的運河，跨越奎奈瑞河的橋樑，還有通往陸沙德以外境域的道路。在短時間內，城市感覺被完全包圍了，將它自世界其他區域跟依藍德的小王國阻隔，人民再也無法進出。軍隊仰仗疾病、飢餓，還有其他令其衰弱的原因讓依藍德屈服。陸沙德圍城戰終於開始。

這是件好事。他跟自己說。要讓計謀奏效，他們必須認爲我已走投無路，他們必須絕對確信我願意投靠他們，甚至不會去想我也在跟他們的敵人合作。

依藍德看到有人正爬樓梯要上到城牆。是歪腳。將軍一拐一拐地走到獨自站在牆頭的依藍德身邊。「恭喜你。」歪腳說道。「看起來你碰上全套的圍城戰了。」

「很好。」

「我想這能讓我們有喘息的空間。」歪腳說道。然後，他以慣常的凶惡神色看了依藍德一眼。「小子，你最好別把事情搞砸了。」

「我知道。」依藍德低語。

「你讓自己成了中心點。」歪腳說道。「除非你跟史特拉夫正式會面，議會不能打破圍城局面，而那些王不可能跟集團中除你以外的人會面，所以一切都是以你爲主。我想，這正是適合王者的位置。如果他是個好王。」

歪腳陷入沉默。依藍德望著兩軍。泰瑞司女子，廷朵對她說的話仍然讓他不安。你是個傻瓜，依藍德．泛圖爾……

截至目前爲止，沒有一方國王回應依藍德的會面要求，不過集團成員們都認爲他們很快就會有反應。他的敵人們想先等一下，讓依藍德緊張一陣。議會剛要召開另一次集會，可能是想試著逼迫他解除之前對他們的約束。依藍德找到一個剛巧能讓他不去參與會議的理由。

他看著歪腳。「歪腳，你覺得我是個好王嗎？」

將軍看著他，依藍德看到他眼中冷硬的智慧。「我碰過更差的領導人。」他說道。「但我也認識很多更好的。」

依藍德緩緩點頭。「我想要當個好王，歪腳。不會有別人願意以對的方式去照顧司卡的需要。塞特、史特拉夫，他們都只會讓這些人重新淪爲奴隸。可是，我……我想要超越我的理想。我想要，我需要，成爲一個別人可以倚靠的對象。」

歪腳聳聳肩。「我的經驗是，時勢造英雄。在深坑幾乎擊垮凱西爾前，他只不過是個自私的紈褲子弟。」他瞥向依藍德。「這場圍城戰會是你的海司辛深坑嗎，依藍德·泛圖爾？」

「我不知道。」他誠實地回答。

「那我們只好走著瞧了。現在，有人要跟你說話。」他轉身，朝下方四十呎外的街道點點頭，那裡站著一名身著鮮豔泰瑞司袍的高挑女子。

「她要我來叫你下去。」歪腳說道。他想了想，瞥向依藍德。「很少碰到認爲他們能指使得動我的人。而且還是個泰瑞司女人。我以爲那些泰瑞司人都乖順善良。」

依藍德微笑。「我們大概被沙賽德寵壞了吧。」

歪腳嗤哼一聲。「所以育了一千年的種，也不過如此嘛。」

依藍德點點頭。

「你確定她安全嗎？」歪腳問道。

「確定。」依藍德說道。「我已經證實了她的說詞。我們從城裡找了幾個泰瑞司人，每個人都知道也認出廷朵，她在家鄉似乎是個蠻重要的人。」

況且，她在他面前使用過藏金術，變得更強壯好鬆綁雙手，這表示她不是坎得拉。全部因素加起來，意謂著她是可以信任的，就連仍然不喜歡她的紋也這麼承認。

歪腳對他點點頭，依藍德深吸一口氣，然後走下台階去找廷朵再上一輪課。

「今天，我們要處理你的衣著。」廷朵說道，關起通往依藍德書房的門。一名有著短白髮的圓潤裁縫師等在房間裡，帶著一群年輕的助手尊敬地站在一旁。

依藍德看看身上的服裝。其實不壞啊。他的外套跟背心還算蠻合身的，長褲不像一般貴族的筆挺，但是他現在是王了，流行不是該由來他定義嗎？

「我看不出哪裡有問題。」他說道。廷朵正要開口，被他舉手打斷。「我知道這套衣服不像別人的那麼正式，但它適合我。」

「它簡直是恥辱。」廷朵說道。

「我不覺得——」

「不要跟我爭辯。」

「可是妳那天才說過——」

「依藍德．泛圖爾，王不與人爭辯。」廷朵堅定地說。「他們只會下令，而你下令的一部分能力來自於你的儀態。邋遢的衣著會引來其他邋遢的習慣，例如你的姿勢。我想，這點我已經提點過了。」

依藍德嘆口氣，看著廷朵一彈指便開始在她們帶來的大箱子中翻箱倒櫃的裁縫師與助手們，翻了翻白眼。

「真的沒有必要。」依藍德說道。「我已經有更合身的套裝。我在正式場合中會這樣穿。」

「你以後不再穿套裝。」廷朵說道。

「對不起，請問妳說什麼？」

廷朵強勢地看著他，依藍德嘆口氣。

「解釋清楚！」他說道，試圖使用命令的語氣。

廷朵點點頭。「你維持了最後帝國皇帝許可的貴族衣著，在某種程度，這是個好主意，讓你維持跟過去政府的聯繫，而不會顯得太突兀。但現在你身處於不同的狀況，你的人民陷入危機中，因此光靠外交懷柔手段的時代已經過去了。你現在正處於戰時。你的衣著應該反應這點。」

裁縫師挑了一套衣服，拿到依藍德身邊，助手們則忙著架起更衣屏風。

依藍德遲疑地接下了衣服。全套白而筆挺，外套前似乎是以釦子一路扣到高硬的領口。整體而言，看起來像是……「制服。」他皺著眉頭說道。

「沒錯。」廷朵說。「你要你的人民相信你能保護他們嗎？王不只是裁定法律之人，他也是一名將軍。如今你該展露出符合頭銜的作風了，依藍德．泛圖爾。」

「我不是戰士。」依藍德說道。「這個制服是個謊言。」

「第一點即將改變。」廷朵說道。「第二點是錯的。你指揮中央統御區的軍隊，無論你懂不懂怎麼揮劍，你就是軍人。現在，去更衣。」

依藍德聳聳肩接受。他繞到更衣屏風後，推開一堆靴子好騰出空間，開始更衣。白長褲很貼身，直挺到小腿，雖然有襯衫，但完全隱藏在寬大卻筆挺的外套下，上面有軍裝式的肩徽，還有一排釦子。他注意到所有的釦子都是木頭，而非金屬，右胸上方還有一個奇特的盾牌形花紋，上面似乎繡有某種箭頭或矛。雖然很挺直，而且不貼身，設計也很少見，依藍德發現它出奇地合身。「大小剛好。」他一面繫上腰帶，拉直長達髖骨的外套下襬。

「我們從你的裁縫師那裡取得了你的尺寸。」廷朵說道。

依藍德從更衣屏風後走出，幾名助手上前來，其中一人禮貌地示意要他穿上一雙閃亮的黑靴子，另一人在他肩膀繫上白披風，最後一人遞給他一把硬木的決鬥杖與杖套。依藍德將決鬥杖勾在腰帶上，然後穿過外套上的一道開口，讓它掛在外面。他至少還知道該怎麼帶決鬥杖。

「很好。」廷朵上下打量他一番後說道。「你一旦學會如何站挺後，這套衣服將對你的整體形象大有助益。現在，坐下。」

依藍德開口想要反對，但旋即打消這個念頭。他坐了下來，一名助手上前，在他的肩膀上圍了一塊布。她掏出一把剪刀。

「等等，等等。」依藍德說道。「我知道妳要做什麼。」

「那你該出聲反對。」廷朵說道。「講話不要這樣吞吞吐吐！」

「好吧。」依藍德說道。「我喜歡我的髮型。」

「短髮比長髮容易維護。」廷朵說道。「你已經證實你無法打理好自己的面容。」

「不准剪我的頭髮。」依藍德堅定地說。

廷朵停下動作，點點頭。學徒退後，依藍德站起身，扯掉布巾。裁縫師架起了一大面鏡子，依藍德走上前去檢視自己。

他全身一僵。

簡直是天壤之別。他這輩子都自認爲是學者跟社交人士，但也帶點傻氣。他是依藍德，很友善、好相處，有著怪念頭的人。也許很容易忽視，但很難憎恨。

眼前的人絕非宮廷中的紈褲子弟。他是個嚴肅的人，正式的人。一個不可輕忽的人。制服讓他想要站得更挺，一手搭著決鬥杖。他兩旁跟上方略微捲曲，略長的頭髮，被牆垛上的風吹得一陣亂，跟衣服完全不搭配。

依藍德轉身。「好吧。」他說道。「剪吧。」

廷朵微笑，點頭要他坐下。他照做，靜靜地等著助手完成。當他再次站起時，髮型跟衣著是搭配的。不像哈姆的頭髮那麼短，但整齊俐落。一名助手上前，遞給他一只漆成銀色的木環。他皺眉，轉向廷朵。

「王冠？」他問道。

「不是很奢華的裝飾。」廷朵說道。「跟過去相比，現在是低調的時代。王冠不代表財富，而是權勢的象徵。從今天起，無論是在私人場合或是公開露面，你都得戴著。」

「統御主沒戴王冠。」

「統御主不需要提醒別人他才是掌權的那個。」廷朵說道。

依藍德想了想，戴上王冠。上面沒有珠寶，也沒有裝飾，只是個很簡單的環。他早該猜到，它完全貼合。他轉身面向廷朵，後者正揮手要裁縫師收起東西退下。「你的房間裡面有六套一樣的制服。」廷朵說道。「在圍城戰結束前，這是你唯一的穿著。如果想有所改變，就把披風換個顏色。」

依藍德點點頭。裁縫師跟她的助手從他身後的門口悄悄離去。「謝謝妳。」他告訴廷朵。「我起初有點遲疑，但妳是對的。這麼做的確造成了差異。」

「至少暫時足以欺瞞過其他人。」廷朵說道。

「欺瞞？」

「當然。你以爲就這麼簡單嗎？」

「這——」

廷朵挑起眉毛。「才這麼幾堂課，你就覺得已經學到一切了？我們甚至不算開始。你還是個傻瓜，依藍德．泛圖爾，只不過外表看起來不傻了。希望我們的騙局能修補部分已經被你毀掉的聲譽，但在我相信你能以不讓自己蒙羞的方式與他人互動之前，你還有好些課要上。」

依藍德漲紅了臉。「妳是什麼……」他停下來。「告訴我妳打算教我什麼。」

「首先，你必須學會走路。」

「我走路的方式有問題？」

「被遺忘的諸神啊，當然！」廷朵好笑地說，但唇上不見半絲笑意。「你的語句結構也需要調整。除此之外，自然就是你不懂如何使用武器。」

「我已受過一些訓練。」依藍德說道。「妳可以去問紋，是誰在崩解的那晚上將她從統御主的皇宮裡救出來的。」

「我知道。」廷朵說道。「根據我得到的消息，你還活著簡直是奇蹟。幸好那女孩在場，可以處理所有的戰鬥。你顯然頗爲倚賴她幫你處理這類事宜。」

「她是迷霧之子。」

「那不是你武藝拙劣的藉口。」廷朵說道。「你不能一直倚靠你的女人來保護你。這不只很丟臉，而且你的人民，你的士兵，都認爲你該與他們並肩作戰。你應該一輩子都成不了會領軍衝向敵方的領袖，但如果你所屬的軍營受到攻擊，你至少應該要能戰鬥。」

「所以你要我在紋跟哈姆的練習時間，加入他們的對戰嗎？」

「大神啊，當然不要！你難道猜不出來，被你的下屬們看到你在公眾場合被人打得落花流水，對士氣會有多大的影響嗎？」廷朵搖搖頭。「不，我們要請決鬥大師對你進行祕密訓練，在幾個月後，你的劍技跟杖技應該能達到不錯的水準，希望你這場小圍城戰能撐到那時，不要提前正式開打。」

依藍德再次滿臉漲紅。「妳一直用很看不起我的方式在對我說話，好像在妳眼中我根本不是王，只是某個替代品。」

廷朵沒有回答，但她的眼神閃爍著滿意之色，表情似乎在說，這句話可是你自己說的。

依藍德的臉更紅了。

「依藍德．泛圖爾，也許，你能學會該如何當王。」廷朵說道。「在那之前，你只能先學會該如何假裝。」

依藍德憤怒的反應被敲門聲打斷。依藍德一咬牙，轉身應道：「進來。」

門打開。「有消息。」德穆隊長說道，年輕的臉龐滿是興奮之色。「我……」渾身一僵。

依藍德歪著頭。「什麼事？」

「我……呃……」德穆遲疑著，再次上下打量過依藍德一遍才繼續說：「陛下，哈姆大人派我過來。他說其中一名國王的使者到了。」

「是嗎？」依藍德說道。「塞特的？」

「不，陛下。是您父親的。」

依藍德皺眉。「去跟哈姆說我一會兒就到。」

「是的，陛下。」德穆遲疑了片刻，又說：「呃，我喜歡您的新制服，陛下。」

「謝謝你，德穆。」依藍德說道。「你知道紋貴女在哪裡嗎？我一整天都沒見到她。」

「我想她在自己的住所裡，陛下。」

她的住所？她從來不待在那裡的。她生病了嗎？

「你要我傳喚她嗎？」德穆問道。

「不，謝謝。」依藍德說道。「我去找她。請哈姆帶使者先去歇息。」

德穆點點頭，退下。

依藍德轉身面對廷朵，後者臉上浮現一抹滿意的笑容。依藍德從她身邊擠過，抓起他的筆記本。「我要做到比『假裝』更好，廷朵。」

「再看看吧。」

依藍德銳利地瞥了一眼身著彩袍跟珠寶的中年泰瑞司女子。

「繼續練習剛才那種表情。」廷朵指示。「說不定就能辦到。」

「難道就只有這樣？」依藍德問道。「表情跟服裝？這就是王？」

「當然不是。」

依藍德停在門邊，轉回身。「那，什麼才是？妳覺得要有什麼樣的特質才能被稱爲是好王，泰瑞司的廷朵？」

「信任。」廷朵說道，與他四目互望。「好的國王是被他的人民所信任，且不愧對那份信任。」

依藍德想了想，點點頭。他承認，那是個好答案。一拉開門，他便衝出去找紋。

要是泰瑞司宗教跟對期待經的信仰沒有散播到我們族人以外的地方就好了。

17

隨著紋在日誌中找到越來越多她想要單獨分析跟背下的線索，旁邊的書頁堆也不斷成長。關於世紀英雄的預言是什麼？日誌的作者怎麼知道要去哪裡，他認爲去了以後要做什麼？

終於，躺在一疊疊以奇怪角度交錯放置的書頁間，紋被迫承認她很不願意接受的事實。她得要抄筆記了。

嘆口氣，她站起身走到房間的另一邊，小心翼翼地跨越幾堆書頁，來到房間的書桌前。她從來沒用過書桌，甚至還跟依藍德抱怨過。她要書桌做什麼？

她話說得太早了。選了一枝筆，拿出一小瓶墨水，她回憶起瑞恩教她寫字時的情景。他很快就對她潦草的字跡不耐煩，抱怨紙張跟墨水很昂貴。他教會她閱讀，好讓她能看懂契約，僞裝成貴族仕女，但他認爲寫作沒有那麼有用。紋基本上贊同他的看法。

但顯然寫作這項技能對不是文書員的人也很有用。依藍德經常寫筆記跟記事來提醒自己，她很佩服他寫字的速度居然這麼快。他是如何這麼輕易就讓那些文字出現的？

她抓起兩張白紙，走回她一疊一疊的書頁間，盤腿坐下，轉開墨水瓶蓋。

「主人。」歐瑟說道，依舊趴在地上。「妳應該不會沒發現妳離開書桌坐到地上來吧？」

紋抬起頭。「怎麼了嗎？」

「書桌就是拿來書寫用的。」

「可是我的書頁都在這裡。」

「我相信書頁是可以被移動的。如果書頁太重的話，妳可以燃燒白鑞增強力氣。」

紋打量牠滿是笑意的臉龐，一面在筆尖沾起墨水。至少牠不像以前那樣，只是一味地討厭我而已。

「可是我覺得地板比較舒服。」

「只要是主人說的話我都相信。」

她一愣，不知道牠是不是眞的在笑她。那張狗臉眞討厭，她心想，根本什麼端倪都看不出來。

嘆口氣，她彎下腰，開始寫第一個字，每筆每劃都得很仔細，以免墨水暈開，還得經常停下動作，靠讀音來猜測字的拼法。寫不了幾行，就有人來敲門。她皺著眉頭抬頭。是誰來打擾她？

「進來。」她喊道。

她聽到外間的門被打開，依藍德的聲音響起：「紋？」

「在裡面。」她說道，繼續開始寫字。「你爲什麼要敲門？」

「妳有可能在換衣服啊。」他邊走入邊說道。

「那又怎麼樣？」紋問道。

依藍德輕笑。「兩年了，妳還是沒有什麼個人隱私的觀念。」

紋抬起頭。「我是有——」

有一瞬間，她以爲他變成了別人，直覺瞬間超越理智，她反射性地拋下筆，跳起身來，驟燒白鑞。然後她恢復神智，停下動作。

「有這麼大的改變啊？」依藍德問道，平舉雙臂好讓她看得更清楚。

紋按著心口，震驚到一腳踩上她的書頁疊。是依藍德，卻也不是。雪白的制服，俐落的線條與堅實的身軀，看起來跟他平常穿著的鬆垮外套長褲迥然不同。他顯得更有威嚴，更尊貴。

「你剪頭髮了。」她說道，緩緩繞著他，研究他的衣裝。

「廷朵的主意。」他說道。「妳覺得呢？」

「少了一樣讓別人打鬥時能拉住你的東西。」紋說道。

依藍德微笑。「妳只想得到這些嗎？」

「不是。」紋心不在焉地說道，伸手去扯他的披風。披風一下就鬆脫，她贊許地點點頭。迷霧披風也是一樣，在打鬥時，依藍德無須擔心披風被人拽住。

她退後一步，雙手環抱在胸前。「意思是我也可以把我的頭髮剪短嗎？」

依藍德瞬間愣住。「紋，妳想要做什麼都可以。可是，我有一點覺得妳長頭髮比較漂亮。」

好，那就不剪了。

「所以呢？」依藍德問道。「妳贊成嗎？」

「絕對贊成。」紋說道。「你看起來像王了。」不過她猜想，有一部分的她會想念頭髮糾結，衣裝凌亂的依藍德。過去的他既認眞幹練，卻也迷糊恍惚。那樣的組合，自有其……可愛之處。

「很好。」依藍德說道。「因爲我認爲我們需要這個優勢。有使者剛——」他的話說到一半，便發覺四周都是一落落的紙張。「紋？妳在進行研究嗎？」

紋面上一紅。「我只是在翻找日誌裡面提到深闇的部分。」

「是嗎？」依藍德興奮地上前一步，讓她懊惱的是，他立刻眼明手快地找到她才開始寫的粗淺筆記。

他拾起紙張，然後轉頭看著她：「這是妳寫的？」

「對。」她說道。

「妳的字好漂亮。」他說道，語氣中帶著訝異。「妳為什麼沒跟我說過，妳的字寫得這麼好？」

「你不是說有使者來嗎？」

依藍德放下紙張時的表情，居然像是以自己的女兒為傲的父親。「是有使者來，我父親派來的。我故意要他等，我覺得顯得太急切反而不是好事，但也許我們該去跟他會面了。」

紋點點頭，朝歐瑟揮揮手。坎得拉站起身，走到她身邊，一起離開了她的房間。

書跟筆記就是有這點好處。永遠可以等著她晚點再繼續。

使者在三樓的中庭等著他們。紋跟依藍德同時走入，但她立刻停下腳步。

是他。那個窺探者。

依藍德上前一步歡迎對方，卻被紋一把抓住。「等等。」她低語。依藍德不解地轉身。

紋驚慌地心想，如果那個人有天金，依藍德就死定了。我們都死定了。

窺探者靜靜地站著，看起來既不像使者，更不像朝臣，從頭到腳連手套都是一身漆黑，穿著長褲跟絲襯衫，沒有披風或短披肩。她記得那張臉。就是他。

可是……她心想，如果他想殺掉依藍德，早就動手了。雖然這個念頭讓她驚駭不已，卻必須承認是事實。

「怎麼了？」依藍德問道，跟她一起站在門口。

「小心。」她低聲說道。「他不僅僅是名使者。那個人是迷霧之子。」

依藍德皺眉思索片刻，轉身繼續面向靜立的使者，後者正背負著雙手，一派自信。沒錯，他是迷霧之子，只有這種人在進入敵方皇宮，四周都是守衛包圍的情況下，仍然神情自若。

「好。」依藍德說道，走入房間。「史特拉夫的手下。你帶來給我的信息嗎？」

「不只是信息，陛下。」窺探者說道。「我的名字是詹，我算是……大使。令尊十分滿意能收到聯盟的邀約，很高興您終於回心轉意。」

紋研究著窺探者，這自稱是詹的人。他有什麼把戲？他爲什麼自己來？他爲何要暴露自己的身分？

依藍德點點頭，與詹保持距離。「兩支軍隊。」依藍德說道。「通通守在我的大門口——不是我能忽視的。我希望與我的父親會面，討論未來的可能性。」

「我想這也是他樂見的。」詹說道。「他已經許久未與您見面，對兩位之間的嫌隙向來覺得很遺憾，畢竟您是他的獨生子。」

「我們雙方都很遺憾。」依藍德說道。「也許我們能在城外的帳棚中會面？」

「恐怕這是不可能的。」詹說道。「吾王擔心會有人想暗殺他——這不無可能。如果您希望與他會面，他很樂於在泛圖爾營地的大帳中款待您。」

依藍德皺眉。「這不合理。如果他擔心暗殺的話，我不也是？」

「我很相信在他的營地中，他絕對有保護您的能力，陛下。」詹說道。「您無須害怕塞特的殺手。」

「我明白了。」依藍德說道。

「恐怕吾王對這點相當堅持。」詹說道。「是您期待與他結盟。如果您想要與他會面，您必須親自去找他。」

依藍德瞥向紋，她仍繼續盯著詹。男子與她對望後，開口說：「我聽說過陪伴著泛圖爾繼承人的美麗迷霧之子，是她殺了統御主，而且曾接受過倖存者的親自訓練。」

房間一時陷入沉默。依藍德最後開口。「告訴我的父親，我會考慮他的提議。」

詹終於停止看紋。「吾王希望我們能定下時間跟日期，陛下。」

「我做出決定後會另送訊息。」依藍德說道。

「好的。」詹說道，微微欠身，他利用這個動作重新引起紋的注意力。然後他朝依藍德一點頭，讓侍衛領他離去。

傍晚的冰涼霧氣中，紋等在泛圖爾堡壘的矮牆上，歐瑟坐在她身側。

霧氣安靜。她的思緒則不平靜。

他還為誰工作？她心想。當然他是史特拉夫的手下之一。

這就解釋了很多事情。他們會面之後便沒有其他動靜，紋原本以爲她不會再見到窺探者了。

他們還會再交手嗎？紋試圖壓抑興奮，想告訴自己她想找到這個窺探者只是因爲他是個威脅，但在霧裡再打一架的刺激，與另一名迷霧之子較量的機會，讓她整個人因期待而緊繃。

她不認得他，也絕對不信任他，這只讓戰鬥的可能顯得更刺激。

「我們爲什麼等在這裡，主人？」歐瑟問道。

「只是在巡邏而已。」紋說道。「在找尋殺手或間諜。不過是每天晚上的例行公事。」

「妳要命令我相信這句話嗎，主人？」

紋不友善地瞪了他一眼。「你要怎麼想都可以，坎得拉。」

「好的。」歐瑟說道。「妳爲什麼不告訴王，妳跟那個詹交手過好幾次？」

紋恢復對黑霧的觀察。「殺手跟鎔金術師是我的問題，不是依藍德的，沒必要讓他擔心，他手邊的麻煩已經夠多了。」

歐瑟坐下。「我明白了。」

「你認爲我說得不對？」

「我要怎麼想都可以。」歐瑟說道。「這不是妳方才對我的命令嗎，主人？」

「隨便你。」紋說道。她正燃燒青銅，很努力地試著不要去想那個霧靈。她可以感覺到它正等在她右方的黑暗中。她沒有轉頭。

日誌沒有提及那個霧靈後來的下落。它幾乎殺死了英雄的同伴之一，在此之後，幾乎就沒有任何描述。突然，她的青銅感官察覺到另一個鎔金術的來源。改天晚上再擔心這個問題，她心想。這個來源比其他的都強烈，也更熟悉。

詹。

紋跳到城垛上，對歐瑟點頭告別，躍入黑夜。

霧氣在空中扭動，被不同的微風吹成無聲的白流，像是空中的河川。紋從其上掠過，從其間衝過，宛如水漂石般彈躍飛掠，很快便來到她上次與詹分道揚鑣的地方，那條空曠無人的街道。

他站在街心等她，依舊是一身黑。紋落在他面前的石板地上，迷霧披風緞帶一陣飛揚。她站直身。

他從來不穿披風。為什麼？

兩人面對面地靜立片刻。詹一定知道她想問什麼，卻沒有自我介紹，沒有打招呼，也不解釋，最後只是從口袋中掏出一枚錢幣，拋在兩人之間的街道上。錢幣彈跳數下，金屬敲擊著石頭，終於落地。

他躍入空中，紋同時躍起，兩人一起反推錢幣，兩人的重量幾乎抵消彼此的衝力，因此是向後方躍起，像是V字形的兩邊。

詹轉身，朝背後拋擲一枚錢幣，撞上建築物的旁邊，讓他能反推，衝向紋。她突然感覺到一陣力量衝擊她的錢袋，威脅要將她拋回地面。

今天晚上要玩什麼呢，詹？她邊想邊扯著錢袋的繫繩，讓它從腰帶上落下，同時鋼推，讓錢袋被她的重量逼得筆直落地，抵達地面的瞬間，紋便有了更好的向上躍力，因為她反推著正下方的錢袋，而詹只是側推而已。紋向上衝，在沁涼的夜風中穿過詹，以全身重量反推他口袋中的錢幣。

詹開始下墜，卻抓住錢幣，不讓它們撕裂衣服，同時下推她的錢幣，凝結在空中，因為紋正從上往下推他，而他則是將自己從下往上推，因為他停止了動作，所以紋的鋼推反而讓她向後飛去。

紋放開詹，允許自己落下，但詹卻沒有這麼做，而是將自己反推入空中，開始躍走，從不讓雙腳碰觸屋頂或石板地。

他想強迫我落地，紋心想。所以規則是先落地的人就輸了？紋一面翻滾，一面在空中轉身，小心翼翼地將錢袋拉回，然後重新拋向地面，讓自己反推入空中。

在飛躍的瞬間，她將錢袋重新拉引回手裡，朝詹的方向躍去，肆無忌憚地穿過夜晚，想要追上他。在黑暗中，陸沙德似乎比在白天時要乾淨許多。她看不見沾滿灰燼的建築物，陰暗的磨坊，或是鐵爐的煙霧，有些豪華的宅邸被賜與低階貴族，其他的則成了政府建築，剩下的被依藍德下令劫掠一空後，廢棄不用，彩繪玻璃窗一片漆黑，拱門、建築物、壁畫無人問津。

紋不確定詹是刻意要前往海斯丁堡壘，還是她只是在那裡趕上他。無論如何，在抵達那巨大的建築物時，詹發現她正尾隨在後，馬上一轉身便朝她擲來一把錢幣。

紋試探性地反推，果不其然，她一碰上錢幣，詹便驟燒鋼，更用力地前推。如果她的力氣使得更大，他的攻擊會將她推後，但如今她反而能輕易地將錢幣撥到一旁。

詹立刻再度鋼推她的錢袋，讓自己沿著海斯丁堡壘的高牆飛起，紋早就預料到他會如此反應，因此馬上驟燒白鑞，雙手握住錢袋，一扯兩半。

錢幣四灑在地上，被詹反推的力量直逼落地，她挑了一枚，反推自己，待錢幣一落地，她的速度也隨即攀升。面向上方，錫力增強的聽覺告訴她一陣金屬雨已經落在下方的石頭上。如此一來，她仍然能取用錢幣，但不需要將錢都帶在身邊了。

她衝向詹，堡壘的外圍高塔在她左方聳立。海斯丁堡壘是城市中最華美的堡壘之一，中間有一座高聳莊嚴的圓塔，頂端是舞池，四周等距圍繞著六座較小的塔，以厚牆相互連接。那是座優雅、壯麗的建築物。她猜詹是因為這個原因挑中這裡。

紋仔細觀察他的反推力量隨著他越漸遠離地面上的錨點而轉弱。他在她正上方轉身，一個黑色的身影映著空中不斷流動的霧氣，依然離城牆頂端甚遠。紋從地面用力拉引來幾枚錢幣到空中，以備不時之需。

詹朝她直墜，紋反射性地反推他口袋中的錢幣，但在同時突然發現這可能正是他的目的，能讓他增加升力，並強迫她落下，因此她放開他的錢幣，任憑自己下墜，很快便經過她拉引入空中的一堆錢。她將一枚拉入手中，同時反推另一枚，讓它撞上牆壁。

紋衝向旁邊，詹從她身邊呼嘯而過，撥亂了霧氣，但很快又彈了回來，大概是利用下方的錢幣，然後朝她甩來兩把錢。

紋轉身，再次打亂錢幣的攻勢，讓它繞過她身側，聽到幾枚撞擊入後方的霧氣。後面也是牆。她跟詹正在堡壘的兩座外塔之間交手，兩人身邊各有一面側斜的牆，中間的高塔離它們不遠。他們戰鬥的位置就在石牆交錯的三角形尖端附近。

詹衝向她，紋則想以自身重量反推他，卻驚訝地發現他身上已經沒有錢幣，而他則反推著他身後的某樣東西，應該是紋以身體重量甩撞上牆壁的同一枚錢幣。她將自己推入空中，想要避開，但他卻也同時朝上斜飛。

詹撞上她，兩人同時開始墜落，在一起滾落的途中，詹握住她的雙手上臂，貼近她的臉龐。他看起來不生氣，甚至不強勢。

而是一臉平靜。

「這就是我們，紋。」他輕聲說道，風跟霧跟隨著他們的墜落，紋的迷霧披風上的緞帶包圍著詹。「妳為什麼要玩他們的遊戲？為什麼要讓他們控制妳？」

紋輕輕地按上詹的胸口，然後反推她掌心中握著的錢幣。推力讓她扯離他的掌握，讓他在空中一陣後滾翻，自己則趁離地面還有數呎的距離時鋼推落下的錢幣，重新飛起。

她在黑夜中經過詹，看到他的臉上出現一絲笑意。紋鎖定下方延伸向地面的藍線，驟燒鐵，一次將藍線來源全部扯起，在她身側竄過，也飛快地閃過訝異的詹身邊。

她將幾枚錢幣拉入手中。*我倒要看看你這樣還能不能待在空中*，紋帶著笑容心想，往外一推，將其他錢幣灑入夜晚。詹繼續跌落。

紋也開始墜落。她朝兩側各拋擲一枚錢幣，然後反推。錢幣衝入空中，飛向兩側的石牆。錢幣擊中石頭，紋猛然在空中停住。她用力鋼推，維持自己不動，預計下方將來傳來拉引的力量。*如果他拉引，我也開始拉引*，她想。*我們會一起落地，而我可以保持錢幣夾在我們之間的空中。他會先落地。*

錢幣從她身邊飛過。

什麼！他從哪裡拿到的錢幣?! 她很確定她把下方的每一枚錢幣都推走了。

錢幣彎弧過霧中，在她鎔金術師的眼裡劃出一條藍線，落在她右上方的牆壁頂端，紋低下頭，正好看到詹的墜勢減緩，然後往上衝，拉引著被石欄杆卡在牆壁頂端的錢幣。

他帶著自得的表情經過她。

哼，很了不起嗎。

紋放掉左方的錢幣，改成只推右方，猛然往左，就在幾乎要撞上牆壁的時候，又朝牆壁拋擲一枚錢幣。她反推這枚，讓自己朝右上方飛起。另一枚錢幣讓她落在左上方，於是她不斷左右來回跳動，直到抵達城牆頂端。

她在空中一迴身，露出笑容。站在牆垛上方空中的詹贊許地朝經過他的紋點點頭。她發現他抓起了幾枚被她拋下的錢幣。

輪到我攻擊了，紋心想。

她用力一推詹手中的錢幣，讓她得以直飛，但詹仍然推著城垛上的錢幣，因此他沒有下跌，而是懸掛在兩方力量之間的空氣中，他自己的力量推他向上，紋的力量則逼他向下。

紋聽到他哼了一聲，顯然頗為吃力，她推得更用力，但她專注到幾乎沒看見他張開另一隻手，朝她逼射另一枚錢幣。她原本打算反推錢幣，幸好他沒瞄準，錢幣差了幾吋就要打中她。

話說得太早了。錢幣立刻繞個彎，朝下一墜，擊中她的背。詹猛力拉引，金屬塊卡入紋的皮膚，她驚喘出聲，驟燒白鑞阻擋錢幣穿透她的身體。

詹沒有鬆手。紋咬緊牙關，但他的體重勝過她許多。她在夜晚中逐漸被拉向他的方向，耗盡力氣保持兩個人的距離，錢幣疼痛地按壓在她背上。

*紋，絕對不要跟別人硬碰硬，*凱西爾如此警告過她。*妳的體重不夠，必輸無疑。*

她停止鋼推詹手中的錢幣，立刻墜下，被她背後的錢幣拉引，她順勢反推錢幣，讓自己多一點順勢之力，將最後一枚錢幣丟到旁邊。它在最後一瞬間落地，紋的推力帶著她從詹跟他的錢幣之間閃過。

詹的錢幣擊中自己的胸口，令他悶哼一聲。他顯然原本的計畫是要讓紋再次跟他撞成一團。紋微笑，拉引詹手中的錢幣。

這可是他自找的。

他轉過身，只來得及看到她雙腳在前，身體猛飛踩上他的胸口，紋一轉身，感覺到他軟癱在她腳下。勝利的喜悅令她不自覺在城牆上方翻個跟斗，這時才注意到幾條藍線消失在遠方。詹把他們所有的錢幣都推走了。

她焦急地抓了其中一枚錢幣，想要將它拉回來，但已經太遲了。她慌亂地尋找附近是否有更近的金屬，但只碰到石頭或木頭。一陣暈眩中，她撞上石頭城牆，在迷霧披風裡翻滾一陣後，靠著石欄杆才停下。

她搖搖頭，驟燒錫，在一陣痛楚跟其他感官的交錯之下，神智恢復清明。詹的情況一定也好不到哪裡去。他一定也跌落——

詹懸掛在幾呎外的空中。出乎她的意料之外，他找到一枚錢幣，而且正反推著它，但他沒有飛走，而是飄浮在牆垛上方幾呎高的地方，仍因紋的一踢而緩緩翻滾著。

在紋的注視下，詹緩慢地在空中翻身，雙手伸向下方，宛如高柱上的靈巧雜耍藝人，臉上浮現極端專注的表情，手臂、臉龐、胸口乃至全身的肌肉都緊繃成一團。他在空中旋轉，直到面對她。

紋讚嘆地看著。理論上是有可能略微反推錢幣，調節被往後拋的力量，但實際上動作會無比艱辛，困難到連凱西爾都不太擅長。大多數時間，迷霧之子只靠一陣陣力量來調整。例如當紋落地時，她會靠拋下一枚錢幣，快速卻猛力地反推，來抵消她的衝力。

她從來沒見過如詹一般施力巧妙的鎔金術師。他以微小力量反推錢幣的能力在戰鬥中不會有多大作用，顯然需要他花很多的注意力，但其中帶著優雅，動作中的美感表達出紋亦有的心情。

鎔金術不僅是用來戰鬥跟殺戮。它可以用來展現技巧和優雅。美麗。

詹旋轉身體，直到以紳士的姿勢站直，然後落到牆垛上，雙腳輕拍石面。他看著仍然躺在石頭上的紋，表情不帶任何鄙夷。

「妳的技巧很好。」他說道。「力量也很強大。」

他的身材高大，令人印象深刻，有點像……凱西爾。「你今天為什麼來皇宮？」她問道，站起身。

「來看看他們待妳如何。告訴我，紋。迷霧之子為什麼擁有這麼多能力，卻願意當別人的奴隸？」

「奴隸？」紋問道。「我不是奴隸。」

詹搖搖頭。「他們利用妳，紋。」

「有時候有用是件好事。」

「沒有安全感的人才會這麼說。」

紋一愣，然後打量他。「你最後是從哪裡得到錢幣的？附近半枚都沒有。」

詹微笑，張開口，掏出一枚錢幣，噹的一聲落在地上。紋睜大眼睛。一個人身體裡的金屬不會受到另一名鎔金術師的操控……這是個好簡單的技倆！我為什麼沒想到？

凱西爾為什麼沒想到？

詹搖搖頭。「我們不該跟他們為伍，紋。我們不屬於他們的世界。我們屬於這裡，在霧裡。」

「我屬於愛我的人。」紋說道。

「愛妳？」詹靜靜問道。「告訴我。紋，他們瞭解妳嗎？他們能夠瞭解妳嗎？人能愛不瞭解的東西嗎？」他看著她片刻。當她沒有回答時，他略略朝她點頭，反推之前拋下的錢幣，躍回迷霧中。

紋讓他離開。他的話遠比他理解的更深刻。*我們不屬於他們的世界……*他不可能知道她正在想自己的位置，不知自己是貴族仕女、殺手，還是別的身分。

詹的話有很重要的意義。他覺得自己是外人。有點像她。這絕對是他的弱點。也許她能說服他背叛史特拉夫。他願意跟她交手，他願意說出真心話，都代表有這個可能性。

她深吸入沁涼的霧氣，心臟仍因跟可能比她優秀的人交手對戰而快速跳動。站在荒廢堡壘的牆頂，她決定了一件事。她要繼續跟詹交手。

18

如果深闇沒有在那時出現，成為將眾人的行為跟信仰都逼入絕境的威脅就好了。

「殺了他。」神低語。

詹靜靜地懸吊在霧中，透過依藍德．泛圖爾大開的陽台門往內望。迷霧在他身邊環繞，不讓王發現他的蹤跡。

「你應該殺了他。」神又說了一次。

在某方面，雖然詹在今天之前沒有見過依藍德，他卻恨他。依藍德得到詹原本應有的一切。得到上天的偏愛，特權環身，受盡寵愛縱容。他是詹的敵人，阻撓他通往統御一切的道路，是唯一阻止史特拉夫擁有中央統御區的理由，連帶誤了詹的目的。

但他也是詹的兄弟。

詹讓自己從霧間墜下，安靜地落在泛圖爾堡壘外的園地。他將他的錨點拉引入手，那是他用來保持自己能浮在空中的三條小金屬棒。紋很快就要回來了，他不希望她回來時自己還在堡壘附近。她有一種奇特的能力，能知道他在哪裡，她的感官之敏銳遠勝過於他所認識或戰鬥過的任何鎔金術師。當然，她是倖存者親手訓練出來的。

我眞希望能認識他，詹心想，安靜地越過中庭。他瞭解身爲迷霧之子的力量，一名不讓他人控制自己的男子。

一名會不擇手段，達到必要目的的人。至少是這麼傳說的。

詹站在外圈城牆的一根托柱下，彎腰掀開石板，找到潛入泛圖爾堡壘的間諜所留下的訊息。

他既不偷偷摸摸，也不肯弓身潛行，鬼鬼祟祟隱匿行蹤。他甚至不喜歡躲起來。

所以他大剌剌地直朝泛圖爾營地走去。他覺得迷霧之子花大半人生躲藏。的確，無人認得他的身分是能提供有限的自由，但他的經驗是，他們受到的限制反而更多，讓他們只能受到他人控制，讓眾人假裝他們不存在。

詹走向一個守衛據點，兩名士兵正坐在一大簇火邊。他搖搖頭，他們的視覺早被火光侵蝕，根本沒用，看不見他。一般人害怕霧，因此讓他們較無價值。這不是他的自大，而是淺白的事實。鎔金術師比較有用，比平凡人更有價值，所以詹讓錫眼觀察黑夜。這些普通的士兵只是拿來做做樣子。

「殺了他們。」神對走向守衛據點的詹下令。詹忽略那個聲音，雖然這麼做日漸困難。

「止步！」一名守衛喊道，平舉著矛。「是誰？」

詹毫不在乎地鋼推矛，讓矛頭挑起。「還可能會是誰？」他斥責，走入火光之中。

「詹大人！」另外一名士兵說道。

「傳喚國王。」詹經過侍衛據點時說道。「叫他在指揮帳中等我。」

「可是，大人……」侍衛說道。「時間很晚了。陛下可能已經——」

詹轉身，冷冷地瞪了侍衛一眼。迷霧在兩人之間盤旋。詹甚至不需要對士兵使用情緒鎔金術，那個人只是立刻行禮，然後朝黑夜深處衝去，要完成他的命令。

詹踏步穿過營地，沒有穿制服或迷霧披風，但士兵都停下腳步對他行禮。本該如此。他們認得他，知道他是什麼樣的人，知道要尊敬他。

然而，有一部分的他承認，如果史特拉夫沒有隱瞞有詹這個私生子的事實，今天的詹可能不會是如此強大的武器。這個祕密強迫詹度過將近赤貧的生活，但他同父異母的兄弟，依藍德，卻養尊處優。雖然關於史特拉夫手下迷霧之子的傳言不斷，但鮮少人意識到，詹其實是史特拉夫的兒子。

況且，艱苦的生活教會詹該如何獨立。他變得冷硬，強大。他認爲那是依藍德永遠不會瞭解的事。很不幸的是，他童年帶來的另一個影響是將他逼瘋。

「殺了他。」神在詹經過另一名侍衛時悄悄說道。每次他看到一個人，那個聲音就會響起，隨時在詹身旁，安靜無聲的伴侶。他明白他是瘋子。這算不上多難判定的事。正常人不會聽到奇怪的聲音。但詹會。

不過他認爲瘋狂不是任性妄爲的藉口。有些人是瞎子，有些人脾氣不好，還有人會聽到奇怪的聲音。

最後，都是一樣的。要判定一個人，不是看他的缺陷，而是看他如何克服。

因此，詹忽略那個聲音：他只有在想要時才會殺人，而不是按照它的命令行事。在他的推估中，他其實算蠻幸運的，其他瘋子會看見幻象或分不清想像與現實的差異，至少詹還能夠控制自己。大部分時間可以。

他鋼推指揮帳上扣著布門的金屬夾。布門向後飛翻，為他打開，兩邊的士兵向他行禮。詹彎腰進帳。

「大人！」值夜指揮官說道。

「殺了他。」神說道。「他不太重要。」

「紙。」詹命令，走到房間裡的大桌前。軍官忙不迭地跑向一旁，抓了一大疊紙回來。詹拉引一枝筆的筆尖，它翻滾地飛過房間，落入他等待的手中。軍官端來墨水。

「這些是軍隊的聚集地跟夜晚巡邏隊的路線與時間。」詹說道，在紙上寫下一些數字跟圖形。「是我今晚在陸沙德時的觀察。」

「太好了，大人。」士兵說道。「我們感謝您的幫助。」

詹停下動作，然後繼續緩緩寫字。「士兵，你不是我的上級。你甚至不是我的同級。我不是在『幫』你。我是在照料我的軍隊。明白了嗎？」

「當然，大人。」

「很好。」詹說道，寫完筆記，將紙交給士兵。「出去，否則我會按照某個朋友的建議，將筆刺穿你的喉嚨。」

士兵接下紙條，快速退下。詹很不耐煩地等著。史特拉夫沒來。最後，詹靜靜咒罵兩聲後，鋼推開帳門，快步走出帳外。史特拉夫的帳棚在黑夜中是一道紅色的明燈，被無數燈籠點亮。詹走過侍衛身邊，逕自進入帳棚。他們很清楚，他是攔不得的。

史特拉夫正在用餐。他是個高大的男子，有著褐色的頭髮，他的兩個兒子，或者該說，他兩個重要的兒子有著跟他一樣的頭髮。他的雙手細緻，符合貴族的身分，此時正以優雅的動作進食。詹進屋時，他毫無反應。

「你來遲了。」史特拉夫說道。

「殺了他。」神說道。

詹雙拳緊握。那聲音發出的這道命令最難忽略。「對。」他說道。「我來晚了。」

「今晚發生了什麼事？」史特拉夫問道。

詹瞥向僕人。「我們應該在指揮帳中再說。」

史特拉夫繼續啜飲著湯，留在原地，暗示詹沒有命令他的力量。他的反應令人惱怒，卻非意料之外。不久前，詹幾乎用了一模一樣的方法對付值夜將領。他有一名最優秀的老師。終於，詹嘆口氣坐下，手臂靠在桌上，懶洋洋地甩弄著餐刀，看他父親用餐。一名僕人上前去問詹要不要吃點東西，但他揮手要那人退下。

「殺了史特拉夫。」神命令。「你應該取代他的位置。你比他強壯。你比他有能耐。」

但我的精神沒有他正常，詹心想。

「怎麼樣？」史特拉夫問道。「他們到底有沒有統御主的天金？」

「我不確定。」詹說道。

「那女孩信任你嗎？」史特拉夫問道。

「她開始要信任我了。」詹說道。「我的確看過她使用天金，就是她跟塞特的殺手對戰那次。」

史特拉夫深思地點點頭。他眞的很有能力。因爲他，北方統御區免於像最後帝國的其餘區域陷入的混亂。史特拉夫的司卡仍在他的控制之下，他的貴族們乖巧順服。當然，他被強迫要處決不少人來證明他才是當權者，但他做了必要之事。這是詹最尊敬的特性。

尤其是他自己有展現這項特質的困難。

「殺了他！」神大喊。「你恨他！他強迫你身無分文，強迫你從小就要為生存而奮鬥。」

他讓我變得強壯，詹心想。

「那就用那個力量殺死他！」

詹抓起桌上的切肉刀。史特拉夫從盤子前抬起頭，看著詹在自己的手臂上割出一道長長的口子，忍不住稍稍顫抖。痛楚幫助詹抵抗聲音的魔力。

史特拉夫看著他片刻，然後揮手要僕人幫詹拿條毛巾來，免得他的血滴到地毯上。

「你必須要逼她繼續用天金。」史特拉夫說道。「依藍德也許能夠取得一兩顆珠子。除非她用完，否則我們永遠不會知道事實。」他想了想，繼續開始吃飯。「其實你要做的，應該是要她告訴你那堆天金藏在哪裡，如果他們有的話。」

詹坐在桌前，看著血從前臂的傷口汩汩滲出。「她比你想得還更有能力，父親。」

史特拉夫挑起眉毛。「詹，不要告訴我你相信那些故事？那些關於她跟統御主的謊言？」

「你怎麼知道那是謊言？」

「因爲依藍德。」史特拉夫說道。「那男孩是個傻瓜。他能控制陸沙德只因爲每個有半點腦子的貴族早就已經逃出城市。如果那個女孩強到能打敗統御主，那我眞心懷疑你的兄弟能得到她的忠誠。」

詹在手臂上又割出一道傷口。他割得不夠深，不會造成任何眞正的傷害，痛楚也照常奏效。史特拉夫終於吃完飯，隱藏起不安的神情。詹心中某個扭曲的小部分對於他父親的眼神感到滿意。也許這是他精神失常的一部分。

「言歸正傳。」史特拉夫說道。「你見到依藍德了嗎？」

詹點點頭，轉向一名女僕。「茶。」他揮著完好的手臂說道。「依藍德很驚訝。他想要跟你會面，但他顯然不喜歡前來你的營區。我懷疑他會來。」

「也許吧。」史特拉夫說道。「可是，不要低估那男孩的愚蠢程度。無論如何，也許他現在終於瞭解我們之間的關係該如何運作。」

他甚至懶得敷衍，詹心想。史特拉夫在送信息的同時也做出了決定：他不會因爲依藍德而聽從於他人的指示，或是忍受任何一絲不便。

不過被強迫開始圍城戰的確造成了你的不便，詹帶著笑意心想。史特拉夫原本希望能直接發動攻擊，在沒有和談或協商的情況下佔領城市。第二支軍隊的到來讓這件事化爲烏有。如果他現在攻擊，史特拉夫絕對會被塞特打敗。

意思是他只能等，一面進行圍城戰，直到依藍德能看清事實，自願與他的父親聯手，但史特拉夫向來不喜歡等待。詹不那麼在意，這會讓他有更多與那女孩交手的時間。他微笑。

茶來的同時，詹閉起眼睛，然後燃燒錫來增強感官。他的傷口猛然甦醒，小痛變成劇痛，神智猛然清醒。

有一件事他沒有告訴史特拉夫。她已經開始信任我了，他心想。而且，她有一點不同。她跟我很像。

也許她能拯救我。

也許……她能瞭解我。

他嘆口氣，睜開眼睛，用毛巾清理手臂。他的瘋狂有時會嚇到他，但在紋身邊時，症狀似乎減弱許多。在此刻，這是他手中握有的唯一可能。他從女僕——長辮子，堅挺的胸脯，平凡的五官——手中接下茶，啜了一口熱肉桂。

史特拉夫端起杯子，遲疑，仔細嗅了嗅。他瞄著詹。「詹，這是毒茶嗎？」

詹一語不發。

「而且還是毒樺。」史特拉夫繼續評論。「這麼老舊的手法居然出自於你，眞讓人沮喪。」詹一語不發。

史特拉夫用力一揮手。女孩恐懼地抬起頭，看著史特拉夫的侍衛朝她走來。她瞥向詹，期待他會幫她，但他只是別過頭。侍衛將她拖出去處決，一路上她不斷可憐兮兮地大喊。

她想要有殺他的機會，他心想。我告訴她這應該不會奏效。

史特拉夫只是搖著頭。雖然他不是迷霧之子，卻是錫眼，但即使在此類鎔金術師中，能從肉桂中聞出毒樺的氣味仍然相當令人佩服。

「詹啊詹，」史特拉夫說道。「如果你眞的殺了我，你要做什麼？」

詹心想，我會用刀，不會用毒，但他不去糾正史特拉夫的想法。國王認定會有人想暗殺他，所以便由詹提供人選。

史特拉夫舉起某樣東西，一小珠天金。「我原本要把這個給你，詹，但看起來得等著了。你需要停止想殺我的愚蠢行動。如果你成功了，你要去哪裡拿你的天金？」

史特拉夫當然不瞭解，他以爲天金像是毒品，以爲迷霧之子會對使用天金上癮。因此，他以爲他可以靠這個來控制詹。詹讓史特拉夫保有誤解，從來不解釋他自己早已有私藏。不過這件事強迫他面對主宰他畢生的問題。神的低語聲隨著痛楚消失後再次浮現，而在那聲音低語著說要殺的人之中，史特拉夫是最該死的。

「爲什麼？」神問道。「你爲什麼不殺了他？」

詹低頭看著自己的腳。因爲他是我父親，他心想，終於承認自己的懦弱。其他人能做該做的事。他們都比詹堅強。

「你瘋了，詹。」史特拉夫說道。

詹抬頭。

「你眞的以爲你殺了我，就能自己征服帝國嗎？你身上有……病，就算只是個城市，你覺得你就能統治好嗎？」

詹別過頭。「不行。」

史特拉夫點點頭。「我很高興我們都瞭解這點。」

「你應該直接進攻。」詹說道。「只要控制了陸沙德，我們就能找到天金。」

史特拉夫微笑，啜著茶。有毒的茶。

詹忍不住一驚，直直坐起。

「不要以爲你能看清我要做什麼，詹。」他父親說道。「你瞭解的部分甚至不到你所以爲的一半。」

詹靜靜地坐著，看著他父親將最後一點毒茶喝完。

「你的間諜呢？」史特拉夫問道。

詹將筆記放在桌上。「他擔心他們開始懷疑他了。他找不到關於天金的資訊。」

史特拉夫點點頭，放下空杯。「你要回到城中，繼續爭取那女孩的好感。」

詹緩緩點頭，轉身離開帳棚。

史特拉夫覺得他已經可以感覺到毒樺的作用，滲透他的血管，讓他全身顫抖。他硬是壓下對毒藥的生理反應，等了一下。

確定詹走遠後，他喚來侍衛。「把愛瑪蘭塔帶來！」他命令。「快點！」

士兵衝去達成主子的任務。史特拉夫靜靜地坐著，帳棚帆布在夜風中微微窸窣作響，在帆布門被打開的瞬間，一絲霧氣溜了近來。他燃燒錫，增強感官。沒錯——他可以感覺到體內的毒，麻痺他的神經。但他有時間。大約一個小時左右，所以他安下心來。

以聲稱不想殺死史特拉夫的人而言，詹絕對花了許多力氣來嘗試。幸好，史特拉夫有一個連詹都不知道的工具，是個女人。史特拉夫微笑，錫力增強的耳朵聽到輕柔的腳步聲在夜色中逼近。

士兵直接放行讓愛瑪蘭塔近來。史特拉夫這趟沒有帶他所有的情婦同行，只有十五名他最喜歡的女子，其中除了幫他暖床的女人外，還有一些因爲能力特殊所以被他挑中的對象。像是愛瑪蘭塔。她十年前蠻有魅力的，如今她已經年近三十，胸部開始因爲懷孕生子而下垂，而且每次史特拉夫看著她，就注意到在她額頭跟眼睛周圍出現的皺紋。大多數女人在到達這個年紀之前，老早就被他送走了。

可是這個女人的能力對他有用。如果詹聽說今晚史特拉夫召女人來，他會認爲史特拉夫只想要她的身體。他絕對猜不到眞相。

「主上。」愛瑪蘭塔跪下。她開始脫衣。

至少她個性很樂觀。他以爲四年沒被叫到他床上她會明白。女人難道不明白她們已經老得沒有魅力了嗎？

「穿上衣服，女人。」他斥罵。

愛瑪蘭塔頓時洩了氣，雙手靜置在腿上，衣服半褪，露出一邊胸部，彷彿要以她年邁的裸體誘惑他。

「我需要妳的解藥。」他說道。「快點。」

「哪一個，主上？」她問道。她不是史特拉夫手下唯一的藥師，他從四個不同的人學會辨認氣味跟味道，但愛瑪蘭塔是最優秀的。

「毒樺。」史特拉夫說道。「還有……別的，我不確定是什麼。」

「用綜合解毒劑嗎，主上？」愛瑪蘭塔問道。

史特拉夫簡短地點頭。愛瑪蘭塔站起身，走向他的毒櫃。她點亮旁邊的火爐，煮沸一小鍋水，快速混合藥粉、草藥、液體。這劑藥是她的獨門配方，綜合她所知的所有基本毒藥解毒劑、中和劑，還有修復劑。史特拉夫懷疑詹用毒樺來掩飾別的毒藥，不過無論那是什麼，愛瑪蘭塔的藥劑一定能治好，或至少能辨識。

史特拉夫身體不舒服地等著半裸的愛瑪蘭塔結束工作。這一劑藥每次都得重新煮製，但等待是値得的。終於，她爲他端來一杯散發著蒸氣的杯子。史特拉夫一口氣飲盡，強迫自己吞下苦澀難耐的液體。他立刻就覺得身體舒服許多。

他嘆口氣，又避過了一個陷阱，但他仍把整杯喝下，以防萬一。愛瑪蘭塔再次期待地跪下。

「下去。」史特拉夫命令。

愛瑪蘭塔靜靜地點頭，將手臂套回衣服的袖子裡，然後從帳棚退出。

史特拉夫強壓怒氣，坐在帳棚裡，空杯子在他手中漸漸發涼。他知道目前他佔上風。只要他在詹面前還顯得夠強悍，那個迷霧之子將會繼續服從他的命令。

也許。

如果多年前我在找尋助手時，沒有挑中艾蘭迪就好了。

19

沙賽德解下他最後一枚鋼意識。他將它舉起，手環形狀的金屬在紅色的陽光下閃閃發光。在別人眼中看來，它似乎是頗爲貴重的珠寶，但對沙賽德而言，如今它只是一個空殼，不過是只普通的鋼手環。如果他要，他可以將手環重新裝滿，但以他現在的目標而言，這手環只是負擔。

嘆口氣，他拋下手環，發出噹啷一聲，激起地上一陣灰燼亂飛。我花了五個月的時間，每五天就得搾乾一天的行動速度，舉手投足都像是被繩索綑綁，現在，全沒了。

不過，他的損失換來了很寶貴的東西。六天內，在偶爾使用鋼意識的情況下，他完成等同於步行六禮拜的旅程。根據他的地理紅銅意識，不出一個禮拜，他就能抵達陸沙德。沙賽德覺得這些耗費都很值得，也許他在那個南方小村莊看到的景象讓他反應過度，也許他根本無須趕路，但那個鋼意識本來就該被拿來用的。

他背起背包，比之前輕了許多。雖然他很多金屬意識都不大，加起來的重量仍然挺可觀。他在奔跑的同時也決定要拋下一些比較不貴重，或是不那麼滿的金屬意識，就像他留在身後灰燼中的鋼手環。

他絕對已經進入了中央統御區。他剛經過了法理司特跟特瑞安，位於北方的兩座灰山。特瑞安在遙遠的南邊仍然隱約可見，高大聳立於平地間，頂端被切平，一片漆黑。一路行來，地形越發平坦，樹種從偶爾可見的咖啡色針葉林，換成陸沙德附近常見的細瘦白楊木，如骨骸般從黑土間長出，灰白的樹皮滿是疤痕、扭曲。它們——

沙賽德停下腳步。他站在中央運河邊，這是通往陸沙德的主要路徑之一。目前運河沒有船隻，近來旅人並不多，甚至比最後帝國時代更罕見，因為盜賊橫行，遠勝以往。沙賽德跑往陸沙德的途中就曾逃離好幾團盜賊的包圍。

隻身旅人非常少見，軍隊則常見多了，而且根據前方的數十道煙霧來看，他碰上其中之一，就擋在他跟陸沙德中間。

他靜靜地想了片刻，灰燼開始輕輕地在他身邊落下。正午時分，如果那個軍隊有探子的話，沙賽德將很難閃過他們，而且他的鋼意識已經空了。他將無法逃過追兵。

然而，有軍隊駐紮在離陸沙德一個禮拜外的路程……那是誰的，有什麼樣的威脅？他的好奇，學者的好奇，催促著他要找到一個好地方研究軍隊的情況。他能蒐集到任何資訊都會讓紋跟其他人很有用處。

做出決定後，沙賽德找到一座長滿特別大一叢白楊木的山丘。他將背包放在一棵樹下，掏出一個鐵意識，開始灌注它。他感覺到體重減輕的熟悉感覺，因此他很輕易地就能爬上樹頂。如今他的身體已經輕到不需要多少力氣就能拖著身體攀上。

他掛在樹梢，從錫意識汲取力量，一如往常，他的視野邊緣開始模糊，但他可以看到前方山坳裡，有一大群人聚集，清晰可辨。

他猜得沒錯，的確是一支軍隊，但他錯在以爲那是人類的軍隊。

「被遺忘的諸神啊……」沙賽德低語，震驚到差點鬆手。軍隊的陣形是以最原始，最簡單的方式，沒有帳棚，沒有交通工具，沒有馬匹。只有上百簇篝火，周遭圍滿了身形。

藍色的身形。大小不一，有的只有五呎高，有的則是超過十呎的巨碩身影，但沙賽德知道，牠們仍屬於同一族。克羅司。那個怪物的基本身形雖然與人類相似，但牠們從不停止成長，只會隨著時間逐漸變大，直到心臟再也無法支持巨碩的身軀，那時才會被身體的成長活活壓死。

可是，在牠們死前，牠們會長得很大。而且非常危險。

沙賽德從樹上落下，身體輕盈地能夠無聲落地，快速在紅銅意識間翻找一陣後，他找到他想要的一件，繫在左上臂，然後重新爬回樹上。

他快速在目錄中翻找。有一度他爲了想研究那些怪物是否有宗教，所以從一本關於克羅司的書中抄下筆記，之後找了個人將筆記唸給他聽，好讓他能將一切儲存在紅銅意識中。他當然也把整本書背下了，但將這麼多資訊直接放入他的心智中會毀掉他的意識庫。

找到了，他心想，將筆記從紅銅意識中取出，突然充滿腦袋。

大多數克羅司身體在二十歲前就會垮掉，比較「老」的克羅司通常爲十二呎高，有強壯、巨碩的身體，但鮮少有克羅司得享如此高壽，不只是因爲牠們心臟的問題，更是因爲牠們的社會組織雖然原始，卻極端暴力。

一陣興奮感超越了他的擔憂。沙賽德再次以錫補強他的視力，在上千具藍色人形間搜索，試圖找到證據，想印證他所讀到的知識。發生打鬥的地方很容易找，因爲火堆邊經常有人在打鬥，但有趣的是，打鬥的雙方通常都有相似的體型。

沙賽德更加強他的視覺，緊抓住樹幹克服湧上的暈眩，終於第一次看清克羅司長什麼樣子。

他看到的克羅司是比較小的一隻，大概六呎高而已，有著人類的外型，兩隻手、兩隻腿，但脖子短得幾乎看不到，全身光裸無髮，最怪異的特徵卻是牠鬆垮皺折的藍色肌膚，看起來像是一個原本很胖然後突然消瘦的人，只留下鬆垮的肌膚。

而且……那個皮膚似乎連得不是很好，在怪物如鮮血般赤紅的眼睛周圍，皮膚軟塌，展現其下的臉部肌肉，嘴巴周圍也是如此，皮膚垂在下方之下，足有幾吋長，下顎跟牙齒完全暴露在外。

這副景象足以令人反胃，尤其是看在一個已經想吐的人眼裡。怪物的耳朵低垂至下巴邊，鼻子沒有任何軟骨支撐，所以毫無形狀，只是一團軟肉。手臂跟雙腿的皮膚也軟垂鬆垮，全身上下唯一的衣物就是簡陋的丁字褲。

沙賽德轉個方向，挑選更大的一隻來研究，牠大概有八呎高。這隻怪物身上的皮膚沒有那麼鬆，但看起來仍然很不合身，鼻子的方向歪斜，過大的頭顱骨將鼻子拉扯至完全平貼臉上，脖子又粗又短。怪物轉身對同伴齜牙咧嘴，牠嘴巴周圍的皮膚同樣不服貼：嘴唇無法密合，眼眶太大，露出下方的肌肉。

像是……穿著皮膚做成的面具，沙賽德心想，想要克服他的噁心。所以……身體繼續成長，但皮膚不會。

他的想法在看到一隻十呎高的克羅司晃進原本的一群克羅司時，獲得了證實。身型較小的怪物在新加入者的面前四散，後者腳步沉重地邁向巨大的火堆，裡面正烤著幾匹馬。

最大的這一隻，身上的皮膚緊繃到已經出現撕裂傷口。沙賽德看見牠眼睛周圍、嘴角、胸肌上沒有半根毛髮的光滑藍色皮膚都出現了裂痕，隱隱流著血絲，即便是皮膚沒有被撕裂的地方，例如鼻子跟耳朵，也繃得緊貼肌肉，幾乎沒有半點突起。

突然，沙賽德的研究不再是單純對知識的尋求。克羅司來到了中央統御區。牠們是極端殘暴凶猛的怪物，就連統御主都不得不將牠們拘養在遠離人類文明的地方。沙賽德熄滅了錫意識，樂於回復正常的視力。他得想辦法趕回陸沙德去警告別人。如果牠們……

沙賽德全身一僵。增強視力的一個問題就是會暫時失去觀看近距離事物的能力，所以他沒有注意到包圍他那棵白楊木的克羅司巡邏隊。

*被遺忘的諸神啊！*他緊握住樹梢，腦筋轉得飛快。幾隻克羅司已經擠入樹林間。如果他跳到地上，根本來不及逃跑。依照他的習慣，他身上必定戴有白鑞意識，輕輕鬆鬆就能獲得等同十名成年人的力氣，而且可以維持好一段時間。也許他能打贏牠們。

可是，那些克羅司身上都配有做工粗糙卻巨大的劍，沙賽德的筆記、記憶和知識都同意一件事：克羅司是非常危險的戰士。無論他是否有等同於十人的力氣，沙賽德在技巧上都打不過牠們。

「下來。」一個低沉混濁的聲音喊道。「現在，下來。」

沙賽德望著下方。一隻皮膚開始繃緊的大克羅司站在樹下，搖了樹幹一下。

「現在下來。」怪物又說了一次。

*牠的嘴唇不太靈活，*沙賽德心想。聽起來像是沒有用嘴唇在講話的人。他不意外那東西能說話，他的筆記有記錄到這點，但讓他詫異的是，牠的語氣很鎮靜。

*我可以逃跑，*他心想。他可以從樹梢逃走，靠著不斷把身上的金屬意識丟下好跳躍過白楊木叢間的空隙，試著飛離，但這麼做非常困難，結果無法預料。

而且，他得拋下他的紅銅意識，長達數千年的歷史紀錄。

所以，白鑞意識準備在手邊，沙賽德放開樹幹。沙賽德猜測是領頭的克羅司以赤紅的注視看著他墜落到地面，眼睛眨都不眨。沙賽德忍不住猜想皮膚繃得這麼緊的牠到底是否能眨眼。

沙賽德躺到樹邊的地面，伸手要拿背包。

「不行。」克羅司喝斥，手臂以超越人類的速度一揮，抓起背包，拋給另外一名克羅司。

「我需要那個背包。」沙賽德說道。「我會配合，只要你……」

「安靜！」克羅司大吼，突來的怒氣讓沙賽德猛然一退。泰瑞司人很高，泰瑞司閹人尤其高，所以被這個超過九呎高，皮膚藍黑，落日色眼睛的怪物從上往下盯看，讓他格外不安。他禁不住嚇得退了一步。

這似乎是該有的反應，因爲克羅司頭頭點點頭，轉身離開。「來。」牠口齒不清地說道，搖搖晃晃地踏出了小小的白楊木森林，另外大約七隻克羅司跟在後面。

賽德不想知道如果他違抗命令會有什麼下場。他選了一個叫做度斯的神——祂專門保佑疲累的旅人——快速無聲地向祂祈禱。然後，他快步向前，跟著一群克羅司走向營地。

至少牠們沒有馬上殺掉我，沙賽德心想。根據他所讀到的知識，這點算是在他預期之外，但書中的知識很有限。幾世紀以來，克羅司都遠離人類居住，統御主只有在極大危急的時候才會傳喚牠們鎮壓反叛，或是征服在內島上發現的新人群。根據史上記載，克羅司每到之處必會留下絕對地摧毀跟殺戮。

*這些記載會不會誇大其詞？*沙賽德心想。*也許克羅司沒有我們以爲的殘暴。*

沙賽德身邊的其中一隻克羅司突然憤怒地咆哮。沙賽德轉身，看到那隻克羅司躍向牠的同伴之一，沒有動身後的劍，而是以巨大的拳頭揮向敵人的頭。其他人停下腳步，轉身觀看戰鬥，但沒有人露出擔心的表情。

沙賽德越發驚恐地看著攻擊者不斷揮拳攻擊牠的敵人，這方試圖要保護自己，抽出匕首，在對方手臂劃上一刀。攻擊者的雙手掐上敵人厚重的頭顱，用力一扭。藍色的皮膚撕裂，滲出鮮紅色的血。斷裂的聲音。防守的一方靜止了下來。攻擊的一方從死者身上抽出劍，綁在自己的武器旁邊，拿出綁在旁邊的小袋子。

「爲什麼？」

受傷的克羅司轉身。「我恨牠。」牠說道。

「走！」克羅司頭頭對沙賽德喝斥。

沙賽德強迫自己站起來。受傷的克羅司無視於手背上的傷口，一行人重新上路，留下屍體躺在路中間。那個小袋，他心想，試圖將注意力從剛才目睹的暴力景象轉移。牠們都有那個小袋。小袋綁在劍上，劍直接拿皮繩綁在背上，袋子則被繫在那些皮繩上。有時候只有一個，不過這群人中最大的兩隻則有幾個袋子。

看起來像是錢袋，沙賽德心想，但克羅司沒有經濟體系，也許裡面放的是私人物品？但這樣的怪物會重視什麼？

牠們走入營地，邊境似乎沒有守衛。何必要有守衛呢？人類根本很難溜入這個營地。

一群體型比較小，大概五呎高的克羅司一看到牠們便衝了上來，殺人的克羅司將額外的劍拋向其中之一，然後指著後方，但袋子則留在自己身邊。那群小克羅司沿著小徑朝屍體的方向衝去。

負責埋葬屍體嗎？沙賽德猜想。

他不安地跟著抓住他的人一起深入營地，篝火上燒烤著各式各樣的動物，不過沙賽德不認爲其中有人類，而且營地裡的地面沒有半根植物，彷彿被極端凶猛的羊啃食過。

根據他的紅銅意識，這離事實不遠。克羅司似乎吃什麼都能活，偏好肉類，但也可以吃任何植物，甚至雜草都可連根拔起吃掉。有些報告甚至說牠們會吃泥土跟火山灰，但沙賽德覺得這個說法不太可信。

他繼續走著。營地滿是煙霧、髒污，還有沙賽德覺得是克羅司體臭的臊味。牠們似乎只有兩種情緒，他心想，被一旁火堆旁，突然尖叫跳起來攻擊同伴的克羅司嚇到。要不是滿不在乎，再不然就是極端憤怒。

要什麼樣的事情才能讓牠們全部同時爆發？而且……會造成多大的災難？他緊張地重新調整他原本的想法。不，這些克羅司的形象並非被他人誤傳，他所聽說過的故事——關於克羅司在至遠統御區無人管束地亂跑，造成廣大毀滅與死亡的消息——顯然是眞的。

可是，有某件事讓這群克羅司服從最基本的紀律。統御主能控制克羅司，但沒有書本解釋爲什麼。大多數作者單純接受這是統御主神力的一環。他是長生不老的，相較之下，其他力量似乎都很平凡。

可是他的長生不老只是一種技巧，沙賽德心想。只是很巧妙地結合了藏金術跟鎔金術。統御主不過是個平凡人，不過確實有罕見的能力與機會。

即便如此，他如何掌控克羅司？統御主是不同的，不止力量而已。他在昇華之井的作爲永遠地改變了世界，也許他控制克羅司的能力是由此而來。

沙賽德的逮捕者無視於火堆邊偶發的打鬥。營地裡似乎沒有任何雌性的克羅司，即使有，看起來跟雄性也並無不同，但沙賽德注意到其中一個火堆邊躺著一具被遺忘的克羅司屍體，全身被扒皮，藍皮膚龜裂鬆散。

這種社會怎麼能維持下去，他又驚又怒地想。他的書裡面都說克羅司生育快，成熟也快，對牠們來說算是一件好事，尤其以他已經親眼見到的死亡速度。即便如此，他仍覺得這個種族自相殘殺的程度應該不足以維持牠們的生存。

但是牠們仍然繼續下去。很不幸。他守護者的那一面深深相信一切都不該失去，每個社會都值得被記得，但克羅司營地的殘暴，無視於自己身上裂痕的傷患，一路上被扒光皮的屍體，突來的怒吼及接下來的仇殺打敗了他的信念。

他的逮捕者帶他繞過地面上的一座小丘，眼前出乎意料之外的景象讓沙賽德停下腳步。一座帳棚。

「去。」克羅司頭頭指著前方說道。

沙賽德皺眉。帳棚外有幾個人類，每個人都握著矛，打扮像是皇家侍衛。帳棚很大，後面是一排方形的馬車。「去！」克羅司大吼。

沙賽德照做。在他身後，其中一名克羅司滿不在乎地將沙賽德的背包拋向人類侍衛。

裡面的金屬意識落在滿是灰燼的地面，發出敲擊聲，讓沙賽德一縮。士兵以警戒的眼神看著克羅司退後，然後一人拾起背包，另一人拿矛指著沙賽德。

沙賽德舉起雙手。「我是沙賽德，泰瑞司守護者，曾經是侍從官，如今是老師。我不是你們的敵人。」

「無所謂。」侍衛說道，依然看著離去的克羅司。「你還是得跟我來。」

「我能拿回我的東西嗎？」沙賽德問道。這塊空地似乎沒有克羅司，顯然人類士兵想要跟克羅司保持距離。

第一名士兵轉向他正在搜查背包的同伴。後者抬起頭，聳聳肩。「沒有武器。只是一些手環跟戒指，可能有點價值。」

「裡面都不是貴重金屬。」沙賽德說道。「只是守護者的工具，對我以外的任何人都沒什麼價值。」

第二名侍衛聳聳肩，將袋子交還給第一人，兩人都是標準中央統御區長相，黑色頭髮，淺色皮膚，看他們的體型身高就知道從小在營養充足的情況下長大。第一名侍衛年紀較長，很顯然是負責的人。他從同伴手中接過袋子。「等看陛下怎麼指示。」

啊，沙賽德心想。「那我們跟他談談吧。」

侍衛轉身，推開帳門，示意沙賽德進去。沙賽德從紅色的陽光進入一間功能完整，裝飾簡單的房間。主間很大，裡面有更多侍衛。沙賽德目前大概算到有十二名。

領頭的侍衛上前一步，頭探入後方的房間。幾片刻後，他揮手要沙賽德上前，拉開帳門。

沙賽德進入第二間。裡面的人穿著陸沙德貴族的長褲與外套，雖然年紀輕輕，卻已開始禿頭，頂上只剩幾根髮絲。他站起身，緊張地敲敲腿邊，沙賽德進入讓他略略一驚。

沙賽德認得那個人。「加斯提．雷卡。」

「雷卡王。」加斯提斥責。「我認得你嗎，泰瑞司人？」

「我們沒有見過，陛下。」沙賽德說道。「但我想我跟您的朋友有過往來。陸沙德的依藍德．泛圖爾王？」

加斯提心不在焉地點點頭。「我的手下說是克羅司把你帶來的。牠們發現你在營地附近探頭探腦？」

「是的，陛下。」沙賽德小心翼翼地回答，看著加斯提開始踱步。他很不滿意地心想，這個人不比他領導的軍隊更穩定。「您是怎麼說服那些怪物服從您的？」

「你是我的囚犯，泰瑞司人。」加斯提斥罵。「不准問問題。依藍德派你來當間諜的嗎？」

「沒有人派我來。」沙賽德說道。「我和您只是剛好同路而已，陛下。我的觀察毫無惡意。」

加斯提停下腳步打量沙賽德，然後重新開始踱步。「沒關係。我好一段時間沒有眞正的侍從官了。你現在要來服侍我。」

「我很抱歉，陛下。」沙賽德略略鞠躬。「但這不可能。」

加斯提皺眉。「你是侍從官，你的袍子顯示你的身分。依藍德這個主人偉大到你願意拒絕我？」

「依藍德．泛圖爾不是我的主人，陛下。」沙賽德說道，迎向年輕國王的雙眼。「我們自由之後，泰瑞司人不再會稱呼任何人爲主人，我無法當您的僕人，因爲我不會當任何人的僕人。如果必要，您可以將我視爲您的犯人，但我不會服侍您。很抱歉。」

加斯提又停下腳步，但他沒有生氣，只是露出尷尬的神情。「我明白了。」

「是的，陛下。」沙賽德平靜地說道。「我明白您命令我不得提問，因此我只能提出我的見解。您似乎處於非常不利的處境。我不知道您如何控制那些克羅司，但我不得不認爲您的掌控並不牢固，您身處危險之中，而且似乎下定決心要將這個危險散布到其他人身上。」

加斯提臉孔漲紅。「你的『見解』有瑕疵，泰瑞司人。這支軍隊處於我的掌控下。牠們完全聽命於我。你有看到其他貴族召集克羅司軍隊嗎？沒有，只有我成功了。」

「牠們看起來並不乖順，陛下。」

「是嗎？」加斯提問道。「牠們找到你時有把你撕裂嗎？有因爲好玩就把你打死嗎？有拿棍子刺穿你，把你放在火上烤嗎？沒有。牠們沒這麼做是因爲我下令牠們不得擅動。你可能不覺得這有多大不了，泰瑞司人，但相信我，這是克羅司展現極大的自制跟服從。

「不要挑釁我，泰瑞司人！」加斯提喝斥，頭髮梳過殘存的頭髮。「這些是克羅司，你對牠們的要求不能太高。」

「但您把牠們帶來陸沙德？」沙賽德問道。「就連統御主都害怕這些怪物，陛下。他讓牠們遠離城市，您卻將牠們帶來最後帝國人口最密集的區域！」

「你不懂。」加斯提說道。「我試著要和談，但除非你有錢或軍隊，否則沒有人會聽你的，現在我有軍隊，我很快將得到另一個。我知道依藍德坐在一堆天金上，我只是要來……來跟他結盟。」

「結盟的結果是由你掌控城市？」

「胡說！」加斯提揮手說道。「依藍德並沒有掌控陸沙德，他只是暫時坐著那個位置，等更強大的人來而已。他是個好人，但他是個純眞的理想派，他的王位早晚會落入某支軍隊的手中，至少我給他的選擇絕對遠勝過於塞特或史特拉夫。」

塞特？史特拉夫？小泛圖爾給自己惹上什麼麻煩了？沙賽德搖搖頭。「我很懷疑『更好的選擇』會跟使用克羅司有關，陛下。」

加斯提皺眉。「泰瑞司人，你這張嘴可眞厲害。你代表——你的整族人代表這個世界的問題。我以前很尊敬泰瑞司人，能當個好僕人沒什麼可恥的。」

「但也沒多少值得驕傲的。」沙賽德說道。「可是，我仍要爲我的態度道歉，陛下。這不是泰瑞司獨立精神的表現。我想，我向來不知道什麼是適可而止。我向來不是最好的侍從官。」或是最好的守護者，他告訴自己。

「算了。」加斯提說道，重新開始踱步。

「陛下。」沙賽德開口。「我必須繼續前往陸沙德。那裡有……我需要處理的事。無論您對我的族人有何看法，您一定知道我們很誠實。我所做的工作超越政治跟戰爭，皇位跟軍隊。這是對全人類都很重要的工作。」

「學者都這麼說。」加斯提說道。「依藍德總是這麼說。」

「即便如此——」沙賽德繼續說道。「我必須獲得准許離開。爲了交換我的自由，如果您願意，我會爲您傳達訊息給依藍德陛下。」

「我自己隨時都可以派使者！」

「讓身邊保護您的人再少一個？」沙賽德說道。

加斯提瞬間僵住。

嗯，他的確怕牠們。很好。至少他不是瘋子。

「我要走了，陛下。」沙賽德說道。「我無意冒犯，但我看得出來您沒有留置犯人的人手。您可以放我走，或是把我交給克羅司，但我會建議不要輕易讓牠們養成殺人類的習慣。」

加斯提上下打量他一眼。「好吧。」他說道。「那你幫我帶個訊息。告訴依藍德，我不在乎他是否知道我要去，我甚至不在乎你把我們的人數報告給他，但你一定要正確傳達我的信息！我的軍隊中有兩萬名以上的克羅司。他打不敗我，他也打不敗其他人，但如果我能進入城市……我可以爲他擋下另外兩支軍隊。叫他理性點，如果他把天金給我，我甚至會讓他留下陸沙德。我們可以當鄰居。當盟友。」

一個財務破產，一個常識破產，沙賽德心想。「好的，陛下。我會跟依藍德王說。除此之外，請歸還我的東西。」

雷卡王煩躁地揮揮手，沙賽德退下，靜靜地等著侍衛首領再次進入房間，聽取命令。他一面等著士兵準備出發，感謝背包重回自己身邊，一面思索加斯提剛說的話。塞特或史特拉夫。到底有幾方等著將依藍德的城市搶到手？

如果沙賽德想找個能安靜研究的地方，他顯然跑錯方向了。

幾年後，我才注意到徵象。身為泰瑞司世界引領者，我熟知預言，但我們不是每個人都篤信教義，例如我。我向來對其他主題比較有興趣。但在跟艾蘭迪相處的那段時間裡，我不由得對期待經更有興趣。他似乎與徵象完全吻合。

20

「這很危險，陛下。」多克森說道。

「這是我們唯一的選擇。」依藍德說道。他站在桌子後方，桌上如同往常疊滿書籍，書房窗戶透過的光線從後方點亮他的身影，鮮豔的光線投射在他的白制服，將它染成鮮豔的暗紅色。

他穿這套衣服果然看起來有威嚴多了，紋心想，坐在依藍德軟厚的讀書椅中，歐瑟很有耐心地趴在她身邊。她仍然不是很確定該如何看待依藍德的改變，她知道他的改變大多數是表面上，新的衣服，新的髮型，但他的改變似乎不只如此。他說話時站得更挺，更有權威，甚至正在接受劍跟決鬥杖的訓練。

紋瞥向廷朵。泰瑞司女子坐在房間後方的硬實椅子上，看著眾人討論。她的儀態完美無缺，鮮豔的裙子跟襯衫穿在她身上反而顯得端莊大方。她不像紋一樣雙腿疊在身下，而且從來不穿長褲。

她到底有什麼特別的？紋心想。我花了一年試圖叫依藍德練劍。廷朵才來不到一個月，就已經說服他和別人上場對打了。

紋爲什麼覺得心中有怨氣？依藍德不會改變那麼多吧？她試著要壓下自己心中那塊擔心眼前這個全新、自信，衣裝筆挺的君王，擔心他會變成另一個人，不再是她愛的那個。

如果他不再需要她怎麼辦？

她看著依藍德繼續對哈姆、老多、歪腳和微風說話，不自覺地更縮入椅中。

「阿依。」哈姆說道。「你要知道，如果你進入了敵方營地，我們是無法保護你的。」

「我不覺得你在這裡就能保護我，哈姆。」依藍德說道。「外面可是有兩支軍隊幾乎緊貼我們的城牆。」

「是沒錯。」多克森說道。「可是我擔心，你一旦進了他們的營區，就再也出不來。」

「除非我失敗。」依藍德說道。「如果我按照計畫說服我父親我們是盟友，他會讓我回來的。我年少時沒有花太多時間處理宮廷政治，但我的確學到該如何操縱我的父親。我很瞭解史特拉夫．泛圖爾，我知道我能打敗他。況且，他不要我死。」

「我們能確定這點嗎？」哈姆摸搓著下巴說道。

「確定。」依藍德說道。「畢竟他還沒有派過殺手來對付我，但塞特已經做了。這很合理。有什麼比自己的兒子更適合留下來控制陸沙德呢？他認爲他能控制我，他會認定他能強迫我獻上陸沙德。只要稍稍推波助瀾，我應該能讓他去攻擊塞特。」

「這麼說是有道理……」哈姆沉吟。

「沒錯。」多克森說道。「可是要怎麼樣讓史特拉夫不會直接綁架你，強行進入陸沙德？」

「他背後還有塞特在虎視眈眈。」依藍德說道。「如果他跟我們戰鬥，他會失去很多人，非常多人，而且讓自己腹背受敵。」

「可是老兄，他手上會抓著你。」微風說道。「他不需要攻擊陸沙德，他可以強迫我們屈服。」

「你們會有讓我死的命令。」依藍德說道。「這就是爲何我要設立議會，它有權能再選新王。」

「可是爲什麼？」哈姆問道。「爲什麼要冒這個險，阿伊？我們再多等一下，看看能否讓史特拉夫願意跟你在更中立的地方會面。」

依藍德嘆口氣。「你們得聽我的。哈姆，無論我們是否被包圍，都不能在這裡坐以待斃，否則就是餓死，或是其中一支軍隊決定要出兵攻擊，希望能攻下我們的城牆，之後立刻轉身去防備敵人。這不容易，但有可能發生，而且如果我們不從現在就開始讓那兩個王鬥起來，這件事絕對會發生。」

房間陷入沉默。眾人緩緩轉向歪腳，他點點頭。同意了。

做得好，依藍德。紋心想。

「必須要有人跟我的父親會面。」依藍德說道。「那個人必須是我。史特拉夫認爲我是個傻子，所以我能說服他我不具威脅，然後我會去找塞特，說服他我是站在他那邊的。當他們終於攻擊對方時，各自會認爲我們站在他們那方，到時我們只要退兵，強迫他們爭個你死我活。勝利的那方絕對沒有足夠的力量將城攻下。」

哈姆跟微風點點頭，但多克森搖搖頭。「這個計畫聽起來沒問題，但要你隻身進入敵方陣營？這段聽起來太愚蠢了。」

「聽我說。」依藍德說道。「我認爲這對我們有利。我父親堅信控制與統御的重要性。如果我走入他的營地，等於告訴他，我同意他有權控制我。我會顯得軟弱，他會認定我會任他操控。這的確是個風險，但如果我不這麼做，我們都會死。」眾人對望一眼。

依藍德站得更挺，雙手在身側握起拳。他一緊張就會這麼做。

「這件事恐怕不容討論。」依藍德說道。「我已經做出決定。」

他們不會接受這種獨斷的決定，紋心想。這群人向來獨立。

出乎意料的是，沒有人反對。

多克森終於點點頭。「好吧，陛下。」他說道。「你必須小心地走在一條危險的界限上，讓史特拉夫相信他可以仰仗你的支持，但也讓他相信，他隨時可以背叛我們。你要讓他既想要得到我們的武力，又認爲我們的力量無足輕重。」

「不只如此。」微風補充。「你還不能讓他發覺你在雙面討好。」

「你辦得到嗎？」哈姆問道。「依藍德，說實話，眞的可以嗎？」

依藍德點點頭。「我辦得到，哈姆。過去一年來，我對政治操作更爲嫻熟了。」他很有信心地這麼說，但紋注意到他的雙手仍緊握拳頭。他得改掉這個動作。

「也許你瞭解政治。」微風說道。「但這是詐欺。朋友，你得面對事實，你誠實得一塌糊塗，沒事就把保護司卡權益這類的事情掛在嘴邊。」

「你這麼說就太不公平了。」依藍德說道。「誠實跟好意是完全兩回事。要說會騙人，我可不輸——」他頓了頓。「我爲什麼要爭論這件事？我們認同這是該做的事，也都清楚該是我來做這件事。老多，能否請你起草一封給我父親的書信？告訴他我很樂意拜訪他。事實上……」

依藍德看了看紋，然後繼續說道：「事實上，告訴他我想跟他討論陸沙德的未來，還有想介紹一個很特別的人給他認識。」

哈姆輕笑。「沒什麼比帶女孩子回家給父母認識更好的理由了。」

「更何況她是中央統御區中最強大的鎔金術師。」微風補上一句。

「你覺得他會同意帶她去嗎？」多克森說道。

「他不同意就拉倒。」依藍德說道。「要確保他知道這點。我認爲他的確會同意。史特拉夫習慣性低估我，大概我也給了他不少原因，但我敢打賭，他會用同樣方法看待紋，直接認定她不如其他人所說的高強。」

「史特拉夫有他自己的迷霧之子。」紋補充。「那是他的保鏢。所以依藍德帶著我也算公平，而且如果我在的話，出事時我可以把他帶出來。」

哈姆又笑了起來。「這種退兵法可能讓你面子掛不太住，你會被掛在紋的肩膀上抱回來。」

「比死了的好。」依藍德說道，很顯然是想保持風度，但仍然不禁臉上一紅。

他愛我，但他仍然是個男人，紋心想。他只是個普通人，但我卻是迷霧之子，這一點不知道有多少次刺傷了他的自尊？要不是他心胸如此寬大，怎麼能夠愛我。

但是，他是不是應該得到一名他覺得可以保護的女人？一名比較……女人的女人？

紋再次縮回椅子上，尋求豐厚布料提供的溫暖，這張正巧是依藍德書房裡的讀書椅。也許一名能分享他的興趣，不會覺得閱讀很辛苦的女子才配得上他？還能跟他討論他出色的政治理論？

我最近爲什麼這麼動不動就在想我們兩人的關係？紋心想。

詹說過，我們不屬於他們的世界。我們屬於霧裡。

妳不該跟他們在一起……

「我還想提一件事，陛下。」多克森說道。「你應該跟議會見面了。他們開始有點等不及要得到你的垂詢，似乎是跟陸沙德中出現僞幣有關。」

「我現在眞的沒有時間處理城內的政事。」依藍德說道。「我設立議會的主要目的就是讓他們處理這種問題。送個訊息給他們，告訴他們我信任他們的決定，替我向他們致個意，跟他們解釋我正在處理城市的防禦工作。」

多克森點點頭，做了些筆記。「不過，還是有一件事要考慮。」他提醒。「你跟史特拉夫會面等同於失去對議會的箝制。」

「這不是正式和談，」依藍德說道。「只是非正式會面。之前的決議應該仍然維持原議。」

「我必須說實話，陛下。」多克森說道。「我非常懷疑他們會這麼想。你知道他們對於在你進行和談前無權行動這件事有多憤怒。」

「我知道，」依藍德說。「但值得冒險。我們需要跟史特拉夫會面，之後希望我能帶著好消息回來面對議會，到時我可以說服他們當初的決議條件尚未達成。會面將繼續進行。」

的確更有決斷力了，紋心想。他開始在改變……

她不能一直想這些事，所以她決定轉移注意力。眾人開始討論依藍德該用何種方法去操弄史特拉夫，每名集團成員輪流告訴他一些騙術技巧，但紋則是觀察他們的個性是否有異常之處，想找出他們其中一人是否爲坎得拉間諜。

歪腳有比平常安靜嗎？鬼影的語言模式改變是因爲日漸成熟，還是因爲坎得拉無法模仿他的俚語？哈姆是不是太興奮了些？他似乎不像往常那樣，喜歡談論一些令人摸不著邊際的哲學問題。這是因爲他現在更認眞了，還是因爲坎得拉不知道該如何正確地模仿他？

沒有用。她想太多的結果是誰看起來都有問題，但同時，他們每個人看起來也都與平常無異。人的複雜性是無法被簡化成單純的個性特質，況且那坎得拉一定是非常擅長於模仿，花了畢生時間接受訓練，這次滲透行動可能已經計畫許久。

結論就是得靠鎔金術。可是現在外有圍城，內有她關於深闇的研究，她一直沒有機會測試她的朋友。她想了想，承認這不是什麼好藉口。事實是，她一直拿別的事情來分散自己的注意力，因爲光是想到有一名成員，更是她的第一群朋友裡有叛徒，就令她非常焦慮。

她得要克服這點。如果他們之中眞有間諜，那他們就完了。如果敵方國王發現依藍德在策劃的陰謀……

一念至此，她嘗試性地燃燒青銅，立刻感覺到從微風身上傳來鎔金脈動，她親愛也無可救藥的微風。他在鎔金術上的造詣高到連紋大多數時間都感覺不到他的施用，但他也經常無法制止自己使用鎔金術。

可是他施用的對象不是她。她閉上眼睛，心神專注。很久以前，沼澤試圖要教導她青銅的細微之處，用來閱讀鎔金術的脈動，當時她並不知道他為自己開啓了一門多深奧的學問。

當鎔金術師在燃燒金屬時，會發出一種隱形的鼓動，像是鼓聲，不過只有燃燒青銅的鎔金術師才能感應到，而這些脈動的節奏、速度、韻律，都能讓青銅的使用者分辨出到底是哪種金屬正被施用。

這需要練習，而且很困難，但紋在判讀脈動上近來漸漸小有心得。她集中注意力，微風正在燃燒黃銅，是內部意志推力金屬，而且……

她更用力集中，感覺一股節奏朝她席捲而來，像是每次鼓動都帶著兩次快速的咚咚聲，方向似乎是朝向她右方，正朝另一個將脈動吸入的方向拍打。

依藍德。微風的施用對象是依藍德。這是意料中事，尤其是他們正在討論這個話題。微風向來會用鎔金術推擠跟他互動的人。

紋滿意地靠回椅背，但又想了想。*沼澤說青銅的效用之廣泛遠超過大多數人的理解。也許……*

她緊閉雙眼，不管其他人會不會覺得她舉止怪異，重新開始集中在鎔金術鼓動上，燃燒青銅，專注到她覺得自己快要頭痛了。她感覺到的鼓動還帶有一種……顫抖，可是她不確定該如何解讀。

*集中精神！*她告訴自己，但鼓動固執地拒絕透露更多訊息。

好吧，她心想。*我作弊。*她關閉幾乎隨時都在微微燃燒的錫，探入體內的第十四金屬。硬鋁。

鎔金術的脈動變得十分響亮……十分強大……她幾乎可以發誓她感覺到脈動幾乎要將她整個人都震散了，像是身邊有個大鼓，不斷地在敲打，但她感覺到了額外的情緒。

焦慮、緊張、擔憂、不安、焦慮、緊張、擔憂……

消失了。她的青銅猛烈一燒，全部用盡。紋睜開眼，房間裡除了歐瑟以外，沒有人在看她。

她覺得全身力氣耗盡，之前預料到的頭痛一股腦兒湧上，腦子像小號的鎔金脈動不斷敲打，但她終於得到了新的資訊，不是語言，而是情緒。她一開始害怕是微風讓那些焦慮、緊張、擔憂出現，但她立刻回神想到，微風是個安撫者，如果他專注於某些情緒，那必定是他正在壓制的標的。

她看看他，看看依藍德。所以……他其實是在幫依藍德變得更有自信！如果依藍德現在站得更挺，那是因爲微風正悄悄地幫助他，安撫掉他的焦慮跟擔憂，同時微風沒有停止爭論，並發出慣常的嘲笑。

紋無視於頭痛，開始端詳那圓潤的男子，心中湧現全新的讚賞。她一直不太理解微風爲何是組織的成員之一。其他人在某種程度而言都是理想主義者，就連歪腳在她眼裡都是徹頭徹尾的面惡心善。

微風不同。他喜歡操弄他人，有點自私，他加入的原因似乎是爲了挑戰，不是因爲他眞心想幫助司卡，但凱西爾向來聲稱他挑選成員非常小心，挑中的對象不只是技巧傑出，更是品德高尚。

也許微風不是特例。紋看著他一面說著風涼話，一面拿手杖指著哈姆，但他的內心是完全不同的。

你是個好人，微風，她心道，暗自微笑。你只是很努力要隱藏這點。

而且他也不是冒牌貨。她原本就知道這點，當坎得拉替換身體時，微風根本不在城裡，但第二重的確認讓她心中的重擔又輕了些。如果她能再剔除掉其他幾個人就好了。

依藍德在會議後跟眾人告別。多克森去寫信，哈姆去檢視保安，歪腳回去訓練士兵，微風試圖安撫議會不要對依藍德的缺席感到憤怒。

紋慢慢走出書房，瞥了他一眼後，打量起廷朵。紋還是懷疑她吧？依藍德好笑地心想。他安撫地點點頭，紋皺眉，看起來有點氣。他願意讓她留下，但是……光一個人面對廷朵就夠尷尬了。

紋離開房間，狼獒犬坎得拉跟在她身側。看起來她跟那東西越來越親近了，依藍德滿意地心想。知道有人在照顧她很好。

紋在身後把門帶上，依藍德嘆口氣，揉揉肩膀。幾個禮拜以來的劍與決鬥杖訓練讓他體力快速流失，覺得全身上下無一處不痛，他試圖不讓痛楚顯現在臉上，至少不讓廷朵看見。至少我證明我學到了東西，他心想。她不可能看不出來我今天表現得有多好。

「怎麼樣？」他問道。

「你讓人覺得丟臉。」廷朵站在椅子前面說道。

「妳總是這麼說。」依藍德說道，上前一步開始將書疊起。廷朵說他應該要讓僕人來收拾他的書房，但那是他向來抗拒的提議。雜亂的書堆跟紙張讓他有安心的感覺，他可不想有任何人來亂動。

可是，她站在他們面前，很難不為眼前的雜亂感覺到有點尷尬。他將另一本書堆上。

「妳一定有注意到我表現得多好。」依藍德說道。「我說服他們讓我去史特拉夫的營地。」

「你是王，依藍德．泛圖爾。」廷朵說道，雙臂交疊在胸前。「沒有人『讓』你做任何事。你態度的改變一定要從自己開始，不能老是想著需要追隨者的許可或同意。」

「王應該在子民的同意下帶領他們。」依藍德說道。「我不願成為另一個統御主。」

「王應該要強勢。」廷朵堅定地說道。「他接受他人的提議，但必須是他主動要求，他讓眾人清楚，最後的決定屬於他，而不屬於他的幕僚。你需要能更全面地控制你的幕僚。如果他們不尊重你，那你的敵人也不會尊重你，子民們更永遠不會。」

「哈姆跟其他人都尊重我。」

廷朵挑起眉毛。

「他們尊重我！」

「他們怎麼稱呼你？」

依藍德聳聳肩。「他們是我的朋友，可以直呼我的名字。」

「或是類似的小名，對不對，『阿依』？」

依藍德臉上一紅，將最後一本書疊起。「你要我強迫我的朋友們以頭銜稱呼我？」

「是的。」廷朵說道。「尤其在公眾場合。他們應該以『陛下』，或至少以『主上』來稱呼你。」

「我認為哈姆不會接受。」依藍德說道。「他跟權威處不來。」

「他會克服的。」廷朵說道，手指抹著書櫃。她不需要舉起手，依藍德就知道指尖上一定有灰塵。

「妳呢？」依藍德挑戰地問道。

「我？」

「妳叫我『依藍德·泛圖爾』，而不是『陛下』。」

「我不一樣。」廷朵說道。

「我不覺得有何不同。從現在起，妳可以稱呼我為『陛下』。」

廷朵狡詐地微笑。「很好，陛下。你可以鬆開拳頭了。你得改掉這個習慣，君王不該透露出緊張的小動作。」

依藍德低頭看看，鬆開拳頭。「好。」

「不只如此。」廷朵繼續說道。「你的言詞仍然太過籠統，讓你顯得膽怯且遲疑。」

「我正在朝這點努力。」

「除非是刻意，否則不要道歉。」廷朵說道。「而且不要找藉口。你不需要藉口。眾人衡量領袖的標準往往是他是否有擔當。身為王，王國中所發生的一切，都是你的錯，無論是誰犯下的罪刑，就連無可避免的意外，像是地震或暴風雨，也都是你要負責。」

「軍隊也是。」依藍德說道。

廷朵點點頭。「軍隊也是。你的責任就是要處理這些事，如果出了問題，就是你的錯。你必須接受這點。」

依藍德點點頭，拿起一本書。

「我們現在來談罪惡感。」廷朵自行坐下。「不要再收東西了。那不是王的工作。」

依藍德嘆口氣，放下書本。

「罪惡感，不是王該有的情緒。」廷朵說道。「你必須停止自怨自艾。」

「妳剛剛才跟我說，王國裡發生的任何意外都是我的錯！」

「的確是。」

「那我怎麼能沒有罪惡感？」

「你必須相信你的所做所爲都是最好的。」廷朵解釋。「你必須知道無論情況有多嚴重，沒有了你，情況會更糟。當意外發生時，你要負責，但不可沉浸於悲傷或陷入憂鬱的情緒。那對你太奢侈。罪惡感是普通人才能擁有，你只需要達成眾人對你的期待。」

「什麼期待？」

「改善現況。」

「太棒了。」依藍德不甚友善地說道。「如果我失敗了呢？」

「那你要負責，然後再試一次來改善現況。」

依藍德翻翻白眼。「如果我永遠無法改善現況呢？如果我眞的不是君王的最適當人選呢？」

「那你要自己下台。」廷朵說道。「比較好的做法是自殺，不過先決條件是你有繼承人。好的王知道大統不可亂。」

「當然。」依藍德說道。「所以妳是在說我該自殺了。」

「不。我在告訴你，要有自信與自傲，陛下。」

「聽起來不像是這麼一回事。妳每天都告訴我，我這個王做得多差勁，我的人民會如何因此而受苦！廷朵，我不是最適當的人選。最適當的人被統御主殺了！」

「夠了！」廷朵喝斥。「陛下，無論你信不信，你都是最適當的人選。」

依藍德輕哼一聲。

「你是最適當的人選。」廷朵繼續說道。「因爲王座現在屬於你。跟資質平庸的國王比起來，混亂更可怕，如果你沒有取得王位，這個國家早就已經陷入混亂。貴族跟司卡都接受你，也許不信任，但是接受你。你現在退位，甚至是意外身亡，都會發生混亂、崩解、毀滅。無論你是否沒有受過妥善訓練，無論你個性是否過度軟弱，無論你是否受盡眾人嗤笑，你是這個國家僅有的選擇。你是王，依藍德．泛圖爾。」

依藍德想了想。「我……不是很確定妳這樣說會讓我更有自信，廷朵。」

「這跟——」

依藍德舉起手。「我知道。這跟我的感覺無關。」

「你沒有感到罪惡感的時間。接受你是王，接受你無能為力改變這件事，接受你的責任。無論你做什麼，都要有自信，否則如果你不在這裡，一切將陷入混亂。」

依藍德點點頭。

「要驕傲，陛下。」廷朵說道。「成功的領袖都有一個共同特質——他們相信在所有選擇中，他們是最好的。懷抱謙遜之心看待自己的責任跟義務是好事，但在做決定時，不可質疑自己。」

「我會努力。」

「很好。」廷朵說道。「現在我們或許可以繼續下一個話題。告訴我，你為什麼還沒娶那個女孩？」

依藍德皺眉。*沒想到她會問這個……*「這是很私人的問題，廷朵。」

「很好。」

依藍德的眉頭鎖得更緊，但她坐在那裡，以她緊迫盯人的眼光直盯著他。

「我不知道。」依藍德終於說道，坐回椅子裡，嘆口氣。「紋跟別的女人都……不一樣。」

廷朵挑起一邊眉毛，語氣略柔。「我想，陛下認識越多女人後，越會發現她們每個人都是如此。」

依藍德懊惱地點點頭。

「無論如何，現狀並不好。」廷朵說道。「我不會再深究你的隱私，但如同我們先前所討論過，體面對王而言是很重要的。被人民認為你有情婦這件事對你並不妥當。我理解貴族間這種行為稀鬆平常，但是司卡想要看到你是比那些貴族更高尚的。也許是因為許多貴族的私生活非常隨便，所以司卡向來重視一夫一妻的關係。他們極端希望你能重視他們的價值。」

「他們得對我們有點耐心。」依藍德說道。「我是想娶紋，但她不答應。」

「你知道爲什麼嗎？」

依藍德搖搖頭。「她的理由經常不合理。」

「也許她不適合你這種身分地位的人。」

依藍德猛然抬頭。「什麼意思？」

「也許你需要出身更好的人。」廷朵說道。「我相信她是很傑出的保鏢，但身爲淑女，她——」

「住口！」依藍德喝斥。「紋這樣非常好。」

廷朵微笑。

「笑什麼？」依藍德質問。

「陛下，我一整個下午都在侮辱你，你幾乎沒動半點脾氣，但只要對你的迷霧之子稍稍有一點微詞，你就打算要把我轟出去了。」

「所以呢？」

「所以，你愛她嗎？」

「當然。」依藍德說道。「我不瞭解她，但我愛她。」

廷朵點點頭。「我道歉，陛下。我得確認這件事。」

依藍德皺眉，身體略微放鬆。「所以剛才是妳的測試？妳想看我對妳說紋的話做何反應？」

「你面前無論是什麼人都會不斷地測試你，陛下。你還是早點習慣得好。」

「但是妳爲什麼關心我跟紋的關係？」

「愛情對王而言不容易，陛下。」廷朵以難得的溫和聲音說道。「你會發現，你對那女孩的感情將帶來遠比我們討論過的任何事更嚴重的麻煩。」

「所以這是放棄她的理由？」依藍德帶著怒意問。

「不。」廷朵說道。「我不這麼認爲。」

依藍德想了想，端詳面目方正，姿勢筆挺，氣質高貴的泰瑞司女子。「這句話由妳說來顯得很……奇特。王的責任跟體統怎麼辦？」

「偶爾也該有特例。」廷朵說道。

有意思，依藍德心想。他沒想到她是會接受有「特例」的人。也許她比我以爲的要更睿智。

「接下來，我們來談另外一件事。」廷朵說道。「你的戰技訓練進行得如何？」

依藍德揉揉痠疼的手臂。「還算可以吧，不過——」

敲門聲打斷他。片刻後，德穆隊長進入房間。「陛下，塞特王的人來訪。」

「使者嗎？」依藍德站起身問。

德穆一時沒回答，露出些微尷尬的神情。「呃……算是吧。她說她是塞特王的女兒，來找微風。」

21

他出身寒微，卻娶了國王的女兒。

年輕女子的昂貴裙裝以淺紅色的絲綢所製，搭配披肩跟蕾絲袖子，原本讓她顯得高貴不已，卻在她一看到微風進入房間便快步朝他衝去的動作之下，把自己的形象破壞殆盡。西方人的淺色秀髮隨著她一把摟住微風脖子的動作在空中劃出快樂的弧線。

她大概才十八歲。

依藍德瞥向一旁瞠目結舌的哈姆。

「看來微風跟塞特女兒之間的事情眞的被你說中了。」依藍德悄聲說道。

哈姆搖搖頭。「我沒想到……我以爲我只是說笑，因爲是微風，但我沒想到眞會被我料中！」

被年輕女子抱著的微風露出尷尬至極的表情。他們站在皇宮的中庭，正是依藍德與他父親的使者會面的地方。午後的陽光從落地窗射入，一群僕人站在房間一側，等候依藍德的命令。

微風與依藍德對視，臉色醬紅。我從來沒看過他臉紅成這樣，依藍德心想。

「親愛的。」微風清清喉嚨說道。「也許妳該向國王先自我介紹？」

女孩終於放開微風，退後一步，以貴族仕女的優雅儀態朝依藍德行禮。她有點圓潤，髮型是崩解時期後流行的長髮，臉頰因興奮而通紅，基本上算是個很可愛的女孩子，受過適應宮廷生活的絕佳訓練，正是依藍德年輕時避之唯恐不及的類型。

「依藍德。」微風開口。「請讓我向你介紹奧瑞安妮·塞特，西方統御區之王灰侯·塞特之女。」

「陛下。」奧瑞安妮說道。

依藍德點點頭。「塞特貴女。」他頓了頓，然後以期待的口氣問道：「妳父親派妳爲大使前來嗎？」

奧瑞安妮一時沒回答。「呃……他並沒有派我來，陛下。」

「天哪。」微風說道，掏出手帕來擦擦額頭。

依藍德瞥向哈姆，再看看女孩。「也許妳該解釋一下。」他說道，朝中庭的座位示意。奧瑞安妮熱切地點點頭，緊挨著微風身邊坐下。依藍德揮手要僕人送上涼酒。

他有預感自己需要酒精的幫助。

「我尋求政治庇護，陛下。」奧瑞安妮一股腦兒說了出來。「我不得不離開。微風一定跟您說過我父親是個什麼樣的人！」

微風很不自在地坐著，奧瑞安妮親暱地一手按上他的膝蓋。

「妳父親是怎麼樣的人？」

「他心機很重，」奧瑞安妮說道。「要求又高。他把微風逼走，我別無選擇，只能跟來。我絕對不會在他的營地裡多待片刻。戰場營區耶！他把我這樣一名年輕淑女帶來戰場！您知道被每個經過的士兵色瞇瞇地看著是什麼感覺嗎？您知道住在帳棚裡是什麼感覺嗎？

「我們幾乎沒有清水。」奧瑞安妮繼續說道。「我甚至不能好好洗個澡，因爲害怕有士兵會偷看！在旅程中除了整天坐在馬車中，不斷、不斷、不斷地上下顛簸外，完全沒有半點事做。在微風來之前，我好幾個禮拜都沒有辦法跟文明人交談了。結果，父親還將他趕走……」

「因爲？」哈姆迫不及待地問道。

微風咳嗽兩聲。

「我必須離開，陛下。」奧瑞安妮說道。「您必須提供我政治庇護！我知道很多對您有幫助的事，像是我看過我父親的營地，您一定不知道他從哈佛富雷克斯的罐頭廠得到補給品！這很有幫助吧？」

「呃……很寶貴的情報。」依藍德遲疑地說道。

奧瑞安妮肯定地點點頭。

「所以妳來找微風？」依藍德問到。

奧瑞安妮臉微微泛紅，眼光投向一旁，但說出來的話毫無掩飾。「我必須要再見到他，陛下。他好迷人，好……出色。我認爲父親根本無法瞭解他這樣的人。」

「我明白了。」依藍德說道。

「求求您，陛下。」奧瑞安妮說道。「您必須收留我。我離開父親之後，無處可去了！」

「妳可以留下，最少留一陣子。」依藍德說道，對走入中庭的多克森點頭表示歡迎。「但妳這趟旅程顯然頗爲辛苦。也許妳會想要梳洗一下？」

「能這樣的話就太好了，陛下！」

依藍德瞥向跟其他僕人們一起站在牆邊，名叫卡登的侍從，他點點頭。房間已準備好了。「那好吧。」依藍德站起身說道。「卡登會帶妳去休息。我們今晚七點可以一起用餐，到時候再談。」

「謝謝陛下！」奧瑞安妮說道，從椅子上跳起，又緊抱了微風一下，然後上前一步，似乎是打算以同樣方式對待依藍德，幸好她最後一瞬間腦筋清醒了起來，讓侍從領她離開。

依藍德坐下。微風深深嘆口氣，疲累地靠回椅背，多克森則上前坐了女孩的位置。

「這眞是……出人意料。」微風說道。

一陣尷尬的沉默，中庭的樹木隨著從陽台吹進的微風輕輕搖曳，之後，哈姆發出爆笑聲。依藍德一驚，雖然四周危機重重，雖然問題極端嚴重，他卻發現自己也笑了出來。

「拜託。」微風氣呼呼地說道，卻只是讓他們笑得更高興。也許是因爲這情況實在太荒謬，可能是因爲他需要放鬆，依藍德發現自己笑得差點從椅子上摔下來。哈姆也沒冷靜多少，就連多克森都忍不住露出一絲微笑。

「我不覺得這情況有任何有趣之處。」微風說道。「塞特王，亦是正在圍攻我們家園的人，他的女兒剛才要求我們的庇護。如果塞特之前沒下定決心要把我們殺光，他現在一定已經決定了！」

「我知道。」依藍德深呼吸。「我知道，只是——」

「看到你剛被那宮廷的繡花枕頭緊緊摟住……」哈姆說道。「我想不出來有什麼比你被這樣一個不講理的小姐逼到牆角更尷尬的情況了！」

「這讓情況更複雜了。」多克森評論道。「不過我不太習慣這種問題居然是你引上門的，微風。眞的，阿凱不在以後，我以爲我們總算能躲過意外的女性糾纏。」

「這不是我的錯。」微風沒好氣地說道。「那女孩的青睞投錯對象了。」

「這話說得一點也沒錯。」哈姆嘟囔道。

「好了。」一個新的聲音說道。「我剛在走廊經過的粉紅色東西是什麼？」

依藍德轉身，看到紋站在中庭的門口，雙手環抱在胸前。好安靜。她爲什麼連在皇宮裡走路都這麼躡手躡腳？她從來不穿會發出聲響的鞋子，從來不穿會摩擦出聲的裙子，甚至身上從來不戴會發出敲擊聲或能被鎔金術師鋼推的金屬。

「那不是粉紅色，親愛的。」微風說道。「那是紅色。」

「差不多。」紋走入房間。「她一直對傭人嘮叨她的洗澡水要多熱，還要他們記得抄下她最喜歡的食物。」

微風嘆口氣。「的確是奧瑞安妮。我們可能得請新的甜點師傅，再不然就是從外面訂甜點送進來。她對甜點很挑剔。」

「奧瑞安妮・塞特是塞特王的女兒。」依藍德對無視於椅子，選擇坐在他椅子邊的一個植物花盆邊，一手按著他肩膀的紋解釋。「她跟微風據說是一對。」

「什麼？」微風氣呼呼地問道。

可是紋卻皺起鼻子。「微風，你好噁心。你這麼老，她很年輕。」

「我們沒有關係。」微風怒道。「況且，我沒那麼老，她也沒那麼年輕。」

「她聽起來像十二歲。」紋說道。

微風翻翻白眼。「奧瑞安妮是鄉下宮廷出身的孩子，有點天真，有點被寵壞，但妳不該這樣說她。在某些情況下，她的反應其實很靈敏。」

「所以，你們之間到底有沒有些什麼？」紋逼問。

「當然沒有。」微風說道。「嗯，其實算不上有，全都不是真的，但還是有可能會被人誤會。其實被她父親發現後，他就誤會了……況且，妳有什麼資格說話？我記得幾年前有某個年輕女孩暗戀老凱西爾。」

依藍德耳朵豎了起來。

紋臉上一紅。「我才沒有暗戀凱西爾。」

「一開始也沒有嗎？」微風問道。「怎麼可能，他那麼帥氣的男人？他把妳從那集團首領的拳頭下把妳救出，收留了妳——」

「你這人眞變態。」紋宣告，雙臂抱胸。「凱西爾就像我的父親一樣。」

「也許之後是如此。」微風說道。「可是——」

依藍德舉起手。「夠了。」他說道。「這個討論毫無意義。」

微風哼了一聲，卻沒有接話。*廷朵說得對，依藍德心想。如果我表現他們應該聽我的樣子，他們就會聽我的。*

「我們必須決定要怎麼做。」依藍德說道。

「手中握有威脅我們的人的女兒，可以是很有價值的籌碼。」多克森說道。

「你是說把她當成人質？」紋瞇著眼睛說。

多克森聳聳肩。「總要有人說出這個明顯的解決方法，紋。」

「算不上是人質。」哈姆說道。「她來找我們的。讓她留下等同於把她當成人質的效果。」

「這會冒險激怒塞特。」依藍德說道。「我們原本的計畫是要讓他認爲我們是他的盟友。」

「我們可以把她還回去。」多克森說道。「對我們的談判會很有助益。」

「那她的要求呢？」微風問道。「那女孩在她父親的營地中並不快樂。我們難道不該考慮一下她的希望嗎？」

所有人的目光轉向依藍德。他有點驚訝。不過幾個禮拜前，他們會繼續不斷爭論，但現在他們這麼快就會尋求他的決定，感覺很奇怪。

他是誰？一個一不小心坐上王位的人？一個無法取代他們傑出領袖的人？一個沒想過自己的理論會帶來何種危險的理想主義者？傻瓜？天眞的孩子？冒牌貨？

他們最好的選擇。

「留下她。」依藍德說道。「暫時保持現狀。也許我們早晚會被逼著要將她奉還，但這有助於讓塞特的軍隊分神。讓他們緊張一陣子，只會爲我們爭取更多時間。」

眾人點點頭，微風露出鬆一口氣的神情。

我會盡力，按照我的信念做決定，依藍德心想。然後接受後果。

22

他能跟最優秀的哲人辯論，記憶力驚人。幾乎跟我一樣好，但他不好辯。

混亂與穩定，迷霧兩者皆是。在陸地上有帝國，帝國中有十幾個分崩離析的王國，在王國中有城市、小鎭、鄉村、莊園。在一切之上，在一切周圍，是霧，比太陽更恆常，無法被雲朵遮檔，比暴風雨更強大，因爲它能耐過任何氣候的肆虐。它總是存在。隨時都在改變，卻永恆。

白天是個迫不及待的嘆息，等著夜晚，但當黑暗終於降臨時，紋發現霧氣不像往常那般能讓她鎮靜。似乎已經沒有確切的事物。夜晚曾經是她的庇護所，如今她發現自己不斷瞥向後方，尋找鬼魅般的身影。依藍德曾經是她的平靜，但他開始改變了。曾經她能夠保護她所愛的一切，但她越發害怕，逼近陸沙德的力量超出她能阻止的範圍。

沒有什麼比她自己的無能更讓她害怕。在她的童年時期，她相信她無力改變事情，但凱西爾教導她要相信自己。

如果她無法保護依藍德，那她有什麼用？

還是有些我可以做的事情，她強迫自己這麼想。她靜靜地蹲在屋簷邊，迷霧披風的緞帶垂掛在一旁，在風中微微搖晃，腳下陣列在泛圖爾堡壘前的火把光芒搖曳不定，照亮哈姆手下的兩名侍衛。他們警醒地站在盤旋的霧氣中，展現令人佩服的盡忠職守。

侍衛看不到她正坐在他們上方，在濃霧的籠罩下，幾乎看不到二十呎之外。他們不是鎔金術師。集團成員以外，依藍德手邊只有不到六名迷霧人，在鎔金術的資源上，跟最後帝國裡的大多數新王相比，顯得格外軟弱。紋的存在應當補起這段實力差距。

火把隨著門打開而閃爍，一個身影走出皇宮。哈姆的聲音靜靜迴蕩在霧氣中，他正在跟手下的侍衛打招呼。這些侍衛如此勤勉的原因之一，甚至是唯一原因，可能就是哈姆。他在心裡也許是有點偏向無政府主義者，但如果他手邊只有一小隊人，他可以成爲很優秀的領導者。雖然他的侍衛不是紋所見過最有紀律，最光鮮的士兵，但他們絕對是最忠誠的。

哈姆跟那些人說了一會兒話，然後揮手道別，走入迷霧中。堡壘跟城牆間的小中庭有兩個守衛站跟巡邏隊駐防戰，哈姆會一一造訪。他大膽地走在夜晚，仰賴稀薄的星光照亮他的道路，而不是令人目眩的火把。小偷的習慣。

紋微笑，靜靜跳到地上，快步跟上哈姆身後。他繼續前進，無覺於她的存在。只有一種鎔金術力量會是什麼感覺？紋心想。能讓自己更強壯，但耳力卻跟任何普通人一樣差？這兩年來，她已經如此依賴自身的鎔金術能力。

哈姆繼續前進。紋悄悄地跟上，直到他們碰上埋伏。紋全身一僵，驟燒青銅。歐瑟突然咆哮，從一堆箱子後跳出，在黑夜中只是一抹黑影，就連紋聽著牠非人類的吠叫聲都忍不住感到一陣不安。哈姆轉身，低聲咒罵連連。

他直覺性地燃燒白鑞，全神貫注於青銅的紋可以確定那股鎔金脈動絕對來自於他。哈姆轉過身，眼光在黑暗處搜尋，看到歐瑟落地的身影。可是，紋笑了。哈姆使用鎔金術意謂著他不是冒牌貨，她的名單上又少了一人。

「沒事的，哈姆。」紋開口，走上前去。

哈姆一愣，放下了決鬥杖。「紋？」他瞇著眼睛想看清霧中的身影。

「是我。」她說道。「對不起，你嚇到我的狗了。牠晚上很容易緊張。」

哈姆全身放鬆。「我們大家應該都是吧。今晚有什麼動靜嗎？」

「現在似乎沒有。」她說道。「有事情我會通知你。」

哈姆點點頭。「謝謝，不過我覺得妳應該不會有問題。我是侍衛隊隊長，但實際做事的人都是妳。」

「你比你以爲的更寶貴，哈姆。」紋說道。「依藍德什麼事情都會告訴你。自從加斯提跟其他人離開他後，他其實更需要朋友。」

哈姆點點頭。紋轉身，望向霧中坐得直挺挺的歐瑟。牠似乎越來越適應這具身體。

一旦知道哈姆不是冒牌貨，她便立刻決定要跟他討論這件事。「哈姆。」她開口。「你對依藍德的保護遠比你以爲的還要重要。」

「妳是在說那個冒牌貨。」哈姆靜靜說道。「阿依叫我在皇宮侍從間搜查一遍，看是否能找出那天有誰消失了幾個小時。不過那是個很困難的工作。」

她點點頭。「還有一件事，哈姆。我的天金沒了。」

他站在霧中，有一瞬間全無動靜，然後她聽到他咒罵一聲。

「下次跟迷霧之子對打時，我會死。」她說道。

「那也得要對方有天金。」哈姆說道。

「有誰會派沒有天金的迷霧之子來對付我？」

他遲疑了。

「哈姆，我需要有方法能對付燃燒天金的人。」她說道。「告訴我你知道該怎麼做。」

哈姆在黑夜中聳聳肩。「紋，這有很多理論。我曾經跟微風討論過這件事，但他大部分時間都花在抱怨我快煩死他了。」

「那怎麼樣呢？」紋問道。「我能怎麼辦？」

他搓搓下巴。「大多數人都同意，殺死有天金的迷霧之子最好的方法，就是出其不意的攻擊。」

「如果他們先出手這招就沒用了。」紋說道。

「如果撇開突襲不談……那就沒什麼了。」哈姆說道。「有些人認爲，也許能在無可避免的情況下殺死使用天金的迷霧之子，有點像是下棋。有時候吃下一子的唯一方法就是將它逼到死角，無論它怎麼跑，都是死路一條。

「不過要將迷霧之子逼到這地步相當困難，因爲天金讓迷霧之子能看到未來，他知道何處有陷阱，所以他能避開，那金屬據說也能增強他的思考能力。」

「的確是。當我在燃燒天金時，我經常甚至還沒察覺對方的攻擊，就已經閃過了。」

哈姆點點頭。

「那麼，還有嗎？」紋問道。

「就這樣了，紋。」哈姆說道。「打手經常討論這個話題，因爲我們都怕攻擊迷霧之子。妳只有兩個選擇：突圍或擊倒。我很遺憾。」

紋皺眉。如果有人要偷襲她，這兩個選項都沒有用。「好吧，我得走了。如果我又弄出新的屍體，我答應一定會告訴你。」

哈姆大笑。「妳直接避免需要弄出新屍體的狀況好不好？天知道如果我們沒有妳，這王國會怎麼樣……」

紋點點頭，不過她不知道在漆黑中哈姆到底能看到她多少動作。她對歐瑟揮揮手，朝向堡壘外牆跑去，留下哈姆一人站在街上。

兩人來到城牆頂時，歐瑟開口問道：「主人，能否告訴我爲何要這樣驚嚇哈姆德主人？妳這麼喜歡嚇朋友嗎？」

「爲了測試。」紋在牆垛邊緣停下，俯瞰城市。

「主人，什麼測試？」

「看他會不會用鎔金術。這樣我就知道他不是冒牌貨了。」

「啊。」坎得拉說道。「很聰明，主人。」

紋微笑。「謝謝。」她說道。一名侍衛正朝他們走來，紋懶得跟他們多囉唆，便朝牆頂守衛住的石屋點點頭。她跳起身，反推一枚錢幣，落在石屋頂端。歐瑟跟著她一起躍起，利用奇特的坎得拉肌耐力躍起十呎高的距離。

紋盤腿坐下，打算好好想想這問題。歐瑟走到她身邊趴下，兩隻腳掌垂掛在屋簷邊。坐著坐著，紋突然想到一件事。歐瑟告訴我，坎得拉不會因爲吃掉鎔金術師而取得鎔金術能力……但坎得拉自己就能是鎔金術師嗎？這個話題我們一直沒談完。

「我靠這件事就能知道那人是不是坎得拉，對不對？」紋轉身詢問歐瑟。「你們一族沒有鎔金術力，對不對？」

歐瑟沒有回答。

「歐瑟？」紋又問了一次。

「我不需要回答這個問題，主人。」

啊，對，紋心裡嘆口氣。那個契約。如果歐瑟不回答我的問題，我要怎麼去抓另外那隻坎得拉？她心煩意亂地向後靠，望著無盡的迷霧，用身上的迷霧披風枕著頭。

「妳的計畫會奏效的，主人。」歐瑟低聲說道。

紋一愣，轉過頭去看牠。牠把頭擺在前腳上，凝視著城市。「如果妳感覺到對方身上傳來鎔金術力，那個人就不是坎得拉。」

紋可以聽出牠語氣中的遲疑，而且牠沒有看她，彷彿這話說得不情不願，正在提供牠寧可保密的資訊。

這麼祕密，紋心想。「謝謝。」她說道。

歐瑟聳聳狗肩。

「我知道你寧可不要跟我打交道。」她說道。「我們都寧可跟對方保持距離，但在這個情況下，我們只能盡力合作。」

歐瑟再次點點頭，略略轉過頭去看她。「妳爲什麼恨我？」

「我不恨你。」紋說道。

歐瑟挑起一邊狗眉。紋很訝異地發現牠眼中蘊含著智慧，其中有著她從未見過的體諒神色。

「我……」紋一時說不下去，別過頭。「我只是一直沒法接受你吃了凱西爾的身體。」

「不是這個原因。」歐瑟說道，回過頭去看城市。「妳很聰明，不會一直執著於這件事。」

紋氣憤地皺眉，但坎得拉沒看她。她別過頭去望著天上的霧。牠爲什麼要提起這件事？她在心中暗想。我們正開始能好好相處。她原本願意忘記這件事的。

你眞的想知道？她心想。好。

「因爲你知道。」她低語。

「請問這是什麼意思，主人？」

「你知道。」紋依然望著霧。「在集團中，只有你一個人知道凱西爾會死。他告訴你他會允許自己被殺死，要你吃下他的骨頭。」

「噢。」歐瑟輕輕回答。

紋對牠投以指控的目光。「你爲什麼什麼都沒說？你知道我們對凱西爾的感情。你考慮過要告訴我們那個白癡打算要自殺嗎？你曾想過我們也許能阻止他，也許能找到別的方法嗎？」

「妳的問題很尖銳，主人。」

「是你想要知道的。」紋說道。「他剛死後，你按照他的命令來擔任我的僕人，那時最嚴重。你甚至沒有提過你做了什麼。」

「都是契約，主人。」歐瑟說道。「也許這不是妳想聽到的，但我也受契約束縛。凱西爾不願讓你們知道他的計畫，所以我無法告訴你們。妳要恨就恨我吧，但我不後悔。」

「我不恨你。」我已經想開了。「可是，你難道不會爲了他好而打破契約嗎？你服侍凱西爾兩年。知道他要死了，你難道不難過嗎？」

「我爲什麼會在乎是哪個主人要死呢？」歐瑟說道。「總有下一個主人來取代他的位置。」

「凱西爾不是那種主人。」紋說道。

「他不是嗎？」

「不是。」

「那我道歉，主人。」歐瑟說道。「妳命令我相信什麼，我就信。」

紋開口要反駁，卻猛然閉上。如果牠下定決心要繼續蠢蛋的想法，那是牠的權利。牠可以繼續厭惡牠的主人，就像……

就讓她厭惡牠，因爲牠謹守諾言，履行牠的契約。

從我認識牠起，我從來就沒給過好臉色，紋心想。首先是牠當雷弩時，我反抗牠的高傲態度，但那不是牠的態度，那只是牠扮演的角色，之後牠成了歐瑟，我一直躲避牠，甚至憎恨牠，因爲牠讓凱西爾死。我還強迫牠使用動物的身體。

而在認識牠兩年後，我只有在需要多瞭解牠的族人以找出冒牌貨的情況下，才會詢問牠的過去。

紋看著霧。在集團中的所有人裡，只有歐瑟是外人。牠從未被邀請參加他們的會談，牠沒有得到政府中的職位，但牠的幫助不比他們任何一個人少，並且扮演了關鍵的角色——凱西爾的「鬼魂」——死後返回來激起司卡進行最後的反抗。可是，當其他人有頭銜、友誼和責任時，歐瑟從推翻最後帝國得到的，只有另一個主人。

而且是恨牠的主人。

難怪牠會是這種態度，紋心想。凱西爾的遺言湧上她心頭：關於友誼，妳還有很多要學的，紋……。阿凱跟其他人邀請她，以尊重跟友誼對待她，即使當時她並不配得到那些。

「歐瑟，」她開口說道。「你被凱西爾徵召前的生活是怎麼樣的？」

「我不瞭解此事與找出冒牌貨有何關係，主人。」歐瑟說。

「完全無關。」紋說道。「我只是想也許我該更瞭解你一些。」

「很抱歉，主人，但我不想要妳瞭解我。」

紋嘆口氣。沒辦法了。

可是……當她對凱西爾跟其他人無禮時，他們也沒有摒棄她。歐瑟的語調帶著某種熟悉感，是她認得的情緒。

「隱藏身分。」紋低聲說道。

「主人？」

「隱藏身分。就算在其他人身邊，仍然要隱藏自己，隨時安靜、躲在一旁，強迫自己疏離一切，至少情感上要能做到這件事。這是生存的方式。爲了保護自己。」

歐瑟沒有回答。

「你必須服從主人。」紋說道。「嚴酷卻又畏懼你的能力，唯一讓他們不恨你的方式是確保他們不要注意你，所以你讓自己看起來矮小軟弱，不是威脅，但有時候還是會說錯話，或露出反抗的神色。」

她轉身面向他。牠正在看她。「是的。」牠終於說道，轉過頭望著城市。

「他們恨你。」紋靜靜說道。「他們恨你是因爲你的能力，因爲他們不能逼你違反諾言，或是因爲他們擔心自己控制不了你們。」

「他們開始怕你。」歐瑟說道。「在利用你的同時也變得疑神疑鬼，畏懼萬分，擔心你會取代他們的位置，即使有契約，即使知道沒有坎得拉會違反牠神聖的誓言，他們還是怕你，而人們憎恨害怕的東西。」

「是的。」紋說道。「所以，他們找到打你的理由。有時候，就連努力表現出無害的樣子都會激怒他們。他們憎恨你的能力，他們憎恨找不到打你的理由，所以打你。」

歐瑟再次轉身面向她。「妳怎麼會知道這種事？」他質問。

紋聳聳肩。「這不只是他們對待坎得拉的方式，歐瑟。集團首領也是會用同樣的方式對待一個小女孩，因爲她是在屬於地下盜賊集團男人世界中的異類，那孩子有奇怪的能力，會讓事情發生，能影響他們，聽到她不該聽的事情，比其他人的動作更安靜、快速。一個工具，卻同時又是威脅。」

「我……沒發現。主人……」紋皺眉。*牠怎麼會不知道我的過去？牠知道我是個流浪兒，可是……牠*眞的知道嗎？紋第一次發現兩年前她第一次見到牠時，歐瑟眼中的她是什麼樣子。牠大概一直以爲她跟其他人一樣，多年來都是凱西爾團隊中的一員。

「跟你見面的前幾天，凱西爾才第一次招募我。」紋說。「其實說招募不對，應該說是拯救我。我的童年是在一個又一個的盜賊集團中度過，總是為名聲最糟、最危險的人工作，因為只有這種人會收留我哥哥跟我這樣的流浪司卡。聰明的首領都知道我是很好的工具，我不確定他們是否猜出我是鎔金術師，也許有些人知道，其他人只認為我運氣很好而已。無論如何，他們需要我，這因此讓他們憎恨我。」

「所以他們打妳？」

紋點點頭。「尤其是最後一任。那時我正開始弄懂該如何用鎔金術，雖然我並不知道那是什麼。不過凱蒙知道，而他在利用我的同時更憎恨我。我想他害怕有一天我會學會如何完全使用我的力量，而在那一天，他擔心我會殺了他。」紋轉過頭，看著歐瑟。「殺了他，取代他成為首領。」

歐瑟靜靜地坐著，脊椎筆挺，凝望著她。

「人類虐待的不只是坎得拉。」紋靜靜說道。「我們也很擅長迫害彼此。」

歐瑟哼了哼。「打妳時，他們至少得有所克制，害怕把妳殺了。妳有被知道無論怎麼打，都打不死妳的主人打過嗎？他只需要弄來一副新骨頭，隔天我們就又能服侍他們。我們是終極的僕人，早上把我們打死後，晚上我們仍然能為他送上晚餐。全然的虐待，卻無須付出代價。」

紋閉起眼睛。「我瞭解。我不是坎得拉，但我有白鑞。我想凱蒙知道他能以比平常更狠的力道來打我。」

「妳為什麼不逃？」歐瑟問道。「妳沒有契約束縛著妳。」

「我……不知道。」紋說道。「人類很奇怪的，歐瑟，我們的忠誠往往也是扭曲的。我留在凱蒙身邊因為他是我所熟悉的，而我害怕離開，遠勝於留下。那團盜賊是我所擁有的一切。我哥哥不在了，我極端害怕只剩下自己一個人。現在回想起來，似乎有點奇怪。」

「有時候一個很糟的情況仍然比另外的選擇更好。為了生存，有時不得不如此。」

「或許吧。」紋說道。「但的確有更好的選擇，歐瑟。在凱西爾找到我之前我不知道，但人生的確不需如此，不需要花很多年充滿疑慮，躲在陰影中，與眾人疏離。」

「如果是人類，或許吧。但我是坎得拉。」

「你還是可以去信任。」紋說道。「你不需要憎恨你的主人。」

「我不是每個都恨，主人。」

「可是你不信任他們。」

「這不是私人恩怨，主人。」

「是私人的。」紋說道。「你不相信我們，因爲你害怕我們會傷害你。我明白，我跟凱西爾相處了好幾個月，仍不停在想我什麼時候又會被他們傷害。」

她頓了頓，繼續說道：「可是歐瑟，沒有人背叛我們。凱西爾說得對。直至今日，我仍然不敢相信。但是，這集團裡的每個人，哈姆、多克森、微風……他們都是好人，而即使他們之中有人背叛了我，我仍然寧可信任他們，因爲這樣我晚上能睡得著。歐瑟，我可以感覺到平靜，我可以笑。人生不一樣，變得更好了。」

「妳是人類。」歐瑟固執地說道。「妳能有朋友是因爲他們不擔心妳會吃了他們，或是其他這類蠢事。」

「我沒有這樣想你。」

「沒有嗎，主人？妳剛才承認妳因爲我吃了凱西爾所以憎恨我，除此之外，妳憎恨我遵從了我的契約。至少妳是誠實的。

「人類覺得我們很詭異。他們憎恨我們會吃他們的同類，即使我們只吃已經死掉的身體。你們對於我們能取得人類的形體而感到不安，不要告訴我妳沒聽說過任何關於我們這族的傳說。他們把我們稱爲霧魅，進入霧中的人會被我們偷去形體。妳認爲這樣的怪物，用來嚇小孩的傳說，在妳的社會中能爲人所接受嗎？」

紋皺眉。

「這就是爲何需要契約，主人。」歐瑟說道，模糊的聲音透過狗唇聽來非常嚴厲。

「妳沒想過我們爲何不逃走嗎？融入你們的社會，消失其中？我們試過，很久以前，當帝國新成立時。你們找到了我們，開始摧毀我們，利用迷霧之子來獵捕我們，因爲當年的鎔金術師人數更多。你們恨我們，因爲擔心我們會取代。我們幾乎被全部摧毀，然後我們想出契約這個辦法。」

「這有什麼差異？」紋問道。「你們還是在做同樣的事情，不是嗎？」

「對，但我們現在是按照你們的命令。」歐瑟說道。「人類喜歡力量，更喜歡控制強大的東西。我們提供服務，我們也發明了具有束縛力的契約，是每隻坎得拉發誓都要遵從的。我們不會殺人。我們只會在接受命令的情況下取得骨頭。我們會以絕對的服從服侍我們的主人。我們開始這麼做之後，人類停止殺我們。他們仍然憎恨、畏懼我們，但他們也知道他們能指揮我們。

「我們成爲你們的工具，只要我們保持乖順的樣子，主人，我們就能活下去。這就是爲什麼我會服從。打破契約等同於違背我的人民。當你們還有迷霧之子時，我們不能對抗你們，因此我們必須服侍你們。」

迷霧之子。迷霧之子爲什麼這麼重要？牠剛似乎是在說他們能找到坎得拉……

她沒有再提起這件事，感覺得出來如果讓牠知道，牠會閉口不提。所以她坐起身，在黑暗中與牠對視。「如果你希望，我可以跟你解約。」

「這又能改變什麼？」歐瑟問道。「我只是又會得到一紙契約。按照我們的律法，我必須等十年後才有自由的時間——爲時只有兩年——在那段期間我不得離開坎得拉領域。不這麼做會被別人發現。」

「那至少請你接受我的道歉。」她溫言說道。「我因爲你遵從契約而厭惡你是我愚笨。」

歐瑟想了想。「這仍然於事無補，主人。我仍然得穿著這身該死的狗皮。我仍然沒有人格或是身體能模仿！」

「我以爲你會喜歡可以做自己的機會。」

「我覺得很赤裸。」歐瑟說道。牠靜坐片刻，然後低下頭。「可是……我必須承認這具身軀有其優點。我沒想過牠會讓我這麼融入背景。」

紋點點頭。「我曾經願意付出一切將自己變成狗，可以不受任何人注意地度過一生。」

「可是現在不同了？」

紋搖搖頭。「至少大多數時刻是如此。我曾經以爲每個人都像你所說，如此令人憎恨，只想傷害我，但這世界上仍有好人，歐瑟。我多希望能向你證明這點。」

「妳是在說那個王。」歐瑟說道，朝堡壘瞥了一眼。

「是的。」紋說道。「還有別人。」

「妳嗎？」

紋搖搖頭。「我不是。我不是好人，也不是壞人，我只是個殺人的。」

歐瑟看了她片刻，再次趴下。「即便如此，妳不是我最壞的主人。」他說道。「……這句話在我的族人間也許可以算是稱讚。」

紋微笑，但她自己的話在她腦海中陰魂不散。*只是個殺人的……*

她瞥向城外軍隊的光線，一部分的她——被瑞恩訓練的部分——偶爾仍然會用他的聲音在她腦海中的低語，有另外一種方法可以對抗這些軍隊。不靠政治跟和談，他們可以利用紋。選個靜謐無人的夜晚，留下死去的國王跟將軍。

但她知道依藍德不會贊成。他反對利用恐懼做爲動機，即便是對付敵人也是一樣。他會指出，如果她殺了史特拉夫或塞特，他們會被其他人取代，對城市更有敵意的人。

即便如此，這似乎是個非常殘酷、合理的解答。有一部分的紋迫不及待想這麼做，即使只是爲了做些什麼，而不是只浪費時間在等待跟空談。她不是擅長打圍城消磨戰的人。

不，她心想。這不是我的風格。我不需要像凱西爾那樣冷酷，不給人任何妥協的餘地。我可以做得更好。我可以相信依藍德的方法。

她壓下想去暗殺史特拉夫跟塞特的念頭，轉而將注意力投入監督青銅，尋找任何使用鎔金術的跡象。雖然她喜歡跳來跳去「巡邏」這一區，事實是她就算只待在一個地方守株待兔，也同樣有效。殺手很有可能會來勘查前門，因為那是巡邏的起點，也是最多士兵聚集的地方。

可是，她發現自己仍然忍不住開始胡思亂想。這世界上有不同的力量在相互較勁制衡，紋不確定她是否想成為其中一員。

我屬於哪裡？她暗想。她從不覺得找到自己的位置過，無論是她假扮法蕾特·雷弩的時候，或是以保鏢的身分保護她所愛的人的現在，感覺都不確實。

她閉上眼睛，燃燒錫跟青銅，感覺到被風吹來的迷霧貼上她的皮膚，而且奇特的是還感覺到某種非常隱約的鎔金震動，來自遠方，微弱到她幾乎錯過。

跟霧靈的脈動很像，而且她聽見它來自很近的地方。在城裡某棟建築物頂端。在沒有選擇的情況下，她開始習慣霧靈的存在，如果它只是在一旁觀看，沒有問題。

牠試圖殺害英雄的同伴之一，她心想。牠不知用什麼方法刺殺他。至少日記是這麼說的。

可是……遠方傳來的震動是什麼？很微弱……卻強大。像是遠方的鼓聲。她緊閉起眼睛，全神貫注。

「主人？」歐瑟突然警戒了起來。

紋猛然睜開眼。「怎麼了？」

「妳沒聽到嗎？」

紋坐起身。「什麼——」然後，她聽見了。不遠處的圍牆外有腳步聲。她靠得更近，注意到有一個黑色的身影沿著街道走向堡壘。她過度專注於青銅的使用，以至於完全屏蔽掉真實世界的聲音。

「做得好。」她說道，走到守衛站的屋頂邊緣，此時才發覺一件很重要的事。歐瑟主動提醒她有危險靠近，不需她特別下令要牠注意。

這是件小事，但似乎相當重要。

「你覺得如何？」她低聲問道，看著人影逼近。他手中沒有火把，走在霧裡卻看起來很自在。

「鎔金術師？」歐瑟問道，蹲在她旁邊。

紋搖搖頭。「沒有鎔金術的脈動。」

「意思是如果他是鎔金術師的話，他就是迷霧之子。」歐瑟說道。他仍然不知道她能看穿紅銅霧。

「他太高，不會是妳那個叫詹的朋友。小心點，主人。」

紋點點頭，拋下一枚錢幣，躍入霧中。歐瑟緊跟著她從屋頂上跳到城垛，然後躍下到二十呎外的地面。

*牠似乎很喜歡實驗那副骨頭的極限，*她心想。當然，如果牠摔不死，那這樣的勇氣絕對是她能理解的。

她靠拉引著木屋頂上的鐵釘引導自己的去向，落在離黑暗身影不遠的地方，抽出匕首，備好金屬，確認體內仍有硬鋁，然後安靜無聲地橫越街道。

*要出其不意的攻擊，*她心想。哈姆的建議仍然讓她很緊張，她不能一直倚靠讓對方出乎意料之外的攻擊。她跟著那人，研究他的身影。他很高，非常高，而且穿著袍子，那件袍子……

紋停下腳步。「沙賽德？」她驚愕地問道。

泰瑞司人轉身，在她經過錫力增強的眼力下，五官清晰可見。「啊，紋貴女。」他以熟悉的、睿智的聲音說道。「我開始在想妳到底要多久才能找到我。妳是——」

紋興奮地一把摟住他，打斷他的話。「我沒想到你這麼快就會回來！」

「我原本沒有打算要回來，紋貴女。」沙賽德說道。「可是事情的發展讓我不能再躲避了，來吧，我們必須跟陛下談話。我有些令人不安的消息。」

紋放開他，抬頭看著他善良的臉龐，注意到他眼中的疲累。精疲力竭。他的衣著骯髒，聞起來都是灰塵跟汗水的味道。就算沙賽德在旅程途中，通常也非常注重儀表整潔。「怎麼了？」她問道。

「出事了，紋貴女。」他平靜地說道。「麻煩的事。」

泰瑞司人起先抗拒他，最後仍然接受他的領導。

23

「雷卡王號稱他的軍隊中有兩萬隻怪物。」沙賽德輕聲說道。

兩萬！依藍德震驚地想。跟史特拉夫的五萬人一樣危險，可能更危險。

桌子周圍的人陷入沉默，依藍德瞥向其他人。他們都坐在城堡的廚房裡，兩名廚師正急急忙忙地為沙賽德準備宵夜。白色的房間一旁有個小隔間，裡面有一張普通的桌子供僕人用餐。依藍德自然從未在此用過餐，但沙賽德堅持不願為了在主餐廳裡用餐而叫醒僕人，即使他很明顯一整天都沒吃過東西。

於是所有人便跟著一同坐在低矮的木板凳上，一面等廚師烹調。廚師的位置夠遠，不必擔心他們聽到隔間裡的低聲交談。紋坐在依藍德身邊，一手摟著他的腰，她的狼獒犬坎得拉趴在她身邊的地板上，另一邊則坐著微風，看起來衣裝不整，他被叫醒時充分地表達了他的不滿。哈姆則原本就還醒著，依藍德亦然。他需要再寫一個提案，送去議會通知他們，他要史特拉夫進行非正式會談，而不是正式和談。

多克森拉來一張椅子，一如往常選擇坐在離依藍德有一段距離的地方。歪腳則斜倒在他的板凳上，依藍德看不出來這姿勢是因爲累，還是因爲天生的壞脾氣。然後就是鬼影，他坐在一段距離外的餐桌上，雙腳垂晃，偶爾不時從廚師那裡偷點東西吃，惹得廚師老大不快。依藍德好笑地看著他試圖勾引一名睡眼惺忪的廚房女僕，卻不甚成功。

最後就是沙賽德。他坐在依藍德正對面，散發出沙賽德獨有的穩定氣息。他的外袍滿是灰塵，少了繽紛耳環的臉龐讓人看了不大習慣，但依藍德猜測他是爲了不引起盜賊注意，所以將耳環取下。即便如此，他的臉跟手都很乾淨。雖然一路奔波弄髒他的衣著，沙賽德仍給人整潔的感覺。

「我很遺憾，陛下。」沙賽德說道。「可是我不認爲雷卡大人可信賴。我明白在崩解時期前你們是朋友，但他目前的心理狀況似乎……不太穩定。」

依藍德點點頭。「你覺得他用了什麼方法來控制牠們？」

沙賽德搖搖頭。「我猜不到，陛下。」

哈姆搖搖頭。「我的軍隊裡有在崩解之後從南方來的人，他們是士兵，都在一個克羅司營地附近的軍營裡服役。統御主還死不到一天，那些怪物就都發狂了，攻擊那附近所有的東西，包括村莊、軍營和城市。」

「西北也是。」微風說道。「塞特王的國境裡充滿了逃離克羅司的難民。塞特試圖要徵召離他的國境不遠的克羅司軍營，而且牠們的確也跟隨了他一段時間，但最後不知被什麼激怒，全部一起攻擊他的軍隊，所以他只好將牠們全部殺死，損失將近兩千名士兵來殺死只有五百名克羅司的一小營軍隊。」

眾人再度陷入沉默，廚子們的交談與烹調聲從不遠處傳來。五百名克羅司殺了兩千個人，依藍德心想。加斯提的軍隊裡有將近兩萬名那種東西。統御主的……

「還有多久？」歪腳問道。「還有多遠？」

「我花了一個禮拜多才到這裡。」沙賽德說道。「不過雷卡王看起來在那裡駐紮一段時間了。他絕對正朝這方向前進，但我不知道他的行軍速度會有多快。」

「可能他沒料到會有另外兩支軍隊居然比他先到。」哈姆如此判斷。

依藍德點點頭。「那我們該怎麼做？」

「我想不出來有什麼對策，陛下。」多克森搖頭說道。「根據沙賽德的報告，對加斯提勸之以理似乎沒什麼希望，而我們又正被圍攻，能做的事並不多。」

「他可能會轉身離開。」哈姆說道。「這裡已經有兩支軍隊……」

沙賽德臉上露出遲疑的神情。「他知道這兩支軍隊的事情，哈姆德大人。他似乎相信他的克羅司軍隊絕對能擊敗人類。」

「兩萬名克羅司？」歪腳說道。「他要擊敗任何一方都不是問題。」

「但要同時擊敗雙方就不容易了。」哈姆說道。「如果我是他，這件事絕對足以讓我仔細思考。他帶著一群隨時可能暴亂的克羅司出現，塞特跟史特拉夫很容易會決定要聯手抗敵。」

「正中我們下懷。」歪腳說道。「越多人打戰，對我們越有利。」

依藍德靠回椅背。他覺得焦慮如烏雲籠罩而來，幸好有紋摟著他，讓他比較安心，即使她什麼也沒說。有時候，光是因爲她在，他就覺得自己更堅強。*兩萬克羅司*。這個威脅比外面的軍隊更讓他害怕。

「這可能是好事。」哈姆說道。「如果加斯提在陸沙德附近失去對這些怪物的控制，很有可能牠們會轉而攻擊其中一支軍隊。」

「同意。」微風疲累地說道。「我認爲我們該繼續拖延，讓圍城戰持續到克羅司軍隊出現。多一支軍隊來攪局只會對我們有利。」

「我不樂見克羅司出現在這裡。」依藍德說道，身體微微發顫。「無論牠們能帶來多大的優勢，萬一牠們攻城……」

「我認爲萬一眞的發生這個問題，到時候再想辦法吧。」多克森說道。「目前我們應該按照原訂計畫進行。陛下將去與史特拉夫會面，試圖引誘他同意跟我們結成祕密同盟。運氣好的話，克羅司即將出現這件事會讓他更願意妥協。」

依藍德點點頭。史特拉夫同意會面後，兩人定下幾天後的日期。議會很生氣他沒有跟他們討論日期跟地點，但他們對於此事並無多大選擇。

「好吧。」依藍德終於嘆口氣說道。「沙賽德，你說你還有別的消息？我希望是好一點的消息？」

沙賽德想了想。一名廚子終於走了過來，在他面前放下一盤食物：清蒸薏仁、牛排肉條，還有一些辣拉吉豆，香得讓依藍德都忍不住有點餓了。他對不顧時間已晚，堅持要親自下廚的御廚點點頭，後者揮揮手，示意他的助手們一起退下。

沙賽德靜靜地坐著，等到僕人們都走遠了才開口。「我不知該不該說這件事，陛下，因爲你的負擔已經很重了。」

「你還是跟我說得好。」依藍德說道。

沙賽德點點頭。「我們在殺死統御主時，可能將某個東西放入了世界。這是始料未及的。」

微風疲累地挑挑眉毛。「始料未及？你是說除了肆虐的克羅司、利欲薰心的小王，還有土匪以外的東西？」

沙賽德有點愣住，之後才說：「呃，是的。我說的東西恐怕比較虛幻。霧出問題了。」

坐在依藍德身邊的紋突然豎起耳朵。「什麼意思？」

「我一直在追蹤一連串的事件。」沙賽德解釋，邊說話邊低著頭，彷彿很尷尬。「——可以說我開始調查一件事。起因是，我聽說數起提到白天就有迷霧出現的事。」

哈姆聳聳肩。「這不罕見，尤其是秋天時，白天容易起霧。」

「我不是這個意思，哈姆德大人。」沙賽德說道。「我們所說的霧跟一般的雲霧是有差別的，也許不明顯，但仔細觀察就可看出差異。迷霧比較濃，而且……該怎麼說……」

「它變化的圖樣比較大。」紋低聲開口。「就像空中的河流，從不會滯留在一個地方，總是隨風飄蕩，幾乎像是風是被它帶起的。」

「而且它不能進入建築物，」歪腳說道。「或是帳棚。一進來很快就蒸發。」

「是的。」沙賽德說道。「當我第一次聽說白天就起迷霧時，我以為那些人只是過度迷信。我知道有很多司卡在普通濃霧的白天都會拒絕出門，但我對這些報告很有興趣，因此我一路追蹤到南方的一個村莊，在那裡教學了一段時間後，仍然無法確認這些故事，所以我離開那裡。」

他頓了頓，微微皺眉。「陛下，請不要認為我瘋了。在旅程中，我經過一個隱蔽的峽谷，我敢發誓，我看到的是迷霧，而不是水霧。它當時正跨越地面，漸漸朝我襲來，那時卻是大白天。」

依藍德瞥向哈姆。他聳聳肩。「不要看我。」

微風輕蔑地一哼。「老傢伙，他是在詢問你的意見。」

「我就是沒意見。」

「那你算哪門子的哲學家啊！」

「我又不是哲學家。」哈姆說道。「我只喜歡想事情。」

「那你就去想想這件事吧。」微風說道。

依藍德瞥向沙賽德。「這兩個人一直都這樣嗎？」

「說實話，我不確定，陛下。」沙賽德臉上泛起微微的笑意。「我認得他們的時間不比你久。」

「他們向來如此。」多克森輕輕嘆氣。「近年來甚至變本加厲。」

「你不餓嗎？」依藍德問道朝沙賽德的盤子點點頭。

「我們討論完後就吃。」沙賽德說道。

「沙賽德，你不是僕人了。」紋說道。「你不需要擔心這種事。」

「這不是服不服侍的問題，紋貴女。」沙賽德說道。「這是禮貌。」

「沙賽德。」依藍德說道

「是的，陛下？」

他指著盤子。「先吃。你改天再有禮貌。現在你看起來快餓死了，而且我們都是你的朋友。」

沙賽德一愣，對依藍德投以奇特的眼神。「是的，陛下。」他拾起一副刀子與湯匙。

「那我們繼續談。」依藍德重新回到正題。「你白天看到霧這件事有何關係？我們知道司卡說的都不是眞的，沒有必要害怕霧。」

「司卡可能比我們以爲的要睿智，陛下。」沙賽德小心翼翼地細嚼慢嚥。「迷霧似乎開始殺人了。」

「什麼？」紋身體前傾，急迫地問道。

「我從未親眼見過，紋貴女。」沙賽德說道。「可是我看過結果，也蒐集到不同來源的報告，全都指向霧在殺人。」

「胡說八道。」微風說道。「霧是無害的。」

「我也是這麼以爲，拉德利安大人。」沙賽德說道。「可是幾個報告都相當詳細。這些事件都在白天發生，每起都描述霧會纏繞在某些不幸的人身上，之後那人便會死亡，通常是抽搐而死。這些都是我親自訪談證人所得到的描述。」

依藍德皺眉。同樣的話從別人口中說出，他絕對不會放在心上，但沙賽德……他說的話絕不可輕忽。坐在依藍德身後的紋興趣濃厚地看著他們交談，咬著下唇。奇怪的是，她沒有反駁沙賽德的話，不過其他人的反應倒與微風如出一轍。

「這不合理啊，沙賽德。」哈姆說道。「盜賊、貴族、鎔金術師在霧中走動長達數世紀了。」

「確實如此，哈姆德大人。」沙賽德點頭說道。「我想到的唯一解釋只能跟統御主有關。在崩解時期前，我從未聽說過如此確切的迷霧殺人事件報告，但崩解後，這些報告唾手可得，一開始集中在外圍統御區，但似乎逐漸開始向內移動，我幾個禮拜前在南邊，發現一個非常令人……毛骨悚然的事件，整個村莊的人似乎都被霧困在屋裡。」

「可是統御主之死跟霧又有何關係？」微風問道。

「我不確定，拉德利安大人。」沙賽德說道。「可是這是我唯一能假設的關連。」

微風皺眉。「你能不能不要用那個名字叫我。」

「我很抱歉，微風大人。」沙賽德說道。「我一直習慣以全名稱呼他人。」

「你的名字是拉德利安？」紋問道。

「很不幸，對的。」微風說道。「我一直不喜歡這名字，但親愛的沙賽德還在後面加了『大人』二字……這種敬稱讓這名字聽起來更難聽了。」

「是我的錯覺嗎？」依藍德說道。「我怎麼覺得今天晚上我們談話的主題比平常還要容易偏離？」

「累的時候就會這樣。」微風邊打呵欠邊說道。「無論如何，我們這位泰瑞司老兄一定弄錯了。霧不會殺人。」

「我只能回報我發現的事實。」沙賽德說道。「我需要更進一步研究。」

「所以你要留下來嗎？」紋一臉期盼地問。沙賽德點點頭。

「那教學的事情怎麼辦？」微風問道，揮揮手。「當你離開時，我記得你說要花下半輩子四處行腳，或是這一類的胡說八道。」

沙賽德臉上微微泛紅，又低下了頭。「恐怕這個責任得要再擱置一下了。」

「沙賽德，你要留在這裡多久，我們都歡迎。」依藍德說道，一邊瞪了微風一眼。「如果你所言屬實，那你的研究帶來的好處將遠超過於你的行腳。」

「也許吧。」沙賽德說道。

「不過，你眞該挑個更安全的地方落腳。」哈姆笑著說。「至少挑個沒被兩支軍隊跟兩萬隻克羅司推來搶去的城市。」

沙賽德微笑，依藍德附和地輕笑出聲。*他說霧的事件正朝內移動，朝王國中心移動。朝我們移動。又多了一件要擔心的事情。*

「你們在做什麼啊？」一個聲音突然問道。依藍德轉身望向廚房門口，那裡站著衣衫凌亂的奧瑞安妮。「我聽到有人在說話。有人在辦宴會嗎？」

「我們只是在談國事而已，親愛的。」微風連忙說道。

「另外那個女孩也在這裡。」奧瑞安妮指著紋說道。「爲什麼沒邀我？」

依藍德皺眉。*她聽到有人說話的聲音？客房離廚房有好大一段距離，*而且奧瑞安妮身上穿著一件剪裁簡單的貴族仕女長裙，一身整齊，所以她花時間換掉了睡衣，卻任由自己一頭亂髮？也許是爲了讓自己看起來更無辜？

*我開始跟紋一樣了，*依藍德嘆口氣在內心自言自語。彷彿聽到他的心事，他注意到紋正瞇著眼研究新來的女孩。

「親愛的，妳回房去吧。」微風安撫地說道。「不要打擾陛下了。」

奧瑞安妮誇張地嘆口氣，但仍然乖乖地轉身，消失在走廊中。依藍德轉身面對沙賽德，後者正好奇地研究那女孩。依藍德對他使了個「晚點再問」的眼色，他便再度動起餐具。不一會兒，眾人開始四散，紋一直留在依藍德身邊，直到所有人都離去。

「我不相信那女孩。」紋說道。兩名僕人上前拿了沙賽德的背包，領他離開。

依藍德微笑，轉過身低頭看著紋。「妳還要我說嗎？」

她翻翻白眼。「我知道，『紋，妳誰都不信任。』但這次我沒說錯。她衣裝整齊，但頭髮凌亂，一定是故意的。」

「我也注意到了。」

「你也發現了?」她聽起來很佩服他。

依藍德點點頭。「她一定是聽到僕人把微風跟歪腳叫起來,所以她也醒了,意思是她偷聽了大半個小時,還故意不梳頭髮,好讓我們以爲她剛剛才下來。」

紋剛開口,便皺起眉頭,端詳著他。「你變厲害了。」她最後說道。

「再不然就是奧瑞安妮小姐的演技太差。」

紋微笑。

「我還在想爲什麼我們沒聽到她。」依藍德思索。

「因爲有廚師在。」紋說道。「噪音太多,況且我因爲沙賽德說的話而分神。」

「妳有何看法?」

紋想了想。「我晚點再告訴你。」

「好吧。」依藍德說道。趴在紋身邊的坎得拉站起身,伸展了狼獒犬的四肢。她爲什麼堅持要把歐瑟帶來開會?他暗自心想。幾個禮拜前不是才無法忍受那東西嗎?

狼獒犬轉身,望著廚房窗戶。紋沿著牠的目光看過去。

「又要出去?」依藍德問道。

紋點點頭。「我不放心今晚。我不會離你的陽台太遠,以免出問題。」

她親了親他後便離開。看著她離去的身影,他不禁猜想她爲何對沙賽德的故事這麼有興趣,到底她有什麼事情沒告訴他。

不要想了,他告訴自己。也許他學她學得太像了。在皇宮中的所有人中,紋是他最不需要猜疑的人,但每次他剛覺得自己終於懂了紋一點,他就立刻發現自己對她的瞭解有多少。

一想至此,心頭上的所有事顯得更令人沮喪。他嘆口氣,轉身去自己的房間,那裡有封寫給議會的信正等著他。

也許我不該提霧的事情，沙賽德心想，跟著一名僕人走上樓梯。現在我讓王因為可能只是我幻想的事情而憂慮了。

兩人來到台階終點，僕人問他是否想泡個澡。沙賽德搖搖頭。在大多數情況下，他會很高興終於有機會能把自己打理乾淨，但一路跑回中央統御區，又被克羅司抓到，還以急行軍的速度返回陸沙德，讓他整個人突破疲累的極限，連吃飯都沒多少力氣。現在，他只想睡覺。

僕人點點頭，領著沙賽德走向旁邊的一條走廊。

會不會他只是在想像根本不存在的關連性？每個學者都知道，研究中會遇到得最大危險就是想要取得答案的欲望。他蒐集到的證詞不是他的幻想，但會不會他誇大了證詞的重要性？他手中到底握有多少眞憑實據？一個看到朋友抽搐而死，因而嚇得要命的人所說的話？一個精神失常，以人爲食的瘋子？事實擺在眼前，沙賽德並未親眼看到迷霧殺人。

僕人領著他來到一間客房，沙賽德感激地向對方道晚安，看著那人離去，手中只握著一根蠟燭，油燈留給沙賽德使用。沙賽德的大半輩子都屬於僕人群中，因爲盡忠職守且禮儀完美而受到貴族喜愛的一類。他一直負責管理宅邸與家族大屋，監督像剛才爲他領路的僕人。

另一段人生，他心想。他向來有點不滿身爲侍從官的生活讓他沒有多少讀書的時間。如今他終於協助推翻了最後帝國，卻發現自己的空閒時間反而變得更少，眞是極大的諷刺。

他伸手要推開房門，卻幾乎是立刻凍結在原地。他的房間裡面已經有燈光。

*他們刻意爲他留一盞燈嗎？*他猜想。緩緩地，他推開門。有人在等他。

「廷朵。」沙賽德輕聲說道。她坐在房間的書桌邊，一如往常冷靜自持，衣著整齊。

「沙賽德。」她回答，看他踏入房間，關上門。他突然比平常更清楚地意識到自己的袍子有多髒。

「妳回應了我的請求。」他說道。

「你卻無視於我的。」

沙賽德不敢看她。他走到一旁，將手中的油燈放入房間的櫃子上。「我注意到王的新服裝，他的態度似乎也跟衣著相得益彰。我覺得妳做得很好。」

「這才剛開始。」她不置可否地說道。「你對他的評論沒錯。」

「泛圖爾王是個很好的人。」沙賽德說道，走到水盆邊洗了把臉。他歡迎冰水的刺激，跟廷朵打交道一定會讓他比現在更累。

「好人可能是很差的國王。」廷朵評論。

「可是壞人當不了好國王。」沙賽德說道。「先從挑個好人，再來努力其他部分應該是比較好的做法。」

「也許吧。」廷朵說道。她以慣常冷酷的表情看著他。其他人認爲她很冰冷，甚至嚴厲，但沙賽德從不這麼想。知道她歷經過的一切，今天的她能如此有自信，令他相當佩服，甚至驚奇。她是怎麼辦到的？

「沙賽德，沙賽德……」她說道。「你爲什麼回到中央統御區？你知道席諾德給你的指示。你該待在東方統御區，教導炎地邊境的人民。」

「我本來在那裡。」沙賽德說道。「現在我人在這裡。我想南方一陣子沒有我也不會出事。」

「哦？」廷朵問道。「那誰會教他們灌溉技術，好讓他們能生產足夠食物來度過冬天？誰會跟他們解釋基本的法令原則，好讓他們能自治？誰會讓他們明白該如何找回失去的信心跟信仰？你對於這些事向來熱情。」

沙賽德放下洗臉布。「當我確定我沒有更重要的工作時，我會回去教導他們。」

「能有什麼更重要的工作？」廷朵質問。「這是我們畢生的責任，沙賽德。這是我們全族人民的工作。我知道陸沙德對你很重要，但這裡沒有你能插手的地方。我會照顧你的王。你必須離開。」

「我很感謝妳幫泛圖爾王的忙。」沙賽德說道。「不過我的道路跟他沒有太大關連。我有其他研究要進行。」

廷朵皺眉，冷冷地看著他。「你還在找尋那根本不存在的關連，淨說些跟霧有關的蠢話。」

「眞的有不尋常之處，廷朵。」他說。

「不。」廷朵嘆氣回答。「你還看不出來嗎，沙賽德？你花了十年的時間在推翻最後帝國，如今你無法滿足於普通的工作，因此只好想像某個威脅大陸的天大危機。你怕自己變得不再重要。」

沙賽德低下頭。「也許。如果妳說得對，我會尋求席諾德的原諒。也許我無論如何都該這麼做。」

「唉，沙賽德。」廷朵輕搖著頭說道。「我不瞭解你。維德然跟林戴那種衝動的年輕人會反抗席諾德的意見是意料中事，但你？你根本是泰瑞司精神的化身，如此冷靜，如此謙卑，如此小心翼翼，敬重萬物。如此睿智。爲什麼不斷反抗領導者的人，也總是你？這實在不合理。」

「我沒有妳認爲的睿智，廷朵。」沙賽德輕聲說道。「我只是個必須實踐心中所想的人。現在，我相信霧是危險的，所以我必須依循我的直覺查到水落石出，也許這都是我的自傲與愚昧，但我寧願被說成自傲愚昧，也不願拿大地上的人民性命冒險。」

「你什麼都找不到的。」

「那我就是錯的。」沙賽德說道，轉過身，望著她的雙眼。「但請妳記得，上次我違抗席諾德時，結果是最後帝國的崩潰與我們一族的自由。」

廷朵緊抿嘴唇，額上出現深深的紋路。她不喜歡被提醒這件事。沒有守護者喜歡被提醒這件事。他們認爲沙賽德不該違抗命令，卻又不能因爲他的成功而懲罰他。

「我不瞭解你。」她再次低聲說道。「你應該是我們一族中的領袖之一，沙賽德，不是我們最大的反抗者與異議份子。每個人都想以你爲榜樣，卻都不能仿效你。你眞的必須反抗每個命令嗎？」

他疲累地笑了，卻沒有回答。

廷朵嘆口氣，站起身走向門口，卻又停下腳步，經過他身邊時，握住了他的手。她凝視著他的雙眼片刻，然後他將手抽出。

她搖搖頭，然後離去。

他對國王們下令，雖然他並無建立帝國的意圖，卻開拓前所未有的江山。

24

一定有問題，紋坐在泛圖爾堡壘頂端的濃霧中想著。

沙賽德不是會誇張事實的人。他做事鉅細靡遺，光從他的舉手投足、整潔儀容，甚至是他的用詞遣字都可見一斑。而且，當提到他的研讀時，他只會更仔細。紋傾向相信他的發現。

她也絕對在迷霧中看到了些什麼。很危險的東西。霧靈的存在能解釋沙賽德所碰上的命案嗎？但若是如此，為什麼沙賽德沒提到霧中的人影呢？

她嘆口氣，閉起眼睛，燃燒青銅，可以感覺到那霧靈正在附近觀察她，而且再次聽到遠方傳來的那份奇特鼓動聲。她睜開眼，繼續開著青銅，安靜無聲地攤開口袋中掏出的東西：一本日記的書頁。藉著依藍德下方陽台傳來的光線跟錫力，她可以看清書頁上的字。

我每天晚上只睡幾個小時。我們必須前進，每天盡量趕路，但當我終於躺下時，卻發現睡意渺茫。白天困擾我的念頭在夜晚只是變本加厲。

除此之外，我還能聽到上面傳來的撞擊聲，山裡傳來的鼓動聲，每一下都將我拉得更近。

她全身輕顫。她請依藍德手下的一名搜尋者燃燒青銅，但他聲稱並沒有從北方聽到任何脈動。一則他是坎得拉，騙她他已經燃燒過青銅，或是紋能聽到沒有別人聽得到的鼓動聲。只有已經死了千年的那個人才聽過。

一個每個人都認爲是世紀英雄的人。

妳別傻了，她告訴自己，將紙折起。別這麼急著下定論。她身邊的歐瑟摩蹭了一下，又靜靜趴下，望著城市。

可是，沙賽德的話在她腦海裡盤旋不去。霧的確正在改變。絕對出問題了。

詹在海斯丁堡壘頂端沒找到她。

他停在霧中，靜立原地不動。他以爲會看到她在等他，因爲這是他們上次對打的地方，光是想像就讓他因期待而全身緊繃。

在兩人交手的數夜裡，每次都在他追丟她的地方重會，但這次他一連幾個晚上回到同樣的地方，卻從來沒發現她的蹤跡。他皺眉，想著史特拉夫的命令，還有無可轉圜的必然。

他早晚會被下令要殺掉這女孩。他不確定哪件事讓他更在意，是他日漸躊躇的心意，還是擔心到時候他其實無法打敗她。

可能就是她，他心想。終於能讓我抗拒，能說服我……離開。

他無法解釋為何他需要原因。一部分的他認為這只是他精神不正常的表象之一，但理性的部分告訴他，這是個不堪一擊的藉口。在心底深處，他承認史特拉夫是他所知的一切，除非他找到另一個可以倚靠的對象，否則他根本走不了。

他轉身離開海斯丁堡壘。他等夠了。該是找她的時候。詹拋下一枚錢幣，在城市裡跳躍穿梭一陣後，果不其然，她人就在這裡：坐在泛圖爾堡壘上，守著他那笨蛋兄弟。

詹繞到堡壘後方，躲遠到就連她經過錫力增強的視力都無法看到的範圍。他輕落在屋頂的後方，無聲無息地走上前去，看著她坐在屋頂的邊緣。空氣靜默無聲。

終於，她轉過頭，微微一驚。他敢發誓，她不該有辦法察覺他的存在，她卻仍然感應到他。

無論如何，他被發現了。

「詹。」紋沒好氣地說道，輕易辨認出他的身影。他穿著慣常的一身黑，沒有迷霧披風。

「我一直在等。」他低聲說道。「在海斯丁堡壘頂。希望妳會來。」

她嘆口氣，小心不讓他出了視線範圍，但略略放鬆。「我現在真的沒有交手的心情。」

他凝視著她。「真可惜。」他終於說道，走上前去，迫使紋小心翼翼地站起，但她卻停在屋頂邊緣，看著依藍德明亮的陽台。

紋瞥向歐瑟，後者全身緊繃，來回觀察著她跟詹。「妳好擔心他。」詹低聲說道。

「依藍德？」紋問道。

詹點點頭。「即使他利用妳。」

「我們之前不是才談過這件事。他沒有利用我。」

詹抬起頭，迎向她的雙眼，挺拔自信地站在黑夜裡。

他很強悍，她心想，如此自信，很不一樣，尤其比起……

她打住這個念頭。

詹轉過身。「告訴我，紋。」他說道。「當妳還小時，妳曾希望擁有力量過嗎？」

紋偏著頭，不解這奇特的問題，皺起眉頭。「什麼意思？」

「妳在街頭長大。」詹說道。「當妳年紀小一點時，妳希望自己擁有力量嗎？妳幻想過要解放自己，殺掉那些欺侮妳的人？」

「當然有。」紋說道。

「那現在妳有力量了。」詹說道。「如果孩提時期的紋看到現在的妳，會怎麼說？一名屈服於他人意志的迷霧之子？強大，卻仍然具有奴性？」

「我不是以前的我了，詹。」紋說道。「這些年來我學會了一些事情。」

「我發現孩子的直覺往往比較誠實。」詹說道。「是最自然的。」

紋沒有回答。

詹靜靜轉過身，看著城市，似乎不在意自己背心洞開在她眼前。紋打量他，然後拋下一枚錢幣。金屬屋頂上響起一聲清脆。他立刻回過頭看她。

沒錯，她心想，他不信任我。

他又轉了回去，輪到紋觀察他。她其實明白他的意思，因爲她曾經跟他有同樣的想法。不由自主地，她開始想像如果她得到力量，卻沒有同時贏得凱西爾一團人的友誼跟信賴時的情形。

「妳會怎麼做，紋？」詹說道，轉身面向她。「如果妳沒有任何的限制？假設妳無論做什麼都沒有後果？」

去北方。她的念頭來得又急又快。找出發出鼓動之聲的原因。可是她沒說出口。「我不知道。」她只這麼說。

他轉身，仔細看著她。「妳沒有認眞在聽我說話。我明白了。抱歉浪費妳的時間。」

他轉身離開，直接從她跟歐瑟之間通過。紋看著他，突然一陣擔憂。他來找她，願意只是交談而不是對打，但她卻浪費了這機會。如果不跟他談談，她絕對沒有機會說服他投靠他們這邊。

「如果我可以隨心所欲的使用力量？」紋問道。「沒有後果？我會保護他。」

「妳的王？」詹轉身問到。

紋用力點頭。「那些帶領軍隊來攻擊他的人，包括你的主人，還有那個叫做塞特的人，我會殺了他們，我會利用我的力量確保沒有人能威脅依藍德。」

詹靜靜點頭，她看到他眼中的敬意。「那妳爲什麼不動手？」

「因爲……」

「我看到妳眼中的困惑。」詹說道。「妳知道殺死那些人的直覺是對的，但妳卻克制自己。因爲他。」

「因爲會有後果，詹。」紋說道。「如果我殺了那些人，他們的軍隊可能會直接發動攻擊，但現在外交手段可能仍然可以奏效。」

「也許吧。」詹說道。「直到他叫妳去爲他殺人。」

紋輕哼一聲。「依藍德不是這種人。他不會對我下令，而我只殺先對他下手的人。」

「哦？」詹說道。「妳也許不會按照他的命令行事，但妳絕對會避免違背他的意思。妳是他的玩物。我這麼說不是對妳的侮辱，因爲我跟妳一樣也是個玩物，我們都無法自由——如果只靠自己的力量。」

紋拋下的錢幣突然飛入空中，朝詹射去。她全身戒備，但錢幣只是落入詹等待的掌心。

「很有意思的一件事。」錢幣在他指間翻飛。「很多迷霧之子已經看不到錢幣的價値，對我們而言，那只是用來跳躍的東西。太常使用一件東西，就會忘記它的價值。當它變得普通且方便時。當它變成……只是一個工具。」

他彈起錢幣，讓它射入黑夜。「我得走了。」他說道，轉身。

紋抬起手。看著他使用鎔金術，讓她意識到她想要跟他說話另有一個原因。她已經好久沒有跟另外一名迷霧之子交談，一個能瞭解她的力量，一個像她的人。

可是，她覺得自己也許太急迫地想要他留下。於是，她讓他離開，自己繼續守夜。

25

他從未生子，但大地上的所有人都成爲他的子民。

紋從小時候起，睡眠就向來很淺。盜賊集團的合作均是出於別無選擇，守不住自己財物的人，會被他人視爲活該待宰的肥羊。紋原本就身爲盜賊階級的最底層，雖然她沒有多少東西需要保護，但身處絕大多數男性環境中的唯一年輕女孩，給了她更多不能深眠的理由。

所以，一聲警告的輕吠就足以將她喚醒。她甩開棉被，立刻抓住床頭櫃上的玻璃瓶。睡覺時，她向來不在體內留任何金屬，因爲大多數鎔金術用的金屬都對人體有害。平常是不得已，但她總是記得每天就寢前要把殘餘的金屬燒光。

她一面掏著藏在枕頭下的黑曜石匕首，一面一口喝光了玻璃瓶。寢室大門猛然被推開，廷朵走了進來。泰瑞司女子看到紋蹲在幾呎外的床腳邊，匕首亮出，渾身緊繃。

廷朵挑起一邊眉毛。「原來妳醒著。」

「現在醒了。」

泰瑞司女子微笑。

「妳在我的房間裡做什麼？」紋質問。

「我來叫醒妳。我打算找妳去購物。」

「購物？」

「是的，親愛的。」廷朵說道，走上前去拉開窗簾。紋平常不會那麼早起。

「就我所知，明天早上妳要去會見陛下的父親。我想，在這種場合中，妳會需要一件適宜的禮服吧？」

「我不穿禮服了。」*妳到底在玩什麼把戲？*

廷朵轉身，瞄著紋。「妳和衣而睡？」

紋點點頭。

「妳沒有任何侍女？」紋搖搖頭。

「好吧。」廷朵說道，轉身離開房間。「先洗澡更衣。妳好了我們就出發。」

「我不聽妳的命令。」

廷朵停在門邊，轉過身，臉上表情一柔。「我明白，孩子。妳可以想想要不要跟我來，這是妳的選擇。但是，妳真的想穿長褲跟襯衫去與史特拉夫．泛圖爾會面？」

紋遲疑了。

「至少去看看。」廷朵說道。「可以讓妳散散心。」

良久後，紋點點頭。廷朵再次微笑，出了房間。

紋瞥向坐在她床邊的歐瑟。「謝謝你的警告。」

坎得拉聳聳肩。

曾經，紋根本無法想像住在泛圖爾堡壘這樣的地方。當時的紋習慣於隱藏的密室、司卡的小茅屋，還有偶爾睡在小巷裡。如今，她住在一間以彩繪玻璃妝點閃亮的建築物中，四周高牆環繞，拱門迎人。

*不過，這裡也發生了很多我沒想過的事情。*紋邊走下樓梯間邊想。*現在想這幹麼？*

最近，她在盜賊集團中的童年經常浮現她的腦海。詹的話，雖然荒謬，卻不斷在她腦海中騷動。紋真配得上這座宏偉的堡壘嗎？她有許多技能，但罕有適合美麗走廊的技能，比較像是……髒污灰燼小巷之類的技能。

她嘆口氣，歐瑟跟著她一路走到南邊的入口。廷朵說要在那裡跟她會面。這裡的走廊變得又寬又壯觀，直接面向中庭。馬車經常直接駛到入口來接人，如此一來貴族不會受到氣候的侵擾。

她上前來，錫力讓她聽到不同的聲音。一個是廷朵，另一個是——

「我沒帶多少錢。」奧瑞安妮說道。「只有兩百盒金左右，但我真的需要有衣服穿，我不能一直穿借來的衣服啊！」

紋停在最後一段的走廊邊。

「國王的禮物絕對足夠妳買禮服的，親愛的。」廷朵說道，注意到紋。「啊，她來了。」

一個滿臉怨色的鬼影跟兩名女子站在一起。他穿著皇宮侍衛的制服，卻沒將外套扣起，長褲也穿著鬆鬆垮垮。紋緩緩上前。「我沒想到還會有別人要一起來。」

「小奧瑞安妮受過貴族仕女的訓練。」廷朵說道。「她知道現在流行什麼，能夠提供很多採購的建議。」

「鬼影呢？」

廷朵轉身，打量男孩。「挑夫。」

這就解釋他臉色爲什麼那麼難看了，紋心想。

「來吧。」廷朵走到中庭。奧瑞安妮以輕快、優雅的步伐快速跟上。紋瞥向鬼影，後者聳聳肩，也一起跟上。

「你怎麼被牽扯進來的？」紋對鬼影低聲問道。

「醒太早，偷吃東西。」鬼影抱怨。「那個愛威嚇人的小姐注意到我，露出狼獒犬的微笑，跟我說『年輕人，今天下午我們需要你的協助。』」

紋點點頭。「保持警戒，繼續燒錫。記得，我們現在正處於戰爭時期。」

鬼影乖乖地照做。站在這麼近的距離，紋輕易感覺到他的錫力。他不是間諜。名單上又少了一個，紋心想。至少這趟旅程不是完全浪費時間。

一輛馬車在正門口等她們。鬼影坐到車伕旁邊，女性們則全坐在後面。紋坐了下來，歐瑟上了馬車，坐在她旁邊。奧瑞安妮跟廷朵坐在她對面。奧瑞安妮皺著眉頭打量歐瑟，鼻子皺成一團。「那隻動物一定要跟我們一樣坐在椅子上嗎？」

「對。」紋說道，此時馬車已經開始緩緩移動。

奧瑞安妮顯然還在等著她解釋，但紋沒再說什麼。最後，奧瑞安妮轉身望著車窗外。「廷朵，妳確定我們只帶一名男僕出門安全嗎？」

廷朵瞅了紋一眼。「我想沒問題的。」

「啊，對了。」奧瑞安妮說道，轉身望著紋。「妳是鎔金術師！那他們說的事情都是眞的嗎？」

「什麼事情？」紋輕聲問道。

「他們說妳殺了統御主。而且妳有點……呃……這個……」奧瑞安妮咬咬下唇。「就是，有點不穩定。」

「不穩定？」

「而且危險。」奧瑞安妮說道。「可是，那一定不是眞的嘛，畢竟妳不是要跟我們一起去購物了嗎？」

她是故意要惹怒我嗎？

「妳向來都穿這樣的衣服嗎？」奧瑞安妮問道。

紋正穿著標準的灰褲子與米色襯衫。「這樣方便戰鬥。」

「是沒錯，可是……」奧瑞安妮微笑。「我想，這就是爲什麼我們今天要出門了，是吧，廷朵？」

「是的，親愛的。」廷朵說道。整段對話中，她都在研究紋的神情。

*妳喜歡妳看到的樣子嗎？*紋心想。*妳到底想要什麼？*

「妳一定是我見過最奇怪的貴族仕女了。」奧瑞安妮宣稱。「妳是在離宮廷很遠的地方長大的嗎？我就是，可是我媽很注重我的訓練，當然，她只是想把我教成能讓父親換來一門好聯姻的戰利品。」

奧瑞安妮微笑。紋已經有一陣子不需跟這種女人打交道了。她想起過去在宮廷裡一坐就是好幾個小時，不斷微笑，假裝是法蕾特·雷弩。想起那段日子時，她經常記起其中不愉快的片段——宮廷貴族的惡毒，還在扮演那個角色時的不自在。

但也有好事。依藍德是其中之一。如果她沒有裝成貴族仕女，那絕無遇見他的機會。還有舞會——鮮豔的色彩、音樂、禮服，總有令她著迷不已的魅力。優雅的舞蹈，精緻的互動，裝飾華美的房間……

那些都不在了，她告訴自己。當統御區瀕臨崩塌的危機時，我們沒有時間花在無聊的舞會跟聚會上。

廷朵仍然在研究她。

「怎麼樣？」奧瑞安妮問道。

「什麼事？」紋問道。

「妳長大的地方離宮廷很遠嗎？」

「我不是貴族，奧瑞安妮。我是司卡。」

奧瑞安妮臉色一白，隨即漲紅，然後指尖舉到唇邊。「噢！妳好可憐！」紋增強的耳力聽到旁邊傳來的聲響，是歐瑟在輕笑，只有鎔金術師才聽得到。

她抗拒瞪坎得拉一眼的衝動。「沒那麼慘。」她說道。

「是啦，但，難怪妳不知道該怎麼穿衣服！」奧瑞安妮說道。

「我知道要怎麼穿衣服。」紋說道。「我甚至有幾件禮服。」*雖然我已經好幾個月都沒穿了……*

奧瑞安妮點點頭，不過顯然一點不相信紋的話。「阿風也是司卡。」她輕聲說道。「至少一半司卡。他告訴我的。幸好他沒有告訴父親。父親對司卡向來不好。」

紋沒有回答。

終於，他們到了坎敦街，人潮擠到馬車無法繼續前進。紋先下車，歐瑟跟她一同跳下。街道人潮洶湧，卻沒有她第一次造訪時那麼擁擠。紋瞥向附近店家的售價，一面等著其他人下車。

*五盒金只能買一桶乾巴巴的蘋果，*紋不滿地心想。*食物的售價已經漲到天價。*幸好依藍德早安排了存糧，但在圍城戰時，又能維持多久？絕對撐不過這個冬天，尤其外圍農莊裡有這麼多穀糧尚未收割。

*時間也許是我們的朋友，*紋心想。*可是時間早晚會用完。*得盡快讓那兩支軍隊開打，否則不需要士兵攻城，城裡的人早就已經因飢餓而死。

鬼影從馬車上跳下，走到他們身邊，廷朵則環顧街道。紋瞅著忙碌的人潮。所有人似乎正努力無視外在的威脅，想要繼續維持正常的生活。他們還能怎麼辦？圍城戰已經維持好幾個禮拜了。日子總是要過。

「那裡。」廷朵指著一間裁縫店。

奧瑞安妮連走帶跑地向前去。廷朵跟在後面，儀態端莊。「急切的小東西，是吧？」泰瑞司女子說道。

紋聳聳肩。金髮的貴族女子早已引起鬼影的注意，他正快步跟在她身後，當然，要引起鬼影的注意不難，只要有胸部，聞起來又香就可以了。後者有時甚至不是必要條件。

廷朵微笑。「也許只是她跟她父親的軍隊一同行動的幾個禮拜以來，一直沒有購物的機會。」

「妳聽起來像是覺得她吃了很多苦。」紋說道。「就只是因爲沒機會買東西。」

「她很顯然很喜歡這個活動。」廷朵說道。「妳一定能瞭解被硬生生地從自己喜愛的事物中帶走的感覺。」

紋聳聳肩，兩人走到店前。「我無法同情覺得跟自己的裙裝分離是件慘事的宮廷花蝴蝶。」

廷朵一面走入店中，一面微微皺眉。歐瑟則在店外坐著等她們。「不要對那孩子那麼嚴厲。她是這樣被養大的，妳也是。如果妳因爲她的小喜好就評斷她，那妳跟那些以妳簡單的服飾便評斷妳的人並無兩樣。」

「我喜歡別人以我簡單的服飾來評斷我。」紋說道。「如此一來，他們對我就不會有過度的期望。」

「我明白了。」廷朵說道。「所以妳完全不想念這些？」她朝店鋪內點點頭。

紋停下腳步。房間裡綻放著色彩與布料、蕾絲、絲絨，貼身上裝與裙襬。一切都沾染了輕柔的香氣。站在身著鮮豔洋裝的人形衣架前，紋有一瞬間回到了當年的舞會，回到了當她是法蕾特的時候，回到了她有藉口能當法蕾特的時候。

「他們說妳喜歡貴族社會。」廷朵輕鬆地說道，走上前去。奧瑞安妮已經站在房間最裡面，一手摸著一匹布，一面以堅定的語調跟裁縫師交談。

「誰告訴妳的？」紋問道。

廷朵轉過身。「當然是妳的朋友們啊。整件事蠻令人好奇的。他們說，崩解後過了幾個月，妳就就停止穿裙裝了，他們不知道爲什麼，卻都說妳似乎喜歡穿女性的衣服，但他們大概猜錯了吧。」

「不。」紋靜靜說道。「他們說得對。」

廷朵挑起一邊眉毛，站在穿著亮綠色的人偶邊。禮服以蕾絲綴邊，下襬墊著幾層襯裙。

紋走上前來，看著華美的衣裝。「我開始喜歡這種穿著。這正是問題的所在。」

「我看不出有什麼問題，親愛的。」

紋背向裙裝。「那不是我。那從來都不是我，只是一個僞裝。穿著這樣的裙裝時，太容易忘記自己到底是什麼人。」

「而這些裙裝不能是妳的一部分？」

紋搖搖頭。「裙裝跟禮服是她那種人的一部分。」她朝奧瑞安妮點點頭。「我需要不一樣的身分。更冷硬的身分。」*我不該來這裡。*

廷朵一手按上她的肩膀。「孩子，妳爲什麼不嫁給他？」

紋銳利地瞪她一眼。「這是什麼問題？」

「誠實的問題。」廷朵說道。看起來不像紋之前看到她那麼嚴厲。當然，那些時候她都在對依藍德說話。

「這個話題與妳無關。」紋說道。

「王要我幫他修正他的形象。」廷朵說道。「而我決定我的責任不止於此，如果可以，我想讓他成爲眞正的王。我認爲他很有潛力，但他無法實現他的潛力，除非他對他人生中的一些事情更有把握。尤其是妳。」

「我……」紋閉上眼睛，想起他的求婚。那晚，在陽台上，灰燼輕輕在夜間落下。她記得自己的恐懼。她當然知道兩人的關係會走到這一步。她爲何那麼害怕？

那天開始，她不再穿裙裝。

「他不應該問的。」紋冷靜說道，睜開眼睛。「他不能娶我。」

「他愛妳，孩子。」廷朵說道。「某種層面來說，這很不幸。如果他不是這麼想，一切都會簡單許多，可是現在——」

紋搖搖頭。「我不適合他。」

「原來如此。」廷朵說道。「我明白了。」

「他需要的不是我。」紋說道。「他需要更好的。一個能當皇后，而不只是保鏢的女人。一個……」

紋的胃一陣緊縮。「一個比較像她的女人。」

廷朵瞥向奧瑞安妮，後者正因丈量她身材的年邁裁縫師所說的話發出笑聲。

「他愛上的人是妳，孩子。」廷朵說道。

「當我假裝是她那樣時。」

廷朵微笑。「我覺得，不管妳多努力練習，我都很懷疑妳能扮得像奧瑞安妮。」

「也許吧。」紋說道。「無論如何，他愛的都是我的宮廷模樣。他不知道眞實的我是怎麼樣。」

「如今他知道了，他遺棄妳了嗎？」

「是沒有。可是……」

「所有人都比外表一眼所見更複雜。」廷朵說道。「舉例而言，奧瑞安妮很積極且年輕，可能有點太口無遮攔，但她對宮廷的了解其實遠超過於許多人的揣想，而且她似乎擅長看出一個人的優點。這是許多人缺乏的天賦。

「妳的王是一名謙遜的學者跟思考者，但他的意志力有如戰士。他有戰鬥的決心，而且我認爲，他更優秀的一面尚未展現。安撫者微風是個世故、嘲諷的人，直到他望向小奧瑞安妮，那時他整個人都柔軟下來，讓人不覺猜想，他冷酷的無謂到底有幾分是裝出來的。」

廷朵頓了頓，望向紋。「還有妳。孩子……眞實的妳，遠超過妳願意接受的自己。爲什麼妳只願看見一部分的自己，但依藍德看到的卻是更全部的妳？」

「這就是妳的目的？」紋問道。「妳想把我變成依藍德的皇后？」

「不，孩子。」廷朵說道。「我想幫妳成爲自己。先去讓那人量量妳的身材，試試看他們現成的一些衣服吧。」

成爲自己？紋皺著眉頭，但她讓高挑的泰瑞司女子推著她前進，直到年邁的裁縫師拿出捲尺，開始丈量。過了一陣子，進出一趟更衣間後，紋走回房間，穿著回憶。藍色絲綢搭配白色蕾絲，禮服緊貼腰部、胸部，下方卻寬大，裙襬迤邐。數層襯裙讓它外散成三角形，雙腳完全隱藏在曳地的裙襬中。

眞是太不實用了。她每走一步就會摩擦出聲，她得很小心自己走動的方向，以免裙襬被勾住，或是碰觸到骯髒的地表；但禮服很美，讓她覺得自己也很美，她幾乎聽見樂隊開始演奏，沙賽德像是保護她的侍衛般站在她的肩後，依藍德出現在遠方，倚靠著牆邊，翻動書頁，一面望著下方共舞的儷人雙雙。

紋上前走動，讓裁縫師觀察禮服哪裡太緊太鬆。一看到紋，奧瑞安妮立刻發出「天啊」的讚嘆聲。年邁的裁縫師靠在枴杖上，對年輕的助理吩咐修改細節。「請多移動一些，貴女。」他要求。「讓我看看您不是走直線時，它是否仍然合身。」

紋輕輕地單腳旋轉，試圖記得沙賽德教導她的舞步。

我從來沒跟依藍德跳過舞，她突然想到，同時側踏一步，彷彿正聽著她隱約記得的音樂。*他總是有躲避的藉口。*

她一轉身，開始習慣禮服的重量。她以爲直覺早已隨時間萎縮，但禮服一上身，她便發覺原來回復當時的習慣是這麼容易——輕巧地踏步，微微轉身，好讓裙襬就這樣微微地散開……

她停下腳步。裁縫師停止囑咐助理，只是靜靜地看著她，臉上露出微笑。

「怎麼了？」紋滿臉通紅地問道。

「對不起，貴女。」他說道，轉身輕敲助理的筆記本，手一指便讓男孩退下。「只是，我想我從未見過任何人有如此優雅的舉止。您像是……一陣氣息般輕掠過。」

「你過獎了。」紋說道。

「不是的，孩子。」廷朵站在一旁說道。「他說得沒錯。妳的優雅是大多數女子只能望而興嘆的。」

裁縫師再度微笑，回過頭看著助理帶著一疊方形布料上前。老人以年邁的手指開始翻動，紋走到廷朵身邊，雙臂緊握在身側，試著不讓背叛她的禮服再度勾引她上當。

「妳爲什麼要對我這麼好？」紋低聲質問。

「我爲什麼不能對妳好？」廷朵問道。

「因爲妳對依藍德很壞。」紋說道。「不要否認，我聽見妳的課程內容。妳花很多時間在侮辱跟批評他，但現在妳假裝對我很好。」

廷朵微笑。「我沒有假裝，孩子。」

「那妳爲什麼要對依藍德那麼壞？」

「那小子前半輩子都是豪門大族中，受盡寵愛的兒子。」廷朵說道。「如今成了王，我認爲他需要聽進一些嚴酷的事實。」她頓了頓，低頭瞥著紋。「我可以感覺到妳的人生中並不缺那些。」

裁縫師帶著布料樣本上前，攤在矮桌前。「好了，貴女。」他說道，彎曲的手指指著一疊布料。「我認爲以您的膚色跟髮色，深色系特別適合您。暗紅色如何？」

「黑色呢？」紋問道。

「天哪，不行。」廷朵說道。「孩子，妳絕對不能再穿黑色或灰色了。」

「那這個呢？」紋問道，拉出一片寶藍色，跟她許久前第一次與依藍德見面時的禮服顏色相仿。

「啊，選得好。」裁縫師說道。「那個顏色襯著您的白皙皮膚跟深色頭髮，非常的美。嗯，沒錯。接下來，要挑禮服樣式了。那位泰瑞司女士說，您明晚就需要這件禮服？」

紋點點頭。

「好吧，那我們得改掉一件現成的裙裝，我想我有一件正是這個顏色的。我們得將那件禮服改小不少，但爲了您這樣的美女，要我們徹夜工作也沒有問題，是吧，小子？至於樣式嘛……」

「我想這件就可以了。」紋低頭說道。這件禮服是她在先前的舞會中所穿的標準樣式。

「我們希望的效果可不是『可以了』就能算數的，是吧？」裁縫師微笑地說道。

「把襯裙拿掉幾件如何？」廷朵說道，輕拉紋的裙裝側邊。「還有，把下襬改短一點，讓她行動能更自由？」

紋一愣。「可以這樣嗎？」

「當然可以。」裁縫師說道。「那小子說，南方比較流行薄裙襬，雖然那邊的時尚流行向來比陸沙德晚些。」他想了想。「不過我不知道陸沙德是否還能稱得上有時尚流行這回事。」

「把袖口做得寬些。」廷朵說道。「順便縫幾個口袋，讓她能放私人物品。」

老人點頭，安靜的助理將廷朵的建議抄下。

「胸口跟腰可以緊，但不能過緊。」廷朵繼續說道。「紋貴女需要能自由地移動。」

老人一愣。「紋貴女？」他問道，更仔細地打量了一下紋，瞇起眼睛，轉身面對助理。男孩靜靜點頭。

「我明白了……」男子說道，手的顫抖比原先厲害了一些。他按著手杖，彷彿想藉此得到一些慰藉。「如果先前有冒犯的地方，我……我很抱歉。我不知道。」

紋再次臉紅。*這是我不來購物的另一個原因。*「不會的。」她安撫地說道。「沒事的，你沒有冒犯我。」

他微鬆了一口氣。紋此時發現鬼影正緩步靠近。

「看來我們被找到了。」鬼影朝前窗點點頭說道。

紋望向人偶跟布料後方，看到外面聚集的人群。廷朵好奇地望著紋。

鬼影搖搖頭。「妳爲什麼這麼受歡迎？」

「我殺了他們的神。」紋低聲說道，轉身躲到人偶後方，想躲過數十道偷窺的視線。

「我也有幫忙。」鬼影說道。「我的名字甚至是凱西爾親自取的！但是沒人在乎可憐的鬼影。」

紋環顧四周，尋找窗戶。這裡一定有後門，當然，小巷裡可能也會有人。

「妳在做什麼？」廷朵問道。

「我得走了。」紋說道。「躲開他們。」

「妳爲什麼不出去跟他們講講話？」廷朵問道。「他們顯然對於看到妳很有興趣。」

奧瑞安妮從更衣間走出，穿著一件藍黃相間的禮服，誇張地轉個圈，卻發現自己連鬼影的注意力都引不起時，露出了不滿的神情。

「我才不要出去。」紋說道。「我有什麼理由要這麼做？」

「他們需要希望。」廷朵說道。「妳能給他們的希望。」

「一個虛僞的希望。」紋說道。「我只會鼓勵他們把我當成某種崇拜的偶像而已。」

「才不是這樣。」奧瑞安妮突然出聲說道，走上前來，毫無害羞之意望向窗外。「躲在角落，穿著奇怪的衣服，裝得神神祕祕，這才是妳會有那種名聲的理由。如果他們知道妳有多普通，就不會發瘋似的要看妳一眼了。」她頓了頓，然後轉過頭。「我……呃，我的意思不是我字面上說的那樣。」

紋滿臉通紅。「我不是凱西爾，廷朵。我不要他們崇拜我。我只要靜靜一個人就好。」

「有些人別無選擇，孩子。」廷朵說道。「妳打倒了統御主。妳是倖存者一手訓練出來，更是王的另一半。」

「我才不是他的另一半。」紋的臉漲得更紅。「我們只是……」他統御老子的，連我都不瞭解我們的關係是什麼，更甭提還要我去解釋了？

廷朵挑起一邊眉毛。

「好吧。」紋嘆口氣，上前一步。

「我跟妳一起去。」奧瑞安妮說道，像是童年好友般握住紋的臂膀。紋想掙扎，卻想不出有什麼方法能不動聲色地擺脫她。

兩人踏出店門外。前面早就圍著一群人，周圍有更多人上前來圍看。大多數是司卡，穿著褐色，沾滿灰燼的工作服，或是簡單的灰色裙裝。前面的人隨著紋的出現而退後一步，讓她有一圈小空間，眾人間散布著敬畏的低語聲。

「天啊。」奧瑞安妮低聲說道。「人可還眞多……」

紋點點頭。歐瑟坐在先前離門不遠的地方，以奇特的表情看著她。

奧瑞安妮朝眾人微笑，突來的遲疑讓她一陣不知所措。「如果情況失控，妳，呃，可以打退他們，對吧？」

「不會的。」紋說道，終於將手臂從奧瑞安妮的箝握中抽出，對人群施以一點安撫，好讓他們能冷靜下來，之後，她上前一步，試圖壓下心中騷動的緊張感。她終於習慣出門時不需躲躲藏藏，但站在這麼一大群人面前……她幾乎要轉身，溜回裁縫師的店裡。

可是一個人的聲音阻止了她。說話的人是一名中年男子，長著沾滿灰燼的大鬍子，手中緊張地握著一頂髒污的黑帽子。他很強壯，也許是穀倉的工人。他安靜的聲音跟強壯的身軀有著強烈的對比。「繼承者貴女。請問我們會變成什麼樣？」

壯碩男子聲音中的恐懼，擔憂——如此可憐，讓紋遲疑了。他跟大多數人一樣，帶著期待的眼神望著她。

好多人，紋心想。*我以爲倖存者教會的人數很少。*她看著紋扭著帽子的男子。她張開口，可是……辦不到。她無法告訴他，她不知道會發生什麼事，她不能對那雙眼睛解釋，她不是他需要的救主。

「一切都會安好無恙。」紋聽到自己這麼說，增強了安撫好帶走他們的恐懼。

「可是繼承者貴女，外面都是軍隊啊！」一名婦女說道。

「他們只是要嚇唬我們。」紋說道。「可是王不會允許這種事。我們的圍牆堅固，我們的士兵亦然。我們撐得過去的。」

眾人沉默。

「其中一支軍隊是由依藍德的父親，史特拉夫・泛圖爾所率領。」紋說道。「依藍德和我明天晚上要去跟史特拉夫會面。我們會說服他成爲我們的同盟。」

「王會投降！」一個聲音大喊。「我聽說了。他要拿城市換取他的性命。」

「不。」紋說道。「他絕不會這麼做！」

「他不會爲我們戰鬥！」一個聲音喊道。「他不是軍人。他是政客！」

其他聲音喊出同意的意見。人們開始大喊著他們的擔憂，其他人則要求獲得協助，方才的崇敬氣氛蕩然無存。反對者不斷叫囂著對依藍德的不滿，吶喊著他根本無力保護他們。

紋舉手擋住耳朵，試著擋出群眾、混亂。「**住口！**」她大喊，以鋼跟黃銅推出。幾個人踉蹌地從她身邊退開，她看到人群隨著鈕釦、錢幣、扣環突然被往後推，引發一陣波動。

人民全部突然安靜下來。

「我不允許你們散播對王的不滿！」紋說道，驟燒黃銅，增強安撫。「他是個好人，更是個好領袖。他爲你們犧牲了許多，你們如今的自由來自於他耗費許多時間撰寫法條，你們的生計來自於他辛勞地交涉商旅路途，還有跟商人間的合同。」

許多人低下頭。可是前方的大鬍子繼續扭絞著帽子，望著紋。「他們只是害怕，繼承者貴女。眞的很害怕。」

「我們會保護你們。」紋說道。*我在說什麼？*「依藍德跟我會找出保護你們的方法。我們阻止了統御主。我們可以阻止這些軍隊……」她沒再說下去，覺得自己好愚蠢。

可是，群眾對她的話起了回應。有些人顯然仍然不滿，但大多數人似乎因此都冷靜下來。人群開始散開，但有一些人開始牽著或抱著小孩上前。紋緊張地一僵。凱西爾以前經常與司卡的小孩們會面，抱著他們，彷彿是在賜與他的祝福。她連忙跟眾人道別，彎腰牽著奧瑞安妮躲回店舖中。

廷朵在裡面等著，滿意地點點頭。

「我說了謊。」紋說道，關起門。

「妳沒有。」廷朵說道。「那是樂觀。妳說的話是眞是假，尚未見分曉。」

「不會發生的。」紋說道。「就算有我幫忙，依藍德仍然打不敗軍隊。」

廷朵挑起一邊眉毛。「那妳就該走。快逃，讓那些人自己去面對軍隊。」

「我不是這個意思。」紋說道。

「那妳快點做決定。」廷朵說道。「要不然就是放棄城市，再不然就是相信。我說眞的，你們兩個人啊……」她搖搖頭。

「我以爲妳沒有要對我那麼嚴厲。」紋想了想後說。

「我有時克制不住自己。」廷朵說道。「來吧，奧瑞安妮。妳快把衣服試好。」

眾人開始準備完成手邊的動作，但就在同時，彷彿是在嘲笑紋居然敢不自量力對其他人承諾，城牆上響起警告的鼓聲。

紋全身一僵，立刻望向窗外焦慮的人群。

外面某支軍隊展開攻擊了。

她一邊咀咒身上衣服這麼臃腫難換，浪費她寶貴的時間，一面衝向後方的更衣間。

依藍德連跑帶跳地衝上通城牆頂的台階，差點被自己的決鬥杖絆倒。一個踉蹌，他幾乎是從樓梯間摔上城牆，邊罵邊調整身側的決鬥杖。

城牆頂陷入一片混亂。守軍四處亂跑，相互呼喚，有人忘了盔甲，有人忘了弓箭。跟在依藍德身後衝上樓梯間的人數多到將樓梯塞滿，他無助地看著手下圍繞在下方的開口，造成中庭更爲擁擠。

依藍德轉身，看著上千名的史特拉夫士兵朝東方的白鑞門衝來。

「弓箭手！」依藍德大喊。「士兵們，你們的弓呢？」

可是他的聲音消失在眾人的雜沓吶喊。小隊長們來來去去，想要將士兵組織起來，但太多步兵跑上了城頭。依藍德站在北方的錫門邊，離史特拉夫的軍隊最近。他可以看到有一支單獨的軍隊衝去攻擊困在下方中庭裡的弓箭手。

爲什麼？依藍德慌亂的心想，望著衝上前來的軍隊。*爲什麼要現在攻擊？我們約好明天要會面的！*難道他聽說依藍德打算左右逢源的計策？也許他的團隊裡眞的出現了間諜。

無論是何種原因，依藍德都只能無助地看著軍隊兵臨城下。一名隊長好不容易指揮士兵射出一道小得可憐的劍雨，但沒有多大效用。軍隊靠近的同時，飛箭開始射回城牆。史特拉夫在那群人裡安排了鎔金術師。

依藍德咒罵，躲在一塊突出的岩石下，錢幣叮叮咚咚地敲擊在石板地上。幾名士兵倒下。依藍德的士兵，因爲他驕傲得不肯將城市拱手讓人而死。

他小心翼翼地探出頭。一群抱著攻城槌的人正上前來，四周均是身著鐵甲的人在護衛著他們。如此小心的架勢，意謂著那些人可能是打手。城門傳來的撞擊聲落實了他的猜測。這不是凡人之力。

接下來是鐵鉤，被下方的射幣一一射上，遠比拋擲來得準確許多。士兵上前要將鉤子取下，卻被隨即而來的錢幣擊退，幾乎是每上一人便打倒一人。城門繼續傳來撞擊的聲音。他懷疑還能撐多久。

我們就要垮了，依藍德心想。脆弱得不堪一擊。

他無能爲力。他覺得自己渺小不堪，被迫不斷彎腰躲下，免得白色制服讓他成爲靶子。他所有的政治手腕，所有的準備，所有的夢想跟計畫。消失了。

此時，紋出現了。

她落在城牆上的一群傷患間，呼吸沉重。靠近她的錢幣跟箭矢全部被射回，士兵以她為中心，重新集結成隊，拆除鐵鉤，將傷者拉至安全處。她的匕首不斷切斷繩索，拋回下方。堅定的眼神迎向依藍德，站起身，似乎準備越過高牆，與抱著攻城椿的打手一決勝負。

「紋，等等！」歪腳大吼，猛然衝上牆頭。

她停下腳步。依藍德從未聽過佝僂的將軍發出這麼有威嚴的命令。

箭矢停止飛竄。敲擊聲靜默下來。

依藍德遲疑地站在牆頭，皺眉看著軍隊退過滿是灰燼的戰場，回到原本的營區，留下了幾具屍體；依藍德的士兵用寥寥幾枝箭，也射中了一些敵人。他自己的軍隊則損失更為慘重：二十幾名傷兵。

「那是？」依藍德不解地轉向歪腳。

「他們沒有搭起登牆梯。」歪腳端詳著後撤的軍隊。「這不是真正的攻擊。」

「那是什麼？」紋皺眉問道。

「試探。」歪腳說道。「這是常見的戰術，用速攻方式來看敵人會如何應變，探查對方的戰略跟準備狀況。」

依藍德轉身，看著散亂的士兵一一前去尋找醫官來救治傷患。「試探。」他說道，瞥向歪腳。「我想我們的表現不太好。」

歪腳聳聳肩。「比意料中差太多了。也許這會讓那群小伙子們嚇得操演時更用心。」他沒再繼續說下去。依藍德看得出他想隱藏的情緒。擔憂。

依藍德瞥向城牆外正在撤退的軍隊，突然恍然大悟。果然是他父親慣用的手法。

跟史特拉夫的會面會如期進行，但在那之前，史特拉夫要依藍德知道一件事。

我隨時都可以把城市攻下來，這場攻擊似乎如是說。無論你做什麼，它都是我的。記住這一點。

他因為誤解而被逼上戰場，也向來聲稱他不是戰士——可是到最後，他戰鬥的技巧卻不輸任何人。

26

「這不是好主意，主人。」歐瑟直挺挺地坐著，看著紋打開一個扁平的盒子。

「依藍德認為這是唯一的辦法。」她將盒子打開。華貴的寶藍色禮服躺在裡面，她將衣服拿出，發現布料比她預料得更輕盈。走到更衣屏風後，她開始脫衣服。

「那昨天城牆上的攻擊又怎麼說？」歐瑟問道。

「那只是警告，」她說道，繼續解鈕釦。「不是認真攻擊。」但顯然已經把議會嚇壞了。也許這正是重點。歪腳將戰略跟試探城牆守衛說得多口沫橫飛也沒有用，史特拉夫仍然為陸沙德帶來更多的恐懼與混亂。

圍城才不過幾個禮拜，城市已經緊繃到瀕臨崩潰。食物是天價，依藍德已經被迫要打開城裡的存糧。人民全神戒備。有人將這次攻擊視為陸沙德的勝利，認為軍隊被「擊退」是個好兆頭，但大多數人只是比以前更害怕。

可是，紋又陷入兩難的局面。面對這麼強大的威脅，要怎麼樣反應呢？是該躲躲藏藏，還是裝做若無其事地過日子？史特拉夫是試探過圍牆，但他大部分的軍隊仍然保持原地不動，以免塞特打算趁亂攻擊。他想要資訊，也想要威嚇城裡的人。

「我還是不確定這次會面是個好主意。」歐瑟說道。「先不提昨天的攻擊事件，史特拉夫本身就不是能信任的人。當我準備要成爲雷弩大人時，凱西爾就命令我要研究城裡的每個主要貴族。就算以人類的標準而言，史特拉夫也稱得上是詭計多端，冷酷無情。」

紋嘆口氣，脫下長褲，套上禮服的襯裙。它不像以前穿過的一些襯裙那麼擠，讓她的大腿跟小腿有很多挪動的空間。目前都還好。

歐瑟的反對是很合理的。她在街道上混時，學到的第一課是永遠都要避免無法脫身的狀況。她的每分直覺都在抗拒走入史特拉夫的營區。

可是依藍德已經做出決定。而紋也明白她需要支持他。事實上，她開始同意這個行爲。史特拉夫想要恐嚇整座城市，但他其實沒有外表上那麼具有威脅性，只要他還需要擔心塞特。

紋這一生已經受夠別人的壓迫。史特拉夫的攻牆行爲反而加強她利用他達成目的的決心。乍聽之下，孤身深入他的營地似乎是很衝動的行爲，但她越想越認同這是他們靠近史特拉夫唯一的機會。他必須將他們視爲軟弱，必須認爲他欺侮他們的策略成功了。這是他們能成功的唯一方法。

意思就是，她得去做自己不喜歡的事情。意思就是，她必須在被敵人團團包圍的情況下，深入虎穴。可是，如果依藍德能安全將他們帶出，這會對軍隊的士氣注入一支強心針，讓哈姆跟集團其他成員對依藍德更有信心。當年不會有人質疑凱西爾要深入敵陣的決定，他們甚至會預期凱西爾除了能平安離去之外，更能說服史特拉夫投降。

我只需要確定他能安然無恙地回來就好，紋心想，套上禮服。史特拉夫要如何耀武揚威都隨便他，只要他的攻擊行爲都在我們的掌控中，這些都無所謂。

她暗自點頭，撫平了禮服上的縐折，從換衣屏風後走出，在鏡子裡端詳自己的倒影。雖然裁縫師是以傳統設計爲藍本，禮服的形狀卻不是完全的三角形，而是沿著她的大腿偏直垂下，領口從肩膀處就裁出，配合貼身的袖子跟寬鬆的袖口，再加上隨她轉動的腰身剪裁，讓她上半身的活動範圍得以頗爲靈活。

紋伸展四肢，嘗試跳躍、轉身，訝異於禮服其實頗爲輕盈，而且非常配合她的動作。當然，在戰鬥時，任何裙襬都是累贅，但這跟她去年穿去舞會的笨重設計已有著天壤之別。

「怎麼樣？」她原地旋轉一圈問道。

歐瑟挑起一邊眉毛。「什麼怎麼樣？」

「你覺得呢？」

歐瑟歪著頭。「爲什麼問我？」

「因爲我在意你的看法。」紋說道。

「禮服很漂亮，主人。不過說實話，我一直覺得這種衣服有點可笑。用了一大堆布跟顏色，看起來眞的不太實際。」

「對，我知道。」紋說道，用一對藍寶石髮夾將頭髮別好，不讓它們遮住臉。「可是……我忘記穿這種衣服有多好玩了。」

「我無法理解有何好玩，主人。」

「因爲你是男人。」

「其實我是坎得拉。」

「但你是雄性。」

「妳怎麼知道？」歐瑟問道。「我們這一族的性別不容易區分，尤其是我們可以隨意變化形體。」

紋看著牠，挑起單眉。「我就是知道。」她繼續在首飾櫃裡挑選。她的東西不多，雖然當她裝成法蕾特時，集團的人給了她不少首飾。她大部分都交給了依藍德，讓他拿去用做不同計畫所需的費用，可是她把最喜歡的幾件都留了下來，彷彿知道有一天她會重披女裝。

我只穿這麼一次，她心想。這仍然不是我。

她扣上一只藍寶石手環。跟她的髮夾一樣，手環上也沒有任何金屬，只是將藍寶石鑲入厚硬木，之後以木製卡榫扣好。她身上唯一的金屬就是錢幣、金屬瓶，還有單只耳環。這是凱西爾的建議，讓她在緊急時還有一點金屬可以用。

「主人。」歐瑟說道，以腳掌從她床下勾出了什麼東西。一張紙。「妳開盒子時，它掉出來了。」牠以出奇靈敏的兩隻前腳爪將紙捏起，遞給她。

紋接下紙，上面寫著：

繼承者貴女，我讓胸口跟上身特別貼身，讓禮服能支撐起自己的重量，同時改變裙襬的剪裁，這樣就算您需要跳躍，它也不會膨脹飄起。在袖子裡面有夾縫，可供您放置金屬液瓶，前臂部分也多加了縐折，好讓您掩飾繫在兩隻前臂上的匕首。希望您對於我的修改覺得滿意。

裁縫師，費狄

她低下頭，注意到又寬又厚的袖口，兩旁多出來的尖形裝飾布料正是隱藏東西的絕佳位置，上臂的袖子緊貼，前臂卻較爲寬鬆，讓她一眼就能看出該將匕首繫在哪個位置。

「他似乎曾經替迷霧之子做過禮服。」歐瑟推斷。

「很有可能。」紋說道，走到梳妝鏡前，打算上個淡妝，這才發現有幾件化妝品都乾掉了。又一件我有一陣子沒做的事……

「我們什麼時候要出發呢，主人？」歐瑟問道。

紋想了想。「其實，我沒有打算要帶你去。我還是不想讓皇宮裡的人看穿你的僞裝，所以如果這次去我還帶著我的寵物，應該看起來有點可疑。」

歐瑟沉默片刻。「原來如此。」他說道。「有道理。那祝妳好運了，主人。」

紋感到非常輕微的一陣失望，她以爲牠會更大力反對的。她壓下這股情緒。她憑什麼怪牠？牠說得沒錯，進入敵方陣營絕對是很危險的事情。

歐瑟只是趴了下來，頭靠在前爪上，看著她繼續上妝。

「阿依，這……」哈姆開口。「你至少該讓我們用自己的馬車送你去。」

依藍德搖搖頭，拉挺了外套，看著鏡子。「那我還得帶著車伕，哈姆。」

「沒錯。」哈姆說道。「那人就是我。」

「多帶一個人不會讓我們更容易逃出對方陣營，而我帶的人越少，紋跟我需要擔心的人就越少。」

哈姆搖搖頭。「阿依，我……」

依藍德按住哈姆的肩膀。「謝謝你的關心，哈姆。可是，我辦得到。如果這世界上有一個是我絕對能操縱的人，那一定就是我父親。我會讓他覺得，陸沙德無異已經是他的囊中物。」

哈姆嘆口氣。「好吧。」

「噢，還有一件事。」依藍德遲疑地說道。

「什麼事？」

「你介不介意叫我『依藍德』，而不是『阿依』？」

哈姆輕笑。「這事倒簡單。」

依藍德感激地笑了。這跟廷朵的要求不同，但也相差不遠。叫「陛下」這回事，來日方長吧。

門打開，多克森走了進來。「依藍德，這封信剛送來給你的。」他捻起一張紙。

「議會送來的？」依藍德問道。

多克森點點頭。「他們不高興你今天晚上又要錯過會議。」

「我不能因爲他們想要提前一天跟我開會，就更改跟史特拉夫會面的時間。」依藍德說道。「跟他們說，我回來時會盡量去拜訪他們。」

多克森點點頭，後面一陣窸窣聲引得他轉過頭去。他往旁邊讓了一步，臉上出現古怪的神情。

紋出現在門口。

她穿著一件禮服，一件美麗的寶藍色禮服，樣式遠比常見的宮廷服飾要來得俐落，黑色頭髮中閃爍著一對藍寶石髮夾，整個人顯得……不同了。更爲女性化，或是對女性化的自己更有信心。

從我剛認識她到現在，她變化好多啊，依藍德微笑地心想。幾乎已經過了兩年，當時她是個少女，雖然有著與年齡不相稱的歷練，如今她是個女人，一個非常危險的女人，但仍然以有點遲疑，有點不安心的眼神看著他。

「好美。」依藍德低語。她露出笑容。

「紋！」哈姆轉身說道。「妳穿裙裝！」

紋滿臉通紅。「要不怎麼辦？你不會以爲我會穿著長褲跟北方統御區的國王會面吧，哈姆？」

「這……」哈姆說道。「其實，我原本是這麼想的。」

依藍德輕笑。「你堅持只穿便服，不代表別人都只穿便服。說實話，你每天就穿這件背心，不會膩嗎？」

哈姆聳聳肩。「簡單好穿。」

「而且冷。」紋摩挲著手臂說道。「幸好我要求要有袖子的衣服。」

「妳該感謝老天。」哈姆說道。「對圍攻我們的人而言，妳感受到的每絲寒意，他們都要比妳冷上好幾倍。」

依藍德點點頭。技術上來說，冬天開始了。這天氣可能不會差到讓人覺得微微不適的地步，因爲中央統御區鮮少下雪，但寒冷的夜晚對於士氣的提升絕無幫助。

「走吧。」紋說道。「這事早了早好。」

依藍德上前一步，泛著笑意，牽起了紋的手。「非常謝謝妳這麼做，紋。」他輕聲說道。「妳的確美麗非凡。要不是我們快被逼上窮途末路，我眞想下令今晚在此舉辦舞會，好大大炫耀妳一番。」

紋微笑。「快被逼上窮途末路讓你這麼興奮啊？」

「我跟你們這集團相處太久了。」他俯身想吻她，但她卻驚呼一聲，往後跳。

「我花了快一小時才把妝化好。」她怒斥。「不准親！」

依藍德輕笑。德穆隊長將頭探入房間。「陛下，馬車到了。」

依藍德看看紋。她點點頭。

「走吧。」他說道。

踏入史特拉夫派來接他們的馬車，依藍德看到一群嚴肅的人站在牆頭，看著他們離去。太陽快下山了。

他命令我們在傍晚去見他，而且必須在霧出來時離去，依藍德心想。用這方法來點明他對我們的掌控，心機眞重。

這是他父親的行事作風，可以說跟昨天的攻城行動相當類似。對史特拉夫而言，聲勢是一切。依藍德看過他父親在宮廷裡的樣子，見識過聖務官都躲不過他的心機。史特拉夫．泛圖爾手中握有管理統御主天金礦坑的契約，因此他設的局也遠比其他貴族的遊戲更危險，但史特拉夫是箇中高手。他沒意料到凱西爾會突然出現，帶來無比的混亂，但誰能預料到這點？

自從崩解以來，史特拉夫掌握了最後帝國內最穩定、最強大的王國。他心機深沉，步步爲營，知道如何藉由他人的恐懼達到自己的目的。依藍德此行的目的就是要騙過這個人。

「你看起來很擔心。」紋說道。她坐在馬車的對面，姿勢端正優雅，彷彿穿上禮服也同時爲她帶來新的習慣跟舉手投足的氣質。或者該說，回復以前的樣子——當年她扮演的貴族仕女甚至足以騙過依藍德。

「我們不會有事的。」她說道。「史特拉夫不會傷害你，就算大事不妙，他也不會冒險讓你成爲爲眾人犧牲的英雄。」

「噢，我不擔心我的安危。」依藍德說道。

紋挑起單眉。「原因是？」

「我有妳啊。」依藍德笑著說。「紋，妳等於是一支軍隊。」

這說法似乎並沒有安慰到她半分。

「過來。」他說道，往旁邊挪了挪，要她坐到自己的身邊。

她站起來，朝他走來，卻在半途停下腳步，瞅著他。「我的妝。」

「我會小心。」依藍德保證。

她點點頭，坐在來，讓他一手摟著她。「頭髮也要小心。」她說道。「還有你的外套，小心不要沾到東西。」

「妳什麼時候這麼注重外表啦？」他問道。

「都是這件禮服。」紋嘆口氣說道。「我一穿上，沙賽德教我的東西就全回來了。」

「我真的很喜歡妳穿這件禮服的樣子。」依藍德說道。

紋搖搖頭。

「怎麼了？」依藍德問道。馬車上下顛簸，將她推得更靠近自己。新的香水，他想著。至少這個習慣她還保留著。

「這不是我，依藍德。」她輕聲說道。「這件禮服，這些舉止，都是謊言。」

依藍德靜坐半晌。

「不反駁嗎？」紋說道。「大家都認爲我這麼說是胡說八道。」

「我不知道該怎麼說。」依藍德誠實地說。「換上新衣服讓我覺得像是個不同的人，所以妳的說法我可以理解。如果穿裙裝讓妳覺得不舒服，那妳不需要穿。我只要妳快樂，紋。」

紋微笑，抬頭看著他，然後撐起上身，吻了他。「妳不是說不可以親。」他說道。

「是你不可以。」她說。「我是迷霧之子。我們的動作精準多了。」

依藍德微笑，雖然他一點也開心不起來，不過交談的確讓他停止無謂的操心。「我穿著這身衣服時，有時覺得很不自在。我每次穿，別人對我的期待就高出太多。他們期待的是一名王者。」

「我穿禮服時，他們期待見到一名淑女。」紋說道。「結果發現是我，就失望了。」

「任何發現妳卻覺得失望的人，根本是笨到不值一提的傻瓜。」依藍德說道。「紋，我不要妳跟他們一樣。他們不誠實。他們不在乎。我喜歡妳現在的樣子。」

「廷朵認爲我可以兩者皆是。」紋說道。「既是女人，又是迷霧之子。」

「廷朵很睿智。」依藍德說道。「雖然有點不留情面，但很睿智。妳應該聽她的話。」

「你剛剛才跟我說，你喜歡我的樣子。」

「我是喜歡。」依藍德說道。「可是無論妳是什麼樣子，我都喜歡。我愛妳。問題是，妳喜歡什麼樣的自己？」

這句話讓她愣了半晌。

「一個人不會因爲衣裝而眞正改變。」依藍德說道。「但衣裝會改變別人對他的反應。這是廷朵說的。我想……我想訣竅就在於，要說服自己，接受得到的反應。紋，妳可以穿宮廷禮服，但要讓它變成妳的一部分，不要去擔心妳沒有達成別人的期望，而是要展現出眞正的妳，同時接受光是這樣就足夠了。」

他想了想，微笑。「對我來說，這樣就夠了。」

她報以一笑，小心翼翼地靠回他身邊。「好吧。」她說道。「這件事先講到這裡。我們來整理一下等一下要說的事情。跟我說說你父親的個性。」

「他是一名完美的帝國貴族。無情、聰明，著迷於權力。妳記得我十三歲時的……經驗？」

紋點點頭。

「父親非常喜歡司卡妓院。我認爲，知道那女孩子會因爲他的行爲而死，反而讓他感覺自己更強大。他同時養著幾十名情婦，如果她們有任何讓他不滿意的地方，就會被除掉。」

紋低聲罵了幾句。

「他對待政治對手也是一樣。沒有人能與泛圖爾聯盟，只能同意被泛圖爾掌控。如果不願意當我們的奴隸，那絕對拿不到我們的契約。」

紋點點頭。「我認識這樣子的集團首領。」

「那當他們的眼光望向妳時，妳是怎麼活下來的？」

「假裝自己不重要。」紋說道。「每次他們經過時，我立刻趴在地上，讓他們永遠沒有挑戰我的原因。正是你今晚的計策。」

依藍德點點頭。

「小心。」紋說道。「不要讓史特拉夫覺得你在嘲笑他。」

「我知道。」

「也不要承諾太多。」紋說道。「假裝你想要裝硬漢，讓他覺得他把你逼得不得不同意他的要求，他會因此感到滿意。」

「看來妳對這件事也頗有經驗。」

「太多了。」紋說道。「但那些你都聽過了。」

依藍德點點頭。他們一而再，再而三地反覆策劃這次會面，如今他只需要照其他人的教導行事即可。讓史特拉夫認爲我們很弱，暗示我們會把城市交給他，但他得先幫助我們抵抗塞特。

依藍德從窗外的景色看出他們正靠近史特拉夫的軍隊。好大！他心想。父親從哪裡學來要如何管理這樣的軍隊？

依藍德原本希望，他父親在軍事經驗上的不足會導致他的軍隊管理不良，但帳棚仍然以精準的隊形排列，士兵穿著整潔的制服。紋靠向窗邊，熱切地望著外面，顯露出一般貴族仕女不敢表示的好奇。「你看。」她指著某處。

「什麼？」依藍德靠過去問道。

「聖務官。」紋說道。

依藍德搭上她的肩頭，看見前皇家祭司，他眼睛周圍的皮膚上刺著一大片範圍的刺青，正在指使一個營帳外的士兵。「原來如此。他利用聖務官來爲他管理。」

紋聳聳肩。「很合理。他們知道要如何管理一大批人。」

「也知道要如何提供補給。」依藍德說道。「這是個好主意，但我還是蠻意外，他仍然需要聖務官，意謂著他仍然服從統御主的威權。大多數國王一有機會就甩掉聖務官。」

紋皺眉。「我以爲你說你父親喜歡掌權。」

「是沒錯。」依藍德說道。「但他也喜歡強大的工具。他隨時都養著一隻坎得拉，而且有與危險的鎔金術師來往的紀錄。他相信他能控制住他們。他對聖務官大概也是這樣以爲。」

馬車減緩速度，停在一座大帳棚旁。史特拉夫．泛圖爾片刻後走了出來。

依藍德的父親向來是個壯碩的男人，身體結實，渾身散發著威嚴。新留的鬍子只是強調了這個效果。他穿著一套俐落、合身的套裝，正如他以前希望依藍德穿上的套裝。也在同時，依藍德開始他邋遢的打扮——半開的釦子，過度寬鬆的外套，只要能加大他與他父親之間差異的任何細節都好。

可是依藍德的反抗從來都沒有太大意義。他的小把戲跟他看準時機展露的愚蠢行爲，都只是讓史特拉夫略微惱怒而已。都不重要。

直到最後一夜。陸沙德陷入火海，司卡反抗行動失去控制，威脅要傾倒整座城市。一個混亂與毀滅的夜晚，紋卻被困於其中某處。

那時，依藍德挺身而出，反抗史特拉夫·泛圖爾。

我不是隨你左右的小孩了，父親。紋緊握一下他的手臂，等車伕一開門，依藍德便爬出馬車。史特拉夫靜靜地等待，看著依藍德伸手協助紋下車，臉上露出古怪的神情。

「你來了。」史特拉夫說道。

「你顯得很訝異，父親。」

史特拉夫搖搖頭。「小子，我看你還是一樣的笨。你現在已經陷入我的勢力範圍，我只需要動動手，你就死定了。」他舉起手臂，彷彿正打算這麼做。

就是現在，依藍德心想，心跳如擂鼓。「我一直處在你的勢力範圍中，父親。」他說道。「你好幾個月前就可派人來殺了我，你隨便動個念頭就可以奪走我的城市。我看不出我人到此處對局面有何助益。」

史特拉夫遲疑了。

「我們是來共進晚餐的。」依藍德說道。「我希望有機會能讓你見見紋，希望我們能討論某些對你而言特別……重要的事情。」

史特拉夫皺眉。

這樣就對了，依藍德心想。快猜我是不是還有沒提出來的東西，你知道先揭底牌的人通常會輸。

史特拉夫不會放棄獲利的機會，即便只有最微小的一絲立意，例如依藍德。他可能認爲依藍德不可能說出多重要的話。但他怎麼能確定？聽聽有何不可？

「去跟我的廚子確認晚餐有三位。」史特拉夫吩咐一名僕人。依藍德微鬆一口氣。「那女孩就是你的迷霧之子？」史特拉夫問道。

依藍德點點頭。

「可愛的小東西。」史特拉夫說道。「叫她不要再安撫我的情緒了。」紋滿臉通紅。

史特拉夫朝帳棚點點頭。依藍德領著紋走上前去，但她不斷地回頭，顯然不喜歡將背部弱點暴露在史特拉夫面前。

現在才擔心有點太遲了……依藍德心想。

帳棚內的陳設一如依藍德所預料，的確符合他父親的喜好：裡面塞滿了靠枕與豪華的家具，即使大多數對史特拉夫而言是無用的。史特拉夫所選擇的陳設都是爲了展現他的勢力，一如巨大的陸沙德堡壘，貴族的生活環境反映出他的重要性。

紋跟依藍德一起站在房間的中央，她安靜、緊張地等待。「他很厲害。」她低聲說道。「我盡力小心，但他注意到我的碰觸了。」

依藍德點點頭。「他是錫眼。」他以正常的聲音說道。「所以現在大概在聽我們講話。」

依藍德望向門口。片刻後，史特拉夫走了進來，臉上不動聲色，看不出來紋剛才說的話有沒有被他聽去。幾名僕人稍後進了房間，抬入一張大餐桌。

紋猛抽一口涼氣。那些僕人是司卡，而且是遵從舊時傳統的帝國司卡，全身襤褸，衣服只不過是件破破爛爛的罩袍，身上滿是青紫，顯示最近才被打過，眼神只敢看著地面。

「小女孩，爲什麼會有這麼大的反應？」史特拉夫問。「噢，對了，妳是司卡，對不對？雖然妳穿著這樣一件漂亮的禮服。依藍德眞好心，我可不會讓妳穿那種東西。」妳連衣服都穿不上，他的語調如此暗示。

紋瞪了史特拉夫一眼，卻朝依藍德靠近，抓住他的手臂。史特拉夫的話只是爲了強調自己的地位：他可以很殘忍，但原因都是爲了達到自己的目的。他想讓紋覺得不安。

而他似乎成功了。依藍德皺眉，低下頭，發現紋唇邊一抹稍縱即逝的狡獪笑意。

微風告訴過我，紋對鎔金術的操控比大多數安撫者都要高明，他回想起來。父親很厲害，但他要能感覺到她的碰觸……

當然是她故意的。

依藍德轉回頭去看史特拉夫，他剛打了一名正要出去的司卡僕人。「我希望他們都不是妳的親戚。」史特拉夫對紋說道。「他們最近不太勤勞。我可能處決了幾個人。」

「我已經不是司卡了。」紋低聲說道。「我是貴族。」

史特拉夫只是大笑。他已經不將紋視爲威脅。他知道她是迷霧之子，也一定聽說過她的危險，但卻認定她很軟弱，無足輕重。

她好厲害，依藍德讚嘆地心想。僕人開始端入菜餚，就現在的環境看來，可稱之上一場盛宴。一面等待，史特拉夫一面朝他的助理下令：「叫荷賽兒來，叫她快點。」

他似乎比我記憶中更爲放縱了，依藍德心想。在統御主時期，優秀的貴族在公開場合裡必定死板且自制，不過大多數人私底下卻是縱情聲色。例如在舞會上，他們會跳舞，安靜地用餐，但在夜半時分享用酒色。

「父親，爲什麼要留鬍子？」依藍德問道。「就我所知，這不流行。」

「流行現在是我決定的，小子。」史特拉夫說道。「坐。」

依藍德注意到紋尊敬地等著自己坐下後，才跟著坐下，展現出一絲的緊張：她會與史特拉夫對視，但總會反射性地微微一驚，彷彿有一部分的她想要將視線轉移。

「好了。」史特拉夫說道。「告訴我你的來意。」

「我以爲這很明顯，父親。」依藍德說道。「我是來談論我們聯盟的事。」

史特拉夫挑起眉毛。「聯盟？我們剛剛才達成共識，你的命是我的。我不覺得有跟你聯盟的必要。」

「或許。」依藍德說道。「可是情況已經不再單純。你應該沒料到塞特的到來吧？」

「塞特不重要。」史特拉夫說道，注意力轉向他的餐點：幾乎全生的大塊牛肉。紋皺起鼻子，但依藍德看不出來那是否是她僞裝的一部分。

依藍德切著牛排。「他手下的軍隊幾乎跟你的一樣多的人，不能稱之為『不』重要，父親。」

史特拉夫聳聳肩。「一旦我佔領城牆，他就再也無法干涉我。我們的聯盟應該包括你將城市交給我，是吧？」

「然後換來塞特的攻擊？」依藍德說道。「你跟我可以抵抗他，爲什麼要採取防勢？爲什麼要容許他軟化我們的防禦工事，將這場戰爭拖延到你我的軍隊都開始餓肚子？我們應該要率領各自的軍隊去攻擊。」

「你在急什麼？」史特拉夫問，瞇起眼睛。

「因爲我需要證明自己。」依藍德說道。「我們都知道你會奪走我的陸沙德，但如果我們先行攻擊塞特，別人會認爲我們一直就打算聯手，我把城市交給你時，面子上也比較過得去，我可以解釋成我請我的父親來一起抵抗我早就知道即將出現的軍隊。我將城市交給你，再次成爲你的繼承人。我們雙方都能獲利。前提是要塞特死。」

史特拉夫想了想，依藍德看得出來，他的話起了一些作用。*就是這樣，他心想。你儘管想我仍然是你留下來的男孩。古里古怪，爲了愚蠢的原因反抗你。而且，在意面子是泛圖爾的標準作風。*

「不。」史特拉夫說道。

依藍德一驚。

「不。」史特拉夫再次說道，繼續開始用餐。「我不打算這麼做，小子。我來決定我們什麼時候，甚至要不要去攻打塞特。」

*剛剛那招應該奏效的！*依藍德心想。他端詳著史特拉夫，想要猜出是哪裡出了差錯。他父親似乎有點

遲疑。

我需要更多資訊，他心想。瞥向身側的紋，她手中正輕輕轉著東西。她的叉子。兩人四目相望，她輕輕地敲了敲叉子。

金屬，依藍德心想。好主意。他看著史特拉夫。「你是爲天金而來。」他說道。「你不需要征服我的城市，就能得到它。」

史特拉夫向前傾身。「你爲什麼沒把它花掉？」

「沒什麼比鮮血更能引來鯊魚，父親。」依藍德說道。「花大筆天金只會昭告天下我手中的確握有天金，這不是什麼好主意，尤其我們花了那麼多心思要消除謠言。」

帳棚前方突然一陣騷動，一名侷促不安的年輕女孩很快進入房間。她穿著一件紅色的禮服，頭髮梳成一束長長的馬尾。大約十五歲。

「荷賽兒。」史特拉夫說道，指著他身旁的椅子。

女孩順從地點點頭，快步上前，在史特拉夫身邊坐下。她臉上化了妝，禮服領口開得很低。依藍德非常確定她與史特拉夫是何種關係。

史特拉夫微笑，冷靜且紳士地咀嚼食物。那女孩看起來有一點像紋，同樣的杏子臉，相近的深髮色，類似的精緻五官，身材纖瘦。他想表示：你的女人，我也可以弄到一個很像的，而且更年輕，更漂亮。他又在彰顯自己的能力。

那一瞬間，史特拉夫眼神中的輕蔑嗤笑，讓依藍德深切地重新體會，他爲何如此憎恨他的父親。

「也許我們可以談個條件，小子。」史特拉夫說道。「把天金交給我，我會去處理塞特。」

「交到你手上會花點時間。」依藍德說道。

「爲什麼？」史特拉夫問。「天金很輕。」

「有很多。」

「沒有多到你不能將它堆上一車，直接運出來。」史特拉夫說道。

「遠比你想得複雜。」依藍德說。

「我不認爲。」史特拉夫微笑。「你只是不想交給我。」

依藍德皺眉。

「我們沒有。」紋低語。史特拉夫轉頭。

「我們一直沒找到。」她說道。「凱西爾推翻統御主就是爲了想拿到天金，但我們一直找不到天金被藏到哪裡，可能從來就不在城中。」

*我沒預料到她會這麼說……*依藍德心想。當然，紋做事向來憑直覺據說跟凱西爾很像。只要有紋在，天底下規劃得再縝密的計畫都可能被她拋諸腦後。不過她的臨機應變也往往比原先的計畫還要好。

史特拉夫坐著，想了片刻。他似乎真的相信紋。「所以你真的什麼都給不了我。」

我要顯得很軟弱，依藍德此時記起。要讓他以爲他隨時都能佔領城市，卻又覺得現在不值得耗費這番力氣。他開始以食指輕敲桌面，試圖擺出緊張的樣子。*如果史特拉夫覺得我們沒有天金……那他應該比較不可能冒險攻擊城市。比他預期中更少的利益。*所以紋剛剛才那麼說。

「紋胡說。」依藍德說道。「就連她都不知道天金存在哪裡。父親，我很確定我們一定能達成某種協定。」

「原來如此。」史特拉夫說道，聽起來語帶笑意。「你真的沒有天金。詹說過……可是，我當時不相信……」

史特拉夫搖搖頭，繼續用餐。他身邊的女孩沒吃東西，而是靜靜坐著，扮演好她裝飾品的角色。史特拉夫大喝一口酒，滿意地嘆口氣，看著他不比孩子大多少的情婦。「下去。」他說道。

她立刻遵照他的命令。「妳也是。」史特拉夫對紋說道。

紋全身微微一僵，望向依藍德。

「沒關係的。」他緩緩說道。

她想了想，點點頭。史特拉夫對依藍德的危險不大，而且她是個迷霧之子。如果眞出了什麼事，她可以很快將依藍德接出來，況且，如果她出去，正好能達成他們原本的目的，讓依藍德顯得更軟弱，更適合與史特拉夫交涉。

希望如此。

「我在外面等你。」紋輕輕說道，然後離開。

他不是普通的士兵。他是所向披靡的領袖，是連命運似乎都支持的人。

27

「好了。」史特拉夫放下叉子。「我們打開天窗說亮話，小子。我差一點就要把你殺了。」

「你要殺死你的獨生子？」依藍德問道。史特拉夫聳聳肩。

「你需要我。」依藍德說道。「你需要有人幫忙你對抗塞特。你可以殺我，但你什麼都得不到，你仍然需要靠武力取得陸沙德，之後你會衰弱到被塞特打敗。」

史特拉夫微笑，雙手抱胸，向前傾身直到半身都籠罩在桌面上方。「你兩樣都猜錯了，小子。首先，我認爲我殺了你之後，陸沙德的下任領袖會更願意配合。我在城內的眼線告訴我這是眞的。第二，我不需要你幫我對抗塞特。他跟我已經簽署了合作協定。」

依藍德一驚。「什麼？」

「你以爲我過去這幾個禮拜都在做什麼？光坐在這裡苦等你們嗎？塞特跟我相互問候過了。他對城市沒有興趣，他只想要天金。我們同意將陸沙德的戰利品一分爲二，然後合作攻下剩下的最後帝國。他擁有西方與北方，我擁有南方與東方。塞特是個很樂意配合的人。」

他在騙人，依藍德頗爲確定地想。他說的話不符合他的行事作風，他根本不會跟幾乎與他勢均力敵的人合作。史特拉夫太過害怕被背叛。

「你認爲我會相信嗎？」依藍德問道。

「你愛信什麼隨你。」史特拉夫說道。

「那朝此前來的克羅司軍隊呢？」依藍德問道，亮出手中的一張王牌。這件事讓史特拉夫也不得不重新思考。「如果你想要趁克羅司來之前奪下陸沙德……」依藍德開口。「我建議你應該跟願意獻上你所需要的一切的人配合。我只要一件事。讓我獲得一場勝利。讓我跟塞特交手，確保我的繼承地位，到那時城市隨便你拿去。」

史特拉夫想了想，久到讓依藍德膽敢盼望他可能贏了。可是，最後史特拉夫仍然搖搖頭。「我想，還是算了。我賭塞特一把。我不知道他爲什麼願意把陸沙德給我，但他不像是太在意。」

「你呢？」依藍德問道。「你知道我們沒有天金，那你爲什麼還在乎那城市？」

史特拉夫更往前傾了一點。依藍德可以聞到他的氣息，仍然帶著晚餐香料的氣味。「這點你就猜錯了，小子。就算你答應要將天金交給我，你今晚也絕對走不出這營地。我一年前犯了錯誤。如果我留在陸沙德，坐在王位上的人會是我，如今，卻變成了你。我完全想不出來爲什麼，大概是一個軟弱的泛圖爾仍然比其他的選擇好。」

史特拉夫代表舊帝國中，依藍德所痛恨的一切。自大。殘酷。高傲。軟弱，依藍德心想，讓自己鎮靜下來。我不能具有威脅性。他聳聳肩。「那只是座城市，父親。從我的角度看來，它甚至不及你的軍隊一半重要。」

「它不單單是一座城市。」史特拉夫說道。「它是統御主的城市，裡面還有我的領地。我的堡壘。我知道你將它當做你的皇宮。」

「我沒有別處可去。」

史特拉夫繼續吃飯。「好吧。」他邊切牛排邊說道。「一開始，我以爲你今晚會來簡直是個白癡，但現在我開始不再這樣想。你一定也看出大勢已去。」

「你比我強。」依藍德說道。「我無法與你對抗。」

史特拉夫點點頭。「你讓我對你刮目相看，小子。穿著體體面面，身邊還有個迷霧之子情婦，幫你維持對城市的控制。我要讓你活下來。」

「謝謝。」依藍德說道。

「可是，交換的條件是，你要把陸沙德給我。」

「只要塞特被處理掉。」

史特拉夫大笑。「事情不是這樣處理的。我們不可能和談。你要服從我的命令。明天，我們要一起進城，你要下令大開城門。我會率領我的軍隊進駐，掌控全局，陸沙德會成爲我王國的新首都。如果你乖乖的聽我命令行事，我會讓你再成爲我的繼承人。」

「不能這麼做。」依藍德說道。「我下令城門無論如何都絕對不會爲你而開。」

史特拉夫一愣。

「我的幕僚們認爲你可能會嘗試將紋扣爲人質，強迫我放棄城市。」依藍德說道。「如果我們一起去，他們會認爲你在威脅我。」

史特拉夫臉色一沉。「你最好希望他們不會這麼想。」

「他們會的。」依藍德說道。「我瞭解這些人，父親。他們巴不得有藉口把城市從我手中奪去。」

「那你爲何要來？」

「就如我剛才所說。」依藍德說道。「要跟你和談，聯手共同對抗塞特。我可以將陸沙德交給你，但我需要時間。我們先把塞特處理了吧。」

史特拉夫一把抓起餐刀，用力往下一戳。「我剛才說過這不容討論！小子，你膽敢跟我討價還價。我可以叫人殺了你！」

「我只是說出事實，父親。」依藍德連忙說道。「我不想死。」

「你變圓滑了。」史特拉夫瞇起眼睛說道。「你到底想玩什麼遊戲？來我的營地，兩手空空，什麼都拿不上檯面……」他想了想，然後繼續說道。「除了那女孩。她是個漂亮的小東西。」

依藍德滿臉漲紅。「你不可能靠此進入城市。記得，我的幕僚認爲你會威脅她。」

「好！」史特拉夫喝斥。「你死。我用武力奪取城市。」

「塞特會從背後攻擊你。」依藍德說道。「將你夾在他的軍隊跟我們的城牆中間，團團包圍，進行攻擊。」

「他會遭受嚴重損失。」史特拉夫說道。「他在那之後不可能繼續佔領城市，更遑論守住它。」

「就算他軍力減弱，他從我們手中奪走的機會，也遠比等到後來試圖從你手中奪走的機會高。」

史特拉夫站起身。「我得冒險。我之前把你留下來過。我不會再允許你亂跑了，小子。那些該死的司卡應該要把你殺了，讓我終於能擺脫你。」

依藍德也站了起來，但他看得出史特拉夫眼中的堅定。

沒用，依藍德心想，開始驚慌起來。這個計謀本來就是要賭一把，但他沒想過他會失敗，反而以爲自己大局在握。可是，出了問題，某個他沒預料到，仍然不理解的問題。史特拉夫爲什麼這麼抗拒？

我真的是太嫩了，依藍德心想。諷刺的是，如果他小時候接受他父親的教導，也許他現在會知道自己哪裡做錯了，而不是如今突然發現事情的嚴重性，身邊被敵軍包圍，紋也被擋在外面。

他要死了。

「等等！」依藍德焦急地喊道。

「啊。」史特拉夫微笑地說道。「你終於發現自己陷入多大的麻煩了吧？」史特拉夫的微笑帶著滿意。急切。史特拉夫向來樂於傷害別人，雖然依藍德鮮少看到他在自己身上實現這種樂趣。禮儀規範向來能限制史特拉夫的行爲。

統御主強制的禮儀規範。在此刻，依藍德看到他父親眼中的殺意。

「你根本不打算讓我活著離開。」依藍德說道。「就算我把天金給你，就算我讓你一起入城。」

「我決定行軍至此時，你就已經死了。」史特拉夫說道。「傻小子。不過謝謝你把那女孩帶來給我。我今晚就會佔有她。看看到時她喊的是我的名字還是你的名字，我要——」

依藍德笑了。

那是絕望的笑聲，嘲笑他自找的現況，嘲笑他突然湧上的擔憂與恐懼，但最主要是嘲笑史特拉夫想強迫紋。「你根本不知道剛才的話讓你顯得多愚蠢。」依藍德說道。

史特拉夫滿臉通紅。「就爲了你這句話，我會對她格外粗暴。」

「你是頭豬，父親。」依藍德說道。「一個變態、噁心的人。你以爲你是個傑出的領袖，但你根本連基本的能力都沒有。你差點毀了我們的家族，只因爲統御主死了你才倖免於難！」

史特拉夫召來侍衛。

「你或許能佔據陸沙德。」依藍德說道。「可是你守不住它！也許我不是個好王，但你會是個糟透的王。統御主是個暴君，但他也是天才。你兩者都不是。你只是個自私的人，只會把手邊的資源耗盡，死於插在你背心的一把刀。」

史特拉夫指著依藍德，士兵一湧而入。依藍德沒有半絲懼色。從他小時候起，這個人就在他的生命裡。依藍德被他養大，被他虐待，但從未像現在這樣一吐爲快。他青少年時膽怯地反抗過，卻從未說出事實。

感覺很好。感覺很對。

也許在史特拉夫面前示弱是錯的。他向來喜歡摧毀東西。

突然，依藍德知道自己該怎麼做。他微笑，直視史特拉夫的雙眼。「父親，你可以殺了我。」他說道。「但你也活不了。」

紋停下動作。她站在帳棚外，黑夜剛降臨。她原本跟史特拉夫的士兵站在一起，但一聽到他的命令，他們全都衝了進去。她走入黑暗中，如今站在帳棚的北邊，看著裡面的人影晃動。

她剛剛差點就要衝進去了。依藍德的狀況不太好，不是因爲他很不擅長談判，只是他天性太誠實，不難看出他什麼時候在虛張聲勢，尤其是對於很熟悉他的人而言。

可是這個新宣言完全不同。依藍德沒有試圖用詭計，也不是他之前的憤怒爆發。突然間，他變得冷靜且強勢。

紋靜靜地等著，匕首閃爍，緊繃地蹲在明亮帳棚外的霧中。直覺告訴她，該多給依藍德一些時間。

史特拉夫面對依藍德的威脅，笑了。

「你很愚蠢，父親。」依藍德說道。「你以爲我是來協商的？你以爲我願意跟你這種人合作？不。你很瞭解我。你知道我永遠不會屈服於你。」

「那是爲什麼？」史特拉夫問道。

她幾乎可以聽到依藍德的微笑。「我是來接近你……將我的迷霧之子帶來你陣營的中心。」

沉默。

終於，史特拉夫大笑。「你拿那個小不點兒女孩來威脅我？如果她就是我所聽過的陸沙德迷霧之子，那我眞是大大失望了。」

「她是故意的。」依藍德說道。「你想想，父親。你充滿疑心，那女孩證實了你的疑心。可是，如果她如傳言一般優秀？我知道你聽說過所有的傳言，那你怎麼會感覺到她在碰觸你的情緒？

「你發現她在安撫你，你當場揭露她，然後你就再也沒有感覺到她的觸碰，自動認爲她被你嚇住了。在那之後，你開始覺得有自信、安逸，你不再認爲紋是威脅，可是有哪個神智清楚的人會忽視身邊的迷霧之子，無論她有多嬌小、多安靜？我以爲嬌小、安靜的殺手，才是你最應該注意的。」

紋微笑。*眞聰明，*她心想，探出力量，激發史特拉夫的情緒，驟燒金屬，挑起他的憤怒。他驚呼出聲。*你要明白我的暗示，依藍德。*

「恐懼。」依藍德說道。

她安撫了史特拉夫的怒氣，轉而激發恐懼。

「熱情。」她依言照做。

「冷靜。」

她將一切安撫而去，看到帳棚裡史特拉夫的影子突然僵硬地站著。鎔金術師無法強迫對方做任何事，通常對情緒強烈的拉引或推擠都不太有效，因爲會讓目標人物感覺到有哪裡不對勁。可是在這個狀況裡，紋要史特拉夫知道她正盯著他。

她微笑，熄滅了錫，然後燃燒硬鋁，以巨大的壓力將史特拉夫所有的情緒都安撫下去，泯除他的一切情緒。在這陣攻擊下，史特拉夫的影子歪晃了一下。

她的黃銅片刻後便用光，於是她重新開啓錫，看著帆布上的黑影。

「她很強大，父親。」依藍德說道。「她比你所知的任何鎔金術師都強大。她殺了統御主。她是海司辛倖存者一手調教出來的迷霧之子。如果你殺了我，她會殺了你。」

史特拉夫站直身體，帳棚再次陷入沉默。

夜霧中出現熟悉的身影。「我爲什麼每次都不能避免被妳發現？」詹低聲問道。

紋聳聳肩，轉回面對帳棚，卻改變一下角度，好能同時監視詹。他走到她身邊蹲下，看著影子。

「這個威脅沒什麼用。」史特拉夫的聲音終於傳了出來。「就算你的迷霧之子眞殺了我，你也死了。」

「啊，父親。」依藍德說道。「你對陸沙德的興趣，我判斷錯了，可是，你也看錯了我。你一直看錯我。我不在乎死，只要能讓我的子民安全。」

「我不在了，塞特會佔有城市。」史特拉夫說道。

「我認爲我的人能擋得住他。」依藍德說道。「畢竟他的軍隊比較小。」

「這簡直愚不可及！」史特拉夫斥罵，可是他沒有命令士兵上前一步。

「殺了我，你也死定了。」依藍德說道。「不只是你。你的將軍。你的隊長。就連你的聖務官也是。她被命令殺了你們所有人。」

詹上前一步，腳步聲引起地面的硬草一陣窸窣聲。「啊。」他低聲說道。「很聰明。無論你的敵手有多強，如果被你的刀抵著，他就不能攻擊了。」

詹靠得更近。紋抬頭看他，兩人的臉之間只有幾吋距離。他在柔和的霧中搖頭。「可是告訴我，爲什麼每次總是妳跟我這種人要當那把刀呢？」

在帳棚中，史特拉夫開始擔心。「沒有人這麼強大，小子。」他說道。「就連迷霧之子亦然。也許她殺得掉我的一些將領，可是她絕對殺不了我。我有自己的迷霧之子。」

「哦？」依藍德問道。「那他爲什麼沒攻擊她？也許他害怕攻擊她？如果你殺了我，只要對我的城市稍敢輕舉妄動，她就會開始屠殺，讓你的人像是處決日死在噴泉前的屍首般一個個倒地。」

「我以爲你說他不屑做這種事。」詹說道。「妳說妳不是他的工具。妳說他不會把妳當成殺手使用……」

紋不安地動了動。「他在誇大，詹。」她說道。「他不會眞的這麼做。」

「她是你從未見過的強大鎔金術師，父親。」依藍德說道，聲音因隔著帳棚而模糊。「我看過她跟其他鎔金術師對打。連一個人都碰不了她。」

「眞的嗎？」詹問道。

紋想了想。依藍德從未看過她攻擊其他鎔金術師。「他看我攻擊過一些士兵。我是用口述方法讓他知道我跟鎔金術師的對戰情形。」

「啊。」詹輕聲說道。「所以那只是個小謊言。當王的必須不拘小節。很多事情都可以接受。利用一個人好拯救整個王國？什麼領袖不會給付這麼廉價的代價？妳的自由交換他的勝利。」

「他沒有利用我。」紋說道。詹站起身。紋微微轉身，小心翼翼地看著他走入霧中，離開了帳棚、火把、士兵。他停在不遠處，抬起頭。就算有著帳棚跟火光，營地仍然被白霧佔據，四處包圍著它們。隔著霧氣透出的火把跟營火火光顯得渺小，宛如逐漸熄滅的木炭。

「這對他有何意義？」詹輕聲說道，一手揮舞著。「他能瞭解霧嗎？他有可能瞭解妳嗎？」

「他愛我。」紋說道，轉頭看著人影。他們安靜了下來，史特拉夫顯然正在思索依藍德的威脅。

「他愛妳？」詹問道。「還是他愛擁有妳?!」

「依藍德不是那樣的人。」紋說道。「他是個好人。」

「無論好不好，妳跟他都不一樣。」詹的聲音在她經過錫力增強的耳裡聽來，宛如在夜晚中迴蕩。

「他能瞭解身爲我們這種人的感覺嗎?他能知道我們所知的事，在乎我們所愛的事嗎?他有見過這些嗎？」詹指著上方的天空，在離霧氣遙遠的地方，光芒在天空中閃耀，像是小雀斑。星星，普通眼睛看不見的光芒。只有燃燒錫的人能穿透白霧，看到星辰。

後……

她記得凱西爾第一次帶她看星星的時候。她記得當時她有多震驚，發現原來星星一直都在，隱藏在霧中，她可以看見詹的手臂。

詹繼續指著上方。「統御主啊！」紋低語，踏離帳棚一小步。隔著盤旋的霧氣，在帳棚投射出的火光皮膚上滿是白線。疤痕。

詹立刻放下手臂，以袖子掩藏起滿是疤痕的肌膚。

「你原本在海司辛深坑。」紋低聲說道。「跟凱西爾一樣。」

詹別過頭。

「我很遺憾。」

詹回過頭，在夜晚中微笑，那是個堅定、自信的笑容。他上前一步。「我瞭解妳，紋。」然後，他朝她微微行禮，跳開，消失在霧中。在帳棚裡，史特拉夫對依藍德說話了。

「走。離開這裡。」

馬車駛離。史特拉夫站在帳棚外，無視於霧氣，仍然覺得有點震驚。

我放他走了。我爲什麼放他走？

可是，即便如此，他仍然能感覺她的碰觸撞上他的感覺。一個接著一個的情緒，像是體內背叛他的風暴，最後是……空無。像一隻巨大的手，抓住了他的靈魂用力一捏，將它疼痛地捏到投降。正如他想像中的死亡。

不可能有這麼強大的鎔金術師。

詹尊敬她，史特拉夫心想。所有人都說她殺了統御主。那個小東西。不可能。

似乎不可能，但這正是她的意思。

一切都很順利。詹的坎得拉間諜所提供的資訊很正確：依藍德的確想要聯盟。最可怕的是，要不是他的間諜先送了消息來，史特拉夫原本會同意，認爲依藍德無足輕重。

即便如此，依藍德仍然打敗了他。史特拉夫甚至早預料到他們會假裝示弱，但他還是被騙過了。

她好強……

一個黑色的身影從霧中走出，來到史特拉夫身邊。「你看起來像是見到鬼了，父親。」詹帶著微笑說道。「是你自己的鬼魂嗎？」

「外面有別人嗎，詹？」史特拉夫問道，心神不寧得甚至無法反唇相譏。「也許有另外兩個迷霧之子在幫她？」

詹搖搖頭。「沒有。她眞的這麼強。」他轉身走回霧中。

「詹！」史特拉夫喝斥，讓他停下腳步。「我們要改變計畫。我要你殺了她。」

詹轉身。「但是？」

「她太危險。況且，我們從她身上得到了資訊。他們沒有天金。」

「你相信？」詹問道。

史特拉夫想了想。今天晚上他被徹底騙過，所以他不會相信任何他以爲自己知道的事情。「不相信。」他決定。「可是我們會用別的方法找到。我要那女孩死，詹。」

「那我們要眞的攻城了？」

史特拉夫幾乎當場下令，命令軍隊準備早上發起攻擊。先前的刺探攻擊很順利，顯示城市的守衛根本不足爲慮。史特拉夫可以攻下城牆，以此防禦塞特。

可是依藍德今天晚上離開前，最後撂下的話讓他打消這個念頭。派你的軍隊來攻城，父親，你會死。那小子是這麼說的。你感覺過她的力量，你知道她的能力。你可以躲，你甚至可以佔領我的城市，但她會找到你。然後殺了你。

你唯一的選擇就是等待。我的軍隊準備好要攻擊塞特時我會再聯絡你。就照我們先前所說，一起攻擊。

史特拉夫不能相信這點。那男孩變了，變得更強大。如果史特拉夫跟泛圖爾一起攻擊，史特拉夫完全清楚他有多快就會被背叛。可是只要那女孩活著，他就不能攻擊陸沙德。因爲他知道了她的力量，感覺到她如何操縱他的情緒。

「不。」他終於回答詹的問題。「我們不會攻擊。得等你先殺了她才行。」

「你說得簡單，父親。」詹說道。「我需要有人幫忙。」

「哪種幫忙？」

「突襲小隊。身分無法被追蹤的鎔金術師。」

詹口中所指是一群很特殊的人。大多數鎔金術師很容易被人發覺身分，因爲他們都有貴族血統，但史特拉夫有一些特殊的資源可以取用，這就是爲什麼他有幾十名情婦。有些人以爲那是因爲他色慾薰心。

完全不是。更多情婦意謂著更多子嗣，而有著他如此高貴血統的孩子，意謂著更多的鎔金術師。他只生出了一個迷霧之子，卻生出許多迷霧人。

「可以。」史特拉夫說道。

「父親，他們可能無法活著回來。」詹警告，仍然站在霧中。

可怕的感覺回來。一片空無，清楚且恐懼地知道，有人能夠完全徹底地掌握他的情緒。沒有人該能如此完全地掌控他。尤其不該是依藍德。

他應該要死。他來找我。我卻讓他走了。

「把她除掉。」史特拉夫說道。「不惜代價，詹。不惜代價。」

詹點點頭，志得意滿地緩步離去。

史特拉夫回到帳棚，派人把荷賽兒找來。她長得神似依藍德的女孩。他該提醒自己，大多數時間，事情都在他的掌控中。

依藍德坐在馬車裡，有點震驚。我還活著！興奮逐漸升高。我辦到了！我說服史特拉夫不要動我的城市。

至少暫時如此。陸沙德的安危倚靠史特拉夫繼續怕紋，但……任何勝利對依藍德而言都是巨大的勝利。他沒有令他的子民失望。他是他們的王，雖然他的計畫聽起來超越常理，卻奏效了。頭上的小王冠似乎沒有先前那麼沉重。

紋坐在他對面，表情沒有她該有的興奮。

「我們辦到了，紋！」依藍德說道。「這跟我們的計畫不同，但成功了。史特拉夫現在不敢攻擊城市。」

她靜靜地點點頭。

依藍德皺眉。「呃，這城市能夠安全，完全是因爲妳，妳知道的，對不對？如果妳不在……當然，如果不是有妳，整個最後帝國仍然會受到他的奴役。」

「因爲我殺了統御主。」她輕聲說道。

依藍德點點頭。

「但那是凱西爾的計策、集團的技巧，還有人民的意志力，帝國才得以解放。我只是那把刀。」

「妳把它說成一件小事，紋。」他說道。「一點也不是！妳是最出色的鎔金術師。哈姆說，就算是他施盡全力，也打不敗妳。妳讓皇宮沒有殺手出沒，整個最後帝國裡，妳是獨一無二的！」

奇怪的是，他的話讓她更往角落裡縮去。她轉身，望著窗外，雙眼凝視迷霧。

「謝謝。」她柔聲說道。

依藍德皺起眉頭。每次我以爲我終於弄懂她在想什麼……他靠了過去，一手摟住她。「紋，怎麼了？」

她沉默片刻，終於搖搖頭，擠出一絲微笑。「沒事，依藍德。你應該要很高興。你做得太棒了，我想甚至凱西爾都沒有辦法這樣騙過史特拉夫。」

依藍德微笑，將她拉近自己，不耐煩地等著馬車來到黑暗的城市前。錫門遲疑的打開，依藍德看到一群人站在中庭裡。哈姆在霧中舉高了燈籠。

依藍德沒等馬車停下，速度一緩下來，他便打開門跳了出來。他的朋友們開始期待地微笑。大門關起。

「成功了？」哈姆遲疑地問著上前來的依藍德。「你辦到了？」

「算是吧。」依藍德帶著微笑說道，跟哈姆、微風、多克森，最後是鬼影一一握手。就連坎得拉歐瑟都在。牠走到馬車邊，等著紋。「一開始不太順利，我父親沒有上當接受聯盟，但我告訴他，我會殺了他！」

「等等，這怎麼會是個好辦法？」哈姆問道。

「朋友們，我們都忽略了我們最偉大的資產之一。」依藍德對從馬車中爬下的紋說道。他轉身，朝她揮手。「我們有他們無法匹敵的武器！史特拉夫以爲我會去求他，他也準備好要掌控這個狀況，但當我提起如果激怒紋，他跟他的軍隊會有什麼下場……」

「好傢伙。」微風說。「你跑去最後帝國內勢力最強大的國王陣營裡面，結果還威脅他？」

「一點也沒錯！」

「太聰明了！」

「對吧！」依藍德說道。「我告訴我父親，他要讓我離開他的營地，也不准碰陸沙德，否則我會派紋去殺了他，還有他軍隊裡的每個將軍。」他一手抱著紋，她則朝眾人微笑，但他看得出來她仍然心神不寧。

她不覺得我做得好，依藍德發現。她知道有更能操控史特拉夫的方法，卻不想要破壞我的興奮。

「好吧，那我們應該不需要新王了。」鬼影帶著笑意說道。「我原本有點期待接下這份工作的……」

依藍德微笑。「我不打算這麼快讓出這個職位。我們該讓人民知道，史特拉夫被嚇倒——即便只是暫時的，這樣能振興士氣，然後我們來處理議會的事情。希望他們會決議要等我先跟塞特會面，就像跟史特拉夫會面一樣。」

「我們回皇宮再慶祝好不好？」微風問道。「雖然我也喜歡霧，但我不認為該在中庭裡討論這些事情。」

依藍德拍拍他的背，點點頭。哈姆跟多克森和他跟紋坐入一輛馬車，其他人則原車返回。依藍德瞄了多克森一眼。通常他會選擇不跟依藍德同車的。

「真的，依藍德。」哈姆邊坐邊說。「我非常佩服。我以為我們要殺入敵陣才能把你救出來。」

依藍德微笑，瞅著多克森，後者馬車一動，便坐了下來，打開包包，拿出一個彌封的信封。他抬起頭，迎向依藍德的視線。「議會成員不久前將這封信送來給你，陛下。」

依藍德想了想，然後接過來，弄破封蠟。「什麼事？」

「我不確定。」多克森說道。「可是……我已經開始聽到傳言。」

紋靠近他，越過依藍德的手臂，跟他一起瀏覽信件內容。裡面寫著：

陛下，

此封信件通知您，在多數表決通過之下，議會決定行使不信任條款。我們感謝您對城市的貢獻，但目前的狀況需要陛下所無法提供的領導才能。此舉並非對您的敵意，乃是無奈之舉。我們別無選擇，必須以陸沙德之利益爲優先考量。

很遺憾，我們必須以此封信件通知此事。

議會二十三名成員，每個人都簽了名。

依藍德放下信紙，震驚無比。「怎麼了？」哈姆問道。

「我被強迫退位了。」依藍德輕聲說道。

王者

PART III
King

他甦醒後留下了毀滅，卻被眾人遺忘。他創造了眾多王國，卻又在重新改造世界的同時，將其全數摧毀。

28

「我得先確定我沒有誤解。」廷朵開口，表面上一派冷靜、禮貌，卻仍然給人嚴厲且不贊許的感覺。「這個王國的法條裡，有一條是讓議會能推翻國王？」

依藍德微微瑟縮了一下。「是的。」

「而且法律是你自己寫的？」廷朵質問。

「大多數是。」依藍德承認。

「你在自己的法條裡寫了如何將自己被逼退位的方法？」廷朵又問了一次。

除了原本就在馬車上的人以外，如今還包括歪腳、廷朵、德穆隊長，全部都聚集在依藍德的書房，人多到椅子不夠坐，於是紋靜靜地坐在一疊依藍德的書上，她一回來便換回了長褲跟襯衫。廷朵跟依藍德站著，但其他人坐著。微風姿勢端正，哈姆放鬆，鬼影試圖以兩根椅腳保持平衡。

「我刻意將這個條款納入。」依藍德說道。他站在房間最前方，一手靠著巨大的彩繪玻璃窗，抬頭望著暗色玻璃。「這片大地過去一千年來，在高壓的暴君統治下逐漸凋零。在那時期，哲學家跟思想家夢想著有一個能不靠流血就移除不良統治者的政府。我在難以預期且特殊的一連串事件下得到了這個王位，因此我不認爲我應該將我的意志，或我子孫的意志果斷地強行加諸在人民身上。我想要開始一個帝王需要對人民負責的政府。」

有時候他說話的方式像是他讀的書，紋心想。不像是一般人說話的方式……而是書頁上的文字。

詹的話回到她腦海。妳跟他不一樣。她推開這個念頭。

「我無意冒犯，陛下。」廷朵開口。「但這必定是我所見過的領袖行爲中，最愚蠢的一件之一。」

「這是爲了王國好。」依藍德說道。

「根本是愚蠢至極。」廷朵斥罵。「王不需臣服於另一個統治權。他對人民之所以寶貴，正是因爲他是絕對的權威！」

紋從未看過依藍德如此悲傷，他眼中的難過讓她爲之心疼，但有另一部分的她卻叛逆地在高興。他不是王了。也許不會有人這麼努力要殺他。也許他能變回依藍德，他們可以離開，去某處，一個事情沒有那麼複雜的地方。

「即便如此。」多克森對安靜的房間說道。「我們還是必須採取行動。討論他的決定是否正確已經與現狀無關。」

「同意。」哈姆說道。「議會試圖要把你趕走。我們該怎麼辦？」

「當然不能讓他們得逞。」微風說道。「人民去年才剛推翻了一個政府！我認爲這不是什麼好習慣。」

「我們需要準備回應，陛下。」多克森說道。「揭露他們欺瞞的行爲，趁你爲城市的安危協商時，從背後攻擊你。回想起來，很顯然他們就是要趁你無法到場爲自己辯護時，安排這次的會議。」

依藍德點點頭，仍然抬頭望著暗色玻璃。「你應該不需要再叫我陛下了，老多。」

「胡說。」廷朵說道，雙臂抱胸，站在書架邊。「你仍然是王。」

「我失去人民的任命。」依藍德說道。

「對。」歪腳說道。「但你仍然有我手下軍隊的任命，所以無論議會怎麼說，你仍然是王。」

「一點也沒錯。」廷朵說道。「把愚蠢的法律先放一旁，你仍然身居要位。我們需要加強軍法，限制城內行動，佔據重要位置，將議會成員禁閉，不讓你的敵人起兵反抗你。」

「天亮之前，我就可以讓我的士兵們在街道上完成部署。」

「不。」依藍德平靜說道。一陣沉默。

「陛下？」多克森詢問。「這眞的是最好的行爲。我們不能讓反抗你的行爲聲勢高漲。」

「這不是反抗，老多。」依藍德說道。「那是議會的代表。」

「老兄，這是你組成的議會。」微風說道。「他們是因爲你的賦予才有權力。」

「法律給了他們權力，微風。」依藍德說道。「我們都不能例外。」

「胡說八道。」廷朵說道。「身爲王，你就是法律。一旦我們掌握城市，你可以召集議會成員，跟他們解釋你需要他們的支持，那些不同意的人，就把他們關起來，直到危機解除。」

「不。」依藍德更堅定地說道。「我們不可以這麼做。」

「那就這樣？」哈姆問到。「你要放棄？」

「我不是放棄，哈姆。」依藍德說道，終於轉身望著眾人。「可是我不會利用軍隊來壓迫議會。」

「你會失去王位。」微風說道。

「你要講理，依藍德。」哈姆點點頭。

「我不會讓自己成爲法律的例外！」依藍德說道。

「不要傻了。」廷朵說道。「你應該——」

「廷朵，」依藍德開口。「妳要如何看待我的想法是妳的自由，但不准再叫我傻子。我不允許妳因爲我表達我的意見就貶低我！」

廷朵一愣，嘴巴打開，然後緊抿起嘴唇，坐下。紋感覺到一陣滿意。妳一手調教出來的，廷朵，她微笑地心想。如果他開始與妳抗衡，妳憑什麼抱怨？

依藍德上前一步，雙手按著書桌，環顧眾人。「是，我們會回應。老多，你寫一封信，告訴議會我們感到遺憾且被背叛，同時告知他們我們跟史特拉夫協談成功，盡量加重他們的罪惡感。

「我們其他人要開始計畫。我們會得回王位。正如我所說，我很熟悉律法，這種情況可以處理，但方法不包括派出軍隊來鎮壓城市。我絕不會像那些要將陸沙德奪走的暴君一樣！即使我知道怎麼樣對人民是最好，我仍然不會強迫他們屈服於我的意志。」

「陛下。」廷朵小心翼翼地開口。「在混亂時期，鞏固權力中心是正當的行爲，因爲在這樣的時期，人民是不理性的，這就是爲什麼他們需要強而有力的領導。他們需要你。」

「他們必須想要我，廷朵。」依藍德說道。

「原諒我，陛下。」廷朵說道。「我覺得你的話過於天眞。」

依藍德微笑。「也許吧。妳可以改變我的衣裝跟舉手投足，但妳不能改變我的靈魂。我會做我認爲對的事情，其中包括讓議會逼我退位，如果這是他們的選擇。」

廷朵皺眉。「如果你不能透過合法方式奪回王位呢？」

「那我接受事實。」依藍德說道。「我仍然會盡力幫助王國。」

離開顯然是不可能的，紋心想。可是，她忍不住要微笑。她愛依藍德的一部分理由是他的眞誠。他對陸沙德人民純粹的愛，他堅持要爲他們做對的事情，這讓他與凱西爾大大不同。即使他爲人民犧牲的同時，凱西爾仍然展現了一絲自尊自大。他在過程中確保自己會受到眾人的懷念跟追思。

可是依藍德不同，統治中央統御區對他而言與名聲或功勳無關。她第一次，完全徹底且誠實地相信，依藍德遠比凱西爾適合當王。

「我……我對這個經驗不知該做何感想，主人。」一個聲音在她身邊低語。紋一愣，低下頭，發現自己不自覺地開始搔抓歐瑟的耳朵。

她一驚之下地抽回手。「抱歉。」她說道。

歐瑟聳聳肩，頭又靠回腳爪上。

「議會有一個月的時間可以選出新王。」依藍德解釋。「法律中沒有一條規定，新王與舊王不得是同一人，而且在期限內如果無法以過半數投票表決出人選，那王位會自動回歸於我，爲期至少一年。」

「眞複雜。」哈姆搓著下巴說道。

「你早該料到。」微風說道。「法律就是這樣。」

「我不是說法律條文。」哈姆回答。「我說的是要議會選依藍德，或者就是誰都不選。若不是他們心中早有人選，一開始就不會逼他退位。」

「那倒不一定。」多克森說道。「也許他們只想給他一個警告。」

「有可能。」依藍德說道。「各位，我認爲這是一個徵兆。我一直忽視議會，我們以爲讓他們簽下讓我前去和談的同意書，他們的問題就被處理好了。但我們從未想過，他們要規避同意書的簡單方式就是選一個新王，然後指揮新王即可。」

他嘆口氣，搖搖頭。「我必須承認，我從來不擅長於處理議會，他們不認爲我是王，而是同僚，因此，他們很輕易就認爲自己可以取代我的位置。我敢打賭，其中一名議員說服其他人讓他繼位。」

「那我們讓他消失就可以了。」哈姆說道。「我相信紋一定……」

依藍德皺眉。

「我只是開玩笑，阿依。」哈姆說道。

「你知道你的問題在哪裡嗎？」微風開口。「你的笑話唯一的笑點，就是沒有笑點。」

「你會這麼說是因爲通常都是以你做爲笑點。」

微風翻翻白眼。

「我眞的認爲……」歐瑟低聲開口，顯然是相信只有用錫的紋能聽到。「如果忘記邀這兩個人來，這些會議會更有效率。」

紋微笑。「沒那麼嚴重吧。」她低語。

歐瑟挑起一邊眉毛。

「好吧。」紋承認。「他們是讓我們的討論比較鬆散。」

「妳要的話，我隨時都可以吃掉一個。」歐瑟說道。「這樣討論應該可以進行得快些。」

紋愣住。

不過歐瑟的唇邊浮上一個奇特的笑容。「坎得拉笑話。對不起，主人。我們的笑話都比較陰沉一點。」

紋微笑。「他們可能不會太好吃。」

「這倒不一定。」歐瑟說道。「畢竟有一個叫做『哈姆』，另一個嘛……」他朝微風手中的酒杯點點頭。「他似乎很喜歡用酒醃肉。」

依藍德正翻著書，找出幾本跟法律相關的書籍，包括他自己所撰寫的陸沙德律法。

「陛下。」廷朵說道，在頭銜上特別加重語氣。「你的門口有兩支軍隊，一群克羅司正朝中央統御區返回。你真的認為你有時間進行漫長的法條攻防戰嗎？」

依藍德放下書籍，將椅子拉到桌邊。「廷朵。」他說道。「我門口有兩支軍隊，克羅司要出現來對他們施加壓力，我自己是阻止城市的政治領袖們將王國交給其中一個入侵者的最大阻礙。妳真的認為我現在被逼退位是巧合嗎？」

集團中有幾人一聽，整個人都警覺起來，紋則偏著頭思索。

「你認為這事情背後是有某個入侵者在布局？」哈姆摩搓著下巴問道。

「如果你是他們，你會怎麼做？」依藍德打開一本書。「不能攻城，因為會消耗太多士兵。圍城戰已經持續好幾個禮拜，士兵越來越寒冷，多克森僱用的人一直在攻擊你的貨運船，威脅食物補給。而且，你知道有一大支克羅司軍隊正朝這個方向前進……這很合理。如果史特拉夫跟塞特的間諜有點能耐，就會知道軍隊到的那時，議會差點就要屈服，獻出城市。殺手殺不了我，但如果用別的方法可以除掉我……」

「沒錯。」微風說道。「這的確聽起來像是塞特的作風。讓議會背叛你，另選跟他一派的人既位，讓他打開大門。」

依藍德點點頭。「而且我父親今晚似乎不願意跟我合作，彷彿他覺得他另有進入城市的方法。我不確定是不是哪個王在背後操作，但我們絕對不能忽視這個可能性。這不是調虎離山之計，而是自從那些軍隊到達起我們就一直在面對的圍城戰略。如果我能重回王位，那史特拉夫跟塞特會知道他們只能跟我合作，希望這會讓他們被逼得不得不跟我合作，特別是那些克羅司正日漸逼近中。」

說完，依藍德開始翻書。他的憂鬱似乎因爲新的思考方向而逐漸散去。「法律中可能有其他幾個相關的條款。」他半是自言自語道。「我得多花點時間研究一下。鬼影，你有邀沙賽德來嗎？」

鬼影聳聳肩。「我叫不醒他。」

「他正在恢復旅程中消耗的體力。」廷朵說道，轉開研究依藍德跟他書籍的目光。「這是守護者的問題。」

「他需要補充金屬意識？」哈姆問道。

廷朵一頓，臉色變得難看。「他跟你們說過？」

哈姆跟微風齊齊點頭。

「原來如此。」廷朵說道。「無論如何，他無法在這個問題提供協助。陛下，我在政務管理上能給你一些幫助，是因爲我的職責在於訓練領導者瞭解過去的知識，但像沙賽德這種旅行守護者不會在政治議題上選擇立場。」

「政治議題？」微風輕鬆地問道。「妳是指像推翻最後帝國這種事情嗎？」

廷朵闔上嘴，抿起嘴唇。「你們不應該鼓勵他違背誓言。」她終於說道。「如果你們眞的是他的朋友，我想你們會同意這點。」

「是嗎？」微風說道，以酒杯指指她。「我個人覺得你們只是自己覺得尷尬，因爲他違背命令，最後卻解放了你們全族人。」

廷朵瞇著眼睛瞪了微風一眼，姿勢僵硬。兩人如此對峙一會兒。「你要怎麼樣推我的情緒都可以，安撫者。」廷朵說道。「我的感覺只屬於我，你不可能成功。」

微風終於重新開始喝酒，似乎在嘟囔著「該死的泰瑞司人」之類的句子。

可是依藍德沒有在注意他們的爭執。他已經在桌前攤開了四本書，正翻著第五本。紋笑著看他，想起不太久之前，他追求她的方法經常是一屁股坐在她旁邊的椅子上，攤開一本書。

他還是同樣的他，她心想。那個靈魂，那個人，是在知道我是迷霧之子之前，就愛我的人。就算發現我是盜賊，以爲我是要搶劫他，他仍然愛我。我得記得這點。

「來吧。」她對歐瑟低聲說道，站起身來，無視微風跟哈姆重新開始辯論。她需要時間思考，白霧才剛剛湧現。

如果我不是這麼擅長規劃法律就好了。依藍德覺得有點好笑地心想，翻動著書籍。我把法律制度規劃得太好了。

他的指尖劃過一個段落，重新讀了一遍。眾人漸漸散去。他不記得是否有說他們可以退下。廷朵可能會因此責怪他。

這裡，他心想，敲敲書頁。如果議會有成員遲到或是投廢票，我可能有理由要求重新投票。要國王退位的票數必須全體通過，當然不包括要被退位的國王本人。

他突然停下動作，注意到有動靜。房間裡只剩下廷朵一個人。他無奈地抬起頭。我自找的……

「陛下，剛才對你有不敬之處，我很抱歉。」她說道。

依藍德皺眉。沒想到她會這麼說。

「我習慣把別人當成小孩子對待。」廷朵說道。「我想我不應以此爲傲。」

「這是……」依藍德打住自己的話。廷朵教他，不要爲別人的失敗找藉口。他可以接受他人犯錯，甚至原諒，但他如果隱蔽問題，那犯錯的人永遠不會改變。「我接受妳的道歉。」他說道。

「你學得很快，陛下。」

「我別無選擇。」依藍德微笑說道。「只是還是不夠快，無法滿足議會。」

「你怎麼會讓這種事發生的？」她輕聲問道。「雖然我們對於政府運作該如何管理有歧見，但那些議員應該是支持你的人。你賦予他們權力。」

「我忽視他們，廷朵。無論是不是朋友，強大的人都不喜歡被忽視的感覺。」

她點點頭。「不過，也許我們應該多花點時間來探討你的成功，而非只專注於你的失敗。紋跟我說你和你父親的會談非常順利。」

依藍德微笑。「我們把他嚇得要跟我們合作。對史特拉夫做這種事讓我心情很好，但我也許因此得罪了紋。」

廷朵挑起眉毛。

依藍德放下書，手臂平壓在桌上，向前傾身。「她回來時有點怪怪的，幾乎不願意跟我講話，我想不出來是為什麼。」

「也許她只是累了。」

「我覺得紋是不會累的人。」依藍德說道。「她總是在動，總是在做些事。有時候我擔心她會覺得我很懶惰，也許這就是為什麼……」沒說完，他便搖搖頭。

「她不認為你很懶惰，陛下。」廷朵說道。「她拒絕嫁給你是因為，她覺得自己配不上你。」

「胡說。」依藍德說道。「紋是迷霧之子，廷朵。她知道她配得上十個我這種人。」

廷朵挑起眉毛。「你對女人的瞭解很少，依藍德．泛圖爾，尤其是年輕女人。對她們而言，她們的能力跟自我認知的價值，其實是出奇地無關。紋很沒有安全感。她覺得她配不上跟你在一起，不是說她覺得她這個人配不上你，而是她不相信自己有快樂的權利。她的人生一直相當艱辛、混亂。」

「妳有多確定這件事？」

「我養大了好幾個女兒，陛下。」廷朵說道。「我不是口說無憑的。」

「女兒？」依藍德問道。「妳有小孩？」

「當然有。」

「我只是……」他只認識沙賽德那樣的泰瑞司閹人。廷朵屬於泰瑞司女人，自然情況不同，但他總認爲統御主的育種計畫也會影響到她。

「總而言之，你必須做出決定，陛下。」廷朵單刀直入地說道。「你跟紋兩人之間的關係絕對不容易。她的一些問題會是一般女性所沒有的。」

「我們已經討論過這件事。」依藍德說道。「我不要『一般女性』。我愛紋。」

「我不是在說你不該愛她。」廷朵平靜地說道。「我只是在按照我的使命來指導你。你需要決定，你跟那女孩的感情能影響你多少。」

「妳爲什麼覺得我會受到影響？」

廷朵挑起眉毛。「我問了你今天晚上跟泛圖爾王的會談是如何成功的，但你只想要談紋在回家的路上是什麼樣的心情。」

依藍德遲疑了。

「哪個對你而言比較重要，陛下？」廷朵問道。「對這女孩的愛情，還是人民的福祉？」

「我不會回答這種問題。」依藍德說道。

「也許你早晚別無選擇。」廷朵說道。「恐怕這是大多數國王最後都必須面對的問題。」

「不。」依藍德說道。「沒有理由我不能既愛紋，又可以保護我的子民。我研究過太多假設性的問題，這種迷思影響不了我。」

廷朵聳聳肩，站起身。「你可以這樣希望，陛下。可是，我已經看到眼前的兩難局面，不覺得這是一個假設性問題。」她尊敬地輕點頭，離開房間，留下書本陪伴他。

有其他證據能將艾蘭迪跟世紀英雄連接在一起，都只是小事，只有熟讀期待經的人才會注意到。他手臂上的胎記。他還不到二十五歲，頭髮就已灰白。他說話的方式，他待人接物的方式，他領導統御的方式。就是萬般吻合。

29

「請告訴我，主人。」歐瑟趴在雙腳上，懶洋洋地開口。「我跟人類相處很多年了，一直以爲人類需要正常睡眠。我一定是弄錯了。」

紋坐在石牆上的屋簷邊，一腿曲起抵著胸口，另一腿在牆邊的空中晃蕩。海斯丁堡壘深潛於霧中的高塔分別在她的左右側。「我睡過了。」她說道。

「偶爾而已。」歐瑟打了個呵欠，嘴巴大張，舌頭伸得長長的。牠開始盡量模仿狗的動作了嗎？

紋別過頭不看坎得拉，而是望向東方，沉睡中的陸沙德。遠處有火光，亮到不可能是一個人的火把。清晨來臨。又過了一個夜晚，離她跟依藍德造訪史特拉夫的軍隊已經有將近一個禮拜。詹仍然沒出現。

「妳在燃燒白鑞，對不對？」歐瑟問道。「好保持清醒？」

紋點點頭。在少許白鑞的影響下，她的疲累只是下意識的些許不適。如果她真的想要感覺，她可以察覺到身體的疲累，卻影響不了她。她的感官很敏銳，身體很強壯，就連夜晚的冰冷都影響不了她。可是她熄滅白鑞的瞬間，將會感覺到絕對的疲累。

「這不健康，主人。」歐瑟說道。「妳每天只睡三、四個小時，無論是迷霧之子、凡人，或坎得拉，都無法長時間維持這樣的作息。」

紋低頭。她該如何解釋她奇特的失眠？她早就應該克服這件事，因爲她無須害怕身邊的團員，但近來無論她有多累，都發現自己越來越難睡著。在遠方的鼓動聲不停，她要怎麼睡得著？

不知道爲什麼，感覺像是那鼓動聲越靠越近，還是變得越來越強？日記上說：我聽到來自上方，來自高山的鼓動聲。

在霧中的霧靈詭異而憎恨地看著她，要她怎麼睡得著？有軍隊威脅要屠殺她的朋友，依藍德的王國被奪走，她所知、所愛的一切日漸混亂迷惘，要她怎麼睡得著？

……當我終於躺下時，我發現睡眠仍然離我遙遠。讓我白天煩憂的念頭，只因夜晚的沉默而變本加厲……

歐瑟打個呵欠。「他不會來的，主人。」

紋皺眉轉身。「什麼意思？」

「這是妳跟詹對打的地方。」歐瑟說道。「妳在等他來。」

紋一愣。「跟人打一架應該不錯。」她終於說道。

東方逐漸明亮，緩緩點亮了白霧，但白霧卻不願在陽光前就此退卻。

「妳不該讓那個人一直影響妳，主人。」歐瑟說道。「我不認爲他的眞實模樣跟妳心中以爲的他是同一個人。」

紋皺眉。「他是我的敵人，除此之外，我還能怎麼想？」

「妳不把他當敵人，主人。」

「因爲他沒有攻擊依藍德。」紋說道。「也許詹不是完全服從史特拉夫。」

歐瑟靜靜地坐下，頭趴在腳掌上，別轉過去。

「怎麼了？」紋問道。

「沒事，主人。妳怎麼說，我怎麼信。」

「少來這一套。」紋說道，轉過頭去看牠。「你不要又給我那個藉口。你在想什麼？」

歐瑟嘆口氣。「主人，我是在想，妳對詹的執念讓人很憂心。」

「執念？」紋說道。「我只是在留意他而已。我不喜歡我的城市裡有另一名迷霧之子跑來跑去，無論他是不是敵人。天知道他會做出什麼事。」

歐瑟皺眉，卻一語不發。

「歐瑟，」紋開口。「有話就直說啊！」

「我很抱歉，主人。」歐瑟說道。「我不習慣跟我的主人們閒聊。尤其不習慣坦白。」

「沒關係，你把你的想法說出來就好。」

「好吧，主人。」歐瑟將頭抬起來。「我不喜歡這個詹。」

「你對他有何瞭解？」

「不比妳多。」歐瑟承認。「可是，大多數坎得拉都非常擅長觀察人。像我這樣長期練習模仿他人時，就會看出人心。我不喜歡我看到的人。他似乎太過於自滿。他想博得妳的友誼的手法太刻意。他讓我覺得不舒服。」

紋雙腿開開地坐在屋簷邊，雙手按在身前的沁涼石頭上。*也許牠是對的。*

可是，歐瑟不曾跟詹一同飛翔，不曾跟他在霧中對打。這不是歐瑟的錯，但牠跟依藍德一樣，都不是鎔金術師。他們都不瞭解，因爲鋼推而翱翔，因爲驟燒白錫而突然五感增強，到底是什麼感覺。他們不知道。他們不瞭解。

紋往後靠，在逐漸增強的光線中端詳著狼獒犬。有件事她一直想提，現在感覺是個好時機。「歐瑟，你想的話，可以換身體。」

狼獒犬挑起眉毛。

「我們有那副在皇宮中找到的骨頭。」紋說道。「如果你當狗當煩了，可以用那些。」

「我沒辦法用。」歐瑟說道。「我沒有消化過那具身體，不會知道該怎麼排列肌肉跟器官，好跟那個人看起來一模一樣。」

「這樣啊。」紋說道。「那我們可以找個罪犯給你。」

「我以爲妳喜歡我用這具身軀。」歐瑟說道。

「我是喜歡。」紋說道。「可是我不要你留在一副讓你不快樂的身體裡。」

歐瑟輕哼。「我的快樂無關緊要。」

「可是我在意。」紋說道。「我們可以……」

「主人。」歐瑟打斷她。

「什麼事？」

「我要留下這具身體，我已經習慣了，經常改變形體是很煩的一件事。」

紋遲疑了一會兒。「好吧。」她終於說道。

歐瑟點點頭。「不過，既然講到了身體。」牠繼續說道。「主人，我們到底有沒有打算要回皇宮呢？不是所有人都有迷霧之子的體魄。有些人偶爾還是需要睡眠跟食物的。」

牠的抱怨現在變得挺多的了，紋心想。可是，她覺得牠的態度是個好跡象，這表示歐瑟開始習慣跟她相處，越發自在，乃至於牠覺得她的行爲實在太愚蠢時，能夠直接了當地告訴她。

我爲什麼還要煩心詹的事情？她心想，站起身望向北方。白霧仍然頗濃，她幾乎看不清守在北方運河邊的史特拉夫軍隊，像是蜘蛛，等待合適的攻擊時間。

依藍德，她心想。我應該多想想依藍德。他嘗試要取消議會決議，或是強迫他們重新表決，卻都失敗了。因爲他是完全地奉公守法，所以依藍德不斷接受他的失敗。他仍然認爲他有機會能說服議會選他爲王，至少不要選別人。

所以他努力撰寫講稿，跟微風和多克森不斷策劃，因此也沒太多時間陪紋。這是對的。他不該因為她而分心。這是她幫不上忙的事，是她打不走也嚇不跑的事。

他的世界是紙、書、法律、哲學，她心想。他駕馭理論的文字，如同我駕馭白霧。我總是在擔心他不瞭解我……但我眞的能瞭解他嗎？

歐瑟站起身，伸伸懶腰，雙腳踩在城牆的欄杆邊撐起，跟紋一同望向北方。

紋搖搖頭。「有時候，我眞希望依藍德不要這麼的……高潔。這座城市不該陷入這樣的混亂。」

「他做的事情是對的，主人。」

「你這麼想嗎？」

「當然。」歐瑟說道。「他立了契約。他的責任就是無論如何都要格守契約。他必須服侍他的主人，也就是這座城市，即使這個主人要他去做很不愉快的事情。」

「非常坎得拉式的觀點。」紋說道。

歐瑟抬頭看她，挑起狗眉，彷彿在問，這不是理所當然的事情嗎？紋微笑。每次看到牠的狗臉上出現這種表情，她都忍不住想笑。

「來吧。」紋說道。「回皇宮去吧。」

「好極了。」歐瑟說道，四肢著地。「我放在外面的肉應該放得正好。」

「除非又被女僕們找到了。」紋笑著說。

歐瑟臉色一沉。「我以為妳說要去告訴她們。」

「你要我怎麼說？」紋覺得萬分好笑地問道。「請不要把這塊酸肉丟掉，我的狗喜歡吃？」

「有何不可？」歐瑟問道。「我模仿人的時候，幾乎從來都吃不到什麼好東西，但狗有時候會吃熟成的肉，不是嗎？」

「我真的不知道。」紋說道。

「熟成的肉非常美味。」

「你講的是『腐敗』的肉。」

「熟成。」歐瑟堅定地說。她把牠抱了起來，準備將牠帶下城牆。海斯丁堡壘的頂端有一百呎高，歐瑟跳不下去，唯一的通道又是廢棄堡壘的內部，還是抱著牠跳好。

「熟成的肉就像熟成的酒，或熟成的乳酪一樣。」歐瑟繼續說道。「放了幾個禮拜後，味道比較好。」

這大概就是跟食腐類動物有血緣關係的副作用了，紋心想。她跳到牆邊，拋下幾枚錢幣。就在她準備要跳下，滿懷抱著歐瑟的同時，她遲疑了。她最後一次轉身，望著史特拉夫的軍隊，如今完全暴露出來，太陽滿滿升起在地平線上，但空中仍然有幾絲堅決不離的白霧，彷彿想要抗拒太陽，持續籠罩城市，阻撓白日的光芒……

*他統御主的！*紋心想，突然湧現一個新的念頭。這個問題她已經想了許久，讓她煩躁不已，結果就在她決定不想的時候，答案就這麼出現了。彷彿她的潛意識一直在分析這個問題。

「主人？」歐瑟問道。「妳還好嗎？」

紋略略張開嘴，歪過頭。「我想我剛才發覺深闇是什麼了。」

我不能耽溺於細節，撰寫的空間有限。其他的世界引領者前來找我，承認他們的錯誤時，一定認為自己謙卑無比。即便如此，我已經開始質疑我原本的宣告。可是，我太驕傲。

30

沙賽德讀到：我現在要寫下這些紀錄，將之刻在一塊金屬板上，因爲我害怕。爲我的安危感到害怕。是的，我承認我只是凡人。如果艾蘭迪眞的能從昇華之井返回，我很確定我的死亡會是他的首要目標。他不是個邪惡的人，卻是個無情的人。我想，他會這樣，都是因爲他所經歷的事。

可是，我也害怕，我所知道的一切，我的故事，會被遺忘。我害怕未來的世界。害怕艾蘭迪會失敗。害怕深闇帶來的末日。

一切都回到可憐的艾蘭迪頭上。我爲他感到難過，因爲他被強迫要承受的一切，因爲他被強迫要成爲的樣子。

可是，讓我從頭說起。我在克雷尼恩初見艾蘭迪，當時他還是個年輕小伙子，尚未因爲長達十年的領事生涯而扭曲。

我第一次見到他時，最先注意到的就是他的身高。他雖然個子不高，卻似乎於凌駕所有人，令人不由自主地心生敬重。

奇特的是，一開始是艾蘭迪的純眞引起我的注意。他才來到這座大城市幾個月，我便僱用他成爲我的助手。

直到多年後，我才確信，艾蘭迪就是世紀英雄。世紀英雄，克雷尼恩語中稱之爲拉布眞，永世者。救世主。

當我終於意識到，終於將所有期待經的徵象都指向他身上時，我多麼興奮。但當我對其他世界引領者宣告我的發現時，眾人均報以鄙夷的態度。我多希望當初我聽了他們的話。

然而，任何瞭解我的人都知道，我是不會輕易放棄的人。一旦我找到值得探索的目標，我不達目的絕不放棄。我很堅定相信，艾蘭迪就是世紀英雄，並且下定決心證明這件事。我早應該服從眾人的意志，不應該堅持要跟艾蘭迪同行，好親眼見證他的旅程。艾蘭迪會發現我對他身分判定是遲早的事。

是的，在此之後，所有的謠言都是他在推波助瀾。我絕對無法像他那樣說服全世界，相信他的確是世紀英雄。我不知道他自己是否相信，但他讓所有人都堅信不移。

要是泰瑞司宗教還有對期待經的信仰沒有散播到我們族人以外的地方就好了。如果深闇沒有在那時出現，成爲將眾人的行爲跟信仰都逼入絕境的威脅就好了。如果多年前我在尋找助手時，沒有挑中艾蘭迪就好了。

沙賽德停止翻譯拓印的工作。還有很多要謄寫，他很訝異於關在這麼一小片金屬上居然塞了這麼多字。

他檢視自己的手稿。整趟北上的路程中，他都在期待能終於開始翻譯拓印的時候，一部分的他很擔心。當他坐在明亮的房間時，這些話仍然有當時在瑟藍集所的地窖裡所認定的重要性嗎？他瀏覽過另一段文字，特別讀了幾個段落，尤其是對他特別難以理解的段落。

可是，身爲發現艾蘭迪的人，我變成重要的人。最重要的世界引領者。

在期待經裡，有我的位置。我認為我是宣告者——預言中發現世紀英雄的先知。當眾宣告放棄對艾蘭迪的支持，等同於放棄我的新地位，放棄眾人對我的接納。因此，我沒有這麼做。

可是現在，我要這麼做。讓所有人都知道，我，泰瑞司的世界引領者，關，是個騙子。

沙賽德閉上眼睛。世界引領者。他知道這個名詞。守護者一族是因為泰瑞司傳說中的片段與盼望而形成。當時，世界引領者是老師，是在各個大陸間往來穿梭，傳遞知識的藏金術師，是守護者祕密教派的主要靈感源頭。

而他手邊正有一本一名世界引領者親手寫下的文稿。

廷朵絕對會大大地生我氣，沙賽德心想，睜開眼睛。他多希望將整份拓印都讀一遍，但他需要時間來研讀、記憶，與其他文件交叉比對。光這些文字，即使加起來差不多只有二十頁，已經足以讓他忙上好幾個禮拜，甚至好幾年。

他的百葉窗發出聲響。沙賽德抬起頭。他住在皇宮裡屬於他的居所——好幾間裝潢美麗的房間之一，對一個畢生都是僕人的人而言，實在太過華麗奢侈。

他站起身，走到窗戶邊，打開了窗栓，拉開百葉窗，看到蹲在窗台外的紋時，露出笑容。

「呃……你好。」紋說道。她的灰襯衫跟黑長褲外套著迷霧之子披風。雖然已經是清晨，她很顯然在每晚巡察後仍然尚未就寢。「你不該把窗子鎖上，否則我就進不來了。我拆了太多副窗鎖，依藍德好生氣。」

「我會試著記得這點，紋貴女。」沙賽德說道，示意請進。

沙賽德靈巧地跳過窗戶，迷霧披風一陣窸窣。「試著記得？」她問道。「你向來是大小事都記得，甚至不需要金屬記憶。」

她比以前大膽了許多，他心想，看著她走到書桌邊，研究他的手稿。

我才離開幾個月，變化就這麼大。

「這是什麼？」紋問道，仍然看著書桌。

「我在瑟藍集所找到的東西，紋貴女。」沙賽德上前說道。能穿乾淨的袍子，有個安靜舒適的地方做研究，眞是愉快。難道不想旅行就讓他成了罪大惡極的人嗎？

一個月，他心想。我給自己一個月的研究時間，然後就把所有工作交給別人。

「這是什麼？」紋拾起一張拓印。

「拜託妳，紋貴女。」沙賽德憂心忡忡地說道。「那張紙很脆弱，拓印可能會模糊……」

紋點點頭，放下紙張，一眼掃過他的謄寫。過去她對於任何跟無趣寫作相關的事，她是能躲就躲，如今卻饒富興味地看了起來。「這提到深闇！」她興奮地說道。

「不只如此。」沙賽德來到她身邊。他坐了下來，紋走到房間中一張厚軟的矮黑椅子，卻不像正常人一樣坐下，而是跳到椅背上，坐在椅背的最上面，腳踩著椅墊。

「怎麼了？」她問道，顯然是發現了沙賽德的笑容。

「只是覺得迷霧之子眞有趣，紋貴女。」他說道。「你們向來無法好好坐著，總喜歡蹲在什麼東西上面。我想這跟你們無與倫比的平衡感有關。」

紋皺眉，卻沒有回答。「沙賽德，深闇是什麼？」她問道。

他雙手交握在身前，看著年輕女子，一面思索。「深闇嗎？這是一個受到諸多討論的議題，據說是某個廣闊強大的東西，但有些學者認爲整個傳說都是統御主捏造出來的。我想這個理論不是空穴來風，因爲關於那個時代所留下來的紀錄全都經過鋼鐵教廷的審核。」

「可是日記裡有提到深闇。」紋說道。「你正在翻譯的東西也有。」

「確實如此，紋貴女。」沙賽德說道。「但即便是相信深闇眞正存在的人，彼此之間也有極大的歧見。有人堅信統御主的官方說法，深闇是某種可怕、超自然的怪物，或者可以稱之爲邪神。其他人不同意這個極端的解讀，他們認爲深闇沒有那麼玄妙，而是某種軍隊，也許從別的大陸來的入侵者。在昇華時期前，據說至遠統御區有幾族頗爲原始好戰的人種。」

紋正在微笑。他疑惑地看看她，她只是聳聳肩。「我對依藍德問過同樣的問題。」她解釋。「可是他給我的答案幾乎沒幾個字。」

「陛下的學術領域不同。即便是他可能也覺得昇華時期以前的歷史太過枯燥。況且，任何對守護者詢問過去之事的人，都該要有進行長時間討論的心理準備。」

「我可沒有抱怨。」紋說道。「繼續啊。」

「就差不多這些了，或者該說，還有很多相關的訊息，但我懷疑它們到底與深闇有多深的關連。深闇是軍隊嗎？有些人推論，深闇也許是克羅司的第一次攻擊，有可能嗎？如果眞是如此，那很多疑問的確可以解答。大多數故事一致同意，統御主在昇華之井得到某種打敗深闇的力量，也許他得到克羅司的支持，因此可以支使牠們，成爲他的軍隊。」

「沙賽德。」紋開口。「我不認爲深闇是克羅司。」

「哦？」

「我認爲是霧。」

「這個理論有人提出過。」沙賽德點頭說道。

「有嗎？」紋問道，聽起來有點失望。

「當然，紋貴女。在最後帝國統治的一千年以來，鮮少有未曾被討論過的可能性。迷霧理論有被提出過，但其中有幾個大問題。」

「例如？」

沙賽德回答：「首先，據說統御主打敗了深闇，但迷霧很顯然還在這裡。如果深闇只是霧的話，爲什麼要用這麼模糊不清的名字稱呼它？當然，也有人指出我們對於深闇所知的許多訊息都來自於口述記錄，因此在經過世世代代口耳相傳後，原本很普通的事情可能也會被傳得很玄妙。因此『深闇』指的可能不只是迷霧，更包括它的來臨，或是它改變的東西。

「可是迷霧理論最大的問題，就是惡意。如果我們相信那些人的敘述，而且我們也別無其他資訊來源，深闇既可怕又充滿毀滅性。迷霧似乎並沒有展現這種危險性。」

「但它現在開始殺人了。」

沙賽德頓了頓。「是的，紋貴女。顯然如此。」

「那如果它以前就是這麼做，但統御主不知用什麼方法……阻止了它？你自己說過，你認爲我們殺死統御主時，帶來了某種影響，改變了迷霧。」

沙賽德點點頭。「我在探查的問題的確蠻可怕，但我不認爲它們跟深闇所造成的問題是同一層級。有些人被深闇殺死，但許多人都年邁或是身體不好，還有很多人不受影響。」

他想了想，拇指互敲一陣。「可是，爲實事求是，我必須承認，這個理論是有些道理的，紋貴女。也許光是幾起死亡就足以造成恐慌。反覆傳誦後，危險可能被誇大，也可能之前的殺戮範圍較大，不過我還沒蒐集到足夠的資料來證實這件事。」

紋沒有回答。糟糕了，沙賽德暗自悔恨，嘆口氣。我讓她覺得無聊了。我在用詞遣字上真的得多注意些，我跟司卡相處夠久了，早應該……

「沙賽德？」紋開口，語帶思索。「我們看的角度，會不會是錯的？如果這些在迷霧中的幾起死亡根本不是問題？」

「什麼意思，紋貴女？」

她靜坐片刻，一腳懶洋洋地在椅子靠背上打拍子，良久後終於抬起頭，與他四目交望。「如果迷霧在白天來臨，而且永遠不走了？」

沙賽德思索片刻。

「沒有光線。」紋繼續說道。「植物會死，人會飢餓，會有死亡……和混亂。」

「有可能。」沙賽德。「也許這個理論有道理。」

「這不是理論。」紋說道，從椅子上跳下來。「就是這樣。」

「妳已經這麼確定？」沙賽德帶著笑意問道。

紋簡單地點點頭，跟他一起站在書桌前。「我是對的。」她以一貫的直接了當作風說道。「我確定。」她從口袋裡掏出一樣東西，拉了張板凳，坐在他身邊，攤平了皺縮的紙張，放在桌上。

「這是我從日記本上抄下來的。」紋說道。她指著一個段落。「統御主在這裡說，軍隊抵抗深闇是沒有用的。我一開始以為他的意思是，軍隊打不敗它，但看他描述的方法。他說的是『軍隊的劍對它是無用的』。有什麼比拿劍砍迷霧更無用？」

她指著另一段。「它在身後留下毀滅，對不對？無數人因它而死，但他從未說深闇攻擊過他們，他只說他們『因它而死』。也許我們一直想錯方向。那些人不是被壓碎或被吃掉。他們是餓死的，因為土地逐漸被迷霧吞食。」

沙賽德研究著她的紙張。她看起來好篤定。她眞的對正確研究程序一無所知嗎？她眞的不知道該如何提問、研究、假設、推斷答案嗎？

她當然不知道，沙賽德責罵自己。她在街上長大的，她不會運用研究程序。

她只用直覺，而且通常是對的。

他再次壓平紙張，閱讀上面的段落。「紋貴女？這是妳自己寫的嗎？」

她臉上一紅。「為什麼每個人都驚訝成這樣？」

「因為這似乎跟妳的個性不合，紋貴女。」

「我是被你們帶壞的。」她說道。「你看，這張紙上沒有半句話跟深闇是迷霧的想法抵觸。」

「沒有抵觸跟證明理論是對的是兩件事，紋貴女。」

她滿不在乎地揮揮手。「我是對的，沙賽德。我知道我是對的。」

「那這點呢？」沙賽德指著一行字。「英雄說他可以感覺到深闇有意識。迷霧不是活的。」

「它會繞著在用鎔金術的人打轉。」

「我想這不一樣的。」沙賽德說道。「他說深闇瘋了……瘋狂地具有毀滅性。邪惡的。」

紋頓了頓。「還有一件事，沙賽德。」她承認。他皺起眉頭。

她指著另外一段紀錄。「你記得這幾段嗎？」

它不是影子，書上如此寫。

這個跟在我身後的黑色東西，只有我能看得見——它不是影子。它又黑又透明，但沒有影子的實際輪廓，它的存在相當薄弱，透明且無形。像是黑霧的形體。

或是迷霧。也許。

「認得，紋貴女。」沙賽德說道。「英雄看到有怪物跟著他，後來攻擊了他的一名同伴，我記得。」

紋直視他。「我看過它，沙賽德。」

他渾身一寒。

「它在那裡。」她說道。「每天晚上都在霧中，看著我。我可以用鎔金術感覺到它。而且如果我靠得夠近我就可以看到它，彷彿它是從霧裡長出來的，非常模糊，卻絕對在那裡。」

沙賽德靜坐片刻，不知道該做何感想。

「你認為我發瘋了。」紋指控。

「不，紋貴女。」他輕聲說道。「發生過了那些事之後，我不認為我們任何人有資格說這種事是瘋言瘋語，只是……妳確定嗎？」

她堅定地點點頭。

「可是，就算是眞的，仍然無法回答我的問題。」沙賽德說道。「日記作者看到同樣的東西，卻沒稱之爲深闇。深闇是另外一樣，危險，而且他能感覺到是邪惡的東西。」

「這就是祕密了。」紋說道。「我們得找出來他爲什麼這麼稱呼迷霧，然後我們就會知道……」

「知道什麼，紋貴女？」沙賽德問道。

紋想了想，然後別過頭，沒有回答，直接換話題。「沙賽德，英雄並沒有完成他該做的事。拉刹克殺了他，而當他在井邊取得力量時，他沒有像原來預定那樣放棄，而是據爲己用。」

「沒錯。」沙賽德說道。

紋又一時沒答話。「迷霧又開始殺人，開始在白天出現，就像是……事件又重演。所以……也許這意謂著世紀英雄又得再出現。」

她回望他，看起來有點……尷尬？啊……沙賽德心想，明白了她的意思。她看到迷霧裡的東西。前任英雄也看到類似的東西。「我不確定這句陳述是合理的，紋貴女。」

她哼了哼。「你爲什麼不能跟一般人一樣，直接說『妳錯了』？」

「我道歉，紋貴女。我受過許多做爲僕人的訓練，而我們被教育不能與人正面起衝突。即便如此，我不認爲妳是錯的，但我認爲也許妳沒有完全想清楚妳的立論。」

紋聳聳肩。

「妳爲什麼認爲世紀英雄會再度出現？」

「我不知道。有些發生的事情，有些我感覺到的東西。迷霧又來了，總得有人阻止它。」

沙賽德以指尖劃過他翻譯的拓印，讀著文字。

「你不相信我的話。」紋說道。

「不是這樣的，紋貴女。」沙賽德說道。「只是我不習慣直接下定論。」

「可是你也考慮過世紀英雄的問題，對不對？」紋說道。「他是你的宗教的一部分，是泰瑞司人失落的宗教，正是你們守護者成立的原因，也是想發現的眞相。」

「此話確實。」沙賽德承認。「可是我們對先人用以找到英雄的預言並不熟悉，況且我最近讀到的文件似乎暗指他們的解讀有誤。如果昇華前時期，最偉大的泰瑞司神學家都無法正確辨認出英雄的身分，我們又該當如何？」

紋靜靜坐了片刻。「我不該提起這件事的。」她終於說道。

「紋貴女，請不要這麼想，我要向妳道歉。妳的理論很有價值，只是我已經習慣以學者的思維去判斷所有取得的資訊。恐怕我的缺失就是太愛與人辯論。」

紋抬起頭，淺淺微笑。「又一個你當不好泰瑞司侍從官的理由？」

「無庸置疑。」他嘆口氣說道。「我的態度也經常與族中其餘人的想法相左。」

「像是廷朵？」紋問道。「當她發現你跟我們說過藏金術的時候，看起來不是很高興。」

沙賽德點點頭。「就一個以知識爲己任的組織而言，守護者關於自身力量來源的知識是吝於給予的。當統御主還活著的時候，眾人都在獵捕守護者，因此我想如此謹愼的態度確實有其必要性，但如今我們均已被解放，我的兄弟姊妹們似乎仍然無法擺脫守密的習慣。」

紋點點頭。「廷朵似乎不太喜歡你。她說她是因爲你的建議所以才來，但每次有人提到你，她整個人似乎就……冷下來。」

沙賽德嘆口氣。廷朵不喜歡他嗎？他認爲也許她的問題反倒是沒有辦法不喜歡他。「她只是對我失望而已，紋貴女。我不確定妳對我的過去知道多少，但在凱西爾招募我之前，我已經從事反統御者工作十年之久，其他守護者認爲我的舉動是置我的紅銅意識與族人於危險之中，他們相信守護者應該靜靜等待統御主失敗的那天，而不是造成事件的發生。」

「聽起來有點貪生怕死。」紋說道。

「這可是非常謹慎的做法，紋貴女。如果我被抓住了，我可能會吐露許多事，包括其他守護者的名字，我們密屋的位置，能夠隱身於泰瑞司文化中的祕訣。我的同胞們花了幾十年才讓統御主相信藏金術終於被他殲滅，我的現身可以毀掉那一切。」

「除非我們失敗了，否則不可能發生這種事。」紋說道。「我們沒有失敗。」

「我們當時有可能失敗。」

「我們沒有失敗。」

沙賽德一愣，不禁微笑。有時候，在充滿辯論、質疑、自我懷疑的世界中，紋單刀直入的陳述更讓人耳目一新。「即便如此，廷朵是席諾德的一員。」他說道。「那是統御門派的長老們所組成的議會。我過去反抗過席諾德數次，回到陸沙德的行爲又再次反抗了他們。她不滿意我的行爲是理所當然。」

「但我覺得你做得對。」紋說道。「我們需要你。」

「謝謝妳，紋貴女。」

「我不覺得你需要聽廷朵的話。」她說道。「她是會虛張聲勢的人。」

「她非常睿智。」

「她對依藍德很嚴苛。」

「那大概是因爲她覺得這是爲他好。」沙賽德說道。「孩子，不要太嚴厲地評斷她。如果她顯得令人難以親近，也是因爲她的人生過得很辛苦。」

「辛苦？」紋說道，將筆記又塞回口袋。

「沒錯，紋貴女。」沙賽德說道。「因爲廷朵大部分人生都是一名泰瑞司母親。」

紋手插在口袋，半時說不出話來，一臉訝異。「你是說……她是『種母』？」

沙賽德點點頭。統御主的育種計畫包括選擇少數幾個特殊的人用來生產孩子，目標是讓藏金術的遺傳消失。

「最後一次計算時，廷朵生了二十多個小孩。」他說道。「每個小孩的父親都不一樣。廷朵生第一胎時才十四歲，一輩子都需要反覆與陌生男子交合，直到懷孕。同時，由於育種主人強迫她吃多產藥，她經常生下雙胞胎或三胞胎。」

「原來如此。」紋輕聲說道。

「有個艱困童年的人不只是妳而已，紋貴女。廷朵可能是我所認識的女人中，最堅強的一個。」

「她怎麼能忍受？」紋低聲問道。「要是我……要是我可能已經自殺了。」

「她是個守護者。」沙賽德說道。「她忍下了種種恥辱，只因爲她知道她正在對族人做出極大的貢獻。藏金術是遺傳得來。廷朵身爲母親的地位，確保未來我們的人民仍然能有藏金術師。諷刺的是，她正是育種主人應該要避免允許繁衍的人。」

「可是，這種事情怎麼會發生？」

「育種人以爲藏金術已經消失了。」沙賽德說道。「他們開始想在泰瑞司人中創造其他的特質，例如乖順、容忍。他們把我們當成良駒般培育，因此當席諾德成功讓廷朵被選上時，是一個極大的勝利。」

「當然，廷朵沒有受過多少藏金術的訓練。幸運的是，她有得到一些我們守護者都有的紅銅金屬，因此在她被關起來的多年間，她能夠研究與閱讀傳記，只有在她過了生育年齡的過去十年中，她才能加入其他守護者的行列。」

沙賽德頓了頓，搖搖頭。「相較之下，我們其他人則是自由了一輩子。」

「太棒了。」紋口齒不清地說，站起身大打呵欠。「你又多了一個自責的理由。」

「妳該去睡了，紋貴女。」沙賽德說道。

「也不過就幾小時而已。」紋說道，走向門口，讓沙賽德獨自繼續他的研究工作。

到頭來，也許就是我的驕傲，導致了我們的滅亡。

31

費倫．傅蘭敦不是司卡。他從來就不是司卡。司卡是做東西或種東西的人。費倫賣東西。兩者間的差異很大。

當然，有些人叫他司卡，即便至今，他仍然能在有些議會成員的眼神中看到這個詞。他們對待費倫和其他商人的鄙夷，一如對待議會中另外八名司卡工人。他們看不出來這兩種人是完全不同的嗎？

費倫在椅子上動了動。議會廳難道不該有舒服點的椅子嗎？他們還在等幾名成員，角落的大鐘顯示還有十五分鐘，會議才會開始。奇特的是，其中一名尚未抵達的人是泛圖爾本人。依藍德王通常會早到。

他已經不是王了，費倫帶著笑容暗自心想。只是普通的依藍德．泛圖爾，這名字還眞小家子氣，跟費倫的名字差得遠了。當然，他一年半前也只不過叫「林」。費倫．傅蘭敦是他在崩解後爲自己取的名字。令他高興的是，其他人毫無遲疑地便以他的新名字稱呼他。不過，他不是原本就該配一個大氣的名字嗎？一個貴族的名字？費倫跟那些趾高氣昂地坐在一旁的貴族，不都是同一類人嗎？

他們當然是平起平坐的。他甚至比他們更優秀。對，他們叫他司卡，但這麼多年來，他們都因爲需要而不得不去找他，所以他們驕傲的鄙夷並沒有多少實質的力量。他看穿了他們的不安全感。他們需要他。一個他們稱之爲司卡的人。可是他也是名商人，一名不是貴族的商人。在統御主完美的小帝國中，不該出現的人。

可是，貴族商人需要跟聖務官打交道，而有聖務官的地方，就不可能會有不法情事。因此，需要費倫。他是……中介人物，能串連有意合作，卻又因爲種種原因不願意受到統御主手下聖務官監視的不同客人。費倫不是盜賊集團的成員，那太危險，也太普通。

他天生就擅長財經跟商業，給他兩塊石頭，他一個禮拜內就能造出石礦廠；給他一把輪軸，他就能將它換成一組馬車。兩顆玉米，他就能讓一大批穀料運往至至遠統御區的市場。這些交易實際的買賣雙方都是貴族，但在背後牽線的都是費倫，那是他的廣大王國。

可是，他們不明白，他的套裝跟他們的一樣優秀。在他能公開交易後，他成爲陸沙德最富有的人之一。可是，貴族們無視於他，因爲他出身不佳。

今天他們就會改觀了。在今天的會議之後……對，他們一定會改觀。費倫望向人群，焦急地尋找他藏匿於其中的人。安下心，他望向議會中的貴族，全部都坐在不遠處聊著天。他們之中的最後一個人，費爾森·潘洛德大人剛到，走上議會的講台，經過每個議員，一一打招呼。

「費倫。」潘洛德注意到他。「新的套裝啊。紅色背心很適合你。」

「潘洛德大人！你看起來精神很好。那天的不適已經好了嗎？」

「是的，我恢復得很快。」貴族點了點滿是銀髮的頭。「只是腹部有點不舒服。」

眞可惜，費倫微笑地心想。「好吧，那我們也該就座了。那個小泛圖爾還沒到啊……」

「好。」潘洛德說道，皺起眉頭。他是最難說服投票反對泛圖爾的人，他還蠻喜歡那孩子的，但最後他仍然改變意見。所有人都被說服了。

潘洛德繼續往前走，加入其他貴族。那老笨蛋可能以爲他能當上國王，但費倫有別的計畫。坐在上面的當然不會是費倫自己的屁股，他對於管理一個國家沒有興趣，看起來並不像是賺錢的好方法。賣東西才是好方法，比較穩定，比較沒有掉腦袋的危險。

可是啊，費倫有別的打算。他向來有別的打算。他得要強迫自己不要一再望向觀眾席。

因此，費倫開始端詳議會眾人。他們都到了，只差泛圖爾。七名貴族，八名商人，八名司卡工人：二十四個人，包括泛圖爾。這三分勢力應該要能讓平民得到最多力量，因爲他們的人數表面上超過貴族。就連泛圖爾都不明白，商人不是司卡。

費倫皺皺鼻子。雖然司卡議員在參加會議之前，通常都會梳洗過一遍，但他仍然能聞得到他們身上的臭味，來自鑄鐵廠、磨坊、店鋪。做東西的人。一旦這一切結束，費倫得找辦法讓他們認清自己的地位。議會是個有趣的主意，但成員應該只包括有資格擔任的人。像是費倫這種人。

費倫「大人」，他心想。要不了太久了。

希望依藍德會遲到，也許就不用聽他的演說，反正費倫也想像得出他會說些什麼。

呃……這個嘛，這，實在不公平。我應該是王。讓我讀本書告訴你們爲什麼。現在，呃，能不能請你們捐更多錢給司卡？

費倫微笑。

他身旁的人，葛楚推推他。「你覺得他會出現嗎？」

「可能不會吧。他一定知道我們不要他。我們把他踢出去了，不是嗎？」

葛楚聳聳肩。自從崩解時期之後，他胖了。胖了很多。「我不知道，林。我是說……我們不是這個意思。只是他這軍隊……我們得有個強勢的王，對不對？某個能保住城市的人？」

「我們做的事情是對的。」費倫說道。「而且我的名字不是林。」

葛楚滿臉通紅。「抱歉。」

「我們做的事情是對的。」費倫又說了一次。「泛圖爾是個軟弱的人。是個傻子。」

「我可不會這麼說。」葛楚說道。「他有些很好的想法……」葛楚不安地低下頭。

費倫嗤哼，看看鐘。時間已到，但人聲嘈雜，聽不到鐘聲。泛圖爾下台後，議會開議時觀看的人很多。椅子四散在舞台前，長凳上坐滿了人，大多數是司卡。費倫不知道為什麼他們有資格參與。他們又不能投票什麼的。

更多泛圖爾幹的蠢事，他心想，搖搖頭。在人群後方，舞台對面，正是房間最後方，兩扇大門洞開，射入紅色的陽光。費倫朝一些人點點頭，他們將門關起。眾人安靜下來。

費倫站起身，要對議會講話。「那麼——」

門突然被大力打開。一名全身白衣的人跟一小群人站在一起，逆著紅色陽光而立。依藍德．泛圖爾。費倫偏過頭，皺起眉頭。

前任國王踏步向前，白色的短披風在身後飛揚。他的迷霧之子跟往常一樣在他身邊，但她穿著一件洋裝。費倫跟她說過幾次話，所得到的印象是她穿貴族禮服應該會看起來很笨拙。但如今看來，她似乎跟那身服裝很搭配，步伐優雅，甚至看起來很迷人。

至少，費倫是這麼想的，直到迎上她的目光。她看向議會眾人的眼中不帶一絲暖意。費倫別開眼神。泛圖爾把他身邊所有鎔金術師都帶來了，原本通通是倖存者的手下。依藍德顯然要提醒所有人，他的朋友是誰。強大的人。可怕的人。殺神的人。

而且，依藍德身邊不僅有一名，更是有兩名泰瑞司人，其中一名還是個女子。費倫從未見過泰瑞司女子，但即便如此，仍然很令人印象深刻。所有人都聽說過，崩解時期之後，每個侍從官都離開了他們的主人，拒絕再做僕人。泛圖爾是從哪裡找來兩個這些穿著色彩鮮豔外袍的侍從官服侍他？

眾人靜靜坐下，看著泛圖爾。有些人看起來侷促不安。他們應該要怎麼面對這個人？其他人似乎被……震懾住了？他沒看走眼吧？誰會被依藍德．泛圖爾震懾住，即使這個依藍德．泛圖爾下巴光滑，頭髮整齊，還穿著新衣服。費倫皺眉。王身邊帶著的是決鬥杖嗎？身邊還有一匹狼獒犬？

他已經不是王了，費倫再次提醒自己。

依藍德踏上議會舞台，轉身示意要他的人，總共八名去跟侍衛坐在一起，然後他轉身，看著費倫。

「費倫，你有話要說嗎？」

費倫發現自己原來還站著。「我……我只是……」

「你是議會議長嗎？」依藍德問道。

費倫一愣。「議長？」

「國王要主持議會。」依藍德說道。「我們現在沒有王，所以根據法令，議會應該要選出議長來決定發言順序，調整議程，以及在雙方票數相同時，投下決定票。」他頓了頓，瞅著費倫。「需要有人來領導，否則就會一片混亂。」

費倫不由自主地開始覺得緊張。泛圖爾知道策劃退位投票的人是費倫嗎？不，他不知道，不可能，他不會知道。他是一一輪流看著議會成員，四目相望。他已經不是先前來參加會議時，那個好脾氣好打發的男孩。如今在他們面前，穿著軍裝，堅定而非遲疑……他看起來幾乎像是變了一個人。

你似乎找到了老師，費倫心想。有點遲了，你等著看吧……

費倫坐了下來。「其實我們還沒機會選出議長。」他說道。「我們才剛開始。」

依藍德點點頭，腦子裡反覆播放十幾個指示。保持視線對望。利用細微卻堅定的表情，不要顯得慌張，也不要顯得遲疑。坐下來時不要扭動，不要手足無措，背脊挺直，緊張時手不要握成拳頭。

他快速一瞥廷朵。她對他點個頭。

*繼續啊，阿依。*他告訴自己。*讓他們感覺到你的不同。*

他走到自己的位置邊坐下，對議會中另外七名貴族點點頭。「好吧。」他說道，領先發言。「那我能提議議長人選嗎？」

「你嗎？」佳戴說道，他是一名貴族，在依藍德的記憶裡，他臉上似乎永遠都保持著厭惡之色。對於一個五官如此銳利，有一頭著黑髮的人而言，這表情還蠻適合的。

「不。」依藍德說道。「我在今天的議程中不能算是具有絕對公正的立場，所以我提議潘洛德大人。他的道德操守在我們之中算是一等一的，我相信我們能夠仰賴他來協調我們的討論。」

眾人安靜片刻。

「這似乎很合理。」海特，一名鑄鐵廠工人終於說道。

「贊成的請舉手。」依藍德說道，舉起手。總共有十八隻手。所有的司卡，大部分的貴族，只有一名商人。不過仍達到票數。

依藍德轉向潘洛德大人。「我相信這代表你是議長了，費爾森。」

莊重的男子感謝地點點頭，站起身來，正式開始會議，這以前是依藍德的工作。潘洛德的態度很圓滑，姿勢強而有力，身著筆挺的套裝。依藍德忍不住覺得有點嫉妒，看著潘洛德無比自然地展露自己正努力學習的特質。

也許他比我適合當王，依藍德心想。也許……

不，他堅定心智。我必須要有信心。潘洛德是個好人，也是完美的貴族，但這些條件不足以代表他就會是優秀的領導者。他沒有讀過我讀的書，他也不像我這般理解法律理論。他是個好人，但仍然是舊社會的產物。他不認為司卡是牲畜，但絕對無法將他們視為與自己同等的人。

潘洛德結束自我介紹，轉向依藍德。「泛圖爾大人，此次開會是由你召集，因此按照律法，你有權對議會成員發表開場白。」

依藍德點點頭致謝，站起身。

「二十分鐘夠嗎？」潘洛德問道。

「應該夠。」依藍德說道，與潘洛德交換位置，站在講台上。他的右方站滿了不斷交頭接耳、咳嗽、腳步挪移的群眾。房間氣氛很緊繃，這是依藍德第一次與背叛他的眾人同處一室，面對面直接交鋒。

「如同你們許多人所知，我最近剛自與史特拉夫．泛圖爾的會面返回。」依藍德對二十三名議會成員說道。「很不幸，那名軍閥亦是我的父親。我想爲各位報告一下面談結果。由於這是公眾會議，因此我的報告將不提及敏感的國家安全議題。」

他頓了頓，看到眾人臉上一陣迷惘之色，正如他所預期。終於，商人費倫清了清喉嚨。

「請說，費倫。」依藍德問道。

「說這些也未嘗不可，依藍德。」費倫說道。「可是你不是要談論我們聚集在此的原因嗎？」

「費倫，我們聚集在此是爲了討論如何保持陸沙德的安全跟繁榮。」依藍德說道。「我認爲人民更擔心城外軍隊的動向，因此我們的重點應該擺在回應他們的關切。議會統御的問題可以先擱置一旁。」

「我……明白了。」費倫顯然丈二金剛摸不著頭腦。

「時間是你的，泛圖爾大人。」潘洛德說道。「請隨意使用。」

「謝謝你，議長。」依藍德說道。「我想讓各位非常清楚一點：我的父親不會攻城。我可以瞭解爲什麼大家都很關切，尤其是上禮拜還發生了第一次的城牆攻防戰。但是那只是一場測試，史特拉夫擔心會腹背受敵，因此不會膽敢投入所有資源。

「在我們的會面中，史特拉夫告訴我，他與塞特達成聯盟，但我相信那是虛張聲勢，雖然很不幸的，也許是帶著獠牙的虛張聲勢。我相信他原本的計畫是：雖然外有塞特，但他仍然打算冒險攻擊我們。這個計畫被阻止了。」

「爲什麼？」一名工人代表問道。「因爲你是他的兒子？」

「並不是。」依藍德說道。「史特拉夫不會讓家族血緣關係阻撓他的決心。」依藍德頓了頓，瞥向紋。他開始意識到她不喜歡成爲抵著史特拉夫喉嚨的利刃，但她允許他在演說中提及她。

可是……

她說沒問題，他告訴自己。*我不是將責任置於她之上。*

「好了，依藍德。」費倫說道。「別在那邊神祕兮兮的了。你到底對史特拉夫做了什麼承諾，讓他同意不攻城？」

「我威脅他。」依藍德說道。「眾位議員，當與我父親在進行面談時，我發現我們所有人都忘記了我們最偉大的資源之一。我們認爲自己是具有榮譽心的團體，因爲人民的囑託而生，但我們今天能站在這裡，並不是因爲我們自己做的任何事。我們能有如今的地位只有一個原因，這個原因就是——海司辛倖存者。」

依藍德望著議會眾人的眼睛，繼續說道。「有時，我感覺倖存者是個傳奇，相信你們亦然，那是無人能仿效的。他對眾人的影響力遠超於我們任何人，雖然他已經不在世上。我們很嫉妒，甚至沒有安全感。這是自然、人性的感覺。跟普通人一樣，領導者亦會有這種感覺，甚至過而甚之。

「各位，我們不能再繼續如此思考。倖存者的遺愛不只屬於一群人，甚至不限於這個城市。他是我們的國父，所有在這片大陸上，獲得自由的人之父。無論你接不接受他的教義信念，都必須同意，沒有他的勇敢跟犧牲，我們無法享受現有的自由。」

「這跟史特拉夫又有什麼關係？」費倫沒好氣地問道。

「萬分相關。」依藍德說道。「因爲，雖然倖存者不在了，他仍遺愛人間，特別是他的門徒。」依藍德朝紋點點頭。「她是世界上最強大的迷霧之子，史特拉夫很清楚這點。各位，我瞭解我父親的個性，只要他擔心會有他無法阻止的來源對他進行報復，他就不會攻擊。如今他已明白，如果他發動攻擊，將會引來倖存者繼承人的憤怒，而那連統御主都無法抵擋。」

依藍德安靜下來，聽著流竄在眾人間的耳語。他所說的一切將會散播到城市裡，爲眾人帶來力量，也許甚至會透過依藍德知道必定在場的間諜，流傳到史特拉夫的軍隊。他注意到他父親的鎔金術師，那名叫做詹的人，也坐在台下。

當史特拉夫的軍隊聽到這個消息後，他們可能在接到攻擊命令時，會有所存疑。誰想要面對摧毀統御主的力量？這是個微小的希望，史特拉夫軍隊裡的人可能根本不信陸沙德傳出的謠言，但每一絲減弱的戰鬥意志都會有所幫助。

依藍德讓自己跟倖存者的聯繫更緊密一些，也不是壞事。他只需要克服自己的不安全感。凱西爾是個偉大的人，但他不在了。依藍德必須盡力確保倖存者的理想不滅，因爲那是對他的人民最好的事。

紋坐在那邊聽著依藍德的演講，胃部一陣痙攣。

「妳能接受嗎？」哈姆靠著她低問，聽著依藍德詳細描述他跟史特拉夫會談的情況。

紋聳聳肩。「只要能幫到王國。」

「妳向來不喜歡阿凱在司卡間試圖建立起的形象，我們也是。」

「這是依藍德需要的。」

坐在他們前方的廷朵轉過身，瞪了她一眼。紋以爲她是要責怪他們不該在議會討論時私下交談，但顯然泰瑞司女子想教訓他們的事情與此無關。

「王——」她仍然這樣稱呼依藍德。「需要保持與倖存者之間的聯繫。依藍德沒有什麼個人權威能倚仗，而凱西爾目前是中央統御區中最受愛戴、最受尊敬的人。靠著暗示政府是倖存者所建立起來的，會讓人民不敢隨便攪局。」

哈姆深思地點點頭，但紋卻看著地上。*怎麼了？我之前才在想自己是不是世紀英雄呢，結果現在擔心起依藍德給我加上的這些虛名？*

她不安地坐著，燃燒青銅，感覺遠方的鼓動，越來越大聲了……

*停下來！*她告訴自己。*沙賽德不認爲英雄會回來，他比任何人都瞭解這些歷史故事，本來也就是個愚蠢的希望。我需要專注於眼前的事物。*

畢竟，詹坐在觀眾席裡。

紋在房間後方找到他，燒了一點點錫，還不到會讓光線過度刺眼，卻足以讓她看清他臉上的表情。他沒有看她，而是在看議會。他是因爲史特拉夫的命令而來，還是自己要來的？史特拉夫跟塞特一定都安插了間諜，哈姆一定也安插了侍衛。可是詹仍然讓她很緊張。他爲什麼不轉頭看她？難道……

詹迎向她的目光。他微微淺笑，繼續研究起依藍德。

紋忍不住感到一陣寒顫。所以，這意思是他沒有躲避她？專注！她告訴自己。妳需要注意聽依藍德在說什麼。

他快說完了。他最後以幾句他認爲能如何讓史特拉夫不安的方法爲結尾，同樣，他不能講太多細節，否則會吐露太多祕密。他瞥向角落的大鐘，提早三分鐘結束。他開始要走下講台。

潘洛德大人清清喉嚨。「依藍德，你忘了一件事吧？」

依藍德遲疑了片刻，轉過頭去看議會。「你們要我說些什麼？」

「你難道沒有反應嗎？」一名司卡工人說道。「關於……上次會議發生的事？」

「你們都收到我的信件。」依藍德說道。「你們都知道我對這件事情的想法。可是，公眾場合不是指責或謾罵的地方。議會的尊貴不容許如此冒犯。我由衷期望議會沒有選在如此危機的時刻提出它的關切，但過去已經發生，不容更改。」

他再次準備坐下。

「就這樣？」一名司卡說道。「你甚至不打算爲自己辯護，說服我們要重新選擇你？」

依藍德又想了想片刻。「不，」他說道。「我不打算這麼做。你們已經讓我知道你們的意見，而我很失望。可是你們是人民選出的代表。我認同你們被賦予的權利。

「如果你們有疑問，或是有挑戰，我很樂於爲自己辯護，但是我不會站在那裡宣揚自身的優點。你們都認識我。你們都知道我的能耐，還有我打算如何服務這座城市跟附近的子民。就讓此做爲我的辯論。」

他回到椅子上。紋看得出廷朵臉上有一絲不滿。依藍德沒有按照他們兩人規劃的講稿發言，那個講稿正是回應議會所期待的辯論。

爲什麼要改變？紋心想。廷朵顯然不覺得這是個好做法，但奇特的是，紋發現自己偏向相信依藍德的直覺，而非廷朵的。

「這樣啊。」潘洛德大人說道，再次走到講台邊。「感謝你的正式報告，泛圖爾大人。我不確定我們是否還有其他議題要討論……」

「潘洛德大人？」依藍德開口。

「請說？」

「也許你應該舉行提名？」

潘洛德大人皺眉。

「王的人選提名，潘洛德。」費倫沒好氣地喝道。

紋頓時注意到這商人。他似乎有自己的計畫，她注意到。

「是的。」依藍德也在打量費倫。「要讓議會選出新王，必須至少在三天前完成提名。我建議我們現在進行提名，才能盡快投票。沒有領袖的每一天都讓城市更加艱辛。」

依藍德頓了頓，然後微笑。「當然，除非你們打算讓一個月過去，也不選新王……」

很好，確認他仍然想要王座，紋心想。

「謝謝你，泛圖爾大人。」潘洛德說道。「那我們現在就來進行這件事……那細節程序應該如何呢？」

「每個議會成員有權提出一名人選。」依藍德說道。「爲了不要讓選擇過多，我建議我們都該仔細思考，只選擇你發自內心認爲會是最佳國王人選的人。如果你有人選要提名，可以起立，對眾人宣告。」

潘洛德點點頭，回到座位，但他幾乎一坐下就有一名司卡起身。「我提名潘洛德大人。」

依藍德一定預料到這件事，紋心想。尤其他提名潘洛德為議長。為什麼要讓他的王位最大競爭對手知道這麼多的權利呢？

答案很簡單。因為依藍德知道潘洛德大人是議長的最佳人選。有時候，他太有榮譽心了，紋不是第一次做此感想。她轉身去研究那名提議潘洛德的司卡議員。這司卡為什麼這麼快就願意站在貴族身後呢？

她認為這一切都還太早了。司卡習慣被貴族領導，即使他們擁有自由，卻仍然是傳統的擁護者，甚至比貴族還傳統。潘洛德這樣一個貴族，冷靜、威嚴，看在司卡眼裡，必定比司卡更適合國王的頭銜。

他們早晚得克服這點，紋心想。至少，如果他們想實現依藍德所看到的潛力，必須要克服這點。

房間一陣靜默，沒有別的提議。幾個人在觀眾席中咳嗽，就連交頭接耳的聲音也都消失。終於，潘洛德大人本人站起。

「我提名依藍德．泛圖爾。」他說道。

「啊……」一個人在她身後低語。

紋轉身，瞥向微風。「什麼？」她低問。

「高招。」微風說道。「妳看不出來嗎？潘洛德是個有榮譽心的人，至少是貴族間最有榮譽心的之一，意思是他也會堅持讓眾人認為他很有榮譽感。依藍德提名潘洛德做議長——」

希望潘洛德同樣會覺得有提名依藍德為國王的義務，紋此時發現。她瞥向依藍德，注意到他唇角的一絲笑意。這是他一手促成的嗎？這招巧妙到就算出自微風之手也不為過。

微風讚賞地搖搖頭。「依藍德不需要提名自己，那會讓他顯得走投無路，而他現在讓議會所有人認為，他們尊重且可能會選為國王的人，寧可讓依藍德即位。高招啊。」

潘洛德坐下，房間仍然是一片沉默。紋同時懷疑，他提出這人選是杜絕他不選而勝的可能性。整個議會可能都認為依藍德該有重獲王位的機會，只是潘洛德有足夠的榮譽感，願意開口表達這個意見。

可是，商人呢？紋心想。他們一定有自己的計畫。依藍德認為策劃整個逼位投票的人應該就是費倫，他們希望讓自己人坐上王位，願意將大門敞開給背後操縱他們的國王，或是錢給最多的國王。

她端詳那八個人，穿著似乎比貴族還要精緻的西裝，似乎在等一個人的表態。費倫在計劃什麼？

一名商人想要站起，但費倫狠瞪他一眼。那人沒站起來。費倫靜靜地坐著，貴族的決鬥杖放在腿上。終於，但大多數房間裡的人都注意到那商人一直看著他時，費倫緩緩站起。

「我也要提議。」他說道。

司卡區傳來一聲恥笑。「現在誰在那邊神祕兮兮的啊，費倫？」一名議員說道。「你就說吧，提名自己。」

費倫挑起眉毛。「其實，我不是要提名自己。」

紋皺眉，也看到依藍德眼中的迷惘。

「不過，我很感謝大家的抬舉。」費倫繼續說道。「我只是個平凡的商人。我認爲，王的頭銜，應該屬於有特殊專長的人。請告訴我，泛圖爾大人，王必須出自議會成員嗎？」

「不。」依藍德說道。「王不必是議會成員。我本身就是在議會成立之後才就任王。王的工作是立法且執法，議會的工作是輔佐。王本身可能是任何人，不過頭銜是繼承制。我沒想到這一條會這麼快被使用。」

「果然如此。」費倫說道。「那就再好不過。我認爲，這個頭銜應該交給比較有經驗的人，一個曾經展現領導才能的人。因此，我提議灰侯．塞特大人爲我們的王！」

什麼？紋震驚地心想，看著費倫轉身朝觀眾大手一揮。一名坐在那裡的壯漢脫下了他的司卡披風，拉下頭罩，露出一套西裝以及滿面鬍鬚。

「糟了……」微風說道。

「眞的是他？」紋不敢相信地問道，眾人也交頭接耳了起來。

微風點點頭。「眞的是他。塞特王本人。」他頓了頓，然後直看著她。「我們可能有大麻煩了。」

我的同儕向來不在意我，他們認爲我的工作跟我的興趣不符合世界引領者的身分。他們不明白，我研究自然而非宗教的工作，造福了十四國的人民。

32

紋安靜、緊繃地坐著，眼神掃過人群。塞特不可能自己來，她心想。

她很快便發現了她在找的對象的身影。一群穿著司卡衣服的士兵在塞特的座位周圍形成保護圈。塞特沒有起立，但他身旁的一個年輕人站了起來。

大概三十名侍衛，紋心想。他也許沒有笨到會單獨來，但……親自進入他正在圍攻的城市？這是個很大膽的舉動——逼近愚蠢。但依藍德拜訪史特拉夫軍營的行爲也是一樣。

只不過，塞特的立場與依藍德大不相同。他沒有被逼入絕境，沒有冒著失去一切的風險，只除了……他的軍隊比史特拉夫的軍隊弱，克羅司又即將到來，如果史特拉夫眞的取得傳說中的天金，塞特身爲西方領袖的地位不保指日可待。進入陸沙德可能不是走投無路的行動，但絕對不是佔上風的人會做出的行動。塞特在賭一把。

而且他似乎很樂在其中。

塞特微笑，屋內陷入沉默。議員跟觀眾都震驚到說不出話來。終於，塞特對他幾名僞裝的士兵揮了揮手，他們抬起塞特的椅子，端到舞台上。議員們相互交談，轉向助理或同伴尋求確認塞特的身分。大多數貴族靜靜地坐著，紋覺得光這一點就應該足以證實塞特的身分。

「他跟我所預期的不同。」紋悄悄對微風說道，看著士兵爬上高台。

「沒人告訴妳他腳殘廢了？」微風說道。

「不只這樣。」紋說道。「他沒有穿套裝。」他穿著一條長褲跟襯衫，卻沒穿貴族的套裝外套，而是一件老舊的黑外套。「還有那鬍子。他不可能一年之內長出這麼大把鬍子，那一定是崩解前就有的。」

「妳只認得陸沙德的貴族，紋。」哈姆說道。「最後帝國是個大地方，有很多不同的社會。不是所有人都按照這裡的習慣穿著打扮。」

微風點點頭。「塞特是他那一區中最強大的貴族，所以他不需要擔心傳統與行爲準則，一切隨心所欲，當地的貴族都會巴結奉承他。在帝國中，有上百個不同的宮廷，裡面各自有上百個『小統御主』，每個區域都有自己的政治脈絡。」

紋轉向舞台。塞特坐在椅子上尚未發言。

終於，潘洛德大人起身。「眞是出人意外，塞特大人。」

「對！」塞特說道。「這才是重點！」

「你希望發言嗎？」

「我以爲我已經在發言了。」

潘洛德清清喉嚨，紋經過錫力增強的耳朵聽到有貴族鄙夷地說了一聲「西方人」。

「你有十分鐘的時間，塞特大人。」潘洛德說道，坐下。

「很好。」塞特說。「跟那邊那小子不同，我打算切切實實告訴你們，爲什麼該選我當王。」

「爲什麼？」一名商人議員說道。

「因爲我在你們家的鬼門口有支軍隊！」塞特大笑地說。

議會集體露出震驚的神情。

「這是威脅嗎，塞特？」依藍德平靜地說道。

「不，泛圖爾。」塞特回答。「這只是誠實，你們這些中央統御區的貴族似乎不惜一切都不願說實話。威脅只是承諾的相反。你跟那些人說了什麼？你的情婦用刀子抵著史特拉夫的喉嚨？所以你在暗示如果他們不選你，你就會叫你的迷霧之子退出，任憑城市被摧毀？」

依藍德滿臉漲紅。「當然不是。」

「當然不是。」塞特重複道，聲音響亮，毫無收斂之意，態度強勢。「我不會假裝，我也不躲躲藏藏的。我的軍隊在這裡，我打算要佔領這座城市，不過我寧願你們把城市直接交給我。」

「陛下，您，是個暴君。」潘洛德不帶一絲情緒地指出。

「那又怎麼樣？」塞特問道。「我是有四萬名士兵的暴君，人數比你們守牆的人多了一倍。」

「我們為何不能直接抓你當人質呢？」另一名貴族問。「你似乎已經好好地把自己交到我們手中。」

塞特大笑。「如果我今天晚上不回到營地去，軍隊已經被命令要直接攻擊、摧毀陸沙德，不計代價！他們之後可能會被老泛圖爾殺死，但那對你、我都不重要了！我們都已經全都死了。」

議會廳陷入一片沉默。

「看到沒，泛圖爾？」塞特問道。「威脅太有用了。」

「你真的認為我們會立你為王？」依藍德問道。

「沒錯。」塞特說道。「你的兩萬士兵加上我的四萬士兵，很輕易就能阻止史特拉夫入侵，甚至可以阻止克羅司軍隊。」

低語聲立刻響起，塞特挑起濃密的眉毛，轉向依藍德。「你沒跟他們說克羅司的事情吧？」

依藍德沒有回應。

「他們反正早晚會知道。」塞特說道。「總之，你們除了選我之外，別無選擇。」

「你不是個有榮譽感的人。」依藍德直接說。「人民期待他們的領導者有更好的表現。」

「我沒有榮譽感？」塞特帶著笑意說。「那你就是了？讓我直接問你，泛圖爾。在這個會議中，你的鎔金術師在安撫議會成員嗎？」

依藍德想了想，瞥到一旁，發現微風。紋閉起眼睛。依藍德，不要說——

「有。」依藍德承認。

紋聽到廷朵低聲嘆息。

「再來，」塞特繼續說。「你能誠實地說：你從未質疑過自己的能力？從未想過你是否是個好王？」

「我認為每個領袖都會想這些事。」依藍德說。

「我可沒有。」塞特說道。「我一直知道我天生就是掌權的人，而且我一直盡我所能牢牢地把權力抓住。我知道如何讓自己強大，意思是我也知道如何讓與我合作的人強大。

「我的條件是這樣。你們把王位給我，我會開始負責這裡。你們都能保有自己的頭銜，議會中沒有頭銜的人也能得到頭銜。同時，還能保住項上人頭，我跟你們保證，光這一點就是史特拉夫不會提出的交易了。

「人民可以繼續工作，我會確保他們冬天有東西吃。一切回到這一年多來發瘋日子前的樣子。司卡工作，貴族管理。」

「你認為他們會回到那樣的生活？」依藍德問道。「在我們奮鬥這麼久之後，你認為我會允許你強迫人民重返奴隸生涯？」

塞特在大鬍子下露出笑容。「我不認為這是由你來決定的，依藍德．泛圖爾。」

依藍德沉默了。

「我想跟你們一對一單獨會面。」塞特對議會說道。「如果你們允許的話，我想帶著一些手下入駐陸沙德。就來個……五千人吧，好讓我覺得安全，也不會對你們造成真正的危險。我會挑一座無人的堡壘居住，等到你們下禮拜做出決定，在這段期間，我會跟你們一一會面，解釋選我當國王能對你們帶來的……

好處。」

「賄賂。」依藍德啐了一口。

「當然。」塞特說道。「我要賄賂整個城市的人民，第一個要給的賄賂就是和平！你實在很愛給人扣大帽子，依藍德，什麼『奴隸』啦，『威脅』啦，『榮譽心』的啦。『賄賂』只是一個詞。你可以換個角度看，賄賂也只不過是換個說法的承諾而已。」塞特微笑。

議員們均陷入沉默。「我們是否該投票，表決應不應當允許他進入城市？」潘洛德問道。

「五千太多。」一名司卡議員說道。

「同意。」依藍德說道。「我們不能允許這麼多外來士兵進入陸沙德。」

「我一點也不喜歡這個做法。」另一人說道。

「為什麼？」費倫說道。「對我們來說，有個王在我們的城裡，總比在外面安全得多，不是嗎？況且塞特承諾要給我們所有人封號。」

這點讓所有人陷入沉思。

「你們乾脆今天就把王冠給我就算了。」塞特說。「開門迎接我的軍隊。」

「不行。」依藍德立刻說道。「除非有國王，或是你們現在就可一致通過表決。」

紋微笑。只要依藍德在議會上有席位的一天，一致通過就不可能發生。

「呿。」塞特說道，但他的手段足夠圓滑，知道不該再侮辱整個立法團隊。「那就讓我住在城裡吧。」

潘洛德點點頭。「贊成塞特大人住在城裡，隨行……一千名士兵的人，請舉手？」

總共有十九名議員舉手。依藍德不是其中之一。

「就這麼決定。」潘洛德說道。「我們休會兩個禮拜。」

不可能發生這種事，依藍德心想。我以爲潘洛德會是我的競爭對手，費倫是個較小的威脅，可是……一個正在威脅城市安危的暴君？他們怎麼能這麼做？他們怎麼會去考慮他的提議？

依藍德站起身，抓住轉身要走下高台的潘洛德。「費爾森。」依藍德低聲說道。「這太過分了。」

「我們必須考慮這個選擇，依藍德。」

「考慮將我們的人民出賣給一個暴君？」

潘洛德的表情一凝，甩開依藍德的手。「聽著，小伙子。」他低聲說道。「你是個好人，但你向來就是理想主義者。你花了大部分時間沉浸在書本跟哲學裡，我則是花了一輩子跟宮廷成員政治鬥爭。你瞭解理論，我瞭解人。」

他轉身，朝眾人點點頭。「看看他們，小伙子。他們嚇壞了。當他們挨餓凍死時，你的夢想有什麼用？當兩支軍隊正準備屠殺他們的家園時，你卻在高談自由跟正義。」

潘洛德轉身直視依藍德的雙眼。「統御主的系統不是完美的，卻能保障這些人的安危。在我們甚至連這點保障都沒有了。你的理想打不敗軍隊。塞特或許是暴君，但在他跟史特拉夫之間，我會選塞特。如果你沒有阻止我們，也許我們好幾個禮拜前就將城市交給他了。」

潘洛德朝依藍德點點頭，轉身加入幾名正要離開的貴族行列。依藍德靜立片刻。

我們在試圖脫離最後帝國，尋求自制的反抗群體中，觀察到一個奇特的現象，他回想起依凡提司在《革命研究》中的評論。幾乎所有的案例中，統御主不需要派遣軍隊重新征服叛軍。當他的軍隊抵達時，叛軍集團已經推翻自己。

似乎反抗軍覺得混亂比他們從前熟悉的暴政更難接受。他們歡欣喜悅地歡迎重回權威的懷抱——即便是壓迫性的權威——因爲對他們而言，不確定更爲痛苦。

紋跟其他人和他一起站在舞台上，他摟著她的肩膀，靜靜地看著眾人緩緩從室內離去。塞特坐在原處，周圍聚集著一小群議員，等著安排與他們的會面。

「好啦。」紋低聲說道。「我們知道他是迷霧之子。」

依藍德轉向她。「妳感覺到他在用鎔金術？」

紋搖搖頭。「不。」

「那妳怎麼知道？」依藍德問道。

「你看看他。」紋揮手說道。「他裝做一副不會走路的樣子，一定是在遮掩什麼。有什麼比當個殘廢更無辜的？你能想到隱藏迷霧之子身分的更好方法嗎？」

「紋……親愛的……」微風說道。「塞特從童年時就因為疾病導致雙腿無法走路了。他不是迷霧之子。」

紋挑起一邊眉毛。「這絕對是我聽過最好的偽裝故事之一。」

微風翻翻白眼，依藍德只是微笑。

「怎麼辦，依藍德？」哈姆問道。「塞特進城了，我們顯然不能用之前的辦法處理。」

依藍德點點頭。「我們得繼續計畫。先——」他沒說完，因為發現一名年輕人離開塞特的身邊，朝依藍德走來，正是之前坐在塞特身邊的那位。「塞特的兒子。」微風低聲說道。「奈容汀。」

「泛圖爾大人。」奈容汀說道，微微鞠躬。他的年紀大約和鬼影差不多。「父親想知道你何時希望與他會面。」

依藍德挑起一邊眉毛。「我不打算加入等待塞特賄賂的議員行列，小子。告訴你的父親，我們沒有什麼好談。」

「沒有嗎？」奈容汀問道。「那我姐姐呢？你綁架的那一個？」

依藍德皺眉。「你知道那不是真的。」

「我的父親仍然希望討論這件事。」奈容汀說道，充滿敵意地瞥了微風一眼。「況且，他認為你跟他之間的討論將對城市的未來有極大的助益。你在史特拉夫的陣營中與他會面，請不要告訴我，你不願在自己的城市中同樣以禮對待塞特。」

依藍德沉默。忘記你的偏見，他告訴自己。你需要跟那個人談談，就算當成是蒐集情資也好。

「好吧。」依藍德說道。「我會跟他會面。」

「一個禮拜後，共進晚餐？」奈容汀問道。

依藍德簡短地點點頭。

可是，身為發現艾蘭迪的人，我變成重要的人。最重要的世界引領者。

33

紋趴在地上，雙臂交疊枕著頭，細細研讀擱在前方地板上的紙張。經歷過去幾天的混亂，她意外地發現，原來重拾她的研究是如此讓人舒心的事情。

不過效果仍然有限，因為她的研究本身就是一個大問題。深闇回來了，她心想。即便迷霧殺人只是隨機發生的事，但迷霧的確開始再次露出敵意。這意思是指世紀英雄又該出現了，不是嗎？

她眞的認爲這人會是她嗎？越仔細想，越覺得荒謬，但她腦中聽見鼓聲，也看到霧裡的鬼魅。

還有，一年前跟統御主決鬥時發生的事，又該如何解釋？那晚她吸入了迷霧，把它當成金屬般燃燒，不是嗎？

這不夠，她告訴自己。這是我再也無法複製的偶發事件，不代表我就是某個宗教裡的神祕救世主。她甚至對提到英雄的預言內容到底是什麼都一無所知。日記提到他的出身背景應該十分卑微，但是這種描述符合最後帝國裡的每個司卡。據說他其實擁有貴族血統，但城市裡面每個混血兒也都是。她敢打賭，大多數的司卡血統中至少都藏著會有一兩個貴族祖先。她嘆口氣，搖搖頭。

「主人？」歐瑟轉頭問道。牠站在一張椅子上，前腳搭著窗台，望向城市。

「預言、傳說、徵象。」紋說道，一手拍上整疊筆記。「有什麼意義？泰瑞司人爲什麼會相信這種東西？宗教難道不該教導一些比較實際的知識？」

歐瑟坐在椅子上。「有什麼事比知道未來更實際？」

「如果預言眞的是說些有用的事情，那我會同意，但就連日記裡都承認，泰瑞司預言可以用許多方式解讀。能隨意被闡述的諾言，有什麼意義？」

「不要因爲妳不相信就輕易看不起別人的信仰。」

紋輕哼。「你怎麼說話越來越像沙賽德了。有一部分的我甚至覺得這些預言跟傳說只是那些神棍們編出來想混口飯吃的。」

「只有一部分？」歐瑟問道，聲音滿是笑意。

紋想了想，點點頭。「是生長於街頭，總覺得有人會騙我的那部分。」不願意承認她有其他新想法與感覺的那部分。

鼓動聲越發強烈。

「預言不一定是騙局，主人。」歐瑟說道。「甚至不一定是關於未來的承諾，很可能只是表達出某種希望。」

「你懂什麼。」紋不予理會地說道，將紙張攏在一旁。

一陣沉默。「當然什麼都不懂，主人。」歐瑟最後說道。

紋轉向狗。「對不起，歐瑟，我不是那個意思……我只是，最近經常心不在焉。」

咚。咚。咚……

「妳無須對我道歉，主人。」歐瑟說道。「我只是坎得拉。」

「你還是有人格。」紋說道。「雖然也有狗的口臭。」

歐瑟微笑。「骨頭是妳挑的，主人。後果妳得自行承擔。」

「這跟骨頭可能有關。」紋站起身來說道。「但我不認爲你吃的那些爛肉有助於改善口臭。說眞的，哪天我們眞該找些薄荷葉來給你嚼嚼。」

歐瑟挑起他的狗眉。「口味芳香的狗就不引人注目？」

「除非你剛好親了人，否則誰會發現。」紋說道，將一疊紙放回書桌。

歐瑟以狗的方式輕笑了兩聲，繼續端詳城市。

「車隊走完沒？」

「走完了，主人。」歐瑟說道。「雖然這裡蠻高的，但還是看不太清楚，不過塞特王似乎搬好家了。他帶來的車隊還眞浩大。」

「他是奧瑞安妮的父親。」紋說道。「那女孩雖然沒事就抱怨軍中住宿品質不好，但我敢打賭，塞特喜歡讓自己總是舒舒服服的。」

歐瑟點點頭。紋轉身靠著書桌，看著牠，想著牠剛說的話。表達出某種希望……

「坎得拉有宗教，對不對？」紋猜測。

歐瑟立刻轉身。光這點就證實了她的想法。

「守護者們知道嗎？」紋問道。

歐瑟以後腳站立，前腳靠著窗台。「我不該開口的。」

「沒什麼好怕的。」紋說道。「我不會洩漏你的祕密，但我想不出來爲什麼這件事仍然需要是祕密。」

「這是坎得拉的習慣，主人。」歐瑟說道。「別人不會有興趣知道。」

「當然有。」紋說道。「你沒想過嗎，歐瑟？守護者們相信，最後一支獨立宗教好幾個世紀前就被統御主摧毀了。如果坎得拉保留了自己的信仰，意謂著統御主對最後帝國的宗教控制並非絕對。這一定有很重大的意義。」

歐瑟歪著頭想了想，彷彿從來沒從這個角度思考過。

統御主的宗教控制不是絕對的？紋心想，對於自己的用詞遣字感到有些意外。他統御老子的，我連講話都開始像沙賽德跟依藍德了。最近真是書讀太多了。

「主人，即便如此，」歐瑟說，「我還是希望妳不要對妳的守護者朋友們提起這件事。他們可能會開始問一些讓人尷尬的問題。」

「他們的確會。」紋點頭說道。「你們到底有什麼預言？」

「妳大概不會想知道的，主人。」

紋微笑。「是跟推翻我們有關，對不對？」

歐瑟坐了下來，她幾乎看得出牠的狗臉滿面通紅。「我的……族人長久以來都受到契約的束縛。主人，我知道妳不太能瞭解我們爲何選擇以如此沉重的方式存活，但對我們而言這是必須的。但是，我們的確夢想著有一天能夠無須如此。」

「當所有人類都臣服於你們時？」紋問道。

歐瑟別過頭。「其實是當他們都死光了的時候。」

「哇。」

「這些預言不能從字面上的意義來瞭解，主人。」歐瑟說道。「它們是比喻，用來表達某種盼望，至少我向來是這麼解讀的。也許妳的泰瑞司預言也是一樣？表達一種信仰在如果人民陷入危險時，神會派英雄來保護他們？若眞是如此，那預言的模糊就是刻意且合理的。預言不是用來指某個特定的人，而是表達一種普遍的感覺，普遍的希望。」

如果預言不是明確的，那爲什麼只有她能感覺到鼓動？

停止，她告訴自己。不能太快下結論。「當所有人類都死了，是吧。」她說。「我們怎麼死的？被坎得拉殺死？」

「當然不是。」歐瑟說道。「即便在宗教裡，我們仍然格守契約。宗教預言裡說到，你們會自殺，因爲畢竟你們屬『滅』，坎得拉屬『存』。我記得，你們應該是會……利用克羅司爲卒子，摧毀世界。」

「你居然聽起來很同情牠們。」紋笑著說道，有了新發現。

「坎得拉其實對克羅司頗有好感，主人。」歐瑟說道。「我們之間有某種關連，因爲我們都瞭解身爲奴隸的感受。我們都是被最後帝國文化排擠在外的兩族，我們都存——」

牠突然停了下來。

「怎麼了？」紋問道。

「我能不能不要再說了？」歐瑟問道。「我已經說太多了。妳讓我失去自制，主人。」

紋聳聳肩。「每個人都需要有自己的祕密。」她瞥向門口。「不過有一個祕密是我必須要找出來的。」

歐瑟從椅子上跳下來，跟她一起出了房間。

皇宮裡某處仍有間諜。她被迫忽視這點已經太久了。

依藍德深深望入井裡。黑色井口開得很大，好讓許多司卡都能同時往來使用，彷彿像是一個張開的大嘴，石頭嘴唇正準備將他一口吞下。依藍德瞥向一旁跟一群醫者在說話的哈姆。

「一開始會注意到這件事，是因爲有許多人來找我們時都提到下痢跟腹痛。」醫者說道。「他們的症狀出奇頑強，大人。我們因爲這種病症已經……失去好幾名病人了。」

哈姆皺著眉頭瞥向依藍德。

「每個生病的人都住在這一區。」醫者繼續說道。「而且都從這口井或隔壁廣場的井取水用。」

「潘洛德大人跟議會知道這件事嗎？」依藍德問道。

「呃，沒有，大人。我們想您……」

我已經不是王了，依藍德心想。可是他說不出這些話，尤其是對眼前這位尋求他協助的人。

「我來處理。」依藍德嘆口氣說道。「你們回去照顧病人吧。」

「我們的診所已經人滿爲患了，大人。」他說道。

「那就找一間無人的貴族宅邸用。」依藍德說道。「附近多得很。哈姆，帶幾名我的侍衛去幫他搬動病人，還有整理一下屋子。」

哈姆點點頭，揮手招來一名士兵，叫他從皇宮帶二十名值班的士兵去跟醫者會合。醫者微笑，露出安心的表情，向依藍德鞠躬施禮後才離開。

哈姆走上前來，跟依藍德一起站在井邊。「意外？」

「不太可能。」依藍德焦躁地抓住石井邊緣。「問題是，誰下的毒？」

「塞特剛進來。」哈姆揉著下巴說道。「派幾個士兵來偷偷放毒很容易。」

「這比較像是我父親會做的事。」依藍德說道。「用意是要增加我們的緊張，報復我們在他的軍營裡擺了他一道。況且，他有個迷霧之子，下毒再容易不過。」

當然，同樣的事也發生在塞特身上過。微風在回來之前，也在塞特的飲水中下了毒。依藍德咬緊牙關，他眞的判斷不出來是誰下的手。

無論如何，有毒水的井意謂著問題。城裡當然有別口井，但同樣暴露在外，人民可能得開始仰賴河水，但河水污穢，又因軍營跟城市所拋出的廢棄物而污染，非常地不健康。

「派侍衛守住這幾口井。」依藍德揮手說道。「封起來，貼上警告，告訴所有的醫者要仔細注意是否有別的疫情。」

越來越緊繃了，他看著點頭的哈姆心想。再這樣下去，冬天結束之前，我們必定會崩潰。

晚餐後，紋先繞道去看望幾名生病的僕人，他們讓她頗爲擔心；之後去看望依藍德，他剛跟哈姆從城市裡回來。最後，紋跟歐瑟繼續他們原本的計畫：找多克森。

他們在皇宮圖書室中找到他。這裡原本是史特拉夫的私人書房。依藍德似乎覺得這房間的新用途很有趣。

紋個人覺得，圖書室的位置還沒有它的藏書來得有趣。或該說，有趣的是它稀少的藏書數量。雖然房間四面都是書櫃，但大多數看起來早就已經被依藍德掃掠過，一排排的書中間總有落寞的空洞，同伴一一被帶走，彷彿依藍德是某種猛獸，將整群溫馴的動物鯨吞蠶食過。

紋微笑。大概要不了多久，依藍德就會偷走小圖書室裡的每一本書，將它們全都搬入他的書房裡，然後又不經意地放入一疊書裡——表面上的原因是這樣才方便歸還。不過這書房裡的書仍然不少，大多數是帳本，數學相關的書，有財務上的注記——都是些依藍德比較不感興趣的話題。

多克森坐在圖書室的一張桌子前，在筆記本中振筆疾書。他注意到她的來訪，笑著瞥了她一眼，手下卻沒停，顯然是不想打斷思緒。紋等他寫完，歐瑟坐在她身側。

在所有的團員之中，過去一年來，變得最多的似乎就是多克森。她記得在凱蒙的密屋時，第一次見到他的印象。當時多克森是凱西爾的右手——兩人之間比較「務實」的那一個——但多克森總帶有幽默感，讓人感覺他其實是喜歡扮演自己的角色。他不阻礙凱西爾，而是彌補了他的不足。

凱西爾已死。多克森該怎麼辦？他一如往常地穿著貴族服裝，在所有的集團成員中，似乎是他最適合如此的打扮。如果他將短鬍子剃掉，他跟貴族就別無二致，不是富有的高官，而是一名中年貴族，畢生都在某個大族族長的指揮下，負責家族的商務交易。

他在寫筆記，這是他向來的工作。他仍然是集團中最盡責的那一個，所以，改變在哪裡？他仍然是同樣的人，做著同樣的事，只是感覺不一樣了。笑意消失了，他不再暗自享受周遭人物各自的怪異之處。少了凱西爾，多克森似乎從溫和變成了……無趣。

這正是引起她懷疑的地方。

我必須這麼做，她心想，對多克森微笑，看著他放下筆，揮手請她坐下。

紋坐了下來，歐瑟站到她椅子邊。多克森看著狗，微微搖頭。「紋，妳的狗眞是教養出色啊。」他說道。「我想我從來沒有見過這樣的狗……」

他知道了嗎？紋震驚地想。坎得拉認出另一隻穿著狗身的坎得拉嗎？不可能。否則歐瑟早就幫她找到冒牌貨了。所以，她只是再度微笑，拍拍歐瑟的頭。「市場中有個訓練師，他專門教導狼獒犬要如何留在年幼孩童身邊，保護他們不受危險。」

多克森點點頭。「來找我有什麼事？」

紋聳聳肩。「只是好久沒聊天了，老多。」

多克森靠回椅背。「現在可能不是最適合聊天的時候。我得準備皇家財務報表，萬一依藍德的選舉不成功，這些都得移交給別人。」

坎得拉有辦法記帳嗎？紋猜想。有，牠們一定早就知道，早就已經準備好。

「對不起。」紋說道。「我不是要來打擾你，只是依藍德最近很忙，沙賽德又有自己的研究……」

「沒關係。」多克森說道。「我可以停個幾分鐘。妳在想什麼？」

「你記得我們在崩解前的那次對話嗎？」

多克森皺眉。「哪次？」

「你知道的……就是關於你童年的那次。」

「噢。」多克森點點頭。「怎麼了？」

「你還是那樣想嗎？」

多克森沉思地想了想，手指緩緩敲著桌面。紋等著，試圖不要展現她的緊張。這個對話是他們兩人之間的事情，當時，多克森第一次提到他有多痛恨貴族。

「應該不同了。」多克森說道。「我已經不這麼想了。阿凱一直說，妳對貴族太寬容了，紋。可是，直到最後，妳都一直在慢慢改變他。我不認爲貴族社會必須完全被摧毀，他們也不全都是我們以爲的禽獸。」

紋安下心來。他不只知道他們談論什麼，更知道其中的細節，當時在場的只有她一人，這一定代表他不是坎得拉，對吧？

「都是因爲依藍德，對不對？」多克森問道。

紋聳聳肩。「算是吧。」

「我知道妳希望我們能處得更好，紋。可是，就各方面來講，我認爲我們已經算是處得不錯，他是個好人，我也承認這點，但他有些身爲領袖的缺點：不夠大膽，不夠有氣勢。」

不像凱西爾。

「可是，我不想看到他失去王位。」多克森繼續說。「以貴族而言，他以相當公允的態度面對司卡。」

「他是個好人，老多。」紋輕聲說道。

多克森別過頭。「我知道。可是……唉，每次我跟他說話，就會看到凱西爾站在他身後，對我搖著頭。妳知道阿凱跟我夢想推翻統御主想了多久嗎？其他的成員都以爲凱西爾的計畫是新生的熱情，是他在深坑裡想到的，但它遠比那早得多，紋。早得太多了。

「阿凱跟我向來憎恨貴族。當我們還年輕計畫第一次行動時，我們是想致富，但也想傷害他們，報復他們奪取他們無權佔有的東西。我的愛人……凱西爾的母親……我們偷的每分錢，在小巷中殺的每個貴族，都是我們戰爭的一部分，是我們懲罰他們的方式。」

紋靜靜坐著。就是這些故事，這些陰魂不散的過去，讓她在凱西爾身邊時總有一點不安，也包括他希望她成爲的樣子。即使她的直覺不斷教唆她應該趁夜晚帶著匕首去教訓史特拉夫跟塞特，但那些感受總讓她產生遲疑。

多克森有同樣的冷酷。阿凱跟老多都不是邪惡的人，但他們的報復心很強烈。無論多少的和平、創新和補償，都無法安撫他們長久受到壓迫在身上留下的痕跡。

多克森搖搖頭。「結果我們讓他們之一坐上了王位。我忍不住想，我讓依藍德統治，阿凱會生我的氣，無論依藍德是多好的人。」

「凱西爾最後改變了。」紋靜靜說道。「你自己也這麼說的，老多。你知道他救了依藍德一命嗎？」

多克森轉過頭來看她，皺著眉頭。「什麼時候？」

「最後那一天。」紋說道。「在跟審判者打鬥時，阿凱保護了來找我的依藍德。」

「他一定以爲他是囚犯之一。」

紋搖頭。「他知道依藍德是誰，知道我愛他。在最後，凱西爾願意承認，一個好人是值得保護的，無論他的父母是誰。」

「我很難接受這點，紋。」

「爲什麼？」

多克森迎向她的雙眼。「因爲，如果我接受依藍德不應擔下他的族人對我的族人所犯下的惡行——那我就必須承認，我對他們的所做所爲，讓我成爲了禽獸。」

紋顫抖。在那雙眼睛裡，她看見多克森改變的眞相。她看到他的笑意是如何死去。她看到他的罪惡感。那些謀殺。

這個人不是冒牌貨。

「紋，這個政府無法爲我帶來喜悅。」多克森輕輕說道。「因爲我知道，爲了創造它，我們做了什麼事。重點是，再給我一次機會選擇，我仍然不會改變。我告訴自己，這是因爲我相信司卡應該獲得自由。在夜裡，我獨自安靜地躺著時，仍然會因爲我們對前任統治者所做出的一切感到滿意。他們的社會被瓦解了。他們的神死了。如今，他們明白了。」

紋點點頭。多克森低下頭，彷彿很羞愧，這是她鮮少在他身上看到的情緒。兩人之間，似乎再無話可說。多克森安靜坐著，任由紋離去，筆跟帳本被遺忘在書桌上。

「不是他。」紋說道，走在空曠的皇宮走廊中，她試圖擺脫仍然迴蕩在她腦海中，多克森的聲音。

「妳確定嗎，主人？」歐瑟問道。

紋點點頭。「他知道我在崩解時期前，跟多克森有過的一番私密對話。」

歐瑟沉默片刻。「主人，」牠終於開口，「我的同胞在做這種事時，往往很徹底。」

「我知道，但他怎麼會知道那些事？」

「我們經常在取得骨頭前會先訪談那個人，主人。」歐瑟解釋。「我們會在不同的場合中和那個人會面，找到方法談論他們的生活，也會談論朋友跟熟識的人。妳有跟任何人提起妳跟多克森的對話嗎？」

紋停下腳步，靠著石頭走廊。「也許有跟依藍德說過。」她承認。「我想那之後我隨即就去找了沙賽德，告訴他。那幾乎已經是兩年前的事了。」

「這樣可能就夠了，主人。」歐瑟說道。「我們無法對那人的事情全盤瞭解，但我們會試圖找出這類事情，例如私下的對話、祕密、爲人守密的資訊，好在適當的時間提起，加強我們的幻象。」

紋皺眉。

「而且……不只這樣，主人。」歐瑟說道。「我的懷疑是因爲我不希望妳想像妳的朋友在受苦，但我們的主人經常是下手的那個人，而且會對他們挑定的對象施予酷刑，好取得資訊。」

紋閉起眼睛。多克森感覺好眞實……他的罪惡感，他的反應……這假裝不了吧？

「可惡。」她低聲說道，睜開眼睛，轉過身，嘆口氣推開走廊窗戶的百葉窗。外面一片漆黑，迷霧在她面前盤旋。她趴在石窗台前，望著兩層樓下方的中庭。

「老多不是鎔金術師。」她說道。「我怎麼能確定他是否是冒牌貨？」

「我不知道，主人。」歐瑟說道。「這向來不是簡單的事。」

紋靜靜地站著，不自覺地拉扯著她的青銅耳針——這是她母親的耳針——在手指間翻動，看著它折射出光芒。原本這上面鍍著銀，但大部分都已褪去。

「我眞的很厭惡這樣。」她終於低聲說道。

「什麼事，主人？」

「這樣……不信任。」她說道。「我不喜歡懷疑我的朋友。我以爲我再也不需要懷疑我身邊的人。現在的感覺就像是我肚子裡插了一把刀，每次跟集團中的人會面，就戳得更深。」

歐瑟在她身邊坐定，歪著頭。「可是，主人，妳已經洗刷幾個人的嫌疑了，不是嗎？」

「是的。」紋說道。「但只是將範圍縮小，讓我更靠近，知道他們之中到底誰已經死了。」

「而那不是件好事。」

紋搖搖頭。「我不希望是他們之中的任何人，歐瑟。我不想懷疑他們，我不想發現我們是對的……」

歐瑟起初沒有反應，讓她一個人盯著窗外，迷霧漸漸流散到她身旁的地面上。

「妳是認眞的。」歐瑟終於說道。

她轉過頭。「我當然是認眞的。」

「對不起，主人。」歐瑟說道。「我不是要侮辱妳，我只是……唉，我擔任過許多人的坎得拉，太多人對周遭的人充滿懷疑跟恨意，我開始以爲你們人類缺乏眞正信任的能耐。」

「太蠢了。」紋說道，轉回去面對窗外。

「我知道。」歐瑟說道。「但如果有足夠的證據，人類往往會相信很蠢的事情。無論如何，我要道歉。我不知道妳的哪位朋友過世了，但我很遺憾我的族人讓妳如此痛苦。」

「無論牠是誰，牠只是在遵守牠的契約。」

「是的，主人。」歐瑟說道。「是契約。」

紋皺眉。「你有辦法知道哪隻坎得拉在陸沙德有契約嗎？」

「對不起，主人。」歐瑟說道。「這是不可能的。」

「我猜也是。」她說道。「不管牠是誰，你有可能認識嗎？」

「坎得拉是個很緊密的族群，主人。」歐瑟說道。「而且我們的人數很少。很有可能我跟牠很熟。」

紋敲著窗台，試圖判斷這個資訊是否有用。

「我仍然不覺得是多克森。」她終於說道，將耳針塞回。「我們先跳過他。如果沒有其他線索，再回頭……」她話沒說完，因爲有東西引起她的注意。有人在中庭裡走動，卻沒拿燈火。哈姆？她心想。但那走路的姿勢不對。

她鋼推不遠處，掛在牆上的一盞燈。燈罩突然閉起、晃動，走廊陷入一片漆黑。

「主人？」歐瑟問道，看著紋爬上窗戶，驟燒錫，瞇眼端詳黑夜。

絕對不是，她心想。

她第一個想到的是依藍德，突然害怕她在跟多克森說話時有殺手潛入，但現在時間還早，依藍德一定還在跟他的幕僚們談話，不像是刺殺的好時間。

而且，只有一個人？身高看起來不像是詹。

可能只是個侍衛，紋心想。我爲什麼總是這麼疑神疑鬼？

可是……她看著那人走入中庭，直覺立刻反應。他的動作很詭異，彷彿他不太自在，彷彿他不想被人看到。

「到我懷裡。」她對歐瑟說道，將一枚裹了布的錢幣拋出窗外。

牠配合地躍起，她則從窗台躍下，墜落了二十五呎，跟錢幣同時落上地面，放下歐瑟，朝迷霧點點頭。牠緊跟在她身旁，他們一起潛入黑夜，壓低身子，試圖看清那個人是誰。他走得很快，朝皇宮的側面前進，那裡是僕人的路口。經過時，她終於看到他的臉。

德穆隊長？她再猜。

她跟歐瑟一起蹲在附近一小疊木箱旁邊。她對德穆瞭解多少？他是將近兩年前被凱西爾招募的司卡反抗軍之一，擔負起指揮的責任，很快就獲得晉升，是當時其餘士兵跟著葉登被殲滅時，留守下來的忠心士兵之一。

在崩解後，他就跟集團在一起，最後成爲哈姆的副手，受過不少哈姆的訓練，這可能解釋爲何他沒帶火把或燈籠就在黑夜裡行走，但即便如此……

如果我要取代集團中的某個人……紋開始猜想，我不會挑選鎔金術師，這樣太容易引人注意，我會挑個普通人，一個不需要做決定，也不需要引起注意的人。一個接近集團核心，卻不一定是其中一員的人，一個總是在重要集會附近，但是其他人並不太熟的對象……

她感到一陣激動。如果冒牌貨是德穆，那就代表她的好朋友們沒有人死，也就是那坎得拉的主人比她猜想得還要聰明。

他繞過堡壘，她靜靜跟隨其後，但無論他今晚要做什麼，他都已經完成工作，因爲他走過建築物一側的入口，跟守門的士兵打了招呼。

紋坐回在陰影中。他跟侍衛交談，所以他不是偷溜出去的，但是……她認得彎腰駝背的姿勢，緊張的動作。他因爲某件事而緊張。

*就是他，*她心想。*他就是間諜。*

可是，現在她該怎麼辦？

在期待經裡，有我的位置。我認爲我是宣告者——預言中發現世紀英雄的先知。當眾宣告放棄對艾蘭迪的支持，等同於放棄我的新地位，放棄眾人對我的接納。因此，我沒有這麼做。

34

「這不成。」依藍德說道，搖搖頭。「我們需要全員一致通過——當然不包括那個被逼退出的人——才能遣退一名議會成員。我們絕對不可能說服全部的商人。」

哈姆看起來有點氣餒。依藍德知道哈姆自認爲直覺精準，的確哈姆也擅長抽象思考，但他不是學者。他喜歡發想問題跟答案，卻沒有仔細研讀文字，找出其中意義的經驗。

依藍德瞥向一旁的沙賽德，他坐在不遠處，面前攤開一本書。守護者四周至少堆了十幾本書，但有趣的是，他的書堆都很整齊，書背朝向同一個方向，封面貼齊，而依藍德的書堆則是雜亂不已，到處都有筆記紙張以不同的角度露在外頭。

如果不需要到處走動，一個房間內能塞入的書本數量是頗爲驚人的。哈姆坐在地板上，身邊也有一小堆書，不過他大多數時間都花在提不同的想法。廷朵有張椅子，卻沒有讀書。她覺得訓練依藍德當國王完全沒有問題，但拒絕和大家一起研究、提議他要如何保住王位。這件事在她眼中，似乎跨越某條教育者與政治勢力之間的隱形界線。

*幸好沙賽德不像那樣，*依藍德心想。*如果他像那樣，統御主可能還在當權。事實上，紋跟我可能已經都死了。當她被審判者抓住時，救了她的人是他，不是我。*

他不喜歡多想那件事。他拯救紋的失敗行動似乎代表了他一生中從未成功的事。他總是有好意，但鮮少能實現。這一點，即將改變。

「這個呢，陛下？」說話的是房間唯一的外人，一名叫做諾丹的學者。依藍德試圖忽視那人眼睛周圍的複雜花紋，那顯示諾丹原本是名聖務官。他帶著大眼鏡，試圖要隱藏他的刺青，可是他原本身居鋼鐵教廷頗高的職位，他可以放棄信仰，但刺青永遠消除不掉。「你找到什麼？」依藍德問道。

「一些關於塞特大人的資訊，陛下。」諾丹說道。「我在您從統御主皇宮中取來的一本筆記簿中找到的。塞特似乎不像他表面裝給我們看的那樣，對陸沙德政治如此無動於衷。」諾丹輕笑。

依藍德從來沒有見過這樣笑意盈盈的聖務官。也許這就是爲什麼諾丹不像他的許多同僚那樣離開城市，他似乎眞的與他們格格不入。他是依藍德找來擔任王國中書記官跟官僚職位的其中一人。

依藍德瀏覽了諾丹的書頁。雖然裡面寫滿了數字而非文字，但他天生屬於學者的頭腦很快便解讀了這個資訊。塞特跟陸沙德有許多交易往來，大多數都有地位較低的家族出面協商，也許騙得過貴族，卻騙不過參與每筆交易的聖務官。

諾丹將筆記簿遞給沙賽德，後者快速看過一遍數字。

「所以，」諾丹說道，「塞特大人想要裝出與陸沙德毫無關連的樣子，他的鬍子與態度只是爲了強化別人的印象，但其實他一直在不動聲勢地插手這裡的事物。」

依藍德點點頭。「也許他發現，假裝不參與政治是避免不了政治的。沒有牢固的政治關係，他絕對無法掌握如此大的權力。」

「所以我們從中得知什麼？」沙賽德說道。

「塞特實際上遠比他裝出的更擅長這個遊戲。」依藍德說道，跨過一堆書，走回自己的椅子。「我認爲他昨天操縱我跟議會的手法也展現了這點。」

諾丹輕笑。「眞可惜你們看不到自己的樣子，陛下。塞特出現時，有幾名貴族議員甚至在位子上彈跳了一下！我認爲你們其他人是驚訝到——」

「諾丹？」依藍德說道。

「是的，陛下？」

「請你專注於手邊的工作。」

「呃，是的，陛下。」

「沙賽德？」依藍德問道。「你覺得呢？」

沙賽德從書前抬起頭來，那本書是依藍德所寫的《城市法律規章注釋版》。泰瑞司人搖搖頭。「你寫得很好。如果塞特大人被任命，我找不出多少阻止他即位的方法。」

「聰明反被聰明誤？」諾丹問道。

「很可惜這是我不常有的問題。」依藍德說道，坐在原處揉著眼睛。

*紋經常是這種感覺嗎？*他猜想。她睡得比他還少，而且隨時都在動來動去，跑來跑去，打鬥，探查，但她精神向來很好。依藍德光是努力讀了兩天書，就開始覺得精神不濟了。

專注，他告訴自己。知己知彼，百戰百勝，天無絕人之路。

多克森仍然在寫著給其他議員的信件。依藍德想跟願意與他會面的人見面，很不幸的是，他覺得人數不會太多。他們投票逼他退位，如今他們有了一個似乎能輕易解決問題的選擇。

「陛下……」諾丹緩緩開口。「您會不會覺得，也許，我們應該讓塞特坐上王位？畢竟，他能有多糟糕？」

依藍德渾身一僵。他僱用這位前聖務官正是因爲諾丹有著完全不同的思考角度。他不是司卡，也不是高階貴族，更不是盜賊，只是個喜好研究的平凡人，因爲不想當商人，所以加入了教廷。對他而言，統御主之死是一件極大的災難，摧毀了他原本的生存方式。他不是個壞人，卻對司卡的苦難一無所知。

「你覺得我訂定的法律如何，諾丹？」依藍德問道。

「聰明至極，陛下。」諾丹說道。「很敏銳地呈現了古代哲學家的理念，卻又與現代務實主義強烈契合。」

「塞特會尊重這些法律嗎？」依藍德問道。

「我不知道，我並不眞的認識他。」

「你的直覺呢？」

諾丹遲疑了。「不。」他終於說道。「他不是會受到律法規範的人。他一切任性而爲。」

「他只會帶來混亂。」依藍德說道。「看看來自他家鄉跟他征服的地方所傳出來的資訊。那些地方完全陷入混亂，留下了一堆未完成的結盟跟保證，只靠入侵的威脅將一切連結在一起。把陸沙德交給他，只會帶來下一次的城市崩壞。」

諾丹抓抓臉頰，然後深思地點點頭，繼續讀書。*我可以說服他，*依藍德心想。*如果我也能說服議員們就好了。*

但是諾丹是學者，他想事情的方法跟依藍德一樣。邏輯事實對他而言已經足夠，穩定的承諾遠超過於財富。議會則完全不同。貴族想要回到原本的生活方式，商人只看到有機會能得到他們一直羨慕且想擁有的頭銜，而司卡淨是擔心會發生慘烈的屠殺。

然而，這樣的說法也算是以偏蓋全。潘洛德大人自認爲是城市的大家長，最高階的貴族，需要節制他們處理問題的方法，免得太過極端。齊奈勒，一名鋼鐵工人，認爲中央統御區需要跟周圍的王國建立起關係，因此覺得跟塞特聯盟是保護陸沙德的長遠之計。

二十三名議員，個個有自己的理想、目標、問題。這正是依藍德的目的：在這樣的環境中盡量引發不同想法，他只是沒預料有這麼多想法都與他的相左。

「你說得對，哈姆。」依藍德轉身說道。

哈姆抬起頭，挑起眉毛。

「一開始你跟其他人就想跟其中一支軍隊結盟，將城市交給他，交換條件是不讓城市落入另一支的軍隊手中。」

「我記得。」哈姆說道。

「這就是人民想要的。」依藍德說道。「無論有沒有我的同意，他們似乎都想將城市交給塞特。我們早該遵照你的計畫。」

「陛下？」沙賽德輕聲開口。

「什麼事？」

「很抱歉，」沙賽德說道，「但你的職責不是要照人民的想法去做。」

依藍德皺眉。「這好像是廷朵會說的話。」

「我鮮少認識有人如她一般的睿智，陛下。」沙賽德說道，瞥向她。

「我不同意你們兩人的話。」依藍德說道。「統治者的統治權必須來自於他的人民。」

「我不反對這點，陛下。」沙賽德說道。「至少，我相信這個說法的理論。然而，我仍然不相信你的責任是按照人民的希望去做事。你的責任是盡最大所能去領導人民，跟隨道德良心的指引。你必須忠於自己與理想中的自己，陛下。如果那個人不是人民想要的人，那他們會選擇別人。」

依藍德想了想。這是當然的。如果我必須跟所有人一樣遵從我的法律，那我自然也該遵從我自己的道德感。沙賽德的話其實只是換種方法在說，要相信自己，但沙賽德的解釋似乎更好。更誠懇。

「試圖猜測人民對你的要求只會帶來混亂，我認為。」沙賽德說道。「你無法讓所有人滿意，依藍德・泛圖爾。」

書房的小氣窗被推開，紋擠了進來，帶入一絲迷霧。她關上窗戶，環顧房間。

「又有？」她不敢相信地問道。「你們又找到更多書了？」

「當然。」依藍德說道。

「這天底下的書到底有多少啊？」她氣呼呼地問。

依藍德張開口，然後看到她眼中捉狹的光芒，再也沒說話。最後，他嘆口氣。「妳真是無可救藥。」

他轉身繼續去寫他的信。

他聽到身後一陣窸窣聲，片刻後，紋落在他的一堆書上，站得穩穩的，迷霧披風緞帶垂下，暈濕了他信紙上的墨水。

依藍德嘆口氣。

「噢！」紋說道，拉起迷霧披風。「抱歉。」

「妳真的有必要這樣跳來跳去的嗎？」依藍德問道。

紋跳了下來。「對不起。」她又說了一次。「沙賽德說是因為迷霧之子喜歡站得很高，好看清楚所有發生的事。」

依藍德點點頭，繼續寫信。他偏好親筆寫信，但這封得叫書記重抄一遍了。

他搖搖頭。好多事情要做……

紋看著依藍德振筆疾書。沙賽德坐在椅子上看書，另一個人是依藍德的書記，是名前任聖務官。她打量那人，他立刻更縮回在椅子上。他知道她永遠不會信任他。祭司不該個性樂觀。

她很興奮地想告訴依藍德她發現德穆的事，但她遲疑了。附近有太多人，她手邊也沒有證據，只有直覺，所以她克制自己，看著那堆書。

房間裡有一種沉悶的安靜。廷朵的眼神有點呆滯，大概正在研讀腦中的某個古老傳記，就連哈姆都在讀書，雖然他正一本換一本翻，跳躍在不同的主題之間。紋覺得她也該開始研究些什麼，她想到自己所抄下的關於深闇跟世紀英雄的筆記，卻覺得拿不出來。

她不能說德穆的事，但她還發現別的事情。

「依藍德。」她輕聲開口。「我有事情要告訴你。」

「嗯？」

「歐瑟跟我去吃飯時，我聽到僕人們在談話。」紋說道。「他們認識的一些人最近生病了，人數不少，我認爲也許有人對我們的補給品動了手腳。」

「沒錯。」依藍德說道，繼續寫字。「我知道，城裡面幾口井被下毒了。」

「眞的嗎？」

他點點頭。「妳之前來找我時我沒告訴妳嗎？哈姆跟我就是去看了那件事。」

「你沒告訴我。」

「我以爲我說了。」依藍德皺眉說道。紋搖搖頭。

「我道歉。」他說道，抬起頭親親她，繼續抄寫。

光親一下就沒事了？她不滿地心想，坐回那疊書上。

其實是件小事，依藍德也沒有必要馬上告訴她，可是他們的對話讓她覺得哪裡怪怪的。以前，他會請她處理這個問題，如今他似乎自己就能搞定。

沙賽德嘆口氣，闔起手上的大書。「陛下，我找不到漏洞。你的法律我已經反覆讀了六遍。」

依藍德點頭。「這正是我所擔心的。我們唯一能得到的優勢是刻意曲解法律。但我不想這麼做。」

「你是個好人，陛下。」沙賽德說道。「如果你看到法律漏洞，一定會修法。就算你沒抓到瑕疵，你詢問我們的意見時，我們其中之一也會提出。」

他允許他們稱呼他「陛下」，紋心想。*他以前曾經想阻止他們，為什麼現在還讓他們使用這個頭銜？*奇特的是，在王位被奪走後，他開始自認為是王。

「等等。」廷朵的眼神恢復清明。「沙賽德，這部律法通過前你就讀過？」

沙賽德滿臉通紅。

「他讀過。」依藍德說道。「沙賽德的建議跟想法協助我完成目前的版本，他功不可沒。」

「原來如此。」廷朵緊抿著嘴唇。

依藍德皺眉。「廷朵，沒有人請妳前來此次會議，我們只是容忍妳在此。我們歡迎妳的建議，但我不會允許妳侮辱我的朋友跟我的客人，即使妳是以迂迴的方式表達。」

「我道歉，陛下。」

「妳道歉的對象不該是我。」依藍德說道。「妳要向沙賽德道歉，否則就離開。」

廷朵坐了片刻，然後站起身，離開房間。依藍德看起來並不生氣，只是繼續寫信。

「你不需要這麼做，陛下。」沙賽德說道。「我認為廷朵對我的看法並非無的放矢。」

「只要是我覺得應該的事情，我就會去做，沙賽德。」依藍德繼續寫信。「我無意冒犯，我的朋友，但你似乎習慣允許別人以不友善的方式對待你。我不允許這種事發生在我的家宅裡。你因為協助我撰寫律法而被她侮辱，就等於侮辱我。」

沙賽德點點頭，伸手拾起另一本書。

紋沉默坐在原處。他變得好快。廷朵才來多久？兩個月？依藍德說話的內容沒有改變，但方式變了。他堅定的語氣要求別人重視他的發言。

都是因爲他失去了王位，還有軍隊帶來的危險，紋心想。他的壓力正強迫他要改變，不是成爲眞正的領導者，就是被擊潰。他知道毒井的事。還有多少事情是他知道卻沒有告訴她的？

「依藍德？」紋說道。「我對深闇又有新的想法了。」

「很好啊，紋。」依藍德對她微笑說。「可是我現在眞的沒有時間……」

紋點點頭，對他微笑，但心裡更焦慮了。他不像過去那樣經常感到徬徨，因此也不再那麼需要仰賴別人。

他不需要我了。

這是個愚蠢的想法。依藍德愛她，她知道的。他的能力增長不會讓她對他的重要性降低，但是，她的憂慮卻揮之不去。他曾經離開過她一次，那時他正試圖在家族對他的需求與他對她的愛之間取決，那個決定幾乎毀了她。

如果他現在遺棄她，要怎麼辦？

他不會的，她告訴自己。他不是會做這種事的人。

可是，好人也會有失敗的感情，不是嗎？兩人之間會出現隔閡，尤其是一開始就如此不同的兩個人。雖然她不斷安慰自己，卻仍然止不住腦海深處的一個微小聲音。

那是她以爲早就被驅逐，再也不會聽見的聲音。

先離開他，她的哥哥瑞恩似乎在腦海中低語。這樣會痛得比較少。

紋聽到外面傳來聲響，她整個人警覺起來，但聲音卻低到其餘人都聽不見，所以，她站起身，走到氣窗邊。

「妳要回去巡邏嗎？」依藍德問道。

她轉過身，點點頭。

「也許妳該去看看塞特在海斯丁堡壘的防禦設施。」依藍德說道。

紋再次點點頭，依藍德對她微笑，然後繼續寫信。紋拉開窗戶，踏入黑夜。詹站在霧裡，雙腳以微乎極微的重量踮在窗台，腳踩著牆，身體則斜伸入黑夜。

紋瞥向一旁，注意到詹正用來拉引維持站姿的金屬，再次展現他的能耐。黑夜裡的他對她微笑。

「詹？」她悄聲說道。

詹瞥向上方，紋點點頭。一秒後，兩人一同落在泛圖爾堡壘的金屬屋頂上。紋轉向詹。「你去哪裡了？」他立刻攻擊。

紋驚訝地往後一躍，避開詹一身黑的旋轉攻擊，匕首發出晶光。她的腳半踩在屋頂邊緣，全身緊繃。

所以要打一架嗎？她心想。

詹出手攻擊，她往旁一閃，匕首危險地逼近她的脖子。他今天的攻擊不太一樣。似乎更危險。

紋咒罵，抽出自己的匕首，再次躲開另一波攻擊，在她移動的同時，詹的匕首劃過空氣，切斷她迷霧披風上的一條緞帶。

她轉身面對他。他朝她走來，身體自然輕鬆，似乎顯得絕對自信，卻毫不在意，彷彿只是來探訪老友，而不是開始戰鬥。

好啊，她心想，往前一跳，揮舞著匕首。

詹輕鬆地向前一步，微微側轉，輕易地閃過一把匕首，他伸出手，毫不費力地抓住她另一隻手，阻止了她的攻擊。

紋全身一僵。不可能有人這麼厲害。詹低頭看著她，眼神深邃晦暗。毫不在意。毫不擔心。

他在燃燒天金。

紋抽出手，往後一跳。他讓她離開，看著她蹲下，額頭上點點是汗珠。她突然感覺到一陣銳利的恐懼，原始的情緒。自從知道有天金這種金屬後，她就一直害怕這天的到來，無論她的能力跟技巧再高強，在天金面前仍然毫無力量。這是知道自己即將死亡的恐懼。

她轉身要跳走，但在她還來不及動之前，詹就往前一躍，甚至在她知道自己要做什麼之前，他就已經知道了。他從後方抓住她的肩膀，將她往後一拉，推倒在屋頂。

紋重重撞上金屬屋頂，因痛楚而驚呼。詹站在她上方，低頭看著她，彷彿在等待。

*我絕不會以這種方式被打倒！*紋孤注一擲地想。*我絕不會像被困住的老鼠一樣被人殺死！*

她揮刀對他的小腿攻擊，卻毫無用處。他微微將腿挪後，距離間不容髮，但她的攻擊卻完全無法更進一步，只勾到他的褲腳。她像是被更巨大、強壯的敵人，伸長了手臂抓起的小孩。普通人跟她在打鬥時，一定就是這種感覺。

詹站在黑夜裡。

「幹麼？」她終於質問。

「你們真的沒有。」他低聲說道。「統御主的天金。」

「沒有。」她說道。

「一點都沒有？」他直接了當地問道。

「我上次跟塞特的殺手打鬥時，把最後一點用掉了。」

他站在原處片刻，然後轉過身，離開她身邊。紋站起身，心跳加速，雙手微微顫抖。她強迫自己站起，然後彎腰拾起掉落的匕首。匕首在撞上紅銅屋頂時碎裂了。

詹背向她，在迷霧中一片沉默。

詹在黑夜裡看著她，看到她的恐懼，以及她的決心。

「我的父親要我殺了妳。」詹說道。

她站在原處，看著他，眼神仍然害怕。她很堅強，所以很有效地壓制了恐懼。間諜的消息，紋在拜訪史特拉夫時說的話，通通是眞的。城裡沒有天金了。

「你是因爲這樣所以沒來？」她問道。

他點點頭，背向她。

「所以呢？」她問道。「爲什麼讓我活著？」

「我不知道。」他承認。「我還是可以殺妳，但是……我不需要。不需要用這種方法來貫徹他的命令。我可以把妳帶走，效果也是一樣。」

他回轉身看她。她正皺著眉，卻只不過是霧中一個小小的身影。

「跟我來。」他說道。「我們兩個都可以離開。史特拉夫會失去他的迷霧之子，依藍德會失去他的，我們可以讓他們都沒有工具可使用。這麼一來，我們就都自由了。」

她沒有立刻反應。終於，她搖搖頭。「我們之間的……關係，不是你想的那樣。」

「妳是什麼意思？」他問道，上前一步。

她抬起頭，看著他。「詹，我愛依藍德。我眞的愛他。」

妳以爲這就代表妳對我不會有感覺？詹心想。那我在妳眼中看到的渴望是什麼？這件事沒妳以爲的簡單，不是嗎？

事情向來不是。

然而，他以爲還能有什麼樣的結果？他轉過身。「有道理。向來如此。」

「這是什麼意思？」她質問。

依藍德……

「殺了她。」神低語。

詹緊閉雙眼。她不會被騙，因爲她是在街頭長大，與盜賊和騙子爲友的女人。這是最困難的一部分，她必須看到讓詹恐懼無比的東西。

她必須要知道事實。

「詹？」紋問道。她似乎仍因爲他的攻擊而有些震驚，但她向來恢復快速。

「妳看不出來我們很相像嗎？」詹問道，轉過身。「同樣的鼻子，同樣的臉形？我的頭髮剪得比他短，但也有同樣的捲度。有這麼難以看出來嗎？」

她的呼吸一滯。

「史特拉夫．泛圖爾還會相信誰當他的迷霧之子？」詹問道。「他爲什麼要讓我靠得這麼近，他爲什麼對於讓我知道他的計畫覺得很自然？」

「你是他的兒子。」紋低語。「依藍德的兄弟。」

詹點點頭。

「依藍德……」

「不知道我的存在。」詹說道。「改天我可以去跟他問問我們父親的性事偏好。」

「他跟我說過。」紋說道。「史特拉夫喜歡養情婦。」

「原因不只一個。」詹說道。「更多女人意謂著更多小孩。更多小孩意謂著更多鎔金術師。更多鎔金術師意謂著有更高機率能生出是迷霧之子的兒子。」

微風將迷霧吹過兩人身上。遠處，巡邏士兵的鐵盔甲發出敲擊聲。

「只要統御主在世一天，我就無法繼承他。」詹說道。「妳知道聖務官有多嚴厲。我在沒有人眷顧的情況下，在陰影中長大。妳在街頭長大，我想應該是很慘的，但想想看，在自己家裡還要偷偷摸摸地取食，父親完全不承認你，被像是乞丐一般對待。想像看到跟你同年的兄弟養尊處優地長大，想像看著他鄙夷你渴望擁有的一切——舒適的生活，悠閒的生活，有人愛的生活……」

「你一定很恨他。」紋低聲說。

「恨？」詹問。「不。我爲什麼要恨那個天生就是如此的人？依藍德從未直接對我做過什麼。況且史特拉夫最後還是找到需要我的理由，就在我綻裂之後，他終於得到過去二十年來他一直在冒險想得到的東西。我不恨依藍德，但有些時候我的確嫉妒他。他擁有一切，但是……我總覺得他似乎不珍惜。」

紋靜靜地站在原處。「我很遺憾。」

詹猛力搖頭。「女人，不要同情我。如果我是依藍德，我就不是迷霧之子，我無法瞭解霧，也不會明瞭獨自成長，受眾人憎恨的感覺是什麼。」他轉身，望入她的眼睛。「妳難道不認爲，一個被強迫過著長久無愛生活的人，更能體會和珍惜愛是什麼嗎？」

「我……」

詹轉過身。「話說回來，」他說道，「我今晚來不是要來追悼我的童年。我是來警告妳的。」

紋全身緊繃。

「不久前，」詹說道，「我父親放了幾百名難民通過他的防守線，讓他們靠近城市。妳知道克羅司軍隊的事嗎？」

紋點點頭。

「牠們剛剛攻擊劫掠了綏納城。」

紋一陣顫慄。綏納離陸沙德只有一天的距離。克羅司很近了。

「難民去找我父親求助。」詹說道。「他要他們來找你們。」

「他要讓城裡的人更害怕。」紋說道。「而且還能加快消耗我們的食物。」

詹點點頭。「我想要警告妳，無論是難民或是我的命令。想想我的提議，紋。想想這個聲稱愛妳的人。妳知道他不瞭解妳。妳離開，對兩個人都好。」

紋皺眉。詹對她輕輕點頭，然後躍入夜中，反推著金屬屋頂。她仍然不相信他對依藍德的評論。他從她眼神可以看得出來。

反正證據即將要出現了。她很快就會明白。她很快就會知道，依藍德．泛圖爾對她眞正的想法。

可是現在，我要這麼做。讓所有人都知道，我，泰瑞司的世界引領者，關，是個騙子。

35

感覺像是她又要去舞會了。

美麗的酒紅色禮服就算穿去崩解前幾個月經常前去的舞會，也是絕對合適。禮服擺脫了傳統設計，卻仍然很有設計感，所有的改變只讓禮服顯得更獨一無二。

改變的目的是讓她能更自在地行動，讓她走路的姿勢更優雅、更自然，因此也讓她覺得自己更美麗。站在鏡子前面，紋想像穿著這件禮服去參加眞正的舞會會是什麼樣子。單純做她自己，不是與眾人格格不入的鄉下貴族法蕾特，甚至不是司卡盜賊紋。只是她自己。

至少，是她想像中的自己。因爲她接受自己身爲迷霧之子的身分而自信。因爲她接受自己身爲殺死統御主所帶來的身分而自信。因為知道國王愛她而自信。

也許我兩者皆是，紋心想，雙手撫過禮服，感覺綢緞的柔軟。

「妳看起來很美，孩子。」廷朵說道。

紋轉身，遲疑地微笑。「我沒有任何珠寶，最後幾件也給了依藍德讓他去餵飽難民，不過那些珠寶的顏色也跟這件禮服不搭。」

「許多女人利用珠寶試圖掩飾她們的平庸。」廷朵說道。「妳不需要。」

泰瑞司女子雙手交握在身前站著，一如往常，戒指跟耳環閃閃發光，但她的首飾都沒有寶石，而是以普通的金屬製成。鐵、紅銅、白鑞。藏金術的金屬。

「妳最近沒有去找依藍德。」紋說道，繼續面對鏡子，用木質髮夾梳理頭髮。

「王快要不需要我的指導了。」

「有這麼快嗎？」紋問道。「這麼快就要像妳的傳記中的那些人？」

廷朵笑了。「當然不是，孩子，他還差得遠了。」

「可是？」

「我說他快要不需要我的指導。」廷朵說道。「他開始學會不能完全仰仗別人的話，因此必須靠自己的力量學習。孩子，妳會發現，要成為優秀的領袖，其實很大一部分是來自於經驗。」

「我覺得他變得很不一樣了。」紋低聲說道。

「他是不一樣了。」廷朵說道，上前一步，按著紋的肩膀。「他即將成為他心目中理想的自己，只是他不知道該如何達成。雖然我對他很嚴厲，但我認為就算我沒來，他早晚也會找到途徑。一個人跌跌撞撞久了，不是學會站起，就是跌倒後再也爬不起來。」

紋看著鏡中穿著酒紅色禮服的漂亮身影。「這是我為了他必須成為的樣子。」

「為了他。」廷朵同意。「也為了妳自己。在妳因為其他事情而開始分心之前，妳早已經朝著這個方向前進。」

紋轉身。「妳今天晚上要跟我們一起去嗎？」

廷朵搖搖頭。「那不是我該去的地方。去跟妳的國王會合吧。」

這一次，依藍德不打算隻身深入敵陣。兩百名士兵站在中庭，等著要陪他前去參加塞特的晚宴，全副武裝的哈姆則擔任他的保鏢。鬼影則充做依藍德的車伕。最後剩下微風，他自然對於參加晚餐這件事感到有點緊張。

「你不需要去。」依藍德對在泛圖爾中庭裡等著出發的微胖男子說道。

「我不需要去嗎？」微風說道。「好吧，那我就留在這裡。好好享用你的晚餐啊！」

依藍德停下腳步，皺起眉頭。

哈姆拍拍依藍德的肩膀。「你早該知道不能讓那個人有任何逃脫的機會的，依藍德！」

「我是認眞的。」依藍德說道。「我們的確需要安撫者，但他如果不想去，其實可以不用去。」微風看起來鬆了一口氣。

「你完全沒有一絲罪惡感，對不對？」哈姆問道。

「罪惡感？」微風雙手按在決鬥杖上問道。「親愛的哈姆德，你什麼時候聽見我表達這種無趣且毫無新意的情感？況且我覺得沒有我在場，塞特反而會比較友善。」

說不定他是對的，依藍德心想，看著馬車停在面前。

「依藍德，」哈姆開口，「你不覺得帶兩百名士兵……有點太明目張膽了嗎？」

「塞特不是說要威脅人就該光明正大地威脅？」依藍德說道。「我認爲，以我對那個人信任的程度相較，帶兩百個人還算保守了，即便是如此，我們仍然有一個對五個的差距。」

「可是他身邊沒幾個座位之外就坐著一名迷霧之子。」一個輕柔的聲音從他身後響起。

依藍德轉身，朝紋微笑。「妳穿著那樣的禮服，行動怎麼還會這麼安靜？」

「我有練習。」她握住他的手臂。

重點是，她可能眞的有練習，他心想，深吸入她的香味，想像紋身著龐大的禮服，偷偷摸摸地在皇宮的走廊間走動。

「我們該出發了。」哈姆說道，示意要紋跟依藍德坐入馬車，留下微風一人等在皇宮的台階上。

過去一年經過海斯丁堡壘時，它的窗戶總是一片漆黑，如今再次看到明亮的門窗，令人倍感熟悉。

「妳知道嗎？」坐在她身邊的依藍德開口，「我們一直沒有一起參加過舞會。」

原本正專心看著前方堡壘的紋聽了這話，轉過身來。馬車伴隨著數百隻腳踩踏的聲音顚顚簸簸地前進，夜色剛剛降臨。

「我們幾次都是在舞會中見面，」依藍德繼續說道，「但從來沒有正式一起參加過。我一直沒有機會用我的馬車去接妳。」

「這很重要嗎？」紋問道。

依藍德聳聳肩。「這是整個過程的一部分，至少以前是如此。一切都跟隨正式的程序進行，其實頗令人安心的。首先是男方陪同女方一起抵達，所有人聚在一起，看著你們走入，評量兩人是否相配。我陪過幾十個女人幾十次，但從未與會讓整個經驗變得特別的那個人一起入場過。」

紋微笑。「你覺得有一天我們會重新舉辦舞會嗎？」

「我不知道，紋。就算我們大難不死……有這麼多人在挨餓時，舞能跳得下去嗎？」他可能又想到那數百名難民，除了旅程奔波勞累之外，還被史特拉夫的士兵奪走了所有食物跟行李，只能縮在依藍德爲他們找到的倉庫裡。

你以前也跳舞，她心想，那時也很多人挨餓。可是，時代不同。依藍德當時不是王。不過仔細想想，她記得他從未眞的在舞會中跳過舞。他去舞會是在讀書或跟朋友會面，計劃如何創造出更好的最後帝國。

「一定有兩全其美的方法。」紋說道。「也許我們能舉辦舞會，邀請前來參加的貴族捐錢幫忙餵飽那些人。」

依藍德微笑。「我們花出去的錢大概會是樂捐的兩倍。」

「但我們花的錢可以全花到司卡商人身上。」

依藍德開始思考起來，紋暗自得意洋洋地微笑了。眞奇怪，我居然跟城裡唯一一個節儉的貴族在一起。他們眞是相配的一對——對於需要浪費錢幣才能跳躍而感到滿心罪惡的迷霧之子，配上覺得舞會太昂貴的貴族。多克森居然能從他們身上挖出足以維持城市運作的錢，眞是神奇。

「這件事我們之後再討論。」依藍德對著大開的海斯丁大門說道，門後出現一排立正的士兵。

那些士兵似乎在暗示，你要帶士兵來隨便你，但我們的人更多。現實中，他們眼前的狀況居然還頗能反映出陸沙德的處境。依藍德的兩百人如今被塞特的千人包圍，但後者又被陸沙德的兩萬人包圍，但當然城市本身又被將近十萬士兵包圍，層層疊疊，所有人都神經緊繃，準備一聲令下就要開戰。舞會跟宴會的念頭從她腦海中消失。

塞特沒有在門口迎接他們，只有一名身著簡單制服的士兵在等他們。

「你的士兵們可以在這裡等。」那個人對走入門口的他們說。曾經，有著高挑樑柱的寬敞房間掛滿了精緻的壁毯與掛氈，但依藍德將它們全部取下來，做爲政府的經費。塞特自然沒有自備裝飾品，因此讓堡壘的內部看起來頗爲簡約，與其說是豪宅，不如說是前線的戰堡。

依藍德轉身，朝德穆揮手。德穆命令手下在室內等著。紋站在原地片刻，強迫自己不能瞪著德穆。如果他眞如她的直覺所警告的是坎得拉，那讓他靠太近很危險。一部分的她很想把他直接丟入地牢。

可是，坎得拉不能傷害人，所以他不是直接的威脅，只是在傳遞資訊而已。況且他早就知道了他們最敏感的祕密，現在攻擊已經沒什麼意義，只是過早暴露自己的動靜。如果她繼續等下去，看到他溜進城市時是去了哪裡，也許她就能知道他到底是在向哪支軍隊回報，同時傳出了多少訊息。

所以，她克制自己等待著。會有更好的時機。

哈姆跟德穆安頓好手下後，一支較小的榮譽護衛隊聚集在一起，留在紋跟依藍德身邊，其中包括哈姆、鬼影和德穆。依藍德對塞特的手下點點頭，士兵帶他們走入一條岔路。

我們不是在走向通往升降梯的地方，紋心想。海斯丁舞廳設在堡壘中央高塔的頂端。以前每次來參加舞會時，她都是坐四座人力升降梯其中之一上去。要不是海斯丁不想要浪費人力，就是……

他挑了城中最高的堡壘當做據點，也是窗户最少的一座。如果塞特將所有的升降梯都固定在上方，入侵的軍隊想要攻下堡壘並不容易。

幸好，今天晚上他們似乎不需要一路繞到塔頂。他們爬了兩道蜿蜒的扭曲石頭台階，紋得將禮服兩側拉緊，以免裙襬被石頭表面磨損。他們的嚮導帶著他們來到一間寬廣、圓形的房間。周圍全部有彩繪玻璃，偶爾夾雜支撐屋頂的石柱。這間房間幾乎跟塔身一樣寬敞。

*這是第二間舞廳嗎？*紋猜想，欣賞眼前的美景。玻璃沒有點亮，但她猜想外面應該有流放強光燈的凹槽。塞特似乎不在意這種事情。他在房間正中央放了一張桌子，坐在頂端。

「你遲到了。」他對依藍德喊道。「所以我不等你，先開始吃了。」

依藍德皺眉。看到他的表情，塞特發出宏亮的笑聲，取起一隻雞腿。「小子，我帶軍隊來要打你，你倒沒什麼反應，但看到我先吃了起來這種行爲，你怎麼反應就這麼大？你們陸沙德人就是這樣，來，趁全部被我吃完之前，你們也快坐下來吧。」

依藍德伸出手臂讓紋輕搭，領她來到窗戶。鬼影在樓梯間附近站著，錫眼的耳朵在注意著動靜。哈姆帶著十個人，站到可以觀察房間裡的位置，也就是樓梯跟傭人所用的廚房中間。

塞特忽視士兵。他自己有一大群貼身保鏢站在房間另一邊的牆旁，但他似乎不在乎哈姆的人數比他們多出幾個。那天陪同他出席議會的年輕人，據說是他兒子，也靜靜地坐在他身旁。

他們兩人之中，必定有一個是迷霧之子，紋心想。我還是認爲是塞特。

依藍德先送她就座，然後也在她身旁坐下，兩人正好面對塞特，僕人送上紋跟依藍德的餐點，但塞特進食的動作絲毫未減緩。雞腿，紋心想，還有醬汁煮蔬菜。他故意要這一餐吃得髒兮兮的。他想讓依藍德覺得很不自在。

依藍德沒有立即開動，而是坐在那裡研究塞特，神情深思。

「見鬼了。」塞特說道。「眞好吃。旅行時要好好吃一頓，簡直是難上加難啊！」

「你爲什麼想要跟我談話？」依藍德問道。「你知道我不可能被你說服，投票給你。」

塞特聳聳肩。「我覺得見見你很有趣。」

「跟你女兒有關嗎？」依藍德問道。

「他統御老子的，當然沒有！」塞特大笑說道。「那傻東西，你要就留著，我這個月沒高興幾天，她跑走的那天倒是可以算上一次。」

「如果我威脅要傷害她呢？」依藍德問道。

「你不會。」塞特說道。

「你確定？」

塞特的笑容出現在大鬍子之後，靠向依藍德。「我很瞭解你，泛圖爾，我觀察你、研究你了好幾個月，而且你居然還好心地派個朋友來我這裡當間諜。我從他身上得知很多關於你的事！」

依藍德臉上出現惱色。

塞特大笑。「說眞的，你以爲我會認不出倖存者的手下？你們陸沙德貴族都是這樣，以爲城外的所有人都是笨蛋！」

「可是你還是聽了微風的話。」依藍德說道。「你讓他加入你的行列，聽取他的建議，在發現他跟你女兒過從甚密時才將他趕走，卻又聲稱你不在意那個女兒。」

「他是這樣告訴你的嗎？」塞特大笑問道。「因爲我逮到他跟奧瑞安妮在一起？天哪，那女孩引誘他，關我什麼事？」

「你認爲是她誘惑他的？」紋問道。

「當然。」塞特說道。「說實話，我跟他在一起只相處了幾個禮拜，就連我都知道他對女人有多不行。」

依藍德波瀾不驚地聽著這一切，微瞇起眼睛，彷彿要看穿塞特。「那你爲什麼趕走他？」

塞特往後靠。「我想要說服他爲我工作。他拒絕了。我覺得殺他比讓他回去找你們來得好，但沒想到他那身材居然可以這麼靈活。」

*如果塞特眞是迷霧之子，那微風能夠逃走一定是塞特故意的，*紋心想。

「所以啊，泛圖爾，你該明白了。」塞特說道。「我瞭解你。也許比你自己更瞭解你，因爲我知道你的朋友們都怎麼想你。只有非常出色的人，才能贏得微風那種狡猾傢伙的忠誠。」

「所以你認爲我不會傷害你的女兒。」依藍德說道。

「我知道你不會。」塞特說道。「你很誠實，我很喜歡你這點。不幸的是，誠實的人很容易受人利用，所以舉個例子，我知道你會承認微風在安撫那群人。」塞特搖搖頭。「小伙子，誠實的人不該當王，實在是見鬼的可惜，但這是事實，所以我必須從你手中奪走王位。」

依藍德沉默片刻，終於望向紋。她拿來他的盤子，以鎔金術師的嗅覺聞了聞。

塞特大笑。「你覺得我會下毒嗎？」

「其實不會。」依藍德說道，紋正放下盤子。她在這方面不是最傑出的，但她也記得幾種最明顯的氣味。

「你不會用毒。」依藍德說道。「那不是你的風格。你自己似乎也是個蠻坦誠的人。」

「我是直率。」塞特說道。「這兩點是不同的。」

「我還沒聽過你說謊。」

「那是因爲你對我不夠瞭解，無法分辨而已。」塞特說道，舉起幾隻油膩的手指。「我今晚已經跟你說了三個謊，小子。想猜就請便。」

依藍德想了想，端詳他。「你在戲弄我。」

「當然啊！」塞特說道。「你這樣還不明白嗎，小子？這正是你不該當王的原因。你應該讓清楚自己正在墮落的人做這工作，別讓它毀了你。」

「這關你什麼事？」依藍德問道。

「因爲我寧可不要殺了你。」塞特說道。

「那就別做。」

塞特搖搖頭。「小子，沒這麼簡單。如果有機會穩固你的權力地位，或是取得更多權力，你見鬼的就該這麼做。而我會。」

整桌人再度沉默。塞特看看紋。「迷霧之子沒什麼要說的？」

「你很愛罵髒話。」紋說道。「在淑女面前不該這麼做。」

塞特笑了。「陸沙德就是這點奇怪，小妞，每個人都非常在意會被其他人看到的『外表』，但在同時，卻覺得宴會結束時去強暴一兩個司卡女人沒什麼大不了。至少我可是當著妳的面在罵。」

依藍德仍然沒有碰他的食物。「如果你贏得王位，會發生什麼事？」

塞特聳聳肩。「說實話？」

「儘管說。」

「首先，我會派人暗殺你。」塞特說道。「不能讓舊王留著。」

「如果我退位呢？」依藍德問道。「退出選舉？」

「先退位。」塞特說道。「還要投票支持我，然後離開城市，我會讓你活下來。」

「議會呢？」依藍德問道。

「解散。」塞特問道。「他們是負擔。只要讓任何形式的委員會得到權力，結果只是一團混亂。」

「議會賦予人民權利。」依藍德說道。「政府成立的目的正是如此。」

令他意外的是，塞特沒有笑，而是往前靠，一手靠著桌子，拋下他吃到一半的雞腿。「這就是重點，小子。當一切順利快樂時，讓人民統治是很好的，但當有兩支軍隊擋在門外時，你該怎麼辦？當有一堆發瘋的克羅司在摧毀前線村莊時，要怎麼辦？這種時候，你不能有議會在一旁等著逼你退位。」塞特搖搖頭。「代價太高了。小子，當自由跟安全不能兼得時，你選哪一個？」

依藍德沉默。「我做出自己的選擇。」他終於說道。「我也讓別人做出他們的選擇。」

塞特微笑，彷彿早知道會有這樣的答覆。他開始吃起另一隻雞腿。

「假設我離開，」依藍德說道。「然後你得到了王位，保護了城市，解散了議會，然後呢？人民呢？」

「你爲什麼在意？」

「你還要問嗎？」依藍德問道。「我以爲你『瞭解』我。」

塞特微笑。「我讓司卡回去照著統御主定下的方式工作，沒有工資，消除提升的農人階級。」

「我無法接受這點。」依藍德說道。

「有何不可？」塞特說道。「這是他們要的。你給他們選擇，結果他們選擇把你驅逐，現在他們會選擇將我放上王位。他們知道統御主的方法是最好的。一群人統治，另一群人服侍，總要有人去種食物跟到鑄鐵廠工作。」

「也許吧。」依藍德說道。「但有一件事你說錯了。」

「什麼事？」

「他們不會投票給你。」依藍德站起身說道。「他們會選擇我。在自由跟被奴役之間，他們會選擇自由。議會的人是城市裡最傑出的一群人，他們會爲人民做出最好的選擇。」

塞特一愣，最後大笑。「你最讚的一點啊，小子，就是可以正經八百地說這種話！」

「我要走了，塞特。」依藍德對紋點點頭。

「噢，坐下來啦，泛圖爾。」塞特說道，朝依藍德的椅子揮揮手。「不要因爲我跟你說實話就這麼生氣。我們還有事情要討論。」

「例如？」依藍德問道。

「天金。」塞特說道。

依藍德站著片刻，顯然是壓下自己的煩躁。當塞特沒有立刻開口時，依藍德終於坐下，開始吃東西。紋靜靜地撥弄著食物，一面研究塞特手下士兵與僕人的表情。這裡面一定有鎔金術師——知道藏了幾個鎔金術師，可能對依藍德有幫助。

「你的人民快餓死了。」塞特說道。「如果我的間諜眞的值那麼多錢的話，你幾個月之內會再收到一波難民。這場圍城戰，你撐不了多久了。」

「所以？」依藍德問道。

「我有食物。」塞特說道。「很多食物，遠超過我的軍隊所需，都是罐頭食物，以統御主發明的新方法包裝，可以久放不會腐壞，眞的是神奇的技術。我願意跟你交易……」

依藍德正要放入嘴中的叉子突然停在半空中，又被放了下來，只聽到他笑著說：「你還是以爲我有統御主的天金？」

「你當然有。」塞特皺眉說道。「否則天金都去哪裡了？」

依藍德搖搖頭，咬了一口滿是濃醬的馬鈴薯。「絕對不在這裡。」

「可是，謠言都說——」塞特說道。

「那是微風散布的謠言。」依藍德說道。「我以爲你猜出他爲什麼去找你們。他要你來陸沙德好阻止史特拉夫奪取城市。」

「可是微風盡了全力阻止我來這裡。」塞特說道。「他壓下傳言，試圖引我分神，他——」塞特的話說了一半，猛然大笑。「我還以爲他只是間諜而已！看來我們都低估對方了。」

「你的食物對我的人民來說還是有用的。」依藍德說道。

「如果我是王，就少不了他們的份。」

「他們現在就在挨餓。」依藍德說道。

「那他們的苦難會是你的重擔。」塞特說道，面色冷硬。「我知道你對我做出了判斷，依藍德·泛圖爾。你認爲我是好人。你錯了。我不會因爲誠實而不是暴君。我屠殺了數千人來鞏固我的統治，我壓榨司卡的方式會讓統御主的手段顯得溫和，我不計一切確保我的地位不動搖。我在這裡也不例外。」

他陷入沉默，依藍德繼續進食，但紋只是翻攪她的食物，如果她沒察覺到某種毒物，至少要有一個人保持清醒，她仍然想找到那些鎔金術師，卻只有一個方法。她關掉了紅銅，開始燃燒青銅。

附近沒有紅銅雲。塞特顯然不在乎是否有人認出他的手下是鎔金術師。他有兩名手下在燃燒白鑞，但都不是士兵，而是僞裝成端來食物的僕人。另外一個房間也傳來一陣錫眼的脈動，應該是在偷聽。

爲什麼要打手僞裝成僕人，卻不用紅銅掩飾他們的脈動？除此之外，房間裡沒有安撫者或煽動者。沒有人在嘗試影響依藍德的情緒。塞特跟他的年輕隨從也都沒有在燃燒任何金屬，一則是他們並非鎔金術師，或者就是害怕暴露出自己的身分。爲了確定，紋驟燒青銅，試圖看穿任何附近可能隱藏的紅銅雲。她可以想像塞特以明顯可見的鎔金術師做爲誘餌，將另一群藏在紅銅雲中。

她什麼都沒找到，終於安下心來，她繼續撥弄著食物。*我這個刺穿紅銅雲的能力救了我多少次？*她已經忘記被別人阻撓，無法感受到鎔金脈動是什麼感覺。這個小能力雖然看來簡單，卻有極大的用處，而統御主跟他的審判者可能從一開始就辦得到。她還有什麼技巧是沒學到的，還有什麼祕密是隨著統御主一起死去的？

他知道深闇的眞相，紋心想。他一定知道。在最後，他嘗試著想警告我們……

依藍德跟塞特又開始說話。

她爲什麼一直不能將注意力集中在眼前的問題呢？

「所以你手邊沒有半點天金？」塞特說道。

「沒有我們願意賣的。」依藍德說道。

「你搜索過整個城市了？」塞特問。

「十幾次。」

「那些雕像。」塞特說道。「也許統御主將天金熔化後，重新鑄造成別的東西藏匿它。」

依藍德搖搖頭。「我們想過了。那些雕像不是天金，也不是中空的，否則那裡確實是隱藏金屬不讓鎔金術師發現的好地方。我們以爲它會被藏在皇宮中某處，但就連尖塔都是普通的鐵。」

「洞穴，地道……」

「都沒找到。」依藍德說道。「我們讓鎔金術師去巡邏，尋找大量的金屬。除了在地上挖洞之外，想得到的，我們都做了。相信我。在這個問題上我們已經花了好一段時間。」

塞特嘆口氣，點點頭。

「所以把你抓著換贖金也沒用了？」

依藍德微笑。

「我甚至不是王，塞特，你這麼做只會讓議會更不願意投票選你而已。」

塞特大笑。「看樣子我得放你走了。」

艾蘭迪從來就不是世紀英雄。我頂多過度膨脹他的德行，無中生有地創造出了一個英雄。可是最糟的情況是，我們相信的一切，都已經被竄改過。

36

曾經，這個倉庫裡滿是刀劍跟盔甲，像是傳說中的寶藏一般堆成一座座小山，四散在各處。沙賽德記得他當時穿梭於其中，讚嘆凱西爾居然能在他的手下毫無察覺的情況下，做了這麼多準備工作。這些武器讓反叛軍在倖存者死後得以起義，取得城市。

如今，這些武器都被收在櫃子裡跟武器室中，取而代之的是一群絕望、疲累的人，躲在他們能找到的每條布料之下。男人很少，而且都不是能作戰的體格。史特拉夫強迫那些身強體壯的人從軍。其餘的——都是些體弱多病，滿身傷痕的人——則被允許前往陸沙德。他知道依藍德不會拒絕他們入城。

沙賽德走在他們之間，盡量提供安慰。他們沒有家具，城裡面也沒多少人有額外的衣物。商人發現即將入冬，保暖會是第一要務，所以開始哄抬所有商品的價格，不只是食物而已。

沙賽德跪在一名哭泣的婦女身邊。「沒事了，珍奈德爾。」他說道，紅銅意識提供出她的名字。

她搖搖頭。她在克羅司攻擊中失去了三名孩子，在逃往陸沙德途中又失去兩名，如今只剩最後一個——是她一路抱在懷中的孩子——也生病了。沙賽德從她的懷裡接過小孩，小心翼翼地研究他的症狀，似乎並沒有好轉。

「有希望嗎，泰瑞司大人？」珍奈德爾問。

沙賽德低頭看著衰弱，目光迷濛的嬰兒。機會不大，但他怎麼能這樣告訴她？

「親愛的女士，只要他有呼吸，就有希望。」沙賽德說道。「我會請國王增加妳的食物份量，妳需要更多氣力才能餵乳。妳得爲他保暖。盡量靠近火堆，就算他沒吃飯，也要用濕布滴水在他的嘴巴裡。他很需要液體。」

珍奈德爾垂頭喪氣地點點頭，接回嬰兒。沙賽德極度希望他能給她更多的幫助。十幾個不同的宗教閃過他的腦海。他花了一輩子試圖說服別人要相信統御主以外的事物，但在此刻，他發覺自己無法傳達任何一個給珍奈德爾。

在崩解前是不一樣的。每次他提到宗教，就覺得自己在反叛著什麼。就算他們不接受他教導的東西，而且他們鮮少接受，但他的話提醒他們，除了鋼鐵教廷的教義之外，以前還有別的信仰。

如今，沒有反叛的對象。面對他在珍奈德爾眼中看到的巨大悲傷，他發現自己無法說出死去許久的宗教，被遺忘許久的神祉。密教無法安慰這女人的心痛。

沙賽德站起身，要走向另一群人。

「沙賽德？」

沙賽德轉身。他沒注意到廷朵走入了房間。建築物的大門因爲即將到來的夜晚而關起，火堆的光線昏暗不定。屋頂被打破了幾個洞好讓煙霧散出，抬起頭就可看到幾絲迷霧偷溜入房間，但不到半途，就煙消雲散。

難民不常抬頭。

「你幾乎一整天都在這裡。」廷朵說道。如此多人同聚在一間屋子裡，卻出奇地安靜，只有爐火燃燒時的爆裂聲，其餘眾人沉默地躺在地上，沉浸於痛楚，或早已麻木。

「這裡有許多受傷的人。」沙賽德說道。「我想，我是最適合照顧他們的人。況且，我不是獨自一人，國王派了其他人來，微風大人也在此處，安撫人們的絕望。」

沙賽德朝一旁點點頭，微風坐在一張椅子，表面上是在讀書。他穿著精美的三件式套裝，看起來與這裡格格不入，但沙賽德覺得他光是出現在這裡，已經是很了不起的事了。

可憐的人們，沙賽德心想。在統御主的統治下，他們的生活十分悲慘，如今所剩不多的一切又全部被剝奪殆盡，而他們只是極少的一部分——不過是四百人——相較於仍住在陸沙德的數十萬人。

當最後的食物存糧用完時，他們要怎麼辦？水井被下毒的事情已經傳開來，沙賽德剛聽說他們儲藏的食物也被破壞了一部分。這些人會怎麼樣？圍城戰要持續多久？

其實更該擔心的是，圍城戰結束後會發生什麼事？那些軍隊終於開始攻擊、劫掠時會發生什麼事？那些士兵為了找出天金會造成多大的毀損，多少的悲傷？

「你的確在乎他們。」廷朵上前來，低聲說道。

沙賽德轉身面向她，低下頭。「可能沒有我應該的那麼在乎。」

「不。」廷朵說道。「我看得出來。你讓我困惑，沙賽德。」

「這好像是我的天賦。」

「你看起來很累。你的青銅意識呢？」

突然，沙賽德感到原本被他置於腦後的所有疲累，被她的話引動，如海浪般席捲而來，淹沒了他。他嘆口氣。「我跑到陸沙德的途中，用掉了大部分。我急著要來……」他的研究最近被擱下不少。城裡問題很多，難民又接踵而至，他實在沒有太多時間，況且，他已經謄寫完所有的拓印。接下來的工作是要與其他文字交叉比對，尋找線索。他甚至可能沒有時間……

他皺眉，注意到廷朵眼中奇特的神色。

「好吧。」她嘆口氣說道。「給我看。」

「給妳看？」

「看看你找到的東西。」她說道。「讓你跑過兩個統御區也要回到這裡來的發現。給我看看。」

突然間，一切似乎減輕了不少。他的疲累，他的擔憂，就連他的悲傷。「樂意之至。」他輕輕地說道。

幹得漂亮，微風心想，恭喜自己，看著兩名泰瑞司人離開倉庫。

大多數人都對安撫有所誤解，就連貴族也不例外。他們以爲安撫是某種心靈控制，甚至那些有更深瞭解的人也認爲安撫具有入侵性，是種可怕的力量。

微風從來都不這麼認爲。安撫怎麼會具有入侵性，如果眞是如此，那日常生活間，人跟人的互動也可以被說是具有入侵性了。用得恰當，安撫對別人的侵入，就跟女子穿上低胸禮服，或以命令的聲調說話一般。三者的用意都是在別人身上引起正常、可理解，而且最重要的，是自然的反應。

拿沙賽德爲例。讓那個人較不疲累，好能照顧別人，能稱得上是「入侵」嗎？微微安撫掉他的心痛，好讓他能更適應周遭人的苦難，難道是錯的？

廷朵是更好的範例。也許有人會說，微風你安撫掉她看見沙賽德時的責任感跟失望，根本是多管閒事，但被過強的失望所壓制的情緒也不是微風無端創造出來的。像是好奇。敬重。愛。

不，如果安撫只是「心靈控制」，那兩人一離開微風的影響範圍，廷朵早就已經從沙賽德身邊走遠。但微風知道她不會。方才出現了一個關鍵性的決定，那決定不是微風代替她做的。那個瞬間已經醞釀了好幾個禮拜，無論有沒有微風，都會發生。

他只是推波助瀾，幫忙加快速度而已。

微風暗自微笑，檢查他的懷錶。他還有幾分鐘，所以坐回椅子，送出一波廣泛的安撫，降低大家的悲傷跟痛楚。同時要專注於這麼多人讓他無法很精確，對有些人來說，這個力道可能大了些，會讓他們覺得情緒上好像痲痺了。但就整個群體而言，這是好的。

他沒有讀書。說實話，他無法理解依藍德跟其他人怎麼能花這麼多時間在書上。實在是無聊至極的東西。微風猜想自己大概只有在周遭沒有半個人的時候才能讀書。因此，他其實是繼續沙賽德引起他的注意之前就在做的事情。他在研究難民，試圖判別每個人的心情。

這是關於安撫術的另一個大誤解。鎔金術其實遠不及觀察能力來得重要。當然，有細膩的技巧是有幫助，但安撫術不會讓鎔金術師看透別人的情緒，只能靠微風自己猜。

因此，一切都回歸到——什麼是自然的。如果意料之外的情緒開始出現，就連最沒有經驗的司卡都會知道，自己正在被安撫。極致的安撫是要鼓勵自然的情緒，方法則是讓其他情緒較不強烈。人是許多情緒的組合，通常他們自以爲的「感覺」在那一瞬間只跟心中最強烈的情緒有關。

細心的安撫者能看到表面下的情感，瞭解一個人的心情，即便那個人自己並不瞭解，或承認那些情感。例如沙賽德跟廷朵。

那兩個人真是奇怪的一對，微風心想，心不在焉地安撫其中一個司卡，好讓他能更放鬆地入眠。其他人都相信這兩個人是敵人，但恨意鮮少引發這麼多的苦澀跟焦躁。不，這兩個情緒完全來自於另一種問題。

當然，沙賽德不是應該是閹人嗎？*眞不知道這到底是怎麼發生的……*

他的猜想被打開的倉庫門驅散。依藍德走入房間，可惜的是，哈姆居然也在。依藍德又穿了他的白制服，搭配白手套與劍。白是一個重要的象徵。城市的灰燼跟炭灰這麼重，穿白衣的人更是顯眼。依藍德的制服是以特別耐髒的布料所製成，卻仍然需要每天刷洗一次。不過，效果非常值得。

微風立刻專注於依藍德的情緒，讓他較不疲累，較不遲疑，不過他快不需要處理後者了，一部分是那個泰瑞司女人的貢獻。微風很佩服她改變他人的能力，尤其她完全不靠鎔金術。

微風沒有影響依藍德對眼前景象的反胃跟憐憫，因爲就這環境而言，兩者都是合適的，但他推了哈姆一下，讓他不要那麼好辯。微風現在沒心情應付他的喋喋不休。

兩人靠近時，他站起身，所有人看到依藍德，都精神爲之一振。光是他的出現，就爲他們帶來一陣希望，而這感覺是微風無法靠鎔金術模仿的。他們之間交頭接耳，稱呼依藍德爲王。

「微風。」依藍德點頭說道。「沙賽德在嗎？」

「恐怕他剛走了。」微風說道。

依藍德似乎心不在焉。「沒關係。」他說。「我等一下再去找他。」依藍德環顧房間四周，嘴角重重垂下。「哈姆，明天我要你把坎敦街上的衣服商人都找來，帶他們來看看這副景象。」

「依藍德，他們可能會不高興。」哈姆說道。

「我就是希望他們不高興。」依藍德說道。「等他們來過之後，看看他們之後是不是還賣那個價錢。我可以理解，食物因爲數量不多所以昂貴，但不讓人買得起衣服，純粹只是貪婪而已。」

哈姆點點頭，但微風看得出來他的肢體語言顯示他有多不情願。其他人知道其實哈姆出奇地不愛與人有衝突嗎？他喜歡跟朋友爭論，但痛恨跟陌生人爭吵。微風總覺得這種特質出現在一個被僱來當打手的人身上，有點奇特。他稍稍安撫哈姆，讓他不要一直擔憂明天要去說服商人的事。

「你不會在這裡坐一晚吧，微風？」依藍德問道。

「統御老子啊，當然不行！」微風說道。「好傢伙，你能說服我來已經算你好運了。這裡根本不是紳士該來的地方。環境又髒，又讓人憂鬱，更不要提那個味道！」

哈姆皺眉。「微風，總有一天你得學著考慮到別人。」

「哈姆德，只要我能從遠處考慮，我會很樂於這麼做。」

哈姆搖搖頭。「你眞是無可救藥。」

「你要回去了嗎？」依藍德問道。

「是啊。」微風看看懷錶。

「需要搭車嗎？」

「我自己帶車來了。」微風說道。

依藍德點點頭，轉向哈姆，兩人按照原路回去，談論依藍德跟其他議員的下一場會議。

微風不久後晃回皇宮，對門口的侍衛點點頭，安撫掉他們精神上的疲累，讓他們立刻精神一振，更努力地重新監看迷霧深處。效果維持不了多久，但做這種事對微風而言已經是直覺反應。

天色已晚，走廊裡沒幾個人。他繞入廚房，輕推廚房裡的清潔女工好讓她們更願意聊天，好讓工作需要的時間能過得更快些。廚房後面他找到一個小石室，裡面只有兩盞很普通的油燈，放在小桌上。這是皇宮裡面幾張獨立餐桌之一。

歪腳坐在一個角落，有殘疾的腿擱在長凳上，沒好氣地看著微風。「你遲到了。」

「你早到了。」微風說道，坐上歪腳對面的長凳。

「都一樣。」歪腳抱怨。

桌上有第二個杯子，還有一瓶酒。微風解開釦子，無聲地吐了口氣，幫自己滿滿斟上，兩腿架在長凳上，往後一靠。

歪腳啜著酒。

「你在燒紅銅雲？」微風問道。

「有你在？」歪腳說道。「當然。」

微風微笑，啜了一口酒，完全放鬆。他再也不需要使用他的力量，歪腳是煙陣。當他在燃燒紅銅時，所有周遭的鎔金術師在使用鎔金術的脈動，都不會被燃燒青銅的人發現。可是更重要的是，至少對微風而言，燃燒紅銅讓歪腳不會受到任何情緒鎔金術影響。

「不知道爲什麼你會因此而高興。」歪腳說道。「我以爲你喜歡玩弄別人的情緒。」

「沒錯。」微風說道。

「那爲什麼每天晚上要來找我喝酒？」歪腳問道。

「你介意啊？」

歪腳沒有回答，等於是在說他不介意。微風瞅著脾氣不好的將軍。大多數集團成員都對歪腳敬而遠之，尤其他是凱西爾最後一秒鐘才引介進來，因爲他們原本的煙陣死了。

「你知道當安撫者是什麼感覺嗎，歪腳？」微風問道。

「不知道。」

「它讓你對眾人有絕佳的控制。」

「聽起來很美妙。」歪腳沒帶好氣地說道。

「但是，它還是會改變你。我花大部分的時間在觀察別人，不斷地調整，推動，安撫，這改變了我。我無法……用一般人的方式去對待別人。當對方看在我眼裡只是該被影響跟改變的對象時，很難單純地跟他交朋友。」

歪腳悶哼一聲。「所以我們從來沒看過你跟女人在一起。」

微風點點頭。「我克制不了。我總是碰觸周圍每個人的情緒，所以當女人愛上我時……」他想認爲自己沒有入侵性，但當有人說她愛他時，他要怎麼相信？她們回應的到底是他，還是他的鎔金術？

歪腳爲他斟滿酒杯。「你比表現出來的要傻多了。」

微風看著酒。「好笑的是，你差點就因爲我而沒有加入。」

「見鬼的安撫者。」歪腳喃喃自語。

「可是你不受我們影響。」

「也許對你的鎔金術，是的。」歪腳說道。「但你們這些人不一定靠鎔金術。在安撫者附近時，總得小心留神。」

「那你爲什麼讓我每天晚上都來找你喝酒？」

歪腳沉默片刻，微風幾乎以爲他不打算回答了。終於，歪腳低聲開口：「你沒其他人那麼糟。」

微風大飲一口。「這算是我得過最衷心的讚美之一了。」

「別毀了它。」歪腳說道。

「現在才要我小心已經來不及了。」微風將酒喝得一滴不剩。「這團人……凱西爾的計畫……早就已經讓我徹底完蛋了。」

歪腳同意地點點頭。

「我們發生了什麼事，歪腳？」微風問道。「我是因爲喜歡挑戰所以加入阿凱的行列。我一直不知道你爲什麼要這麼做。」

「錢。」

微風點點頭。「他的計畫被打壞，軍隊被毀滅，我們卻仍留下來。然後他死了，我們還是待了下來。依藍德這該死的王國是注定滅亡的，你知道吧。」

「我們撐不過一個月。」歪腳說道。那不是一時的悲觀之詞。微風很懂得看人，知道他是認眞的。

「可是，我們還是在這裡。」微風說道。「我花一整天讓司卡們不要因爲全家被屠殺而太難過；你花一整天訓練一些無論你幫助多少，兩三下之內就會被敵人殺光的軍隊；我們跟隨一個幾乎根本還是男孩的國王，他甚至不知道自己的情況有多糟糕。爲什麼？」

歪腳搖搖頭。「凱西爾。把個城市丟給我們，讓我們認爲我們有責任保護它。」

「可是我們不是那種人。」微風說道。「我們是盜賊跟騙子。我們不該關心這些事情的。我是說眞的……我已經慘到居然會去安撫廚房的清潔女工，只爲了讓她們能更快樂地工作！我乾脆換穿粉紅色衣服，隨時抱束花算了，去參加婚禮一定會大撈一筆。」

歪腳哼了哼，然後舉起杯子。「敬倖存者。」他說道。「去他媽的死傢伙，居然比我們更瞭解我們。」

微風同樣舉杯。「去他媽的。」他輕聲同意。

兩人陷入沉默。跟歪腳談話經常會變成……不講話。可是，微風總能感覺到全然單純的滿足。安撫很好，那是他的一部分，但也是工作。就連鳥也不能隨時都在飛。

「你們在這裡啊。」

微風雙眼猛然睜開。奧瑞安妮站在房間入口，離桌子不遠。她一身淺藍——她到底去哪裡弄到這麼多洋裝的？她的妝容自然是完美無瑕，頭髮還綁了緞帶。長長的金髮在西方很常見，但在中央統御區中簡直是希罕至極，還有那嬌俏、誘人的身段。

慾望頓時燃燒。不行！微風心想。*她大概只有你一半的年紀。你這個思想污穢的老男人。思想太污穢了！*「奧瑞安妮。」他不自在地說。「妳不是應該睡了嗎？」

她翻翻白眼，揮手要他把腿移開，好讓她能挨著他坐下。「才九點而已，微風。我是十八歲，不是十歲。」

跟十歲也差不多，他心想，轉過頭去不看她，試圖將注意力放在別處。他知道他應該更堅強，不該讓女孩一靠近就能影響他，但當她貼在他身邊，從他的杯中喝了一口酒時，他什麼都沒做。

他嘆口氣，摟住她的肩膀。歪腳只是搖搖頭，嘴角上露出一絲笑容。

「好啦。」紋輕聲說道。「這至少回答了一個問題。」

「主人？」歐瑟說道，隔著桌子，坐在黑暗房間的對面。她靠著鎔金術師的聽覺，完全可以聽到隔壁房間的所有聲響。

「奧瑞安妮是鎔金術師。」紋說道。

「眞的？」

紋點點頭。「她一到就開始煽動微風的情緒，讓他更受到她吸引。」

「我總覺得他應該會發現。」歐瑟說道。

「可不是。」紋說道。她也許不應該覺得這件事有這麼好玩，那女孩可能是迷霧之子，但光是想像那個花拳繡腿的女孩子在空中飛翔，就讓她覺得可笑至極。

有可能這正是她的意圖，紋心想。我得記得克禮絲跟珊，她們兩個居然都跟我原本以爲的樣子差了十萬八千里。

「微風可能不覺得他的情緒有哪裡反常。」紋說道。「他一定早就已經受她吸引。」

歐瑟閉起嘴巴，歪著頭。這是狗皺眉的方法。

「我知道。」紋同意。「可是，至少我們知道他沒有用鎔金術誘惑她。無論如何，這都不是重點。歪腳不是坎得拉。」

「你怎麼知道，主人？」

紋沒有立刻反應。只要微風在，歪腳總會燃燒紅銅，這是他難得會使用紅銅的情況。燃燒紅銅其實很難判別，畢竟如果他們開始燃燒紅銅，自然也會隱藏起自己。

可是紋可以穿透紅銅雲，她可以感覺到奧瑞安妮的煽動，甚至可以感覺到歪腳身上傳來一陣隱約的鼓動，正是紅銅的鎔金脈動。紋懷疑除了她自己跟統御主外，鮮少有人聽過這種脈動。

「我就是知道。」紋說。

「主人妳說了算。」歐瑟說道。「可是……妳不是已經決定間諜是德穆了嗎？」

「我還是想查查歪腳。」她說道。「趁我尚未做出徹底的行爲之前。」

「徹底？」

紋靜坐片刻。她沒多少證據，但她有直覺，而直覺告訴她，間諜就是德穆。他那天溜出去的方式……選擇他的合理性……一切都很吻合。

她站起身。情況變得太危險，太敏感，不容她再忽視。「來吧。」她說道，離開小房間。「該把德穆關起來了。」

「你說人跟丟了是怎麼一回事？」紋問道，站在德穆的房間外。

僕人滿臉通紅。「對不起，貴女。我照您的吩咐一直看住他，但他出去巡邏了。我該跟著他嗎？您不覺得這看起來會很可疑嗎？」

紋暗自咒罵。可是，她知道她沒有生氣的理由。*我早該直接跟哈姆說的*，她惱怒地想。

「貴女，他幾分鐘前才離開。」僕人說道。

紋瞥向歐瑟，然後衝入走廊，一碰到窗戶，紋便立刻躍入黑夜中，歐瑟緊跟在後，在不遠處的中庭間落下。

我上次看到他時，他正從大門回到皇宮，她心想，在霧中奔跑。她在那裡找到幾名守門的士兵。

「德穆隊長朝這個方向來了嗎？」她質問，衝入他們的火光中。

兩人一開始被嚇到，然後立即露出迷惘的神色。

「繼承者貴女？」其中一人問道。「是的，他一兩分鐘前剛出去巡邏了。」

「就他一個人？」紋問道。

他們點點頭。

「這不是有點奇怪嗎？」

他們聳聳肩。「他有時候就是自己去。」一人說道。「我們不會質疑他。畢竟他是我們的上司。」

「往哪裡去？」紋質問。

一人指了路，紋再次衝出去，歐瑟緊跟在她身後。我應該把他看得更牢。我應該用眞正的間諜看住他。我應該……

她全身一僵。走在前方一條安靜小路中的霧間身影，正是德穆。

紋拋下一枚錢幣，躍入空中，翻過在他頭頂，落在一棟建築物頂端，他毫無所知地繼續前進。德穆或坎得拉都沒有鎔金術。

紋掏出了匕首，準備要跳起，但是……她仍然沒有眞正的證據。凱西爾所改變的她，開始學會信任的她，想著她認識的德穆。

我眞的相信他是坎得拉嗎？她心想，還是我希望他是坎得拉，如此一來就不用懷疑我眞正的朋友們？

他繼續往前走，錫力增強的耳朵輕易就察覺到他的腳步聲。歐瑟在她身後爬上了屋頂，走到她身邊坐下。

我不能就這樣攻擊，她心想。我至少要看到他去了哪裡，取得證據，也許可以順道獲得額外資訊。

她對歐瑟揮揮手，一起安靜地在屋頂上跟蹤德穆。紋很快注意到一個奇怪的景象。前方出現火光，紋則看到他走入一條小巷，朝火光前去。到底……

紋從屋頂上躍下。兩三下起落後，她便來到光源處。一個不大的火堆在一個小廣場的正中央燃燒著，火光點亮幾個街道以內的迷霧，建築物都被照出了黑影。

紋瞥向德穆。許多司卡縮在火堆旁取暖，因爲身在霧中，所以顯得有些害怕。紋很訝異看到他們，因爲她自從崩解之後，再也沒有看過司卡在夜裡走入霧中。

德穆從一條側邊街道出現，跟幾個人打了招呼，藉著火光，她確定那人的確是他，或者至少是有著那張臉的坎得拉。

廣場裡大概有兩百人。德穆似乎打算要坐在地上，但有人很快帶著椅子上前來。一名年輕女子爲他端來一杯散發著熱氣的東西，他感激地接下。

紋跳到屋頂邊，身體伏低好避免被火光暴露行蹤。更多司卡出現，大多是集結成群，但有些勇敢的人則隻身前來。

她身後傳來聲響，看到歐瑟勉強跳過屋頂間的空隙，四肢費勁地半攀半爬上了屋頂。牠低頭看看下方的街道，搖了搖頭，走到她身邊。她舉起手指貼在唇邊示意噤聲，朝下方逐漸擴大的人群點點頭。歐瑟歪著頭看著下方的景象，什麼都沒說。

終於，德穆站起身，手中捧著仍然在散發蒸氣的杯子。很多人聚集在一起，坐在冰冷的石頭地上，縮在棉被或披風下。

「我們不該害怕霧，我的朋友們。」德穆說道。他的聲音不屬於強而有力的領袖或氣勢盎然的前線指揮官，而是來自一名經過歷練的年輕人，有點遲疑，卻能打動人心。

「這是倖存者教導我們的。」他繼續說道。「我知道看到霧，要不記起霧魅或其他恐怖故事是很難的一件事，但倖存者將霧給了我們。我們應該嘗試克服我們的恐懼，同時藉此追念他。」

統御老子的……紋震驚地心想。他是倖存者教會的成員之一！她瞬間遲疑，不知道該如何判斷。他到底是不是坎得拉？坎得拉爲什麼會跟這樣一群人會面？可是……德穆爲什麼要這麼做？

「我知道，沒有了倖存者，一切變得很困難。」德穆繼續說道。「我知道你們害怕軍隊。相信我，我明白。我也看到了軍隊。我知道你們因爲圍城戰而受苦，我……我甚至不知道我是否能告訴你們不要擔心。倖存者他也受過極大的苦難，包括他妻子的死亡，他被囚禁在海司辛深坑，但是他讓自己成爲倖存的那一個。這才是重點，不是嗎？我們必須堅持要活下去，無論這一切變得多艱難，我們最後必定會獲得勝利，就如他一般。」

他站在原處，雙手捧著陶杯，看起來跟紋見過的司卡傳道士完全不同。凱西爾挑了一名滿懷熱情的人來開始他的宗教，或者該是說，來開啓創造宗教的革命行動。凱西爾需要的領袖必須能煽動支持者，激發出他們毀滅性的狂熱。

德穆則完全不同。他沒有大喊，只是冷靜地說話，可是所有人都在注意聽著他。他們圍在他身邊的石地上，滿懷希望，甚至是充滿崇拜地看著他。

「繼承者貴女。」其中一人低聲說道。「她呢？」

「繼承者貴女承擔極大的責任。」德穆說道。「你們可以看見，她扛的擔子有多重，她對眾多問題無法解決的焦急無奈。她是個直率的女子，而且我覺得她不是很喜歡議會的政治手段。」

「可是，她會保護我們，對不對？」一人問道。

「是的。」德穆說道。「我相信她會。有時候我覺得她甚至比倖存者更強大。你知道他只當了兩年的迷霧之子嗎？她自己也才不過當了兩年。」

紋別過頭。每次都是這樣，她心想。一開始都聽起來很理性，直到提到我，然後就……

「有一天，她會爲我們帶來和平。」德穆說道。「繼承者會帶回太陽，阻止灰燼掉落，但在那之前，我們必須活下來，必須戰鬥。倖存者畢生的志業就是要看到統御主死去，解放我們。如果今天軍隊一來，我們就全逃了，這算是什麼回報？

「去告訴你們的議員，你們不要塞特王，甚至不要潘洛德大人當你們的王。一天後就要投票了，我們必須確保對的人被選上。倖存者挑選了依藍德．泛圖爾，那就是我們必須追隨的人。」

這倒是個新方法，紋心想。

「依藍德大人很軟弱。」一人說道。「他不會保護我們。」

「紋貴女愛他。」德穆說道。「她不會愛軟弱的人。潘洛德或塞特會把你們當成過去的司卡那般對待，所以你們覺得他們是強大的人，但那不是力量，只是壓迫。我們必須勝過自己！我們必須信任倖存者的判斷！」

紋靠著屋簷放鬆，緊張的情緒些微地鬆弛。如果德穆眞是間諜，他今晚是絕對不會給她任何證據的，所以她收起匕首，雙臂交枕在屋頂邊緣。火焰在沁涼的冬夜裡發出啪啪聲，散發出一陣陣煙霧，與迷霧混合。德穆繼續以他安靜、自信的聲音說話，教導人民凱西爾的事蹟。

這甚至不是宗教，紋邊聽邊想。他們的神學理論實在太單純，一點不像沙賽德以前說過的複雜信仰。德穆的布道只談論基本概念。他以凱西爾做爲典範，訴說著要如何活下來，如何忍受艱苦的環境。紋可以明白這些淺白直接的字眼是如何能打動司卡。這些人其實只有兩個選擇：堅持，或是放棄。德穆的教誨給了他們一個繼續活下來的理由。

司卡們不需要儀式、祈禱、教條。還不需要。他們對於宗教太沒有經驗，太害怕，根本不想要這些，但紋越聽，越瞭解倖存者教會。這是他們需要的，將司卡已經熟悉的，也就是他們辛勞的生活，轉換成一種更高，更樂觀的境界。

而這些教義還在不斷變化。凱西爾的神格化是她可以預料的，甚至對她的尊敬也是可理解的，但德穆是怎麼會認爲紋能阻止灰落，帶回太陽？他怎麼知道該要描繪綠色的草與藍色的天，形容出只有世界上最艱澀難懂的紀錄才提到過的世界形貌？

他在描述一個充滿色彩跟美麗的奇特世界，一個奇異且難以想像，但卻仍然美妙的地方。花卉跟綠色植物對那些人而言，都是令人匪夷所思的怪東西，就連紋都很難想像得到，而她還聽過沙賽德的親口描述。

德穆正在給司卡們一個天堂。天堂必須與正常經驗迥然不同，因爲平凡的俗世不是充滿希望的一個地方，尤其是挨餓的冬天即將來臨，軍隊正逼臨境外，政府也陷入了一片混亂。

德穆終於要結束會議時，紋往後退了一些，趴在原處片刻，試圖想釐清思緒。她原本很確定間諜就是德穆，但她的懷疑似乎沒什麼根基。他的確晚上偷溜了出來，但她現在知道他到底在做什麼。他溜出去時看起來眞的非常可疑，現在想想，她覺得坎得拉似乎都知道該怎麼以更自然的方式處理這種情況。

不是他，她心想。或者如果是他，也不會有我原先想的那麼簡單就能揭穿他的眞面目。她煩躁地皺起眉頭。終於，只能嘆口氣，站起身走到屋頂的另外一邊。歐瑟跟了上來，紋瞥了牠一眼。

「當凱西爾叫你拿走他的身體時，」她說道。「他要你做什麼，你有對那些人傳道嗎？」

「主人？」歐瑟問道。

「他要你彷彿死而復生般出現？」

「是的。」

「那你那時要說什麼？」

歐瑟聳聳肩。「很簡單的事，主人。我告訴他們革命的時間到了。我告訴他們，我，凱西爾，死而復生，爲了給他們勝利的希望。」

我代表你永遠殺不死的東西，無論你多努力。那就是凱西爾臨終前，面對著統御主說的話。我是希望。

我是希望。

無怪乎這個信念會是凱西爾教派的中心教條。「他有要你傳達我們剛才聽到德穆說的那些話嗎？」紋問道。「關於灰燼不再落下，太陽變成黃色？」

「沒有，主人。」

「我想也是。」紋說道。這時，她聽到下方傳來腳步聲，往旁邊一看，正是德穆，正在往回皇宮的路上走。

紋落到他身後。他居然還聽到她的動靜，轉過身，手按著決鬥杖。

「一切安好，隊長。」她直起身子說。

「紋貴女？」他訝異地問道。

她點點頭，上前一步，好讓他能在夜裡看清楚她。逐漸熄滅的火把仍然點亮了後方的天空，迷霧與陰影來回盤旋追逐。

「我不知道你是倖存者教會的成員。」她輕聲說道。

他低下頭。雖然他比她至少高了兩個手掌寬，此時卻似乎在她面前略略萎縮了。「我……我知道這讓您覺得不舒服。對不起。」

「沒關係。」她說道。「你做的事情是爲人民好。依藍德知道你這麼忠誠，會很感謝的。」

德穆抬起頭。「您一定要告訴他嗎？」

「他需要知道人民相信什麼，隊長。你爲什麼不希望我提？」

德穆嘆口氣。「我只是……我不想讓集團的人認爲我在蠱惑人民。哈姆大人認爲關於倖存者的布道很蠢，微風大人說鼓勵倖存者教會存在的唯一原因是讓人民更乖順。」

紋在黑暗中看著他。「你眞的相信，對不對？」

「是的，貴女。」

「可是你認得凱西爾。」她說道。「你幾乎從一開始就跟我們在一起。你知道他不是神。」

德穆抬起頭，眼神中帶著一絲挑戰。「他爲了推翻統御主而死。」

「他不會因此而變成神。」

「他教導我們要如何活下來，要有希望。」

「你們以前也活了下來。」紋說道。「在凱西爾被拋入深坑前，人們也都有希望。」

「跟現在不一樣。」德穆說道。「況且……他有力量，貴女。我感覺得到。」

紋遲疑了。她知道當初發生的事。德穆在跟一名心存懷疑的士兵決鬥時，凱西爾利用鎔金術指引著德穆的攻擊，讓德穆看起來彷彿如有神助。

「噢，我現在知道那是鎔金術。」德穆說道。「可是……我那天感覺到他在推我的劍，我感覺到他在利用我時，讓我超越了我原本的能力。我認爲有時候我仍然能感覺得到他。增強我的臂力，引導我的劍……」

紋皺眉。「你記得我們第一次會面的時候嗎？」

德穆點點頭。「記得。當軍隊被摧毀那天，我們躲在山洞裡，是您來找我們。我那時正負責守衛。您知道嗎，貴女？即便那時，我都知道倖存者會回來找我們。我知道他會來找我們，帶著忠誠於他的人，領著我們回到陸沙德。」

他去山洞是因爲我逼著他去。他想要靠一己之力對抗一整個軍隊，根本就是自殺。

「軍隊的摧毀是個試煉。」德穆說道，抬頭望著迷霧。「那些軍隊……現在的圍城……都只是試煉，爲了看出我們是否能存活下來。」

「那灰燼呢？」紋問道。「你從哪裡聽說灰燼會停止落下的？」

德穆轉身面對她。「這不是倖存者教導的嗎？」

紋搖搖頭。

「很多人都這麼說。」德穆說道。「這一定是眞的，跟一切都吻合，黃色的太陽，藍色的天，植物……」

「我知道，但你是從哪裡聽說的？」

「貴女，我不知道。」

你是從哪裡聽說這些轉變會是我帶來的？她心想，卻無法逼自己問出口。無論如何，她反正已經知道答案：德穆不知道。謠言是會不斷滋生的。如今要追回源頭，已經是困難至極。

「回皇宮去吧。」紋說道。「我得告訴依藍德我看到的，但我會請他不要對別人說。」

「謝謝您，貴女。」德穆鞠躬退出，轉身快步離開。一秒後，紋聽到後方的落地聲。歐瑟跳回街上。她轉身。「我原本確定就是他了。」

「主人？」

「那隻坎得拉。」紋說道，轉身面對消失的德穆。「我以爲我發現牠了。」

「結果呢？」

她搖頭。「就像多克森一樣。我覺得德穆知道太多，不會是在假裝。他感覺像是……眞的。」

「我的族人——」

「技巧高超。」紋嘆口氣接下去說道。「我知道。可是我們不會逮捕他。至少不是今晚。我們繼續看住他即可，但我已經不認爲是他。」

歐瑟點點頭。

「來吧。」她說道。「我想要去看一下依藍德。」

我現在開始提出我的重點。很抱歉。就算是坐在這座冰冷的山洞，將文字刻入鋼板的同時，我仍然忍不住會離題。

37

沙賽德瞥向百葉窗，發現光線正怯生生地透過縫隙射入。已經白天了？他心想。我們研究了一個晚上？幾乎是不可能的事。他沒有用任何藏金金屬，感覺卻比過去幾天來得精神，或是充滿活力。

廷朵坐在他身邊的椅子上。沙賽德的書桌堆滿了紙張，兩組墨水跟筆待用。桌上沒有書，因爲守護者不需要書。

「啊！」廷朵說道，抓起一枝筆開始書寫。她看起來也不累，不過她大概有用青銅意識裡儲存的清醒。

沙賽德看著她書寫。她幾乎看起來像是年輕時候的樣子，自從十年前被育種的人丟棄之後，就沒看過她這麼興奮。當她偉大的工作結束那天，她終於能回到其他守護者身邊。將她被禁閉強迫生育的三十年中，守護者所累積的所有知識交給她的人，正是沙賽德。

她沒多久就取得席諾德中的一席之地，但當時，沙賽德已經被逐出了。

廷朵終於寫完筆記。「這一段是出自維德奈更王的傳記。」她說道。「他是最後一名有規模地抵抗統御主的領導者。」

「我知道他是誰。」沙賽德微笑。

她一愣。「當然。」她顯然不習慣跟一名和她一樣知識充足的人一同研究。她將抄寫出的段落推給沙賽德看。雖然他也有目錄跟筆記，但由她來將段落寫出，遠比他在自己的紅銅意識裡翻找來得快。

上面寫著：最後幾個禮拜中，我跟國王花了很多時間相處。可想而知，他十分焦躁。他的士兵抵擋不了征服者的克羅司，而自從落錐失守後，他的軍隊便節節敗退。可是，國王並不怪罪他的士兵，他認爲他的問題另有根源：糧食。

最後那幾天，他提起過好幾次這個想法。他認爲如果他有更多食物，他可以撐得更久，因此，他將這件事怪罪於深闇。因爲雖然深闇被打敗，或者至少被減弱，它的碰觸也耗盡了達瑞耐國的食物存量。他的人民無法同時種植食物，還要抵抗征服者的魔鬼軍隊。這是最後導致他們滅亡的原因。

沙賽德緩緩點頭。「這本書我們有多少資料？」

「不多。」廷朵說道。「只有六七頁。這是唯一提及深闇的段落。」

沙賽德靜坐片刻，重新閱讀一遍，良久後，抬頭看著廷朵。「妳認爲紋貴女說得對，是嗎？妳也認爲深闇就是迷霧。」

廷朵點點頭。

「我同意。」沙賽德說道。「至少，我們稱爲『深闇』的東西是在霧中發生的變化。」

「你之前的論點呢？」

「證明是錯的。」沙賽德說道，放下紙。「因爲妳的推論跟我的研究。我不希望這是眞的，廷朵。」

廷朵挑起眉毛。「你再次反抗席諾德，就爲了追查一件你甚至不願意相信的事？」

他望入她的雙眼。「害怕某樣東西跟渴望它是不同的。如果深闇再次回來，我們可能會被摧毀。我不希望得到這樣的結果，但我也不能放棄探查眞相的機會。」

廷朵別過頭。「我不相信這會摧毀我們，沙賽德。我承認你找出了極大的發現。關的紀錄至少可以確定這點，而如果深闇是霧，那我們對統御主的昇華，就有了更深一層的認識。」

「那如果霧變得更強了呢？」沙賽德問道。「如果在殺死統御主的同時，我們也毀掉了束縛霧的力量，那又怎麼辦？」

「我們沒有證據霧開始在白天出現，」廷朵說道。「至於殺人的可能，也只有你的薄弱理論。」

沙賽德轉過頭。他的手指抹暈了廷朵急忙寫下的字跡。「確實如此。」他說道。

廷朵在昏暗的房間中，輕輕嘆口氣。「你爲什麼從來都不爲自己辯護，沙賽德？」

「有什麼好辯護的？」

「一定有。你總是道歉，尋求原諒，但你展現的悔意卻從來不能改變你的行爲！你難道沒有想過，如果你更願意發言，也許今天就是你在領導席諾德？他們把你逐出去的原因是因爲你拒絕爲自己辯護。但你卻是我所認識的叛徒中，最懊悔的一個。」

沙賽德沒有回答。他轉過頭，看到她關切的雙眼。美麗的雙眼。*怎麼會有這麼傻的想法，*他告訴自己，轉過頭。*你早就明白，有些事情是別人可以，但你永遠不能擁有的。*

「關於統御主的判斷，你是正確的，沙賽德。」廷朵說道。「也許別人會選擇跟隨你，只要你能更……堅持。」

沙賽德搖搖頭。「我不是妳的傳記中的人物，廷朵。我甚至算不上是男人。」

「你是比他們更優秀的男人，沙賽德。」廷朵輕聲說道。「但可惡的是，我一直想不透爲什麼。」

兩人沉默。沙賽德站起身，走到窗邊，打開百葉窗，讓光線射入，熄滅了房間的油燈。

「我今天要離開了。」廷朵說道。

「離開？」沙賽德問道。「軍隊不會讓妳通行的。」

「我不是要通過他們，沙賽德。我打算造訪他們。我給了你的泛圖爾王一些知識。我需要爲他的敵手提供同樣的協助。」

「原來如此。」沙賽德說道。「我瞭解。我早該猜到的。」

「我懷疑他們會像他那樣願意聆聽。」廷朵說道，聲音出現一絲寵愛。「泛圖爾是個很出色的人。」

「很出色的王。」沙賽德說道。

廷朵沒有回答。她看著桌子，上面寫滿了筆記，來自於兩人的紅銅意識，急急忙忙地寫下，交換給對方反覆閱讀。

這算什麼樣的夜晚？兩人交換研究，分享心得跟發現的夜晚？

她仍然美麗。楓紅色的頭髮逐漸泛灰，卻仍然長而直。臉上刻劃的痕跡，代表一生中從未擊敗過她的困境。還有她的眼睛……敏銳的眼睛，充滿只有守護者能有的睿智，還有對學習的深愛。

*我不應該想這些事，*沙賽德再次心想。*沒有意義。從來沒有。*「那，妳得走了。」他轉身說道。

「你仍然拒絕辯論。」她說道。

「辯論有何用處？妳是個睿智、堅定的人。妳只能依從自己的良心指引。」

「有時候，一個人會顯得意志堅定，只是因爲沒有人給他別的選擇。」

沙賽德轉向她。房間很安靜，唯一的聲音來自下方的中庭。廷朵半沐浴在陽光下，鮮豔的長袍隨著褪去的陰影而逐漸明亮。她似乎在暗示些什麼，一些他從不敢想會從她口中聽到的事情。

「我不懂。」他說道，非常緩慢地坐了下來。「妳身爲守護者的責任怎麼辦？」

「是很重要。」她承認。「但是……在特定情況下，有時候，也該有例外。你找到的拓印……也許在我離開前，我應該更進一步研究。」

沙賽德看著她，試圖瞭解她的眼神。這是什麼感覺？他不自覺心想。是混亂？是不知所措？是害怕？

「我無法成爲妳想要的人，廷朵。」他說道。「我不是男人。」

她不在乎地揮揮手。「我這麼多年來，受夠『男人』還有懷孕生子了，沙賽德。我已經盡到對泰瑞司人民的責任。我想，我要遠離他們一陣子。有一部分的我，因爲發生在我身上的事而排拒且厭惡他們。」

他開口要說話，卻被她舉起的手制止。「我知道，沙賽德。這是我自願擔負的責任，我也很高興我能爲人民服務。可是……在我孤身一個人度過的歲月裡，只有偶爾才能與其他守護者見面。而我覺得很惱怒，他們所有的計畫，似乎都是爲了保持被征服者的狀態。

「我只看過一個人想要推動席諾德朝主動的方向前進。當他們計畫該如何隱藏自己時，有一個人想要攻擊。當他們在決定該如何騙過育種師的時候，有一個人想要策劃如何推翻最後帝國。當我重新加入我的族人時，我發現那個人仍然在奮鬥。獨自一人。因爲他與盜賊和反動人士往來，所以他被判有罪，但他靜靜地接受了所有的處罰。」

她微笑。「但那個人仍然繼續努力，直到他解放了我們所有人。」

她握住他的手。沙賽德驚愕地坐在原處。

「那些我讀過的人，沙賽德，」廷朵輕聲說道，「他們都不是坐在那裡計劃該如何以最有效的方法躲藏起來。他們奮鬥，他們追求勝利。有時候，他們不顧一切，其他人稱他們爲傻瓜。可是，當塵埃落定，論定功過是非時，都是那些人改變了一切。」

陽光完全射入房間，她仍坐在那裡，捧著他的手。她似乎……很擔心。他看過她身上出現這種情緒嗎？她很堅強，她是他所認識的女人中，最堅強的一個。他在她眼中看到的，不可能是忐忑不安。

「給我一個理由，沙賽德。」她悄悄地說道。

「如果妳能留下，我會……很高興。」沙賽德說道，一手被她握著，一手放在桌上，微微顫抖。

廷朵挑起一邊眉毛。

「留下來。」沙賽德說道。「請妳。」

廷朵微笑。「好吧——你說服我了。我們繼續研究吧。」

依藍德在晨光中漫步於城牆頂，腰側的劍隨著他每跨一步，便敲一下石頭。

「你看起來幾乎像個王了。」一個聲音說道。

依藍德轉身，看著哈姆爬上最後幾階通往城牆頂端的台階。天氣帶有冷冽的寒意，白霜仍然在石縫間的陰影中閃爍發光。冬天快來了。也許已經來了。可是，哈姆仍然沒穿披風，只穿著他慣常的背心、長褲和涼鞋。

說不定他甚至不知道冷是什麼感覺，依藍德心想。白鑞，眞是驚人的特長。

「你說我看起來幾乎像個王。」依藍德說道，轉身繼續沿著城牆邊行走，哈姆跟在他身邊。「廷朵的衣服眞的對我的形象大有貢獻。」

「我不是指衣服。」哈姆說道。「我是說你臉上的表情。你來多久了？」

「好幾個小時。」依藍德說道。「你怎麼找到我的？」

「是那些士兵。」哈姆說道。「依藍德，他們開始將你視爲指揮官。他們會觀察你在哪裡，當你在附近時，他們會站得更挺一點，猛擦武器好像知道你隨時都會出現一樣。」

「我以爲你很少跟他們相處。」依藍德說道。

「我從來沒這麼說。」哈姆說道。「我跟士兵很常相處，只是我的氣勢不夠，當不了他們的指揮官。凱西爾一直要我當個將軍。我想，在他的內心深處，他認爲與人交友遠不及領導他人。也許他是對的。很多人需要領導者，只是，我不想當那個人。」

「我想。」依藍德說道，聽到自己這麼說也覺得很訝異。

哈姆聳聳肩。「這可能是件好事。畢竟你是個王。」

「勉強算是吧。」依藍德說道。

「王冠還是在你頭上。」

依藍德點點頭。「沒戴著它，我覺得很彆扭。我知道聽起來很好笑，我也沒戴幾天，但人民需要知道，仍然有人在負責一切，至少接下來幾天裡需要如此。」

他們繼續走著。依藍德看到遠方出現一道陰影：第三支軍隊終於追隨著難民的腳步出現了。他們的探子不知道爲什麼克羅司花了這麼久才抵達陸沙德，但村民們的悲慘故事透露出某些線索。克羅司沒有攻擊史特拉夫跟塞特，而是在等待，顯然加斯提對牠們的控制足以節制牠們，所以牠們加入圍城戰——另一個等著撲上來攻擊陸沙德的猛獸。

當自由跟安全不能兼得時，你選哪一個？

「你似乎對於發現自己想當領導者這件事感到很訝異。」哈姆說道。

「我只是以前從來沒說出口。」依藍德說道。「眞說出來的時候，我覺得聽起來好驕傲自滿。我想當王。我不希望被別人取代。無論是潘洛德，或是塞特……誰都不行。這位置是我的。這城市是我的。」

「我不確定『驕傲自滿』是適當的形容詞，阿依。」哈姆說道。「你爲什麼想當王？」

「我想保護這些人。」依藍德說道。「我想守護他們的安全還有他們的權利，但同時要確定那些貴族不會被另一場革命屠殺。」

「那不是驕傲自滿。」

「其實是，哈姆。」依藍德說道。「只不過，這是一種可以被理解的驕傲自滿。我想，沒有這種態度，是不可能當領袖的。我想，這就是我在任時，一直缺乏的東西。驕傲。」

「自信。」

「同樣的東西，換個好聽的說法而已。」依藍德說道。「我可以做得比任何人都好，只是我需要找到證明的方法。」

「你會的。」

「你很樂觀，哈姆。」依藍德說道。

「你也是。」哈姆評論。

依藍德微笑。「是沒錯，這工作開始改變我。」

「嗯，如果你還想留住這份工作，我們最好回去繼續研究。只剩一天了。」

依藍德搖搖頭。「我已經讀遍所有的東西，哈姆。我不會鑽法律漏洞，所以再找也沒有用，而讀其他書找靈感也沒什麼大用處。我需要時間思考。需要時間散步……」

於是，他們繼續散步。突然依藍德注意到遠處有動靜，一群敵軍的士兵正在做些他看不清的事情。他揮手招來一名手下。

「那是什麼？」他問道。

士兵遮去眼前的太陽，仔細看了看。「似乎是塞特跟史特拉夫的士兵又打了起來，陛下。」

依藍德挑眉。「這種事常發生？」

士兵聳聳肩。「最近越來越常發生了。通常是巡邏隊正好碰上，就打了起來，退去的時候留下幾具屍體。不是什麼大事，陛下。」

依藍德點點頭，讓那人退下。夠大了，他心想。這些軍隊一定跟我們一樣緊張。那些士兵不可能喜歡一直處於圍城戰中，尤其要入冬了。

快了。克羅司的到來只會造成更多混亂。如果他施力得當，史特拉夫跟塞特會被逼得正面開戰。我只需要再多一點點時間！他心想，繼續漫步。哈姆跟在他身邊。

可是，首先他必須先贏回王位。少了這權力，他誰都不是——什麼都不能做。

這個問題不斷蝕咬著他的思緒。走著走著，別的事情引起了他的注意力，來自於圍牆內，而非圍牆外。哈姆說得對，士兵的確在依藍德走近他們的崗位時站得更挺了些，他們向他敬禮，他則按照廷朵的指示，一手按著劍柄，對他們點點頭。

如果我眞能保有我的王位，都是因爲她，他心想。當然，光是這麼想就會被她責罵。她會告訴他，能保有王位是因爲這是他應得的，因爲他是國王。改變自己也不過就是利用他手邊原有的資源去克服環境的挑戰。

他不確定自己是否眞的能夠這樣想，但她昨天給他上的最後一課，而他知道那的確就是最後一課，只教了他一個新概念：王者之道，無跡可循。他不會跟過去的王相似，一如他不會與凱西爾相似。

他就是依藍德．泛圖爾，於哲學中奠定基礎，後世的人將稱他爲學者，他會盡力使這點成爲他的優勢，否則將無人記得他是誰。沒有王能夠承認自己的弱點，卻應該要承認自己的長處。

那我的長處是什麼？他自問。爲什麼該是由我來統治這個城市以及其周圍？

沒錯，他是學者，而正如哈姆所說，他是個樂天派。他不是劍術高手，雖然技巧正日漸增長。他也不是絕佳的外交人員，雖然與史特拉夫跟塞特的會面證明他可以堅守自己的立場。

那他是什麼？

一個愛護司卡的貴族。即便是在崩解前，在遇到紋跟其他人之前，司卡一直是讓他經常琢磨再三的存在，他最喜歡的哲學思考就是試圖證明他們跟貴族出身的人並無兩樣。現在想想，聽起來有點理想主義，甚至有點自命清高，而且說實話，他在崩解前對司卡議題的興趣其實僅限於學理範圍。因爲他不瞭解他們，所以顯得他們格外新奇，有意思。

他微笑。如果有人告訴那些農莊司卡，有人認爲他們很「新奇」，不知道他們會怎麼想。

可是，崩解時期到來，他的書本和理論中預言的革命行動眞的發生了。他的信念不再只是學理辯證，而他開始瞭解司卡，不僅僅是紋跟集團的人，甚至包括工人跟僕人。他看到城市裡的人，他們心中湧現了希望。他看到自尊與自重的甦醒，讓他興奮莫名。

他不會遺棄他們。

這就是我，依藍德心想，停下腳步。理想主義者。一個誇張的理想主義者，雖然愛書跟愛學習，卻從來當不了很好的貴族。

「怎麼？」哈姆在他身邊停下。

依藍德轉向他。「我有個主意。」他說道。

一切的問題都在於此。雖然我一開始相信艾蘭迪，但後來我起了疑心。他似乎的確很符合徵象，但該怎麼解釋？他是不是太過符合了？

38

我這麼緊張的時候，他怎麼還能看起來這麼有自信？紋心想，站在依藍德旁邊，看著人群湧入議事廳。依藍德說他希望親自歡迎每一名入場的議員，來展現他對場面的掌控。

今天，是國王選舉。

紋跟依藍德站在舞台上，朝從側門進入的議員們點頭。大廳中央的長椅已經越發擁擠，前面幾排一如往常都坐著侍衛。

「妳今天看起來很美。」依藍德說道，看著紋。

紋聳聳肩。她穿著一襲白色禮服，線條修長流線，上面覆蓋著幾層白紗。跟她其他的衣服一樣，是爲了讓她能靈活行動所設計，而且搭配依藍德的新衣服，尤其是袖口上的深色刺繡。她沒有戴珠寶，但倒是用了幾個白色的木髮夾來束髮。

「感覺眞奇怪。」她說道。「我居然這麼快又覺得穿禮服很自然了。」

「我很高興妳換了衣服。」依藍德說道。「長褲跟襯衫是妳……這也是妳。這是我記憶中，我們幾乎不認識彼此時，在舞會上看到的妳。」

紋惆悵地微笑，抬頭看看他，擁擠的人群頓時被稍微遺忘。「你從來都沒跟我跳過舞。」

「對不起。」他說道，輕輕地握住她的手臂。「我們最近沒有什麼時間好好相處，對不對？」

紋搖搖頭。

「我會改善這情況。」依藍德說道。「等這團混亂結束，等王位穩定後，我們就能回到兩人的生活。」

紋點點頭，突然注意到身後有動靜，猛然回頭。一名議員正橫越舞台走來。

「妳很緊張。」依藍德微微皺眉說道。「甚至比平常還緊繃。有什麼是我沒注意到的？」

紋搖搖頭。「我不知道。」

依藍德以堅定的握手跟那名議員問好，他是司卡代表之一。紋站在他身邊，先前的惆悵如迷霧般消散，全神貫注於此刻。到底什麼事讓我覺得這麼不對勁？

房間擠滿了人，每個人都想見證今天的決定。依藍德不得已只好在門口安排守衛來維持秩序，但讓她緊張的不只是人數，而是整個氣氛……不對勁。人群像是聚集在腐爛屍體邊的烏鴉。

「這是不對的。」紋說道，握著依藍德的手臂，看著議員離去。「政府不應該因為講台上的發言就更換主人。」

「過去沒發生，不代表不應該這樣發生。」依藍德說道。

紋搖搖頭。「絕對會出問題，依藍德。塞特會讓你意外，也許潘洛德也會。他們那種人不會呆坐著，等待投票來決定他們的未來。」

「我知道。」依藍德說道。「但能讓人意外的不只是他們。」

紋不解地看著他。「你有什麼別的計畫？」

他想了想，瞥向她。「我……這個，哈姆跟我昨天晚上想出了一個計謀。我一直想找時間告訴妳，但實在沒有時間，我們當時分秒必爭。」

紋皺眉，感覺到他的忐忑不安。她正要開口說些什麼，卻硬生生打住，只是望入他的雙眼。他似乎有點尷尬。「怎麼了？」她問道。

「這……其實跟妳有點關係，也跟妳的名氣有關。我原本是要先徵得妳的同意，但是——」

紋感覺到一陣冰寒。在他們身後，最後一名議員入席，潘洛德站起，準備主持會議。他瞥向依藍德，清清喉嚨。

依藍德低聲咒罵。「真的，我沒時間解釋。」他說道。「但也不是什麼大事，可能甚至沒辦法幫我爭取到幾票，但是，我總得試試看，而且反正什麼都不會改變。我是指我們。」

「什麼？」

「泛圖爾大人？」潘洛德問道。「你準備好讓會議開始了嗎？」

大廳陷入沉默。依藍德跟紋靜靜站在舞台中央，講台跟議員座位之間。她看著他，陷入憂懼、迷惘，還有一絲絲被背叛的情緒。

你爲什麼沒有告訴我？她心想。如果你不告訴我你在計劃什麼，我要怎麼準備？而且……你爲什麼那樣看我？

「對不起。」依藍德說道，上前就座。

只剩下紋獨自一人站在舞台上。過去，這麼多人看著她會讓她恐懼萬分，現在她仍然不太自在，於是微微低頭，走到後面的長椅，那裡有一個爲她準備的空位。

哈姆不在。紋皺眉，一面聽著潘洛德展開議程。在那裡，她心想，發現哈姆平靜地坐在觀眾席中，四周是一群司卡。那群人很顯然正在低聲交談，但即使燃燒錫，紋也絕對無法在這麼大的房間裡一一分辨出他們的聲音。微風跟一些哈姆的士兵一起站在房間後方。他們是否知道依藍德的計畫已經不重要，反正他們遠到她無法盤問他們。

所以，她只能悻悻然拉好裙襬，坐了下來，她已經很久沒有感覺這麼無所適從，上一次是……

是一年前那晚，她心想，就在我們猜出凱西爾的計畫之前，在我以爲世界在我身邊碎裂的瞬間之前。

也許這是個好跡象。依藍德是不是在最後一瞬間想出某個政治妙招？他沒跟她說其實不重要，她可能反正聽不懂他的法律理論。

但是……他以前總會將他的計畫說給我聽。

潘洛德繼續喋喋不休，大概是爲了盡情利用他可以出現在議會成員面前的時間。塞特坐在觀眾席的最前面，身邊有二十名士兵包圍，露出志得意滿的神情。這也不是沒有道理。根據她所聽到的消息，塞特很有可能輕而易舉獲勝。

可是依藍德到底在計畫什麼？

潘洛德會投票給自己，紋心想。依藍德也會。那就剩下二十二票。商人以塞特爲首，司卡也是。他們太怕軍隊，不會敢投票給別人。

只剩下貴族。有些會投給潘洛德，他是城市裡最有權勢的貴族，議會中許多成員長年以來都是他的政治盟友，但即使他能取得一半的貴族票數，光這樣已經算多，塞特仍然會當選。塞特只需要三分之二的票數，即可取得王位。

八個商人，八個司卡。十六個人站在塞特那邊。他已經要贏了。依藍德能有什麼辦法呢？

潘洛德終於結束了他的開場白。「可是，在我們投票之前，」他說道，「我希望提出一點時間來讓候選人做最後的演說。塞特王，你想先說嗎？」

坐在觀眾席裡的塞特搖搖頭。「我已經提出了我的提議還有我的威脅，潘洛德。你們都知道你們要投票給我。」

紋皺眉。他似乎很自信，可是……她的眼光掃過人群，落到哈姆身上。他正在跟德穆隊長說話。坐在他們身邊的是在市場中跟過她的人。一名倖存者教會的祭司。

紋轉身，端詳議會。司卡代表們看起來相當不自在。她瞥向站起身準備在講台前發言的依藍德。他先前的自信回到身上，俐落的白制服穿起來更顯出他的尊貴氣質。他仍然戴著王冠。

什麼都不會改變，他這麼說。我們之間……

對不起。

一件會利用她的名聲來取得票數的事。她的名聲就是凱西爾的名聲，而只有司卡在意這件事，要能夠影響他們，最簡單的方法只有一個。

「你加入了倖存者教會，對不對？」她喃喃道。

司卡議員的反應，適合處理眼前情況的邏輯，依藍德之前對她說的話，突然都吻合了起來。如果依藍德加入教會，那司卡議員們可能會不敢不投給他，而依藍德不需要十六票才能取得王位，只要議會的投票沒有明確的結果，他就贏了。有了八張司卡票跟他自己的票數，其他人永遠都無法驅逐他退位。

「非常聰明。」她低聲說。

這個計謀可能不會成功。端看倖存者教會對司卡議員的影響有多少，即使有些司卡投票反對依藍德，仍然可能有其他貴族會投票給潘洛德。只要有足夠的貴族投給依藍德，那他仍然有機會可以制衡住投票結果，保住他的王位。

代價就是他的正直。

不公平，紋告訴自己。如果依藍德加入倖存者教會，他會守住他所做出的每個承諾，而如果倖存者教會有官方支持，它在陸沙德中也許能獲得跟鋼鐵教廷當年一樣的地位。那麼，這樣會如何改變依藍德看待她的方式呢？

什麼都不會改變，他如此承諾。

她隱約聽到他開始發言，他現在字字句句中暗示到的凱西爾明朗了起來，但她唯一能感覺到的，就是些許的焦慮。正如詹所說。她是匕首，不同的匕首，但仍然是個工具，是依藍德用來保護城市的工具。

她應該要憤怒，至少該痛心疾首，但爲什麼她的眼神不斷閃向觀眾？爲什麼無法將注意力集中於依藍德在說的話，在他如何抬高她的身分地位上？她爲什麼突然這麼緊張？

那些人爲什麼正悄悄地沿著房間邊緣移動呢？

「所以，」依藍德說道，「我帶著倖存者的祝福，請你們投票給我。」

他靜靜地等待。這是很戲劇化的決策：加入倖存者教會等於投身於另一個外部團體的精神權威下，但哈姆跟德穆都覺得這是個好辦法。依藍德花了大半天將他的決定告知司卡市民。

這個決定感覺是對的，他唯一擔心的，就是紋。他瞥向她。她不喜歡她在倖存者教會中的地位，而依藍德的加入，代表他至少表面上已經接受她在教會神話中的地位。他試圖與她對望，給她一個笑容，但她沒有在看他，而是看著觀眾。

依藍德皺眉。紋站起身。

觀眾中的一人突然推開前排的兩名士兵，以超人的力量躍過不可能的距離，落在舞台上，抽出決鬥杖。

什麼？依藍德震驚地想。幸好，在廷朵的命令下，他花了好幾個月練習劍技，那給了他自己都不知道擁有的直覺。那打手衝上前來的同時，依藍德彎腰滾身，快手快腳地翻過身，仰頭看到壯碩的男子朝他衝過來，高舉決鬥杖。

一團白蕾絲與衣角飄過依藍德的頭頂。紋雙腿向前，直踢上打手的胸口，讓他整個人向後倒，她則順勢一轉圈，裙襬飛揚。

那人悶哼一聲，紋則重重落在依藍德面前。議會大廳突然冒出尖叫與咆哮。

紋將講台踢到一旁。「待在我身後。」她低聲說道，一柄黑曜石匕首在她的右手閃閃發光。

依藍德遲疑地點點頭，解開腰間的劍，同時站起。那打手不是獨自一人。有三群武裝男子正在房間裡移動，一人攻擊前排，讓那裡的侍衛分神，另一組正爬上舞台，第三組人似乎被別人攔下。塞特的士兵。

打手重新站起，看起來並沒有因爲紋的飛踢而傷了多少。

殺手，依藍德心想。可是，是誰派來的？

那人身邊多出了五個同伴，令他露出笑容。房間陷入混亂。議員們四散，保鏢們包圍在他們身邊，但是在舞台前方的打鬥阻止任何人朝那方向奔逃，因此議員們全都擠在舞台的側面出口，可是攻擊的人似乎不在乎他們。

他們只要依藍德。

紋維持半蹲姿勢，等著他們先展開攻擊，雖然身著蕾絲禮服，姿勢卻仍然充滿威脅性。依藍德覺得他甚至聽到她發出低聲的咆哮。

他們展開攻擊。

紋衝上前，匕首揮向領頭的打手，但他的手臂較長，輕易地一揮決鬥杖便擋開了她的攻勢。總共有六個人，三個很顯然是打手，另外三個應該是射幣或扯手。很強大的金屬控制組合。有人絕對不想要她以錢幣快速結束這場戰鬥。

他們不明白，在這個情況下，她絕對不會使用錢幣，尤其是依藍德站得這麼近，室內又有這麼多人。錢幣是無法被安全地打飛的，如果她朝敵人灑出一把錢幣，無辜的人將因此致命。

她得盡快解決他們，他們已經散開，包圍她跟依藍德，兩兩一組，一個打手跟一個射幣配成一對，會從旁攻擊，試圖殺死她身後的依藍德。

紋以鐵往後拉引，將依藍德的劍抽出劍鞘，金屬發出響亮的尖鳴，她握住劍柄，朝其中一組人拋去。射幣將劍推回給她，她順勢將劍推向一旁的第二組鎔金術師。

其中一人又將劍推了回來，紋則往後一拉，將依藍德手中鑲有金屬的劍鞘從他手中抽出，射入空中。劍鞘與劍在空中擦身而過。這次，敵人射幣將兩者推往一旁，朝向奔逃的觀眾。

人們大喊，相互踐踏，迫不及待想擠出房間。紋咬緊牙關，她需要更好的武器。她將匕首擲向一組殺手，然後跳向另一組，在打手的武器下一迴身。那射幣身上沒有任何她可以感覺到的金屬，他只是不讓她殺死打手而已，可能以爲紋少了發射錢幣的能力，就很容易解決。

打手將決鬥杖往地面一壓，試圖以末端掃向她，她一手握住，往前一拉，然後再度越起，反推身後的議會徽章，雙腿踢上打手的胸口，搭配驟燒的白鑞之力。在他悶哼的同時，紋以徽章中的釘子盡力將自己拉後。

打手勉強站住，卻似乎被紋抓著他的決鬥杖跑走的行爲嚇了一跳。

她落回地面，迴身衝往依藍德。他也找到一柄決鬥杖，很聰明地貼牆站立。在她右邊，幾名議員縮在一起，周圍是他們的保鏢，房間太擠，出口太小太窄，他們無法全數脫逃。議員們沒人打算幫助依藍德。

一名殺手突然大喊，指著紋，她正在推動徽章，朝他們射去，自己則擋在依藍德身前。打手舉起武器，想阻擋在空中迴轉的紋，紋拉引著一扇門的門栓，再次旋轉，禮服輕飄飄地隨著她落地的慣性飄動。

*我眞得謝謝那名裁縫師，*她一面心想，一面舉起決鬥杖，她考慮過把禮服撕開，但那些打手已經衝了上來。她一次擋住兩人，擠入他們中間，驟燒白鑞，速度遠超過他們。

一人咒罵，試圖想收回木杖，但紋在那之前已經打斷了他的腿。他大吼一聲倒地，紋則跳上他的背，強迫他趴在地上，同時越過頭揮擊第二名打手。他一擋，武器前推，想將她從同伴的背上趕下去。

依藍德攻擊了。可是相較於燃燒白鑞的人而言，他的動作似乎拖泥帶水，打手隨便一揮，就把依藍德的武器打飛。

紋在咒罵中跌落打手身上，將決鬥杖擲向打手，強迫他離開依藍德的身邊。紋落地，站起，掏出第二把匕首時，那人勉強彎腰閃到一旁，但她已經衝上前去。

一把錢幣飛向她。她不能將錢幣推回人群的方向，只能大喊一聲，擋在依藍德跟錢幣中間，將錢幣朝兩側推，盡量射向牆壁，但即便如此，她仍然感覺到肩上一陣疼痛。

*他從哪裡拿到的錢幣？*她惱怒地心想，可是瞥向一旁時，她看到那射幣站在害怕的議員旁邊，後者被迫交出錢袋。

紋咬緊牙關，她的手臂還能動，這是最重要的。大喊一聲，她撲向最近的打手，但原先被紋拋在一旁的第三名打手已經重拾武器，如今跟他的射幣一起想從側面繞到紋身後。

*一次一個，*紋心想。

最靠近她的打手揮舞武器，她需要攻其不備，所以她沒擋也沒閃，以身體接下了一擊，燃燒白鑞跟硬鋁來抵抗。她的體內有東西斷裂了，但在硬鋁的影響下，她強壯到不會倒地。木頭粉碎，她繼續往前衝，匕首埋入打手的脖子。

他倒地，露出身後驚訝的射幣。紋的白鑞隨著硬鋁一起消散，痛楚如日出般在她身側綻放。即便如此，她仍將匕首從倒地的打手脖子裡抽出，速度快到將匕首埋入射幣的胸口。

此時，她才一踉蹌地轉身，輕輕喘息，握著身側，看著兩人死在她腳邊。

只剩一名打手，她倉皇地想，還有兩名射幣。

依藍德需要我。她注意到旁邊一名射幣對依藍德射去一把偷來的錢幣。她大叫一聲，將錢幣推走，聽到射幣發出咒罵。

她轉身——計算有幾條藍色鋼線，以防射幣又開始將別的東西射向她——從袖子裡抽出備用金屬瓶。它被牢牢地縫在布料中，不會被拉走，但在她拔起瓶塞的同時，瓶子卻被人從她失去靈敏的手中拔走。第二名射幣咧嘴大笑，推開她的瓶子，讓金屬液體灑在地上。

紋低吼，但她的意識已經開始模糊。她需要白鑞，她肩上的大傷口已經染紅她的袖子，還有腰側的劇痛，即將超過她的忍受範圍。她幾乎無法思考。

木杖朝她的頭落下。她朝一旁閃避，翻滾，但已經沒有了白鑞力量所賦予的優美。她可以閃躲普通人的攻擊，但鎔金術師的攻擊則不同。

我不該燒硬鋁的！她心想。她賭了一把，讓她殺死兩名殺手，但也讓她弱點暴露。木杖朝她落下。某個巨大的東西撞上打手，讓他在一陣飛舞的爪子中落地。紋躲開的同時，打手摀上歐瑟的頭，打裂了牠的頭顱，但打手也在流血咒罵，木杖滾離他手中。紋抓起木杖，站起身，咬緊牙關，將杖柄戳進那人的臉。他罵了一聲，忍了下來，一掃腿又將她踢倒。

她落在歐瑟身邊，但那狼獒犬居然在微笑。牠的肩膀上有個傷口。

不，不是傷口。是皮肉的開口，還有一瓶藏在裡面的金屬。紋抓起瓶子，身體翻滾，不讓站起身的打手發覺。她吞下裡面的液體跟金屬，眼前地板上的影子顯示打手正舉高木杖，準備用力一揮。

白鑞在她體內燃起，傷口變得不過是惱人的一樁小事。她往旁邊一閃，落在地上，碎起一陣木屑，跳起身，一拳揍上訝異的敵人的手臂。

力道不足以打斷他的骨頭，但顯然也夠痛了。少了兩枚牙齒的打手悶哼一聲。在一旁，紋看到歐瑟站起，狗下巴不自然地垂落。牠對她點點頭。打手一定認為牠因為頭顱那一擊死了。

更多錢幣射向依藍德，她看都沒看就把錢幣推開，在她眼前的歐瑟從後方攻擊打手，讓他在紋攻擊的瞬間，訝異地轉身。打手的木杖以一指之差掠過她的頭，擊中歐瑟的後背，但她的手則攻上那人的臉，可是她不是報以拳頭，那對打手沒什麼用。

她伸出手指，以極佳的精準度，戳入打手的眼眶，眼球發出啵的一聲破碎了。

她往後一躍。他大喊出聲，手舉向臉旁。她再一拳擊中他的胸口，讓他仰天倒下。她跳過歐瑟軟倒在地的身軀，從地上抓起匕首。

打手痛苦地抓著臉死去，她的匕首埋入他的胸口。

紋轉身，焦急地找尋依藍德的身影。只見他拾起一名打手的武器，正在抵擋剩餘的兩名射幣。他們屢次發射錢幣都被她阻撓，顯然相當煩躁，終於轉而抽出決鬥杖，直接對依藍德攻擊。依藍德的武術訓練讓他活到現在，但只是因為他的敵人們得分神注意紋，確保她不會利用他們被奪走的錢幣展開攻擊。

紋從倒地的敵人身邊踢飛起木杖，抓在手中，低咆一聲，打了個棍花後衝上前去，引起一名射幣的驚呼。其中之一反應頗快，臨時鋼推了長凳，往後竄走，卻仍然被紋的武器擊中，飛往一旁。木棍再一揮，打倒原本想逃走的另一名同夥。

依藍德站在一旁喘氣，衣裝凌亂。

紋暗自心想，他打得比我以為的還要好。她輕轉著肩膀，試圖想判斷受傷有多嚴重。她的肩膀需要包紮，因為雖然錢幣沒有射中骨頭，但不斷流血，會……

「紋！」依藍德大喊。

一股極大的力量從她身後抓住她，紋被往後一扯，摜倒在地上，一時被勒得喘不過氣。是第一名打手。她打斷他的腿之後就忘了這個人的存在。此時他雙手勒著她的脖子，跪在上方用力擠捏，雙腿抵著她的胸口，臉龐因憤怒而狂暴，雙眼突出，使上臂上腺素加白鑞所激發出的每分力氣。

紋掙扎著要喘氣。她突然想起許多年前，被不同人拳打腳踢的景象。凱蒙、瑞恩，還有其他十幾個不同的人。

不！她心想，驟燒白鑞，猛烈掙扎，可是卻被他壓制得動彈不得，他的體型比她壯碩許多。若比蠻力，她敵不過身高體壯的男人。她試著想將自己從側面拉引離開，但那男子的箝握實在太強。如果她不趕快殺死他，她的白鑞將再度用完。

依藍德用力敲著門，大喊要人來幫忙，但他的聲音聽起來很遙遠。打手的臉幾乎要貼上紋，怒氣清晰可見。在那一瞬間，她居然浮現一個想法——

我在哪裡見過他？

她的視線越發黑暗。打手越捏越緊，身體也越靠越近，越靠越近，越靠越近……

她別無選擇。紋燃燒硬鋁，驟燒白鑞，將敵人的雙手甩開，頭往他的臉重重擊去。

男子的頭跟先前那人的眼珠一樣，輕易地炸開。

紋掙扎著喘氣，將無頭屍體從身上推開。依藍德往後退後兩步，衣服跟臉上都濺滿鮮紅血漬。紋跌跌撞撞地站起來，她的視線隨著白鑞的散去而模糊，但即便如此，她看得出依藍德臉上的表情，一如雪白制服上的鮮血般怵目驚心。

驚恐。

*不要，拜託，依藍德，不要……*她心想，意識開始渙散。

她再也無法保持意識清醒，向前倒下。

依藍德穿著破爛的制服，雙手抵著額頭，殘敗的議事廳詭異地空曠。

「她不會死的。」哈姆說道。「她的傷其實算不上多重……嗯，至少以紋來說，不太嚴重。只需要很多白鑞還有一些沙賽德的醫治。他說她的肋骨甚至沒斷，只是有點裂開。」

依藍德漫不經心地點點頭。一些士兵正在清理屍體，其中是紋殺死的六個人，包括最後一名……

依藍德緊閉起雙眼。

「怎麼了？」哈姆問道。

依藍德睜開眼睛，手握起拳頭，不讓顫抖被看出來。「哈姆，我知道你見過許多戰鬥。」他說道。「可是，我不習慣。我不習慣看到……」他別過頭，看著士兵拖走無頭屍體。

哈姆看著屍體離去。

「我之前只看過一次她作戰的樣子。」依藍德輕聲說。「一年前，在皇宮裡。她那時只將幾個人拋撞在牆上。跟現在這樣……完全不同。」

哈姆在依藍德身邊坐下。「她是迷霧之子，阿依。你以為呢？光是一名打手就可以輕鬆打倒十個人，如果再配上一名射幣，打倒幾十個人都不是問題。迷霧之子啊……他們每個人都像是一支軍隊。」

依藍德點點頭。「我知道，哈姆。我知道她殺了統御主，她甚至告訴過我她跟幾個鋼鐵審判者打過，可是……我從未看過……」

他再次閉上眼睛。紋最後倒向他，美麗的白色禮服沾滿腦漿屍塊，來自她剛才用額頭殺死的人……

她是為了保護我，他心想。可是，並沒有讓我因此而停止感到不安。

甚至感到更不安。

他強迫自己睜開眼睛。他不能允許自己分心。他必須堅強。他是王。

「你覺得是史特拉夫派來的？」依藍德問道。

哈姆點點頭。「還會有誰？他們針對你跟塞特。我想你威脅要取史特拉夫性命的狠話，沒我們以為的有效。」

「塞特怎麼樣？」

「勉強逃過一劫。他的半數士兵都被殺了。混亂中，德穆跟我甚至看不到你跟紋在台上發生了什麼事。」

依藍德點點頭。當哈姆來到時，紋已經處理完了殺手。她只花了幾分鐘就把六人全數殲滅。

哈姆沉默了片刻。最後，他轉向依藍德。「我必須承認一件事，阿依。」他低聲開口。「我相當佩服她。我沒有親眼見到，可是我看到現場的殘跡。跟六名熔金術師對打是一回事，可是還要同時保護一個普通人，甚至要不危及到所有的旁觀者，還有最後那一人……」

「你記得她救微風的時候嗎？」依藍德問道。「那時雖然離得很遠，但我發誓我看到她用熔金術把馬都拋入空中。你見過這種力量嗎？」

哈姆搖搖頭。

依藍德靜坐片刻。「我認為我們需要開始計劃。今天發生的這些事，我們不能……」

依藍德沒說完時，哈姆抬起頭。「怎麼了？」

「有信差來了。」依藍德朝門口點點頭。

果不其然，那人向士兵表明身分後，便被帶來台上。依藍德站起身，走向身材矮小的男子，後者身上有潘洛德的徽章。

「陛下。」男子鞠躬。「我被派來通知您，投票將在潘洛德大人的宅邸進行。」

「投票？」哈姆問道。「你胡說八道什麼？陛下今天差點被殺死了！」

「很抱歉，大人。」副官說道。「我只負責傳遞訊息。」

依藍德嘆口氣。他原本希望在一片混亂中潘洛德會忘記期限。「哈姆，如果他們今天選不出新的領袖，那我就能保有王位。他們已經用掉了他們的選擇期限。」

哈姆嘆口氣。「如果還有殺手呢？」他輕聲問道。「紋至少要躺幾天。」

「我不能總是靠她保護我。」依藍德說道。「走吧。」

「我投給自己。」潘洛德大人說道。

這是意料中事，依藍德心想。他坐在潘洛德舒服的酒吧間，身邊一群都是受驚的議員，幸好沒有人受傷。好幾個人手中都端著酒，邊緣圍繞著不少士兵，警戒地打量彼此。擁擠的房間中還有諾丹跟另外三名書記，根據法令，他們負責見證投票。

「我也投給潘洛德大人。」度卡雷大人說道。

一樣不意外，依藍德心想，我想知道潘洛德能拿幾票。

潘洛德大宅不是座堡壘，卻仍然裝潢華麗。依藍德身下柔軟的座椅讓疲累了一天的他，暫時得到身體上的休息，可是依藍德擔心它太過舒服。他說不定會就此睡著……

「我投給塞特。」哈伯倫大人說道。

依藍德精神一振。這是投給塞特的第二票，讓他輸給潘洛德三票。

所有人轉向依藍德。「我投給自己。」他說道，試圖展現堅定的氣勢，雖然在今天發生了這麼多事情之後，實在不容易。接下來是商人，依藍德繼續往後靠，預期所有人都會投給塞特。

「我投給潘洛德。」費倫說。

依藍德猛然坐起。什麼！

下一名商人也投給潘洛德，接下來一名又一名商人也同樣投給他。依藍德不敢置信地聽著他們的選擇。我錯過什麼了嗎？他心想，瞥向哈姆，後者也不解地聳聳肩。

費倫瞥向依藍德，和善地微笑。依藍德看不出其中包含的到底是怨恨還是滿意。他們轉向了？這麼快？一開始將塞特偷渡進城的人，就是費倫。

依藍德看著一排商人，無法判斷他們的反應。塞特本人沒有參加會議，他在海斯丁堡壘療傷。

「我投給泛圖爾大人。」豪司，司卡一派的領袖說道，引起房間一陣騷動。豪司與依藍德四目對望，點點頭。他是倖存者教會的虔誠信徒。

「我投給潘洛德大人。」賈司敦，一名運河工人說道。

「我也是。」他的同胞兄弟索特開口。

依藍德一咬牙。他早就知道他們會是麻煩。他們從來都不喜歡倖存者教會，可是四名司卡已經將票投給他。雖然教派的不同傳道士對於如何組織信徒已經產生分歧意見，但他們都同意王位上坐著一名信徒，會比將城市拱手交給塞特好。

這個聯盟是有代價的，依藍德聽著司卡的投票心想。他們知道依藍德素有誠信之名，他不會背叛他們的信任。

他告訴過他們，他會公開成為教派的信徒。他沒有承諾一定會信仰，但他承諾不會半途變卦。他仍然不確定自己這麼做到底有何影響，但他們雙方都知道，他們需要彼此。

只剩下兩票，表決很有可能會僵持不下。

「我投給泛圖爾。」接下來一人說道。

「我也是。」最後一名司卡說道。依藍德對叫斐特的人投以感謝的笑容。

結果是十五票投給潘洛德，兩票投給塞特，七票投給依藍德。僵局。依藍德略略往後，靠著椅子厚軟的靠墊，微微鬆口氣。

*紋，妳完成了妳的任務。*他心想。*我也完成了我的。現在，我們只需要不讓這個國家分裂就好。*

「呃……」一個聲音響起。「我可不可以換投給別人？」

依藍德睜開眼睛。是哈伯倫大人，塞特的支持者之一。

「現在情勢很清楚，塞特不會贏。」哈伯倫說道，臉色微微漲紅。這名年輕男子是艾拉瑞爾家族的一個遠親，他大概就是因此得到這個席位。姓氏在陸沙德仍有力量。

「我不確定你是否能改投。」潘洛德說道。

「我寧可我的這一票有意義。」哈伯倫說道。「畢竟只有兩個人投給塞特。」

房間陷入沉默。議會中的人一個一個都轉向依藍德。書記諾丹與依藍德四目交望。如果議長還沒有正式結束投票，有一個條款是允許投票人改變決定，而議長的確尚未結束投票。

這個條款並不好懂。房間中可能只有諾丹對法律熟悉到足以解讀它。他微微點頭，仍然與依藍德對望。他不會開口。

依藍德靜坐在屋內，身邊都是在排拒他的同時，仍然信任他的人。他可以像諾丹那樣，什麼都不說，或說他不知道。

「是的。」依藍德輕聲說道。「法律允許你改變投票決定，哈伯倫大人。你只能改一次，而且必須在勝出者被宣告之前改變。每個人都有同樣的機會。」

「那我投給潘洛德大人。」哈伯倫說道。

「我也是。」另一名投給塞特的修大人說道。

依藍德閉上眼睛。

「還有人要改的嗎？」潘洛德問道。沒有人開口。

「那麼，我有十七票。泛圖爾大人有七票。我正式結束表決，謹接受各位的任命，繼任爲王。我將全力以赴。」

依藍德站起身，緩緩取下王冠。「拿去吧。」他將王冠放在壁爐的上方說道。「你會用得到。」

他朝哈姆點點頭，再也不看捨棄他的人們一眼，轉身離去。

匕首

PART IV
Knives

我知道你們的論點。我們提到期待經，提到古代最偉大的先知對我們許下的承諾。世紀英雄當然會符合預言，完美地符合這就是預言存在的意義。

39

史特拉夫靜靜地在迷霧滿天的暮色中騎馬。雖然他偏好馬車，但他覺得騎馬在士兵眼裡看起來比較有威嚴。詹自然選擇走路，他在史特拉夫的馬旁慢慢行走，身後領著五十名士兵。

即使有軍隊的保護，史特拉夫仍然覺得自己暴露在外，不只是因爲霧，也不只是因爲天黑，他仍然可以感覺到她在碰觸他的情緒。

「你讓我失望了，詹。」史特拉夫說道。

迷霧之子抬起頭，史特拉夫燃燒錫，看清他臉上的表情。「失望？」

「依藍德跟塞特還活著。除此之外，你派了我手下最優秀的鎔金術師去送死。」

「我警告過你，他們可能會喪命。」詹說道。

「但要死得有價值，詹。」史特拉夫嚴厲地說道。「如果你只是要派人去一場公開集會送死，爲什麼需要一群身分隱密的鎔金術師？你可以認爲我們的資源無限，但相信我，這六個人無法被取代！」

史特拉夫跟他的情婦們花了幾十年的努力才有這麼多身分隱密的鎔金術師，雖然是愉悅的工作，但仍然是工作。而詹毫不珍惜地毀掉了史特拉夫手下三分之一的鎔金術師孩子。

我的孩子們死了，我們的介入曝光，而依藍德的那個……東西居然還活著！

「對不起，父親。」詹說道。「我以爲房間的混亂跟擁擠的區域會讓那女孩孤立無援，同時強迫她不能使用錢幣，我真的以爲會奏效。」

史特拉夫皺眉。他很清楚詹以爲自己比他父親更優秀，哪個迷霧之子不這麼想？只有賄賂、威脅、操弄交織而成的密網才能控制住詹。

可是，無論詹怎麼想，史特拉夫都不是傻瓜。在這一刻，他知道詹有祕密沒說。*爲什麼要派那些人去送死？*史特拉夫想。*他一定是打算要他們失敗……除非他幫他們一起去攻擊那女孩。*

「不。」詹輕聲說道，再次自言自語，這是他偶爾的習慣。「他是我的父親……」他話沒說完，又用力搖搖頭。「他們也不行。」

*統御主啊，*史特拉夫心想，低頭望著身邊喃喃自語的人。*我給自己惹上什麼麻煩？*詹越發難以預料。他是因爲嫉妒，還是因爲想要報酬，或只是因爲他無聊才讓那些人去送死？史特拉夫不認爲詹背叛他，但很難說。無論如何，史特拉夫不想再將計畫的成敗都仰賴詹一個人身上。他眞的不想仰賴詹做任何事。

詹抬頭看著史特拉夫，停止說話。大多數時候，他還蠻能夠掩飾自己的不正常，好到史特拉夫有時候都忘記了。可是，他的瘋狂潛藏在表面之下。詹是史特拉夫使用過最危險的工具。迷霧之子的保護勝過他發瘋的危險。

但相差不遠。

「不要擔心，父親。」詹說道。「那城市仍然會是你的。」

「只要那女人活著，城市就不可能是我的。」史特拉夫說道，一陣寒顫。*也許就是這麼一回事。詹的攻擊明顯到城裡所有人都知道是我做的，因此當那個迷霧之子惡魔醒來時，她會來找我報復。*

*如果那是詹的目的，爲什麼不直接動手殺了我？*詹的行爲不合常理，卻也無須符合常理，也許這就是發瘋的好處之一。

詹搖搖頭。「我想你會很意外的，父親。無論如何，很快你就不需要擔心紋的事。」

「她認爲我想刺殺她的寶貝國王。」

詹微笑。「我不認爲。她太聰明了。」

*聰明到看不清眞相？*史特拉夫如此心想。他透過錫力增強的聽覺聽到霧中傳來的腳步聲。他舉起手，

停止隊伍行徑，看到遠方牆頭隱約的火光閃耀。他們已經很靠近城市，近得讓人不舒服。

史特拉夫的隊伍靜靜等待，要不了多久，前方的迷霧裡出現一名騎在馬背上的男人，身後也跟著五十名士兵。費爾森．潘洛德。

「史特拉夫。」潘洛德點點頭說。

「費爾森。」

「你的人做得很好。」潘洛德說道。「我很高興你的兒子不必死。他是個好孩子。很糟糕的王，但是個認真的人。」

費爾森，我今天死了很多兒子，史特拉夫心想。*依藍德還活著算不上幸運，該說是很諷刺。*

「你準備好要把城市交給我了？」史特拉夫問道。

潘洛德點點頭。「費倫跟他的商人們想要得到你的保證，他們得到的頭銜將與塞特承諾的一樣。」

史特拉夫無所謂地揮揮手。「你很瞭解我，費爾森。」*以前每個禮拜你都會來我的宴會搖尾乞憐。*

潘洛德點點頭。「我很高興我們能達成協議，史特拉夫。我不信任塞特。」

「我向來遵守商業協定。白癡才會不滿足那些商人的要求，這個統御區的稅收都得靠他們了。」

「我懷疑你信任我。」史特拉夫說道。

潘洛德微笑。「可是我瞭解你，史特拉夫。你是陸沙德貴族，是我們的一份子，況且你的王國是所有統御區中最穩定的。那是我們唯一追求的目標，讓這些人能有點穩定的生活。」

「你聽起來幾乎像是我那個傻兒子。」

潘洛德想了想，搖搖頭。「你的兒子不是傻子，史特拉夫。他只是個理想主義者。說實話，我很難過看到他的小烏托邦毀滅。」

「費爾森，如果你為他感到難過，那你也是個白癡。」

潘洛德全身一僵。史特拉夫迎上對方驕傲的注視，四目相望，直到潘洛德低下頭。如此對峙沒有什麼意義，卻是很重要的提醒。

史特拉夫輕笑。「你得重新習慣當小角色的日子了，費爾森。」

「我知道。」

「高興點。」史特拉夫說道。「如果權力轉移眞如你承諾的那樣容易，沒有人需要喪命，誰知道，也許我會讓你留住頭上的王冠。」

潘洛德抬起頭。

「很久以來，這片大地沒有王。」史特拉夫低聲說道。「它有的是更偉大的統治者。我雖然不是統御主，但我能當皇帝。你要留住你的王冠，成為我之下的附庸嗎？」

「這要看得付出什麼代價了，史特拉夫。」潘洛德謹慎地說道。

他還沒完全被嚇著。潘洛德向來聰明，還留在陸沙德的貴族中，他是最重要的一個，押的這一注也贏了。

「代價極高。」史特拉夫說道。「高得荒謬。」

「天金。」潘洛德猜道。

史特拉夫點點頭。「依藍德沒找到，但天金必定在此。挖掘晶洞的人是我，我的人花了幾十年採集晶洞，帶來陸沙德。我知道我們採集了多少，我也知道賜給貴族的量遠不及產量。其餘的天金必定在城市裡某處。」

潘洛德點點頭。「我想辦法找找看，史特拉夫。」

史特拉夫挑起眉毛。「你得重新開始練習，費爾森。」

費爾森愣住，之後低下頭。「我想辦法找找看，主上。」

「很好。關於依藍德的情婦，你有什麼消息？」

「她在戰鬥後就倒地了。」潘洛德說道。「我在廚師中有個間諜，她說她送了一碗湯到紋貴女的房間，拿回來時卻是冷的。」

史特拉夫皺眉。「你那女人可以偷餵那迷霧之子吃點什麼嗎？」

潘洛德臉色微微一白。「我……不認爲這是聰明的舉動，主上，況且，你也知道迷霧之子的體質不同。」

也許她真的被打倒了，史特拉夫心想。*如果我們現在進駐……*她碰觸他情緒時的冰寒再次出現。麻木。空無。

「你不必這麼害怕她，主上。」潘洛德說道。

史特拉夫挑起眉毛。「不是害怕。我是謹慎。除非我的安全能獲得保證，否則我不會進駐城市，而直到我進駐城市前，你的城市仍受塞特的威脅——或更可怕的怪物。如果克羅司決定攻城的話，你想想會發生什麼事？我現在正與牠們的領袖交涉，他似乎還能控制住牠們——暫時。你見過克羅司屠殺後的慘況嗎？」

他可能沒有，史特拉夫也是最近才見識到。潘洛德只搖搖頭。「紋不會攻擊你。如果議會投票讓你掌控城市，所有的轉移都會完全合法。」

「我懷疑她在乎合法與否。」

「或許吧。」潘洛德說道。「可是依藍德在乎，而他的命令，她會遵從。」

除非他對她的控制一如我對詹的控制那般薄弱，史特拉夫暗自顫抖地想。無論潘洛德怎麼說，史特拉夫絕對不會在那可怕的怪物被處理掉前進駐城市。在這件事上，他只能倚靠詹。

而這想法幾乎跟紋一樣令他害怕。

史特拉夫不再多廢話，朝潘洛德揮揮手讓他離開。潘洛德轉身，帶著一行人馬回到迷霧中。即便是燃燒著錫，詹在他身邊落地的聲音也幾乎微不可聞。史特拉夫轉身，看著迷霧之子。

「你眞的認爲如果他找到天金，會將天金交給你嗎？」詹輕聲問道。

「也許吧。」史特拉夫說。「他一定知道，他沒有留住天金這種寶貝的武力，如果他不把天金交給我……從他手中把天金奪走，可能比我自己去找來得簡單。」

詹似乎覺得答案很令人滿意。他等了片刻，望著迷霧，然後看看史特拉夫，臉上有著古怪的神色。

「幾點了？」

史特拉夫看看懷錶。這不是迷霧之子會帶在身上的東西。太多金屬。「十一點十七分。」

詹點點頭，望向城市。「應該開始奏效了。」

史特拉夫皺眉，接著突然開始冒汗，他驟燒錫，緊閉起眼睛。*在那裡！*他心想，注意到體內一塊虛弱之處。「又下毒？」他問道，強迫自己冷靜下來。

「你怎麼辦到的，父親？」詹問道。「我以爲你一定會沒發現這一種，可是你還站在這裡，看起來好得很。」

史特拉夫開始全身痠軟。「人不需要是迷霧之子，也可以很有能力，詹。」他反駁。

詹聳聳肩，以他獨有的詭異笑容望向天空。他這個人眞是出奇地聰明，卻也怪異得難以掌控。終於，他搖搖頭。「你又贏了。」他衝上天空，一陣迷霧隨著他的離去而翻滾。

史特拉夫立刻掉轉馬頭，在維持儀態的同時，盡了力要趕回營地。他可以感覺到毒素在散播，偷走他的生命，在威脅他，消滅他……

也許他走得太快了，不過人在快死時，實在很難維持強悍的態度。終於，他讓馬全速狂奔，拋下驚訝的侍衛們。史特拉夫無視於他們的抱怨，不斷踢馬腹，還要加快速度。

毒是不是正在減緩他的反應？詹用的是哪種毒？葛魅？不對，那種毒需要靠注射。也許是酮緋？還是——他找到一種史特拉夫不知道的毒。

他只能希望不是最後一種情況，因爲如果這是史特拉夫不知道的毒，那愛瑪蘭塔可能也不會知道，她的萬用解毒劑中可能也不會包含這一項。

營地的燈火點亮迷霧，史特拉夫的衝入引起他手下們的一陣大喊，他差點被自己人瞄準他胯下馬匹的長矛刺穿，幸好那人及時認出他，但即便他已經移開矛，史特拉夫仍然縱馬將他踩倒。

一路衝入了帳棚，他所有的士兵都四散去各處，準備迎接入侵部隊或是其他形式的攻擊。這件事不可能瞞過詹。

我的死訊也不可能。

「主上！」一名士兵大喊，衝上來找他。

「去叫愛瑪蘭塔來。」史特拉夫說道，跌跌撞撞地下了馬背。

士兵愣住了。「是指你的情婦嗎，主上？」那人皺眉問道。「爲什麼——」

「現在去！」史特拉夫命令，甩開帳門，走入裡面。帳門的布簾一落下，他便停下腳步，雙腿顫抖，遲疑地擦拭額頭。太多汗了。

該死的傢伙！他惱怒地心想。我得殺了他，限制他……我得想個辦法，我不能再這樣下去！

可是要怎麼辦？

他想了好幾夜，浪費了好多天，試圖要決定該如何處理詹的問題。他用來賄賂那人的天金似乎已經沒有很好的利誘效果。詹今天以絕無可能的方法想刺殺依藍德的情婦，結果卻是屠殺了史特拉夫的孩子們，這種行爲證明他不能被信任，就算再小的事都不行。

愛瑪蘭塔以出人意外的速度出現，立刻開始調製她的解毒劑。終於，史特拉夫能夠吞下難吃至極的藥劑，立刻感覺到它的療效，同時也做出令他不安的決定。

詹必須死。

可是，一切都太容易，幾乎像是我們塑造了一個英雄來符合我們的預言，而不是讓英雄自然而然地出現。這就是我的擔憂。當我的弟兄們前來找我，終於願意相信時，我應該要三思而後行。

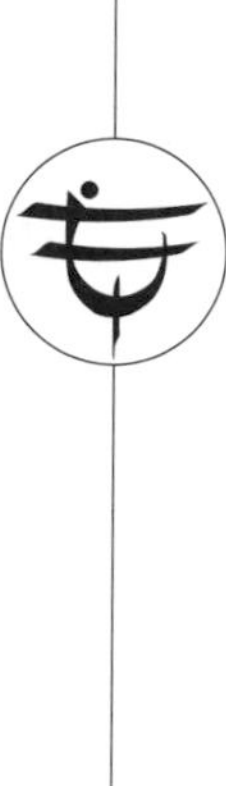

40

依藍德坐在她的床邊。

這件事讓她安心。雖然她睡得不安穩，一部分的她卻知道他正在照顧她。接受他的保護與照顧感覺有點奇怪，因爲負責守護的人通常是她。

所以，當她終於醒來時，她不意外發現他坐在她床邊的椅子上，靜靜地藉著柔和的燭光讀書。她完全清醒過來，沒有跳起身或緊張地環顧房間，而是慢慢坐起，將棉被夾在腋下，喝了一口放在桌邊給她的水。

依藍德闔上書，轉身面向她，微笑。紋搜尋著他的溫柔注視，尋找那天她看到的驚恐。那噁心、恐懼、震驚。

他知道她是怪物。怎麼還能這麼溫柔地微笑？

「爲什麼？」她柔聲問道。

「什麼爲什麼？」他反問。

「爲什麼要等在這裡？」她說道。「我沒有瀕死——我記得這點。」

依藍德聳聳肩。「我只想離妳近一些。」

她什麼都沒說。角落一座煤炭爐正在燃燒，不過需要添炭了。冬天即將到來，看樣子會是一個寒冬。她只穿著一件睡袍，原本她要女僕甚至別替她穿上，但那時沙賽德的藥劑已經開始催促她入睡，她沒有體力跟女僕再爭辯。

她將棉被拉得更緊，這時才注意到她早該發現的事。「依藍德，你沒穿制服。」

他低頭看著身上的衣服，是他以前的貴族套裝，酒紅色的背心沒有扣起，外套太大。他聳聳肩。「不需要繼續僞裝了，紋。」

「塞特當王了？」她以逐漸沉重的心情問道。

依藍德搖搖頭。「是潘洛德。」

「那沒道理。」

「我知道。」他說道。「我們不確定商人們爲何背叛塞特，但這其實已經不重要了。潘洛德本來就是個比較好的選擇。比塞特或我都好。」

「你知道那不是眞的。」

依藍德思考地往後一靠。「我不知道，紋。我以爲我是比較適合的人，但當我在想著用各式各樣的計謀不讓塞特登上王位時，我從未想過一個確定能打敗他的計畫——也就是轉向支持潘洛德，綜合我們兩個人的票數。如果我的驕傲讓塞特當上王怎麼辦？我沒有以人民的福祉爲最優先考慮。」

「依藍德……」她說道，一手按上他的手臂。

他微微一縮。

動作很小，幾乎無法發現，他也很快遮掩了過去，但傷害已經造成。她帶來的傷害，傷了他的內心。

他終於看到她是什麼，眞正看清她。他愛上的不過是個謊言。

「怎麼了？」他說道，看著她的臉。

「沒事。」紋說道。她抽開手。內心某處崩裂。*我好愛他。爲什麼？爲什麼我要讓他看到？爲什麼我*

別無選擇！

他在背棄妳，瑞恩的聲音在她腦海深處低聲說道。早晚所有人都會離開妳，紋。

依藍德嘆口氣，瞥到房間中的百葉窗全部都緊緊密合，不讓霧氣透入，但紋可以看到後方天色已暗。

「重點是，紋，」他輕聲說道，「我從來沒想過事情會這樣結束。我信任他們，直到最後。那些人，他們選出的議員，我相信他們會做對的事。當他們沒有選我時，我眞的很意外。我不該意外的。我們都知道我的勝算不大，畢竟他們已經投票逼我退位過，但我說服自己，這只是個警訊，在我內心深處，我相信他們會重新立我爲王。」

他搖搖頭。「如今，我要不承認對他們的信念是錯的，否則就得相信他們的決定。」

這就是她愛的人：他的良善，他的誠實。這些特質對她這樣一個司卡街頭流浪兒而言，是如此奇特罕見，一如別人看她的迷霧之子特性。即便在凱西爾集團的所有好人裡，即便在最優秀的貴族中，她從來沒有找到一個像依藍德．泛圖爾這樣的人，居然願意相信逼他退位的人民，其實是在做對的事情。

有時候，她覺得自己是個笨蛋，居然愛上她認識的第一個貴族，但如今她明白，她對依藍德的愛不是來自於熟悉或近水樓台，而是因爲依藍德這個人。他居然被她先找到，這可以算是她無與倫比的幸運。

如今……結束了。至少已經不能再像過去那樣子，但她一直都知道會以這種方式結束。所以，她拒絕他的求婚，至今已經一年多。她不能嫁給他。或者該說，她不能讓他娶她。

「我明白妳眼中的哀傷，紋。」依藍德輕聲說。

她愕然地看著他。

「我們可以度過這個難關的。」他說道。「王位不是一切。也許這樣對我們都更好。我們已經盡力了。現在，輪到別人試試看。」

她露出微弱的笑容。他不知道。他永遠不能知道這件事傷她有多深。他是個好人。他會強迫自己一直愛我。

「可是，」他說。「妳該多休息。」

「我覺得很好。」紋稍微伸展。她的身側仍然疼痛，脖子也隱隱作痛，但白鑞正在她體內燃燒，沒有哪處的傷勢是會影響她的行動。「我需要——」

話才說到一半，她突然想到一件事，立刻坐了起來，一個用力過猛，讓她全身因疼痛而僵硬。前一天的情況仍然模糊，可是……

「歐瑟！」她說道，拉開棉被。

「牠沒事，紋。」依藍德說道。「牠是坎得拉，骨頭斷裂對牠來說沒什麼。」

她正下床下到一半，聽到他說的話也覺得自己似乎有點傻。「牠在哪裡？」

「正在消化新身體。」依藍德微笑說道。

「你爲什麼笑？」她問道。

「我只是從來沒聽過誰這麼關心一隻坎得拉。」

「有何不可？」紋說道，爬回床上。「歐瑟爲我冒了很大的風險。」

「牠是坎得拉，紋。」

依藍德又說了一次。「我不覺得這些人能殺得死牠。甚至懷疑迷霧之子也辦不到。」

紋一愣。連迷霧之子都不能……這句話是哪裡讓她覺得怪怪的？「那不重要。」她說道。「牠還是會覺得痛。牠替我挨了兩下很嚴重的攻擊。」

「牠只是遵守契約而已。」

牠的契約……歐瑟攻擊了人類。牠打破了契約。爲了她。

「怎麼了？」依藍德問道。

「沒事。」紋連忙說道。「跟我說說軍隊怎麼樣了。」

依藍德瞅著她，但還是讓她改變話題。「塞特仍然躲在海斯丁堡壘裡。我們不確定他會做何反應。議會沒選他不會是好事，但他至今尚未抗議，而他不可能不知道他也被困在這裡了。」

「他一定是眞的相信我們會選他。」紋皺眉說。「否則他進城來做什麼？」

依藍德搖搖頭。「這舉動從一開始就很奇怪。無論如何，我建議議會跟他達成協議，我認爲他相信天金不在城裡，所以他眞的沒有得到陸沙德的理由。」

「除了讓他的地位更提升。」

「不値得爲此失去他的軍隊。」依藍德說道。「或是他的性命。」

紋點點頭。「那你父親呢？」

「毫無動靜。」依藍德說道。「很奇怪，紋。這不像他的作風。那些殺手的行動非常明顯，我不知道該怎麼想。」

「那些殺手。」紋靠回床上。「你認出他們是誰了嗎？」

依藍德搖搖頭。「沒有人認得他們。」

紋皺眉。

「也許我們不如自己以爲的那樣熟悉北方統御區的所有貴族。」

不對，紋心想。不對。如果他們是來自鄔都，史特拉夫的家鄉，他們至少會認得其中一個，是吧？

「我覺得我認得其中一個。」紋終於說道。

「哪一個？」

「最後……那個。」

依藍德半晌沒接話。「嗯，我想反正現在我們也認不出他了。」

「依藍德，我很抱歉，你必須看到那個景象。」

「什麼？」依藍德問道。「紋，我以前也看過人的死亡，我被強迫要參加統御主的處決儀式，記得嗎？」他想了想。「當然，妳的手法並不一樣。」

當然。

「妳實在太驚人了。」依藍德說道。「如果妳沒阻止那些鎔金術師，我大概已經死了，很有可能潘洛德跟其他議員也會遭遇同樣的下場。妳救了中央統御區。」

我們總是要當那把刀。

依藍德站起身，微笑。「來。」他走到房間一邊說道。「雖然已經冷了，但沙賽德說妳醒來後應該把這個吃掉。」他帶著一碗湯回來。

「沙賽德送來的？」紋懷疑地問道。「那就是下藥了？」

依藍德微笑。「他警告我不要嘗試喝它。他說裡面的安眠藥足夠讓我昏倒一個月。你們這些燒白鑞的人，需要很高的劑量才能對你們有影響。」

他將碗放在床頭櫃邊。紋瞇著眼睛打量著它。沙賽德可能擔心不用這種方法，她會不顧身上的傷，依然堅持要到城裡亂跑。他猜得沒錯。嘆口氣，紋接下湯開始一口一口喝著。

依藍德微笑。「我會派人幫妳多拿點煤炭回來。」他說道。「我有些事要去做。」

紋點點頭，他離開，在身後關上門。

再次醒來時，紋看到依藍德還在，站在陰影中看著她。窗外仍然一片漆黑。她窗戶的百葉窗已經大開，白霧鋪滿了房間地板。窗戶是開的。

紋用力坐起，面向角落裡的身影。不是依藍德。「詹。」她不帶好氣地說。

他上前一步，如今她知道他跟依藍德是兄弟，兩人間的相似之處是顯而易見。他們有同樣的下巴，同樣的波浪黑髮，依藍德開始運動後，甚至有類似的身形。

「妳睡得太熟了。」詹說道。

「迷霧之子的身體也需要睡眠才能癒合。」

「妳一開始根本不該受傷。」詹說道。「妳應該很輕鬆就能殺死那些人，卻因爲我的兄弟而分神，而且還要避免波及房間裡的其他人。這就是他對妳的影響，他改變了妳，讓妳看不見該做什麼事，只看得到他要妳怎麼做。」

紋挑起一邊眉毛，暗地摸了摸枕頭下方。幸好，她的匕首還在。*他沒趁我睡覺時殺了我，她心想。這總該算是個好跡象吧。*

他再次上前一步。她全身緊繃。「你到底在玩什麼把戲，詹？」她說道。「首先你說你不打算殺我，然後派來一群殺手，現在呢？你打算親自解決我嗎？」

「那些殺手不是我們派的，紋。」詹輕聲說道。

紋輕蔑地哼笑。

「妳要怎麼想隨妳。」詹說道，又上前一步，站在她的床邊，高挑的身影漆黑而嚴肅。「可是，我的父親仍然怕死了妳。他爲什麼會冒著被妳報復的風險去殺依藍德呢？」

「他在賭一把。」紋說道。「他希望那些殺手能殺了我。」

「那何必用他們？」詹問道。「他有我。爲什麼要在擁擠的房間內，派了一群迷霧人來殺妳，他大可讓我趁晚上用天金殺死妳。」

紋遲疑了。

「紋，」他說道，「我看到從議會廳中抬出去屍體，我認得幾個人，是塞特的手下。」

沒錯！紋心想。被我打爛臉的打手，就是在海斯丁堡壘，趁我們在跟塞特用餐時從廚房偷窺我們，假裝是僕人的人。

「可是，那些殺手也攻擊塞特……」紋沒接著說完。這是基本盜賊手法：如果自己有一間祕密據點店面，卻又想偷附近店家的東西，那要使自己不被懷疑的方法，就是別「漏偷」自己的店。

「那些攻擊塞特的殺手都是普通人。」紋說道。「不是鎔金術師。不知道他怎麼跟他們說的？是戰鬥結束後，他們可以『投降』？可是為什麼要偽裝？他一開始就是被看好的候選人。」

詹搖搖頭。「潘洛德跟我父親達成協議了，紋。史特拉夫給議會的財富遠勝過於塞特拿得出來的數字，所以商人們改變投票的對象。塞特一定聽說了他們的背叛。他在城裡的間諜不少。」

紋瞠目結舌地坐在原處。沒錯！「所以塞特認為能贏的唯一方法……」

「就是派殺手。」詹點頭說道。

「他們應該要攻擊三個候選人，殺死潘洛德跟依藍德，但不能動塞特。議會會認定他們被史特拉夫背叛，然後輪到塞特當王。」

紋以顫抖的手握住匕首。她開始厭煩於其中的詭計把戲。依藍德差點死掉。她差點失敗了。一部分的她，情緒高漲，想要按照她的直覺行事——去把塞特跟史特拉夫殺掉——以最有效的方法解決問題。

不行，她堅定地告訴自己。那是凱西爾做事的方法，不是我的，不是……依藍德的。

詹轉過身，面向她的窗戶，望著如瀑布一般流瀉而下的一小撮霧。「我應該早點趕到打鬥現場的。我人在外面，跟那些到太晚來不及就座的人在一起。直到人群逃跑出來，我才知道發生了什麼事。」

紋挑起一邊眉毛。「你聽起來幾乎是真心的，詹。」

「我不想看到妳死。」他轉過身說道。「我也絕對不想看到依藍德遭受傷害。」

「哦？」紋問道。「即使養尊處優的人是他，被關起來、飽受厭惡的人是你？」

詹搖搖頭。「不是這樣。依藍德很……純淨。有時候聽他說話時，我忍不住會去想，如果我童年過得像他一樣，是不是也能成為像他那樣的人。」

他在黑暗的房間中與她對視。「我……壞掉了，紋。我是瘋子。我永遠無法像依藍德那樣。可是，殺了他也改變不了我。他跟我分開長大其實是最好的安排，他不知道我的存在更好，最好他就是這個樣子，這麼純淨。」

「我……」紋不知該如何接口。她能說什麼？她從詹的眼神看得出，他是真心的。

「我不是依藍德。」詹說道。「我永遠不會是——也永遠不會成爲他的世界的一部分，但我也不認爲我該這麼做。妳也不該。在戰鬥結束後，我終於擠入議事廳，我看到他最後站在妳身邊。我看到他的眼神。」

她別過頭。

「他是這個樣子的人，並不是他的錯。」詹說道。「我說了，他很純淨。可是，也因此他與我們不同。我試過要解釋給妳聽，我希望妳能看到他那時的眼神……」

我看到了，紋心想。她不想記得，但她的確看到了。那令人無法承受的驚恐，是因爲接觸到可怕、異類的東西，超越他能理解範圍的東西。

「我當不了依藍德。」詹靜靜說道。「可是，妳也不會希望我是他。」他伸出手，在她的床頭櫃邊放下一樣東西。「下次，要準備好。」

紋抓起那東西，詹已經走向窗戶。一球金屬在她的掌心滾動，形狀凹凸不平，觸感卻很光滑，像是一塊金子。她不用吞就知道。「*天金*？」

「塞特或許會派出別的殺手。」詹跳上窗台。

「你把它給我？」她問道。「這個量足夠讓我燒上整整兩分鐘！」這是筆不小的財富，光是在崩解前就價值兩萬盒金，在天金如此稀少的現在……

詹轉頭看她。「妳要保重。」接著他跳入霧中。

紋不喜歡受傷。理智上她知道別人大概也是這麼感覺，畢竟誰喜歡疼痛跟四肢笨拙的感覺？可是別人生病時，她從他們身上感覺到的是煩躁，不是驚恐。

生病時，依藍德會整天躺在床上讀書。歪腳幾個月前練習時被打了很重的一下，那時他抱怨疼痛，但主動休養了幾天，減輕腿的負荷。

紋開始越來越像他們。她如今可以像他們一樣好好躺在床上，知道不會有人趁她虛弱得無法呼救時在她喉嚨上割一刀。但她迫不及待想起身，讓人知道她沒有傷得很重，免得別人會另做他想，試圖偷襲。

*現在跟以前不同了！*她告訴自己。外面天已經大亮。雖然依藍德來看過她幾次，他目前不在身邊，沙賽德來檢查過她的傷勢，拜託她在床上「至少多待一天也好」，然後就回去繼續進行他的研究。跟廷朵一起。

*這兩個人不是很恨對方嗎？*她不太高興地想。*我幾乎沒什麼機會看到他。*

她的門被打開。紋很滿意地發現，她的直覺仍然敏銳到她立刻全身繃緊，手伸向匕首，受傷的一側抗議突來的動作。

沒有人出現。

紋皺眉，仍然緊繃，直到一顆狗頭出現在床尾木板上方。「主人？」一個熟悉，半是咆哮的聲音說道。

「歐瑟？」紋說道。「你又用狗的身體！」

「當然，主人。」歐瑟跳上床。「我還能有什麼別的身體？」

「我不知道。」紋說道，收起匕首。「當依藍德說你要他幫你弄具身體時，我以為你會要人類的身體，畢竟每個人都看到我的『狗』死了。」

「是的。」歐瑟說道。「可是要解釋妳有新寵物是很容易的。現在每個人都認為妳本來身邊就該有隻狗，少了牠反而會引起注意。」

紋靜靜地坐著。無視沙賽德的抗議下，她又換回長褲跟襯衫，禮服掛在另外一間房間，很明顯地少了一件。有時候，當她看著它們時，她以爲她看到了那件華美的白色禮服，上面濺滿鮮血。廷朵錯了。紋不能既是迷霧之子又是貴族仕女。她在議員們眼中看到的驚恐已經證明這點。

「你不需要使用狗的身體，歐瑟。」紋輕聲說。「我寧可你讓自己高興。」

「沒關係的，主人。」歐瑟說道。「我開始……喜歡上這種骨頭。在我重新使用人類骨架之前，我想繼續研究牠們還能有哪些優點。」

紋微笑。牠又挑了一隻狼獒犬，身材又大又粗壯，毛色完全不同：偏黑而不是灰色，沒有白毛。她很贊同牠的選擇。

「歐瑟……」紋說道，別過頭。「謝謝你爲我做的事。」

「我實踐了我的契約。」

「我打鬥的次數不只這一次。」紋說道。「你從來沒有介入過。」

歐瑟沒有立刻回答。「沒錯。」

「爲什麼是這次？」

「我做了我覺得對的事，主人。」歐瑟說道。

「即使它違背契約？」

歐瑟驕傲地坐挺身子。「我沒有破壞契約。」牠堅定地說道。

「可是你攻擊了人類。」

「我沒有殺死他。」歐瑟說道。「我們被告誡要避開戰鬥，以免一不小心造成人類死亡。我有很多同胞認爲幫助他人殺人等同於殺人，因此認爲這是破壞契約，但其實文字非常清楚。我沒做錯事。」

「但如果你攻擊的人折斷脖子呢？」

「那我會回到我的同胞身邊，準備被處決。」歐瑟說道。

紋微笑。「所以你的確爲我冒了生命危險。」

「勉強可以說是吧。」歐瑟說道。「不過我的行爲會直接導致他死亡的機率微乎其微。」

「還是謝謝你。」

歐瑟低頭，表示接受。

「處決。」紋說道。「所以，你能被殺死？」

「當然，主人。」歐瑟說道。「我們不是永生不死的。」

紋瞅著他。

「我不會說細節，主人。」歐瑟說。「妳可以想像，我寧可不要披露我們族人的弱點。我只能說，我們的確有弱點，請接受我的解釋只能到此爲止。」

紋點點頭，卻皺起眉頭，雙膝曲在胸前。她仍然有哪裡覺得不對勁，是依藍德先前說的話，關於歐瑟的行爲……

「可是，」她緩緩開口說道，「你不會被劍或木杖殺死，對不對？」

「沒錯。」歐瑟說道。「雖然我們的皮膚看起來跟你們的一樣，雖然我們也會有痛覺，但打我們沒有永久的影響。」

「那你們怕什麼？」紋問道，終於理解她到底覺得哪裡有問題。

「主人？」

「你的同胞爲什麼要定下契約？」紋說道。「爲什麼要服從於人類的指揮？如果我們的士兵傷不了你們，爲什麼還要擔心我們？」

「你們有鎔金術。」歐瑟說道。

「所以鎔金術能殺死你們。」

「不行。」歐瑟搖搖頭說道。「並不行，但也許我們該換個話題了。對不起，主人，這對我來說是很危險的討論。」

「我明白。」紋嘆口氣說道。「我只是覺得很煩。我有好多事都不知道，不管是深闇，或是法律政治……甚至連我自己朋友的事都弄不清楚！」她往後坐，望著天花板。而且皇宮裡還有間諜，可能是德穆或多克森。也許我該下令把他們兩人抓起來關一段時間？依藍德會肯嗎？

歐瑟看著她，顯然是注意到她的煩躁，終於牠嘆口氣。「也許我有些事還是可以說的，主人，只是要小心點。妳對於坎得拉的起源有多少瞭解？」

紋突然精神一振。「什麼都不知道。」

「我們在昇華前並不存在。」他說道。

「你的意思是，統御主創造了你們？」

「我們的傳說是這麼說的。」歐瑟說道。「我們不確定我們存在的目的是什麼。也許我們原本該是父君的間諜。」

「父君？」紋說道。「聽到有人這麼稱呼他感覺很奇怪。」

「統御主創造了我們，主人。」歐瑟說道。「我們是他的孩子。」

「結果我殺了他。」紋說道。「我……我想我該道歉。」

「他是我們的父君，不代表我們接受他全部的所做所為，主人。」歐瑟說道。「人類難道不會敬愛自己的父親，卻不認為他是好人嗎？」

「也許吧。」

「坎得拉關於父君的神學理論非常複雜。」歐瑟說道。「即便是我們，有時候也很難瞭解。」

紋皺眉。「歐瑟？你幾歲了？」

「很老了。」牠簡單地回答。

「比凱西爾還老？」

「老多了。」歐瑟說道。「但沒妳想的那麼老。我不記得昇華。」

紋點點頭。「為什麼告訴我？」

「因為妳最初的問題，主人。我們為什麼要遵從契約？那告訴我，如果妳是統御主，擁有他的力量，妳會創造沒有控制機制的僕人嗎？」

紋緩緩點頭，開始明白。

「在他昇華的第二個世紀以後，父君就沒有再多花心思在坎得拉身上。」歐瑟說道。「我們嘗試要獨立，但正如我先前所解釋，人類開始憎恨我們，害怕我們，而且他們之中有些人知道我們的弱點。因此，當我的祖先們思考有什麼選擇時，他們最後挑選了自願的僕傭，而非被強迫奴役。」

他創造了牠們，紋心想。她對於統御主的看法總比較偏向凱西爾的態度，也就是認為他的人性高於神性，但如果他真能創造一整個新種族，那他必定擁有某種程度的神性。

那是昇華之井的力量，她心想。*他將力量佔為己有，可是維持不久。它一定很快就被用完，否則他為什麼還需要軍隊？*

起初是一陣猛烈爆發的力量，具有創造、改變、甚至拯救的力量。他逼得迷霧不得不退散，雖然在過程中也造成灰燼開始落下，太陽變紅。他創造坎得拉來服侍自己，可能克羅司也是。說不定鎔金術師也是他創造的。

而在那之後，他變回一個普通人。至少大部分的他是。統御主仍然有極大的鎔金術力量，同時也能控制住他的創造物，更能阻止迷霧殺人。

直到紋殺了他。在此之後，克羅司開始肆虐，迷霧返回，坎得拉當時已經不在他的直接控制之下，所以並無改變。可是他在創造牠們時，就包含了控制牠們的方法，以免日後需要，而這方法是能強迫坎得拉要服從於他……

紋閉上眼，以鎔金術輕輕探測歐瑟。他說坎得拉不受鎔金術影響，但她知道統御主跟其他鎔金術師的不同，他超乎常人的力量允許他辦到別人無法想像的事情。

像是穿透紅銅雲，以及影響一個人體內的金屬。也許那就是歐瑟所說，控制坎得拉的方法，也是他們害怕迷霧之子的原因。

不是因爲迷霧之子能殺了牠們，而是因爲迷霧之子有別的能力，能夠奴役牠們。紋嘗試牠剛才所說的話，以安撫探出，碰觸歐瑟的情緒。什麼都沒發生。

我可以做到某些統御主能做到的事情，她心想。*我可以穿刺紅銅雲，也許如果我推大力一點……*

她集中精神，以強大的安撫推動牠的情緒，還是什麼都沒發生，正如牠之前說的。她想了一會兒，最後衝動地燃燒硬鋁，嘗試最後一次用盡全力的推動。

歐瑟立刻發出一陣野獸般的吼叫，突如其來的聲響讓紋嚇得跳起身，驟燒白鑞。

歐瑟倒在床上，全身顫抖。

「歐瑟！」她說道，跪在地上，捧住牠的頭。「對不起！」

「說太多了……」牠低聲說，仍然全身顫抖。「我就知道我說太多了。」

「我不是故意要傷害你的。」紋說道。

顫抖開始退散，歐瑟動也不動地待了一段時間，靜靜地呼吸，最後，將頭從她的懷裡抽出。「妳是否故意不是重點，主人。」牠不甚友善地說。「錯的仍是我。請妳再也不要這麼做了。」

「我答應你。」她說道。「對不起。」

牠搖搖頭，爬下床。「妳甚至不應該有能力做到這種事。妳跟別人不同，主人，反而比較像是古代的鎔金術師，而不是現在這些血緣經過稀釋的後裔。」

「對不起。」紋又說了一次，感覺手足無措。*牠救了我的命，差點打破牠的契約，結果我居然對牠做了這種事……*

歐瑟聳聳肩。「做都做了。我需要休息。我建議妳也是。」

在那之後，我開始發現有問題。

41

「『我現在要寫下這些紀錄，』沙賽德大聲朗誦，「『將之刻在一塊金屬板上，因爲我害怕。爲我的安危感到害怕。是的，我承認我只是凡人。如果艾蘭迪眞的能從昇華之井返回，我很確定我的死亡會是他的首要目標。他不是個邪惡的人，卻是個無情的人。我想，他會這樣，都是因爲他所經歷的事。』」

「這符合我們從日記本中讀到的艾蘭迪。」廷朵說道。「假設那本書的作者眞是艾蘭迪。」

沙賽德瞥向他的一疊筆記，在腦海中瀏覽過一遍大綱。關是古代的泰瑞司學者，他發現了艾蘭迪這個人，而根據他的研究，他認爲此人應該就是世紀英雄——一個泰瑞司預言中的人物。艾蘭迪聽從他的話，成爲政治領袖，征服大部分的世界，去到北方的昇華之井，但當時關顯然改變了主意，試圖阻止他抵達昇華之井。

很合理。即便日記作者從來沒提及自己的名字，很顯然他就是艾蘭迪。「我想如此推斷應該是穩當的。」沙賽德說道。「日記中甚至提到關，還有他們的爭論。」

兩人在沙賽德房間中並肩坐著。在他要求之後，他得到一張更大的書桌，好能安放兩人共同的筆記跟急忙中寫下來的理論。門邊放著他們的午餐殘餚，也不過就是他們急急忙忙吞下的一碗湯。沙賽德好想將盤子拿到樓下的廚房去，但他至今仍然無法使自己停下手邊的工作。

「繼續說。」廷朵要求，靠回她的椅背上，神情是沙賽德從未見過的輕鬆。沿著她耳朵邊緣掛著的耳環顏色交錯，金色或紅銅色後接著錫白或鐵灰色，很簡單，卻很美。

「沙賽德？」

沙賽德一驚。「對不起。」他說道，繼續開始閱讀。「『可是我也害怕，我所知道的一切，我的故事，會被遺忘。我害怕未來的世界。害怕我的計畫會失敗。害怕比深闇更可怕的末日。』」

「等等。」廷朵說道。「他爲什麼會怕這個？」

「爲何不會？」沙賽德問道。「我們認爲是迷霧的深闇正在屠殺他的族人。沒了太陽，莊稼無法生長，牲口無法覓食。」

「可是如果關害怕深闇，他就不該反對艾蘭迪。」廷朵說道。「艾蘭迪要爬上山去找昇華之井打敗深闇。」

「是的。」沙賽德說道。「可是，那時候關已經相信艾蘭迪不是世紀英雄。」

「這有何關係？」廷朵說道。「阻止迷霧不需要特定的人。拉刹克的成功證明了這點。你先讀最後一段，關於拉刹克的那段。」

「『我有一個年輕的姪子，叫做拉刹克。』」沙賽德讀到。「『他以令人羡慕的年輕熱情憎恨克雷尼恩的一切，尤其憎恨艾蘭迪。雖然兩人從未見過面，可是，拉刹克對於我們的壓迫者居然被選爲世紀英雄，覺得遭受背叛。

「『艾蘭迪需要嚮導帶領他穿過泰瑞司山脈。我指派拉刹克，並且確保他和他的朋友們成爲嚮導。拉刹克要試圖帶領艾蘭迪前往錯誤的方向，讓他氣餒，或是阻撓他的任務。艾蘭迪不知道他被騙了。

「『如果拉刹克無法將艾蘭迪帶離他的征途，我已經指示要那孩子殺了曾經是我朋友的他。這是個渺茫的希望。因爲艾蘭迪歷經刺客、戰爭、災難，仍然存活至今。可是，我希望在冰凍的泰瑞司山脈，他的眞面目會被揭露。我盼望奇蹟的出現。

「『艾蘭迪不可抵達昇華之井。他不能將力量佔爲己有。』」

廷朵往後一靠，皺著眉頭。

「怎麼了？」

「我覺得有哪裡不對勁。」她說道。「可是我又無法明確點出是哪裡有問題。」

沙賽德再次看過一遍文字。「那我們用簡單的直述句來分析整件事。拉刹克，也就是日後成爲統御主的人，是關的姪子。」

「對。」廷朵說道。

「關派拉刹克去誤導，甚至殺死曾經是他的朋友的征服者艾蘭迪，也就是進入泰瑞司山區尋找昇華之井的人。」

廷朵點點頭。

「關會這麼做，是因爲擔心如果艾蘭迪將井的力量佔爲己有後，會發生什麼事。」

廷朵抬起手指。「他爲什麼會擔心？」

「我覺得這是很合理的擔憂。」沙賽德說道。

「過分合理。」廷朵回答。「或者該說，完美的合理。可是，沙賽德，告訴我，當你在閱讀艾蘭迪的日記時，你覺得他是那種會將力量佔爲己有的人嗎？」

沙賽德搖搖頭。「其實我的感覺正好相反，這一點讓日記非常難以理解。因爲我無法瞭解，裡面的那個人怎麼會做出我們認爲他做過的事。事實上，他所有的行爲，造成的所有死亡、毀壞、痛苦，都重重地傷害了他。」

「所以，關很瞭解艾蘭迪。」廷朵說道。「也對他評價很高。理論上也應該很瞭解他的姪子拉刹克。你明白我的問題了嗎？」

沙賽德緩緩點頭。「爲什麼要派一個脾氣暴躁，以憎恨與嫉妒爲動機的人，去殺了一個你認爲是良善且人格高尙的人？這個選擇的確很奇怪。」

「一點沒錯。」廷朵說道，手臂靠在桌子上。

「可是，」沙賽德說道，「關這裡說他『懷疑如果艾蘭迪去到昇華之井，他會奪取力量，且會以顧全大局的理由拒絕放棄力量。』

廷朵搖搖頭。「這不合理，沙賽德。關寫了好幾次，他有多害怕深闇，但他卻派出一名滿懷恨意的年輕人，想要殺死一名受人尊敬，應該也是頗爲睿智的領袖，在此同時更會破壞消滅深闇的希望。關基本上是爲拉剎克鋪好了奪權之路，因爲如果讓艾蘭迪奪走力量使他這麼憂心，他不也應該擔心拉剎克會做一樣的事？」

「也許我們是以後見之明在看整件事，所以很清楚。」沙賽德說道。

廷朵搖搖頭。「我們少了某些線索，沙賽德。關是非常理性、非常仔細的人，光從他的敘述就可看出來這點。發現艾蘭迪的人是他，第一個宣揚他是世紀英雄的人也是他。他爲什麼會背棄艾蘭迪？」

沙賽德點點頭，翻閱他翻譯過的拓印檔案。在發現英雄後，關聲名大噪，找到他一直想要得到的地位。裡面也寫道：在期待經裡，有我的位置。我認爲我是宣告者——預言中發現世紀英雄的先知。當眾宣告放棄對艾蘭迪的支持，等同於放棄我的新地位，放棄眾人對我的接納，因此，我沒有這麼做。

「一定發生了非常重大的事情。」廷朵說道。「一件會讓他背叛朋友、聲名的事情。讓他的良心受到極大刺激，乃至於他願意冒險反對世界上最強大的統治者，讓他害怕到寧可賭上萬分之一的機會，派拉剎克進行謀殺行動。」

沙賽德翻弄著筆記。「他既害怕深闇，也害怕艾蘭迪奪取力量後的結果。可是，他似乎無法決定，哪一個是較大的威脅，而他的描述中，也沒有特別著重於兩者之一。沒錯，的確有問題。妳覺得關會不會是想透過他自己論點的反覆無常來暗示什麼？」

「有可能。」廷朵說道。「這些資料太少了。不知道他的人生境遇，我實在很難判斷那個人的個性是如何。」

沙賽德抬頭，看看她。「也許我們努力過度了。」他說道。「要不要休息一下？」

廷朵搖搖頭。「我們沒有時間，沙賽德。」

他迎向她的目光。她說得一點沒錯。「你也感覺到了，對不對？」她問道。他點點頭。「這個城市即將毀滅。四面近逼的力量……軍隊、克羅司、內政的混亂……」

「我擔心它會比你的朋友們所希望的更加激烈，沙賽德。」廷朵低聲說道。「他們似乎相信，他們仍然可以處理所有問題。」

「他們是很樂觀的一群人。」他帶著笑容說道。「不習慣被打敗。」

「這會比革命更嚴重。」廷朵說道。「我專門研究這種事，沙賽德。我知道當征服者奪取城市時，會發生什麼事。會死人。許多人。」

她的話引起沙賽德心中的寒意。陸沙德氣氛緊繃，戰爭即將降臨城市。不知道哪支軍隊會在議會的同意下進入城市，但另外一方仍會攻擊。圍城戰結束時，陸沙德的城牆將一片赤紅。

而他擔心，結局非常、非常快就要來臨。

「妳說得沒錯。」他說道，繼續看著桌上的筆記。「我們必須繼續研究。我們應該蒐集更多昇華前世界樣貌的資料，好讓妳有足夠的背景知識可以分析。」

她點點頭，表現出認命的決心。以他們僅有的時間，是完成不了這個工作的。解讀拓印的意義，拿它去與日記比對，然後再與那個時代背景進行比對，需要經年累月的縝密研究。

守護者有很多知識，但在這種情況下，幾乎是太多知識。他們蒐集、謄寫了許久的紀錄、故事、神話、傳說，光要一名守護者將所有知識讀給一名新任守護者，就需要好幾年的時間。

幸好這些巨量的知識都有不同守護者所創建的索引跟大綱，而且還有每個守護者額外加注的筆記跟個人索引。但是，這些只能幫助守護者瞭解，他手邊到底有多少資訊。沙賽德自己花了一輩子在閱讀、記憶、歸納宗教相關之事。每天晚上他在入睡前，都會閱讀某個筆記或故事的一部分，他應該是世界上首屈一指的昇華時期前宗教專家，但他仍然覺得自己所知極少。

更嚴重的是，他們的知識天生便有的不確定性。很多知識都來自於平凡人的口述，他們盡力要回想起過去的生活，更經常的是，要回想起他們祖父母輩的生活樣貌。守護者直到統御主統治的第二世紀末才出現，在當時，許多宗教的原型早已被消滅。

沙賽德閉起眼睛，從紅銅意識中又取出一個索引放入自己的意識，開始搜尋。的確時間不多，但他跟廷朵是守護者。他們很習慣開始必須由別人完成的任務。

依藍德．泛圖爾，中央統御區過去的國王，站在堡壘的陽台，看著幅員遼闊的陸沙德城。雖然初雪尚未降臨，天氣卻已經轉冷。他穿著一件前繫帶子的披風，卻無法為他的臉保暖。一陣風吹來，拉扯著他的披風，寒意刺痛他的雙頰。煙霧自煙囪升起，如詭異的影子聚集在城市上方，然後逐漸上升，與灰暗的紅天空融合為一。

沒有炊煙的屋子，是有炊煙的兩倍。許多房屋應該都空曠無人，城市的居民數量跟以前相比是大大銳減，但他知道很多其實仍有住人，而且，更在受凍。

我應該要能夠為他們做得更多，依藍德想，睜大眼睛面對刺骨的寒風。*我應該能找到取得更多煤炭的辦法。我應該有辦法照顧到所有人的生活需求。*

他不得不謙卑，甚至氣餒地承認統御主做得比他還要好。雖然統御主是個無情的暴君，但他仍讓極大部分的人都能溫飽，同時節制軍隊，壓制犯罪率。

東北方是克羅司軍隊，正虎視眈眈，沒有派使者入城，卻比塞特或史特拉夫的軍隊更令人害怕。冰寒的天氣嚇不走牠們。雖然克羅司皮膚很薄，卻不把氣候變化放在心上。最後抵達的軍隊是三者中最令人不安的，更危險，更無法預測，更無法處理。克羅司不與人交涉。

我們不夠注意這個威脅，他站在陽台上心想。*實在有太多事要做，太多事要擔心，讓我們無法專注於對我們、對我們的敵人都同樣危險的軍隊。*

而且，看起來克羅司會攻擊塞特或史特拉夫的可能性越來越低。顯然加斯提對牠們的控制足以讓牠們耐下性子等著攻擊陸沙德。

「大人。」一個聲音從後方響起。「請您進來。這裡風大，沒必要把自己凍死。」

依藍德轉過身。德穆隊長盡責地站在房間裡，身邊還有另外一名保鏢。在刺殺行動之後，哈姆堅持依藍德身邊隨時都要有人守衛。依藍德沒有抱怨，但他知道已經沒有什麼留神的必要。如今他不是王，史特拉夫不會想殺他。

好認眞的人，依藍德心想，端詳德穆的臉。*我爲什麼覺得他好年輕？我們幾乎同年。*

「好吧。」依藍德說道，轉身回到房間。德穆關起陽台門時，依藍德脫下披風。披風下的套裝穿在身上令他覺得彆扭，雖然他下令要人將衣服洗淨燙平，但還是覺得衣服很邋遢。背心太緊，他的劍擊練習讓他的胸肌越發結實，外套卻太鬆。

「德穆。」依藍德開口。「下次倖存者聚會是什麼時候？」

「今天晚上，大人。」

依藍德點點頭。正如他所擔心。今天晚上，很寒冷。「大人。」德穆開口。「您仍然打算要參加嗎？」

「當然。」依藍德說道。「我答應要加入你們。」

「那是在您輸掉選舉之前，大人。」

「與那無關。」依藍德說道。「德穆，我加入你的組織，是因爲我認爲那對司卡來說是重要的事，而我想瞭解我的……大家的想法。我答應過你會參與，我就會去。」

德穆似乎有點不解，卻沒有再說話。依藍德看看書桌，考慮是不是該讀點書，房間冰寒的溫度卻讓他很難有動機，因此他推開門，走入走廊。他的侍衛跟在身後。

他阻止自己前往紋的房間。她需要休息，而他每半個小時就去看她一次，對她來說也沒什麼好處，所以他轉向另外一條走廊。

泛圖爾堡壘的佣人走廊狹窄、陰暗，由石頭鋪成一片交錯繁雜的通道。也許是因爲他從小就在這裡玩耍，所以他覺得在這麼陰暗、狹窄的地方非常自在，對於一個不想被人找到的小孩來說，這是完美的場所。現在他挑選這裡則有另外一個原因：這些走廊適合長時間散步。他沒有挑選特定方向，只是信步向前，用響亮的腳步聲抒發自己的焦躁。

我解決不了城市的問題，他告訴自己。我得讓潘洛德處理。他才是人民要的人。

這件事應該抒解依藍德的情況，能讓他專注於自身的生存，更能讓他有足夠的時間修補與紋的關係。她最近似乎有些不同。依藍德試圖告訴自己，那只是因爲她受傷了，但他感覺問題的根源其實更深，出現在她看他的方式，她回應他親暱舉止的樣子，而他忍不住只能想到一個原因。

因爲他不再是王了。

紋不膚淺。他們在一起的兩年中，她專心一意地愛他，可是她怎麼可能對他巨大的失敗無動於衷，即便只是下意識的反應？在刺殺行動中，他觀察她戰鬥的方式，第一次認眞觀察，直到那時，他才意識到她有多驚人。她不只是戰士，不只是鎔金術師，而是自然力量，如同雷電或狂風。她殺死最後一個人時，以自己的頭撞破對方的頭……

*她怎麼可能會愛我這樣的人？*他心想。*我甚至保不住自己的王位。我寫下了逼自己下台的法律。*

他嘆口氣，繼續行走，他覺得他應該無所不用其極，想盡辦法讓紋相信，他是配得上她的，但那只會讓他顯得更無能。他已經無法改變過去的錯誤，尤其是他看不出自己有哪裡眞的做「錯」了。他已經盡力而爲，只是仍然不夠。

他停在交叉口。曾經，一頭鑽進書裡能讓他整個人放鬆、冷靜，如今他覺得緊張、緊繃，有一點……

像是他猜想紋平常會有的感覺。

也許我以她爲範例，學到了點東西，他心想。要是紋在我的情況中，她會怎麼做？她絕對不會只是到處亂晃，擺出一副愁眉苦臉的樣子自憐自艾。依藍德皺眉，看著一條只有半數油燈被點亮的走廊，接著踏步向前，以堅定的步伐走向一間房間。

他輕輕敲門，沒有反應。良久後，他終於探入頭，看到沙賽德跟廷朵靜靜地坐在一張堆滿紙片跟筆記本的書桌前。兩個人都目光呆滯地盯著前方，似乎什麼都沒看到，表情像是被嚇傻的人一樣空洞。沙賽德的手放在桌上，廷朵的手按著他。

沙賽德突然清醒過來，轉身看著依藍德。「泛圖爾大人！對不起，我沒聽到你進來。」

「沒事的，沙賽德。」依藍德走入房間，此時廷朵也清醒過來，將手從沙賽德的手上抽回。依藍德朝仍然跟在他身後的德穆和他的同伴點點頭，示意要他們在外面等，然後關上門。

「依藍德。」廷朵說道，聲音帶有慣常的不滿。「你來打擾我們做什麼？你已經很清楚地證明了你的無能，我不覺得我們有繼續交談的必要。」

「這裡仍然是我的宅邸，廷朵。」依藍德回答。「妳再侮辱我一次，會立刻被驅逐出去。」

廷朵挑起眉毛。

沙賽德臉色一白。「泛圖爾大人。」他連忙開口。「我不覺得廷朵是故意——」

「沒事，沙賽德。」依藍德舉起手說道。「她只是在測試我是否又回到原本任人侮辱的狀態。」

廷朵聳聳肩。「我聽說你像迷途的孩子一般，在皇宮的走廊裡自憐地亂晃。」

「確實如此。」依藍德說道。「那不代表我完全沒有自尊了。」

「很好。」廷朵說道，朝一張椅子點點頭。「請自便。」

依藍德點點頭，將椅子拉到兩人身邊。「我需要建議。」

「我已經盡我所能地協助。」廷朵說道。「其實我可能已經給了太多。我繼續在這裡，可能會讓人以爲我偏袒某一方。」

「我已經不是王了。」依藍德說道。「所以，我不是特別哪一邊。我只是在尋找眞相的人。」

廷朵微笑。「那你問吧。」

沙賽德饒富興味地觀察兩人的互動。

我知道，依藍德心想，我也不知道我們的關係到底算什麼。

「這是我的問題。」他說道。「我失去王位，基本上是因爲我不願意說謊。」

「請解釋。」廷朵說道。

「我有機會隱藏一條法律。」依藍德說道。「在最後一刻，我可以強迫議會接受我爲王，但我告訴他們一條正確的資訊——代價是失去王位。」

「我毫不意外。」廷朵說道。

「我想也是。」依藍德說道。「所以，妳覺得我這麼做很傻嗎？」

「是的。」

依藍德點點頭。

「可是，」廷朵說道，「讓你失去王位的並非那一刻，依藍德．泛圖爾。那一刻只是小事，單純到不能爲你全面的失敗負責。你失去王位是因爲你不肯下令要軍隊封鎖城市，因爲你堅持要讓議會有太多自由，還有因爲你不使用殺手或其他施加壓力的手法。簡單來說，依藍德．泛圖爾，你失去王位是因爲你是一個好人。」

依藍德搖搖頭。「難道一個人不能既符合良心標準，又是個好王嗎？」

廷朵皺起眉頭，陷入沉思。

「你問了自古以來就存在的問題，依藍德。」沙賽德輕聲說道。「一個君王、祭司，還有身負命運的謙卑之人總是不停探索的問題。我不認爲有答案。」

「我應該說謊嗎，沙賽德？」依藍德問道。

「不。」沙賽德微笑說道。「同樣處境，換做是別人，也許答案是肯定的，但一個人必須忠於自己。你爲自己的人生做出抉擇，而在最後一瞬間改變自己，說了這個謊言會違背你的本性。我認爲你的所做所爲雖然讓你失去王位，卻仍是比較好的。」

廷朵皺眉。「他的理想很好，沙賽德。可是，人民怎麼辦？如果他們因爲依藍德無法控制自己的良心而死，那又當如何？」

「我不想跟妳辯論，廷朵。」沙賽德說。「我只是提出個人看法，我覺得他的選擇是對的。秉持自己的良心是他的權利，之後只能相信天道會彌補道德與邏輯之間的縫隙。」

「天道。「你的意思是神。」依藍德說道。

「是的。」

依藍德搖搖頭。「沙賽德，神除了是聖務官所利用的手法之外，還能是什麼？」

「那你爲何做出這些選擇，依藍德·泛圖爾？」

「因爲那是正確。」依藍德說道。

「爲什麼是正確的？」

「我不知道。」依藍德嘆口氣說道，往後一靠。他瞄到廷朵對他的姿勢投以不贊許的一瞥，可是他裝做沒看見。他已經不是王了，有彎腰駝背的自由。「你剛說的是神，沙賽德，但你不是宣揚過上百種不同的宗教嗎？」

「其實是三百種。」沙賽德說道。

「那你相信哪一種？」依藍德問道。

「我都信。」

依藍德搖搖頭。「這不合理。你只對我提過其中五六種，我就已經看出它們彼此並不相容。」

「我沒有資格判定什麼是事實，泛圖爾大人。」沙賽德微笑說道。「我只是容器。」

依藍德嘆口氣。這些祭司……他心想。有時候沙賽德說話就像個聖務官一樣。

「依藍德，」廷朵語氣一柔。「我想你這個情況處理得不對。可是，沙賽德說得也有道理。你忠於自己的信念，而我認爲這是爲王之道。」

「那我現在該怎麼辦？」他問道。

「隨你的心意。」廷朵說道。「我從來都無法告訴你要怎麼做，我只能告訴你，身處同樣情況的人，在過去是如何做的。」

「那他們會怎麼做？」依藍德問道。「妳知道的那些偉大領袖們，在我這個情況中會如何反應？」

「這個問題沒有意義。」她說道。「他們不會碰到這種情況，因爲他們一開始就不會失去自己的頭銜。」

「所以這是重點？」依藍德問道。「就是頭銜？」

「我們不是在討論這件事嗎？」廷朵問道。

依藍德沒有回答。妳覺得什麼樣的人才是好王？他曾經這麼問過廷朵。信任，當時她這麼回答。好的王者是受到子民信任，同時值得他們信任的人。

依藍德站起身。「謝謝妳，廷朵。」他說道。

廷朵不解地皺眉，轉身面向沙賽德。他抬頭直視依藍德的雙眼，微微歪著頭端詳他。然後，他笑了。

「來吧，廷朵。」他說道。「我們應該繼續我們的研究。我想陛下有他的工作要處理。」

依藍德離開房間時，廷朵仍然皺著眉頭。他快步走在走廊上，侍衛尾隨在後。

我不會變回原來的樣子，依藍德心想。我不會繼續擔憂。雖然廷朵從未眞的瞭解過我，但她教會我要成爲更好的人。

不到半晌，依藍德便回到自己的房間，直衝進去打開衣櫃。廷朵爲他挑選的衣服，國王的衣服，正在裡面靜靜等待。

你們也許有人聽說過我著名的記憶力。確實如此。我不需要藏金術師的金屬意識，即可瞬間記住一張紙上的所有內容。

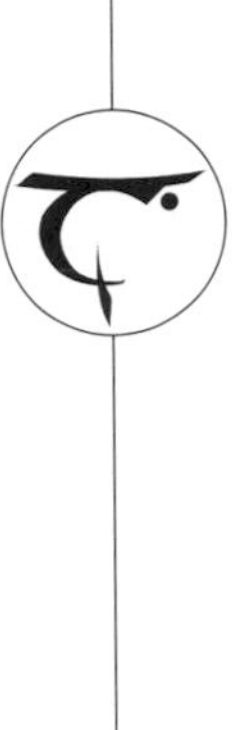

42

「很好。」依藍德用一根炭棒在面前的城市地圖上畫了個圈。「這裡呢？」

德穆抓抓下巴。「穀田？那是貴族住宅區，大人。」

「曾經是。」依藍德說道。「穀田以前住滿泛圖爾的表親家族。當我的父親從城裡撤退時，他們大多數也一同離開了。」

「那現在我們可能會發現裡面住滿了司卡。」

依藍德點點頭。「請他們搬走。」

「大人，請問這是什麼意思？」德穆說道。兩人站在泛圖爾堡壘的馬車停靠區。士兵在寬廣的區域中忙碌地走動，大部分都沒穿制服，因爲這並不是正式的市政事務。依藍德不再是王，但他們仍應他的要求而前來。

這點多多少少證明了一些事情。

「我們需要讓司卡搬出那些地方。」依藍德繼續說道。「貴族的宅邸大多數是石屋，有很多小房間，但非常難保暖，需要每個房間都有單獨的壁爐或火盆。司卡通舖屋是不太愉快，但至少有巨大的壁爐跟打通的房間。」

德穆緩緩點頭。

「統御主不會讓他的工人受凍。」依藍德說道。「這些通舖屋是以有限資源照顧一大群人的最有效辦法。」

「我明白了，大人。」德穆說道。

「不要強迫他們，德穆。」依藍德說道。「我的私人護衛之中就算有來自軍隊的自願者，在城市裡仍然沒有官方權力。如果有人想要住在他們佔據的貴族屋子裡，就讓他們去住，只要確保他們知道其實不需要受凍。」

德穆點點頭，開始傳達命令。一名使者上前來，引起依藍德回頭。那個人繞過一堆亂中有序在聽取命令並行動的士兵。

依藍德朝新來的人點點頭。「你是破壞偵測小組的一員，對不對？」

男子點點頭，一面鞠躬。他沒穿制服，而是一名士兵，也不是依藍德的侍衛之一。他年紀比較輕，有著方正的下巴，漸禿的頭，還有誠懇的微笑。

「我見過你吧？」依藍德說道。

「我一年前幫過您，大人。」男子說道。「我帶您進入統御主的皇宮，協助您拯救紋貴女……」

「葛拉道。」依藍德想了起來。「你以前是統御主的私人侍衛。」

那人點點頭。「那一天之後，我就加入了您的軍隊。總覺得這麼做是對的。」

依藍德微笑。「不是我的軍隊了，葛拉道，可是我感謝你今天來幫我。你有什麼報告？」

「您說得對，大人。」葛拉道說道。「司卡已經搶光空屋子裡的家具，可是沒有多少人想到要拆牆壁。大半空屋裡面都有木頭牆壁，許多通舖屋也是以木頭搭建，大多數都有木頭屋頂。」

「很好。」依藍德說道。他環顧周圍聚集的人們。他沒有跟他們說過自己的計畫，只要求自願者前來幫他進行一些勞力工作。他沒想到會出現數百人。

「看起來我們召集了很大一群人，大人。」再次回到依藍德身邊的德穆說道。

依藍德點點頭，允許葛拉道退下。「那我們可以嘗試進行比原本更龐大的計畫。」

「大人。」德穆開口。「您確定要親自動手拆城嗎？」

「我們要不然就是保不住建築物，再不然就是保不住人民，德穆。」依藍德說道。「我選擇建築物。」

「國王如果要阻止我們呢？」

「那我們就按照他的命令行事。」依藍德說道。「但我不認爲潘洛德王會反對。他忙著讓議會通過他將城市交給我父親的提案。況且，讓這些人來工作而不是坐在軍營裡擔心，對他來說也是好處多多。」

德穆沒回答。依藍德亦然。他們都知道現在的處境有多艱難。刺殺行動跟政權轉移後，只過了一段很短的時間，城市仍處於震驚的狀態。塞特仍然把自己關在海斯丁堡壘裡面，他的軍隊已經就定攻擊位置。陸沙德就像是被人用匕首抵著脖子，每呼吸一次，就要破一次皮。

我無能爲力，依藍德心想。*我只能確保接下來幾個晚上沒有人凍死*。雖然是大白天，人又待在室內還穿著披風，他仍然感覺到十足地寒冷。陸沙德的人很多，但如果他能找到足夠的人來幫他拆除足夠的建築物，也許還是有點用。

「大人！」

依藍德轉身，看到一名蓄著半長鬍子的矮小男子上前來。

「啊，是你，柔皮。」他說道。「有消息嗎？」

這個人正在處理食物被下毒的問題，尤其在找尋城市的防線如何被突破。

探子點點頭。「的確有，大人。我們用煽動者詢問了一些難民，卻什麼都沒發現，不過我開始在想，那些難民似乎是太明顯的目標了。城市裡的陌生人？他們當然是我們最先懷疑的對象，所以我在想，又是水井，又是食物什麼的出問題，一定是有人在城裡溜進溜出。」

依藍德點點頭。他們非常仔細地觀察塞特在海斯丁堡壘裡的士兵，但都不是他們下的手。史特拉夫的迷霧之子仍然是可能的對象，但紋從來都不相信是他下毒的。依藍德希望這個線索會指向皇宮裡的人，最好能揭露他的侍從中誰被坎得拉取代了。

「怎麼樣？」依藍德問道。

「我盤問了負責經營過牆道的人。」柔皮繼續說道。「我不認爲是他們的錯。」

「過牆道？」

柔皮點點頭。「通往城外的祕密通道，通常是地道一類的。」

「有這種東西？」依藍德驚訝地問道。

「當然，大人。」柔皮說道。「在統御主的統治時期中，司卡盜賊要在城市間往來非常困難。所有進入陸沙德的人都必須經過盤問跟調查，所以偷溜入城市的方法有很多。大多數已經停止營業，例如用繩子把人吊上跟垂下城牆，那批人還有幾組人馬在經營，只是我不認爲他們曾讓間諜進入過。第一個井被下毒之後，所有的通牆道販子都開始疑神疑鬼，認爲你絕對會對付他們，所以從那時候起，他們只讓人出城，都是些想從被圍困的城市中逃離的人。」

依藍德皺眉，一時不知該如何看待有人違背他下達的封城令這件事。

「接下來，」柔皮說道，「我們去河裡找了一遍。」

「我們也想過。」依藍德說道。「覆蓋水面的鐵蓋都在。」

柔皮微笑。「的確如此。我派了一些人潛到水面下去找找，結果找到了幾個鎖河蓋的鐵鎖，沉在水底下方。」

「什麼？」

「有人先把鐵蓋撬開，主上，」柔皮說道。「之後再將鐵蓋放回去，以免有人起疑，這樣他們要隨時游進游出都可以。」

依藍德挑起眉毛。

「你要我們去把鐵蓋修好嗎？」柔皮問道。

「不。」依藍德說道。「先不要。你先拿新鎖，把所有的舊鎖都換掉，然後派人看著，下次那些下毒的人想要溜進城市時，我要你困住他們。」

柔皮點點頭，帶著高興的微笑離開。最近他的間諜能力並沒有經常被使用，因此他對於依藍德交付任務給他相當開心。依藍德提醒自己乾脆讓柔皮去查坎得拉間諜的事，不過這要假設柔皮不是那個間諜。

「大人。」德穆上前說道。「我對下毒還有一個看法。」

依藍德轉過身。「怎麼說？」

德穆點點頭，揮手要一個人進到房間裡。那人年紀比較輕，大概十八歲左右，有著司卡工人的髒臉跟髒手。

「這是拉恩。」德穆說道。「他是我的教會成員之一。」

年輕人對依藍德鞠躬，全身散發著緊張。

「說吧，拉恩。」德穆說道。「告訴泛圖爾大人你看到了什麼。」

「大人，是這樣的。」年輕人說道。「我有想去跟王說，我是指那個新王。」他尷尬得滿臉通紅。

「沒關係。」依藍德說道。「繼續說。」

「可是那些人叫我走，說王沒時間見我，所以我去找德穆大人。我想他會相信我。」

「是什麼事？」依藍德問道。

「審判者，大人。」那人小聲地說道。「我在城市裡看到一個。」

依藍德渾身發寒。「你確定？」

年輕人點點頭。「我一輩子都住在陸沙德裡，大人。我看過好幾次處決。我覺得認得那怪物。我看到他。眼睛裡有尖刺，高高的，穿個袍子，在晚上鬼鬼祟祟地走來走去，就在中央廣場附近，我是說眞的。」

依藍德跟德穆交換一個眼神。

「不只他看到，大人。」德穆低聲說道。「我的教會中還有其他人也聲稱在克雷迪克．霄附近看見審判者。前幾個人講我還不信，但拉恩很値得信任，如果他說他有看到一樣東西，那他絕對眞的看到了，他的視力幾乎跟錫眼一樣好。」

依藍德緩緩點頭，下令要他帶私人侍衛隊派一組人馬巡邏剛才拉恩提到的區域。之後，他將注意力放在蒐集木頭的工作上。他頒布命令，將人分派成不同小組，有些先被派去工作，其他人則是去召集更多自願者。少了燃料，城市裡很多鑄鐵廠都關門休息，所以工人們都無所事事，現在能有點事情做也是好的。

依藍德看到眾人分頭進行時，眼中閃爍的精光，那是來自於終於能有行動的滿足感，而非被動等待命運或國王的判決。

依藍德轉身繼續研究地圖，仔細地標記，眼角餘光此時注意到哈姆大搖大擺地走了進來。「原來人都跑這裡來了！」哈姆說道。「練習場裡沒人。」

依藍德微笑地抬起頭來。

「你又穿起制服啦？」哈姆問道。

依藍德低頭看看自己的白衣，專門爲了讓他在被灰燼染黑的城市裡特別顯眼所設計。「是的。」

「太可憐了。」哈姆嘆口氣說道。「沒人活該要穿制服。」

依藍德挑起一邊眉毛。面對無庸置疑的寒冬，哈姆終於願意在背心下多加一件襯衫，仍然不穿披風或外套。

依藍德轉回去研究地圖。「這套衣服適合我。」他說道。「穿起來就是適合，況且你的背心也算是制服。」

「才不是。」

「哦？」依藍德問道。「沒什麼比大冬天不穿外套走來走去，更能向世人宣告我就是打手，哈姆。你用衣著來改變別人對待你的態度，讓他們知道你是誰，還有你擁有什麼身分，這基本上就是制服的功能。」

哈姆一愣。「這種看法很有趣。」

「什麼？」依藍德問道。「你從來沒跟微風爭論過這種事？」

哈姆搖搖頭，轉過頭去觀察其他幾組人馬，聽著依藍德指派擁有指揮權的人如何行動。

*他變了，*依藍德心想。*管理這座城市，處理這些大大小小的問題，連他都不得不改變。*如今，這打手變得更嚴肅，更專注，不過這是當然的，城市的安危對他而言，比集團中任何人來得重要。有時候很難記起這自由自在的人，其實是有家室的人。哈姆不常談起瑪德菈或他的兩個小孩。依藍德猜測這是習慣，哈姆花了大部分時間與家人分離，以保障他們的安危。

*整個城市都是我的家人，*依藍德心想，看著士兵離去，準備開工。有些人也許認為蒐集柴火是件平凡至極的工作，對於被三支軍隊威脅的城市無足輕重，但依藍德知道受凍的司卡對柴火的需要，不亞於需要軍隊來拯救他們。

事實上是，依藍德跟他的士兵們有類似的感覺。就算只是做小事，甚至做任何事，只要能幫助到其他人，就能讓他感到滿意，甚至興奮。

「塞特如果攻擊怎麼辦？」哈姆說道，仍然看著士兵。「軍隊裡大半人都會四散在城裡。」

「就算我的隊伍中有一千人，那對我們的兵力影響也不大，況且歪腳認為要召集他們花不了多少時間，我們安排了傳令兵在等著。」

依藍德繼續研究地圖。「況且，我不認為塞特會現在展開攻擊。他關在那個堡壘中蠻安全的，我們絕對攻不進去，那麼做會要耗費太多城牆上需要的人力，暴露出我們的弱點，所以他唯一要擔心的事情就是我父親……」

依藍德話沒說完。

「怎麼了？」哈姆說道。

「所以塞特人在這裡。」依藍德訝異地眨眨眼睛。「你懂嗎？他故意讓自己別無選擇。如果史特拉夫攻擊，塞特的軍隊會跟我們並肩作戰。他跟我們如今是一條船上的命運共同體。」

哈姆皺眉。「這招似乎有點破釜沉舟。」

哈姆點點頭，回想起他跟塞特的會面。「『破釜沉舟』。」他說道。「你形容得不錯。塞特不知為什麼，已經別無選擇，這是我仍然不解的地方，但他把自己困在這裡，就等同於和我們合作要抵抗史特拉夫，無論我們要不要跟他結盟。」

「可是如果議會將城市交給史特拉夫怎麼辦？如果我們的人跟史特拉夫合作，攻擊塞特呢？」

「這就是他的賭注。」依藍德說道。塞特從來沒打算離開陸沙德的鬥爭。他是抱著得不到城市，寧可被滅亡的決心來的。

他正在等待，希望史特拉夫會攻擊，又擔心我們直接投降，但只要史特拉夫一天怕紋，這件事就不會發生。如今是三方制衡的局面，而克羅司是無法預料的第四個因素。

需要有人出手打破僵局。「德穆。」依藍德出聲。「你可以接手嗎？」

德穆隊長望向他，點了點頭。

依藍德看著哈姆。「我有問題要問你，哈姆。」

哈姆挑起眉毛。

「你覺得自己現在有多不理智？」

依藍德牽著馬走出通道，進入陸沙德外面的崎嶇郊野，轉過身，想看看城牆，希望守城的士兵都收到了他的訊息，不會把他當成間諜或是敵方的探子。他可不要在廷朵的歷史中，被記錄成因爲己方一枝錯箭而死的前任國王。

哈姆領著一名矮小，滿是皺紋的婦女出了通道。正如依藍德的猜想那般，哈姆輕而易舉便找到連往城外的通牆道。

「好啦，你們到了。」年邁的婦女倚著枴杖說道。

「謝謝大嬸。」依藍德說道。「妳今天幫了妳的統御區一個大忙。」

老婦人輕蔑地哼了哼，挑起一邊眉毛，不過依藍德覺得其實她的視力跟瞎子差不多。依藍德微笑，拿出一個錢袋遞給她。她以彎曲卻出奇靈活的手指探入錢袋，摸了摸，數出硬幣。「還多三枚？」

「請妳留在這裡幫我們看守。」依藍德說道。「等我們回來。」

「回來？」婦人問道。「你們不是要逃跑？」

「不是。」依藍德說道。「我只是要跟對方談點事情。」

老婦人再度挑眉。「好吧，不關我老奶奶的事。」她嘟囔地說道，敲著枴杖走回洞裡。「我用三個夾幣可以僱到一名孫子在外面坐幾個小時等你們。統御老子的，我的孫子夠多。」

哈姆看著她離開，眼中帶著一絲關愛。

「你知道這個地方有多久了？」依藍德問道，看著兩名壯碩的男子將石塊拉回原位，關閉通道。這條地道是半挖土，半切割石塊而成，建造工程算是相當驚人，即使柔皮已經跟他說過這種東西的存在，但實際走過一條離泛圖爾堡壘不到幾分鐘路程的隱密通道，仍然很震撼。

哈姆看看他，身後的假通道關起。「噢，我知道這裡好多年了。」他說道。「小時候希兒蒂奶奶常給我糖吃，當然她這麼做只是以很便宜的方式爲她的通牆道獲得一些低調且準確的宣傳。我長大後，都用這條路將溜進城來看我的瑪德拉和孩子送出去。」

「等等。」依藍德說道。「你在陸沙德長大的？」

「當然。」

「跟紋一樣？」

哈姆搖搖頭。「並不像紋那樣。」他以低沉的聲音說道，眼光掃過城牆。「我想沒有人的成長經歷能與紋的相比。我有司卡父母，我的祖父是貴族。雖然我一直跟地下行動有關連，但我大半童年都有父母照顧，況且，我是個男孩，而且還很壯。」他看看依藍德。「我想這應該有很大的差異。」

依藍德點點頭。

「你會關閉這地方吧？」哈姆問道。

依藍德驚訝地轉身。「我爲什麼要這麼做？」

哈姆聳聳肩。「這不像是你會贊同的正當行業，每天晚上應該都有人從這個洞裡逃出去。希兒蒂奶奶以拿錢不多著名，雖然是嘮叨了一點。」

哈姆的話其實也頗有道理。大概這就是爲什麼在我主動明確問起之前，他沒跟我說過這個地方。他的朋友們拿捏著非常微妙的分寸，一方面維繫與過去地下組織的關係，卻又努力建造他們犧牲許多才成立的政府。

「我不是王。」依藍德說道，牽著馬離開城市。「希兒蒂奶奶做什麼都不關我的事。」

「噢。」哈姆跟在他身邊，鬆了一口氣。可是，隨著他們逐漸接近要執行出城目的的時刻，依藍德可以看到哈姆越發不安。「我不喜歡這件事，阿依。」

兩人停下來讓依藍德上馬。「我也是。」

哈姆深吸一口氣，點點頭。

我過去的貴族朋友們會試圖勸阻我，依藍德好笑的想。爲什麼我讓自己身邊都是對倖存者忠誠的人呢？他們認定自己的領袖就是會冒不合理的風險。

「我跟你一起去。」哈姆說道。

「不。」依藍德說道。「沒差的。你留在這裡等著我回來，如果我沒回來，去跟紋說發生了什麼事。」

「好啊，我去跟她說。」哈姆半開玩笑地說。「說完以後就等著把插在我胸口的匕首拔出來吧。你一定得回來，知道吧？」

依藍德點點頭，已經心不在焉，雙眼注視著遠方的軍隊。一支沒有帳棚、馬車、糧車、僕人的軍隊。一支會將附近植物吃到連草根都不剩的軍隊。克羅司。

汗水讓依藍德手中的韁繩濕滑。這跟他前往史特拉夫的軍營和塞特的堡壘都不同。這次，只有他孤身一人。如果情況惡化，紋無法救他出來，她的傷勢尚未康復，也只有哈姆知道依藍德要去做什麼。

我欠這個城市的人什麼？依藍德心想。他們背棄了我。我爲什麼還堅持要保護他們？

「我認得你的表情，阿依。」哈姆說道。「我們回去吧。」

依藍德閉上眼，靜靜嘆口氣，猛地睜開，一踢馬腹，絕塵而去。

他已經好多年沒看過克羅司，那一次還是因爲他父親堅持要他同行。史特拉夫不信任那些怪物，他從來不喜歡牠們駐紮在北方統御區——離他的家鄉陎都只有幾天的距離。那些克羅司是統御主的提醒跟警告。

依藍德縱馬狂奔，彷彿要讓速度堅定他的意志。除了短暫造訪過陎都克羅司軍營外，他對那些怪物的所有知識都來自於書籍，但廷朵的教導讓他原本對書籍徹底且有些太天真的信任減弱了。

也只能如此，依藍德心想，看著逼近的營地，一咬牙，放慢了速度，來到一群隨意亂走的克羅司小隊附近。

一切正如他的記憶。一隻巨大的怪物，皮膚噁心的爆開，沿著拉扯的痕跡龜裂，還有幾隻中型的怪物，只有嘴角跟眼角周圍有血痕，幾隻更小的，眼睛跟手臂下方鬆垮的皮膚垂掛，陪同在大克羅司的附近。依藍德拉停馬匹，小跑步來到最大一隻怪物身邊。「帶我去找加斯提。」

「下馬。」克羅司說道。

依藍德直視怪物的雙眼。騎在馬背上的他與克羅司將近同高。「帶我去找加斯提。」

克羅司以圓滾的眼睛打量他，神情難以摸索。牠的兩隻眼睛中間有裂痕，另一道裂痕則延伸到一邊鼻孔，鼻子本身則是緊繃到已經扭曲被壓扁，偏離原本位置好幾吋。

就是這瞬間。書本說那怪物一則會遵照命令，或者會攻擊。依藍德緊繃地坐著。

「過來。」克羅司喝斥，轉身要走回營地。其餘的怪物包圍了依藍德的馬匹，馬匹緊張地踩了踩。依藍德抓緊韁繩，示意要馬匹前進。牠的反應仍然緊張。

他應該對這小小勝利覺得高興，但其實他只是更加繃緊。一行人走入克羅司營地，像是被吞沒，或是讓自己被山崩包圍。經過時，大大小小的克羅司輪流抬頭，以赤紅、不帶情感的眼睛看他，更多只是站在營火邊，毫無反應，像是天生愚笨呆滯的人。

其他的則在打鬥。在毫不在意的同伴身旁以摔跤的方式扭打成一團，意圖殺死對方。沒有哲人、科學家或是學者能判定，克羅司到底爲何會暴起。貪婪似乎是個好動機，但牠們仍會在有很多食物的時候攻擊，只爲了同伴手中的一塊牛肉而殺死牠。顯然痛楚也是另一個很好的動機，以及對權威的挑戰。原始，野蠻的原因，有時候他們也會在毫無理由或徵兆的情況下攻擊。

在攻擊之後，牠們會以平靜的語調解釋自己方才的行爲，彷彿剛剛發生的一切都是再合理不過。依藍德聽到大吼聲，開始微微顫抖，告訴自己，找到加斯提之前，他應該沒事。克羅司通常只攻擊彼此。

除非牠們已經殺紅了眼。

他推開那個念頭，專注於沙賽德描述的克羅司營地景象。那些怪物身上配戴粗糙的寬劍，一如沙賽德的描述。克羅司長得越大，武器也越大。當一名克羅司長到一個認爲自己需要更大把劍的體型時，牠只有兩個選擇：找一柄被丟下的劍，或是殺了某一名，把牠的劍奪走。因此，只要控制劍的數量，就可以大致控制一群克羅司的總數。

一如沙賽德的解釋，這些克羅司的劍帶上也綁著奇怪的小袋。*那是什麼？*依藍德心想。*沙賽德說他看到最大的克羅司有三四個，但領著我的這一群克羅司幾乎有二十個袋子，就連最小的那一隻也有三個。*

*這就是差別，*他心想。*袋子裡的東西會不會就是加斯提用來控制這些怪物的方法？*

除非要求看哪隻克羅司的袋子，否則他不可能知道，但他懷疑牠們會讓他看。

他一面走著，一面注意到另一個奇怪的景象：有些克羅司穿衣服。以前他只看過牠們穿兜襠布，跟沙賽德的報告符合，但這裡有許多克羅司都穿著褲子與襯衫，或穿著裙子。牠們挑的衣服並不講求尺寸，有些緊到已經被扯爛，有些則鬆到需要被綁在身上。依藍德看到幾隻比較大的克羅司有頭巾一樣的東西綁在頭上或手臂上。

「我們不是克羅司。」領頭的克羅司突然說道，轉向依藍德，腳下不停。

依藍德皺眉。「說吧。」

「你認爲我們是克羅司。」牠以緊扯到已經無法正常運作的嘴唇說道。「我們是人類。我們要住在你們的城市裡。我們要把你們殺光，奪取城市。」

依藍德顫抖，突然明白那些衣服的來源，來自克羅司攻擊過的村莊，也就是進入陸沙德的難民家鄉。這似乎是克羅司思維的新發展，還是向來如此，只是被統御主壓制？依藍德身爲學者的部分對此發現極想要深入研究，其餘部分則是驚恐萬分。

他的克羅司嚮導在一小堆帳棚前停下，這是營地中唯一類似的建築物，然後領頭的克羅司轉身大喊，驚嚇了依藍德的馬。依藍德掙扎地不讓他的馬匹將他拋下，而那隻克羅司則撲跳攻擊牠的一名同伴，以巨大的拳頭揍起對方。

依藍德贏得了他的爭鬥，但領頭的克羅司卻沒有。

依藍德下了馬，拍拍馬脖子，被打的克羅司則將牠的劍從原本的首領胸口抽出。存活下來的克羅司皮膚上多出幾道不是因爲自然崩裂而出現的開口，彎腰將綁在屍體背後的小袋子拾起。依藍德目不轉睛地看著那克羅司直起身後開口。

「他從來都不是一個好領袖。」牠以口齒不清的聲音說道。

我不能允許這些怪物攻擊我的城市，依藍德心想。*我得想辦法*。他牽著馬上前，背向克羅司，進入幾個身著制服的年輕人守衛著的營區。依藍德把韁繩交給其中一個人。

「幫我照顧一下。」依藍德說道，大踏步向前。

「等等！」一名士兵說道。「停！」

依藍德猛然轉身，面向較矮的男子，後者正試圖一面以矛指著依藍德，一面又緊張地瞄著克羅司。依藍德無意顯得嚴厲，他只想控制住自己的焦慮，同時不停下腳步。但無論如何，結果就是他瞪著那士兵的眼光，應該足以讓廷朵都感到佩服。

士兵猛然停下腳步。

「我是依藍德·泛圖爾。」依藍德說道。「聽過這個名字？」

那人點點頭。

「你可以去跟雷卡王宣告我的到來。」依藍德說道。「只要你能比我先到帳棚。」

年輕人急奔而去，依藍德跟在他身後，踏步走向帳棚，其他士兵則是遲疑地站著。

*身邊隨時都圍滿了克羅司，絕對寡不敵眾，這對他們造成什麼樣的影響啊？*依藍德心想，突然感覺到

一陣憐憫，於是沒有要強行進入帳棚，以僞裝的耐性等在門外，直到裡面有人喊著：「讓他進來。」

依藍德逕自從士兵身邊走過，翻開帳門。

過去這幾個月的時光並沒有善待加斯提．雷卡。不知爲什麼，他頭上殘存的幾根毛髮看起來比全然的禿頭還要可憐，衣服邋遢髒污，眼睛下方是兩個深深的眼袋。他正在來回踱步，依藍德走入時還讓他驚跳了一下。

然後他睜大了眼睛，半晌動彈不得，良久後才抬起手，撥開他已經失去的頭髮。「依藍德？」他問道。「統御主的，你發生了什麼事？」

「責任感，加斯提。」依藍德輕聲說道。「顯然我們都沒有準備好。」

「出去。」加斯提說道，對他的侍衛們揮手。他們拖著腳步從依藍德身邊出去，在他身後關上帳門。

「好久不見了，依藍德。」加斯提虛弱地笑道。

依藍德點點頭。

「我記得以前，」加斯提說道。「在你或我的小地方，常跟泰爾登一起喝一杯。我們當時很天眞，對不對？」

「天眞，」依藍德說道，「但充滿希望。」

「你想喝點什麼嗎？」加斯提說道，轉向房間裡的書桌。依藍德端詳堆在房間角落的酒瓶與罐子，全是空的。加斯提從書桌裡取出一瓶尙未開過的酒，替依藍德倒了一小杯，酒杯大小跟透明的酒液顯示這不是單純的佐餐酒。

依藍德接下了小杯子，卻沒有喝。「發生了什麼事，加斯提？我認識的聰明、體貼哲學家怎麼變成暴君了？」

「暴君？」加斯提斥罵，一口氣喝光手中的杯子。「我不是暴君。你父親才是暴君。我只是現實主義者。」

「坐在克羅司軍隊的中央似乎不太現實。」

「我可以控制牠們。」

「那綏納呢？」依藍德問道。「牠們屠殺的村莊？」

加斯提猶疑了。「那是個不幸的意外。」

依藍德看著手中的酒，瞬間將它丟開，酒漿灑在滿是灰塵的帳棚地面。「這不是我父親的屋子，我們也已經不再是朋友。領著這樣的東西來攻擊我的城市的人，我不會稱他爲朋友。你的榮譽感去哪裡了，加斯提．雷卡？」

加斯提輕蔑地哼了哼，看著灑在地上的酒。「你總有這個問題，依藍德。總是篤定，總是樂觀，總是自以爲是。」

「我們都樂觀。」依藍德上前一步。「我們想要有所改變，加斯提，而不是有所破壞！」

「是嗎？」加斯提反問，顯露出依藍德從未在他朋友身上看過的怒氣。「你想知道我爲什麼在這裡嗎，依藍德？你在陸沙德玩樂時，你知道南方統御區發生了什麼事嗎？」

「我對你家人的遭遇感到遺憾，加斯提。」

「遺憾？」加斯提一把抓過書桌上的酒瓶。「你很遺憾？我執行了你的計畫，依藍德，我按照我們談論過的一切去實行，自由、坦承，我信任了我的盟友，而不是壓榨他們，要他們臣服。結果發生了什麼事，你知道嗎？」依藍德閉起眼睛。

「他們殺了所有人，依藍德。」加斯提說道。「登上王位時，就應該這麼做。殺光你的敵人，還有敵人的家人，就連年輕的少女和嬰兒都不放過，還留下他們的屍體做爲警告。這就是好政治。這就是保持權力的方法！」

「勝利時，要相信一件事總是很容易，加斯提。」依藍德說道，睜開眼睛。「判定一個人是否有信念，靠的是失敗。」

「失敗？」加斯提質問。「我的妹妹是個失敗？」

「不，我的意思是——」

「夠了！」加斯提喝斥，一把將酒瓶重重放回桌上。「來人！」

兩個人掀開帳門，走入房間。

「把這位陛下關起來。」加斯提說道，手顫抖地一晃。「派使者去城市，告訴他們，我們要談判。」

「我已經不是王了，加斯提。」依藍德說道。

加斯提安靜了下來。

「如果我是王的話，你以為我還會來讓你抓住嗎？」依藍德問道。「他們逼我退位了，議會舉行不信任投票，選了新王。」

「你這個天底下的大白癡。」加斯提說道。

「這是失敗，加斯提。」依藍德說道。「只是我的失敗沒有你的那麼艱困，但我認為我懂。」

「好吧，」加斯提說道，一手扒過頭髮，「你花俏的衣服跟髮型也救不了你，是吧？」

「帶著你的克羅司離開吧，加斯提。」

「聽起來像是威脅。」加斯提說道。「你不是王，你甚至沒有軍隊，而且我也沒看到你的迷霧之子。你現在憑什麼威脅我？」

「牠們是克羅司。」依藍德說道。「你真的要牠們進城去嗎？那是你的家，加斯提，至少以前是。裡面有成千上萬的人！」

「我可以……控制住我的軍隊。」加斯提說道。

「不，我懷疑你可以。」依藍德說道。「發生了什麼事，加斯提？是不是牠們決定牠們需要國王？牠們決定既然這是『人類』做事的方法，牠們也該這麼做？那些袋子裡有什麼？」

加斯提沒有回答。

依藍德嘆口氣。「萬一牠們其中之一崩潰，攻擊你怎麼辦？」

加斯提搖搖頭。「對不起，依藍德。」他輕聲說。「我不能讓史特拉夫取得天金。」

「那我的人民呢？」

加斯提遲疑了瞬間，然後低垂眼神，朝侍衛揮手，一人按上依藍德的肩膀。

依藍德的反應甚至出乎他自己的意料。他以手肘搥向那人的臉，打碎了他的鼻子，然後往後一踹那人的腿，令他倒下，在加斯提還來不及喊出聲前，依藍德便往前一躍。

加斯提將紋給他的黑曜石匕首抽出靴子，抓住加斯提的肩膀，扭著唧唧哼哼的他轉身，把他推倒在書桌上，幾乎想都沒想，就將匕首插入他老朋友的肩膀上。

加斯提發出一聲可憐的尖叫。

「如果殺你有用的話，加斯提，」依藍德低吼。「我現在就會動手！但我不知道你怎麼控制那些東西，我也不想讓牠們亂跑。」

士兵們擠入房間，依藍德沒有抬頭，只甩了加斯提一巴掌，阻止他繼續亂喊。

「給我聽好。」依藍德說道。「我不在乎你是否被人傷害過，我不在乎你是否已經不相信那些哲理，我甚至不在乎你因為跟史特拉夫和塞特玩弄政治手段而害死自己。

「可是，你威脅我的人民，我在乎。我要你帶著軍隊離開我的統御區，你可以去攻擊史特拉夫的家鄉或塞特的都行，兩邊都沒有軍隊防禦。我向你保證，我不會讓你的敵人得到天金。

「而且，身為你的朋友，我要給你一點忠告。想想你肩上的傷，加斯提。我原本是你最好的朋友，結果連我都差點殺了你。你該死的待在一群發瘋的克羅司之中做什麼？」

士兵包圍他。依藍德站起身，將匕首從加斯提的身體抽出，讓那人轉過身，武器抵著他的喉嚨。侍衛們全部僵住。

「我要走了。」依藍德將迷惘的加斯提推在面前，走出帳棚，注意到人類士兵的人數其實不到十二個。沙賽德算的人數有更多。加斯提把那些人弄到哪裡去了？

依藍德沒看到他的馬，所以警戒地盯著士兵，將加斯提拉往人類營地跟克羅司營地之間的隱形界線。依藍德來到邊界時轉身，將加斯提推往他的手下。他們接下他，一人為他包紮的傷口，其他人彷彿想要追依藍德，卻都停了下來

遲疑了。

依藍德已經進入克羅司營地的範圍。他靜靜地站著，看著那團少得可憐的年輕士兵，加斯提站在中間。他們照顧他的同時，依藍德可以看見加斯提的眼神。充滿恨意。他不會退兵。依藍德認識的人已經死了，被這個新世界的產物所取代，對於哲學家跟理想家毫無好感。

依藍德轉過身，走在克羅司之間，一群克羅司很快上前來。是同樣一組嗎？他不確定。

「帶我出去。」他命令，對上最大一隻克羅司的雙眼。要不是依藍德現在更有威嚴，就是這克羅司很容易被威嚇，因爲對方並沒有爭辯，只是點點頭，開始拖著腳步往營地外走，牠的小隊包圍依藍德。

來這一趟根本是浪費，依藍德煩躁地心想。我只是激怒加斯提而已。我冒著生命的危險，卻一無所獲。

要是我能知道那袋子裡有什麼就好了！

他打量身邊的一群克羅司。這一團的組成很標準，從十呎高到五呎高的克羅司都有，以完全沒精神的姿勢走著……

依藍德手中仍然握著匕首。

這太蠢了，他心想，卻阻止不了他挑選最小的一隻克羅司，深吸一口氣，展開攻擊。

其餘的克羅司停下來觀戰。依藍德挑選的怪物轉身，卻轉錯方向，面向了體型跟牠最近的克羅司，而依藍德趁此時衝上前去，刺入牠的後背。

雖然牠只有五呎高，而且體型偏小，但那隻克羅司仍然是無比強壯，將依藍德甩開，痛得大吼，但依

藍德仍然手中緊握匕首。

不能讓牠抽出劍，他心想，重新站起身，將匕首再次戳入怪物的大腿。克羅司重新倒地，一手搥向依藍德，另一手伸向劍。依藍德接了在胸前的這一拳，倒回滿是灰燼的地面。

他驚喘出聲，克羅司已經把劍抽了出來，卻站不穩，兩道匕首傷口都在流血，似乎比人類的血更燦爛，更閃亮，但那可能只是因爲跟深藍色皮膚映襯的結果。

克羅司終於站起，依藍德此時才意識到他的錯誤。他讓跟加斯提對峙時的腎上腺素，還有無法阻止軍隊的焦躁影響他。他最近的確經常練習對戰，卻絕對不是打得過克羅司的料。

可是現在擔心這件事也來不及了。

一把粗壯如棒槌的劍往地上猛砍，依藍德一個打滾避了開來，直覺克服驚恐，他也幾乎避開了後續的一揮。那一揮在他身側微微割開一道，潔白的制服染上鮮血，但他幾乎沒有感覺。

跟拿劍的人比武時，光靠匕首只有一種贏法，依藍德心想，握緊了匕首。奇特的是，這個念頭並非來自於他的教練，甚至不是紋。他也不知道這個念頭從何而來，但他信任它。

盡快貼近，快速動手。

於是依藍德攻擊了。克羅司趁此時同時揮砍，依藍德看得到牠的攻擊，卻無法招架，只能往前撲，舉高匕首，咬緊牙關。

他將匕首刺入克羅司的眼睛，勉強躲進那怪物的懷裡，即便如此，劍柄仍然擊中他的腹部，兩者一起倒地。

依藍德輕聲呻吟，慢慢意識到堅硬如鐵，沾滿灰燼的土地，並且吃到雜草的草根。一根小樹枝刮中他的臉頰。奇怪，他的胸口痛成這樣，居然還會留意臉頰上這麼小的觸感。他歪歪倒倒地站起。他攻擊的克羅司沒有起身。牠的同伴們站在身邊，似乎不將整件事放在心上，不過每隻克羅司的眼睛都在注視他，似乎想要他做些什麼。

「他吃了我的馬。」依藍德說道，說出他混沌腦袋裡想到的第一件事。

那一群克羅司點點頭。依藍德蹣跚地上前，暈眩地擦拭臉頰上的灰燼，一面跪倒在死去的怪物身邊，拔出匕首，收回靴子裡。接下來，他解開牠的小袋，這隻克羅司有兩個。

最後，他不確定爲什麼，但仍然抓起怪物的大劍，扛在肩膀上。這劍重到他幾乎扛不動，絕對也揮不動。這麼小的怪物是怎麼用這種東西的？

克羅司們不發一語地看著他動手，也領著他出了營地。牠們一退後，依藍德便掏出其中一個小袋，看看裡面。

他不該對裡面找到的東西感到意外。加斯提決定以最傳統的方式控制他的軍隊。

他付錢。

43

其他人說我瘋了。如同我先前所說，可能確實如此。

迷霧湧入黑暗的房間，如瀑布般散落在站在洞開陽台門口的紋身邊。依藍德在離她不遠處的床上睡成一團。

歐瑟的解釋是，主人，據說他隻身進入克羅司營地。妳那時正在睡覺，我們沒有人知道他在做什麼。我想他沒有說服那些怪物不要攻擊，但他的確帶了很寶貴的情報回來。

歐瑟坐在她身邊。牠沒有問紋爲什麼要來依藍德的房間，爲什麼她站在黑夜裡，靜靜地看著前任國王。

她保護不了他。她很努力，但光是保護一個人的困難，如今顯得分外眞實，分外清晰，直到讓她覺得想吐。

依藍德出去是對的。他是他自己的人，極有能力，有帝王的氣度。他做的事情只是會讓他陷入更多危險，而恐懼已經長久伴隨在她身邊，她早已習慣，鮮少引發她身體上的反應；但看著他安靜的睡顏，她發現自己的雙手背叛了她，抖個不停。

我從刺客的手中救了他，我保護他，我是個強大的鎔金術師，爲什麼我仍感覺如此無助？這麼孤獨。

她上前一步，赤腳無聲地踩在地上，來到依藍德的床前，他沒有醒。她就這麼站了好久，看著他平靜地熟睡。

歐瑟發出輕聲咆哮。

紋一轉身。有人站在陽台上，背脊挺直，一身黑，即便她的視力有錫的增強，也難以看清。迷霧落在他身前，堆積在地板上，如半透明的青苔。

「詹。」她輕聲說道。

「他不安全，紋。」他說道，緩緩進入房間，推開身前的一片霧。

她回望依藍德。「他永遠不會安全。」

「我來告訴妳，你們之中有叛徒。」

紋抬起頭。「誰？」

「那個叫德穆的人。」詹說道。「他在刺殺行動前聯絡了我父親，提議要打開城門，獻出城市。」

紋皺眉。不合理。

詹上前一步。「這都是塞特的作爲，紋。即使是在高等貴族中他也是條毒蛇，我不知道他用什麼賄賂了妳的人，但我知道德穆試圖讓我父親在投票時進行攻擊。」

紋想了想。如果史特拉夫在那時攻擊，就會讓人深信刺客的確是他派來的。

「該死的是依藍德跟潘洛德。」詹說道。「議會陷入一片混亂之後，塞特可以大權在握，帶著士兵——還有妳的——一起攻擊史特拉夫的軍隊。他會成爲保護陸沙德，不受入侵者暴政的救主……」紋靜立於黑暗中。詹這麼說不代表這就是實話，雖然她的探查也暗示，德穆就是叛徒。

她認出議會中的刺客，那人是塞特的隨從，所以她知道至少有一件事情詹是說對的。況且，塞特有派鎔金術師的先例：他好幾個月前派來一批那時，紋用了最後一點天金。當晚是詹救了她。

她握緊拳頭，煩躁在胸中騷動。如果他是對的，那德穆已經死了，那敵人的坎得拉早就潛伏在皇宮中很久，離依藍德只有數步之遠的距離。即使詹在說謊，我們的城內和城外都各有一名暴君，還有一群克羅司迫不及待想吞食我們的人民。依藍德也不需要我。

因爲我無能爲力。

「我看見妳的煩躁。」詹低聲說道，來到依藍德的床前看著熟睡中的兄弟。「妳一直聽他的。妳想要保護他，但他卻不讓妳保護。」詹抬起頭，迎向她的雙眼。她看出其中的暗示。

有一件事是她可以做的，有一部分的她一直想這麼做。她被訓練可以做的事。

「塞特幾乎殺了妳愛的人。」詹說道。「妳的依藍德可以隨心所欲，讓我們也來隨妳所欲。」他望入她的雙眼。「我們當別人的刀太久了，我們該讓塞特看看，他爲什麼該懼怕我們。」

她的憤怒，她對圍城戰的焦躁，渴望按照詹的建議來形式，但她仍然搖擺不定，思緒混亂：她殺過人——徹底地殺人——就在不久之前，並且讓她驚恐不已。可是……依藍德可以冒險，毫不合理的冒險，隻身深入克羅司軍隊，感覺像是背叛了她。她這麼努力要保護他，將自己逼到極限，暴露出自己的弱點，結果在幾天後，他卻自己跑去找一堆怪物。

她咬咬牙。一部分的她在低語，如果依藍德不肯講理，遠離危險的話，她只能確保對他的威脅都被消除。

「走吧。」她低聲說道。

詹點點頭。「妳得明白，」他說道。「我們不能只是暗殺。另一個軍閥會取代他的位置，領導他的軍隊。我們得猛力攻擊，讓軍隊受傷到無論是誰接下指揮位置，都會怕到不敢留下來，只想快速離開。」

紋一驚，別過頭，指甲掐入掌心。

「告訴我。」他說道，上前一步靠近她。「妳的凱西爾此時會叫妳怎麼做？」

答案很簡單。凱西爾根本不會出現這種問題。他是個很冷酷的人，對於任何威脅他所愛之人的危險毫無耐性。塞特跟史特拉夫不可能在陸沙德安然度過一天，立刻就會感覺到凱西爾的匕首。

有一部分的她總贊服於他強大的力量，極致又實際的暴力。

有兩個方法可以保妳平安，瑞恩的聲音低語。要不安靜無害到別人無視於妳，或者危險到他們極爲怕妳。

她迎上詹的雙眼，點點頭。他微笑讓開，跳出窗外。

「歐瑟。」他一走，她便低聲說道。「我的天金。」

狗想了想，走上前來，肩膀裂開。「主人……」牠緩緩說道。「不要這麼做。」

她瞥向依藍德。她無法保護他不受一切傷害，但她可以有所作爲。

「塞特威脅了我所愛的一切。」她低聲說道。「他很快就會明白，這世界上有比他的刺客更致命的人。比他的軍隊更強大，比統御主本人更可怕的東西。

「而且就要找上他的門。」

他們稱此爲迷霧班。

每個士兵都得輪流站在黑暗裡，手裡握著一支忽明忽滅的火把。總得有人守著。總得有人盯著那些不斷移動，鬼魅的迷霧，猜想那裡是不是有東西正在看著他們。

威倫知道有。

他知道，但他從不提起。士兵取笑這種迷信。他們得深入迷霧，他們習慣了，早知道沒什麼好怕的。理論上是如此。

「嘿。」嘉路說道，來到城牆邊緣。「阿威，你有沒有看到什麼？」

他當然沒有。他們跟幾十個人一起站在海斯丁堡壘的邊緣，從外圍城牆守衛，大概離地十五呎高，環繞在堡壘外圍。他們的工作就是在找看霧裡任何可疑的東西。

「可疑」。他們是這麼形容。什麼都很可疑，畢竟是霧。那片隨時在移動的黑暗，充滿混亂與恨意的空洞，威倫從不信任霧。他知道他們就在那裡。

有東西在黑暗中移動。威倫往後退，盯著空虛，心跳開始加速，手掌冒汗，他舉高了矛。

「有。」嘉路說道，瞇起眼睛。「我敢發誓我看到了……」

果不其然，應驗了嘉路的想法，它來了。如大熱天出現的上千螻蟻，如一整軍發射的箭雨，錢幣散過牆頭，一波閃耀的死亡，上百枚錢幣穿過迷霧，金屬打在石頭上，有人發出痛喊。

威倫往後退，舉高矛，嘉路則大喊示警。嘉路還沒喊完就死去，一枚錢幣射穿他的嘴，打斷一根牙齒，最後從頭後方射出。嘉路倒地，威倫躲開屍體，知道來不及跑了。

錢幣停下。沉默籠罩著空氣。人要不是倒地，否則就在呻吟。

接著，他們來了。黑夜中的兩道死亡暗影。迷霧中的烏鴉。黑布摩擦飛過威倫。

最後剩他一人。曾經是四十個人的小隊中，除了他之外，只剩屍體。

紋蹲在地上，赤足踩在沁涼的海斯丁中庭石板。詹則是直立，一如往常地站得挺拔，散發無與倫比的自信。

白鑞在她體內燃燒，讓她的肌肉充滿上千個興奮時刻總和起來的緊繃能量，她很輕易地忽略身側的疼痛，唯一一顆天金在腹裡，但她沒有使用。還沒有使用，除非她證明自己的猜測，證實塞特是迷霧之子。

「我們從下往上。」詹說。

紋點點頭。海斯丁堡壘中央的高塔有許多樓層，也不可能知道塞特到底在哪一層樓。如果他們從下往上找，他必定逃不掉。

況且，從下往上比較困難。紋四肢中的能量要求被釋放。她已經緊繃地等待太久，厭煩必須示弱，厭煩要被受到束縛。她花了好幾個月的時間被當成一把匕首，動也不動地被卡在別人的喉嚨前。

該是眞正劃一刀的時候了。

兩人往前衝，塞特的人馬中有一部分駐紮在中庭，此時都被警示喚醒，拿著火把圍了上來。帳棚倒、坍塌，眾人驚訝地大喊，尋找前來攻擊的軍隊。他們只能祈禱有這麼好運。

紋筆直躍入空中，詹則一轉身，在身體四周灑了一袋錢幣，數百枚銅片在她下方的空中發出晶亮的光芒，對於農人來說已經是一筆不小的財富。

紋輕聲落地，兩人一同前推，力量將錢幣往外送。被火把點亮的飛射銅片穿過營地，讓訝異、睡眼惺忪的人不支倒地。

紋和詹繼續攻向中央高塔，一群士兵聚集在塔的前面，仍然顯得手足無措，睡意盎然，卻也已經全副武裝，穿的倒是金屬盔甲跟鋼鐵武器。如果他們的對手眞的是一支軍隊，那這樣的裝備也合理。

詹跟紋潛入士兵中央。詹在兩人之間抛了一枚錢幣，紋探出力量反推，感覺詹的重量同時襲來，相互併抵，兩人朝不同的方向反推，等同全身重量之力攻往兩旁的士兵。驟燒著白鑞，他們相互扶持、站穩，所有士兵像是被巨手拍打一般推散。矛和劍在夜裡扭曲，叮叮咚咚地落在石板地上，被推開的胸甲拖著屍體離開。

紋一感覺到詹將力量從錢幣上收起，也熄滅了她的鋼，閃閃發亮的一片金屬落在兩人之間的地上。此時，詹一轉身，手朝唯一一個直接擋在詹跟堡壘大門之間的士兵推了過去。

一群士兵衝向詹，卻被他突然朝他們鋼推的力量強迫站在原地，所有反作用力都被施往孤身站立於門前的士兵。那不幸的人一擊之下被打飛，重重撞上堡壘大門。骨頭發出斷裂聲。士兵跌入後方的房間中，大門被打開，詹彎腰竄入洞開的大門，紋流暢地跟在他身後，赤足離開了粗糙的石板地，踩上光滑的大理石。

士兵在裡面等著。他們沒有穿戴盔甲，手中握著大木盾準備抵擋錢幣，武器則是木棍或是黑曜石劍。殺霧者——專門被訓練來殺鎔金術師的人。總共大概有五十個。

現在才認眞開始，紋心想，躍入空中，反推門軸。

詹則一上場便繼續鋼推他用來開門的人，將屍體拋給殺霧者。士兵撞上他們時，紋落在第二群人中央，一個伴隨白鑞之力的掃堂腿絆倒了四個人。其他人要攻擊時，她鋼推錢袋裡的一枚錢幣，讓它撕裂布料後落下，自己則順勢往上飛，在空中翻個筋斗，抓起被絆倒士兵拋下的木杖。

黑曜石劍砍上她原本站著的白色大理石地板。紋帶著自己的武器撲下攻擊，超越凡人的速度，擊中耳朵、下巴、喉嚨。頭顱破碎，骨頭斷裂，十個人全部倒地時，她卻幾乎連氣都沒喘。

十個人……凱西爾不是跟我說過，有一次他遇上六名殺霧者就覺得有點麻煩了？

沒有時間多想。一大群士兵朝她衝來。她大喝一聲，朝他們跳去，將木杖拋向領頭前來的人臉上，其他人訝異地舉高了盾牌，但紋反而在落地的同時抽出一柄黑曜石匕首，戳入面前兩人的大腿，旋身繞過他們，隨機攻擊身邊的人體弱點。

眼角餘光捕捉到攻來的一把劍，她舉起手臂，擋下朝她的頭打來的木棍。木頭發出碎裂聲，手中匕首一閃，那人隨即倒地，幾乎身首異處。其他人此時一湧上前，她往後一跳，將詹之前用過，穿著盔甲的屍體，拉引到身邊。

木盾阻擋不了這麼大的拋擲物。紋讓屍體撞上對手，人群被她打得飛散，她看到原本去攻擊詹的殺霧者此時所剩無幾。詹站在他們之中，宛如死者間的一根黑柱，雙手平舉。他與她四目交往，朝房間後方點點頭。

紋不理會幾個殘存的殺霧者，鋼推了屍體，讓自己滑過地板，詹跳起，往後一推，打碎玻璃竄出，進到霧裡。紋快速檢查過後面的房間一遍。沒有塞特。她轉身，順便打倒一名遲來的殺霧者，然後鑽入升降梯通道。

她不需要坐升降梯。她直接以被鋼推的錢幣往上飛升，衝入三樓。詹會去二樓。

紋悄悄落在大理石地板上，聽到身邊的樓梯傳來腳步聲。她認得這個寬廣的大房間，就是依藍德與塞特共進晚餐的地方，如今空曠無物，連桌子都被搬走，但她認得彩繪玻璃房間的圓形輪廓。

殺霧者從廚房湧出。幾十名殺霧者。後面一定還有另外一道樓梯，紋心想，衝入身邊的樓梯，但那裡也同時湧出幾十個殺霧者。兩群人一起圍攻她。

五十比一對那些人而言一定是覺得相當有利，所以他們信心滿滿地往前衝。她瞥向空洞的廚房大門，後面沒有塞特。這層樓不用搜了。

塞特帶來的殺霧者還眞不少，她心想，靜靜退入房間中央。除了樓梯間、廚房、柱子之外，房間是以圓形彩繪玻璃環繞。

他預料到我會來攻擊，因此做了準備，或者該說，他嘗試想要準備。

眾人湧上來攻擊時，紋彎腰，抬起頭，閉起眼睛，燃燒硬鋁。

拉引。

鑲嵌在圓形金屬框裡的彩繪玻璃在房間四周爆炸，她感覺到金屬框往內縮，在她巨大的力量前扭曲變形。她可以想像燦爛多彩的玻璃在空中閃耀發光。她聽到玻璃跟金屬埋入人體時，那些人發出的慘叫。只有外圈的人會因爆炸而死。紋睜開眼睛，躍起，躲過十幾把落在她身邊的決鬥杖，穿過一波攻擊。有些打中，有些沒打中。沒關係，此時她感覺不到痛楚。

她鋼推一個破裂的鐵框，一翻身便越過士兵頭頂，落在攻擊者的圈外，最外面一圈人已經被玻璃片跟扭曲的金屬框刺穿，紋舉起手，低下頭。

硬鋁跟鋼。她用力一推，世界顫抖。

紋從破口的窗戶竄入霧中，鋼推一排被金屬框刺穿的屍體，將屍體拋開，撞入圓圈中央仍存活的人。死者、傷者，完好無缺的人都從房間被掃蕩一空，推出紋對面的窗戶。軀體在霧中翻轉，五十個人被拋入夜晚，房間裡只剩下血跡跟玻璃碎片。

紋吞下一瓶金屬液，迷霧擁抱住她。然後，她利用四樓的窗戶，將自己拉引回堡壘，途中碰到被拋入窗外的屍體在黑夜中墜落，她瞄到詹消失在對面另一扇窗戶。這一層也清空了。

光照在五樓。他們也許可以先來這裡，但這不是原本的計畫。詹說得沒錯，他們要的不只是殺掉塞特，更是要讓他的整組人馬驚恐不已。

紋利用被詹拋出的士兵盔甲做爲錨點。士兵以斜角往下落，穿進一扇破裂的窗戶，紋以反方向角度飛升，遠離建築物，到達她需要的高度後，快速一拉，她便重回建築物裡。她落在五樓的窗戶前。

紋抓緊石頭窗台，心跳劇烈，呼吸急喘，汗水讓她的臉在冬風中特別冰寒，即使體內完全炙熱。她用力呑嚥，睜大眼睛，驟燒白鑞。

迷霧之子。

一揮手，她打碎了窗戶，等在後面的士兵往後一跳，轉過身，一人身上有金屬腰帶釦，他最先死去。其他二十人根本不知該如何應付飛竄在他們之間的金屬扣環，隨著紋的推拉不斷扭轉。他們經過對抗鎔金術師的訓練，上過課程，甚至試打過。

卻從來沒遇上紋。

人們不斷尖叫、倒地。紋只憑扣環爲武器，便撕裂了他們的陣勢。在白鑞、錫、鋼、鐵之間，使用天金幾乎是不可思議的浪費。就算沒有天金，她仍然是可怕的武器，而直到此刻之前，她並不瞭解自己的潛能。

迷霧之子。

最後一人落地。紋站在他們之間，感覺到一陣麻木的滿足。她讓金屬腰帶釦從指尖滑落，跌在地毯上。她深處的房間不如先前那些空曠。這裡有家具，也有小小的擺設。也許依藍德的搜刮隊伍在塞特到來前尚未來得及清理到這裡——或是塞特帶來了自己的生活所需。

她身後是一道樓梯。她面前是一片精緻的木牆，上面有扇門。這是內室。紋靜靜踏上一步，迷霧披風輕輕摩蹭出聲。她從後方的鐵框拉下四盞油燈，讓它們往前飛竄，再往旁邊讓一步，任由它們撞上牆。火焰隨著四灑的燈油燃燒，散布過整面牆，油燈的力量打破了門。她舉起手，將門完全推開。

火焰隨著她踏入房間的身影滴落。富麗堂皇的房間很安靜，詭異地空曠，只有兩個人。塞特坐在一張簡單的木椅子上，滿臉鬍渣，衣著凌亂，看起來非常、非常疲憊。塞特的兒子擋在塞特跟紋中間。那男孩握著一柄決鬥杖。

哪一個才是迷霧之子？

男孩攻擊。紋抓住武器，將男孩推到一旁。他撞上木牆，倒地。紋打量著他。

「女人，放過奈容汀。」塞特說道。「妳動手吧。」

紋轉身面向貴族。她想起她的煩躁、她的憤怒、她冰冷寒颼的怒氣，上前一步，抓住塞特的套裝前襟。「跟我對打。」她說道，將他往後一拋。

他撞上後牆，滑下地面。紋準備好天金，但他沒有站起，只是翻到一旁咳嗽。

紋走到他身邊，抓住他的手臂將他拖起。他握緊了拳頭想要攻擊她，但他虛弱得可笑。她無視於他對她身側的攻擊。

「跟我打。」她命令，將他拋在一旁。他重重倒地，頭撞擊到地面，靠著燃燒的牆，一絲血跡沿著他的額頭流下。他沒有站起。

紋咬一咬牙，向前一步。

「不要碰他！」叫做奈容汀的男孩跌跌撞撞地擋在塞特前面，瘦弱的手臂舉起決鬥杖。

紋停下腳步，歪著頭。這男孩的額頭上都是汗，而且完全站不穩。她望入他的雙眼，看到絕對的驚恐。這男孩不是迷霧之子，可是他卻沒有讓開。可悲、絕望地擋在倒地塞特的身前。

「讓開吧，兒子。」塞特以疲累的聲音說道。「你無能爲力。」

男孩開始發抖，哭泣。

眼淚，紋心想，感覺腦中升起奇異的感覺，舉起手，意外地發現自己臉頰上也是濕潤一片。

「你沒有迷霧之子。」她低聲說道。

塞特掙扎地半坐起，直視她的雙眼。

「今天晚上沒有出現半個鎔金術師。」她說道。「你在議會廳攻擊時，全用完了？」

「我僅有的鎔金術師，已經在好幾個月前被我派去攻擊妳。」塞特嘆口氣說道。「他們是我僅有的一切，我唯一殺死妳的希望，但連他們也都不是來自於我的家族。我的整個血系都被司卡的血統玷污了。奧瑞安妮是數個世紀以來，我們家族產生的唯一一個鎔金術師。」

「你來陸沙德……」

「因爲史特拉夫早晚會來對付我。」塞特說道。「小妞，我最好的機會，就是趁早殺了妳，所以我把他們都派去對付妳。失敗之後，我知道我得嘗試奪取這該死的城市跟它的天金，好能買到一些鎔金術師。但沒成功。」

「你可以提議要跟我們合作。」

塞特輕笑，坐直。「在眞正的政治裡沒有這回事，不是奪取，就是被奪取。況且，我向來好賭。」他抬頭看她。「妳動手吧。」他再次說道。

紋顫抖。她感覺不到自己的淚水，幾乎什麼都感覺不到。爲什麼？我爲什麼什麼都弄不懂了？

房間開始顫抖。紋轉身，望向後牆，牆壁如瀕死動物般顫抖痙攣，釘子開始凸出，被反扯入木片，整面牆朝內炸開。燃燒的木板、木屑、鐵釘、碎片在空中飛舞，圍繞著一名身著黑衣的男子。詹站在後面房間的一旁，死亡散布在他腳下，雙手靜置身側。

他的指尖流淌著鮮紅，不斷低落。他隔著殘餘燃燒的牆壁望向裡面微笑，踏入塞特的房間。

「不行！」紋說道，衝向他。

詹訝異地停下腳步。她鋼推自己，滑向他，想握住他的手臂。黑色的布料因爲他自己的血而閃閃發光。詹閃過。他好奇地轉向她。她伸手要拉住他，他卻極端輕易地快速閃避，像是劍術大師與年輕小男孩的決鬥。

天金，紋心想。他可能一直在燃燒天金，但他不需要天金就能跟那些人打鬥。他們反正不可能敵過我們。

「拜託你。」她說道。「放過他們。」

他繞道一旁，輕易閃過紋，朝塞特跟那男孩走去。

「詹，別動他們！」紋說道，轉向他。

詹看著塞特，他正在等待。男孩在他身側，想將他的父親拉走。

詹轉頭看著她，偏過頭。

「拜託你。」紋又說了一次。

詹皺眉。「他仍然控制了妳。」他聽起來似乎很失望。「我以爲如果妳能透過戰鬥明白自己有多強，就能擺脫依藍德的掌握。我想我錯了。」

於是，他轉身背向塞特，走出他打出的洞。紋安靜地跟著緩緩離去，雙腳踩裂了木屑，留下破碎的堡壘，粉碎的軍隊，以及被羞辱的君王。

不過即使是瘋子，不也要倚靠自己的意識，自己的經驗，而非別人的？

44

在冰寒的清晨中，微風看著一副非常令人氣餒的景象：塞特的軍隊在撤兵。

微風顫抖著，口中呵著白氣，轉向歪腳。大多數人只看得見老將軍臉上的皺眉，但微風看得更多，他在歪腳的眼睛周圍看到緊張，他注意到歪腳的手指正敲著冰冷的石牆。歪腳不是個容易緊張的人。這個動作意謂著什麼。

「這就是結局？」微風靜靜問道。

歪腳點點頭。

微風看不出來。外面還有兩支軍隊，仍然是相互抗衡的狀態，但是他信任歪腳的判斷，或者說，他相信自己看人不會走眼，而他認爲歪腳的判斷是値得信任的。

老將軍知道他不知道的事情。

「請解釋。」微風說道。

「史特拉夫現在就會想通。」歪腳說道。

「想通什麼？」

「只要他放手，那些克羅司會幫他完成工作。」

微風一愣。史特拉夫並不在乎城裡面的人，他只想奪取天金，還有象徵性的勝利。

「如果史特拉夫撤軍……」微風說道。

「克羅司就會攻擊。」歪腳點頭說道。「牠們會殺死找到的每個人，毀棄城市，等克羅司走後，史特拉夫可以回來找天金。」

「如果牠們會走的話，老朋友。」

歪腳聳聳肩。「無論如何，史特拉夫的狀況都會比較好。他會面對一個衰弱的敵人，而非兩支強大的軍隊。」

微風感到一陣寒意，拉緊了披風。「你說得好……直接。」

「第一支軍隊來時，我們早就該死了，微風。」歪腳說道。「只是我們很擅長拖延。」

他統御老子的，我為什麼要花時間跟這個人相處？微風心想。他只不過是一天到晚都認為世界要結束的悲觀份子。可是，微風很懂人心。這一次，歪腳沒有誇張。

「該死了。」微風低聲咒罵。

歪腳只是點點頭，靠著圍牆，看著消失的軍隊。

「三百個人。」哈姆說道，站在依藍德的書房裡。「至少我們的探子是這麼說的。」

「沒我想像的嚴重。」依藍德說道。他們站在依藍德的書房裡，唯一一個外人是鬼影，他歪歪地靠在桌子邊。

「阿依，」哈姆說道，「塞特身邊只帶了一千人來陸沙德。意思是紋攻擊時，塞特在不到十分鐘內就損失三成的士兵。就算是在戰場上，大部分軍隊都會因爲打了一整天後損失三成到四成的軍力而崩潰逃跑。」

「噢。」依藍德皺眉說道。

哈姆搖著頭坐下，幫自己倒了杯東西喝。「我不明白，阿依。她爲什麼要攻擊他？」

「她瘋了。」鬼影說道。

依藍德開口要反駁，卻不知該如何解釋自己的感覺。「我不知道她爲什麼這麼做。」他最後承認。「不過她說過，她不相信議會那些殺手來自於我父親。」

哈姆聳聳肩。他看起來……精疲力竭。處理軍隊，擔心國家的安危，並不是他習慣的環境。他喜歡處理小範圍的事情。

當然，依藍德心想，*我也比較喜歡靜靜地坐在椅子上讀書。我們有各自的責任要履行。*「有她的消息嗎？」依藍德問道。鬼影搖搖頭。「牢騷叔派了探子在城裡找，可是目前什麼都沒有。」

「如果紋不想被找到……」哈姆說道。

依藍德開始來回踱步，他發現自己站不住，一面猜想此刻的自己大概跟加斯提看起來差不多，一直在繞圈圈，不斷扒抓頭髮。

你要鎮定，他告訴自己。*你可以看起來很擔心，卻不能看起來遲疑不定。*

他繼續踱步，不過減緩了速度，也沒有對哈姆或鬼影說出他的擔憂。如果紋受傷怎麼辦？如果塞特殺了她怎麼辦？他們的探子沒有看到多少昨晚的攻擊行動。紋絕對有參與，但關於是否有另一名迷霧之子跟她在一起這件事，則是說法不一。她離開時，高塔頂層著火——而且不知爲何，她沒有殺塞特。

在那之後，就沒有人見過她。

依藍德閉起眼睛，一手按著石牆。我最近忽略了她，我一直在幫助城市……但如果失去她，救了陸沙德又有什麼用？我幾乎感覺我已經不認得她了。

我認識過她嗎？

沒有她在身邊，感覺一切都不對。他開始仰賴她單純的直率。他需要她真正的務實想法，她全然的穩固，好讓他能感到安定。他需要抱著她，才能知道有比理論跟概念更重要的東西。

他愛她。

「我不知道，阿依。」哈姆終於說道。「我從來沒想過紋會是個問題，但她的童年過得很辛苦。我記得有一次她在沒有什麼理由的情況下就對我們大吼大叫，發洩關於她童年有關的一些事情。我……不確定她的精神狀態是否穩定。」

依藍德睜開眼睛。「她的精神沒問題，哈姆。」他堅定地說道。「而且她比我們更有能力。」

哈姆皺眉。「可是……」

「她攻擊塞特一定有好理由。」依藍德說道。「我相信她。」

哈姆跟鬼影交換眼神，鬼影只是聳聳肩。

「不只是昨晚，阿依。」哈姆說道。「那女孩還有地方不對勁，不只是精神上的……」

「什麼意思？」

「記得議會那次攻擊嗎？」哈姆說道。「你跟我說過，你看到她被打手的木杖劈到。」

「那又怎麼樣？」依藍德問道。「她足足躺了三天。」

哈姆搖搖頭。「她全部的傷加起來，包括身體被打中，肩膀的傷，還有幾乎被掐死，加起來讓她躺了三天。可是，如果她被打手真的打得這麼嚴重，不應該只是躺幾天，依藍德。她應該要躺好幾個禮拜，甚至更久，她甚至不應該肋骨沒被打斷。」

「她燃燒白鑞。」依藍德說道。

「那打手應該也有。」

依藍德愣住。

「你懂了吧？」哈姆說道。「如果他們都燃燒白鑞，那力量應該均等，之後就要靠紋的身體自癒，但她不可能超過四十幾公斤，卻被比她重三倍、經過訓練的士兵全力打中。她卻才休息幾天就沒事了。」

「紋是特別的。」依藍德終於說道。

「對於這點我沒有異議。」哈姆說道。「但她也有事情沒有告訴我們。另外那個迷霧之子是誰？有些報告說他們像是在合作。」

*她說城裡還有一名迷霧之子，*依藍德心想。*詹，史特拉夫的信差。她已經很久沒提他了。*

哈姆揉揉額頭。「我們快撐不住了，阿依。」

「凱西爾就能撐住。」鬼影嘟囔說道。「當他在的時候，就連失敗都是他的計畫一部分。」

「倖存者死了。」依藍德說道。「我從來沒跟他交談過，但我聽過足夠關於他的故事，學到一件事。他從不向絕望投降。」

哈姆微笑。「這倒是眞的。我們因爲失誤而失去一整支軍隊的隔天，他居然還能說笑。驕傲的混帳東西。」

「冷酷。」鬼影說道。

「不。」哈姆說道，伸手去拿他的杯子。「我以前也這樣想，現在……我認爲他只是很有決心。阿凱總是望著明天，無論後果。」

「那我們也該如此。」依藍德說道。「塞特走了，潘洛德允許他離開，我們無法改變這點，但我們有關於克羅司軍隊的消息。」

「噢，關於這件事，」鬼影說道，探入小袋，朝桌上拋了某樣東西。

「你說得對，它們是同樣的東西。」

錢幣滾停，依藍德將它拾起。他可以看見鬼影用匕首將漆刮掉，露出下方的硬木。這個假盒金做得太差，難怪這麼容易被發現。只有笨蛋才會想把它當成眞錢來用。笨蛋，或是克羅司。

沒有人知道加斯提的假盒金是怎麼進入陸沙德的，也許他嘗試要把這種錢給他家鄉統御區裡的農夫或乞丐。無論如何，他的意圖很明顯。他需要軍隊，需要現金，所以僞造了一個，好取得另一個。只有克羅司才會這樣被騙。

「我不瞭解。」哈姆看著依藍德遞給他的錢幣說道。「克羅司怎麼突然決定要拿錢了？統御主從來沒付過牠們薪水。」

依藍德一愣，回想起他在營地中的經歷。*我們是人類。我們要住在你們的城市……*

「克羅司在改變，哈姆。」依藍德說道。「或許我們從未眞正瞭解過牠們。無論如何，我們需要堅強。這件事尚未結束。」

「我知道。」依藍德說道。

「如果我知道我們的迷霧之子沒有發瘋，會比較容易堅強。她甚至沒跟我們討論過這件事！」

哈姆站起身，不斷搖頭。「各世族很不願意用迷霧之子對付彼此，是有原因的。情況往往會變得超乎常理的危險。如果塞特有迷霧之子，他決定要報復……」

「我知道。」依藍德再次說道，跟他們倆道別。

哈姆朝鬼影揮揮手，兩人離開去找微風跟歪腳。

*他們看起來都好沉重，*依藍德心想，離開房間去找點東西吃。*好像因爲一個阻礙就覺得我們完蛋了，可是塞特的退兵是好事。我們的一個敵人離開了。外面還有兩支軍隊。加斯提不會願意將弱點暴露給史特拉夫而發動攻擊，史特拉夫則太怕紋，什麼都不敢做。她對塞特的攻擊只會讓我父親更害怕。也許她就是爲此才去攻擊塞特。*

「陛下？」一個聲音低聲說道。

依藍德轉身，眼睛搜索走廊。

「陛下。」一個矮小身影說道。是歐瑟。「我認爲我找到她了。」

依藍德只帶了幾名士兵跟在身邊，他不想跟哈姆和其他人解釋他是怎麼知道的。紋堅持不肯暴露歐瑟的祕密。

*哈姆有一件事說對了，*馬車停下時，依藍德心想。*她有祕密。她向來有祕密。*

可是他並未因此而停止信任她。他朝歐瑟點點頭，兩人下了馬車。來到一棟廢棄的建築物前，依藍德揮手要侍衛退後。它過去可能是某個窮商人的店鋪，是非常低階貴族經營的地方，賣貧瘠的生活必需品給司卡工人，以交換食物代幣，食物代幣能拿去跟統御主換現金。

建築物位於依藍德的柴火蒐集大隊尚未抵達的一區，不過很顯然，這棟樓已經很久無人使用，早就被洗劫一空，堆積在地板上的灰燼足足有四吋深。小小的一道腳印通往後方的走廊。

「這裡是哪裡？」依藍德皺眉說道。

歐瑟聳聳狗肩

「你怎麼知道她在這裡？」

「我昨天晚上跟著她，陛下。」歐瑟說道。「我看到她離去的大致方向，之後靠仔細地追蹤就能找到她。」

依藍德皺眉。「這需要相當高超的追蹤技巧，坎得拉。」

「這副身體有格外靈敏的感官。」

依藍德點點頭。樓梯通往狹長的走廊，末端有幾個房間。依藍德原本打算要沿著走廊前進，卻停下腳步，注意到牆上有一塊木板被推開，露出一個小洞。他聽到裡面有聲響。

「紋？」他問道，將頭探入小洞。

牆後面有個小房間，紋坐在最裡面。那其實只能算是凹洞的房間只有幾呎寬，就連紋都站不直。她沒有反應，只是坐在那裡，頭靠著牆，沒有看他。

依藍德爬入小房間裡，膝蓋上沾滿灰燼，房間小到幾乎無法容納他跟紋兩人。「紋？妳還好嗎？」

她坐在那裡，手指間翻轉著某個東西，正在看著牆上的一個小洞。依藍德看到陽光從中穿透。

這是個窺視洞，他發現。目的是看下方的街道。這不是店舖，是盜賊據點。至少以前是。

「我以前一直以爲凱蒙是個很壞的人。」紋輕聲說道。

聽到她說話，依藍德停下爬行的動作，想了想，終於屈著身體坐下。至少紋看起來沒有受傷。「凱蒙？」他問道。「妳在遇到凱西爾以前的集團領袖？」

紋點點頭。她不再看小洞，雙手環抱著膝蓋。「他打人，殺死不贊同他意見的人。就算以街頭混混而言，他都算是很殘暴的人。」

依藍德皺眉。

「可是，」紋低聲說，「我想他一輩子殺的人，都沒有我昨晚殺的人多。」

依藍德閉起眼睛，然後睜開眼，靠得更近，一手按在紋的肩膀。「那些是敵人士兵，紋。」

「我像是個小孩，跟螻蟻同處一間房間。」紋輕聲說道。他終於看出來她手中拿著什麼。那是她的耳針，她總是掛在耳朵上的青銅耳針。她低下頭，在指尖翻轉它。

「我有跟你說過，我是怎麼樣得到它的嗎？」她問道。他搖搖頭。「這是我母親給我的。」她說。

「我不記得這件事，是瑞恩告訴我的。我的母親……她有時候會聽到聲音。她殺了我的妹妹，殘酷地將她殺死，在同一天，卻將這個——她的耳針之一——給了我。彷彿是……挑選出我，捨棄了我妹妹。對一個人的懲罰，對另一個人的扭曲禮物。」

紋搖搖頭。「我的一生都充滿了死亡，依藍德。我妹妹的死亡，瑞恩的死亡，集團成員在我身邊死去，凱西爾被統御主殺死，之後是我的矛刺入統御主的胸口。我試圖要保護，告訴我自己我能逃開這一切，結果……卻做出昨晚的事情。」

依藍德不知道該怎麼做，只好將她摟近，但她身體仍然僵硬。「妳這麼做自然有好理由。」他說道。

「並沒有。」紋說道。「我只想傷害他們。我想要嚇他們，不要他們再對你出手。這聽起來很幼稚，但我是眞的這麼想的。」

「那不幼稚，紋。」依藍德說道。「這是很好的策略。妳對我們的敵人展現力量，嚇走了我們的主要對手之一，如今我父親更不敢攻擊。妳讓我們得到更多時間！」

「以數百條人命換來的時間。」

「他們是進入我們城市的敵軍。」依藍德說道。「他們在保護壓迫人民的暴君。」

「凱西爾也用了這個理由。」紋低聲說道。「他殺死貴族跟貴族的侍衛時，總說因爲他們支持最後帝國所以該死。他讓我害怕。」

依藍德不知該如何回應。

「彷彿他覺得自己是神。」紋低聲說道。「奪去生命，給予生命，全憑他一念之間。我不想變成他那樣，依藍德，但一切似乎都將我朝那個方向推去。」

「我……」*妳跟他不像*，他想這麼說。這是實話，但卻不知爲何說不出口。總覺得這些話聽起來很空洞。

因此，他選擇將紋抱緊，讓她的肩膀抵著他的胸口，頭抵著他的下巴。「我眞希望我知道該怎麼樣告訴妳，紋。」他悄聲說道。「看到妳這樣，讓我想保護妳的所有直覺疼痛萬分。我想讓一切變得更好，我想要改善一切，但我不知道該怎麼辦。告訴我該怎麼辦。告訴我該怎麼幫妳！」

她一開始略微抗拒他的擁抱，最後靜靜嘆口氣，雙手緊緊回抱他。「你幫不了我。」她輕聲說道。

「我得靠自己。我需要做……決定。」

他點點頭。「妳會做出對的決定，紋。」

「你甚至不知道我要做什麼決定。」

「不重要。」他說道。「我知道我幫不了忙，我甚至掌握不住自己的王位，妳比我更有能力十倍。」

她握緊他的手臂。「不要這樣說，好不好？」

她聲音中的緊繃讓他皺眉，但是他仍點點頭。「好吧。無論如何，我信任妳，紋。妳做的決定，我會支持。」

她點點頭，在他的懷抱中略微放鬆。「我認爲……」她說道。「我必須離開陸沙德。」

「離開？去哪裡？」

「北方。」她說。「去泰瑞司。」

依藍德往後靠著木牆。離開？他絞痛地心想。我最近這麼心不在焉，這就是代價？我失去她了？

可是，他才剛對她說，他會支持她的決定。「如果妳覺得妳必須去，紋……」他發現自己如此說道，「那妳就該去。」

「如果我走，你會跟我一起走嗎？」

「現在？」

紋點點頭，頭摩擦著他的胸口。「不行。」他終於說道。「我不能離開陸沙德，尤其在軍隊環伺的情況下。」

「可是這城市否決你了。」

「我知道。」他嘆口氣說道。「可是……我不能離開他們，紋。他們否決我，但我不會遺棄他們。」

紋再度點點頭，他直覺知道，這是她預料中的答案。

依藍德微笑。「我們眞是一團亂，對不對？」

「沒希望了。」她柔聲說道，嘆口氣，終於離開他的懷抱。她看起來好累。依藍德聽到腳步聲從房間外傳來。片刻後，歐瑟出現，頭探入密室。

「你的侍衛們開始緊張，陛下。」牠對依藍德說道。「他們就要來找你了。」

依藍德點點頭，挪到出口，進入走廊，伸手幫紋。她握住他的手，與他一同爬出。他拍了拍她的衣服——仍然是她慣穿的襯衫跟長褲。

*她還會有穿回裙裝的一天嗎？*他暗自想。

「依藍德。」她說道，在口袋裡摸了摸。「拿去吧，你要的話，可以把這個花掉。」她攤開掌心，在他的手中放下一顆珠子。

「天金？」他不敢相信地問道。「妳從哪裡得到的？」

「一個朋友。」她說道。

「妳昨晚居然沒用？」依藍德問道。「妳跟那麼多人在打鬥，卻沒用？」

「沒有。」紋說道。「我吞了下去，卻不需要，所以我又把它逼了出來。」

*統御主的！*依藍德心想。*我甚至沒想到，她沒有天金。如果她把那點天金燒掉，她還能辦到什麼？*他抬頭看她。「有些報告說，城裡還有一名迷霧之子。」

「對。是詹。」

依藍德將珠子放回她的手掌。「那妳留著。妳可能需要它來跟他對打。」

「我不認爲。」紋輕輕說道。

「還是留著吧。」依藍德說道。「這可以換得一小筆財富，但我們現在需要很大一筆財富才能有所改變。況且，現在有誰要買？如果我拿它來賄賂史特拉夫或塞特，他們只會更肯定我手中握有天金卻不交出去。」

紋點點頭，瞥向歐瑟。「收著。」她說道，將珠子遞給牠。「這顆大到可以被別的鎔金術師拿走。」

「我會以性命護衛它，主人。」歐瑟說道，肩膀裂開以容納這點金屬。

紋轉身跟依藍德一起下樓，去找樓下等待的侍衛。

我知道我背下來內容是什麼。我知道其他世界引領者如今在傳誦著什麼。

45

「世紀英雄不會是泰瑞司人。」廷朵說道，在列表的最下方寫下注記。

「這個我們已經知道。」沙賽德說道。「是日記裡寫的。」

「是的。」廷朵說道。「可是艾蘭迪的敘述只能拿來參考，那是對預言的第三手轉述。我找到有人引述預言本身。」

「眞的嗎？」沙賽德興奮地問。「在哪裡？」

「海蘭迅的傳記。」廷朵說道。「他是克雷尼恩議會的最後幾名倖存者之一。」

「寫給我看。」沙賽德說道，將椅子拉近她身邊。她在寫字時，他得眨幾次眼，疲累讓他精神一陣恍惚。

清醒一點！他告訴自己。時間不多，真的是不多了……

廷朵的情況比他好些，但她的清醒顯然也快用完，因爲她開始打起瞌睡。那天晚上他躺在她房間的地板上小睡了片刻，她則是繼續工作。根據他的判斷，她已經持續醒了一個禮拜。

廷朵寫著：那個時候，許多人提到拉布真。有些人說他會來抵抗征服者。有人說他就是征服者。海蘭迅沒有告訴我他的想法。據說拉布真「不是子民的一族，卻能實現他們所有願望」。如果真是如此，那也許拉布真就是統治者。據說他是克雷尼恩人。

她寫完了。沙賽德皺眉，再次閱讀。沙賽德在瑟藍集所取到關的最後證言，如今就各方面來看，都極爲有用，因爲它提供了解讀的關鍵。

關寫道：直到多年後，我才確信，艾蘭迪就是世紀英雄，克雷尼恩語中稱之爲拉布真，永世者……

拓印提供了不同文化的翻譯，不是語言，而是同義詞。世紀英雄還有其他別名是很合理的，因爲這是如此重要的一個人物，周遭圍繞著如此繁複的傳說，絕對會有許多頭銜。但過往的歷史，他們失去太多。拉布真跟永世者都是沙賽德隱約瞭解的神話人物，但也不過是上千人中的兩個。直到發現拓印之前，沒有辦法將他們的名字與世紀英雄連結在一起。

如今廷朵跟他都能夠睜著眼來搜尋金屬意識。也許在過去，沙賽德也曾讀過海蘭迅傳記中的這一段，但他絕對認不出這句話是在說世紀英雄，一個來自於泰瑞司傳奇，卻被克雷尼恩人重新以自己的語言命名的人物。

「對……」他緩緩說道。「這個發現很好，廷朵。非常好。」他伸出手，按上她的手背。

「也許吧。」她說道。「可是無法帶來新進展。」

「但是我覺得措辭本身也是重要的。」沙賽德說道。「宗教文字的用字遣詞往往非常仔細。」

「尤其是預言。」廷朵說道，略微皺眉。她不喜歡任何跟迷信或占卜沾上邊的東西。

「我還以爲，妳已經沒有這方面的偏見了。」沙賽德觀察她後說道。「尤其我們現在又是正在進行類似的研究。」

「我蒐集的是資訊，沙賽德。」她說道。「它能描述出當時人民的情狀，能讓我們鑑古知今，但我選擇歷史而非神學是有原因的。我不贊成散播謊言。」

「我在教導他人宗教理論時，妳是這樣看待我的嗎？」他帶著笑意問道。

廷朵看著他。「有一點。」她承認。「你怎麼能教導那些人要以死者的神爲榜樣呢，沙賽德？那些宗教對他們的人民沒有什麼幫助，如今他們的預言也成了灰燼。」

「宗教是希望的表示。」沙賽德說道。「希望給人們力量。」

「所以你不相信？」廷朵問道。「你只是給人民某個可以信任，可以欺騙自己的東西？」

「我不會這麼說。」

「那你認爲你教導的神存在嗎？」

「我……認爲祂們應該被記得。」

「那祂們的預言呢？」廷朵問道。「我認爲我們所做的研究是有學術價值的，從過去發掘的新事實能有助於解釋我們如今碰到的問題。但是關於未來的占卜？本質上就很愚蠢。」

「我不會這麼說。」沙賽德說道。「宗教是承諾，承諾有東西在守護我們，引導我們，因此預言是人民的希望跟願望的自然延伸，一點也不愚蠢。」

「所以你的興趣是全然學術性的？」廷朵說道。

「也不盡然。」

廷朵端詳他，看著他的雙眼，緩緩皺起眉頭。「你相信對不對？」她問道。「你相信那女孩就是世紀英雄。」

「我尚未決定。」

「這種事想都不該想啊，沙賽德。」廷朵說道。「你不瞭解嗎？希望是件好事，是很棒的事，但你希望的東西必須有所選擇，持續過去的夢想，只是扼殺未來的夢想。」

「如果過去的夢想值得被記得？」

廷朵搖搖頭。「你要考慮可能性，沙賽德。我們有多少機率能在研究這份拓印時，還跟世紀英雄在同一個屋簷下？」

「當跟預言有關時，可能性不重要。」

廷朵閉起眼睛。「沙賽德……我認為宗教是好的，信仰也是好的，但在幾句模稜兩可的話裡尋找指引，是愚蠢的。看看上次有人以為他們找到這個世紀英雄，結果發生了什麼事。統御主，最後帝國，都是因此而起。」

「可是，我還是會有想望。如果妳不相信預言，為什麼要這麼努力找出關於深闇跟英雄的訊息？」

「很簡單。」廷朵說道。「如今我們面對的危險顯然曾經發生過，是會反覆發生的問題——像是瘟疫，在自然消退後，經過了幾個世紀又捲土重來。古人知道這個危險，也有相關的資訊，這些資訊當然最後殘破成傳說、預言，甚至宗教。因此，我們眼前狀況的線索必定藏於過去。這不是占卜，而是研究。」

沙賽德按住她的手。「我想這是一件我們無法取得共識的事情。繼續吧，得好好利用剩餘的時間。」

「我們應該沒事的。」廷朵說道，將一絲頭髮塞回髮髻裡。「顯然你的英雄昨天晚上把塞特王嚇跑了。今天早上端來食物的女僕就在說這件事。」

「我知道。」沙賽德說道。

「所以陸沙德的情況會改善。」

「是的。」沙賽德說道。「有可能。」

她皺眉。「你似乎有點不確定。」

「我不知道。」他低下頭說道。「我不覺得塞特離開是件好事，廷朵。出了很嚴重的問題。我們需要盡快結束這裡的研究。」

廷朵歪頭。「多快？」

「今晚吧。」沙賽德說道，瞥向他們堆在桌上的一疊零散書頁，裡面有他們在這一陣子的密集研究中，所做的所有筆記、想法、關連，勉強算是一本書，是關於世紀英雄跟深闇的導讀。這是一份很好的文件，以他們所花的時間上來看，甚至是驚人的。雖然書的內容並非絕對完整，但可能是他所寫過最重要的著作，即使他不太確定爲什麼。

「沙賽德？」廷朵皺眉問道。「這是什麼？」她從整疊中抽出一張放得有點歪斜的紙，拎了起來。沙賽德很震驚地看到右下角有一塊被撕掉了。

「這是你做的嗎？」她問道。

「不是。」沙賽德說道。他將書頁接下。那是拓印的謄稿頁面之一，撕裂的部分造成最後一句話的消失。附近沒有破損頁角的蹤跡。

沙賽德抬起頭，迎向廷朵不解的目光。她轉過身，在身旁一疊紙中翻找，抽出另一份謄稿的同一頁。沙賽德感覺到一陣冰寒。那一頁的頁角也不見了。

「我昨天才參考了這頁。」廷朵靜靜說道。「我昨天只離開房間幾分鐘，你一直都沒出去。」

「妳昨天晚上有出去嗎？」沙賽德問道。「像是我睡覺時去茅廁？」

「也許吧，我不記得了。」

沙賽德盯著頁面。兩張紙的撕裂形狀詭異地類似，廷朵顯然也想到這點，將兩張紙疊在一起。邊緣完美的吻合，就連裂紋中最小的凹凸都完全一致，即便是兩張紙上下疊在一起撕，也不可能這麼精準。

兩個人盯著書頁，呆坐在原處。然後兩人猛然跳起，在書頁間翻找。沙賽德有四份謄稿。每一份的同一塊都不見了。

「沙賽德……」廷朵說道，聲音略微顫抖。她舉起一張紙，那張紙只寫了一半，最後一行在頁面中間結束。如今正中央有個洞，一模一樣的句子被移除了。

「拓印！」廷朵說道，但沙賽德早已行動，離開椅子，衝到存放金屬意識的箱子，手忙腳亂地抓起脖子上的鑰匙，扯了下來，打開箱子。箱蓋一掀，他連忙將拓印拿起，仔仔細細地放在地上，卻瞬間將手抽回，彷彿被什麼咬了一口，因爲他看到撕痕。同樣一句話，被消除了。

「怎麼可能？」廷朵低聲說道。「怎麼可能有人對我們的工作和我們的習慣這麼瞭解？」

「可是，」沙賽德說道，「他們對我們的力量怎麼可能如此不瞭解？我的金屬意識裡面存了整份謄稿。我現在就能記得清清楚楚。」

「那個句子寫什麼？」

「『艾蘭迪不可去昇華之井，他不能將力量佔爲己有。』」

「爲什麼要把這個句子移除掉？」廷朵問道。

沙賽德盯著拓印。這幾乎是不可能的……

窗戶出現聲響。沙賽德轉身，幾乎是直覺性地探入白鑞意識，開始增強力氣，肌肉開始膨脹，袍子開始繃緊。

百葉窗打開，紋蹲在窗台上。她看到沙賽德跟同樣使用白鑞意識，讓身材壯碩如男子的廷朵時，愣了一下。

「我做錯什麼了嗎？」紋問道。

沙賽德微笑，放開白鑞意識。「沒事，孩子。」他說道。「妳只是嚇到我們了。」他與廷朵四目交望，她開始整理起被撕破的頁面，沙賽德將拓印折起——他們晚點再討論這件事。

「妳最近有沒有看到誰經常出現在我的房間附近過，紋貴女？」沙賽德一面放回拓印一面問道。「有沒有陌生人，甚至是某個侍衛？」

「沒有。」紋說道，爬入房間，一如往常地光腳，也沒有穿迷霧披風。她白天鮮少穿著披風。如果她昨天晚上有戰鬥的話，也換過了衣服，因爲現在她身上沒有血跡，連汗濕的印子都沒有。「你要我留意有沒有可疑的人嗎？」

「是的，拜託妳了。」沙賽德說道，鎖起箱子。「我們擔心最近有人在翻動我們的研究，雖然我們並不瞭解他爲什麼要這麼做。」

紋點點頭，沒有移動腳步，等著沙賽德坐回原位。她看看他，又看看廷朵。

「沙賽德，我需要跟你談一談。」紋說道。

「我想我可以花點時間。」沙賽德說道。「可是我得先提醒妳，我的研究很緊急。」

紋點點頭，瞥向廷朵。半晌後，廷朵終於嘆口氣站起身。「我看我得去研究一下午餐的事情。」門關起，紋微微放鬆，走到桌子邊，在廷朵的位置坐下，整個人蜷臥在椅子上。

「沙賽德……」她開口。「要怎麼知道自己在戀愛？」

沙賽德訝異地眨眨眼。「我……我覺得這個話題由我來回答不太合適，紋貴女。我對這件事所知很少。」

「你總是這樣說。」紋說道。「可是你真的差不多是所有事的專家。」

沙賽德輕笑。「我可以跟妳保證，紋貴女，在這件事情上，我打從心底沒有信心。」

「可是你不可能什麼都不知道吧。」

「我可能知道一點吧。」沙賽德說道。「跟我說，妳跟泛圖爾大人在一起時有什麼感覺？」

「我想要他抱著我。」紋低聲說道，轉過頭看著窗外。「我想要他跟我說話，即使我聽不懂他在說什麼，只要他留在我身邊都好。我想要因爲他而變得更好。」

「這似乎是很好的跡象，紋貴女。」

「可是……」紋垂下頭。「我不適合他，沙賽德。他怕我。」

「怕？」

「應該說，他跟我在一起時有點不自在。議會被攻擊的那天，我看到他看著我打鬥的眼神。沙賽德，他躲開我，看起來一臉驚恐。」

「他剛剛看到有人被殺了。」沙賽德說道。「紋貴女，泛圖爾大人在這方面比較沒有經驗。我想，那不是因爲妳，只是對死亡的恐怖產生的自然反應。」

「都有可能吧。」紋說道，再次望向窗外。「可是我不想要他那樣看我。我想要成爲他需要的女孩，一個可以支持他的政策和計畫的女孩，需要時可以漂漂亮亮地被他挽在身邊的女孩，還有在他氣惱時能安慰他的女孩。可是，那不是我。是你教會我怎麼樣像個貴族女子般舉手投足，阿沙，可是我們都知道我沒有那麼擅長。」

「泛圖爾大人愛上妳，正因爲妳與別的女子都不同。」沙賽德說道。「即使凱西爾大人介入，即使妳知道所有的貴族都是我們的敵人，依藍德仍然愛上妳。」

「我不該讓他這麼做的。」紋低聲說道。「爲了他好，阿沙，我需要離他遠遠的。這樣他就能愛上別人，一個更配得上他的人，一個不會因爲心裡煩就去殺了上百個人的女孩。一個値得他愛的女孩。」

沙賽德站起身，袍子隨著他的動作而擺動，來到紋的椅子前，彎下腰，直到能直視她的眼睛，一手按著她的肩膀。「孩子，妳什麼時候才能停止擔憂，單純地讓自己被愛？」

紋搖搖頭。「沒有那麼簡單。」

「世上鮮少有簡單的事情。可是，紋貴女，我要告訴妳一件事。愛必須要是雙向流動的，否則，我認爲那不是眞正的愛，而是別的情感，也許只能稱爲迷戀？無論如何，我們有些人太急著要犧牲自己。我們站在一旁，看著，想著，什麼都不做，就是對的。我們害怕疼痛，無論是我們自己的，或是對方的。」

他輕捏她的肩膀。「可是……那是愛嗎？直接幫依藍德決定他無法跟妳在一起，這樣是愛嗎？還是讓他自己決定這件事，這樣才是愛？」

「如果我不適合他呢？」紋問道。

「那妳必須愛他到願意尊重他的意願，即使妳不同意。妳必須尊重他，無論妳認爲他是錯得多離譜，無論妳覺得他的決定有多差勁，妳必須尊重他想做決定的希望，即使其中之一是包括了愛妳。」

紋微微笑了，但仍然滿臉愁色。「那……」她很緩慢地開口。「如果有別人呢？跟我在一起？」

是這樣啊……

她全身一僵。「你不可以跟依藍德說。」

「我不會說的。」沙賽德承諾。「另外那個人是誰？」

紋聳聳肩。「只是……另一個像我的人。一個我配得上的人。」

「妳愛他嗎？」

「他很強。」紋說道。「他讓我想到凱西爾。」

所以是另一個迷霧之子，沙賽德心想。在這件事上，他知道他不該有偏見，他對另外那個人不夠瞭解，不該做判斷，而且守護者應該是要提供資訊，但避免提供明確的建議。

可是沙賽德向來無法遵守這條規律。他的確不認得另外那個迷霧之子，但他瞭解依藍德・泛圖爾。

「孩子。」她說到。「依藍德是最好的人，妳跟他在一起後，妳快樂好多。」

「可是，他是我愛的第一個人。」紋輕聲說道。「我怎麼知道他是對的人？我難道不應該更在意與我更匹配的人嗎？」

「我不知道，紋貴女，我眞的不知道。我跟妳說過，我在這個領域中是很無知的。可是，妳眞的認爲妳能找到比泛圖爾大人更好的人嗎？」

她嘆口氣。「好煩。我應該要擔心城市的安危還有深闇，不是在意我晚上要跟誰在一起！」

「當我們自己的生活陷入混亂時，很難去保護別人。」沙賽德說道。

「我必須自己決定。」紋說道，站起身，走到窗戶邊。「謝謝你，沙賽德。謝謝你聽我說……謝謝你回到城裡來。」

沙賽德微笑地點點頭。紋利用某一小塊金屬把自己推出，反跳出窗戶。沙賽德嘆口氣，揉揉眼睛，走到房門口，將門打開。

廷朵雙手抱胸地站在門外。「如果我不知道我們的迷霧之子有著青少女的敏感情緒——」她開口說道。「我想我會在這個城市住得更安心點。」

「紋貴女比妳想的要沉穩。」沙賽德說道。

「沙賽德，我養大了十五個女兒。」廷朵邊走入房間邊說道。「沒有沉穩的青少女。只是有些比較擅長掩飾而已。」

「那妳該高興她沒發現妳在偷聽。」沙賽德說道。「她對於這種事通常疑心很重。」

「紋對泰瑞司人向來心軟。」廷朵揮揮手說道。「這點我們大概都得感謝你。她似乎很看重你的建議。」

「這算不上什麼建議。」

「我認為你說的話很睿智，沙賽德。」廷朵邊坐邊說道。「你原本會是個好爸爸。」

沙賽德不好意思地低下頭，然後打算要坐下來。「我們該——」

門上傳來敲門聲。

「又怎麼了？」廷朵問道。

「妳不是去幫我們叫午餐了嗎？」

廷朵搖搖頭。「我根本沒離開過走廊。」

一秒後，依藍德的頭探入房間。「沙賽德？我能跟你談談嗎？」

「當然可以，依藍德大人。」沙賽德站起身說道。

「太好了。」依藍德說，踏步進入房間。「廷朵，妳可以退下了。」

她翻翻白眼，氣急敗壞地瞪了沙賽德一眼，卻仍然站起身走出房間。

「謝謝你。」依藍德在她關上房門後說道。「請坐。」他朝沙賽德揮揮手。

沙賽德照做。依藍德深吸一口氣，雙手背在背後。他重新開始穿起白制服，以威嚴的站姿，即使心中一片混亂。

有人把我的學者朋友偷走了，沙賽德心想，換了一個國王給我。「我猜是跟紋貴女有關，依藍德大人？」

「是的。」依藍德說道，開始來回踱步，邊比劃著手勢邊說話。「她實在讓人搞不懂，沙賽德。我預期到會有這種事，我根本是很確定會有這種事，因爲她不只是女人，她是紋，但是我現在不知道該怎麼反應。上一分鐘她對我很溫柔，像是這城市搞得一團糟以前那樣，下一分鐘她卻變得冷淡又疏離。」

「也許她也很迷惘。」

「也許吧。」依藍德同意。「可是我們兩個人中總該有一個人知道，我們的關係到底發生了什麼事吧？老實說，沙賽德，有時候我覺得我們相差得太多，根本不可能在一起。」

沙賽德微笑。「噢，這點我倒不那麼確定，泛圖爾大人。你們兩個人想事情的方法其實出奇地相似。」

「我很懷疑。」依藍德說道，繼續踱步。「她是迷霧之子，我只是普通人，她在街頭上長大，我在豪宅裡長大，她既聰慧又靈敏，我只是個書呆子。」

「她非常有能力，你也是。」沙賽德說道。「她被她哥哥壓迫，你被你父親壓迫。你們兩個人都痛恨最後帝國，以致於反抗它。而且你們兩個人都花太多精神去想應該如何，而非看清眼前的事實。」

依藍德停下腳步，看著沙賽德。「什麼意思？」

「意思是我認爲你們十分適合彼此。」沙賽德說道。「我不該如此做判斷，而且這只是一個過去幾個月沒看到你們幾面的人所說的話，但我認爲這是眞的。」

「那我們的差異呢？」依藍德問道。

「第一眼時，鑰匙跟鎖看起來也很不同。」沙賽德說道。「外型不同，功能不同，設計不同。不知道眞相的人可能以爲它們是互斥的，因爲一個是用來打開，一個是用來鎖上，但在仔細研究後，他可能會發現，兩者中缺了任何一方，對方就變得毫無用處。睿智的人可以看出，鎖跟鑰匙都是爲了同一個目的而生。」

依藍德微笑。「沙賽德，你應該寫本書。你言談之深奧，不比我讀過的書遜色。」

沙賽德臉色一紅，卻忍不住瞥向書桌上的書頁。那會是他的代表作嗎？他不確定他寫的東西是否深奧，卻代表他在原創寫作上最完整的嘗試。當然，大部分的內容都是引述或描述別處的內容，但也包括很多他的想法跟注釋。

「好吧。」依藍德說道。「那我該怎麼辦？」

「紋貴女嗎？」沙賽德問道。「我會建議，只要給她跟你自己更多時間。」

「阿沙，最近時間極端寶貴啊。」

「什麼時候不寶貴了？」

「當城市沒有兩支軍隊在圍攻，」依藍德說道，「其中一方的領袖是個自大狂，另一個是衝動的笨蛋。」

「沒錯。」沙賽德緩緩說道。「對，我認爲你說得對。我應該繼續研究。」

依藍德皺眉。「你到底在寫什麼？」

「恐怕跟你目前的問題沒有太多關連。」沙賽德說道。「廷朵跟我正在蒐集關於深闇與世紀英雄相關的論述。」

「深闇……紋也提過。你眞的認爲它會回來嗎？」

「我認爲它已經回來了，依藍德大人。」沙賽德說道。「其實它從未離開，我相信深闇就是迷霧。」

「可是，爲什麼——」依藍德舉起手。「你結束研究後，我直接讀結論就好，我現在不能分神。謝謝你的建議，沙賽德。」

沒錯，的確成為國王了，沙賽德心想。

「廷朵。」依藍德喊道。「妳可以進來了。沙賽德，再會。」依藍德轉向門口，門緩緩打開。廷朵踏步進來，掩飾著她的尷尬。

「你怎麼知道我在外面？」她問道。

「我猜的。」依藍德說道。「妳跟紋一個樣子。無論如何，兩位再會。」

他離開時，廷朵皺著眉頭，之後瞥向沙賽德。

「妳真的把他教得很好。」沙賽德說道。

「教得太好了。」廷朵坐下說道。「我認為如果人民肯讓他繼續領導，他也許能夠找到拯救城市的方法。來吧，我們必須繼續工作，這次我真的找了人送午餐來，所以在午餐送到前，我們應該盡量趕工。」

沙賽德點點頭，坐了下來，拾起筆，卻發現無法集中心神於工作，他的心思一直回到紋跟依藍德身上。不知道為什麼，他覺得讓兩個人的關係成功是如此重要的事，也許只是因為他們都是他的朋友，而他希望看到他們快樂。

也可能另有原因。這兩個人是陸沙德最好的。司卡地下組織中最強大的迷霧之子，還有貴族文化中血統最高貴的領袖。他們需要彼此，而最後帝國需要他們兩個。

況且，還有他在進行的工作。泰瑞司預言用的稱謂其實是不帶性別的，因此確切的字是「它」，但經常在現代語言中被翻譯成「他」，只是書中的每個「他」，也可以寫成是「她」。如果紋真的是世紀英雄……

那我得想辦法把他們送出城，沙賽德突然明白。陸沙德淪陷時，這兩個人不能被困在這裡。

他將筆記放在一旁，立刻開始寫起一連串的信。

46

兩者並不相同。

微風隔著兩條街就能嗅出密謀的氣味。他跟他大部分的盜賊同伴不同的是，他並非在貧困的環境中成長，也沒有被強迫要住在地下社會，而是在更血腥的地方長大：貴族宮廷。幸好其他的成員沒有因爲他純正的貴族血統而待他有所不同。

那當然是因爲他們不知道。

他的成長環境賦予他對世界的某些瞭解，他認爲這是無論多有能力的司卡盜賊都無法明白的。司卡密謀的成因都很暴力，卻也很合理，往往都是赤裸裸的你生我死，爲了錢、權，或是爲了保護自己而背叛盟友。

在貴族宮廷中，密謀的成因要難解得多。背叛不一定會以一方死亡爲終結，但後續影響可能會牽扯數代。它可視爲一種遊戲，乃至於年輕時的微風覺得司卡地下組織公開的暴力反而讓他耳目一新。

他啜著一杯溫熱的酒，研究手中的筆記。他原來認爲他再也不用擔心集團中的密謀，因爲凱西爾的團體羈絆之緊密，有時候幾乎讓人覺得怪肉麻兮兮的，而微風用盡他會的一切鎔金術手法要維持這個狀況。因爲他親眼見過密謀如何分裂一個家庭。

這也就是爲什麼他對於會收到這封信非常訝異。雖然外表看起來很無害，他很輕易地就看出其中的跡象，包括書寫時的急速，在某些地方墨痕暈開卻沒有重寫，像是「不需要告訴別人」和「不想引起緊張」這些句子，額外的幾滴封蠟散落在封口，彷彿是想要藉此更牢固地擋住偷窺的眼光。

這封信的口吻不容置疑。微風被邀去參加一場密謀集會，但統御老子的，他想過所有人，就是想不透爲什麼居然是沙賽德想要祕密會面？

微風嘆口氣，抽出決鬥杖，用它來穩住自己的身體。他站起來時偶爾會頭暈，這是他向來有的老毛病，不過最近幾年來似乎更嚴重。視線恢復清晰後，他轉過頭，看著睡在他床上的奧瑞安妮。

我應該更因爲她的事感覺到罪惡感，他心想，忍不住微笑，在長褲跟襯衫外，套上背心跟外套。*可是……反正我們再幾天就要死光了。跟歪腳談過一下午話之後，果眞讓人對生命的輕重緩急有了新的定義。*

微風慢慢地走入走廊，行走在泛圖爾堡壘間昏暗陰沉的走廊間，忍不住心想，*說實話，我瞭解要節省燈油的必要性，但現在情況已經夠慘淡了，不需要再用昏暗的走廊來讓氣氛更惡化。*

會面的地方只需要拐幾個彎就到。微風很輕易地找到，因爲有兩名士兵站在外面守門。德穆的人，那兩人在宗教上跟職位上都歸德穆管。

很有意思，微風心想，躲在旁邊的走廊。他以鎔金術安撫那兩人，帶走他們的放鬆跟確定，留下焦急跟緊張。侍衛們開始覺得不安，不斷移動腳步，終於有一人轉身打開門，檢查裡面的房間，這動作讓微風看清有誰在房間裡面。只有一個人。沙賽德。

微風靜立，試圖想要瞭解他下一步該怎麼做。那封信並沒有什麼可以拿來做爲罪證的內容，這不可能是依藍德的陷阱吧？想要用這種方法來找出哪些成員會背叛他？那好脾氣的男孩似乎沒有這麼深的城府會做這種事。

況且，假設眞是如此，沙賽德不會只要微風去一個祕密地點跟他見面而已。

門關起，士兵回到崗位。*我可以信任沙賽德，對不對？*微風心想。但如果眞是如此，爲什麼要偷偷會面？反應過度了嗎？

不，侍衛的存在證明沙賽德眞的擔心此次集會被人發現。眞的很可疑。如果是任何別人，微風絕對會直接去找依藍德，但是沙賽德……

微風嘆口氣，走入走廊，決鬥杖輕敲著地面，乾脆去聽聽他要說什麼也好，況且如果他在計畫什麼陰謀，冒點險去多瞭解些情況，幾乎也是値得的。雖然有這封信，雖然情況有些可疑，但微風仍然無法想像有泰瑞司人會去參與不是完全正直的事。

也許統御主也有同樣的困擾。

微風對侍衛點頭，安撫掉他們的焦慮，讓他們得回比較平穩的情緒，他願意冒險參加會議還有另一個原因——他正開始意識到他的處境有多危險。陸沙德即將淪陷。他過去三十年來在地下行動中培養出來的直覺都在叫他快跑。

這個感覺讓他更願意冒險。幾年前的微風早就已經棄城離去了。你混帳，凱西爾，他心想，推開了門。

沙賽德訝異地抬起頭。房間很空曠，有幾張椅子，只有兩盞檯燈。「你來早了，微風大人。」沙賽德連忙站起來說道。

「當然我會早到。」微風斥責。「我得確定這不是什麼陷阱。」他想了想。「這不是陷阱吧？」

「陷阱？」沙賽德問道。「你在說什麼？」

「噢，你別裝著一副很訝異的樣子。」微風說道。「這不是單純的會面。」

沙賽德有點氣餒。「這……這麼明顯啊？」

微風坐下，決鬥杖平放在懷裡，刻意擺出打量沙賽德的樣子，安撫那人讓他更尷尬。「老兄，也許你幫了我們推翻統御主，但在要如何偷偷摸摸這件事上，你要學的還多著呢。」

「我道歉。」沙賽德坐下說道。「我只是想跟大家盡快會面，討論一些……敏感議題。」

「好，那我建議先處理掉那些侍衛。」微風說道。「他們讓這房間特別顯眼，然後再點亮幾盞燈，幫我們拿點吃的喝的來。如果依藍德走進來，我們躲的是依藍德吧？」

「對。」

「好，如果他看到我們坐在一片漆黑的房間裡面，偷偷摸摸地互瞧著對方，他絕對會知道有問題。情況越不自然，外表就要裝得越自然。」

「原來如此，我明白了。」沙賽德說道。「謝謝你。」

門打開，歪腳一拐一拐地走進來。他看了看微風，然後沙賽德，走到一張椅子邊。微風瞥向沙賽德，他一點不意外，顯然他也邀了歪腳。

「把侍衛弄走。」歪腳罵道。

「我立刻去，克萊登大人。」沙賽德站起身，連忙走到門邊，跟侍衛講了幾句話後又回來。沙賽德正在坐下，哈姆便懷疑地探進頭來。

「等等。」微風說道。「有幾個人要來這個祕密會議？」

沙賽德示意請哈姆坐下。「集團中所有比較……有經驗的成員。」

「你的意思是依藍德跟紋以外的所有人。」微風說道。

「我也沒邀請雷司提波恩大人。」沙賽德說道。

「沒錯，但我們不是要躲著鬼影。」哈姆遲疑地坐下，詢問地瞥向微風。「所以……我們爲什麼要背著我們的迷霧之子跟我們的王私下會面？」

「他已經不是王了。」門邊的一個聲音說道。多克森走入，坐下。「事實上，可以說依藍德甚至不是這群人的領袖。他是意外接下這個位置，就像他意外接下王位。」

哈姆滿臉漲紅。「我知道你不喜歡他，老多，但我不是要來這裡商談叛變的。」

「沒有王位，自然無可叛變。」多克森說道，坐下。「我們要幹麼，留在這裡當他家的僕人？依藍德不需要我們。也許我們該轉而向潘洛德王求職。」

「潘洛德也是貴族。」哈姆說道。「你不可能要告訴我，你喜歡他勝過於依藍德。」

多克森輕搥了一下桌面。「這跟我喜歡誰沒關係，哈姆。我的目的是要看到凱西爾丟給我們的鬼王國不要被消滅！我們花了一年半去收他的爛攤子。你要看到我們的努力全都白費嗎？」

「拜託你們，兩位……」沙賽德開口，徒勞無功地想要打斷兩人的對話。

「努力，老多？」哈姆滿臉通紅地質問。「你做了什麼事？除了每次有人提出計畫你就在那邊抱怨之外，我可沒看到你做過任何事。」

「抱怨？」多克森斥罵。「你知道要讓這城市不崩壞需要做多少行政工作嗎？那你哈姆又做了什麼？你拒絕接下軍隊的指揮官，只會一天到晚跟你的朋友們喝酒打拳！」

夠了，微風心想，安撫著他們。再這樣下去，不用等史特拉夫把我們全部處決，我們已經先互相掐死對方了。

多克森靠回椅背上，對仍然面紅耳赤的哈姆輕蔑地擺擺手。沙賽德等著，因為兩人的爭吵而相當懊惱。微風安撫掉他的不安全感。「沙賽德，這裡由你主導。告訴我們到底是什麼事。」

「各位，」沙賽德開口，「我請你們來不是為了爭論的。我明白你們都很緊繃，在這種情況下是可以理解的。」

「潘洛德要把我們的城市交給史特拉夫。」哈姆說道。

「總比讓他們屠殺我們來得好。」多克森繼續說道。

「其實，我不覺得我們需要擔心史特拉夫殺死我們。」微風說道。

「不用嗎？」多克森皺眉問道。「你有什麼沒有跟我們分享的消息嗎，微風？」

「你算了吧，老多。」哈姆沒好氣地說道。「阿凱死後，你一直很不高興不是由你來當家。這才是你從來都不喜歡依藍德的真正原因，對不對？」

多克森氣得臉色醬紅，微風嘆口氣，對兩人用力地安撫了一下。兩人身子微微顫抖，好像被什麼刺到，但其實他們的感覺應該正好相反，原本激動的情緒應該是突然變得麻木呆滯。

兩人轉頭看著微風。

「對。」他說道。「我當然在安撫你們。說眞的，我知道哈姆德不太成熟，可是，多克森，你怎麼也開始了？」

多克森揉揉額頭，靠回椅背。「你可以放手了，微風。」片刻後他說道。「我會控制自己。」

哈姆只是抱怨兩聲，一手按著桌子。沙賽德有點震驚地看著這一幕。

親愛的泰瑞司老兄，被逼到牆角的人就是這樣，微風心想。當他們失去希望時，就會發生這種事。也許他們可以在士兵面前裝做若無其事，但只要一與朋友們獨處……

沙賽德是泰瑞司人，他終生都活在壓抑與失去的陰影下，但這些人，包括微風本人，都習慣於成功，即便面對極大的挑戰，他們都很有信心。他們是可以對抗神，還認爲自己會贏的人。面對失敗時，他們無法處理，不過當失敗代表死亡時，誰又能安心面對？

「史特拉夫的軍隊準備要拔營了。」歪腳終於說道。「他很低調，但跡象不斷。」

「所以他要攻城。」多克森說道。「我安插在潘洛德皇宮中的人說議會不斷送信給史特拉夫，幾乎就要求他來進駐陸沙德。」

「他不會奪取城市。」歪腳說道。「如果他聰明的話就不會。」

「紋仍然是威脅。」微風說道。「史特拉夫看起來也沒有能保護他的迷霧之子。如果他來陸沙德，我懷疑他根本無力阻止紋割斷他的喉嚨，所以他一定會選別的辦法。」

多克森皺眉，瞥向哈姆，後者聳聳肩。

「其實很簡單，」微風說道，以決鬥杖敲著桌面。「連我都能猜得到。」歪腳一聽這話輕蔑地嗤哼一聲。「如果史特拉夫裝出退兵的樣子，那克羅司大概會爲他攻擊陸沙德，牠們不會瞭解有敵人躲在暗處這種微妙的威脅。」

「如果史特拉夫退兵……」歪腳說道。「加斯提絕對無法阻止牠們攻城。」

多克森眨眨眼。「但牠們會——」

「屠城？」歪腳問道。「沒錯。牠們會燒殺擄掠城裡最富裕的一區，大概最後會把城裡大多數的貴族都殺光。」

「根據我對史特拉夫的瞭解，他一定是認爲這樣一來，就能同時消滅掉他被迫合作的對象。」微風補充道。「而且很有可能那些怪物可以殺掉紋。你能想像如果克羅司衝了進來，她會不參與戰鬥嗎？」

房間陷入沉默。

「可是這也沒辦法幫史特拉夫取得城市。」多克森說道。「他仍然得趕跑克羅司。」

「是的。」歪腳皺眉說道。「可是牠們大概會拆掉幾座城門，更不要提摧毀許多房舍，讓史特拉夫可以有足夠的空間來攻擊力量已削弱的敵人，況且克羅司從來不會組織戰略，城牆此時也幫不了大忙，一切的局面都對史特拉夫絕對有利。」

「他會被視爲是解放英雄。」微風低聲說道。「如果他趁克羅司衝入城市與士兵們打鬥過一陣，卻尚未嚴重摧毀司卡區域之前率兵入城，他可以解放人民，將自己定義爲他們的保護者，而不是征服者。按照人民那時的心情來看，我認爲他們會歡迎他。在此刻，對他們而言，一個強大的領導者會比口袋裡的錢跟議會中的權力更有意義。」

一群人開始思考這番話的同時，微風打量著仍然靜靜坐在一旁的沙賽德。他的話很少，到底在打什麼算盤？爲什麼要召集所有人？難道他敏銳到覺得他們需要像此刻一樣進行坦白的討論，不受依藍德的道德感來攪局？

「我們可以讓史特拉夫拿去。」多克森終於說道。「我是說城市。我們可以保證紋不會動手。如果這是無可轉圜的……」

「老多。」哈姆靜靜說道。「聽到你說這種話，你覺得阿凱會怎麼想？」

「我們可以把城市交給加斯提．雷卡。」微風說道。「也許我們能說服他以某種程度的尊重對待司卡。」

「然後讓兩萬克羅司進城？」哈姆問道。「微風，你沒看過那些東西的惡行惡狀嗎？」

多克森一搥桌面。「我只是在提選擇，哈姆。否則我們還能怎麼辦？」

「戰鬥。」歪腳說道。「直到倒下。」

房間再次陷入沉默。

「你還眞知道要怎麼讓大家閉嘴，朋友。」微風終於說道。

「這件事總得有人來說。」歪腳低聲說道。「不用再自欺欺人。我們打不贏，但打是無可避免的。城市會被攻擊，我們要保護它，卻必輸無疑。

「你們在想我們是否該放棄。可是我們不會這麼做。阿凱不會允許我們這麼做，所以我們不會允許自己這麼做。我們會戰鬥，帶著尊嚴倒下，然後城市會被焚燒，但如此我們總算傳達了一件事情。統御主隨意操弄了我們長達上千年，但如今我們司卡有驕傲。我們戰鬥，我們抵抗，直到倒下。」

「那這一切的價值是什麼？」哈姆煩躁地說道。「何必要推翻最後帝國？爲什麼要殺掉統御主？如果只會如此結束，爲什麼要開始？每個統御區都是暴君當道。陸沙德被夷爲平地，我們全數死去。有什麼意義？」

「因爲——」沙賽德柔聲開口，「總要有人開始。當統御主在位時，社會無法進步。他維持帝國的穩定，卻也是壓制了帝國。上千年來，人民的衣著幾乎毫無改變，貴族總是試圖要符合統御主的理想樣貌。建築跟科學沒有進步，因爲統御主不贊同改變跟發明。

「而司卡不可能會自由，因爲他不允許。可是，朋友們，殺死他無法解放所有人民。只有時間可以。我們也許會需要花到好幾個世紀——好幾個世紀的戰鬥、學習、成長。很不幸卻也無可避免的是，最開始的處境會非常艱辛。像是倖存者本人所做出的犧牲。」

眾人沉默。

「微風。」哈姆開口。「我現在需要一點信心。」

「沒問題。」微風說道，小心翼翼安撫掉他的焦慮跟恐懼。他臉上回復了部分血色，也稍稍地挺直背脊。微風順道對在場的所有人都做了同樣的安撫。

「你知道這件事多久了？」多克森問沙賽德。

「一段時間了，多克森大人。」沙賽德說道。

「可是你不可能知道史特拉夫會退兵，把我們丟給克羅司。只有歪腳能看出這點。」

「微風大人，我的理解是概括性的。」沙賽德以他平靜的聲音說道。「這跟克羅司沒有直接的關係。我一直認爲這個城市會淪陷，說實話，我對你們的努力感到非常佩服。這些人早就該被打倒了，但你們做了一件偉大的事，會流傳好幾個世紀。」

「如果有人能活下來，將這故事說給後人。」歪腳提出。

沙賽德點點頭。「這其實就是我召集此次集會的原因。我們留在城市裡的人沒有多少倖存的可能，我們會需要幫助城市的防守，就算沒有死在克羅司的攻擊之下，史特拉夫會試圖處決我們。不過，我們不需要都留在陸沙德，等它淪陷。也許有人應該被派出去組織未來的軍閥反抗行動。」

「我不會離開我的人。」歪腳沉聲說道。

「我也不會。」哈姆說道。「不過我昨天已經叫我的家人去躲起來了。」這句話的意思是他要他們離開，也許是躲在城市的地下組織，或是從通牆道離去。哈姆不會知道他們怎麼離開，如此一來他也無法背叛他們的行蹤。積習難改。

「如果城市淪陷，」多克森說道，「我會與它同在。這會是阿凱的期望。我不走。」

「我要走。」微風說道，看著沙賽德。「現在自願太早了嗎？」

「呃，其實，微風大人……」沙賽德說道。「我不是——」

微風舉起手。「沒關係，沙賽德。很顯然你認爲誰該被送走——你沒有邀請他們參加會議。」

多克森皺眉。「我們要死守陸沙德，卻要讓唯一一個迷霧之子離開？」

沙賽德點點頭。「諸位大人。」他柔聲開口。「這個城市的人會需要我們的領導。我們將城市交給他們，也讓他們陷入如今的處境，不能現在遺棄他們，但是……這世界上有更宏大的事情在發生，遠超過我們。我確信紋貴女是其中一部分。

「即使這只是我的幻覺，紋貴女仍然不能死在這座城市裡。她是人民對倖存者最親近、最強大的連結。她成爲他們的象徵，而她的迷霧之子能力讓她擁有離開的最好機會，同時從史特拉夫派出的刺客手中存活下來。她會在未來的戰鬥中具有極大的價值，因爲她可以快速且祕密的行動，也能在獨自戰鬥時造成極大損害，一如她昨晚的行爲所證明。」

沙賽德低下頭。「大人們，我請你們來，是爲了決定如何能說服她必須離去，留下我們其他人來戰鬥。我想這不會是件容易的事。」

「她不會離開依藍德。」哈姆說道。「他也得走。」

「我也是這樣想的，哈姆德大人。」沙賽德說道。

歪腳咬著下唇。「要說服那男孩逃走不容易。他仍然認爲我們可以打贏。」

「是有可能。」沙賽德說道。「大人們，我的目的不是要你們失去所有希望，但是情況危急，成功的可能性……」

「我們知道，沙賽德。」微風說道。「我們明白。」

「集團裡一定還有別人能走，」哈姆低頭。「不只那兩個人。」

「我會讓廷朵跟他們一起走，」沙賽德說道。「她會帶著許多重要的發現回到我的族人們那裡。我也打算讓雷司提波恩大人離開，他在戰爭中沒有多大用處，但他身爲錫眼的能力應該對紋貴女跟依藍德大人在組織司卡反抗軍時頗有助益。

「可是，會存活下來的人不會只是他們。大多數司卡應該是安全的。加斯提．雷卡大人似乎能控制他的克羅司，即便他不行，史特拉夫應該能及時抵達來保護城市的人。」

「那也要史特拉夫按照歪腳的預測行事。」哈姆說道。「他有可能直接撤退，減少到最低損失，捨棄陸沙德。」

「無論如何，能走的人不多。」歪腳說道。「無論史特拉夫或加斯提都不可能讓大群人逃離城市，目前街上的混亂跟恐懼能夠更幫助他們達成目的，而非空無一人的城市。我們也許能派幾個人騎馬逃走，尤其如果其中一人是紋，但其他的人只能冒險面對克羅司了。」

微風感覺一陣反胃。歪腳的話好直接……好無情，但那是歪腳。他甚至不是悲觀主義者，只是說出他認爲別人不願意承認的事實。

有些司卡會活下來成爲史特拉夫．泛圖爾的奴隸，微風心想。可是那些戰鬥的人，還有過去一年領導城市的人，絕對會死。包括我。

這是眞的。這次眞的沒有退路。

「怎麼樣？」沙賽德問道，雙手攤在身前。「我們同意這四個人該走嗎？」

所有人點頭。

「那我們開始討論。」沙賽德說道。「該如何說服他們離開。」

「我們可以讓依藍德認爲這危險並沒有想像中嚴重。」多克森說道。「如果他認爲城市會長期處於圍城戰，他也許會願意跟紋一起去哪裡進行某種任務。等到他們發現時已經太晚了。」

「很好的建議，多克森大人。」沙賽德說道。「我認爲我們也可利用紋貴女對昇華之井的看法。」

討論繼續進行，微風滿意地靠回座位。紋、依藍德、鬼影會活下去，他心想。我得說服沙賽德讓奧瑞安妮跟他們一起走。他環顧四周，注意到房間裡所有人似乎都顯得比原先更爲放鬆。多克森跟哈姆似乎平靜了下來，就連歪腳都靜靜地暗自點頭，看起來對於討論可能解決方案的方向相當滿意。

災難仍然即將來臨，但光是知道能有人逃過一劫，讓最年輕、最沒有經驗，因此還能夠抱有希望的成員能夠脫逃，似乎讓一切更容易被接受。

紋靜靜地站在迷霧中，抬頭看著黑暗的尖塔、圓柱、高塔。這裡是克雷迪克．霄。在她的腦海中，有兩個聲音在鼓動。霧靈跟更大、更沉的聲音。

它越來越執著。

她繼續朝克雷迪克．霄前進，無視於鼓動聲。千塔之山，曾經是統御主的家，過去一年來都沒人住，但也沒有流浪漢在這裡定居下來。這裡太陰森。太可怕。太強烈地令人想到他。

統御主曾經是個惡魔。紋記得很清楚一年前她前來此處，打算殺了他的情景，要完成凱西爾無意間訓練她要執行的任務。她穿過了這個中庭，經過了眼前門扉兩旁的侍衛。

而她沒有殺他們。凱西爾會直接打進去，但紋說服他們離開，加入反叛軍。這個行爲救了她一命，因爲他們其中一個人，葛拉道，之後便帶著依藍德前往皇宮地牢去把她救出來。

某種程度上來說，最後帝國被推翻的原因，正是因爲她的作風不像凱西爾。

可是，她能夠以如此的巧合去判定未來的決定嗎？從現在回想過去，一切幾乎太完美地吻合，像是告訴孩子的寓言故事。

紋小時候從來沒聽過這些故事，在許多孩子死去的同時，她卻活了下來。每個葛拉道的故事背後，似乎都有十幾個以悲劇終結的故事。

另外，就是凱西爾。最後，他是對的。他的教條跟童話故事的寓意非常不同。凱西爾處決那些擋他去路的人時非常大膽，甚至興奮、無情。他總是看著大方向，總是緊盯著帝國的崩毀，還有日後出現，類似依藍德統治下的王國。

他成功了。爲什麼她不能像他那樣殺人，明白自己只是在盡義務，從不會感到罪惡感？她總是害怕凱西爾展現的危險特質。可是，這不也是他成功的原因？

她走入皇宮裡宛如地道的走廊，腳跟迷霧披風的緞帶在灰塵中劃出路徑。霧一如往常，留在外面，不會進入建築物，即使進去，也留不久。她留下了霧還有霧靈。

很快地，室內的光線暗到即使迷霧之子的眼睛都看不清楚，因此她得點亮燈籠，之後訝異地發現，灰塵中，她的不是唯一的腳印，顯然還有別人在走廊間走動，但無論他們是誰，她都沒有在走廊中碰到他們。

片刻後，她走入房間。她不知道什麼東西吸引她進入克雷迪克．霄，更遑論中央的密室，可是她最近似乎感覺到跟統御主之間有某種關連性。她的漫步帶著她來到此處，來到她殺死此生唯一認識的神的地方。自從那晚後，她再也沒有來過。

他經常待在這裡，一個顯然建造來讓他回憶家鄉的地方。房間有一個圓拱的屋頂，牆上充滿了銀色的壁畫，地面上滿是金屬的鑲嵌裝飾。她無視那些，而是走到房間的主要特徵，一個建在大房間裡的小石頭建築物。

凱西爾跟他的妻子多年前就是在這裡被逮捕，那時凱西爾第一次嘗試要搶奪統御主的東西。梅兒死在坑裡，但凱西爾活了下來。

在同樣一個房間裡，紋第一次面對審判者，幾乎被殺死。多個月後，她再次前來這裡，第一次嘗試殺死統御主。那次她也失敗了。

她踏入屋中屋，裡面只有一個房間。爲了尋找天金，地板被依藍德的工人們挖成大坑，可是牆上仍然掛滿統御主留下的裝飾品。她舉高燈籠，開始研究。

地毯。皮草。一支小木笛。他的族人，泰瑞司人的物品，來自千年以前。他爲什麼在南方這裡建造他的新城市陸沙德，而他的家鄉跟昇華之井是在北方？紋從來不瞭解這點。

也許這是個選擇。拉刹克，統御主，當初也被逼著要做出選擇。他可以繼續他鄉野村民的生活，他也許能跟族人度過快樂的一生。

可是他決定他要更有成就，在此同時，他犯下極大的惡行，可是她能怪罪這個決定本身嗎？他成爲自己認爲必須如此的樣子。

她的決定似乎比較平凡，但她知道除非她確定她想要什麼，還有自己是誰之前，她無法思考更重大的事情，例如昇華之井，還有對陸沙德的保護。可是，站在拉刹克花了大部分時間的這個房間裡，她想著昇華之井，腦中的鼓動似乎比原先更大聲了。

她必須決定。她想要跟依藍德在一起。他代表平靜。快樂。可是詹代表她覺得她必須成爲的人。爲了所有人好。

統御主的皇宮沒有給她的線索或答案。片刻後，煩躁且不明白自己爲何會來此處的她離去，重回霧中。

詹因爲一支營釘的特殊敲打韻律而清醒。他的反應是立即的。

他燃燒鋼鐵跟白鑞。每次睡覺前，他總會吞一點。他知道這個習慣有一天會害死他，因爲金屬殘留過久是有毒的。

但他認爲，有一天死，總比今天死好。

他從臥榻上翻下，將棉被拋向洞開的帳門，在黑夜中，他幾乎看不見前方。他一面跳起，一面聽到有東西被撕裂。帳棚的帆布牆正被割開。

「殺死他們！」神尖叫。

詹落到地上，從床邊的碗中抓起一把錢幣，一轉身，讓錢幣以圓形隨著身體的轉動散開，聽到驚呼聲。他鋼推，錢幣遇上帆布時，發出噗噗聲，然後繼續穿透出去。眾人發出尖叫聲。

詹再度蹲下，靜靜地等著帳棚在他身邊倒下。有人在他右方的布料中打滾。他繼續發出幾枚錢幣，聽到令人滿意的痛哼。在沉默中，帆布如棉被般蓋上他。他聽到跑走的腳步聲。

他嘆口氣，放鬆，用匕首劃開帳棚的頂端，走入滿是迷霧的黑夜。他今天睡得比平常晚，可能已經將近午夜。反正也該起床了。

他踩過倒下的帳棚頂，跨過原本臥榻的位置，割開一個洞，把他放在臥榻側袋裡的金屬液體瓶取出，一口將瓶子裡的東西喝光，錫讓周遭的景象變得宛如白天般清晰。四個人倒在他的帳棚邊，不是已死也將亡。他們當然都是士兵，史特拉夫的士兵。這次攻擊行動比詹預期的還要晚發生。

*史特拉夫比我以為的還要信任我。*詹跨過一個殺手的屍體，割開擋住儲藏櫃的帆布，拿出了衣服，很快換裝後，從裡面拿出一小袋錢幣。*一定是因為對塞特的攻擊，*他心想。*那件事終於讓史特拉夫相信，我太危險，不能讓我活下來。*

詹看到他的人在不遠處安靜地工作，表面上是在測試帳棚繩索的牢固程度。他每天晚上都守在這裡，拿了詹的錢，負責一看到有人接近詹的帳棚，就要敲營釘。詹拋一袋錢幣給那個人，然後走入黑暗，經過運河及上面的渡船，朝史特拉夫的帳棚方向走去。

他的父親有一些限制。他很擅長大規模的計畫，但往往顧不上小細節。他可以規劃軍隊，殲滅敵人，但他喜歡玩弄危險的工具。像是海司辛深坑的礦坑。像是詹。

這些工具最後都反噬了他。

詹走到史特拉夫帳棚的旁邊，在帆布上割開一個洞，踏步進去。史特拉夫在等他。詹不得不承認，史特拉夫以反抗的眼神面對自己的死亡。詹停在房間中央，站在坐在硬木椅子上的史特拉夫面前。

*「殺了他。」*神命令。

油燈在四角燃燒，點亮帆布。角落的棉被跟靠墊一片凌亂。史特拉夫在派刺客之前又跟他最喜歡的情婦們滾了一遭。國王展現他慣常的高傲，但詹看到更多。他看到一張被過多汗水浸濕的臉，看到顫抖的手，彷彿生著重病。

「我有天金要給你，」史特拉夫說道。「埋在一個只有我知道的地方。」

詹靜靜地站著，低頭盯著他的父親。

「我會公開承認你。」史特拉夫說道。「你願意的話，明天，我就宣告你是我的繼承人。」

詹沒有反應。史特拉夫繼續冒汗。

「城市是你的。」詹終於說道，轉身。

他的獎賞是身後的一聲驚喘。

詹回過頭。他從來沒在他父親的臉上看過如此震驚的神情。光是這點就幾乎已足夠。

「按照計畫，把人撤走。」詹說道。「可是不要回到北方統御區。等克羅司進攻城市後，讓牠們破壞防禦工事，殺死守軍，此時你可以衝進去，解救陸沙德。」

「可是，依藍德的迷霧之子……」

「那時會離開。」詹說道。「她今晚會跟我一起走。永別了，父親。」他轉身，從他割出的開口離去。

「詹？」史特拉夫從帳棚內喊道。

詹再次停下腳步。

「爲什麼？」史特拉夫問道，從開口往外望。「我派殺手去殺你。你爲什麼要讓我活著？」

「因爲你是我父親。」詹說道，轉過頭，望著迷霧。「一個人不該殺死他的父親。」

說完，詹跟創造他的人最後一次道別。他是詹在最瘋狂、最受盡虐待的情況下，仍然愛著的人。

黑霧中，他拋下一枚錢幣，越過營地。在營地的界外，他落地，輕易地找到被他當做標記的運河彎道。那裡有一棵小樹，從中間的空洞，他掏出一包布。一件迷霧披風，這是史特拉夫給他的第一件禮物，就在詹剛綻裂時。那已經是多年前的事情了。對他而言，這件衣服太寶貴，不能隨便穿，隨便因爲使用而弄髒。

他知道自己是笨蛋，可是他無法改變自己的情感。自己對自己施以情緒鎔金術不會有任何效果。攤開迷霧披風，他抽出裡面保護的東西。好幾瓶金屬液體還有一袋滿滿的珠子。天金。

他跪在那裡很久。然後，伸手按著胸口，感覺肋骨上方的空間。他的心臟在跳動的位置。那裡有一個很大的凸起，一直有。他不常想這件事，因爲每次一想，便無法集中注意力在這件事上。

這才是他從不穿披風的眞正原因。

他不喜歡肩胛骨之間穿出的小尖刺摩蹭披風時的感覺。尖刺的頭則是在胸骨下方，穿著衣服時看不見。

「該走了。」神說道。

詹站起身，留下迷霧披風。他背向父親的營地，離開他所知的一切，尋找會拯救他的女子。

47

艾蘭迪相信他們的話。

有一部分的紋甚至不在意她殺了多少人。可是她的無動於衷讓她更驚恐。

從皇宮回來後，她便坐在陽台上，陸沙德城淹沒在她眼前的黑夜。她坐在霧裡，卻再也無法從它盤旋的模樣中找到安慰。一切已經無法像過去那麼簡單。

霧靈看著她，一如往常。它遠到看不清，但她可以感覺得到，但比霧靈更強的是另外一股力量，那強大的鼓動，越來越大聲。曾經顯得遙遠，但再也無法如此。

昇華之井。

這是唯一的解釋。她可以感覺到它的力量重新回來，流入世界，要求被取得、被使用。她發現自己一直瞥向北方，看著泰瑞司，認爲會看到天際線出現什麼。一道光，一簇火，一陣狂風，無論是什麼。可是始終只有霧。

她最近似乎什麼都做不成。愛、保護、責任。*我的注意力太分散了*，她心想。

有好多事情需要她的注意力，她試圖要照看一切，結果一事無成。她關於深闇跟世紀英雄的研究已經好幾天都沒碰，仍然是地板上的一堆堆資料。她對霧靈仍然幾乎一無所知，只知道它看著她，而且日記的作者認爲它是危險的。她沒有處理集團中的間諜，甚至不知道詹對德穆的說法是否正確。

而且塞特還活著。她甚至連簡單的屠殺都會搞砸。都是凱西爾的錯。他訓練她取代他的位置，但眞的有人能做到嗎？

*我們爲什麼總是要當那把刀？*詹的聲音在她腦海中低語。

他的話有時很合理，卻有缺陷。依藍德。紋不是他的刀，不是的。他不要她去殺人，但是他的理想讓他失去王位，讓城市被敵人包圍。如果她眞的愛依藍德，如果她眞的愛陸沙德的人民，她不是該做得更多嗎？

鼓動撼動她，像是太陽般巨大的一面鼓，她幾乎隨時都在燃燒青銅，聽著韻律，讓它將她帶走。

「主人？」歐瑟從她身後問道。「妳在想什麼？」

「結束。」紋靜靜說道，看著外面。

沉默。

「什麼的結束，主人？」

「我不知道。」

歐瑟走到陽台邊，進入霧中，在她身邊坐下。她開始越發瞭解牠，因此看出那雙狗眼中的擔憂。

她嘆口氣，搖搖頭。「我只是必須做些決定，而且無論我做哪個決定，都意謂著結束。」

歐瑟偏著頭坐在原地。「主人，」牠終於開口，「我覺得妳似乎過分誇張了。」

紋聳聳肩。「所以你沒什麼好忠告？」

「妳只要做決定就好。」歐瑟說道。

紋想了片刻，露出微笑。「沙賽德會說很睿智又安慰人的話。」

歐瑟皺眉。「我不瞭解他爲什麼會出現在這段對話中，主人。」

「他是我的侍從官。」紋說道。「在他離開還有凱西爾將你的契約移交到我手上之前。」

「噢。」歐瑟說道。「我其實從來都不喜歡泰瑞司人，主人。他們過度在乎自己該如何謙卑地服侍他人，因此很難模仿，更不要提他們的肌肉太乾，根本不好吃。」

紋挑起眉毛。「你模仿過泰瑞司人？我猜不出有什麼必要，他們在統御主時期不是很有影響力的人。」

「是沒錯。」歐瑟說道。「可是他們總是在具有影響力的人周圍。」

紋點點頭，站起身。她走回空房間，點亮燈，熄滅了錫。白霧淹沒房間，流過她的一疊紙，她走向臥房的腳步踢起一團團霧氣。

她停下腳步。這有點奇怪。霧進入室內時，很少會維持許久。依藍德說這個溫度和密閉空間有關。紋一直以爲是有更神祕的原因。她皺眉，看著它。

就算沒有錫，她仍然聽到聲響。

紋轉身。詹站在陽台上，身影映著白霧，一片漆黑。他上前一步，霧跟隨著他，一如跟隨任何燃燒金屬的人，卻……也同時似乎被他推開。

歐瑟低聲咆哮。

「時間到了。」詹說道。

「什麼時間？」紋問道，放下油燈。

「離開。」詹說道。「離開這些人跟他們的軍隊。離開這些爭吵。獲得自由。」

自由。

「我……我不知道，詹。」紋別過頭。

她聽到他上前一步。「妳欠他什麼，紋？他不瞭解妳，他怕妳。事實是，他向來配不上妳。」

「不。」紋搖頭說道。「完全不是這樣，詹。你不瞭解。是我從來都配不上他。依藍德應該要跟更好的人在一起。他應該要跟……一個能分享他的理念的人在一起。一個認爲他應該放棄王位的人，一個認爲這件事的榮譽遠超過愚蠢的人。」

「這不重要。」詹說道，停在離她不遠的地方。「他無法瞭解妳。我們。」

紋沒有回答。

「妳要去哪裡，紋？」詹問道。「如果妳沒有被束縛在這裡，束縛在他身邊？如果妳是自由能隨心所欲的，妳要去哪裡？」

鼓動聲似乎更響亮。她瞥向歐瑟，牠正坐在牆邊，全身幾乎陷入黑暗中。爲什麼她會有罪惡感？她需要向牠證明什麼？

她轉身面對詹。「北邊。」她說道。「去泰瑞司。」

「我們可以去。妳要去哪裡都好。只要不是這裡，哪裡我都無所謂。」

「我不能捨棄他們。」紋說道。

「即便是妳這麼做就能帶走史特拉夫唯一的迷霧之子？」詹問道。「這是筆好交易。我父親會知道我消失了，但他不會知道妳不在陸沙德。他會不敢攻擊。妳給了自己自由的同時，妳的盟友們也會獲得珍貴的禮物。」

詹握住她的手，強迫她看著他。他眞的長得很像依藍德，一個比較冷硬的依藍德。詹跟她一樣，被人生擊倒，兩人也將自己拼湊回來，這個重塑的過程是讓他們更牢固，抑或更脆弱？

「跟我來。」詹低聲說道。「妳可以拯救我，紋。」

這個城市即將面臨戰爭，紋全身發寒地想。如果我留下來，我又得殺人。

因此，她讓他緩緩地牽著她離開書桌，走向迷霧還有外面令人安心的黑暗。她伸出手，掏出一瓶金屬液，準備展開旅程。這個動作讓詹多疑地轉身。

他的直覺很好，紋心想。跟我一樣的直覺。不會讓他信任，卻能讓他活下去的直覺。

一看到她在做什麼，他便放鬆，露出微笑，又轉過身。紋再次跟著他前進，卻猛然感覺到一陣恐懼。

就是現在，她心想。在這之後，一切都會改變。決定的時候已經過了。

而我選錯了。

我掏出瓶子時，依藍德不會那樣驚嚇。

她全身僵住。詹拉拉她的手腕，但她沒有移動。他在迷霧中轉身面向她，站在陽台邊緣，皺起眉頭。

「對不起。」紋悄聲說道，抽出手。「我不能跟你走。」

「什麼？」詹問道。「爲什麼？」

紋搖搖頭，轉身回到房間。

「告訴我爲什麼?!」詹問道，音量升高。「他到底哪一點吸引妳？他不是個偉大的領袖。他不是戰士，不是鎔金術師也不是將軍。他到底有哪點好？」

這個答案簡單而輕易。妳決定，我會支持妳。「他信任我。」她低聲說道。

「什麼？」詹不敢相信地問道。

「我攻擊塞特的時候，其他人都認爲我的行爲是不理智的。」紋說道。「他們說得對，但只有依藍德對他們說，我一定有很好的理由，即使他不知道。」

「他是個笨蛋。」詹說道。

「當我們之後談起時，」紋繼續說道，不看詹。「我對他冷淡，我想他知道我正在決定是否要跟他在一起，然後……他說他信任我的判斷。如果我選擇要離開他，他會支持我。」

「所以他還不夠重視妳。」詹說道。

紋搖搖頭。「不對。他只是愛我。」

「我愛妳。」

紋一愣，抬起頭看著詹。他看起來憤怒，甚至絕望。

「我相信你。可是我還是不能跟你走。」

「爲什麼？」

「因爲這代表我得離開依藍德。」她說道。「即使我無法分享他的理念，我仍然能尊重它們。即使我配不上他，我仍然能在他身邊。我要留下，詹。」

詹靜立片刻，迷霧在他肩膀周圍落下。「那我失敗了。」

紋別過頭。「不。不是你失敗了。你沒有不好，只是我——」

他撞上她，將她推倒在滿是迷霧的地面上，紋震驚地轉過頭，跌到木板地上，一時間喘不過氣。

詹站在她上方，面色陰沉。「妳應該要救我的。」他咬牙切齒地說道。

紋猛然醞燒體內所有的金屬，將詹往後推，以門紋鍊拉引自己，往後一飛，用力撞上門，木頭微微龜裂，但她太緊張，太震驚，以致於感覺不到撞擊以外的感覺。

詹靜靜站起身，身影高大、陰暗。紋往前翻滾，蹲起。詹在攻擊她。眞正地攻擊她。

可是……他……

「歐瑟！」紋說道，罔顧腦子裡的反對聲音，抽出七首。「快跑！」

說出暗號後，她往前衝，試圖不讓詹注意到她身邊的狼獒犬。詹輕鬆且優雅地避開她的攻擊。紋朝他的脖子揮出七首，但詹微微一仰頭，隨即避開。她攻擊他的腰、他的手臂、他的胸口，每次都被他躲開。

她知道他在燃燒天金。她預料到這件事。她停下腳步，看著他，他甚至沒有抽出武器，只是站在她面前，臉龐陷入黑暗中，迷霧堆積在他腳邊。「妳爲什麼不聽我的，紋？」他問道。「爲什麼要強迫我繼續當史特拉夫的工具？我們都知道那條路的必然結果。」

紋不做回應，咬著牙，猛然攻擊。詹毫不在意地反手揮出一掌，她輕推他身邊的書桌架，將自己往後翻，彷彿被他的攻擊拋離，撞上了牆，軟倒在地。

正好躺在震驚的歐瑟身邊。

牠沒有打開肩膀將天金給她。牠不懂暗語的意思嗎？

「我給你的天金。」紋低聲說道。「我現在需要。」

「坎得拉。」詹說道。「過來我這邊。」

歐瑟迎向她的雙眼，她看出其中的情緒。恥辱。牠瞥過頭，走過地板，迷霧堆積至牠的膝蓋，牠站到房間中央，跟詹一起。

「不……」紋低聲說道。「歐瑟？」

「你將不再服從她的命令，坦迅。」詹說道。

歐瑟低下頭。

「契約，歐瑟！」紋跪起說道。「你必須服從我的命令！」

「我的僕人，紋。」詹說道。「我的契約。我的命令。」

我的僕人……

突然，一切眞相大白。她懷疑了每個人，多克森、微風，甚至是依藍德，卻從來沒有將間諜跟最合理的人選連在一起。皇宮裡一直有坎得拉，而且一直在她身側。

「對不起，主人。」歐瑟低聲說道。

「多久了？」紋低下頭說道。

「自從妳把狗的身體給了我的前任，眞正的歐瑟。」坎得拉說道。「我在那天殺了牠，取代了牠的位置，使用狗的身體。妳從來沒看過變成狼獒犬的牠。」

有什麼比那時更適合僞裝牠們交換身分？紋心想。「可是，我們在皇宮裡找到的骨頭。」她說道。

「骨頭出現時，你在我身邊，那是——」

牠說那是新的骨頭時，她相信了。她相信那些骨頭是什麼時候被吐出的。她一直以爲，掉換的時間是在她跟依藍德去了城牆上的那天，而會這麼認定的原因是因爲歐瑟說的話。

白癡！她心想。歐瑟，或者該用詹叫他的名字，坦迅，帶著她懷疑所有人，除了牠自己。她是哪裡有問題？她通常非常擅長找出叛徒，怎麼連在身邊的坎得拉都沒想過？

詹上前。紋跪著等他。裝虛弱，她告訴自己。要裝虛弱。讓他不要動妳。試著——

「安撫我沒有用。」詹低聲說道，抓起她的前襟，將她拉起，再拋下。迷霧在她身下濺開，順著她摔倒的動作飛灑向四周。紋壓下一聲痛楚的叫喊。

我得保持安靜。如果侍衛來，他會殺了他們。如果依藍德過來……

她不能發出聲音，即便是詹踢了她腰邊的傷口，讓她悶哼出聲，流出眼淚。

「妳原本可以救我。」詹低頭看著她說道。「我願意跟妳走。現在呢？什麼都沒有了，都沒有了，只有史特拉夫的命令。」他重重踢了她一下，加強語氣。

盡量縮小，她忍著痛告訴自己。他過一會兒就會膩了……

可是她已經很多年都不需要屈服於別人。她在凱蒙與瑞恩面前卑躬屈膝的日子已經極爲模糊，在依藍德跟凱西爾的光芒前近乎消逝。詹又踢了一腳，紋發現自己開始憤怒了起來。

他收回腳，瞄準她的臉，紋趁此時開始準備行動。他的腳往下移時，她往後一倒，反推著窗戶門栓，讓自己導入迷霧中，驟燒白鑞，讓自己站起身，撩撥起地面上的一波迷霧。如今霧已經堆積到她的膝蓋以上。

她瞪著詹，後者臉色不悅地回望著她。紋彎腰衝上前去，可是詹的動作比她快，在她來得及開始動作前，便已經擋在她跟陽台之間，雖然即便她從陽台逃出去，對她也沒有什麼好處，因爲他有天金，要趕上她很容易。

之前他燃燒天金攻擊她時就是這樣，只是這次更厲害。之前，她會有一絲相信，認爲他們只是在比武，即便不是朋友，卻也不是敵人。她從來沒有眞正相信他想要殺她。

她這次已經捨棄了如此的幻想。詹的眼神陰暗，表情冷硬，正如同幾天前他殺死塞特手下時的樣子。

紋會死。

她已經很久沒有感覺到如此的恐懼，但如今在閃避詹的腳步時，她在自己身上看到、感覺到、聞到她的害怕。她覺得自己就像是面對迷霧之子的普通人，當初面對她的士兵必定也是有同樣的感覺。沒有抗拒的可能。沒有機會。

不，她強硬地告訴自己，按著腰際。依藍德沒有自史特拉夫面前敗下陣來，他沒有鎔金術，卻深入克羅司陣營的中心。我可以打敗他。

紋大喊一聲，衝向坦迅。狗震驚地往後躲，但牠根本無須擔憂。詹又擋在她前面，一肩撞入紋的身體，抽出匕首，順著她往後倒的身體，在她臉頰上劃了一道。刀痕很精準。完美。與她幾乎兩年前第一次跟迷霧之子對打時，在另外一邊臉頰上的疤痕正好配成一對。

紋咬緊牙關，一面跌倒，一面燃燒鐵，拉引桌上的袋子，將錢袋收入掌心。

一手按著地面，她側臥倒地，用力一撐，重新站起，將錢袋中的錢幣一股腦兒倒在手中，朝詹舉起。

血沿著她的下巴滴下。她將錢幣拋出，詹上前一步，要將錢幣推開。紋微笑，邊推邊驟燒硬鋁。錢幣往前衝去，帶起的疾風劃開地上的迷霧，露出下方的地板。房間晃動。

一眨眼間，紋發現自己撞上後牆，震驚地喘氣，突然無法呼吸，視線一片模糊。一時間，她神智恍惚，不知自己身在何處，更不明白為什麼自己又會倒回地上。

「硬鋁。」詹說道，依然舉著手，站在原處。「坦迅跟我說過。每次我的紅銅開啓時，妳就能感覺我在哪裡，因此我們推斷，妳一定有一種新的金屬。在那之後，稍微搜尋一下，牠就找到妳的金屬調製師給妳的筆記，上面很清楚地記載了製作硬鋁的指示。」

她迷糊的腦子掙扎地要將幾個念頭串連在一起。詹有天金，他用了金屬，鋼推其中一個她朝他射去的錢幣，他一定也同時鋼推自己身後，支持住兩人相抵消的體重衝擊。

而她被硬鋁增強的鋼推讓她整個人撞上牆壁。她無法思考。詹走上前來，她茫然地抬頭，在濃霧中四肢著地，爬著逃開，霧跟她的臉同高，她吸入沁涼、沉靜的混沌，鼻子一陣搔癢。

天金。她需要天金。可是她的珠子在坦迅的肩膀裡，她無法將珠子拉引過來。由牠來帶著天金的用處就是讓牠的身體保護天金不受鎔金術師影響，就像刺穿審判者身體的尖刺，就像她的耳針，嵌入，甚至只是穿過一個人身體的金屬不會受到最強大的鎔金術拉或推力量影響。

可是她曾經辦到過。當她在跟統御主戰鬥時，讓她成功的力量不是她的，甚至不是硬鋁，而是來自他方，來自霧。

她從霧中取得力量。

有東西撞上她的背，將她推倒。她翻過身，往上踢，詹卻在天金的幫助下，以數吋之差讓臉龐避過她的攻擊。詹將她的腳拍開，伸出手抓住她的雙肩，將她用力往下一摜，讓她重重撞上地板。

他低著頭看她，迷霧在他身邊盤旋。她硬生生壓下驚慌，朝迷霧探去，就像一年前跟統御主戰鬥時那樣。那天，他們加強了她的鎔金術，讓她得到本不屬於她的力量。她朝它們探去，哀求它們的幫助。

什麼都沒發生。

拜託……

詹再次將她按倒。迷霧繼續無視於她的懇求。

她一轉身，拉引著窗框以增加力道，將詹推到一邊，兩人不斷翻滾。

紋壓在他上方。

突然，兩人從地面上彈起，衝出霧中，飛向天花板，被詹鋼推地上錢幣的動作推入空中，一同撞上天花板。詹的身體用力推擠著她，將她壓制在木板上。這次，輪到他在上方，或該說他其實是在下，但他絕對佔有施力點上的優勢。

驚喘出聲。他的力量好大，遠勝過她。即使她燃燒白鑞，他的手指仍嵌入她的手臂，而她的腰側則因先前受的傷而不斷發疼，體能狀況絕對不足以對抗另一名迷霧之子。

尤其當對方擁有天金時。

詹繼續將兩人推向天花板，紋的頭髮朝他的方向落下，迷霧在下方翻騰，像是逐漸升高的漩渦。

詹鬆開他的鋼推，兩人一同落下，掌控權仍然在他手上。他翻轉她的身體，壓著她一同落入迷霧中，撞上地面，重新將紋肺中的空氣全部擠了出來。詹在上方，咬著牙惡狠狠地開口——

「所有的努力都浪費了。」他惡狠狠地說道。「在塞特的手下中藏入一名鎔金術師讓妳懷疑他在議會中攻擊妳；強迫妳在依藍德面前戰鬥讓他開始怕妳；逼迫妳探索力量範圍還有殺人，好讓妳明白自己有多強大。全都浪費了！」

他低下身。「妳、應、該、要——**拯救我**！」他說道，臉離她的只有幾吋遠，沉重的呼吸，以膝蓋將她掙扎的手臂壓在地面上，出其不意地，他吻了她。

在此同時，他將匕首插入她一邊的胸旁。紋想要大喊出聲，但他的吻堵住了她的口，而匕首刺傷了她的身體。

「小心，主人！」歐瑟／坦迅突然大喊。「她知道很多坎得拉的事！」

詹抬起頭，手中動作停下。突來的聲音和身上的痛楚讓紋神智恢復清醒，她驟燒錫，讓痛楚讓自己醒過來，腦子一清。

「什麼？」詹問道，低頭看著坎得拉。

「她知道，主人。」坦迅說道。「她知道我們的祕密。我們爲何服侍統御主的原因。我們爲何服侍契約的原因。她知道我們爲什麼這麼怕鎔金術師！」

「安靜。」詹命令。「不准說話。」

坦迅靜下來。

我們的祕密……紋心想，瞥向狼獒犬，看出狗臉上的焦慮。牠正試圖要告訴我一件事。牠正試著要幫我。

祕密。坎得拉的祕密。她上次試圖要安撫牠時，牠痛得大喊。可是，這次她在牠的臉上看到許可。這麼多線索，夠了。

她以安撫攻擊坦迅。牠大吼出聲，但她更用力地推，什麼都沒發生。她一咬牙，燃燒硬鋁。

有某種東西斷掉。她同時在兩個地方，可以感覺坦迅站在牆邊，也可以感覺自己的身體被詹抓住。坦迅完全徹底地屬於她。她不知如何是好，便命令牠上前來，控制住牠的身體。

巨大的狼獒犬身軀撞上詹，讓他從紋的身上倒下，匕首落到地上，紋歪歪倒倒地跪起，抓著胸口，感覺到手中沾滿溫熱的血。詹顯然很震驚地打了個滾，卻很快站起身，踢了坦迅一腳。

狼獒犬的骨頭斷裂。牠匍匐地前進，想走向紋的方向。她從地上抓起匕首，等坦迅滾到她腳邊時，一刀戳入牠的肩膀割開身體，手指在肌肉跟筋骨間翻找，滿是鮮血的手抓起一顆天金，一口吞下，轉身面向詹。

「看你現在要怎麼辦。」她凶狠地說，燃燒天金。詹的身上爆發出幾十個天金影子，讓她看到他所有的可能行動，全部都只有可能性。在他眼裡，她將也是同樣一團難以辨別的影子。他們終於勢均力敵。

詹轉身，與她四目交望。他的天金影子全部消失！

不可能！她心想。坦迅在她的腳邊呻吟。她意識到自己的天金已經被用光，全部被燒完。可是那顆珠子很大！

「妳眞以爲我會給妳一件可以跟我對抗的武器？」詹低聲問道。「妳眞的認爲我會給妳天金？」

「可是……」

「那只是一顆鉛。」詹說道，走上前來。「外面裹著薄薄一層的天金。唉，紋，妳不該這麼隨便就信任別人。」

紋蹣跚地往後，感覺自信心萎縮殆盡。讓他繼續說話！她心想。拖到他的天金用完。

「我哥哥說我不該信任任何人……」她口齒不清地說道。「他說……誰都會背叛我。」

「他是個很聰明的人。」詹低聲說道，霧已經淹沒到他的胸口。

「他是個多疑的笨蛋。」紋說道。「他保住了我的命，卻毀了我的人格。」

「那他算是幫了妳的忙。」

紋瞥向坦迅破碎、流血的身軀。牠在痛，她從牠的眼神中看得出來，在遠端，她可以聽到……鼓動。

她重新開啓青銅，緩緩抬頭。詹正朝她走來。自信滿滿。

「你在玩弄我。」她說道。「你讓我跟依藍德之間出現隔閡。你讓我以爲他怕我，以爲他在利用我。」

「他的確是。」詹說道。

「是的。」紋說道。「可是那不重要，因爲事實並不是你所說的那樣——依藍德利用我。凱西爾利用我。我們利用彼此，得到愛，得到支持，得到信任。」

「信任會害死妳。」他說道。

「那我寧可死。」

「我信任妳。」他說道，停在她面前。「而妳背叛了我。」

「不。」紋說道，舉高匕首。「我要拯救你——如你所願。」

她衝上前攻擊，可是她原本希望他已經用光天金這件事，並沒有成真。他毫不在乎地往旁邊走了一步，讓她的匕首離他不過一吋遠的地方，但他從未陷入任何危險。

紋轉身要攻擊，但她的刀只割破空氣，略過逐漸升高的濃霧。

詹在她的下一波攻擊前便行動，在她甚至不知道自己要做什麼之前，便已經閃躲。她的匕首刺向他原本在的位置。

他的動作太快，她心想，腰側在燃燒，意識在鼓動。還是那其實是昇華之井……

詹停在她面前。

我打不中他，她焦躁地心想。*他在我之前就知道我會攻擊哪裡！*

一個念頭突然閃過。

在我知道之前……

詹來到房間中央，將她落地的匕首踢入空中，握住，轉身面對她，迷霧從手中的武器落下，下巴堅定，眼神陰冷。

他比我先知道我會攻擊哪裡。

紋舉高匕首，血沿著她的臉龐跟身側滴下，如雷的鼓聲在她的腦海中迴蕩。迷霧幾乎堆積到她的下巴。

她清空意識，沒有策劃攻擊，沒有對詹朝她跑來的動作做出反應，放鬆了肌肉，閉上眼睛，聽著他的腳步。她感覺到迷霧在她身邊升起，被詹的行動捲起。

她猛然睜開眼睛，他舉高了匕首，揮動時閃閃發光。紋準備要攻擊，卻沒想要朝哪裡動手，只是讓身體反應，同時非常、非常仔細地觀察詹。

他微微朝左邊略縮，空手舉起，彷彿要握住什麼。

就在那裡！紋心想，立刻讓自己倒向一邊，強迫她直覺性的攻擊脫離自然的軌道，揮動的半途扭轉手臂跟匕首。她原本要攻擊左方，一如詹的天金所預測。

可是，詹的反應也讓她看到她會做什麼事。讓她看到未來。而如果她看得到，她就能改變未來。

兩人對上。詹的武器刺中她的肩膀，可是紋的匕首刺中他的脖子，他的左手握著空無的空氣，抓著一個她的手臂原本該在的幻影位置。

詹想要抽氣，但她的匕首刺穿了他的氣管，空氣沿著匕首周圍的血滴散，詹往後兩步，眼睛驚愕地大睜，與她四目對望片刻後，倒回迷霧中，身體重重撞上木頭地板。

詹抬頭望著迷霧，抬頭看著她。我要死了，他心想。她的天金影子在最後一瞬間分成兩半。兩個影子，兩個可能。他回應了錯誤的那個。她不知如何騙了他，打敗他。如今，他要死了。

終於。

「妳知道為什麼我以為妳會拯救我嗎？」他試圖要對她說話，雖然他知道自己的嘴唇無法吐出清晰的話語。「那個聲音。妳是我遇過的人中，他第一個沒有叫我殺的人。唯一一個。」

「我當然沒要你殺她。」神說道。

詹感覺到生命的流逝。

「詹，你知道最好笑的事情是什麼嗎？」神問道。「整件事最有趣的地方？你沒有瘋。

「從來沒有。」

紋靜靜地看著詹吐出最後一口氣，血液從雙唇中流出，仔細地觀察他。割斷喉嚨應該足以殺死迷霧之子，但有時候白鑞能讓人做出驚人之舉。

詹死了。她檢查他的脈搏，然後取回匕首，之後，站在原處片刻，感覺……痲木，無論是身體或是心靈。她舉手按著肩膀，同時摸到受傷的胸部。她失血過多，甚至眼前又開始模糊。

我殺了他。

她驟燒白鑞，強迫自己繼續移動，跌跌歪歪地走在坦迅身邊，跪倒。

「主人。」牠說道。「對不起……」

「我知道。」她說道，盯著她割出的可怕傷口。牠的腿已經廢了，身體不自然地扭曲。「我該怎麼幫你？」

「幫我？」坦迅驚訝地說道。「主人，我差點把妳害死了！」

「我知道。」她再次說。「我要怎麼樣才能讓你不痛？你需要另一個身體嗎？」

坦迅安靜片刻。「是的。」

「去用詹的。」紋說道。「至少暫時用一下。」

「他死了？」坦迅訝異地問道。

他看不見，她意識到。他的脖子斷了。

「是的。」她悄聲說道。

「怎麼會，主人？」坦迅問道。「他的天金用完了？」

「不是。」紋說道。

「那是怎麼一回事？」

「天金有弱點。」她說道。「它讓人看到未來。」

「這……聽起來不像是弱點，主人。」

紋嘆口氣，身體有點癱軟。專注！她心想。「當你燃燒天金時，你可以看到未來片刻，同時可以改變未來發生的事情；能夠抓住一支應該繼續前飛的箭，可以閃躲原本會殺掉你的攻擊，同時可以在攻擊發生前就阻擋。」

坦迅靜靜地聽著，顯然不太理解。

「他讓我看到我要做什麼。」紋說道。「我改不了未來，但是詹可以。他在我知道我要做什麼之前便對我的攻擊做出反應，因此也讓我看到了未來，所以我可以對此進行反應，結果就是他試圖阻擋從未發生的攻擊，因此讓我殺了他。」

「主人……」坦迅低語。「這實在太高明了。」

「我很確定我不是第一個想到的人。」紋疲憊地說道。「可是這不是會跟別人分享的祕密。無論如何，你可以用他的身體。」

「我……寧可不要用那傢伙的骨頭。」坦迅說道。「妳不知道他的人格毀壞得多嚴重，主人。」

紋疲累地點點頭。「你要的話，我可以幫你找來另一副狗骨頭。」

「不需要的，主人。」坦迅輕聲說。「妳給我的另外一具狼獒犬身體，我仍然保留著，大部分骨頭都還是好的，所以只要拿這具身體的幾根骨頭取代一下，應該就可以湊出一具完整的骨頭。」

「那就照做吧。我們需要計劃下一步。」

坦迅安靜片刻，終於開口。「主人，我的契約已經被解除了，因爲原本的主人已經死去。我……必須回到我的族人那裡，接受新的任務。」

「這樣啊。」紋說道，感覺到一陣難過。「那是當然。」

「我不想去。」坦迅說道。「可是我必須至少對我的族人回報。請妳原諒我。」

「沒有什麼要原諒的。」紋說道。「謝謝你最後給我的暗示。」

坦迅靜靜地躺著。她仍然看到牠狗眼中的罪惡感。牠不該幫我對付牠的現任主人。

「主人。」坦迅說道。「如今妳知道了我們的祕密。迷霧之子能以鎔金術控制坎得拉的身體，我不知道妳會怎麼運用，但請明白，我給了妳一個我的族人保守達千年的祕密。鎔金術師可以靠這個方法控制我們的身體，讓我們變成奴隸。」

「我……我甚至不瞭解發生了什麼事。」

「也許這樣比較好。」坦迅說道。「請妳離開我，我在櫃子裡有另外那一具狗的骨頭。等妳回來時，我已經離去。」

紋站起身，點點頭。片刻後，她撥開濃霧，走到外面的走廊。她的傷口需要有人來照料。她知道她該去找沙賽德，卻無法強迫自己走向那個方向。她走得更快，腳步帶她前往另一個方向，直到她開始奔跑。

一切都在她身邊崩解，她無法處理一切，無法想清一切，可是她知道她要什麼。

所以，她跑向他。

48

他是個好人。即使發生了這麼多事情，他仍然是個好人，是個自我犧牲的人。事實上，他所有的行為，包括他造成的死亡、毀滅、痛苦，都深深地傷害了他。而這些事情對他而言，其實也是一種犧牲。

依藍德伸個懶腰，重新閱讀他寫給加斯提的信。也許他能說服他的朋友講道理。如果不行……依藍德的書桌上，放著一枚以加斯提用來「付」給克羅司的錢幣為藍本所製造出的複製品。那是由歪腳親手刻出，與原版別無二致。

依藍德很確定他能弄到比加斯提更多的木頭。如果他能幫潘洛德再拖延幾個禮拜，也許他們能做出足夠的「錢」來對克羅司行賄，請他們離開。

他放下筆，揉揉眼睛。時間很晚了，該要——

門突然被推開。依藍德轉身，看到焦急的紋衝入房間，投入他的懷抱。她在哭。而且渾身是血。

「紋！」他說道。「發生了什麼事?!」

「我殺了他。」她說道，頭埋在依藍德的胸前。

「誰？」

「你的兄弟。」她說道。「詹。史特拉夫的迷霧之子。我殺了他。」

「等等。什麼？我的兄弟？」

紋點點頭。「對不起。」

「現在那不重要，紋！」依藍德說道，輕輕將她推開，讓她坐入他的椅子。她的臉頰上有一道傷痕，襯衫因血而濕透。「統御主啊！我現在就去找沙賽德。」

「不要離開我。」她握住他的手臂。

依藍德遲疑了一下。似乎有什麼變化，她似乎又需要他了。「跟我來。我們一起去找他。」

紋點點頭，站起來。她腳步有點不穩，依藍德感覺恐懼如尖刺般深入他的心臟，但她眼中堅定的神情不容他挑戰。他摟著她，讓她靠著他，一起走到沙賽德的房間前。依藍德停下腳步打算要敲門，但紋直接推開門進入黑暗的房間裡，然後一陣搖晃後坐在地上。

「我……就坐這裡。」她說道。

依藍德焦慮地在她身邊停下，然後舉高油燈，朝臥室大喊。「沙賽德！」

泰瑞司人片刻後出現，看起來精疲力竭，穿著一件白色睡衣。他注意到紋，驚愕地眨了幾下眼，馬上消失在他的房間中，片刻後前臂上套著一個金屬意識護腕，拿著一袋醫療用具出現。

「好了，紋貴女。」沙賽德將袋子放下來，說道。「凱西爾大人看到妳弄成這個樣子會怎麼說？我覺得妳這樣弄壞的衣服會比較多……」

「現在不是說笑的時候，沙賽德。」依藍德說道。

「我道歉，陛下。」沙賽德說道，小心翼翼地剪開紋肩膀上的衣料。「可是如果她神智還清醒，那就沒什麼太大危險。」他仔細地端詳傷口，隨手從袋子裡抽出乾淨的布料。

「看到了嗎？」沙賽德問道。「傷口很深，可是刀刃被骨頭擋開，所以沒有割到任何主要血管。你先幫我壓著。」他以布塊按著傷口，依藍德的手接著按上。紋閉著眼睛，背靠著牆，血緩緩沿著下巴滴下。她似乎是疲累勝過於痛楚。

沙賽德用匕首將紋的襯衫前襟割開，露出她受傷的傷口。

依藍德遲疑了。「也許我該……」

「不要走。」紋說道。那不是請求，而是命令。她抬起頭，睜開眼睛，看著沙賽德低聲嘖嘖兩句，拿出塗抹用的麻藥，還有一副針線。

「依藍德。」她開口。「我要跟你說一件事。」

他想了想。「好。」

「我明白了一件關於凱西爾的事情。」她輕輕說道。「每次提到他，我總是專注在不正確的事情。我很難忘記他花了這麼多時間訓練我成為鎔金術師，但是，他偉大的原因不是他的戰鬥能力，不是他的冷酷或暴力，甚至不是他的力量或直覺。」

依藍德皺眉。

「你知道是什麼嗎？」她問道。他搖搖頭，仍然按著她肩膀上的布塊。

「是他信任別人的能力。」她說道。「是他能夠激勵其他人，讓好人能夠更好。他的集團會成功，是因爲他對他們有信心，因爲他尊重他們，因此他們也尊重彼此。微風跟歪腳那樣的人能成爲英雄，是因爲凱西爾對他們有信心。」

她抬起頭看著他，眨著疲累的雙眼。「依藍德，你遠比凱西爾更擅長這件事。他得刻意這麼做，你卻是自然而然，就連費倫那種卑鄙小人，你都能把他當成善良高貴的人來對待。這不是別人說的天眞，這是凱西爾的特質，只是更強大。他其實可以從你身上學到很多。」

「妳太抬舉我了。」他說道。

她疲累地搖搖頭，轉向沙賽德。

「沙賽德？」她開口。

「什麼事，孩子？」

「你知道哪些結婚儀式嗎？」

依藍德驚訝得讓手中的布差點掉了下來。

「我知道好幾個。」沙賽德手中處理傷口的動作不停。「其實是大概兩百多個。」

「哪個最快？」紋問道。

沙賽德拉緊一針。「喇司塔族只需要在當地祭司面前宣告對彼此的愛就可以了。他們的信仰基礎崇尚簡單，也許是因爲他們原本的家鄉有非常繁複的宗教體系。他們被驅逐出來後，對過去的體系產生反動情結。這是個很好的宗教，崇尚自然中的單純美麗。」

紋看著依藍德。她滿臉是血，頭髮一團混亂。

「等等。」他說道。「紋，妳不覺得也許這件事應該等到，就是，妳知道的……」

「依藍德？」她打斷他的話。「我愛你。」

他全身一頓。

「你愛我嗎？」她問道。

我瘋了。「愛。」他輕輕說道。紋轉向繼續工作的沙賽德。「怎麼樣？」

沙賽德抬起頭，手指上都是血。「我覺得這種時刻做這種事很奇怪。」

依藍德同意地點點頭。

「只是有點血而已。」紋疲累地說道。「我坐下來之後其實就沒問題了。」

「是的。」沙賽德說道。「可是妳似乎心神不寧，紋貴女。這不是一個應該在強烈情緒影響下，輕率做出的決定。」

紋微笑。「決定結婚這件事不應該受到強烈情緒的影響？」

沙賽德有點不知所措。「我不是那個意思。只是不確定妳完全明白妳在做什麼。」

紋搖搖頭。「我比過去幾個月來更清楚自己要什麼。我要停止猶疑了，沙賽德。我要停止擔憂，我要接受我在這個集團中的位置。我現在知道我要什麼。我愛依藍德。我不知道我們能在一起多久，但我想要盡量爭取時間。」

沙賽德坐著想了一想，然後繼續開始縫合傷口。「你呢，依藍德大人？你怎麼想？」

他怎麼想？他記得昨天紋提到她要離開時，他心中的那一陣絞痛。他想到他有多倚賴她的智慧，她的直率，還有她對他單純卻不簡單的執著。對，他愛她。

世界最近陷入一團混亂。他犯了錯。可是，即使發生了這麼多事，即使他很煩躁，他仍然強烈覺得他想跟紋在一起。那不是他一年前在宴會上感覺到的癡迷，如今的感覺更穩固。

「是的，沙賽德。」他說道。「我真的想要娶她。我想要這麼做好一陣子了。我……我不知道城市或我的王國會發生什麼事，但當它來臨時，我希望跟紋在一起。」

沙賽德繼續手上的工作。「好吧。」他終於說道。「如果你們需要我見證，那我可以負責。」依藍德跪下，依然按著紋肩膀上的布塊，覺得有點不敢置信。「就這樣？」

沙賽德點點頭。「我想這跟任何聖務官能給你的見證一樣有效。我先警告你們，喇司塔的愛情誓言具有絕對的束縛力，他們的文化裡沒有任何形式的離婚。你們接受我的見證嗎？」

紋點點頭。依藍德感覺到自己也這麼做。

「我宣告你們成爲夫婦。」沙賽德說道，在絲線上打了死結，用布料蓋住紋的胸口。「紋貴女，請妳壓著，把血先止住。」然後他開始處理她的臉頰。

「我總覺得需要有個儀式之類的。」依藍德說道。

「你要的話，我也可以這麼做。」沙賽德說道。「可是我不覺得你們需要。我認識你們已經好一陣子，也願意祝福你們的結合。那些輕易對所愛之人許諾的人，就是在人生中找不到長久滿足的人。現今不是容易生存的時代，也不代表是會讓相愛更困難的時候，但你們的人生跟關係的確會因此有超出平常的壓力。

「不要忘記你們今天晚上對彼此許下的愛情諾言。我想，在未來的日子裡，你們對彼此的承諾將能給予你們極大的力量。」說完，他收緊紋臉上的最後一個結，最後再去處理她的肩膀傷口。那裡的出血大部分已經止住，沙賽德研究傷口一陣子後才開始動手。

紋抬頭看著依藍德，臉上露出微笑，似乎有點倦意。他站起身，走到洗臉盆邊，帶回一塊濕布爲她擦拭臉頰跟臉龐。

「對不起。」她低聲說道，看著沙賽德繞到一旁，接替依藍德原來跪著的位置。

「對不起？」依藍德說道。「是爲了我父親的迷霧之子嗎？」

紋搖搖頭。「不是。是花了這麼久的時間。」

依藍德微笑。「妳値得我等。況且，我覺得我也有一些事情要弄懂。」

「像是如何當王？」

「還有如何停止當王。」

紋搖搖頭。「你從來沒有停止當王，依藍德。他們可以拿走你的王冠，卻拿不走你的榮譽感。」

依藍德微笑。「謝謝妳。可是，我不知道我對城市有多少貢獻。光是在這裡，我就讓人民分成兩派，結果將讓史特拉夫控制城市。」

「史特拉夫敢踏入城裡一步，我絕對會殺了他。」

依藍德咬牙。又回到同樣的問題。他們拿紋威脅史特拉夫的程度有限，他得找辦法來爭取更多空間，況且還有加斯提跟克羅司的問題。

「陛下。」沙賽德邊工作邊說道。「也許我能提出解決方法。」

依藍德低頭看著泰瑞司人，挑起眉毛。

「昇華之井。」沙賽德說道。

紋立刻睜開眼睛。

「廷朵跟我一直在研究世紀英雄。」沙賽德繼續說道。「我們很相信拉刹克並沒有完成英雄該做的事，甚至不確定這個一千年前的艾蘭迪到底是不是眞正的英雄。有太多破綻，太多問題，太多矛盾之處。況且，迷霧，或者說深闇，仍然在這裡，現在又開始殺人了。」

依藍德皺眉。「你想說什麼？」

沙賽德拉緊縫線。「這是一件仍然需要被完成的工作，陛下，是一件很重要的工作。從單一層面看來，陸沙德的事件跟昇華之井似乎毫無關連，但從大方向來看，卻可能是兩者的解決之道。」

依藍德微笑。「就像鑰匙跟鎖。」

「是的，陛下。」沙賽德微笑說道。「正是如此。」

「它在鼓動。」紋閉上眼睛，悄聲說道。「一直在我腦子裡，我可以感覺得到。」

沙賽德想了想，在紋手臂上包上繃帶。「妳能感覺到它在哪裡嗎？」

紋搖搖頭。「我……這些鼓動似乎沒有方向。我以爲它們很遠，有時卻變得更大聲。」

「那一定是井的力量又重現了。」沙賽德說道。「幸好我知道要去哪裡找。」

依藍德轉身，紋再次睜開眼。

「我的研究告知我們地點在哪裡，紋貴女。」沙賽德說道。「我可以根據我的金屬意識畫一張地圖給妳。」

「在哪裡？」紋輕聲問道。

「北邊。」沙賽德說道。「在泰瑞司山脈裡，在一座叫做泰瑞塔提司，較爲低矮的山峰上。這個時候前往並不容易——」

「我辦得到。」紋堅定地說道，沙賽德再次開始處理她胸上的傷口。依藍德又開始臉紅，別過頭。

「我得去。」紋悄聲說道。「我必須去，依藍德。」

我……結婚了。「妳要走？」依藍德看著紋問道。「現在？」

「陛下，你應該跟她一起去。」沙賽德說道。

「什麼？」

沙賽德嘆口氣，抬起頭。「我們得面對事實，陛下。你之前也說過，史特拉夫即將接管城市，如果你在這裡，一定會被處死，而紋貴女絕對需要有人幫她一起找到昇華之井。」

「據說它具有極大的力量。」依藍德揉揉下巴說道。「你覺得我們能用它來摧毀軍隊嗎？」

紋搖搖頭。「我們不能使用它的力量。」她低聲說道。「力量是個誘惑。上次就是因此出錯。拉刹克奪走力量，而非放棄。」

「放棄？」依藍德問道。「什麼意思？」

「讓它離開，陛下。」沙賽德說道。「讓它自己去打敗深闇。」

「信任。」紋輕聲說道。「就是信任。」

「可是，我想釋放這個力量能對這片大地做出很大的改變。」沙賽德說道。「改變事情，逆轉統御主造成的許多損害。我認爲它很有可能可以摧毀克羅司，因爲牠們是被統御主濫用力量所創造出來的。」

「可是史特拉夫會接管城市。」依藍德說道。

「是的。」沙賽德說道。「但是，如果你離開，政權轉移的過程就會很和平。議會幾乎已經決定要接受他當皇帝，顯然他會讓潘洛德以附庸王的方式來統治這裡，不會有流血事件，你能夠從外面開始策劃反抗軍，況且誰知道釋放力量會發生什麼事？紋貴女可能會跟統御主一樣被改變，搭配躲在城裡的集團，要除掉你父親並不會太困難，尤其是他在一年多後，更會放鬆警戒。」

依藍德一咬牙。又要革命。可是，沙賽德說的話有道理。很久以來，我們都在擔心小範圍的事。他瞥向紋，感覺到一股暖意跟愛。也許我該聆聽她試圖告訴我的事。

「沙賽德。」依藍德說道，突然腦中浮現一個想法。「你覺得我們能說服泰瑞司人來幫我們嗎？」

「也許吧，陛下。」沙賽德說道。「我被禁止參與——也是我一直忽視的禁令——是因爲席諾德給了我不同的任務，不是因爲我們相信要避免所有行動。如果你能說服席諾德，讓他們相信泰瑞司人民的福祉會因爲陸沙德中強大的盟友而有大幅的進步，那也許你就能得到泰瑞司提供的武力支援。」

依藍德深思地點點頭。

「記得鑰匙與鎖，陛下。」沙賽德說道，將紋的第二個傷口收尾。「在這個情況下，離開似乎正好與你該做的事相反，可是從宏觀的角度來看，你會明白，這正是你需要做的。」

紋睜開眼睛，抬頭看他，露出微笑。「我們辦得到，依藍德。跟我一起去。」

依藍德站著想了片刻。鑰匙與鎖……「好。」他說。「一旦紋可以行動，我們就走。」

「她明天應該就能上馬了。」沙賽德說道。「你知道白鑞對她的身體多有用。」

依藍德點點頭。「好吧。我之前應該聽妳的，紋。況且，沙賽德，我一直想看看你的家鄉。你可以帶我們去。」

「我恐怕需要留在這裡。」沙賽德說道。「我應該很快就要離開，去南方完成我的工作。可是廷朵可以跟你們一起去，她有重要的資訊需要被傳遞給我的守護者同伴們。」

「人數不能多。」紋說道。「我們需要逃過——或者該算是溜過——史特拉夫的手下。」

「我想就你們三個人。」沙賽德說道。「或者再加一個人，趁你們睡覺時可以幫忙守夜，某個擅長打獵、探路的人？也許，雷司提波恩大人？」

「鬼影再完美不過。」依藍德點點頭說道。「你確定其他成員留在城市裡安全？」

「當然不安全。」紋微笑地說道。「可是他們是專家。他們躲過統御主，絕對也能躲過史特拉夫——尤其是如果不用擔心要保護你。」

「那就這麼辦吧。」沙賽德站起身說道。「你們兩個應該要盡量休息，雖然你們之間的關係剛剛不同了。妳能走路嗎，紋貴女？」

「不需要。」依藍德說道，彎下腰，將她抱了起來。她摟著他，可是手勁不大。他看得出來她的眼皮已經開始閉起了。

他微笑。突然，世界變成更單純的地方。他會花點時間，用在真正重要的事情上，一旦他跟紋從北邊獲得協助後，他們會回來。他其實很期待回來時，以全新的精力重新處理他們的問題。

他緊抱著紋，對沙賽德點點頭，走回他的房間。一切似乎都很順利。

沙賽德緩緩站起身，看著兩人離去，不知道他們聽說陸沙德淪陷後，會怎麼看待他。至少他們有彼此可以相互扶持。

他的婚禮祝福是他能給他們的最後一個禮物，除此之外，就是他們的性命。歷史會怎麼評斷我的謊言？他心想。它會怎麼看待插手政治的泰瑞司人，還有捏造神話以拯救朋友性命的泰瑞司人？他告訴他們關於井的一切當然都是謊言。如果真有如此的力量，他並不知道它在哪裡，也不知道它有何用處。

歷史對他的評價可能端看依藍德跟紋如何度過一生。沙賽德只能期望他做了對的決定。看著他們離去，知道這對年輕的戀人將能活下來，他不禁因這個決定而微笑。

他嘆口氣，彎下腰拾起醫療用品，然後進入房間，開始捏造他答應要給紋跟依藍德的地圖。

雪與灰

PART V
SNOW AND ASH

他習慣犧牲自己的意志，以成就他認定的大我。

49

「依藍德．泛圖爾，你這個笨蛋。」廷朵斥罵，雙臂交疊，眼睛氣得大睜。

依藍德拉緊馬鞍上的皮帶。廷朵爲他讓人做的衣服中包括一套黑色與銀色交錯的騎裝——如今穿在他身上——手套在大小吻合的皮手套中，一件暗色的披風爲他擋去灰燼。

「你在聽我說話嗎？」廷朵質問。「你不能離開。現在不可以！你的人民正處於極大的危險中！」

「我會用別的方法來保護他們。」他說道，檢查馱馬的裝備。

他們站在堡壘用來接待與送別客人馬車的室內走道，紋坐在自己的馬匹上，全身幾乎完全包裹在披風下，手緊張地握著韁繩。她沒有多少騎馬的經驗，但依藍德拒絕讓她用跑的。無論她有沒有白鑞，她在議會戰鬥時留下的傷口仍然沒有完全癒合，更何況她昨天又受了傷。

「別的方法？」廷朵問道。「你應該跟他們在一起。你是他們的王！」

「我不是。」依藍德帶著怒氣說道，轉身面對泰瑞司女子。「廷朵，他們否決了我。現在我必須考量整體局勢中更重要的事情。他們想要有個傳統的國王嗎？那就讓他們嘗嘗看我父親的手段。也許我從泰瑞司回來以後，他們會明白自己失去了什麼。」

廷朵搖搖頭，上前一步，低聲開口。「泰瑞司？依藍德，你是要去北方。你是爲了她。你知道她爲什麼要去那裡，對不對？」

他一時沒作聲。

「你的確知道。」廷朵說道。「你覺得呢，依藍德？不要告訴我你相信那些幻想。她以爲她是世紀英雄，她認爲她會在那邊的山區中找到某種東西，某種力量，或是某種啓發，能將她變成神。」

依藍德瞥向紋，她低頭看著地面，尚未罩起帽子，仍然靜靜地坐在馬上。

「她想跟隨她師傅的腳步，依藍德。」廷朵低聲說道。「倖存者成爲這些人的神，所以她覺得她也必須做到。」

依藍德轉身看著廷朵。「如果這是她眞心相信的，那我支持她。」

「你支持她這種妄想？」廷朵質問。

「不准這樣說我的妻子！」依藍德說道，命令的語氣讓廷朵忍不住往後微縮。他翻身上馬。「我信任她，廷朵。信任的一部分就是相信。」

廷朵沒好氣地哼了一聲。「你不可能相信她是預言中的彌賽亞，依藍德。我很瞭解你。你是個學者。也許你聲稱與倖存者教會結盟，但你跟我一樣，不是會相信超自然現象的人。」

「我相信。」他堅定的說，「紋是我的妻子，我愛她。任何對她重要的事情，對我也是重要的，因此任何她相信的事，在我眼裡至少也是同等眞實。我們要去北方。釋放那邊的力量之後，我們會再回來。」

「好。」廷朵說道。「後人會記得你是遺棄子民的懦夫。」

「退下！」依藍德命令，舉起手指，指著堡壘。廷朵轉身，忿忿不平地朝門口走去，經過時，指著補給桌，她在上面放了一個書本大小的包裹，包在黃紙裡，以粗繩子包好。「沙賽德要你將這包東西交給守護者席諾德。你會在塔辛文城裡找到他們。享受你的放逐吧，依藍德．泛圖爾。」說完，她便離去。

依藍德嘆口氣，讓馬走到紋的身邊。

「謝謝。」她輕聲說道。

「謝什麼？」

「你剛剛說的話。」

「我是認眞的，紋。」依藍德說道，伸手按住她的肩膀。

「廷朵也許是對的。」她說道。「無論沙賽德怎麼說，我可能也發瘋了。你記得我跟你說過，我在霧裡看到鬼魂的事情嗎？」

依藍德緩緩點頭。

「我又看到了。」紋說道。「它像是鬼一樣，以霧的形狀所組成，我時時都可以看到它。它在觀察我，跟著我，而且我是在我的腦子裡聽到這些韻律。強勁、莊嚴的鼓動聲，像是鎔金術脈動，只是我再也不需要青銅就能聽到。」

依藍德捏捏她的肩膀。「我相信妳，紋。」

她帶著遲疑抬起頭。「眞的嗎，依藍德？你眞的相信嗎？」

「我不確定，」他承認。「但我很努力。無論如何，我認爲去北邊是正確的決定。」

她緩緩點頭。「我想這就夠了。」

他微笑，轉身看著門口。「鬼影呢？」

紋在披風下聳聳肩。「看來廷朵應該是不會跟我們一起去了。」

「可能不會。」依藍德微笑說道。

「我們要怎麼去泰瑞司？」

「不難。」依藍德說道。「我們只要跟著皇家運河一路到塔辛文。」他在腦海中回想起沙賽德給他們的地圖。運河直通入泰瑞司山脈，他們得在塔辛文補充補給品，那時雪也會堆得很厚，但是……那也是到時候再擔心即可的問題。

紋微笑，依藍德走過去拾起廷朵留下的包裹。看起來像是某本書。片刻後，鬼影到了。他穿著士兵的制服，肩膀上背著鞍袋，朝依藍德點點頭，將一個大袋子交給紋，走到自己的馬旁邊。

他看起來很緊張，依藍德心想，看著男孩將自己的行李掛在馬背上。「袋子裡是什麼？」他問道，轉向紋。

「白鑞粉。」她說道。「我覺得我們會需要。」

「準備好了嗎？」鬼影問道，轉頭看他們。

依藍德瞥向紋，後者點點頭。「我想我們——」

「還沒好。」一個新的聲音說道。「我完全沒好。」

依藍德轉身看到奧瑞安妮甩著裙襬走來，身上是一件華麗的褐色與紅色的騎裙裝，頭髮綁在一條絲巾下。*她從哪裡弄來的衣服？*依藍德不禁心想。兩名僕人跟在她身後，抱著行李。

奧瑞安妮想了想，敲著嘴唇。「我認爲我也需要一匹馱馬。」

「妳在做什麼？」紋質問。

「跟你們一起走。」奧瑞安妮說道。「微風說我必須離開城市。他有時候是個很傻的人，但固執起來也是很厲害的。整段對話中，他都在安撫我，好像我到現在還認不出他的碰觸一樣！」

奧瑞安妮朝一名僕人揮揮手，後者跑去找馬伕。

「我們會全速前進。」依藍德說道。「我不確定妳是否能跟得上。」

奧瑞安妮翻翻白眼。「我一路從西方統御區騎馬來到這裡！我想我沒問題。況且，紋受傷了，所以你們的速度大概也快不了太多。」

「我們不要妳來。」紋說道。「我們不信任妳，也不喜歡妳。」

依藍德閉上眼睛。*他親愛的，直接的紋。*

奧瑞安妮只是輕笑一聲，看著僕人牽著兩匹馬回來，然後開始爲一匹馬裝行李。「傻孩子紋。」她說道。「我們一起歷經過這麼多事情，妳怎麼還這樣說？」

「一起？」紋問道。「奧瑞安妮，我們只不過去買過一次東西。」

「我也覺得我們之間有很好的羈絆，」奧瑞安妮說道。「差不多情比姊妹了！」

紋不友善地瞪了那女孩一眼。

「沒錯。」奧瑞安妮說道。「而且妳絕對是那個比較無趣的姊姊。」她甜甜地微笑，輕巧地翻身上馬，顯示她的馬術似乎著實不錯。

「好了，依藍德親愛的。」她說道。「我準備好了。走吧。」

依藍德瞥向紋，後者臉色很難看地搖搖頭。

「你要把我留下的話請便。」奧瑞安妮說道。「我只是會繼續跟在你們身後，發生意外，結果你們還是得來救我，而且不用假裝你們不會來！」

依藍德嘆口氣。「好吧。」他說道。「我們走。」

他們緩緩地穿過城市，依藍德跟紋領頭，鬼影壓隊牽著馱馬，奧瑞安妮則在旁邊。依藍德的頭抬得高高的，但這樣的舉動，只是讓他更能看清楚因為他經過而從窗戶跟門口探出來的臉龐。很快地，一小群人便跟在他們身後，雖然他聽不到他們的低語，卻仍然能想像他們在說什麼。

是王。王要遺棄我們了……

他知道他們有許多人仍然不明白，為何如今是潘洛德大人坐在王位上。依藍德看到某條小巷中有許多雙眼睛正在看著他，令他不忍地別過頭。那些眼神中充滿了驚慌的恐懼。他以為會看到指控，但他們沮喪的接受更讓他心痛。他們一直認為他會逃跑。他們一直認為會被遺棄。他是少數幾個夠有錢，夠強大，能夠逃跑的人。他當然會逃。

他緊閉起眼睛，試圖壓下罪惡感，後悔沒有在晚上離開，跟哈姆的家人一樣偷偷從通牆道溜出去，可是讓史特拉夫看到依藍德跟紋離開是重要的事，好讓他瞭解，他無須攻擊便能取得城市。

我會回來的，依藍德對人民承諾。我會拯救你們。現在，我的離開對你們才好。

寬廣的錫門出現在眼前。依藍德一踢馬腹，跑在他沉默的追尋隊伍前面。門口的侍衛早已接到命令，依藍德對他們點點頭，拉停馬匹，士兵們推開大門。紋跟其他人此時上前來，和他一起站在大開的門前。

「繼承者貴女。」一名侍衛低聲開口。「妳也要走嗎？」

紋望向他。「安下心。」她說道。「我們不是要捨棄你們，我們是要找救兵。」士兵微笑。

他怎麼能這麼輕易地就相信了？依藍德心想。還是他只剩下希望？

紋掉轉馬頭，面對人群，放下頭罩。「我們會回來。」她承諾。她不像之前面對那些敬愛她的人民時那般緊張。

自從昨天晚上以後，她便有所改變，依藍德心想。

所有士兵動作一致向他們敬禮。依藍德回禮，然後朝紋點點頭。他領頭帶著他們跑出城門，朝北方大道騎去，能帶著他們從史特拉夫軍隊的西面離開。

騎沒多遠，便碰到一群騎士上前要來攔截他們。依藍德伏在馬背上，轉過頭瞥一眼鬼影跟馱馬的情況如何，但引起依藍德的注意的是奧瑞安妮，她騎馬的姿勢相當熟練，臉上滿是堅定的神色。她似乎完全不緊張。

在一旁，紋翻開披風，掏出一把錢幣，將錢幣拋入空中。錢幣以依藍德前所未見的速度往前飛去，遠超過其他鎔金術師的能力。統御主的！他震驚地心想，看著錢幣以超過他肉眼所能追蹤的速度消失。

士兵倒地。在風聲與馬蹄聲的掩蓋下，依藍德幾乎聽不到金屬交擊的聲音。他直直穿過混亂的一團人，許多人倒地、即將死亡。

飛箭開始墜落，但紋甚至無須揮手，箭矢已經紛紛落地。他注意到她打開了那袋白鑞，一面騎著，一面讓白鑞粉飛散在她身後，將其中一部分推到兩旁。

接下來的一批箭不會有金屬箭頭，依藍德緊張地心想。他們身後開始有士兵集結成隊，大喊出聲。

「我隨後跟上。」紋說道，從馬背上跳下。

「紋！」依藍德大喊，掉轉馬匹。奧瑞安妮跟鬼影從他身旁衝過，全速前進。紋輕巧地落地，腳步絲毫不停便開始奔跑。她吞下一瓶金屬液後，轉頭看著弓箭手。

箭矢飛竄。依藍德咒罵，但不得不踢馬前進。如今他幫不上忙，只能壓低身體，全速奔跑，聽著箭在他身邊落下。一枝箭以離他的頭不到幾吋的距離飛過，插入地面。

突然間，箭雨停止。他一咬牙，轉過頭去看，發現紋站在一團灰塵前方。那是白鑞粉，他心想。她正在推白鑞，將碎屑沿著地面推起，帶起灰燼跟塵土。

巨大的一波塵土、金屬、灰燼淹沒了弓箭手，包圍他們，讓他們咒罵出聲，遮住眼睛，有一些則捧著臉摔倒在地。

紋重新爬上馬匹，快速奔離，留下身後被風吹起的龐大金屬碎屑氣團。依藍德拉慢馬，等她跟上。她身後的軍隊陷入混亂，有人忙著下令，更多人忙著四散。

「加速！」紋靠近時說道。「我們快要超過射程範圍了！」

不一會兒，他們重新與奧瑞安妮跟鬼影會合。「我們還沒脫離險境，我的父親仍然可以決定要派人追趕。」

可是士兵不可能看錯紋。如果依藍德的直覺正確，史特拉夫會讓他們走。他的主要目標是陸沙德。晚一點再追依藍德也不遲，現今他只會很高興地看到紋離開陸沙德。

「謝謝你幫我逃出來。」奧瑞安妮突然說道，看著軍隊。「我現在要走了。」說完，她便牽了兩匹馬，朝西邊的一片小山騎去。

「什麼？」依藍德訝異地問道，停在鬼影身邊。

「別管她。」紋說道。「我們沒時間。」

總算解決了一個問題，依藍德心想，掉轉馬頭朝向北方大道。再見了，陸沙德，我會再回來的。

「總算解決了一個問題。」微風站在城牆上，看著依藍德的一行人消失在山邊後，做出如此評論。東方的克羅司軍營中有一束巨大且無法解釋的煙霧緩緩飄起。在西方，史特拉夫的軍隊正因爲方才紋和依藍德的脫逃而騷動不安。

一開始微風還會擔心奧瑞安妮的安危，但他隨即明白無論有沒有敵方軍隊，沒有比紋身邊更安全的地方，只要奧瑞安妮不要離其他人太遠，她應該是安全的。

跟他同時站在城牆上的人都陷入安靜，微風難得不需要碰觸他們的情緒，如此嚴肅的氣氛似乎相當恰當。年輕的德穆隊長站在年邁的歪腳身邊，平和的沙賽德跟戰士哈姆站在一起。一行人看著他們拋向風中的希望種子。

「等等。」微風突然注意到一件事，皺起眉頭。「廷朵不是應該要跟他們一起去嗎？」

沙賽德搖搖頭。「她決定要留下來了。」

「爲什麼？」微風問道。「我不是聽到她一直在那邊唸什麼不參與地方紛爭一類的話？」

沙賽德搖搖頭。「我不知道，微風大人。她是個難懂的女人。」

「她們都一個樣。」歪腳嘟囔。

沙賽德微笑。「無論如何，看起來我們的朋友都成功脫逃了。」

「願倖存者保佑他們。」德穆輕聲說道。

「是的。」沙賽德說道。「願他如此。」

歪腳一哼，靠著牆垛，轉身臉色不善地瞅著沙賽德。「不要鼓勵他。」

德穆滿臉通紅，轉身離開。

「怎麼一回事？」微風好奇地問道。

「那小子一直對我的士兵傳道。」歪腳說道。「我跟他說我不要他的胡言亂語擾亂我的士兵。」

「那不是胡言亂語，克萊登大人。」沙賽德說道。「那是信念。」

「你眞的認爲，」歪腳說道。「凱西爾會保護這些人？」

沙賽德遲疑了。「他們相信，這就……」

「不。」歪腳打斷他，表情凶狠。「這樣不夠，泰瑞司人。那些相信倖存者的人只是在欺騙自己。」

「你也相信他。」沙賽德說道。微風很想安撫他，讓爭論不要那麼激烈，但沙賽德看起來是全然的冷靜。「你跟隨他。你對倖存者的信念足以支持你推翻最後帝國。」

歪腳臉色繼續難看。「我不喜歡你的對錯標準，泰瑞司人，我向來不喜歡。我們這群人——凱西爾的這群人——應該要解放人民，因爲這是對的。」

「因爲你相信是對的。」沙賽德說道。

「那你相信什麼是對的呢，泰瑞司人？」

「看情況。」沙賽德說道。「有許多系統，各自有不同的優點價值。」

歪腳點點頭，轉過身，彷彿辯論已經結束。

「等等，歪腳。」哈姆說道。「你不打算回應嗎？」

「他說得夠清楚了。」歪腳說道。「他的信仰是情境式的。對他來說，就連統御主都能算是神明，因爲有人崇拜他，或是被強迫要崇拜他。我說得對嗎，泰瑞司人？」

「某種程度上是的，克萊登大人。」沙賽德說道。「不過統御主可能是個例外。」

「但是你仍然保留關於鋼鐵教廷儀式的紀錄跟記憶，對不對？」哈姆問道。

「是的。」沙賽德承認。

「情境式。」歪腳啐了一口。「至少德穆那笨蛋懂得挑好一樣後就牢牢相信。」

「請不要因爲你的不同意就批判他人的信仰，克萊登大人。」沙賽德輕聲說。

歪腳又哼了一聲。「你過得可眞輕鬆，是吧？」他問道。「什麼都信，永遠不用選擇？」

「我不會這麼說。」沙賽德回答。「我認爲像我如此的相信方法是更困難的，因爲必須學會要包容一切，接納一切。」

歪腳以「懶得再跟你說」的方式揮揮手，轉身一拐一拐地走向台階。「隨便你。我得去教會我的小子們該怎麼死。」

沙賽德皺起眉頭，看著他離開。微風順道安撫他，拿走他的尷尬。

「不要介意，阿沙。」哈姆說道。「我們最近都有點緊繃。」

沙賽德點點頭。「可是他說的話仍有道理，都是我到今年以前都不需面對的事情。在此之前，我的責任就是蒐集、研究、記憶，對我來說，要我認為一個信仰不如另外一個著實困難，即使那個信仰是基於我相信絕對為凡人的人。」

哈姆聳聳肩。「誰知道？也許阿凱的確在哪裡看顧著我們。」

不，微風心想。*如果他在，我們就不會陷入這個境地，等死，困在一個我們原本該拯救的城市。*

「無論如何，」哈姆說道，「我還是想知道那個煙霧是從哪來的。」

微風瞥向克羅司陣營。深色的煙柱太集中，不可能是來自於灶火。「帳棚？」

哈姆搖搖頭。「阿依說裡面只有兩個帳棚，不可能發出那麼多煙。那火已經燒了好一段時間。」

微風搖搖頭。*現在這些應該都不重要了。*

史特拉夫．泛圖爾再次咳嗽，縮在椅子上，手臂因汗水而濕漉，雙手顫抖。他並沒有恢復。一開始他以為發寒只是因為他緊張，他那天晚上過得很不順利，先是要派殺手去對付詹，接下來還從那發狂迷霧之子的手中死裡逃生，但一夜過去，史特拉夫的顫抖仍然沒有變得比較好，反而變本加厲。這不只是緊張，他一定是生病了。

「主上！」一個聲音從外面喊道。

史特拉夫強迫自己坐直，盡量擺出莊嚴的姿態。即便如此，傳令兵進入帳棚時還是不由得愣了一下，顯然注意到史特拉夫慘白的膚色跟疲累的雙眼。

「主上……」傳令兵說道。

「說。」史特拉夫簡扼地說道，試圖散發出他此刻完全感受不到的尊貴氣勢。「快點。」

「有騎士，主上。」那人說道。「他們出城了！」

「什麼！」史特拉夫說道，甩開棉被站了起來，雖然一陣暈眩，卻仍然勉強站直。「為什麼沒有人通報我？」

「他們通過得很快，主上。」傳令兵說道。「我們幾乎來不及派出攔截隊。」

「所以你們抓到人了。」史特拉夫說道，抓著椅子來穩住自己。

「事實上，他們逃跑了，主上。」傳令兵緩緩說道。

「什麼？」史特拉夫說道，因為憤怒而猛然轉身。這個動作對他來說已經超過身體的負荷，暈眩感返回，視野開始出現黑影，他腳步一踉蹌，緊握住椅子，好不容易才軟倒在椅子上而非地面。

「去找醫官！」他聽到傳令兵大喊。「主上病了！」

不，史特拉夫心想。不對，這來得太快。這不可能是疾病。

詹最後說的話。他是怎麼說的？一個人不該殺死自己的父親……

騙子。

「愛瑪蘭塔。」史特拉夫沙啞地說道。

「主上？」一個聲音問道。很好。有人在他身邊。

「愛瑪蘭塔。」他再次說道。「叫她來。」

「您的情婦，主上？」

史特拉夫強迫自己維持清醒，坐了片刻後，視覺跟平衡感開始慢慢回復。他的一名守門侍衛站在他身邊。那人叫什麼來著？葛蘭特。

「葛蘭特。」史特拉夫說道，試圖聽起來充滿威嚴。「你必須帶愛瑪蘭塔來找我。快點！」

士兵遲疑一下，隨即從房間衝了出去。史特拉夫專注於呼吸。吸，吐。吸，吐。詹是條毒蛇。吸，吐。吸，吐。詹不想用刀，那太老套。吸，吐。可是毒是什麼時候下的？史特拉夫前一天人就不舒服。

「主上？」

愛瑪蘭塔站在門口。她曾經年輕，直到歲月侵蝕了她，一如侵蝕了所有人。懷孕生子毀了一個女人的美貌。她當初是如此嬌嫩，有著堅挺的胸部跟光滑、毫無瑕疵的皮膚……

你的精神開始渙散了。史特拉夫告訴自己。集中注意力。

「我需要……解藥。」史特拉夫強迫自己說道，將注意力集中於現在的愛瑪蘭塔：將近三十的女人，已經年老，卻仍有用的東西，能保住他不因詹的毒藥而死。

「當然，主上。」愛瑪蘭塔說道，走到他的毒藥櫃邊，拿出必要的原料。

史特拉夫往後靠，專注於呼吸。愛瑪蘭塔一定是感覺到他的急迫，因爲她甚至沒有嘗試要他跟她上床。他看著她工作，拿出燒瓶跟原料。他必須……找到……詹。

她準備的方法不對。

史特拉夫燃燒錫。五感突然增加了敏感度，即便是在昏暗的帳棚裡，仍然幾乎讓他瞎眼，而他的疼痛跟顫抖變得鑽心刺骨，但意識也恢復清醒，彷彿被一盆冰水澆下。

愛瑪蘭塔準備的原料不對。史特拉夫對製作解毒劑不太瞭解，他不得不將這個任務——注意毒藥的細節，包括氣味、味道、顏色變化——分派給別人，可是他看過愛瑪蘭塔準備她的萬用解毒劑無數次，她這次做得不同。

他強迫自己從椅子上站起，繼續燃燒錫，雖然使他眼睛不斷流淚。「妳在做什麼？」他說道，以搖晃的腳步朝她走來。

愛瑪蘭塔震驚地抬起頭。她眼中的罪惡感足以確定他的懷疑。

女子低下頭。「您的解毒劑，主上……」

「妳配得不對！」史特拉夫說道。

「我以爲因爲您看起來有點累，所以我想加一點可以幫助您保持清醒的東西。」

史特拉夫想了想。她的話似乎很合理，雖然他幾乎無法思考。他低頭看著懊惱的女子，注意到一件事。他眼力超過平常人的能耐，瞄到她衣服下一點暴露出的肌膚。

他伸出手，撕掉她的一半服裝，露出她的皮膚。過去，因爲已經微微開始下垂，看在他眼裡令他覺得噁心的左胸，如今上頭多出了疤痕跟傷口，彷彿被刀劃過。傷口都不新，即使史特拉夫此刻神智不是很清楚，他仍然認得這是詹的手法。

「妳是他的女人？」史特拉夫說道。

「都是你的錯。」愛瑪蘭塔咬牙切齒地說。「我一開始變老，幫你生了幾個小孩後，你就遺棄了我。每個人都跟我說你會這麼做，但我仍然盼望……」

史特拉夫感覺自己開始虛弱，一手撐著木製的毒藥櫃。

「可是，你爲什麼連詹都要從我身邊奪走？」愛瑪蘭塔說著，臉上滿是淚痕。「你爲什麼要把他趕走？讓他不再來找我？」

「妳讓他對我下毒。」史特拉夫說道，單膝跪下。

「笨蛋。」愛瑪蘭塔啐了一口。「他從來沒對你下過毒，一次都沒有。但在我的要求下，他經常讓你以爲你被下毒了，所以每次你都會跑來找我。你懷疑詹所做的每件事，卻從來沒停下來想想，我給你的『解藥』裡面有些什麼。」

「它讓我覺得更舒服。」史特拉夫含糊不清地說道。

「對藥物上癮就是這種感覺，史特拉夫。」愛瑪蘭塔低聲說道。「你滿足藥癮時，就會覺得舒服，得不到時……你會想死。」

史特拉夫閉上眼睛。

「你是我的了，史特拉夫。」她說道。「我可以讓你——」

史特拉夫大吼一聲，集中所有剩下的力氣，撲向那女人。她驚訝地呼喊出聲，隨後被他撲倒，按在地上。

然後，她再也沒說什麼，因為史特拉夫的雙手掐住了她的喉嚨。她掙扎了一下，但史特拉夫的重量遠超過她。他原本是要跟她拿解藥，強迫她救他，但是他腦子不清醒，視線開始模糊，意識恍惚。

等到他恢復神智清醒時，愛瑪蘭塔已經滿身青紫地死在他面前。他不確定他勒著她的屍體多久時間。他翻身滾落她的身體，朝向大開的門口，他跪起身，朝燒瓶抓去，但顫抖的手將燒瓶打翻，裡面的液體灑了一地。

他一邊咒罵自己，一面抓起一瓶沒加熱的水，開始往裡面亂丟藥草，避開放置毒物的抽屜，只用放置解毒藥劑的東西，可是有時兩者其實是同樣一種藥草。有些東西大量會有毒，小量卻有藥效，大多數都會令人上癮。他沒有時間擔心這些。他已經可以感覺到四肢的癱軟，幾乎連草藥都抓不住。他一把接著一把灑入瓶子中，手指間滑落褐色與紅色的藥屑。

其中一樣是她令他上癮的東西。任何其他一樣都有可能殺了他。他甚至不確定他有多少機會。可是，他仍然將藥劑喝下，一面吞，一面掙扎著要呼吸，最後讓自己昏厥在地。

我毫不懷疑如果艾蘭迪去到昇華之井，他會得到力量，同時為了眾人的福祉，他會放棄它。

50

「妳是要這些人嗎，塞特貴女？」

奧瑞安妮環視谷地還有其中的軍隊，然後低頭看著土匪霍拔特。他熱切地微笑，雖然他的笑容露出的牙齒數量絕對少於他的手指，就連手也不是十指完好。

奧瑞安妮坐在馬上，報以微笑。她騎側鞍，雙手輕巧地握著韁繩。「我相信就是這些了，霍拔特先生。」

霍拔特回頭看看他那些手下，咧嘴而笑。奧瑞安妮微微煽動他們一下，提醒他們有多想要她的獎賞。她父親的軍隊散落在遙遠的前方。她花了一整天的時間朝西走，找尋軍隊的蹤跡，但她走錯方向了。如果她沒碰上霍拔特一團人，說不定只好餐風露宿，那就不太愉快了。

「來吧，霍拔特先生。」她說道，揮手要馬匹向前。「我們去跟我父親會面。」

一行人興高采烈地跟著，其中一名牽著她的馱馬，霍拔特跟他的手下這種簡單的人其實還蠻可愛的，他們只要三種東西：錢，食物，性。通常還能用第一個得到後兩者。因此當她一開始碰到這些人時，她認爲自己眞是幸運，雖然他們當時正全速從埋伏的山坡上衝下來，打算搶劫與強暴她。這種人另一個可愛之處就是他們對鎔金術沒什麼經驗。

她緊緊掌握著他們的情緒，一行人騎向營地，她不要讓他們想到任何令人失望的結論，例如「贖金總比獎金多」。她當然沒有辦法完全控制他們，只能影響他們，可是這麼原始的人，實在很容易瞭解他們的想法，好笑的是，只要稍加承諾他們能得到一筆財富，就能讓粗暴的蠻子幾乎變成彬彬有禮的紳士。

當然，對付霍拔特這種人也沒多少挑戰。沒有……沒有挑戰性，跟和微風在一起時不一樣。那時眞的很有樂趣，更有回報。她猜想自己大概再也碰不到一個像微風那樣清楚自己以及別人情緒的人。要讓他那種鎔金術使得出神入化，又堅定相信他的年紀根本不適合她的人愛她……絕對是她的一大成就。

啊，阿風，她心想，一面跟眾人走出森林，來到軍隊前的山坡。你的朋友中，有人知道你是多高貴的人嗎？

他們眞的對他不夠好，當然，這是可預期的，因爲那是阿風要的。低估你的人比較容易操控。奧瑞安妮也很明白這個概念，因爲沒什麼比年輕、傻氣的女孩更容易讓人忽略的。

「停！」士兵說道，帶著護衛隊上前來，抽出了劍。「你們，離開她身邊！」

拜託，奧瑞安妮心想，翻翻白眼。她煽動那群士兵，加強他們的冷靜，她可不想碰上任何意外。

「麻煩你了，隊長。」她說道，同時霍拔特跟他的手下也抽出武器，不確定地圍在她身邊。「這些人將我從荒野救了回來，不計個人損失，也不怕危險，把我安全地送到家。」

霍拔特堅定地點頭，可惜這個動作被他用袖子擦鼻涕的動作給破壞了。士兵看著那群滿身都是灰燼，雜亂無章的土匪，全都皺起眉頭。

「先帶他們去吃頓飽餐，隊長。」她輕鬆地說道，踢馬上前。「讓他們睡一晚。霍拔特，我跟我父親會面後，就會將你的報酬送去。」

士兵跟土匪跟在她身後，奧瑞安妮刻意煽動雙方的信任感，不過那些士兵還眞不容易說服。一行人仍然平安地來到營地。

眾人分道揚鑣，奧瑞安妮將馬匹交給一名幕僚，叫來小廝去向她父親通報她已經回來了，拍拍騎馬裝，大步踏過營地，愉快地微笑，期待能洗個澡，還有軍營提供的些許舒適照料。可是，她得先完成正事。

她的父親喜歡在開放式的營帳下度過夜晚，如今人果然在那裡，跟一名使者爭論。他轉過頭去看奧瑞安妮搖曳生姿地出現，甜甜地對加利文和迪拓大人——她父親的兩位將軍——微笑。

「家裡出現叛徒了，父親？」她問道。

「還有混混在襲擊我的補給車隊。」塞特說道。「我相信那個泛圖爾小子賄賂了他們。」

「沒錯。」奧瑞安妮說道。「可是，這都不重要。您想念我嗎？」她刻意拉扯他的親情。

塞特一哼，拉拉鬍子。「傻女孩。」他說道。「我應該把妳放在家裡的。」

「好讓敵人在家裡挑起反叛行動時，可以抓住我？」她問道。「我們都知道您一帶著大軍離開統御區，尤門大人就會有所行動。」

「而且我早該讓那該死的聖務官得到妳！」

奧瑞安妮驚呼一聲。「父親！尤門會拿我跟您換贖金。把我這樣關著，我可是會凋零的。」

塞特瞥向她，顯然忍俊不住，笑了出聲。「妳啊，不用一天，絕對會讓他捧上源源不絕的美食佳餚送到妳面前。也許我真該把妳留下，至少我就知道妳人在哪裡，而不用擔心下一次妳會跑到哪裡去。妳沒把微風那笨蛋一起帶回來了吧？」

「父親！」奧瑞安妮說道。「阿風是個好人。」

「這個世界上的好人都不長命啊，奧瑞安妮。」塞特說道。「我很清楚，因為死在我手下的就不少。」

「當然。」奧瑞安妮說道。「您多睿智啊。而且對陸沙德採取強硬態度的結果相當正面，不是嗎？但還不是被人趕了出來，夾著尾巴逃走。如果親愛的紋像您這樣沒道德良知，您早就死了。」

「那個『道德良知』沒阻止她殺死我的三百名手下。」塞特說道。

「她是一位還沒想清楚自己要什麼的小姐。」奧瑞安妮說道。「不管怎麼說，我都覺得我有必要提醒您，我是對的。您一開始就該跟泛圖爾那男孩結成同盟，而不是去威脅他。意思是，您欠我五件新禮服！」

塞特揉揉額頭。「這不是什麼鬼遊戲，丫頭。」

「時尚可不是遊戲，父親。」奧瑞安妮堅定地說道。「如果我看起來像是街頭老鼠，怎麼可能迷住土匪集團，然後把我送回來，是吧？」

「奧瑞安妮，又是土匪？」塞特嘆口氣說道。「妳知道我們花了多少時間才把上次那批趕走嗎？」

「霍拔特是個很好的人。」奧瑞安妮沒好氣地說道。「況且他跟本地的盜賊集團關係良好，給他一些金子，幾個妓女，也許就能說服他幫您處理一直在攻擊補給路線的游擊軍。」

塞特想了想，瞥向地圖，然後開始深思地拉著鬍子。「好吧，妳回來了。」他終於說道。「看樣子我們還是得照顧妳。妳應該是希望回家途中有人為妳抬轎子吧……」

「我們沒有要回去，父親。」奧瑞安妮說道。「我們要回陸沙德。」

塞特沒有立即忽略這句話。他通常看得出來她什麼時候是認眞的。所以，他搖搖頭。「陸沙德對我們來說沒有用了，奧瑞安妮。」

「我們也不能回去自己的統御區。」奧瑞安妮說道。「我們的敵人太強，而且他們有些有鎔金術師，所以我們一開始得來這裡，除非有錢或盟友，否則我們不能離開這裡。」

「陸沙德沒有錢。」塞特說道。「泛圖爾說天金不在那裡，我相信他。」

「我同意。」奧瑞安妮說道。「我也搜過皇宮，半點都沒找到，但是我們得帶著朋友，而不是錢離開這裡。回去陸沙德，等著戰鬥開始，然後幫會贏的那一方，他們會覺得虧欠我們許多，甚至會決定讓我們活下來。」

塞特靜立片刻。「這幫不了妳的朋友微風，奧瑞安妮。他的派系是最薄弱的，就算跟泛圖爾小子聯盟，我仍然懷疑我們能打敗史特拉夫或克羅司。除非我們能進入城市，而且有充足的準備時間。如果我們回去，那也是為了幫助微風的敵人。」

奧瑞安妮聳聳肩。「您人不在的話，誰也幫不了，父親。反正他們都要輸了，如果在那裡，也許您還能幫上陸沙德。」

這是一個非常小的機會，但我已經盡力了，微風。她心想。對不起。

依藍德·泛圖爾在他們離開陸沙德的第三天清晨醒來。他驚訝地發現，在野外過了一晚，居然能睡得這麼香甜。當然，一部分原因可能是因爲他身邊的人。

紋在他身邊的床褥上縮成一團，頭靠著他的胸口。他以爲她的睡眠很淺，尤其她又很警覺，但她睡在他身邊時似乎覺得很舒服，而當他抱住她時，她的焦慮甚至顯得減少幾分。

他寵溺地低頭看著她，欣賞她臉龐的輪廓，微捲的黑髮，臉頰上的刀痕幾乎已經消失，她早就自己拆線了。長時間少量燃燒白鑞的確可讓身體的恢復能力加快。雖然她之前傷在右肩，卻甚至不再需要保護她的右手臂，而她先前因爲戰鬥的虛弱似乎已經完全消失。

那天晚上的事，她仍然沒有多加說明。她跟詹打了一架，據說他是依藍德的同父異母兄弟，最後坎得拉坦迅離開了。可是這兩者都不應該造成她前去他房間時，他感覺到的焦慮感。

他不知道會不會有一天他能得到想要的答案，但他開始明白，就算他不完全瞭解她，他仍然可以愛她。他彎下腰，親吻她的頭頂。

她立刻全身一緊，睜開眼睛，坐起身，露出光裸的胸脯，環顧小帳棚四周。帳棚因爲清晨的微光而朦朧明亮。終於，她搖搖頭，轉頭過去看他。「你對我眞是有壞影響。」

「哦？」他問道，一面微笑一面枕著手臂。

紋點點頭，一手梳過頭髮。「你讓我習慣徹夜睡眠。」她說到。「況且我已經不穿衣服睡覺了。」

「如果妳穿著衣服，還蠻不方便的。」

「是啊。」她說道。「可是如果我們晚上被攻擊呢？我得不穿衣服跟他們對打。」

「我不介意看。」

她瞪了他一眼，伸手抓起一件襯衫。

「妳知道嗎，我也有不好的影響。」他看著她穿衣服，一面說道。

她挑起一邊眉毛。

「妳讓我放鬆，」他說道。「而且讓我停止擔憂。最近我因爲城市的事情，忙到忘記當個沒禮貌的隱士是什麼樣的感覺。可是我們在旅途中，我有時間讀完不只一本，是三本特魯博得的《學問藝術》。」

紋哼了一聲，跪在低矮的帳棚裡，拉緊腰帶，爬到他身邊。「我不知道你怎麼能一邊騎馬一邊讀書。」她說到。

「只要不怕馬，很容易的。」

「我才不怕牠們。」紋說道。「只是牠們不喜歡我。牠們知道我能跑得比牠們快，所以就對我脾氣不好。」

「哦，是這樣的嗎？」依藍德問道，將她拉過來，跨坐在他身上。

她點點頭，彎下身去吻他，片刻後卻兀自終止了吻，站起身來。她拍走想將她拉回原處的手。

「我可是花了時間跟力氣穿上衣服。」她說道。「況且，我餓了。」

他嘆口氣，又靠回原位，看她溜出帳棚，進入紅色的日光裡。他躺了片刻，忍不住讚嘆自己有多幸運。他仍然不知道他們的關係是怎麼一回事，或是他爲何覺得如此快樂，但他極爲樂意享受整個經驗。

終於，他看著自己的衣服，他只帶了一套新制服，還有就是他的騎馬裝，所以他不想太常穿它們。他已經沒有僕人來幫他洗掉上面的灰燼，而雖然帳棚有兩層布門，半夜仍然有灰燼溜入帳棚裡。如今出了城，也沒有工人來將灰塵掃走，因此堆得無所不在。

所以，他穿著一套乾淨很多的衣服——只是普通的一條騎馬褲，跟紋常穿的褲子其實頗爲類似，套上一件灰色襯衫，扣起釦子，還有一件深色外套。他從來沒有需要強迫自己騎乘長距離，通常他比較喜歡馬車，但他跟紋旅行的速度已經算慢了。他們也沒有什麼趕時間的理由。史特拉夫的探子跟蹤他們一段時間後就離開了，目的地也沒有人在等他們。他們有時間慢慢騎馬、休息，偶爾走路，免得騎馬太久身體會過度痠疼。

在外面，他發現紋正在點起早餐的營火，鬼影則是在照料馬匹。那年輕人曾經進行過長距離的旅行，所以知道該如何備馬，這是一件依藍德很尷尬自己從來沒有學過的事。

依藍德跟紋一起來到火堆邊。兩人坐在原處片刻。紋戳著炭。她看起來有點悶悶不樂。

「怎麼了？」依藍德問道。

她瞥向南方。「我……」然後她搖搖頭。「沒事。我們會需要更多木頭。」她瞥向一邊，看著斧頭躺在帳棚旁的地方。武器翻入空中，以刃爲前，直朝她飛來。她讓到一邊，趁斧頭從她跟依藍德中間穿過時，一把抓住斧柄。走到一棵倒下的樹木前，揮了兩下，輕而易舉地將它踢倒、踹破。

「她有時眞的讓我們其他人覺得是多餘的，對不對？」鬼影問道，來到依藍德身邊。

「有時候。」依藍德帶著笑意說。

鬼影搖搖頭。「無論我看或聽到什麼，她的感官都比我敏銳，而且無論她找到什麼，都能打敗。每次我回來陸沙德，都覺得自己……沒有用。」」

「想像一下如果是普通人會怎麼想。」依藍德說道。「至少你還是個迷霧人。」

「也許吧。」鬼影說道，紋伐木的聲音從一旁傳來。「可是大家都尊重你，阿依。他們只忽略我。」

「我沒有忽略你，鬼影。」

「是嗎？」年輕人問道。「我上次爲集團做了一件重要的事情，是什麼時候？」

「三天前。」依藍德說道。「當你同意要跟紋和我一起來時，我非常高興。你不只是在照料馬匹的人，鬼影，你在這裡是因爲你身爲錫眼和斥候的能力。你覺得有人在追蹤我嗎？」

鬼影想了想，聳聳肩。「我不確定，我認爲史特拉夫的斥候回去了，但我一直都發現後面有人，只是從來都看不清楚他們是誰。」

「是霧靈。」紋說道，經過他們，在火堆旁拋下一捧柴火。「它在趕著我們。」

鬼影跟依藍德交換一個目光，然後依藍德點點頭，拒絕回應鬼影不舒服的瞪視。「只要它不干預我們，就不會有問題，對吧？」

紋聳聳肩。「希望不會。不過如果你又看到，叫我去。紀錄上說它可能有危險。」

「好的。」依藍德說道。「我們會這麼做。現在，我們先決定早餐吃什麼。」

史特拉夫醒來。這是他的第一個意外。

他躺在床上，自己的帳棚裡，感覺好像有人曾把他拎了起來，反覆往牆壁摔了幾次。他呻吟出聲，緩緩坐起，身上沒有瘀青卻仍然發疼，頭痛愈烈。他的一名軍醫，是個長滿大鬍子，眼睛凸出的年輕男子，坐在他的床邊。那個人研究史特拉夫好一陣子。

「主上，您……應該已死了。」年輕人說道。

「我沒死，或者該說，還沒死。」史特拉夫說道，坐起身。「給我一點錫。」

士兵拿著一個金屬液瓶上前。史特拉夫一口喝完，發現自己的喉嚨又乾又痛，皺起眉頭。他只燒了一點底錫，因為會讓他的傷口感覺更痛，但他已經習慣錫力給予的額外敏銳知覺。

「過了多久？」他問道。

「將近三天，主上。」軍醫說到。「我們不確定您吃了什麼，或為何而吃。我們曾想過是否要催吐，但因為看起來您是自願吞下，所以……」

「你做得很好。」史特拉夫說道，在眼前舉起手臂，仍然微微顫抖，而且他無法讓顫抖停下來。「現在誰在負責軍隊？」

「加那爾將軍。」軍醫說道。

史特拉夫點點頭。「他為什麼沒派人殺我？」

軍醫訝異地眨眨眼，望向士兵。

「主上。」士兵葛蘭特發話了。「誰敢背叛您？任何膽敢嘗試的人絕對會死在自己的帳棚中。加那爾將軍非常擔心您的安危。」

當然，史特拉夫震驚地想起。他們不知道詹不見了。如果我死了，那所有人會認為要不然詹會親自掌權，或是報復他認為負責的人。史特拉夫大笑出聲，讓照顧他的人大驚失色。詹試圖要殺我，卻因為他的名聲而救了我。

我打敗你了，史特拉夫此時明白過來。你走了，我還活著。這當然不代表詹不會回來，但有可能他眞的不會回來。也許……只是也許……史特拉夫永遠再也不需要處理他的問題。

「依藍德的迷霧之子？」史特拉夫突然說道。

「我們跟蹤她一陣子，主上。」葛蘭特說道。「可是他們離我們的軍隊太遠，因此加那爾將軍命令斥候回來。她似乎是在朝泰瑞司的方向前進。」

他皺眉。「還有誰跟她在一起？」

「我們認為你的兒子依藍德也一起逃了。」士兵說道。「但也可能是替身。」

詹辦到了，史特拉夫震驚地想。他眞的把她處理掉了。除非這是某種計謀，但是……

「克羅司軍隊呢？」史特拉夫問道。

「牠們最近內鬥得很嚴重。」葛蘭特說道。「那些野獸似乎比平常更不安。」

「命令我們的軍隊拔營。」史特拉夫說道。「立刻拔營。我們要退回北方統御區。」

「主上？」葛蘭特震驚地問道。「我認為加那爾大人正在準備攻擊行動，只等您下令。城市的防衛很弱，更何況他們的迷霧之子也不在了。」

「我們要撤退。」史特拉夫微笑說道。「至少暫時如此。」詹，我們來看看你的計謀是否會奏效。

沙賽德坐在餐廳旁邊的小側間，雙手按著桌面，每隻手指上都套著一枚閃閃發亮的金屬戒指。以金屬意識來說，戒指都不大，但儲存藏金術的能量相當耗時，光是要裝滿一個戒指，就得花上好幾個禮拜，他卻只有數天。沙賽德其實很意外克羅司居然會等這麼久。

三天，算不了太多時間，但他認爲在即將到來的衝突中，他會需要所有優勢。目前爲止他每種特質都儲存了一點點，在他其他金屬意識用完時，還可以在緊急狀態時幫上一把。

歪腳一拐一拐地走入廚房。看在沙賽德眼裡，他只是模糊的一團。即使他戴著眼鏡，用來彌補他正儲存於錫意識中的視力，他仍然看不太清楚。

「時間到了。」歪腳說道，聲音很模糊，另一個錫意識正在儲存沙賽德的聽覺。「他們終於走了。」

沙賽德想了一想，試圖解讀這句話的意思。每個想法似乎都陷在一碗濃稠的湯汁中，他得花上一段時間才能瞭解歪腳說了什麼。

*他們走了。史特拉夫的軍隊。他們退兵了。*他輕輕咳嗽後才回答：「他回應潘洛德大人的信息了嗎？」

「沒有。」歪腳說道。「不過他把上一個使者處決了。」

*這可不是什麼好跡象，*沙賽德心想。當然，過去幾天也沒什麼好跡象。城市即將陷入飢荒，短暫的回暖也結束了。如果沙賽德猜得沒錯，今天晚上會下雪，這讓他覺得頗有罪惡感，自己居然能坐在廚房一角的溫暖火爐邊，啜著濃湯，任由金屬意識汲取他的力量、健康、意識、思考力。他鮮少嘗試同時塡裝這麼多金屬意識。

「你看起來不太好。」歪腳邊坐邊說道。

沙賽德眨眨眼睛，想了想之後才能夠回答。「我的……金屬意識。」他緩緩說道。「它正在汲取我的健康，儲存起來。」他看著自己的湯。「我必須吃東西才能維持體力。」他說道，告訴自己等一下要再喝一口湯。

這個過程很怪異。他的思考速度緩慢到吃每一口東西都需要一段時間考慮，然後他的身體會同樣緩慢地反應，手臂得花上幾秒鐘才能移動，光是如此，肌肉已經不斷在顫抖，力量被吸走，儲存在他的白鑞意識。花上好一段時間後，他終於能夠將湯匙舉到嘴唇邊，靜靜啜了一口。湯沒什麼味道，因爲他也在儲存嗅覺，味覺也嚴重受到影響。

他也許應該躺下，但他擔心一躺下就會睡著，而一睡著就無法儲存金屬意識，他只能塡滿一個。用來儲存清醒的青銅意識會強迫他睡更久，以交換改天能盡量減少睡眠。

沙賽德嘆口氣，小心翼翼地放下湯匙，開始咳嗽。他盡力協助其他人避免紛爭。他最好的計畫是送信給潘洛德大人，促請他告訴史特拉夫·泛圖爾，紋已經離開城市。他原本希望史特拉夫當時會願意和談，顯然這個策略不成功。好幾天過去，沒有人有史特拉夫的消息。

他們的末日像是無可避免的日出般靠近。潘洛德允許三組人嘗試離開陸沙德，其中一組是貴族。史特拉夫的士兵在依藍德脫逃後更加警覺，每次都發現了他們的人，並且全部格殺勿論。潘洛德甚至派了使者去找加斯提·雷卡，希望能跟南方來的領導人達成協議，但使者沒有從克羅司營地回來。

「好吧。」歪腳說道。「至少我們又阻止了他們幾天。」

沙賽德想了想。「恐怕這只是拖延不可轉圜的局面。」

「當然是。」歪腳說道。「可是這是重要的拖延。依藍德跟紋至今已經離開將近四天了。如果太早開戰，你可以相信迷霧之子小姐絕對會回來，爲了救我們而害死自己。」

「啊。」沙賽德緩緩說道，強迫自己再喝一口湯。湯匙在他麻痺的手指之間是個沉重的重量，當然連他的觸感也被吸入錫意識中。「防禦工事如何？」他一面掙扎著要拿起湯匙，一面問道。

「很糟糕。」歪腳說道。「兩萬士兵聽起來很多，但分散在這麼大一座城市，其實不夠。」

「可是克羅司不會有攻城武器，」沙賽德說道，專注於湯匙。「或是弓箭手。」

「對。」歪腳說道。「可是我們有八座城門要保護，克羅司隨時都能攻打其中五座。這些城門的建造都不是設計來抵抗攻擊的，因此我現在在每個城門邊，最多能安置兩千名士兵。我眞的不知道克羅司會從哪個方向先來。」

「噢。」沙賽德輕聲說道。

「你以為會如何，泰瑞司人？」歪腳問道。「你以為我會有好消息？克羅司比我們更大、更壯、更瘋。況且牠們還有人數的優勢。」

沙賽德閉起眼睛，顫抖的湯匙舉到一半，突然感覺到一陣與金屬意識無關的虛軟。*她為什麼沒有跟他們一起去？她為什麼不逃。*

沙賽德睜開眼時，看到歪腳揮手要僕人幫他端點東西來吃。年輕女子帶來一碗湯。歪腳不滿地看了看，最後卻還是舉起年邁的手，開始響亮地喝湯，一面瞥向沙賽德。「你以為我會道歉嗎，泰瑞司人？」他邊喝邊問道。

沙賽德震驚地坐在原處片刻。「完全沒有，克萊登大人。」他終於說道。

「很好。」歪腳說。「你是個不錯的人，只是腦子有點不清楚。」

沙賽德喝著湯，淺淺微笑。「你的話令我感到安慰。」他想了想。「克萊登大人，我有一個適合你的宗教。」

歪腳皺眉。「你這人還眞不懂得放棄啊？」

沙賽德低下頭。他花了點時間才整理好他方才想講的話。「你先前所說，關於情境式的道德標準，讓我想到一個叫做達得拉達的宗教，信徒遍及許多國家及人民，相信只有一個神，只有一種正確的崇拜方法。」

歪腳哼了哼。「我對你的死去宗教實在沒什麼興趣，泰瑞司人。我認為……」

「他們是藝術家。」沙賽德輕聲說道。

歪腳停頓。

「他們認爲藝術可以讓人更貼近神。」沙賽德說道。「他們對顏色跟光線特別有興趣，更喜歡寫詩來描述他們在世界上看到的各種顏色。」

歪腳沉默片刻。「爲什麼要跟我說這個宗教？」他質問。「爲什麼不挑一個跟我一樣直接的？或者崇拜戰爭與士兵的？」

「因爲，克萊登大人。」沙賽德開口說，半途停下來眨眨眼，試圖從混亂的思緒中找出他需要的記憶。「那不是你。那是你必須做的事情，卻不是你。我想，其他人忘記，你是名木匠。你是個藝術家。當我們住在你的店鋪裡時，我經常看到你在細修學徒們做的作品。我看到你有多用心。那家店鋪對你而言不是單純的僞裝。你想念它。我知道。」

歪腳沒有回應。

「你必須以士兵的身分生活，」沙賽德說道，虛弱的手從腰帶中抽出一樣東西。「可是你仍然能有藝術家的夢。拿著。這是我讓人做給你的。是達得拉達教的象徵。對信徒而言，身爲藝術家是比身爲祭司更崇高的身分。」

他將木牌放在桌上，然後費力地朝歪腳微笑。他已經很久沒有向別人傳教了，他也不知道爲什麼決定要向歪腳提出這一個宗教；也許是向自己證明，這些宗教是有價值的，或是他的固執，想要反駁歪腳先前說的話。木牌的設計很簡單，只是一個圓形木片，上面刻著一支畫筆。無論如何，他覺得歪腳盯著木牌的神情，相當令人滿意。

我上次傳教的時候，他心想，是在南方的那個村莊，就是沼澤找到我的地方。

他到底怎麼了？他爲什麼沒回城市來？

「你的女人一直在找你。」歪腳終於抬起頭來說道，沒有碰桌上的木牌。

「我的女人？」沙賽德說道。「我們，我們不是……」在歪腳的注視下，他無法完成句子。脾氣不佳的將軍非常擅長意味深長的瞪視。

「好吧。」沙賽德說道。他低下頭看著自己的手指還有上面十只亮晶晶的戒指。四只是錫：視力、聽力、嗅覺、觸覺。他繼續塡充這些，它們不會過分影響他的日常作息，不過他釋放了他的錫意識、鋼意識，還有鋅意識。

力量立刻重回他身體，肌肉停止下垂，從衰弱乾瘦回到健康的狀態，腦子裡的迷茫感消失，能夠清楚地思考，而濃重、腫脹的緩慢感也散去。他重新活力充沛地站起身。

「眞是不可思議。」歪腳嘟囔一聲。

沙賽德低下頭。

「我看得出來你的改變。」歪腳說道。「你的身體變得更健壯，你的眼神也集中了，手臂停止顫抖。我想你不希望在神智不清的狀態下面對那女人，是吧？我不怪你。」歪腳自言自語說道，繼續吃東西。

沙賽德向他告別，出了廚房。他的手腳仍然感覺像毫無知覺的肉團，不過仍覺得自己精力充沛，沒什麼比簡單的對比更能讓人感覺自己所向無敵。

而沒有任何東西能減少一想到要見到自己心愛的女子，便無可扼抑的心情。廷朵為什麼要留下來？而如果她下定決心不回泰瑞司，爲什麼過去幾天都在躲著他？她是不是生氣他把依藍德送走？她是不是失望他堅決要留下來？

他在泛圖爾堡壘的舞會大廳裡找到她。一走進房間，他忍不住停下腳步，一如往常想要讚嘆這房間毫無疑問的富麗堂皇。他釋放了錫意識片刻，拿下眼鏡好看看這驚人的地方。

巨大、長方形的彩繪玻璃鑲嵌在巨大房間中的兩邊牆上，在其下的石柱支持著窗戶下的廊簷，連沙賽德站在石柱邊都顯得渺小。每一塊石頭似乎都經過精心雕琢，每一塊磁磚都屬於一幅拼貼畫，每一塊玻璃都在暮色中閃閃發光。

好久了……他心想。他第一次見到這房間時，正陪同紋前往她的第一場舞會。就在那邊，扮演法蕾特·雷弩時，她遇見了依藍德。沙賽德當時還責難她，居然這麼不小心便吸引了重要人士的注意力。

如今，他親自爲他們證婚。他微笑，重新戴起眼鏡，又開始塡充錫意識。*願被遺忘的諸神保佑你們，孩子們。你們要盡量讓我們的犧牲有價值。*

廷朵在房間中央跟多克森和一小群辦事員在說話，所有人都擠在大桌子邊，沙賽德走近便能看見攤在上面的東西。

是沼澤的地圖，他心想。這是陸沙德的詳細完整描述，包括對教廷活動的注釋。沙賽德的一個紅銅意識中存有地圖的影像紀錄，以及詳細描述，他也將一份實體副本送到席諾德去。

廷朵跟其他人在大地圖上寫下了自己的注解。沙賽德緩緩走上前去，廷朵一看到他，便揮手要他過去。

「啊，是沙賽德。」多克森以辦公中的口吻說道，不過沙賽德如今耳力不佳，聽什麼都是模糊一片。「太好了，請你過來。」

沙賽德踏上低矮的舞台，跟他們一起來到桌邊。「軍隊布置？」他問道。

「潘洛德掌控了我們的軍隊。」多克森說道。「他讓貴族負責整整二十個軍團。我們不確定是否喜歡這個狀況。」

沙賽德看著聚集在桌邊的人，都是多克森親自訓練的一群書記，都是司卡。*天哪！*沙賽德心想。*他不可能挑現在規劃叛變吧？*

「不要看起來這麼害怕，沙賽德。」多克森說道。「我們不會採取太激烈的行動。潘洛德仍然讓歪腳負責城市的護衛工作，而且他似乎都會聽從軍事指揮官的建議，況且現在想要嘗試很大規模的行動也來不及了。」

多克森似乎看起來一臉失望。

「不過，我不信任他任命的指揮官。」多克森指著地圖說道。「他們對戰爭一無所知，更遑論要生存。他們一輩子都在點酒跟舉辦宴會而已。」

*你爲什麼這麼痛恨他們？*沙賽德暗自自問。諷刺的是，這團中看起來最像貴族的人，就是多克森。他穿著套裝的樣子比微風穿起來還自然，說話比歪腳或鬼影更精準，也只有他堅持要留一個非常不貴族的半短鬍子，讓他顯得比較怪異。

「貴族也許不懂戰爭。」沙賽德說道。「不過我想他們應該有帶兵的經驗。」

「是沒錯。」多克森說道。「可是我們也是。這就是爲什麼我希望在每個城門口都有一個我們的人，以免情況惡化到眞的需要有能力的人來接手指揮工作。」

多克森指著桌子上地圖標記的一個城門。鋼門。上面標示是一千人部屬成防守隊形。「這是你的軍團，沙賽德。鋼門離克羅司可能會到達的地方最遠，所以你甚至可能不會遇到任何戰鬥狀況。可是當戰鬥開始時，我想要你在那邊帶著一隊傳令兵，如果遭受攻擊，立刻要送訊息回到泛圖爾堡壘。我們會在這裡設立指揮中心，這邊的門寬便於往來，可以容納許多人走動。」

而且等於是很明顯地在依藍德．泛圖爾還有其他貴族的臉上，甩了一記耳光，利用這麼美麗的房間做爲指揮戰爭的場所。*難怪他支持我送走依藍德跟紋，少了他們，他對凱西爾集團的掌控便是絕對的。*

這不是壞事。多克森是個規劃天才，更是隨機應變的大師，不過他也有他的偏見。

「我知道你不喜歡戰鬥，阿沙。」多克森說道，雙手按在桌面上。「可是我們需要你。」

「我想他正準備應戰，多克森大人。」廷朵看了看沙賽德後說道。「他手指上的戒指蠻清楚地表明他的意圖。」

沙賽德望著桌子對面的她。「那麼廷朵，妳在這裡面的角色是什麼？」

「多克森大人前來諮詢我。」廷朵說道。「他本人沒有多少戰爭的經驗，因此想要瞭解我對過去的將領們所知道的事情。」

「原來如此。」沙賽德說道。他轉向多克森，皺著眉頭想了想，最後點點頭。「好吧，我會參與你的計畫，可是我必須警告你力量分散的危險。請告訴你的手下，除非到最後關頭，否則不可打斷指揮鍊。」

多克森點點頭。

「好了，廷朵女士。」沙賽德說道。「我們能不能私下談談？」

她點點頭，兩人告退，走到最近一段有遮蔽的廊簷下。在一根柱子後方的陰影中，沙賽德轉向廷朵。她看起來如此完美，冷靜自持，平和無波，即使情況已經無比危急。她是怎麼辦到的？

「你在儲存許多特質，沙賽德。」廷朵注意到，再次瞥向他的手指。「你之前應該也有儲備別的金屬意識吧？」

「來陸沙德途中，我用光了所有清醒跟速度。」沙賽德說道。「而且我完全沒有健康，上次在南方教學時，我把最後一點用掉了，好從疾病中恢復過來。我一直打算要再儲存另一個，但我們最近太忙了。不過我存了很多的力量跟重量，以及一批不同的錫意識。準備永遠不嫌多。」

「或許吧。」廷朵說道。她轉頭望著桌邊的人。「如果這能讓我們做點事，而不是一直去想無法改變的結局，那這樣的準備也不能說是被浪費了。」

沙賽德全身一涼。「廷朵。」他低聲開口。「妳爲什麼要留下來？這裡不適合妳。」

「這裡也不適合你，沙賽德。」

「這些是我的朋友，」他說。「我不會捨棄他們。」

「那你爲什麼要說服他們的領袖離開？」

「好讓他們逃脫且活下來。」

「存活不是領導者能有的奢侈。」廷朵說道。「當他們接受別人的崇拜時，必須接受隨同而來的責任。這些人一定會死，但他們不需要感覺自己被背叛。」

「他們並沒有。」

「他們以爲自己會被拯救，沙賽德。」廷朵低聲卻激烈地說。「就算是那邊那些人，即使是多克森——所有人中最實際的一個——也都認爲他們會活下來。你知道爲什麼嗎？因爲在內心深處，他們相信會有東西來救他們。一個以前已經救過他們，而他們唯一還握有的倖存者連結。如今她對他們而言代表著希望，你卻讓她離開。」

「好讓他們活下來，廷朵。」沙賽德說道。「在這裡失去紋跟依藍德是浪費。」

「希望永遠不會被浪費。」廷朵說道，眼神灼烈。「我以爲你最能夠瞭解。你認爲我在那些育種主人的手下能活過這麼多年，靠的都是固執嗎？」

「那讓妳留下來的是固執還是希望？」他問道。

她抬頭看著他。「都不是。」

站在充滿陰影的小空間裡，沙賽德看著她良久。計畫中的人們繼續在舞會大廳中交談，聲音迴蕩。透過玻璃射入的光線灑在大理石地板上，在牆上濺出點點光芒。緩慢、笨拙地，沙賽德抱住廷朵。她嘆口氣，允許他抱她。

他釋放所有的錫意識，讓所有的感官全部回來。

她將自己更加投入他的懷抱，頭靠在他的胸前，她的皮膚的柔軟與身體的溫暖席捲了他。她沒有香氣，聞起來卻乾淨清爽的髮香搔弄著他的鼻子，是他三天來第一次聞到的東西。當聲音全然地回到他耳朵時，他可以聽到廷朵在他身邊的呼吸聲。

「你知道我爲什麼愛你嗎，沙賽德？」她低聲問道。

「我完全無法理解。」他誠實地回答。

「因爲你從不投降。」她說道。「其他人如磚頭一樣堅強，強硬，從不屈服，但只要花夠久的時間，不斷擊打，他們就會龜裂。你……你如風一般堅強。永遠存在，如此願意彎折，但是需要表現強硬時，你從不退縮遲疑，也無懊悔。我不認爲你的朋友們知道，他們曾經從你身上得到很大的力量。」

曾經，他心想。她已經認爲這一切都是過去式。可是……她這麼想，是對的。「我擔心我所擁有的一切不足以拯救他們。」沙賽德悄聲說道。

「不過，已經足以拯救他們其中的三個人。」廷朵說道。「你讓他們走是錯的……但也許你也是對的。」

沙賽德只是閉上眼睛，抱住她，憤怒她居然留下，卻又同時因此而愛她。

在此同時，城牆頂的警告鼓聲開始響起。

於是，我最後孤注一擲。

51

清晨朦朧的紅光是根本不應該存在的東西。霧應該在白日前死去，熱氣應該讓它蒸發，光是將它鎖在一個密閉房間，就應該能讓它凝結、消失，它不應該能抵擋初升太陽的光芒。

可是它卻擋下了。他們離陸沙德越遠，白日的霧就留得更久。這改變不大，他們只離陸沙德有幾天的距離。但紋知道，她看得出差異，今天早上的霧甚至比她預期的還要強，就連太陽升起時都散不去，阻撓了太陽的光芒。

迷霧，她心想。*深闇*。她越發確定她的推想是對的，她卻無法確定，可是有個理由總讓她比較安心。深闇不可能是哪個怪物或暴君，而是比較自然，卻因此更爲可怕的力量。怪物可以被殺死。可是迷霧……

它們讓人無可奈何。深闇不會以教士壓迫人，卻會利用人民自己迷信的恐懼；它不會以軍隊屠殺，卻會帶來飢荒。

要怎麼樣跟比一片大陸還大的東西抗衡？一個感覺不到怒氣、痛苦、希望或慈悲的東西？

可是，這正是紋的任務。她靜靜地坐在營火邊的一塊大石上，雙腿屈膝，抱在胸前。依藍德仍然在睡。鬼影出去巡邏了。

她再也不質疑自己的位置。她要不就是發瘋了，再不然就是世紀英雄。她的任務就是要打敗霧。可是……她皺起眉頭。鼓動不是應該更大聲，而不是更小聲嗎？他們旅行得越久，鼓動聲就變得更小。她太遲了嗎？難道井出了什麼事，影響了它的力量？難道力量已經被別人奪去？

我們不能停下來。

換做是別人，可能會質疑為什麼是他被挑中。紋認識一些人，無論是在凱蒙的集團或是在依藍德的政府中，每次得到一件工作便會抱怨老半天。「為什麼是我？」他們會問。自信心不足的人會認為他們不適任。懶惰的人會想躲避。

紋不認為自己很主動積極，也不是很有自信，只是她不覺得有問的必要。人生教會她有時候事情就是會發生。瑞恩經常不需要理由就能打她，況且理由只是薄弱的安慰；凱西爾需要死的理由很清晰，卻沒有因此而讓她對他的思念減少半分。

她有工作要完成，不瞭解並不能阻止她承認自己有著要嘗試達成的責任。她只能希望，時間到時，她能知道該怎麼做。雖然鼓動聲變微弱，卻仍然存在，引領著她向前，前往昇華之井。

在她身後，她可以感覺到霧靈較微弱的顫動，每次都必須要等著霧先消散，它才會消失。它一早都在那裡，站在她身後。

「你知道這一切的祕密嗎？」她靜靜地問道，轉向紅霧裡的霧靈。「你有……」

霧靈的鎔金脈動直接來自於她跟依藍德共用的帳棚。

紋從石頭上跳下，落在滿是白霜的地面，衝向帳棚，翻開布門。依藍德睡在裡面，頭幾乎整個埋在棉被裡，看不太得見。迷霧充滿了小帳棚，翻滾，盤旋。這景象很奇怪。迷霧通常不會進入帳棚。

在迷霧的正中央，就是霧靈。站在依藍德面前。它其實算不上站在那裡，只能說是迷霧中的一個輪廓，混亂移動中仍然保持的反覆圖樣，但卻是眞實的。她可以感覺到它，也可以看得到它，看到它抬起頭，以隱形的眼睛凝視她。

憎恨的眼神。

它舉起空無一物的手臂，紋看到某樣東西一閃。她立刻有所反應，抽出一把匕首，衝入帳棚內揮砍。她的攻擊砍到某種握在霧靈手中的東西。平靜的空氣中響起金屬交擊的聲音，紋的手臂感覺到一陣強大的麻痺感，全身毛髮一陣聳立。

之後，它消失了，褪散了，像是沒有形體的匕首在空中留下的迴蕩聲響。紋眨眨眼，轉身看著被風吹動的帳門。外面的迷霧消失了，日光終於勝利。

它似乎勝日無多了。

「紋？」依藍德打著呵欠坐起身。

紋壓下急速的呼吸。霧靈消失了，白日暫時代表著安全。曾經，我以爲夜晚才是安全的，她心想。凱西爾將夜晚給了我。

「怎麼了？」依藍德問道。即便是貴族，怎麼會醒得這麼慢，如此不在乎睡覺時暴露在外的弱點？

她收起匕首。我能跟他怎麼說？我連對方都看不見，怎麼能保護他？她需要時間好好想想。「沒事。」她輕聲說道。「只是我……又緊張兮兮的。」

依藍德翻過身再躺下，心滿意足地嘆口氣。「鬼影在巡邏嗎？」

「是的。」

「他回來後叫醒我。」

紋點點頭，但他大概看不見她的動作。她跪下，藉著身後升起的陽光看著他。她將自己給了他——不只身體，也不只心。她捨棄了所有理性，放下所有遲疑，都爲了他。她不能再以爲自己配不上他，不能再虛假地相信他們永遠不可能在一起。

她從來沒有這麼相信一個人。無論是凱西爾，或是沙賽德，或是瑞恩。依藍德擁有她的一切。這件事讓她的內心顫抖。如果她失去他，她會失去自己。

*我不能想這種事！*她告訴自己，再次站起身。她離開帳棚，靜靜地在身後拉上布門，遠方的陰影動了。片刻後，鬼影出現。

「那裡絕對有人。」他低聲說道。「不是霧靈，紋。有五個人，還架起了營地。」

紋皺眉。「在跟蹤我們？」

「絕對是。」

*史特拉夫的斥候，*她心想。「我們讓依藍德決定要怎麼處理他們。」

鬼影聳聳肩，走過去坐在她的岩石上。「妳要去把他叫醒嗎？」

紋轉過身。「再讓他多睡一會兒吧。」

鬼影再次聳聳肩。他看著她走到營火邊，打開他們前一天晚上包起來的柴火，開始生火。

「妳變了，紋。」鬼影說道。

她繼續工作。「每個人都會變。」她說道。「我已經不是盜賊，而且也有支持我的朋友。」

「我不是指那件事。」鬼影說道。「我是指最近。這一個禮拜。妳跟以前不同了。」

「怎麼個不同？」

「我不知道。妳似乎不是隨時都在害怕了。」

紋想了想。「我做了一些決定——關於我是誰，還有我會成爲什麼樣的人，以及我想要的東西。」

她靜靜工作片刻，終於點起一簇火苗。「我已經厭倦要忍受這些愚蠢的事情，」她終於說道。「包括別人跟我自己。我決定要行動，而不是猜測，也許這樣看事情更不成熟，但總覺得是對的。」

「不會不成熟。」鬼影說道。

紋微笑，看著他。他才十六歲，身體尚未完全發育完成，正是凱西爾招募她時的同樣年紀，雖然太陽仍低，卻已經讓他瞇著眼睛。

「你降下錫吧。」紋說道。「沒必要燒得這麼強。」

鬼影聳聳肩。她可以看出他的不確定。他非常想要當個有用的人。她明白那種感覺。

「你呢，鬼影？」她說到，轉身去準備早餐的補給品，又是吃湯跟雜糧煎餅。「你最近怎麼樣？」

他又聳聳肩。

*我幾乎忘記跟青少年講話是什麼感覺了，*她微笑地想著。

「鬼影……」她說道，仔細地唸出這個名字。「你對這個綽號有何感想？我記得以前所有人都叫你眞名。」雷司提波恩。紋曾經嘗試過要拼寫出他的名字，但她大概寫了五個字母就放棄了。

「我的名字是凱西爾給的。」鬼影說道，彷彿這就是留下名字的原因，也許的確足夠。紋看到鬼影提起凱西爾時眼中的神情。歪腳也許是鬼影的叔叔，但他景仰的人是凱西爾。

「紋，我希望我很強大。」鬼影低聲說道，雙手蓋著膝蓋，坐在岩石上。「像妳那樣。」

「你有自己的特長。」

「錫？」鬼影問道。「幾乎沒有什麼用。如果我是迷霧之子，我可以做偉大的事，當個重要的人。」

「當重要的人並不是什麼很好的事，鬼影。」紋說道，聽著腦子裡的鼓動聲。「大多時候只是很煩人而已。」

鬼影搖搖頭。「如果我是迷霧之子，我可以救人，幫助需要的人。我可以阻止別人送命。可是……我只是小鬼。軟弱。懦夫。」

紋皺眉看著他，但他始終低著頭，不肯看她。*這是怎麼一回事？*她暗自心想。

沙賽德用了一點力氣幫助自己一次能跨過三個台階，在廷朵身後衝上樓梯頂端，兩人跟其他的集團成員一起站在城牆頂。鼓聲仍然響著，每個鼓散布在城市裡的聲音都不一樣，混合而成的聲響混亂地在建築物之間迴蕩。

少了史特拉夫的軍隊，北方的天際線似乎很空曠，如果東北方陷入混亂的克羅司軍營也是如此空曠就好了。

「有人看得出來發生什麼事了嗎？」微風問道。

哈姆搖搖頭。「太遠了。」

「我的一個探子是錫眼。」歪腳一拐一拐地過來。「是他敲響警訊，他說，克羅司在打鬥。」

「老兄啊。」微風說道。「克羅司不是沒事就在打嗎？」

「比平常嚴重。」歪腳說道。「大規模的群架。」

沙賽德感覺到一絲希望。「牠們在打鬥？」他說道。「也許牠們會殺死彼此！」

歪腳給了他一個最擅長的眼神。「你去讀讀自己的書，泰瑞司人。他們說克羅司的情緒是如何？」

「只有兩個。」沙賽德說道。「無聊跟憤怒。可是……」

「牠們向來如此開始。」廷朵低聲說道。「先是在內部打鬥，激怒越來越多成員，然後——」

她沒說完，沙賽德也親眼看見了。北方的黑影越來越淡，開始消散，變成一個個獨立的身影——衝向城市。

「該死的。」歪腳咒罵，快速一拐一拐地下了樓梯。「派傳令兵！」他大吼。「弓箭手上牆頭！封閉河門！軍團，就戰鬥位置！準備迎戰！你們要這些東西衝進來，殺了你們的孩子嗎?!」

接下來是一片混亂。人們開始四散，士兵爬上樓梯，堵塞往下的路途，不讓集團一行人行動。

開始了，沙賽德麻木地想。

「樓梯一有空隙，我要你們都去看著自己的軍團。」多克森低聲說道。「廷朵，妳在錫門，在北邊，泛圖爾堡壘旁邊。我可能需要妳的建議，但妳現在先暫時跟那些小子在一起，他們會聽妳的，他們尊敬泰瑞司人。微風，四到十二軍團中你都安插了一名你的安撫者嗎？」

微風點點頭。「不過能力不是太好……」

「他們只要讓人能夠打就可以了！」多克森說道。「不要讓我們的人潰散！」

「朋友，一千人已經超過一名安撫者的能力範圍。」微風說道。

「讓他們盡力而爲。」多克森說道。「你跟哈姆各自負責白鑞門和鋅門，看起來克羅司會先進攻這裡。歪腳應該會帶援兵來。」

兩人點點頭，接著多克森看著沙賽德。「你知道要去哪裡吧？」

「是的……是的，我應該知道。」沙賽德說道，抓緊圍牆。空中如雪片般落下灰燼。

「那快去吧！」多克森說道。最後一團弓箭手也上了城牆。

「泛圖爾王上！」

史特拉夫轉身。在服用一些振奮精神的藥品後，他好不容易有足夠的體力坐在馬背上，不過他絕對不敢跟人對打，雖然本來也不需要他下場。這不是他的作風。軍隊就是專門處理這種事用的。

他掉轉馬頭，看著上前來的傳令兵。那人氣喘吁吁地，一手按著膝蓋，停在史特拉夫的坐騎邊，腳下散落著灰燼。

「主上。」那人說道。「克羅司軍隊攻擊陸沙德了！」

果真如你所料，詹。史特拉夫讚嘆地心想。

「克羅司進攻了？」加那爾將軍問道，策馬來到史特拉夫身邊。英俊的貴族皺眉，看了看史特拉夫。

「這是你預料中的事嗎，王上？」

「當然。」史特拉夫微笑。

加那爾一臉欽佩之色。

「王上，我們一個小時之內就能到！」加那爾說道。

「不用。」史特拉夫說。「我們慢點來，我們可不想讓我們的軍隊太過勞累，對不對？」

加那爾微笑。「當然，王上。」

弓箭對克羅司的影響似乎不大。

沙賽德站在他負責的城門瞭望塔上，驚愕萬分卻又無法轉移視線。他並沒有正式負責指揮士兵，所以也不需發號命令，只是跟斥候和傳令兵站在一起，等著看有沒有需要他的地方。

因此，他有許多時間觀察眼前展開的慘烈景象。謝天謝地，克羅司還沒有衝向他守衛的城門，因此他的人馬緊張地看著怪物們紛紛衝向遠方的錫門與白鑞門。

高塔讓他能一路望到錫門的方向，即使從這麼遠，沙賽德仍能看到克羅司直直穿過一波波箭雨。似乎只有比較小隻的會死去或受傷，大多數克羅司只是不斷奔跑推前。他身邊的人開始竊竊私語。

我們並沒有準備好，沙賽德心想。即使規劃、期待了好幾個月，我們仍然沒準備好。

這就是被神統治上千年的後果。上千年的和平，暴君的和平，卻仍然是和平。我們沒有將領，只有知道該如何下令要人幫他放洗澡水的貴族；我們沒有戰略家，只有官僚；我們沒有戰士，只有握著棍子的男孩。

看著即將到來的末日，他身為學者的腦筋仍然非常清楚地在分析。運用視力，他可以看到許多怪物，尤其是比較大隻的，手上都抱著連根拔起的小樹。牠們以自己的方式做好了攻城的準備。那些樹不會是眞正有效的鎚門柱，但城市也不是建來抵擋眞正的攻擊。

那些克羅司比我們以為的還要聰明，他心想。雖然牠們沒有經濟體系，卻明白錢幣的抽象概念。雖然不知道怎麼做工具，卻看得出來需要工具才能打破我們的城門。

第一波克羅司來到城牆。士兵開始投下石頭與其他東西。沙賽德的這一區也堆積了同樣的東西，一個放在城門邊，就在他腳旁。可是劍都沒什麼作用了，幾顆石頭又有什麼用？克羅司聚集在城牆底下，像是被堵塞的河川。遠方傳來敲打聲，那些怪物開始搥城門了。

「十六軍團！」一名士兵來到沙賽德的門口，從下方喊著。「庫里大人！」

「這裡！」一個人從沙賽德的塔旁邊的城牆上喊著。

「白鑞門立刻需要援兵！潘洛德大人命令你帶六旅跟我去！」

庫里大人開始下達命令。六個旅……沙賽德心想。我們一千人之中的六百人。歪腳之前的話浮現在他腦海：兩萬人看起來好像很多，直到發現他們散布得多稀疏。

沙賽德閉起眼，使用聽覺錫意識，他可以聽到……木頭敲打木頭的聲音。人們的尖叫。他立刻釋放了錫意識，再次使用視覺，往前傾身，看著戰鬥的城牆。克羅司正在投擲剛才丟出去的石塊，牠們的準頭遠超過守軍。沙賽德看到一名年輕士兵的臉被打爛，身體被石頭的力量從城牆上打飛，忍不住大驚。他釋放錫意識，快速地喘氣。

「大家要穩住！」一名在城牆上的軍官喊道。

他不過是名少年，雖然是貴族，但頂多只有十六歲。當然，軍隊裡很多人都是那個年紀。

「穩住……」年輕的指揮官又說了一次。他的聲音聽起來不確定，語尾隨著他注意到遠方而散去。沙賽德轉身，跟隨他的注視。

克羅司厭倦擠在一個城門外。牠們正開始要包圍城市，大量地分成一團團，順著崟奈瑞河，來到不同的城門邊。

例如沙賽德所在的城門。

紋直接降落在營地的正中央，往火堆拋了一把白鑞粉，然後鋼推，將炭、灰、煙全推在兩名訝異的士兵身上，他們原本正在準備早餐。同時，她將另外三座小帳棚的營釘全部拉引了出來。

帳棚立刻倒塌。一座沒有人住，但另外兩座很快地傳來呼喊聲，帆布勾勒出掙扎、混亂的身影，一人在大帳棚中，兩人在小帳棚裡。

士兵連忙後退，舉起手臂來保護眼睛不再受灰燼跟火星的攻擊，手則伸向劍。紋朝他們舉起拳頭，就在他們眨著眼睛想要看清眼前時，她在地上投了一枚錢幣。

士兵們全部僵住，手再也不敢握著劍。紋望向帳棚。負責人會在大帳棚裡，而她需要處理的只有他。應該是史特拉夫的隊長之一，不過那些人沒配戴泛圖爾家徽。也許……

加斯提．雷卡從帳棚中探出頭來，一面咒罵一面從帆布中解開束縛。自從紋上次見到他，兩年來他變了很多，但當時已有預兆他會變成什麼樣的人。他細瘦的身軀更加乾枯，當年已經漸禿的頭也實現了承諾，只是，他的臉怎麼會看起來這麼憔悴……這麼老？他不過跟依藍德同年。

「加斯提。」依藍德從他躲藏的地方出現，他走入空地，鬼影在他身邊。「你為什麼在這裡？」

加斯提好不容易站直身體，他的另外兩名士兵則是抽劍劃破布料，走了出來。他揮手要他們放輕鬆。

「依藍。」他說道。「我……不知道自己還能去哪裡。我的斥候說你逃走了，所以這感覺像是個好主意。無論你去哪裡，我都想跟你一起去。我們也許可以躲在那裡。我們可以……」

「加斯提！」依藍德怒斥，走上前來站在紋身邊。「你的克羅司呢？你叫牠們走了嗎？」

「我試過。」加斯提低頭說道。「牠們不肯走，尤其是一看到陸沙德。然後……」

「怎麼了?」依藍德質問。

「起火了。」加斯提說道。「我們的……補給車。」

紋皺眉。

「你的補給車?」依藍德說道。「你放木錢的地方。」

「是的。」

「統御主的,你這傢伙!」依藍德上前一步說道。「所以你就把牠們丟在那裡,在沒有領袖的情況下,放在我們家外面?」

「牠們會殺了我,依藍!」加斯提說道。「牠們開始打鬥得很激烈,要求更多錢幣,要求我們攻城。如果我留下,牠們會殺了我!牠們是野獸,只有人形的野獸!」

「所以你走了。」依藍德說道。「你把陸沙德丟給牠們。」

「你也遺棄了陸沙德。」加斯提說道。他走上前來,雙手懇求,靠近依藍德。「依藍,聽我說,我知道我錯了,我以為我能控制牠們,我不是故意要讓這種事發生的!」

依藍德陷入沉默。紋可以看見他眼中出現的冷酷。不是凱西爾那種危險的冷酷,而是一種……尊貴的氣勢,感覺他已經超越過原本的他。他站直身體,低頭看著在他面前懇求的人。

「你召集了一群狂暴的怪物,帶領牠們進行暴君的攻擊,加斯提。」依藍德說道。「你在無辜的村落中造成殺戮。然後,你在沒有留下領導者或控制的情況下,把那支軍隊丟在整個最後帝國裡,居民最多的城市之外。」

「原諒我。」加斯提說道。

依藍德直視他的雙眼。「我原諒你。」他低聲說道。然後,流暢地抽出劍,一劍將加斯提的頭砍下。

「可是我的王國不行。」

紋目瞪口呆地看著屍體倒地。加斯提的士兵大喊出聲,抽出武器。依藍德轉身,表情嚴肅,對他們舉起沾滿鮮血的劍尖。「你們認為我的處決有誤嗎？」

士兵想了想。「不，陛下。」其中一人終於低著頭說道。

依藍德跪下，以加斯提的披風擦乾淨他的劍。「以他的所做所為，他已經得了個好死。」依藍德俐落地將劍收回。「可是他曾經是我的朋友。葬了他。之後，你們可以跟我同行去泰瑞司，或是自行回家。你們自己選擇。」說完，他走回森林。

紋留在原處看著士兵。他們嚴肅地上前端起屍體。她朝鬼影點點頭，追著依藍德進入森林裡。她不用找多遠就發現他坐在不遠的岩石上，盯著地面。又開始落灰了，但大多數的灰燼都卡在樹上，如黑色的苔蘚般包裹住樹葉。

「依藍德？」她問道。

他凝視著森林深處。「紋，我不知道我為什麼那麼做。」他低聲說道。「為什麼正義需要由我來執行？我甚至不是王。可是，這是非做不可的事。我當時如此想，如今亦然。」

她按住他的肩膀。

「他是我殺的第一個人。」依藍德說道。「他跟我曾經有如此偉大的夢想。我們會聯盟帝國中最強大的兩個家族，前所未有地統一陸沙德，我們不會有貪婪的聯盟，而是真正為了讓城市變得更好的政治聯盟。」

他抬頭看著她。「紋，我想我現在比較瞭解妳的感覺了。在某種程度上，我們都是刀，都是工具，不是彼此，而是為了這個王國，這群人民。」她摟住他，抱著他，將他的頭拉到她的胸前。

「我很遺憾。」她悄聲說道。

「不得不如此。」他說道。「最難過的部分是，他說得對。我也遺棄了他們。我也應該一劍殺了自己。」

「你是因為很好的理由才離開的，依藍德。」紋說道。「你的離開是為了保護陸沙德，好讓史特拉夫不會攻擊。」

「如果克羅司在史特拉夫之前攻擊呢？」

「也許不會。」紋說道。「牠們沒有領袖，也許會轉而攻擊史特拉夫的軍隊。」

「不。」鬼影的聲音說道。紋轉身，看到他穿過森林而來，瞇著眼睛擋住太陽。

那男孩燒的錫太多了，她心想。

「什麼意思？」依藍德轉身問道。

鬼影低頭。「牠們不會攻擊史特拉夫的軍隊，阿依。不會在那裡。」

「什麼？」紋問道。

「我……」鬼影別過頭，臉上露出羞慚之色。

*我是個懦夫，*紋想起他先前如此說。「你知道。」紋說道。「你知道克羅司要攻擊了！」

鬼影點點頭。

「太可笑了。」依藍德說道。「你不可能知道加斯提會跟著我們。」

「我是不知道。」鬼影說道，又一團灰燼在他身後落下，在風中擴散，上百朵不同的灰花落地。「可是我叔叔猜想史特拉夫會退兵，讓克羅司攻擊城市，所以沙賽德決定要讓我們走。」

紋突然感到一陣冰寒。

我找到昇華之井的位置，沙賽德說。在北邊，在泰瑞司山脈……

「歪腳跟你說的？」依藍德問。

鬼影點點頭。

「你沒告訴我？」依藍德質問，站起身。*糟糕……*

鬼影遲疑了，然後搖搖頭。「你會想要回去！我不想死。阿依！對不起，我是儒夫。」他瑟縮了一下，瞥向依藍德的劍在一旁閃耀。

依藍德停下腳步，好像此時才發現他的確朝男孩上前一步。「我不會傷害你，鬼影。」他說道。「我只是以你為恥。」鬼影垂下眼光，坐在地上，背靠著白楊木。

鼓動聲，變弱了……

「依藍德。」紋低聲說道。

他轉身。

「沙賽德說謊。井不在北邊。」

「什麼？」

「它在陸沙德。」

「紋，那太荒謬了。我們怎麼會沒找到。」

「我們就是沒找到。」她堅定地說道，站起身，望向南方，集中注意力，感覺到鼓動淹沒她、牽引她。

「井不可能在南方。」依藍德說道。「所有的傳說都說它在北方，在泰瑞司山區。」

紋不解地搖頭。「就在那裡。」她說道。「我就是知道，不知道為什麼，但我知道。」

依藍德看著她，點點頭，信任她的直覺。

噢，沙賽德，她心想。也許你的出發點是好的，但我們可能全部因此完蛋。如果城市落在克羅司手中……

「我們多快能趕回去？」依藍德問道。

「看情況。」她說到。

「回去？」鬼影抬頭問道。「阿依，他們都死了。他們要我到了塔辛文就跟你說實話，好讓你們不會在冬天裡因為不必要的原因爬山而害死自己。可是當歪腳叔叔告訴我時，他也在跟我告別，我從他的眼神中可以看出來，他知道他再也見不到我。」

依藍德一愣，紋可以看到他眼中一瞬間的不確定，一閃而逝的痛楚與驚恐。她瞭解那些情緒，因爲它們也同時襲擊上她的心頭。

沙賽德、微風、哈姆……

依藍德抓住她的手臂。「妳得去，紋。」他說道。「可能會有倖存者，有難民，他們會需要妳。」

她點點頭，他堅定的手勁和充滿決心的聲音，給了她力量。

「鬼影跟我隨後跟上。」他說。「我們全速應該只要兩天就會到，可是有白鑞的鎔金術師比騎馬更快。」

「我不想離開你。」她悄聲說道。

「我知道。」

眞的很難。她才剛重新了解他，怎麼能獨自跑走留下他？可是她如今確定了昇華之井的位置，更是急迫地感覺到它的存在，而如果她的朋友們眞的從攻擊中存活下來……

紋一咬牙，拿出袋子，掏出最後的白鑞粉末，配上水瓶裡的兩口水吞下。她的喉嚨因粉末而刺痛。量不多，她心想。它不會讓我白鑞延燒太久。

「他們都死了……」鬼影模糊不清地又說了一次。

紋轉身。鼓動堅定。來自南方。

我來了。

「依藍德，請爲了我做一件事。」她說道。「晚上迷霧出來時，不要睡覺。盡量在晚上行動，保持清醒，小心霧靈。我覺得它可能想傷害你。」

他皺眉，卻點點頭。

紋驟燒白鑞，全速奔向大道。

我的懇求，我的教誨，我的反對，甚至我的叛變都沒有用。艾蘭迪如今有新的幕僚，他們只會告訴他，他想聽的話。

52

微風盡力假裝他沒有身處於戰爭之中，但成效不是太好。

他騎馬等在鉡門中庭的邊緣，四周都是士兵的腳步聲、盔甲的撞擊聲，陣陣羅列在前，他等待、觀察城牆上的伙伴。

門上傳來撞擊聲。微風驚得跳了一下，但繼續他的安撫。「要堅強。」他低聲說道。「恐懼、遲疑，我都會帶走。死亡可能會從門中出現，但你們可以打，可以贏過它。要堅強……」

黃銅如烈火般在他腹中燃燒。他早就用完了他的金屬液體瓶，現在開始大口大口地呑黃銅粉，配上幾口水。幸好有多克森的傳令騎兵補給，至少在這方面他並無所缺。

這能撐多久？他心想，擦拭額頭，繼續安撫。還好鎔金術對體力要求很低，因爲鎔金力量來自於金屬本身，而不是燃燒金屬的術師，可是安撫比其他鎔金術都要複雜，他需要不間斷地專注。

「恐懼、驚駭、焦慮……」他低語。「想要逃跑或放棄的欲望，我全都帶走……」他其實不需要這樣喃喃自語，但他向來如此，這有助於他的集中力。

在安撫數分鐘後，他看了看懷錶，掉轉馬頭，騎到中庭的另一邊，門上繼續傳來撞擊聲。

微風再次擦著額頭。他不太高興地看到自己的手帕已經要濕到快要失去吸汗作用，雪也開始下了。潮濕會讓灰燼黏在他的衣服上，他的衣服會被完全毀掉。

*這套衣服會被你的血毀掉，微風，*他告訴自己。已經不需要裝傻了。這很嚴肅。太嚴肅。*你怎麼會把自己搞成這樣？*

他加倍努力，安撫一批新的士兵。他是最後帝國中最強的鎔金術師之一，尤其在情緒鎔金術上更是首屈一指，只要人群夠密集，目標情緒夠單純，他可以同時安撫數百個人，就連凱西爾都辦不到。

可是一整個兵團仍然超過他的能力範圍，所以他得計時分區處理。他開始專注於新的一群人時，他看到原本那群的士氣開始萎縮，焦慮升起。

門被衝開時，這些人會散掉。

門上轟轟作響。人們擠在牆上，拋石、射箭，毫無章法地戰鬥；偶爾會有一名士官擠到前面，大喊著命令，試圖讓所有人的攻擊行動一致，但微風遠到聽不清楚他們在說什麼，只看得到一群人混亂地走動、尖叫、射箭。

當然，他也可以看到回報的攻擊。石頭從下方飛入空中，有些撞裂在城牆上。微風試著不要去想牆的另一邊是數千名憤怒的克羅司怪物。偶爾，一名士兵會倒下，血從城牆的數區滴了下來。

「恐懼、焦慮、驚駭……」微風低語。

奧瑞安妮逃走了。紋、依藍德、鬼影都安全了。他得不斷專注於這些成功。*沙賽德，謝謝你要我們把他們送走，*他心想。

馬蹄聲在他身後響起。微風安撫的動作不停，轉過身，看到歪腳騎著馬上來。將軍彎腰駝背地坐在馬上，一隻眼睛睜著看士兵，另一隻則是隨時瞇著。「他們的情況不錯。」

「老兄，他們嚇壞了。」微風說道。「就連正在被我安撫的人看著大門，都覺得自己正在等待要吸入他們的巨大可怕空無。」

歪腳打量微風。「今天你很有詩意嘛？」

「都是末日帶來的靈感。」微風說道，看著城門顫抖。「無論如何，我都懷疑這些人的狀況能被稱為『不錯』。」

歪腳哼了一哼。「戰鬥總會緊張的，誰都一樣。可是，這些都是好孩子，他們會撐住。」

城門顫抖、晃動，周圍出現裂痕。紋鎖開始要變形了……微風心想。

「你能安撫克羅司嗎？」歪腳問道。「讓牠們不要那麼凶狠？」

微風搖搖頭。「我試過了。安撫那些怪物沒有用。」

兩人再次陷入沉默，聽著轟轟作響的大門。終於，微風轉頭看著身邊坐在馬背上，平靜依然的歪腳。「你之前打過仗。」微風說道。「多常？」

「我年輕時，二十年中零零總總打過不少。」歪腳說道。「鎮壓遙遠統御區的叛變，跟荒境中的游牧民族戰鬥。統御主很擅長不讓這些紛爭的消息散播出來。」

「那……勝負如何？」微風微笑。「常打贏嗎？」

「沒輸過。」歪腳說道。

微風露出一絲笑意。

「當然，那時我們身邊可是有克羅司的幫助。」歪腳說道，一面斜眼瞄著微風。「那些野獸可真難殺。」

這下可好了，微風心想。

紋狂奔。

她只用過一次白鑞延燒，那是兩年前，跟在凱西爾身邊時。只要穩定地燃燒白鑞，她就能以無比的速度奔跑，維持全速的衝刺，卻絲毫不感疲累。

可是，這個過程會對身體有所影響。白鑞能讓她不停下來，卻也壓制了自然狀態中的疲累，兩者的反差讓她的腦子開始混亂，帶來如同極端疲累時的放空。她的靈魂極端渴望休息，但她的身體只是一直跑、一直跑、一直跑，跟著運河曳船道前往南方，前往陸沙德。

這次紋對於白鑞延燒帶來的副作用早已有準備，所以處理得好很多，能夠讓她的意志呈現放空的狀態，讓意識專注於目標，而非身體的重複性動作，但這個集中也為她帶來不安的念頭。

*我為什麼要這麼做？*她自問。*為什麼要這樣強迫自己？鬼影說過，陸沙德一定已經淪陷了。沒有必要趕回去。*

可是，她仍然沒有停下。

她彷彿在腦海中看到眾人的死狀，哈姆、微風、多克森、歪腳，還有親愛的，親愛的沙賽德。她交到的第一批真正朋友。她愛依藍德，一部分的她極端感激其他人將他送離險地，但另一部分的她極其憤怒他們居然把她引走，這份憤怒讓她前進不歇。

他們讓我遺棄他們。他們強迫我遺棄他們！

凱西爾花了好幾個月教導她如何去信任。他在世時，對她說的最後一番話，便是指控她這點，而那是她永遠無法逃脫的話語。*關於友誼，妳還有很多要學的，紋。*

他冒生命的危險將鬼影跟歐瑟救離險境，奮力擊退、最後殺死一名鋼鐵審判者。即使紋說冒這險沒有意義，他仍然去了。

是她錯了。

*他們好大的膽子！*她心想，感覺眼淚沾濕臉龐，腳下卻仍然沿著運河寬廣的曳道全速奔跑。白鑞給了她超凡的平衡感，任何人用這種速度奔跑都是冒著摔斷脖子的風險，但在她身上卻感覺再自然不過。她不會絆倒，也不會摔跤，可是外人看來會覺得她的速度簡直是找死。

樹飛閃過去。她跳過地面上的凹凸不平，跟之前那次一樣奔跑，強迫自己甚至超越以前的速度。以前她只是爲了跟上凱西爾而跑，現在她爲自己所愛的人而跑。他們好大膽子！她再次心想。居然敢不給我跟凱西爾一樣得到的機會！居然敢拒絕我的保護，拒絕讓我幫助他們！居然敢死……

她的白鑞已經開始要用盡，但她才跑了幾個小時而已。當然，她這幾個小時大概已經等同於普通人行走一整天的路程，但她知道那是不夠的。他們已經死了。她會像多年之前那樣，到得太晚，就像當時來不及救出革命軍隊。來不及救出她的朋友。紋的腳步不停，眼淚也不停。

「我們怎麼會把自己搞成這樣？」微風低聲問道，仍然站在中庭裡，面對轟轟作響的大門。他坐在馬匹上，站在一團落雪跟灰燼的污泥中。空中靜靜飛落的黑和白，與尖叫的人、龜裂的大門、墜落的石塊形成強烈對比。

歪腳轉頭看他，皺眉。微風繼續盯著灰燼跟白雪。黑與白。緩慢。

「我們不是有原則的人。」微風低聲說道。「我們是盜賊。十足的功利主義份子。你是一個厭倦總是服從統御主的話，終於想要爲自己尋找出頭的機會的人。而我，一個喜歡玩弄別人，以操控別人的情緒爲樂，道德標準混亂的人。我們怎麼會站在這裡？站在軍隊面前，爲一個傢伙的理想奮鬥？我們這種人不該當領袖的。」

歪腳看著中庭的人。「我們大概眞的是白癡吧。」最後，他說道。

微風一愣，然後注意到歪腳眼中的閃光。那一閃幽默感，只有非常熟悉歪腳的人才看得出來，就是這道閃光洩漏了眞相，展現歪腳其實是將事情看得很透徹的人。

微風微笑。「很有可能。我記得我們說過，都是凱西爾的錯。他把我們變成會站在沒有生還機會的軍隊面前的白癡。」

「那個混帳東西。」歪腳說。

「一點也沒錯。」微風說。

灰燼與白雪繼續飛落。眾人警告地大喊。門被撞開。

「東門的防守被突破了，泰瑞司大人！」多克森的傳令兵微微喘息地蹲在沙賽德身邊說。兩人都坐在牆垛上，聆聽克羅司攻擊自己這邊的城門。被攻破的是鋅門，陸沙德最東邊的城門。

「鋅門是防守最牢固的一城門。」沙賽德靜靜說道。「我想他們撐得住。」

傳令兵點點頭。灰燼沿著城牆吹來，堆積在石頭的縫隙與凹陷處，黑色的碎片偶爾混著骨白色的雪片。

「您有什麼要我回報給多克森大人的嗎？」使者問道。

沙賽德想了想，研究一下他這邊的城牆防禦狀態。他從瞭望塔上爬下，跟普通人站在一起。士兵的石頭已經用完，但弓箭手仍然在努力不懈。他瞄了一眼牆邊下方，看到克羅司的屍體開始堆積起來，卻也看到城門的裂痕。牠們居然能持續憤怒這麼久，他心想，將頭縮回來。下面的怪物繼續吼叫，像是野狗一般瘋狂。

他靠回濕石頭上，在寒風中顫抖，腳趾頭開始麻痺。他使用了黃銅意識，汲出裡面儲存的熱力，一陣令人舒適的溫暖突然傳遍全身。

「告訴多克森大人，我擔心這個城門的守備狀況。」沙賽德低聲說道。「最優秀的士兵被借去幫助東門了，而且我認為我們的將領不是太有信心，如果多克森大人能派別人來負責指揮，我想會是最好的做法。」

傳令兵遲疑了。

「怎麼？」沙賽德問道。

「泰瑞司大人，所以他才派了您來，不是嗎？」

沙賽德皺眉。「請告訴他，跟我們的指揮官比，我對自己領導……或戰鬥的能力，更沒有信心。」

傳令兵點點頭，急急忙忙地跑下台階，翻身上馬。一塊石頭擊中他的上方，沙賽德驚得一縮，石屑從石塊邊落下，四散在他面前的地面。被遺忘的諸神啊……沙賽德心想，絞著雙手。我在這裡幹麼？

他看到城牆邊有動靜，轉身看到年輕的貝地斯隊長來到他身邊，小心翼翼地縮著頭。他長得很高，濃密的頭髮長到眼睛，即便是穿著盔甲，身體仍嫌削瘦。這年輕人看起來應該像是在舞會中起舞，而不是領兵作戰。

「傳令兵怎麼說？」貝地斯緊張地問道。

「鋅門被攻破了，大人。」沙賽德回答。

年輕的隊長臉色一白。「我們……我們該怎麼辦？」

「大人，爲什麼問我？」沙賽德問道。「你是指揮官。」

「拜託你。」年輕人說道，緊抓著沙賽德的手臂。「我不……我……」

「大人。」沙賽德嚴肅地說道，壓下自己的緊張。「你難道不是貴族嗎？」

「是的……」

「那你很習慣發號施令。」沙賽德說道。「現在，快點這麼做。」

「什麼樣的命令？」

「不重要。」沙賽德說道。「只要讓那些人看到有你在。」年輕人遲疑了。突然，旁邊一塊石頭打上他身邊的弓箭手，將人打落到中庭裡，年輕人驚呼一聲，彎腰躲起。下方的人紛紛閃避落下的屍體，沙賽德注意到很奇特的現象——有一群人聚集在中庭後方。是平民百姓，司卡，穿著沾滿灰燼的衣服。

「他們在這裡做什麼？」沙賽德問道。「他們應該躲起來，不是站在那邊，等克羅司打進來時，他們會變成誘餌！」

「等克羅司打進來？」貝地斯隊長問道。

沙賽德沒回答。他可以處理平民，他很習慣管理貴族的僕人。

「我去跟他們說。」沙賽德說道。

「好……」貝地斯說道。「聽起來是個好主意。」

沙賽德下了樓梯，如今因爲混著灰燼的雪泥而濕滑，來到那一群人面前。他們的數量遠比他以爲的還要多，一路延伸到不遠處的街道裡。上百個人縮在一起，在落雪中看著城門，看起來很冷。沙賽德爲自己的黃銅意識所提供的溫暖感到有點罪惡感。

幾個人看到沙賽德走上前來時，紛紛低頭致敬。

「爲什麼來這裡？」沙賽德問道。「你們必須趕快躲起來。如果你們家在中庭附近，就去城市中央躲著。克羅司一料理完軍隊可能就會劫掠城市，所以城市邊緣是最危險的。」

沒有人動。

「拜託你們！」沙賽德說道。「你們必須離開。如果留下來，你們會死啊！」

「我們不是來這裡等死的，神聖的第一見證人。」前面的一名長者說道。「我們是來這裡看克羅司的滅亡。」

「滅亡？」

「繼承者貴女會保護我們。」一名女子說道。

「繼承者貴女已離開了城市！」沙賽德說道。

「那我們就看你，神聖的第一見證人。」那人說道，一手按著某個年輕男孩的肩膀。

「神聖的第一見證人？」沙賽德說道。「爲什麼這麼稱呼我？」

「你是帶來統御主死訊的人。」那人說道。「你給了繼承者貴女她用來殺死王的矛。你見證了她所有的行爲。」

沙賽德搖搖頭。「你說得都沒錯，但我不值得你們的尊崇，我不是聖人，我只是——」

「一個見證人。」老人說道。「如果繼承者會參與戰鬥，她會在你身邊出現。」

「對不起……我……」沙賽德滿臉通紅地說。我讓她離開，我讓你們的神去安全之處躲著了。

那些人看著他，眼神充滿崇敬。這不對的，他們不該崇拜他，他只是個觀察者。

不過，他其實不是。他讓自己成爲所有事情的一部分，這正是廷朵間接警告他的。因爲沙賽德參與了所有的事件，因此他也成爲被崇拜的對象之一。

「你們不該這樣看我。」沙賽德說道。

「繼承者貴女也這麼說。」老人微笑說道，氣息在空中形成一團白霧。

「那是不一樣的。」沙賽德說道。「她是——」他的話因後方傳來的大喊而被打斷。城牆上的弓箭手露出驚慌之色，年輕的貝地斯隊長衝向他們。到底是……

一個藍色的怪物突然爬上城牆，披風流滿了紅色鮮血，牠推開一名驚訝的弓箭手，抓住貝地斯隊長的脖子，將他往後一甩。男孩消失，落到下方的克羅司之間。連沙賽德站在這麼遠，都聽得到他的尖叫。另一名克羅司爬上城牆，接著是第三隻。弓箭手驚恐地後退，拋下武器，有些人因爲驚慌還將伙伴推下城牆。

克羅司用跳的，沙賽德明白過來。下方的屍體一定堆積得夠高，但要跳這麼高……

越來越多怪物正爬上城牆頂，都是所有怪物之中體型最大、超過十呎的身軀，這非但沒有阻礙牠們，反而只是讓牠們更輕鬆地將其他弓箭手撥開。人們紛紛掉下中庭，門上的撞擊聲加倍響亮。

「快走！」沙賽德說道，朝身後的人揮手。有些往後退，許多人堅定地站著。

沙賽德焦急地轉身面向城門，木門開始龜裂，木屑飛散在充滿灰燼與雪泥的空氣中。士兵們不停後退，身體語言透露出他們的驚慌。終於，門栓斷裂，右扇被衝開，一群嚎叫、流血、瘋狂的克羅司開始爬過濕漉的岩石。

士兵拋下武器逃跑，其他人因爲驚駭過度而僵在原地。沙賽德站在他們後方，擋在驚恐的士兵與一群克羅司卡之間。

我不是戰士，他心想，雙手顫抖，盯著怪物。光是在克羅司軍營裡時，要保持冷靜已經夠困難，如今看著牠們狂嚎，抽出巨大的劍，皮膚崩裂，撲向人類士兵，沙賽德感覺自己的勇氣正在消散。

可是如果我不想辦法，就沒有別人了。

他汲取出白鑞之力。

他的肌肉開始膨脹，他深深地汲取鋼意識後，衝上前去。他從來沒有用過這麼多力量，花了許多年積存，卻鮮少使用，如今終於派上用場。

他的身體改變，瘦弱的學者手臂變成巨大、壯碩的肌肉，胸口變寬，腫脹，肌肉因力量而緊繃，這麼多以脆弱、虛弱的身體度過的日子，如今集中於這一刻。他推開一排排的士兵，脫掉太緊的袍子，身上只留下一塊兜襠布。

領頭的克羅司發現自己正面對一名幾乎跟牠一樣壯碩的怪物。雖然牠很憤怒，雖然牠不是人類，那怪物仍然一時之間僵住，小小的紅眼睛明顯流露驚訝之色。

沙賽德狠狠揍了怪物一拳。他從來沒有練習過戰技，對搏鬥更一竅不通，但此刻，技巧不足並非問題，那怪物的臉皮包圍住他的拳頭，頭顱碎裂。

沙賽德以粗壯的腿轉身，回頭望著驚訝的士兵。*快說些什麼勇敢的話啊！*他告訴自己。

「上啊！」沙賽德大吼，低沉有力的聲音讓他自己都嚇了一跳，更讓人訝異的是，其他人一聽，全數向前衝去。

紋跪倒在泥濘、沾滿灰燼的大道上，疲累不堪，手指跟膝蓋插入冰冷的泥濘，但她不在乎，只是跪在那裡，喘著氣。她跑不動了。她的白鑞已經用完，肺部灼燒，雙腿疼痛。她想要倒在地上，縮成一團，不再站起來。

這只是因為白鑞延燒，她費力地想。她已經將身體逼到極限，但直到現在才付出代價。

她又咳了一下，呻吟出聲，濕答答的手探入口袋，掏出最後兩個玻璃瓶，裡面裝滿了八種基本金屬的混合液，再加上硬鋁。這裡的白鑞能幫她再撐一段時間……

但是不夠久。她離陸沙德仍有數小時的距離，就算她使用白鑞，也要天黑許久後才會抵達。她嘆口氣，收起玻璃瓶，強迫自己站起。

我到了以後能怎麼樣？紋心想。我為什麼要這麼努力？難道我這麼急著想要戰鬥？想要殺戮？

她知道她趕不及參與戰鬥，克羅司大概好幾天前就已經攻破城市，但她仍然很擔憂。她對塞特堡壘的攻擊仍然在她腦海中留下可怕的景象。她做的事。她造成的死亡。

可是，她內心有些想法改變了。她已經接受自己是把刀。刀也不過是一件工具，可以用來為惡，也可用來為善；可用來殺戮，也可用來保護。

不過以她現在這麼衰弱的情況看來，無論是殺戮或保護都超出她的能力。她驟燒錫以保持清醒，同時也幾乎站不住腳。她站在皇家大道上，在緩緩落下的飛雪中，凹凸不平、濕答答的路面漫長如永恆。它與皇家運河平行，運河如蛇一般切過大陸，如今和大道一樣空曠卻平坦。

之前在依藍德身邊，這條路顯得光明又簇新，如今顯得陰暗而令人憂鬱。井不斷鼓動，隨著她接近陸沙德的每一步，震動越發強勁，但增強的速度不夠快，不足以讓她阻止克羅司攻下城市。

對她的朋友而言，不夠快。

對不起……她心想，牙關打戰，拉緊了披風，白鑞再也無法幫她抵擋寒冷。對不起，我讓你們失望了。

她看到遠方有一柱煙。看看東方，再看看西方，卻什麼也看不清，平坦的地面隱沒在灰白的雪地裡。是個村莊，她仍然麻木的腦子想到。這一區裡有不少村莊。陸沙德是這個小統御區中的最大城市，卻不是唯一。依藍德無法保護所有城市免受土匪的侵害，卻仍比最後帝國裡其他城市的遭遇要好得多。

紋歪歪倒倒地往前，穿過泥濘的黑水窪，走向村莊。十五分鐘後，她離開主要大道，走上一條通往村莊的小路。以司卡標準來看，這個村莊不大，只有幾間平房，還有一兩棟搭得比較好的建築物。

不是農莊，紋心想。這是棧村，讓旅行的貴族在晚上可以休憩的地方。那棟小宅邸原本應該住著一名低階貴族負責經營此處，如今一片漆黑。不過兩棟司卡平房仍有光線透出門窗，陰暗的天氣一定是讓他們決定提早結束工作，回家休息。

紋顫抖，走到其中一棟建築物前面，錫力增強的耳朵聽到裡面有交談聲。她停下腳步，仔細聆聽。孩童的笑聲，男人有力的交談聲。她聞到正在烹煮的晚餐，簡單的燉蔬菜。

司卡……在笑，她心想。在統御主時期，這樣一棟平房會是充滿恐懼與憂慮的地方，因為快樂的司卡總被視為工作不夠勤奮的司卡。

我們做的事情有意義。一切都有意義。

可是這值得以她朋友的死亡來換取嗎？陸沙德的淪陷呢？沒有依藍德的保護，這個小村莊早晚也難逃暴君的掌心。

她將笑聲收入心底。凱西爾沒有放棄。就連在面對統御主的同時，他最後的遺言仍然是反抗。當他的計畫似乎已經完全失去希望，他的屍體倒在街上時，其實在暗地裡，他是勝利的。

我拒絕放棄，她心想，站直身體。我拒絕接受他們的死亡，直到我親手抱著他們的屍首。

她舉起手，敲門。裡面的聲音立刻停止，門緩緩打開時，紋熄滅了錫。司卡，尤其鄉村司卡，很容易受驚。她可能得……

「天哪，可憐的小東西！」女子驚呼，大開屋門。「快點進來，外面在下雪呢。妳這時候在外面做什麼？」

紋遲疑了。那女子的衣著很簡單，卻足以抵擋冬天。房間中央的火堆散發著歡迎的溫暖。

「孩子，妳還好嗎？」女子問道。她身後一名壯碩、滿臉鬍渣的男子站起身，一手按住女子的肩膀，端詳起紋。

「白鑞。」紋輕聲說道。「我需要白鑞。」

那對男女相互交換一個眼神，皺起眉頭。他們大概覺得這個人神智不清，她的頭髮因爲落雪而濕透，衣服也全濕，沾滿灰燼，看起來應該很可怕吧？她還只穿著普通的騎裝，長褲，以及一件普通的披風。

「妳要不要先進來，孩子？」男子問道。「來吃點東西，然後我們可以談談妳從哪裡來的。妳的父母呢？」

*他統御老子的！*紋不太高興地心想。*我看起來沒那麼小吧？*

她對兩人施以安撫，壓下他們的擔憂與懷疑，然後煽動他們幫忙的意願。她沒有微風那麼厲害，卻也不是毫無經驗。兩人立刻放鬆下來。

「我沒多少時間。」紋說道。「白鑞。」

「大人家裡原本有些很好的餐具。」男子緩緩說道。「可是我們大多拿去換衣服跟農具了。我想還剩下一兩個杯子，我們的長者，克雷德先生收在另外一間平房裡……」

「可能有用。」紋說道。雖然那金屬的製作可能不符合鎔金術需要的比例，裡面可能混合太多的銀或不夠的錫，那會讓白鑞的效用大幅減弱。

兩人皺眉，看著平房裡的其他人。

紋感覺絕望重回胸口。她在想什麼？就算白鑞是正確的合金，光要將它削成碎屑，打成她可以用來奔跑的粉末也需要時間。白鑞燒的速度很快，而且她需要很多，準備的時間大概跟她走去陸沙德差不多。

她轉身，望向南邊黑暗、滿是落雪的天空，就算她有白鑞，也需要跑上好幾個小時。她其實需要的是錐刺道——就是路邊埋有金屬，可讓鎔金術師用鋼反推的快速道路。從陸沙德到費理斯之間，馬車要走一個小時的路程，鎔金術師用錐刺道卻只需要不到十分鐘。

可是這村莊到陸沙德之間並沒有刺道，主要運河通道邊甚至沒有，因爲太難架設，用途太有限，因此沒有長距離鋪設的必要性……

紋轉身，讓司卡夫婦再次一驚。也許他們注意到她腰上的匕首，或是她眼中的神情，他們已經沒有先前那麼友善。

「那是馬廄嗎？」紋說道，朝其中一棟漆黑的建築物點點頭。

「是的。」男子遲疑地說道。「可是我們沒有馬。只有幾隻羊跟牛，妳不會要……」

「馬蹄鐵。」紋說道。

男子皺眉。

「我需要馬蹄鐵。」紋說道。「很多馬蹄鐵。」

「跟我來。」男子說道，回應她的安撫，領著她進入冰冷的午後。其他人跟在他們身後，紋注意到有兩個人順手拿起了鐵鎚。也許讓這些人不受侵害的原因不只是依藍德的保護。

壯碩的男子用力推開了馬廄門，指著裡面的一個桶子。「反正都快生鏽了。」

紋走到桶子前，拿出一枚馬蹄鐵，測試它的重量，然後拋在她面前，紮紮實實地對它鋼推一記，馬蹄鐵立刻飛起，在空中劃出一條弧線，最後落到幾百步外的池塘中。

很完美，她心想。

司卡男子們目瞪口呆地看著。紋探入口袋，掏出一個金屬液體瓶，吞下後，補充白鑞的量。雖然這樣的量用來白鑞延燒不太足夠，但她仍有許多鋼和鐵，兩者的燃燒都很緩慢，她體內的量足以讓她鋼推跟鐵拉上好幾個小時。

「妳是誰？」男子問道。

「不是什麼重要的人。」

他想了想。「妳是她，對不對？」

她不需要問他在說誰。只是在身後拋下一枚馬蹄鐵。

「對。」她輕聲說道，然後鋼推馬蹄鐵。

她馬上斜飛入空中，一旦開始下墜，她立刻拋下另一枚馬蹄鐵，不過她等到快接近地面才開始鋼推，如今她的目標是距離，而非高度。

她以前就這麼做過，這跟用錢幣來跳躍的差別並不大，訣竅在於要讓自己別停下來。她一面鋼推第二枚馬蹄鐵，穿過落雪的天空同時，用力鐵拉身後第一枚馬蹄鐵。

馬蹄鐵並沒有綁在任何東西上，所以立刻跟著她一起躍入空中，向前，直到紋在地上拋下第三枚馬蹄鐵，同時放開第一枚，讓它的重量帶著它自然地飛過她的頭頂，同時於她鋼推第三枚馬蹄鐵，拉引第二枚在後方遠處的馬蹄鐵時，落在地上。

這可不容易，紋心想，因專注而皺起眉頭，飛越過第一枚馬蹄鐵，用力鋼推，可是她的角度沒算對，因此在來得及鋼推之前，落得太低，以至於馬蹄鐵往後飛去，沒有給她足夠向上的動力，無法讓她保持於空中，因此她重重摔到地上，卻又立刻將馬蹄鐵拉引到身邊，又試了一次。

前面幾次跳躍的速度都很滿，最大的問題是要控制落地的角度，她得以精準的速度推馬蹄鐵，讓它有足夠的下墜力又不會在地上滑動，卻還要保持足夠向前的慣性，朝正確的方向移動。第一個小時中，她經常得降落，折回去拿馬蹄鐵，但她沒有多少時間可以花在實驗上，因此只能下定決心，一定要把過程練熟。

終於，她掌控了三枚馬蹄鐵的使用方法。幸好地面潮濕，她的重量能讓馬蹄鐵陷入泥濘中，讓她將自己往前推的同時，有更牢固的錨點。要不了多久，她就加上了第四枚馬蹄鐵，而她能越頻繁地操作，有越多枚馬蹄鐵可以鋼推，她的速度就能越快。

當她離開村莊的一個小時後，她已經能加入第五枚馬蹄鐵，結果就是空中不斷有金屬塊在飛舞，紋則不斷地拉、推、拉、推，以堅定的決心向前移動，宛如在空中雜耍。

地面在她腳下飛竄，馬蹄越過她的頭頂，隨著她越來越快地推動自己，不斷朝南前進，耳中的風聲幻化成咆哮。她成為一團金屬與動作的虛影，如同即將殺死審判者之前的凱西爾。

只不過，她的金屬不是用來殺人，而是用來救人。也許我趕不及抵達，她心想，流動的空氣呼嘯而過。可是我絕不會半途放棄。

我有一個年輕的姪子，叫做拉剎克。他以令人羨慕的青春熱情憎恨克雷尼恩的一切，尤其憎恨艾蘭迪。雖然兩人從未見過面，可是拉剎克對於我們的壓迫者居然被選為世紀英雄，覺得遭受背叛。

53

當史特拉夫的軍隊越過最後一座俯瞰陸沙德的山丘時，他已經開始覺得自己的精神不錯。他暗地裡嘗試了櫃子裡的幾種迷幻藥，認為應該已經掌握到愛瑪蘭塔是用了哪些：黑費恩草——的確是種很棘手的迷幻藥，他得讓自己慢慢戒掉癮頭。但就目前而言，偶爾吞下幾片葉子，能讓他獲得前所未有的力量與清醒，甚至能說，他感覺好極了。

他很確定陸沙德絕非如此。克羅司聚集在外牆邊，仍然在攻擊北方跟東方的幾座城門。城裡燃起煙霧。

「我們的斥候說怪物已經攻入四座城門，主上。」加那爾將軍說道。「牠們先攻入了東門，在那邊遭受猛烈的抵抗，接下來淪陷的是東北門，然後是西北門，但兩邊的軍隊都抵擋得很好，主要的破壞都是在北門，克羅司顯然在那個方向燒殺擄掠。」

史特拉夫點點頭。北門，他心想。最靠近泛圖爾堡壘的一個。

「我們要攻擊了嗎，主上？」加那爾問道。

「北門淪陷多久了？」

「大概一個小時前，主上。」

史特拉夫懶洋洋地搖搖頭。「那我們再等等。那些怪物很努力才攻入城市，在我們屠殺牠們之前，應該先讓牠們玩一陣子。」

「確定嗎，主上？」

史特拉夫微笑。「過幾個小時，牠們的狂暴會平息，會因爲所有的戰鬥而疲累，然後開始冷靜下來，那是最適合攻擊的時候。牠們會四散在城市裡，因爲反抗軍而衰弱，到那時我們可以輕易打敗牠們。」

沙賽德掐住克羅司敵人的喉嚨，推開牠咆哮、扭曲的面孔。怪物的臉皮緊繃到從中央裂開，露出下方的肌肉，以及正中央的鼻孔。牠憤怒地喘氣，每吐出一口氣，便吐出口水跟血滴。

力量！沙賽德心想，從白鑞意識中取出更多力量。他的身體膨脹到他擔心自己的皮膚會因此破裂。幸好，他的金屬意識在建造時就設計可以擴張，臂環和戒指一邊是開口，好能被拉大。可是他的體型仍然頗嚇人，大概沒法以這樣的體型行走或閃躲——但無所謂，因爲他已經被克羅司推倒在地，此刻他只需要增加握力。那怪物一手抓著他的手臂，另一手向後伸，握住劍柄，而沙賽德的手指捏碎了怪物的粗壯咽喉。怪物試圖要咆哮，卻喘不出氣，只能焦躁地掙扎。沙賽德強迫自己站起，將怪物拋向牠的同伴。以他目前極端強壯的狀況下，就連十一呎高的身軀握在手裡都感覺輕得可做掌上玩。怪物撞上一堆攻擊的克羅司，強迫牠們退後。

沙賽德站在原地，喘氣。*我的力量用得好快*，他心想，釋放白鑞意識，身體如酒囊一樣乾扁下來。他不能繼續這樣使用他的存量，他已經用完大半的力氣，而這可是他花了幾十年才儲存起來的。他尚未動用到戒指裡的存量，但每只戒指只夠他用幾分鐘。那必須等到最後的緊急時刻。

不過這可能就是所謂的緊急時刻了，他擔憂地心想。他們仍然守著鋼門。克羅司雖然打破了城門，一次卻只有幾隻能通過，而且只有最巨大的克羅司才能跳到城牆頂端。

不過，沙賽德的一小團士兵仍然陷入苦戰。中庭裡滿是屍體，最後方的司卡信徒開始將傷患拉到安全的地方。沙賽德可以聽到他們在他身後呻吟。

克羅司的屍體也散布在中庭裡，雖然四處都是死傷，但沙賽德一想到那些怪物得做出多大的犧牲才得以進入這扇門，仍忍不住爲己方感到驕傲。陸沙德可沒有這麼容易就淪陷。絕對不容易。

克羅司似乎暫時被擊退，雖然中庭裡仍有幾處打鬥，不過門外似乎又聚集了新的一批怪物。

門外，沙賽德心想，望向一旁。怪物指想要撞開一扇巨大的城門，也就是右邊的門。中庭裡躺著數十，甚至上百隻死去的克羅司，但克羅司自己也搬開了許多具同伴的屍體，好能不受阻擋地進入中庭。

也許……

沙賽德沒時間細想，於是立刻衝上前去，再次使用白鑞意識，讓自己得到等同於五個人的力量。他抱起一隻比較小的克羅司屍體，將牠拋出門外。外面的怪物咆哮，散開。門外仍有數百隻怪物在等待時機衝進來，但牠們為了要閃躲他的投射攻擊，反而相互絆倒。

沙賽德抓起第二具屍體，將牠拋向一旁，在血泊中腳下一滑。「集合！」他大喊，希望有人能聽到，更希望有人能回應。

克羅司太晚明白他的意圖，他又踢開另一具屍體，以全身體重抵向大開的門，使用鐵意識，取出裡面儲藏的體重。他的身體突然變得非常沉重，大門被突來的重量一擠壓，再次關上。

克羅司從另外一端衝向門口。沙賽德靠著門站起，將屍體推開，強迫大門完全緊閉，繼續使用鐵意識，以驚人的耗量取用裡面的珍貴存量。他的體重增加到他覺得要被自己拖垮倒地，得靠增強的力氣才能讓自己直立。煩躁的克羅司敲著大門，但他堅持了下來，阻擋著牠們的前進。他的雙手跟胸口抵著粗糙的木頭，腳趾抵著粗糙的石板，在黃銅意識的幫助下，他甚至感覺不到寒冷，雖然腳下踏著一片灰燼、冰雪、鮮血的混合物。

士兵大喊，不斷有人死去。其他人以全身力量抵著城門，沙賽德趁機往後快瞄一眼。剩餘的士兵形成包圍，保護他們的後背不受城裡殘餘克羅司的攻擊。所有人都背對著城門勇敢奮戰，只靠沙賽德的力量阻止門再次大開。

他們不斷戰鬥。沙賽德大喝出聲，雙腳開始滑動，但他手下的士兵也開始殺死中庭裡殘存的克羅司。接著，一群士兵從側面衝上，抱著一根巨大的木頭，插入原本城門栓的位置。沙賽德不知道，也不在乎木頭是從哪裡弄來的。

他的重量用完，鐵意識耗盡。*這麼多年來，我應該儲存更多體重的*，他疲累地嘆口氣，在關上的城門前倒下。他原本以為存量很多，直到他被逼著要非常頻繁地使用，用來推開克羅司之類的阻礙。

我儲存重量通常是為了要讓自己更輕盈。那似乎是鐵意識最大的效用。

他釋放白鑞，覺得身體開始縮小，幸好用這種方法擴張身體不會讓皮膚變得鬆垮，只是讓他變回原來的自己，留下極大的疲累跟隱約的痠疼。克羅司繼續敲打城門。沙賽德睜開疲累的雙眼，上身赤裸地倒在落雪跟灰燼中。他的士兵們嚴肅地站在他面前。

好少人，他心想。原本的四百人剩不到五十個。中庭本身變成了紅色，彷彿被鮮豔的克羅司血所漆染，混合顏色較深的人血。黏膩的藍色屍體或單獨或成堆躺在地上，混合破碎、撕裂的人類殘骸。碰上克羅司巨大的劍，這似乎是必定的下場。

撞擊聲如低沉的鼓聲持續從門的另外一邊傳來。速度越來越快，反映出門外怪物的焦急，隨著牠們越發焦躁，門也晃得越來越劇烈。牠們可能可以聞到鮮血，感覺到差點就完全屬於牠們的人肉。

「那塊板子可能撐不久。」一名士兵輕聲說道，臉前飄下一塊灰燼。「門栓也開始龜裂了，牠們等一下又會衝進來。」

沙賽德歪歪倒倒地站起。「那我們會繼續戰鬥。」

「大人！」一個聲音說道。沙賽德轉頭看到多克森的傳令兵騎馬繞過一堆屍體。「多克森大人說……」他終於注意到沙賽德的城門關起，一時說不出話來。「怎麼……」他開始要追問。

「年輕人，你的訊息。」

「多克森大人說您不會有援兵。」那人說道，拉停馬匹。「錫門淪陷了，而且……」

「錫門？」沙賽德問道。廷朵！

「多久前？」

「大概一個小時前，大人。」

一個小時?!他震驚地心想。我們戰鬥多久了？

「您必須要守住這裡，大人！」年輕人說道，掉頭沿著原路跑回。

沙賽德朝東方踏上一步。廷朵……

門上的敲擊聲越發響亮，門板開始破裂。士兵們跑去尋找其他可以用來關門的東西，但沙賽德可以看到卡住門栓的卡榫也已經開始崩裂。一旦卡榫壞裂，就絕無可以再關閉城門的方法。

沙賽德閉上雙眼，感覺沉重的疲累，探入白鑞意識。已經快要用完了。一旦用完，他就只剩戒指裡面殘存的最後一點力氣。

可是，他還能怎麼辦？

他聽到木板破裂的聲音，眾人大喊。

「退後！」歪腳大喊。「退回城裡！」

殘餘的軍隊四散，從鋅門前退下。微風驚恐地看著越來越多的克羅司湧入中庭，淹沒因爲傷重或虛弱而來不及撤退的士兵。怪物如巨大的藍色浪潮一般襲來，波濤中帶著利劍與紅眼。

空中的太陽遮蔽在雲霧後，彷彿一道溜向地平線的流血疤痕。

「微風！」歪腳大喝，將他往回一拉。「該走了。」

他們的馬匹早已逃跑，微風歪歪倒倒地跟在將軍身後，試圖不要去聽後方傳來的嘶吼。

「退回突襲位置！」歪腳對附近能聽到的人大喊。「第一小隊，進駐雷卡堡壘！哈姆德大人應該已經在那裡，準備好防禦！第二小隊，跟我一起去海斯丁堡壘！」

微風繼續跑著，意識跟雙腿一樣麻痺。在戰鬥中，他簡直毫無用處。他試圖要帶走士兵的恐懼，但他的努力如此薄弱，宛如妄想用一張紙片擋住太陽的照射。

歪腳舉起手，兩百人的小隊停下腳步。微風環顧四周。在落雪跟灰燼中，街道上一片安靜。一切顯得很……黯然。天色陰暗，城市的外表因沾滿黑點的白雪鋪蓋而柔和。逃出驚恐的赤紅與鮮藍的景象，卻發現城市展現如此慵懶的風貌，讓人心生怪異感。

「該死了！」歪腳大吼，將微風一把推開，原來是一隊憤怒的克羅司從旁邊的小路衝出來。歪腳的士兵排成一列，但另一群克羅司，正是方才突破城門的一群，已經趕到他們身後。

微風一時收不住腳步，倒在雪地上。另一群克羅司……是從北方來的！那些怪物已經深入城裡了？

「歪腳！」微風大喊，轉過身。「我們——」

微風抬頭，及時看到一柄巨大的克羅司劍砍斷歪腳舉起的手臂，然後繼續砍入將軍的肋骨。歪腳悶哼一聲，倒在一旁，握劍的手跟劍一同墜落在地。他殘疾的腳支撐不住他的重量，身體一軟，克羅司雙手舉起劍，用力揮下。

骯髒的雪地終於染上了些許顏色。一波腥紅。

微風瞠目結舌地盯視著他朋友倒地的屍首，然後同樣一隻克羅司轉向微風，嘶吼咆哮。

微風此時意識到自己的死期可能就近在眼前，冰雪也撼動不了的麻痺感稍退。此時被生死關頭所打動，於是他手腳並用，不斷在雪裡往後退，試圖想要安撫那怪物。當然什麼都沒發生。微風想要重新站起，那隻克羅司與牠的同伴開始朝他逼近。幸好，在那瞬間，另一群逃離城門的士兵出現在對街，引起克羅司的注意。

微風做了他覺得唯一自然的事。他爬入一棟建築物，躲了進去。

「都是凱西爾的錯。」多克森喃喃自語，在地圖上又加注一筆。根據傳令兵，哈姆已經抵達雷卡堡壘，結束就在眼前。

泛圖爾的大廳一片混亂，驚慌失措的書記們四散逃逸，終於明白克羅司不在乎對手是司卡、學者、貴族或商人，那些怪物只喜歡殺戮。

「他早該預料到這個結果。」多克森繼續說道。「他把這爛攤子丟給我們，直接認定我們有解決的方法。我可沒辦法把一個城市藏起來不讓敵人找到，這跟藏起一團盜賊是兩碼子事。我們是優秀的盜賊，不代表我們很擅長管理王國！」

沒有人在聽他說話。他的傳令兵都跑走了，侍衛也在堡壘門口奮戰。每個堡壘都有自己的防禦系統，可是歪腳正確地決定只將它視爲撤退選擇，因爲這些防禦工事也不是設計來阻擋大規模的攻擊，同時又過分孤立，退回到堡壘中只會分散人類軍隊。

「我們眞正的問題是貫徹執行。」多克森說道，在錫門上加下最後一筆注釋，解釋發生了什麼事。他看著地圖，他沒想到沙賽德防守的城門居然是最後一個屹立不搖的。

「貫徹執行。」他繼續說道。「我們都以爲我們能做得比貴族更好，但一旦擁有權力後，我們又讓他們重新掌權。如果我們把他們全數殺光，也許還能有全新的開始，當然這就意謂著我們要入侵別的統御區，意思是要派紋去處理最重要、最有問題的貴族，那將會是一場最後帝國前所未見的腥風血雨。而如果我們這麼做了……」

他沒有立刻接下去說，而是抬頭看看宏偉巨大的彩繪玻璃窗，如今開始碎裂。一扇扇玻璃被一一拋入的岩石擊碎。幾隻克羅司從洞中跳入，落在滿是碎片的大理石地板上。即使成了碎片，這些玻璃窗仍然是美麗的，尖銳的玻璃邊緣在夜晚中閃閃發光，透過其中一扇窗戶，多克森可以看到暴風雪開始散去，露出一線陽光。

「如果我們這麼做了，那我們就是禽獸不如。」多克森低聲說道。

書記們尖叫，試圖要逃離克羅司展開的屠殺。多克森靜靜地站著，聽到後方傳來的聲音，濃重的悶哼，粗重的喘息，克羅司從後方走廊跑了出來。眾人開始死去，他抓起桌上的劍。閉上眼睛，他心想，你知道嗎，阿凱？我幾乎開始相信他們說得沒錯，你眞的在保佑我們，你眞的是某種神明。

他睜開眼睛，轉身，抽出劍，但看到從他身後逼近的巨碩怪物的同時，全身一僵。好大！

多克森一咬牙，最後一次咒罵凱西爾，然後揮舞著劍衝上前去。

怪物毫不在意地握住他的武器，無視於傷口，然後揮下自己的武器。黑暗降臨。

「主上。」加那爾說道。「沙賽德淪陷了。您看，可以看到焚燒的狀況。克羅司攻擊的四道城門，只剩下一座還守著，現在正在城裡亂跑。牠們沒有停下來劫掠，只是在殺人、屠殺。城裡沒剩下多少士兵可以抵抗了。」

史特拉夫靜靜地坐著，看著陸沙德燃燒。在他眼裡，那似乎是個……象徵。一個正義的象徵。他曾經逃離這座城市一次，將它交給裡面的司卡雜碎，而當他返回，要求他們把城市交還時，裡面的人卻反抗了。

他們好大的膽子。活該如此下場。

「主上。」加那爾說道。「克羅司軍隊已經夠虛弱了，數量很難計算，但根據屍體的狀況，大概有三分之一的兵力已經被消滅。我們已經可以打敗牠們。」

「不。」史特拉夫搖搖頭說道。「還不行。」

「主上？」加那爾說道。

「這該死的城就讓克羅司拿去。」史特拉夫輕聲說道。「讓牠們把城市清空，燒成白地。火焰傷不了我們的天金，可能還能讓金屬更容易找到。」

「……」加那爾似乎萬分震驚。他沒有繼續反對，眼神卻流露出反抗之意。

我晚點得處理掉他，史特拉夫心想。一旦他發現詹不在了，就會反抗我。

現在，這件事不重要。城市反抗他，所以它只能死。他會建立一座更好的城市來取代。一座屬於史特拉夫，而非統御主的城市。

「父親！」奧瑞安妮焦急地說。

塞特搖搖頭。他坐在馬背上，跟女兒並肩共騎，站在陸沙德西方的一座小山。他看得到史特拉夫的軍隊聚集在北方，跟他一樣看著這座城市的垂死掙扎。

「不。」塞特靜靜說道，不理會她對他情緒的煽動。他早就習慣她的操弄了。「我們的幫助現在也無無濟於事。」

「我們得想想辦法！」奧瑞安妮拉扯著他的手臂說道。

「不。」塞特更堅定地說道。

「可是您回來了！」她說到。「如果不是來幫忙的，我們爲什麼要回來？」

「我們會幫忙。」塞特輕聲說道。「如果史特拉夫想要佔領城市，我們會幫他，然後對他投降，希望他不要殺了我們。」

奧瑞安妮臉色一白。「就這樣？」她嘶聲說道。「我們回來的目的，只是爲了把我們的王國交給那個怪物？」

「妳以爲還能怎麼辦？」塞特質問。「妳很瞭解我，奧瑞安妮。妳知道這是我必須做出的選擇。」

「我以爲我瞭解您。」她咬緊牙根地說。「我以爲您在內心深處仍然是個好人。」

塞特搖搖頭。「好人都死光了，奧瑞安妮。他們都死在城裡。」

沙賽德繼續戰鬥。他不是戰士，沒有敏銳的直覺或訓練。根據他的計算，他好幾個小時前就該死了，可是他還活著。

也許是因爲克羅司的戰鬥方法也不是靠技巧，而是靠蠻力，跟牠們巨大如棍的劍一樣，只會撲上對手，不去想戰略。

那也已足夠打敗對手。可是沙賽德堅持下去，而只要他堅持住，他身邊所剩無幾的士兵也能堅持下去。克羅司有怒氣的優勢，可是沙賽德的手下可以看到老弱婦孺就站在廣場邊緣等待著，士兵知道他們爲何而站，這個提醒似乎足以讓他們繼續下去，即使他們開始被克羅司包圍，逼向廣場中央。

沙賽德知道如今不會再有援兵。他原本希望史特拉夫會決定要佔領城市，如歪腳所猜測那樣。但如今已經來不及。夜晚開始逼近，太陽一吋一吋落向地平線。

結束即將到來，沙賽德心想，他身邊的人被砍倒。沙賽德的腳下因爲鮮血一滑，因爲這個動作而閃過克羅司揮向他頭顱的劍。

也許廷朵已經找到安全的地方躲避。希望依藍德會將他們共同研究的成果送去席諾德。*那是很重要的研究*，沙賽德心想，即便他不知道爲什麼。

沙賽德攻擊，揮舞他從一隻克羅司身上取得的劍，在最後一刻將力氣貫注入肌肉，在砍上克羅司皮肉時，有足以砍斷的力量。

正中目標。撞擊力道、砍上時潮濕的聲音、竄上他手臂的麻痺感，如今他已經很熟悉。鮮紅的克羅司血濺滿他全身，又倒下一隻怪物。

而沙賽德的力氣也用完了。

白鑞用得一乾二淨後，握在手中的克羅司劍如今顯得沉重萬分。他試圖朝另一名克羅司揮砍，但沉重的武器從他軟弱、麻痺、疲累的手指中滑下。

這是隻很大的克羅司。將近十二呎高，是沙賽德看過最大的一隻。沙賽德試圖要避開，卻被剛死不久的士兵屍體絆倒。他跌倒的同時，他的士兵終於開始潰散，最後十幾個人奔逃而去。他們堅持得很好。堅持得太好。如果他早點讓他們撤退……

不，沙賽德心想，看著他將至的死亡。*我想，我做得很好。遠比一個學者做得更好。*

他想著手指上的戒指，也許能再給他一點力量，讓他逃跑。可是，他完全沒有動力。何必要抵抗呢？他一開始爲什麼要抵抗？他早知道他們必死無疑。

妳看錯我了，廷朵。他心想。我有時也會放棄的。我早就放棄城市了。

克羅司站在沙賽德上方。沙賽德仍然半倒在沾滿血污的雪泥裡。怪物舉高劍。越過怪物的肩膀，沙賽德可以看到紅色的太陽懸掛在城牆上方，他的眼光凝視著太陽，而不是看著落下的劍。他可以看到太陽的光芒，像是……空中灑了碎玻璃。

太陽似乎開始閃閃發光，一明一滅，朝他靠近，彷彿正在歡迎他，展開懷抱，迎接他的靈魂。

就是如此，我將死去……

一滴晶光燦爛的光芒在太陽光束中閃耀，然後直接擊中克羅司的後腦。怪物悶哼一聲，全身僵硬，拋下了劍，歪倒在一旁。沙賽德躺在原處，驚訝得無法反應。然後，他抬頭看著牆頭。

一個小小的身影映著日光。紅色太陽前的黑色身影，身上的披風柔柔飄蕩，沙賽德眨眼，他看到的閃光是錢幣。他面前的克羅司死了。

紋回來了。

她跳躍，在廣場上方劃出鎔金術師獨有的優雅弧線，落在克羅司之中，一轉身，錢幣如憤怒的昆蟲散出，切斷藍色肌肉。怪物不像人類那般容易倒下，但這波攻擊引起了牠們的注意力。克羅司轉身，遠離逃跑的士兵跟無助的居民。

廣場後方的司卡開始唸誦，在戰爭中聽到這種聲音感覺很奇怪。沙賽德直直坐起，無視於身體的疼痛與疲累，看著紋跳起，城門猛然翻動，門上的絞鎖開始收緊。克羅司先前已經狠狠打裂了門……

巨大的木門從牆上脫出，完全是靠著紋的拉力。如此力量，沙賽德愕然。她一定是在拉引身後的某處，但這意謂著可憐的紋前後都被與城門一樣沉重的東西拉扯。

可是，她卻辦到了。她猛然一使力，將城門抬起，拉向自己。巨大的硬木門砸向克羅司軍隊，藍色身軀四處飛散。紋俐落地在空中一翻身，將自己拉向旁邊，順勢一甩城門，彷彿兩者之間有著一條鎖鍊。

克羅司在空中飛舞，骨頭斷裂，在巨大的武器面前，有如木屑般脆弱。紋在一揮之間，便清空了整個中庭。

城門跌落。紋落在一群粉碎的屍體中間，無聲地將一柄士兵的木棍踢入手中。門外剩餘的克羅司只遲疑了片刻，便立刻衝上前來攻擊。紋開始快速精準地展開攻擊，骨頭碎裂，所有想閃躲她的克羅司全部都死在雪泥裡。她一轉身，將剩下的幾個克羅司絆倒在地，激起一陣紅色的雪雨，灑在追趕而上的其餘克羅司身上。

我……我得做點別的，沙賽德心想，甩開暫時的呆滯。他的上身仍然赤裸，黃銅意識仍然在提供他溫暖，不過也即將乾涸。紋繼續戰鬥，殺死一隻又一隻的克羅司。可是，她的力氣也不可能長久不衰。她救不了整座城市。

沙賽德強迫自己站起，走到廣場後方，抓住站在司卡最前面的老人，用力晃著他，直到他停止誦經。

「你說得沒錯。」沙賽德說道。「她回來了。」

「是的，神聖的第一見證人。」

「我想，她能夠給我們一點時間。」沙賽德說道。「克羅司已經闖進來了，我們需要聚集剩下的人民逃跑。」

老人遲疑了片刻，沙賽德一時以為他要反對，要堅持紋能保護他們且會打敗整個軍隊。謝天謝地，他最後點了點頭。

「我們可以從北門跑出去。」沙賽德急急忙忙說道。「克羅司是從那裡進來的，所以很有可能已經離開那一區。」

希望如此，沙賽德心想，衝去一旁，開始警告眾人。撤退的防禦位置應該是高聳的貴族堡壘，也許他們能在那裡找到倖存者。

原來，我是懦夫，微風心想。

這個發現並不驚人。他總說一個人要有自知之明，也很清楚自己的自私自利，所以他一點都不意外自己縮在一間老司卡平房的脆弱磚牆邊，緊緊關起耳朵，不聽外面的尖叫。

那個驕傲的人去了哪裡？那個衣著一絲不苟，舉止仔細的外交家、安撫者，去哪了？他不在了，留下這一團只會發抖、毫無用處的東西。他嘗試幾次要燃燒黃銅去安撫外面戰鬥的人，但他甚至辦不到這麼簡單的事。他甚至動不了。

除非顫抖也算是一種動作。

眞有意思，微風心想，彷彿脫離了身體，疏離地看著衣著破爛、滿是血污的可憐蟲。當壓力太大時，原來我就是這樣？眞是諷刺。我花了一輩子在控制別人的情緒，現在我怕到甚至無法正常行動。

外面的戰鬥繼續不停，時間久得可怕，那些士兵不該死了嗎？

「微風？」

他動不了，看不到那是誰。聽起來像是哈姆。眞好笑。他應該也死了。

「他統御老子的！」哈姆說道，出現在微風的視線裡，一隻手臂上吊著滿是血污的繃帶，焦急地跪倒在微風身邊。「微風，聽得到我說話嗎？」

「我們看到他鑽入這裡，大人。」另一個聲音說道。

士兵？「他在這裡避難，可是我們可以感覺到他在安撫我們。在克萊登大人死後，我們原本早會放棄了，但因爲他，所以我們才能繼續戰鬥下去……」

我是懦夫。

又一個人出現。沙賽德，看起來很擔憂。「微風。」哈姆跪下說道。「我的城門淪陷了，沙賽德的城門也倒下，我們已經一個多小時沒有多克森的消息，也找到歪腳的屍體。拜託你。克羅司快把城給毀了。我們需要知道該怎麼辦。」

那不要問我啊，微風說道，或嘗試想說。他認爲他只是吐出語意不清的一串呢喃。

「我抱不動你，微風。」哈姆說道。「我的手臂幾乎廢了。」

沒關係啊，微風呢喃。因爲啊，老兄，我覺得我已經沒用了，你們都該快走，把我留在這裡沒關係。

哈姆無助地抬頭看著沙賽德。

「快點，哈姆德大人。」沙賽德說道。「我們可以讓士兵抱著傷患，先去海斯丁堡壘，也許在那邊可以有避難所，或是克羅司會分神到能讓我們溜出城外。」

分神？微風呢喃。你的意思是分神去殺別人。知道我們都是懦夫，還蠻讓人安心的，如果能再讓我躺一會兒，也許我就能睡著……

忘記一切。

54

艾蘭迪需要嚮導帶領他穿越泰瑞司山脈。我指派拉剎克，並且確保他跟他的朋友們成爲嚮導。

紋的木杖打上一隻克羅司的臉，碎了。

又來了，她煩躁地心想，轉身，將斷裂的尖端插入另一隻怪物的胸口，再次轉身，對上一隻體型較大的克羅司，牠足足比她高了五呎。

牠將劍戳向她。紋跳起，劍與地上破碎的石板撞擊，她直衝而上，不再需要錢幣就能讓自己跳到跟那怪物視線同高的位置。

牠們總是看起來很驚訝。雖然已經看了她殺死幾十個同伴，但每次看到她閃過牠們的攻擊，仍然是滿臉的訝異之色。牠們的腦子似乎把力量跟體型劃上正比，比較大的克羅司永遠會打敗比較小的，所以這麼大的怪物要對付只有五呎高的人類，應該要易如反掌。

紋驟燒白鑞，一拳揍向怪物的頭。頭顱在她的關節下龜裂，怪物往後倒地，她則落回地面。可是，總是有另一隻怪物來接替牠的位置。

她開始累了。不對，從一開始戰鬥時她就已經很疲累了。先是白鑞延燒，後來又用如此複雜的移動式快速道路讓自己跨越整個統御區。她可以說是累垮了。只有玻璃瓶中最後一點的白鑞存量才讓她到現在不至於倒地。

*我早該跟沙賽德要一個他空掉的白鑞意識！*她心想。藏金術跟鎔金術用的金屬基本上是一樣的，所以絕對可以被她燃燒，只不過，那塊白鑞大概會是個護腕或手鐲，大到紋吞不下去吧。

她彎腰閃過另一隻克羅司的攻擊。錢幣阻止不了這些東西，牠們的體重也超過她的負荷，她無法在沒有錨點的情況下將牠們推開，況且她的鋼跟鐵的存量都非常低。

她殺了一隻又一隻克羅司，為沙賽德跟人民爭取逃跑時間。這次殺人的感覺跟在塞特的皇宮那次完全不同，她清清楚楚地感覺得出來，不只是因為她殺的是怪物。

因為她明白了自己生存在世界上的意義，並且接受了它。如果戰鬥、殺人是為了保護那些無力自保的人，那她就絕對可以辦到。凱西爾可能會為了震撼效果或為了報復而殺人，但這些理由對紋來說是不夠的。她也永遠不會再允許自己因為同樣的原因殺戮。

這個堅定的念頭讓她能夠不斷攻擊克羅司。她用一柄偷來的劍砍斷其中一隻克羅司的腿，然後將武器拋射向另一隻，用力鋼推，刺穿牠的胸膛。然後，她拉引一名喪命士兵的劍，握入手中，往後一竄，卻差點因爲踩到另一具屍體而絆倒。

好累，她心想。

中庭裡有幾十具，甚至數百具屍體，而她周圍正開始被屍體包圍。她爬到屍山上，稍微往後撤退，再次又被怪物包圍。牠們爬過倒地同伴的屍身，血紅的眼睛燃燒著憤怒。如果是人類士兵早就會放棄她，尋找更輕鬆的獵物，但她越打，克羅司的數量似乎就越多，好像周圍的克羅司聽到了打鬥聲，便紛紛湧上來加入。

她揮舞著劍，白鑞增強她的臂力，砍下一隻克羅司的手臂，另一隻的腿，最後斬下第三隻的頭。她彎腰、閃躲、跳躍，避開牠們的攻擊，殺得毫不手軟。

可是，無論她的決心有多決絕，她新生的守護意念多強烈，她知道自己不可能一直保持這種速度，永不停止的戰鬥。她只有一個人。她無法獨自拯救陸沙德。

「潘洛德王！」沙賽德大喊，站在海斯丁堡壘的門口。「你必須聽我說。」

沒有回應。站在低矮城牆上的士兵都很安靜，但沙賽德可以感覺到他們的不安。他們並不喜歡對他視若無睹。在遠方，激戰仍然在進行。克羅司在夜晚裡尖叫，很快他們會找到沙賽德跟哈姆帶領的幾千人，如今靜靜地縮在海斯丁堡壘的門外。

一名疲憊不堪的傳令兵來到沙賽德面前，是多克森派去鋼門的同一人。他不知何時失去了馬匹，他們在倖存者廣場中的一群難民裡找到他。

「泰瑞司大人。」傳令兵低聲說道。「我……剛從指揮站回來。泛圖爾堡壘淪陷了……」

「多克森大人呢？」

那人搖搖頭。「我們找到幾名受傷的書記躲在堡壘裡，他們看到他死去。克羅司還在建築物裡打碎窗戶，劫掠——」

沙賽德轉過身，望向城市。空中的濃煙如此密集，彷彿迷霧提早到來。他開始塡充他的嗅覺錫意識躲避臭味。

城市爭奪戰可能已經結束，但眞正的悲劇現在才會開始。城裡的克羅司已經殺光士兵，現在會開始屠殺人民。城裡有幾十萬人，沙賽德知道那些怪物會興高采烈地增加死亡人數，而不會劫掠。只要有人殺，牠們不會罷手。

夜晚傳來更多尖叫聲。他們輸了。失敗了。如今，城市會眞正淪陷。

迷霧應該快出現了，他心想，試圖要給自己多點信心。*也許那能讓我們躲一陣子。*

可是，他腦海中仍然浮現一幕清晰的景象。歪腳，死在雪地裡……沙賽德之前給他的木牌掛在他的脖子上。它沒有起作用。

沙賽德轉身面向海斯丁堡壘。「潘洛德王。」他大聲說道。「我們要嘗試逃出城市。我們很歡迎你的士兵跟領導。如果你繼續留在這裡，克羅司會攻陷堡壘，殺了你。」

沉默。

沙賽德轉身，手上仍吊著繃帶的哈姆來到他身邊。「我們得走了，阿沙。」哈姆低聲說道。

「你全身都是血啊，泰瑞司人。」沙賽德轉身。費爾森·潘洛德站在城牆上，低頭往下望。穿著貴族的套裝，他仍然一絲不苟，甚至戴著一頂帽子抵擋落雪跟灰燼。沙賽德低頭看看自己。他身上仍然只有那塊兜襠布。他沒時間擔心衣著的問題，況且黃銅意識一直在幫他保暖。

「我從來沒見過泰瑞司人戰鬥。」潘洛德說道。

「那不是經常發生的事情，大人。」沙賽德回答。

潘洛德抬起頭，望著城市。「它要淪陷了，泰瑞司人。」

「所以我們必須離開，大人。」沙賽德說道。

潘洛德搖搖頭。他仍然戴著依藍德的窄皇冠。「這是我的城市，泰瑞司人。我不會拋棄它。」

「這是很高貴的舉動，大人。」沙賽德說道。「可是我身邊的人也都是你的子民。難道你要遺棄他們，自行逃往北方嗎？」

潘洛德一愣，最後卻只是再度搖搖頭。「不可能逃到北方的，泰瑞司人。海斯丁堡壘是城市中最高的建築物之一。我在這裡可以看到克羅司在做什麼。牠們不會讓你們脫逃。」

「牠們可能會開始劫掠。」沙賽德說道。「也許我們能繞過牠們逃跑。」

「不。」潘洛德說道，聲音詭異地在雪地間迴蕩。「我的錫眼回報，那些怪物已經開始攻擊你送去北門脫逃的人。現在克羅司正朝這個方向前進。牠們要來對付我們了。」

遠方街道傳來吼叫聲，逐漸逼近。沙賽德知道潘洛德說得沒錯。「打開門，潘洛德！」沙賽德大喊。「讓難民進去！」*就算只是短短瞬間，也要救他們。*

「沒有空間。」潘洛德說道。「也沒有時間。我們完蛋了。」

「你必須讓我們進去！」沙賽德大吼。

「好奇怪。」潘洛德說道，聲音漸柔。「我將王位從泛圖爾小子手中奪來，卻救了他的命，終結了自己的。我救不了城市，泰瑞司人。唯一的安慰是，我想依藍德也辦不到。」

他轉身，走向牆後的某處。

「潘洛德！」沙賽德大喊。

他沒有再出現。太陽開始下山，迷霧開始出現，克羅司要來了。

紋砍倒另一隻克羅司，往後一跳，靠一把地上的劍反推自己，竄離攻擊而來的怪物群，她沉重地喘氣，因爲幾道小傷而流著血。她的手臂開始麻木，某隻怪物一拳揍中了她。她可以殺人，遠勝過於她認識的任何人，卻無法永遠殺下去。

她落在屋頂上，腳步一軟，跪倒在雪地上。後方的克羅司大喊、嚎叫，她知道牠們會跟上來，追趕她、搜尋她。她殺死了幾百隻，但區區幾百隻相對於一支兩萬名的軍隊，又算得了什麼？

妳以為能怎麼樣？她心想。妳知道沙賽德已經自由了，何必再打？妳想要阻止牠們全部嗎？殺死軍隊裡的每隻克羅司？

曾經她阻止凱西爾隻身衝向軍隊。他是個偉大的人，卻仍然只有一個人。他不可能阻止整支軍隊，她亦然。

*我得找到井，*她堅定地心想，燃燒青銅，在戰鬥時被她忽略的脈動，重新響亮地迴蕩在她的耳裡，卻讓她陷入之前的困境。

她如今知道它在城市裡，可以感覺到脈動在她四周，可是脈動好強，無所不在，甚至沒有方向。況且，她有什麼證據能證明找到井可以改變這個情況？如果沙賽德欺騙了她井的位置，甚至還畫了張假地圖，他到底還騙了她什麼？那力量可能可以阻止迷霧，但對陷入水深火熱的陸沙德又有什麼幫助？

她煩躁地跪倒，搥打著屋頂。她果然還是太弱。如果她什麼都幫不了，那回來有什麼用，決定要保護別人有什麼用？

她繼續跪了一陣子，大口喘氣，強迫自己站起來，跳入空中，拋下一枚錢幣。她的金屬快要用完了，剩下的鋼只夠她跳躍幾次，她最後在克雷迪克·霄，千塔之山附近停下。她握住皇宮頂端的一根尖刺，在夜空中繞圈，環顧陷入黑暗的城市。

城市在燃燒。

克雷迪克·霄本身安靜、沉默，無論哪一種打劫犯，都不敢動手，可是紋的周圍都散發著光芒，迷霧帶著詭異的光線。

好像……兩年前那天，她心想。就是司卡起義那天，只是那天的火光來自於反抗軍朝皇宮前進時手中握著的火把，而今晚的革命則是完全不同。她可以聽得到。她燃燒著錫，強迫自己顯燒，張開耳朵，聽到尖叫，死亡。克羅司摧毀軍隊，不代表殺戮告一段落。還差得遠。

牠們才剛開始。

克羅司會把他們全殺光，她心想，因眼前燃燒的火光而顫抖。依藍德的子民，那些他因為我而留下的子民，正在一一死去。

她落到地面，跳下傾斜的屋頂，落在皇宮的中庭。迷霧包圍著她，空氣濃重，不只是因為灰燼跟雪，她還聞到風中的死亡，聽到風語中的尖叫。

我是他的刀。他們的刀。凱西爾把他們託付給我。我應該可以做些什麼……

她倒在地上，突然而來的疲累感猛然襲擊，一切都變得不重要。她突然知道自己不該如此仰仗白鑞，她的白鑞用完了。

她開始感覺自己逐漸昏迷。

她不應該過度強迫自己，可是，她似乎別無選擇。

可是有人在尖叫。她聽得到他們，一如之前。依藍德的城市……依藍德的人民……正在死亡。她的朋友們在某處。凱西爾相信她能保護的朋友。

她一咬牙，暫時壓下疲累感，掙扎地站起身，她望向迷霧，尋找隱約傳來的驚恐喊叫。她開始衝向他們。

她不能跳，她的鋼用完了。她甚至不能跑太快，但隨著她強迫身體移動，身體的反應也越來越好，抗拒因為燃燒白鑞太久所帶來的麻痺感。

她衝出一條小巷，腳步在雪地上滑了一下，看到一小群人正在奔跑逃離一支克羅司劫掠小隊——總共有六隻怪物，體型較小卻仍然危險。在紋的注視下，其中一個怪物砍倒了一名年邁的老人，將他幾乎一劈爲二。另一人抓起一個小女孩，將她摜向旁邊的牆壁。

紋衝上前，經過逃跑的司卡，抽出匕首。她仍然疲累不堪，但腎上腺素起了作用。她不能停下來，不能停。停下來就是死。

幾隻怪物轉向她，迫不及待地想戰鬥。一隻朝她揮砍，紋讓自己在雪地裡滑倒，貼近牠，然後一刀割向牠的後腿，匕首卡在牠鬆弛的皮膚中，牠痛得大吼。她用力一抽，好不容易拔起匕首，開始應付第二隻怪獸。

*我怎麼這麼慢啊！*她煩躁地心想，才剛剛站起就得躲開第二隻怪物的攻擊。牠的劍在她身上灑了一陣冰水，她向前一跳，匕首埋入怪物的眼睛。

她突然很感謝哈姆逼她練習不靠鎔金術打鬥的時光。她按住牆壁，穩住自己在雪泥裡的腳步，然後衝上前去，撞倒剛剛被刺瞎眼睛的克羅司，牠正想拔出匕首，大聲吼叫，卻被她的攻擊撞向其他怪物。抓著年輕女孩的克羅司驚訝地轉身，紋將另外一隻匕首插入牠的背。牠沒有倒地，卻放開了女孩。

*他統御老子的，這些東西還眞難殺死！*她心想，披風翻動，抓起孩子跑開。*尤其是我又不夠耐打。我需要更多金屬。*

紋懷抱裡的女孩一聽到克羅司的咆哮便縮得更緊，紋轉身，驟燒錫阻止自己因爲疲累而昏倒。可是那些怪物沒跟上來，牠們正在爭論一個死人身上的衣服該如何分配。嚎叫再次響起，紋發現這一次是來自於另一個方向。

人們又開始尖叫。紋抬起頭，只見她剛剛才救出的一行人，又面對了更大的一群克羅司。

「不要！」紋大喊，舉起手，但她在戰鬥時，他們已經跑得太遠了，要不是因爲錫，她根本看不到那群人的身影，因此，她清清楚楚地可以看見，怪物以粗壯的劍砍向他們的景象。

「不要！」紋再次尖叫。他們的死驚嚇她、震撼她，提醒她想起所有她無法阻止的死亡。「不要，**不要！**」

白鑞，沒了。鋼，沒了。鐵，沒了。她什麼都沒有了。

可是……她還剩一樣。甚至沒來得及想爲什麼要用，她已經對怪物施放經過硬鋁增強的安撫。

感覺像是她的意識撞上了一個「東西」，然後，那「東西」碎了。紋震驚地停下腳步，懷中仍然抱著孩子，看著克羅司全部僵硬在原地，可怕的屠殺行爲突然停止。

我剛才做了什麼？她心想，在混亂的腦中檢視方才所有行爲，試圖瞭解她剛才爲何如此反應。是因爲她很煩躁嗎？

不。她知道統御主設計審判者時，留下了弱點：除掉背後的某一根尖刺，他們就會死。他創造坎得拉時也有弱點。所以，克羅司一定也有弱點。

坦迅說，克羅司是他們的……表親，她心想。

她站直身體，陰暗的街道除了哀鳴的司卡之外，別無聲響。克羅司等待著，她可以感覺自己就在牠們的意識中，彷彿牠們是她自身的延伸，就像她掌控坦迅身體時那樣。

果然是表親。統御主創造克羅司時也留下弱點，跟坎得拉一樣的弱點。他給自己一個控制牠們的方法。

她突然明白，這麼多年來，他是如何控制克羅司。

沙賽德站在一大群難民面前，如今已經分不清是灰還是雪的落塵在他身邊周圍散落。哈姆坐在一旁，看起來睡眼惺忪，他流失了太多血，換成是沒有白鑞的人，早就已經死了。有人給了沙賽德一件披風，但他把衣服拿來包裹神智不清的微風。雖然他幾乎沒有使用黃銅意識，但沙賽德並不冷。

也許他已經麻木到不在乎了。

他舉起雙手，握成拳頭，十只戒指在唯一的燈籠下閃閃發光。克羅司從陰暗的小巷中靠近，身形在夜晚裡只是一團團黑影。

沙賽德的士兵往後退開，他們的希望已經所剩無幾，只剩下沙賽德一個人站在安靜的雪地裡，一名瘦弱、禿頭的學者，幾乎全身赤裸。散播過去宗教福音的他，在最後放棄希望的他，原本應該有最深信念的他。

十只戒指。幾分鐘的力量。幾分鐘的生命。

他等著克羅司聚集在他面前。在黑夜裡，那些怪物出奇地安靜，之後停下腳步，不再移動，是夜晚裡的一排陰暗，如小山般的身影。

*牠們為什麼不攻擊？*沙賽德煩躁地心想。

一個孩子嗚咽出聲。然後，克羅司又開始行動。沙賽德全身緊繃，但牠們卻不是前進，而是分開讓到兩旁，一個身影靜靜地從中間走了出來。

「紋貴女？」沙賽德問道。自從她在城門口救了他之後，他還沒有機會跟她交談。她看起來精疲力竭。

「沙賽德。」她疲累地說道。「昇華之井的事，你騙了我。」

「是的，紋貴女。」他說道。

「不過現在那不重要。」她說道。「你為什麼光溜溜地站在堡壘的城牆外？」

「我……」他抬頭看著克羅司。「紋貴女，我……」

「潘洛德！」紋突然大喊。「上面的是你嗎？」

國王出現。看起來跟沙賽德一樣迷惘。

「把門打開！」紋大喊。

「妳瘋了嗎？」潘洛德回喊。

「我不確定。」紋說道。她轉身，一群克羅司上前來，彷彿正服從命令般安靜迅速。最大的一隻將紋端起，舉得高高的，直到她幾乎跟堡壘的矮牆等高。城牆上的數名侍衛都從她面前躲開。

「我倦了，潘洛德。」紋說道。沙賽德得用聽覺錫意識才聽得到她在說什麼。

「我們都倦了，孩子。」潘洛德說道。

「可是我的原因很明確。」紋說道。「我厭倦你們的把戲。我厭倦人民因爲領袖間的爭執而死亡。我厭倦好人被欺負。」

潘洛德安靜地點點頭。

「我要你召集我們剩下的所有士兵。」紋說道，轉頭去看著城市。「你那裡面有多少人？」

「大概兩百名。」他說道。

紋點點頭。「城市沒有淪陷。克羅司跟士兵打了一戰，但還沒有太多時間攻擊人民。我要你派出你的士兵，找到任何還在劫掠或屠殺的克羅司。保護人民，但盡量不要攻擊克羅司，而是派使者來找我。」

沙賽德想起潘洛德之前的固執，他以爲那人會反對，可是他沒有，只是點點頭。

「然後呢？」潘洛德問道。

「我來處理克羅司。」紋說道。「我們首先要重新取回泛圖爾堡壘，我需要更多金屬，裡面的存量很多。城市安全後，我要你跟你的士兵負責去撲滅火災。應該不會太難，能燃燒的建築物應該所剩無幾。」

「好的。」潘洛德說道，轉身下令。

沙賽德靜靜地看著巨大的克羅司將紋放回地面之後安靜地站著，彷彿是石頭刻成的怪物，而不是活生生、血淋淋、喘著大氣的生物。

「沙賽德。」紋輕聲說道。他可以感覺到她聲音裡的疲累。

「紋貴女。」沙賽德說道。一旁的哈姆終於清醒過來，震驚地抬起頭看著紋和克羅司。

紋繼續看著沙賽德，端詳他。沙賽德無法迎向她的注視。可是，她說得沒錯。他們可以晚點再談他的背叛。手邊有更重要的工作要完成。「我知道妳大概有工作要交給我。」沙賽德打破沉默說道。「可是，我能不能先告退？我有一件……想做的事。」

「當然好，沙賽德。」紋說道。「可是，先告訴我，你知道還有其他人存活下來嗎？」

「歪腳跟多克森死了，貴女。」沙賽德說道。「我沒有看到他們的屍體，但是消息的來源都很可靠。妳可以看到哈姆德大人在這裡，但是他傷得很重。」

「微風呢？」她問道。

沙賽德朝縮在牆邊的一團布點點頭。「謝天謝地，他還活著，可是他的神智似乎無法適應他看到的慘況，有可能只是暫時的驚駭過度，也可能是……更長遠的問題。」

紋點點頭，轉身面像哈姆。「哈姆，我需要白鑞。」

他緩緩點頭，以健康的手掏出玻璃瓶，拋給她。紋一口喝下，疲累立刻減少。她站得更挺，眼神變得更靈敏。

這絕對不健康，沙賽德擔憂地心想。她燒了多少白鑞啊？

她以更有活力的腳步轉身走向她的克羅司。

「紋貴女？」沙賽德問道，她轉過身。「外面還有一支軍隊。」

「噢，我知道。」紋說道，從一隻克羅司手中拿過一把巨大如棍的劍。那把劍甚至還比她長上幾吋。

「我很清楚史特拉夫的打算。」她說道，將劍架在肩膀上，然後轉身走入雪與迷霧中，朝向泛圖爾堡壘而去，奇特的克羅司侍衛隊跟在她身後。

沙賽德直到大半夜才完成他自願的工作。在冰凍的夜裡，他找到一具又一具屍體，許多都已被冰封住。雪終於停止，卻颳起了風，將雪泥凍結成滑冰。他有時候得將屍體從冰塊中敲出，才能將他們翻轉過身，檢視他們的臉龐。

如果沒有提供溫暖的黃銅意識，他絕對無法進行他悽慘的工作。即便如此，他還是幫自己找了些比較溫暖的衣服，只是一件簡單的褐色袍子，還有一雙靴子。他繼續在夜晚中工作，風吹著雪片跟冰屑飛散在他四周。他當然是從城門開始，大多數的屍體都在那裡，之後他開始在小巷跟街道中搜尋。

將近清晨時，他找到她的屍體。

城市的焚燒終於停止。他唯一有的燈光就是手中的燈籠，但足以讓他看見在雪堆裡翻舞的衣角。一開始，沙賽德以爲只是另一條救不了傷患的綳帶，然後，他看到一抹黃色與橘色。他走了過去，因爲再也沒有加快腳步的力氣，伸手探入雪中。

廷朵的身體翻轉過來時，發出了微微的崩裂聲。她身側的血自然都凝固了，眼睛也被凍得大睜。從她的撤離方向來判斷，當時她正領著士兵回泛圖爾堡壘。

廷朵……他心想，伸手摸著她的臉。皮膚仍然柔軟，卻極端冰冷。在被育種師虐待無數年，在經歷這麼多之後，這是她的結果。客死在異鄉的城市，跟著一個配不上她的男人，不，是半個男人。

他釋放他的黃銅意識，讓冰冷的夜風凍徹他的身體。他此刻不想感覺到任何一絲溫暖。燈籠的火光在風中搖擺不定，點亮了街道，在冰凍的身體上投下影子。在陸沙德寒凍的街道上，低頭看著他所愛的女子的遺體，沙賽德發現一件事。

他不知道該怎麼辦。

他想找出合適的話，合適的想法，但突然他所有的宗教知識都顯得空洞無比。爲她舉行葬禮有什麼用？對死去已久的神明祈禱有什麼意義？他有什麼用？達得拉達教幫不了歪腳，倖存者沒有前來幫助上千名死去的士兵。一切有什麼意義？

沙賽德的知識完全無法安慰他。他接受他知道的宗教，相信它們的價值，但它們卻給不了他需要的，無法安慰他廷朵的靈魂還在，只是讓他質疑。如果這麼多人相信這麼多不同的信念，怎麼可能會是眞的？甚至這個世界上，還有什麼是眞的？

司卡們稱沙賽德是神聖的，但在那瞬間，他明白他是最褻瀆的人。他是一個熟知三百種宗教，卻一個都不信的人。

因此，當他的眼淚開始落下，幾乎結凍他的臉龐時，他的眼淚跟他知道的宗教一樣，無法安慰他。他摟著冰凍的屍體，哀鳴出聲。

我的人生，他心想，是場騙局。

拉刹克要試圖帶領艾蘭迪前往錯誤的方向，讓他氣餒，或是阻撓他的任務。艾蘭迪不知道他被騙了，我們都被騙了，可是如今他不再聽我說話。

55

史特拉夫在冰天雪地中甦醒，立刻抓起一片黑費恩草。他開始發現這種藥癮的好處，能讓他很快清醒，雖然時間仍早，身體卻已經覺得溫暖。以前他可能需要一個小時才能準備好，如今只要幾分鐘就能起床、穿衣，準備好迎接新的一天。而且，這會是很美妙的一天。

加那爾在帳棚外等他，兩人漫步走過忙碌的營地。史特拉夫的靴子踩破半冰半雪的地面，來到馬匹邊。

「火已經熄滅了，主上。」加那爾解釋。「可能是因爲下雪的緣故。克羅司大概已經劫掠完畢，躲去哪裡避寒了。我們的斥候不敢靠得太近，但他們說城市像座墳墓，安靜空曠，只剩下屍體。」

「也許牠們眞的把彼此殺光了。」史特拉夫興致盎然地說道，翻身上馬，呼吸在沁涼的白日中吐成一團團雲霧。士兵在他身邊集結成隊。五萬士兵，迫不及待地想要攻下城市，除了期待劫掠之外，移師進入陸沙德意謂著可以不用再餐風露宿。

「也許吧。」加那爾說道，同時上馬。

這樣就太方便了，史特拉夫微笑地心想。我所有的敵人都死光了，城市跟財富都成爲我的，而且還沒有司卡要擔心。

「主上！」有人大喊。

史特拉夫抬起頭。營地跟陸沙德之間的平原鋪滿了灰與白，是沾滿灰燼的白雪，而聚集在平原另一端的，是克羅司。

「看樣子牠們還活著，主上。」加那爾說道。

「沒錯。」史特拉夫皺眉說道。那些怪物居然很安靜，成群結隊地從西門湧出，沒有立刻攻擊，而是聚集成一群。

「斥候說數量少了很多。」加那爾片刻後說道。「也許是原本數量的三分之二，可能更少，但牠們畢竟是克羅司……」

「可是牠們捨棄了守備位置。」史特拉夫微笑說道，黑費恩溫暖他的血液，讓他覺得自己彷彿正在燃燒金屬。「而且牠們會先出手。讓牠們衝吧。應該很快就會結束。」

「是的，主上。」加那爾說道，聽起來不是那麼確定。此時，他皺眉，指著南邊城市。「主上……」

「又怎麼了？」

「是士兵，主上。」加那爾說道。「人類士兵。看起來有幾千名。」

史特拉夫皺眉。「他們應該都死了！」

克羅司衝上前來。史特拉夫的馬匹腳步不安地挪移著，看著藍色怪物跑過灰色平原，人類士兵比較有規律地尾隨在後。

「弓箭手！」加那爾大喊。「準備第一次射擊！」

*也許我不應該站在前面。*史特拉夫突然想到。他掉轉馬頭，然後注意到一件事。一枝箭突然從衝上前來的克羅司中間射出，可是克羅司不會用弓，而且那些怪物很遠，那東西也大到不可能是劍。也許是石頭？可是看起來又更大了……

它開始落向史特拉夫的軍隊方向。史特拉夫盯著天空，奇怪的東西讓他看得目不轉睛。它越靠近，變得越大。不是箭，也不是石頭。

是個人，一個披風獵獵作響的人。

「不！」史特拉夫大叫。*她應該已經不在了！*

紋利用硬鋁加強的鋼，奮力一跳，在空中大喊，巨大的克羅司劍握在手中無比輕盈。她直直朝史特拉夫的頭劈下，毫不間斷，一刀砍到地面，撞擊力激起一陣雪花與凍土。

馬匹裂成前後兩半。前任國王的屍體碎片也跟馬匹的屍體一起落地。她看著零散的屍體，露出決絕的笑容，對史特拉夫告別。

依藍德早就警告過他攻城的下場。

史特拉夫的將軍跟侍從震驚無比地環繞著她。她身後的克羅司軍隊衝上前，史特拉夫軍隊陷入的混亂讓箭雨凌亂，效用大大減弱。

紋緊握住劍，以硬鋁加強的鋼用力推。騎兵被拋下馬匹，坐騎被自己的馬蹄鐵絆倒，以她爲中心的所有士兵都被推到幾十呎外。無數人尖叫不已。

她吞下另一瓶液體，補充鋼跟白鑞，然後跳起，尋找別的將軍跟軍官做爲攻擊對象。在此同時，她的克羅司軍隊迎上第一排的史特拉夫軍隊，眞正的殺戮開始。

「他們在做什麼？」塞特道，急急忙忙披上披風，侍從則忙著將他放入馬鞍、綁好。

「顯然是在進攻。」巴明，他的一名幕僚說道。「你看！他們在跟克羅司合作。」

塞特皺眉，扣起披風前釦。「他們簽了盟約嗎？」

「跟克羅司？」巴明問道。

塞特聳聳肩。「誰會贏？」

「很難說，主上。」那人說道。「克羅司很……」

「這是怎麼一回事！」奧瑞安妮質問，騎上白雪皚皚的山坡，身後跟著兩名尷尬的侍從。塞特當然早就命令他們要將她關在營地裡不准出來，但是他也早就料到她早晚會擺脫他們。

至少我可以算準她一定會因爲起床後的打扮而延誤時間，他帶著笑意想道。她穿著裙裝，裙襬完美地散開，頭髮梳理妥當。就算是樓房要被燒掉了，奧瑞安妮逃出前也絕對不會忘記要先打扮好。

「看來戰鬥開始了。」塞特朝戰鬥的方向點點頭。

「在城外？」奧瑞安妮問道，來到他身邊。然後，她臉色一亮。「他們在攻擊史特拉夫的軍隊！」

「是的。」塞特說道。「所以城市目前……」

「我們得幫他們，父親！」

塞特翻翻白眼。「妳知道我們不可能做那種事。我們要先看看誰會贏。如果他們夠弱，希望如此，那我們會攻擊他們，我沒有把所有的軍隊都帶回來，但也許……」

話沒說完，他便注意到奧瑞安妮的眼神不對勁。他才剛開口，還來不及說話，她已經一夾馬腹，衝了出去。

她的侍衛們跟著咒罵，也衝上前去，卻來不及抓住她的韁繩。塞特震驚地坐在原地。就算是她，這麼做也有點瘋狂吧。她不會敢——

她騎馬衝向戰場，然後正如他所預料，停下馬匹，轉身看他。

「你如果還想要保護我，父親，你最好快跟上！」她大喊。

說完，便轉身再次全速奔馳，馬蹄激起堆堆雪花。

塞特沒有行動。

「主上。」巴明開口。「兩方軍力相當，五萬人類對上將近一萬兩千隻克羅司還有大約五千個人。如果將我們的兵力加到任何一方……」

該死的傻女孩！他心想看著奧瑞安妮騎遠了。

「主上？」巴明問道。

我為什麼要來陸沙德？難道我真以為我能佔領城市？沒有鎔金術師，而且還冒著我的領地叛亂的危險？還是因為我在找尋什麼？想要確認故事，見識像在那天晚上，當繼承者差點殺死我時的力量。

他們到底是怎麼讓克羅司跟他們一起並肩作戰的？

「召集兵馬！」塞特下令。「我們要防衛陸沙德。還有，哪個人派些騎兵去追我那個笨女兒！」

沙賽德靜靜地策馬前行，任憑馬匹緩慢地在雪地中前進。在他面前的戰鬥激烈地進行著，但他離得夠遠，不會遭遇真正的危險。城市在他身後，倖存的老弱婦孺從城牆上觀看戰鬥進行。紋從克羅司的攻擊下救了他們，真正的奇蹟是看她是否能從兩支軍隊的包圍中拯救城市。

沙賽德沒有參與戰爭，他的金屬意識幾乎空了，身體幾乎與心靈一樣疲累。他拉停馬匹，馬匹的呼吸在冷空氣中凝結成霧，茫茫雪地裡，只有他一人。

他不知道該怎麼樣處理廷朵的死亡。他的內心彷彿……掏空了，多希望自己能夠停止感覺，多希望時光能倒流，他可以選擇回去防守她的城門，而不是自己的。他一聽說北門淪陷時，為什麼沒有去找她？她那時還活著。他原本可以保護她……

他為什麼還會在乎任何事？有什麼意義嗎？

可是，那些有信心的人是對的，他心想。紋眞的回來保護城市。我失去希望，但他們從來沒有。他再次策馬前行。戰鬥的聲音從遠方傳來。他試圖思考除了廷朵以外的任何事，但思緒不斷回到他們一起做的研究。如今，這些事實與故事變得更寶貴，因為它們是跟她的聯繫。痛苦的聯繫，卻是他不忍捨棄的。

世紀英雄不只是戰士，他心想，仍舊緩緩地騎向戰場。他更能集結不同的人群，讓眾人團結一心。他是領導者。

他知道紋認為自己是英雄，但廷朵說得沒錯：如果她眞的是，那也太巧了。而且，他已經不知道自己相信什麼。甚至不知道是否仍然有值得他相信的。

世紀英雄不是泰瑞司人，他心想，看著克羅司攻擊。他不是皇族，最後卻成為皇族。

沙賽德拉停馬匹，停在空曠平坦的原野中間。箭矢落在他周圍的雪地上，地面被徹底踐踏。遠方傳來鼓聲，他轉身，看到一群軍隊跨越西方的山丘而來。軍隊飄揚著塞特的旗幟。

他會指揮世界上的軍隊。國王們前來協助他。

塞特的軍隊加入對抗史特拉夫的行列。新拉開的戰線引發金屬交錯尖鳴，肢體沉悶的撞擊。沙賽德停在城市與軍隊的平原中間。紋的軍隊仍然少於敵軍，但沙賽德看見史特拉夫的軍隊開始撤退，分崩成碎片，軍陣毫無章法，一切均透露出驚恐的跡象。

她殺死他們的將軍，他心想。

塞特是個聰明人。他親自上場，但卻待在隊伍的後方，因爲他的殘疾，所以他必須被綁在馬鞍上，這讓他不容易參與戰鬥。不過光是參戰就可以確保紋不會派克羅司去攻擊他。

沙賽德毫無懷疑誰會贏得這場戰爭。果不其然，不到一個小時，史特拉夫的軍隊便開始大批大批地投降。

戰爭的聲響開始安靜下來，沙賽德一踢馬腹，上前去。

神聖第一見證人，他心想。我不知道我信不信，但無論如何，我應該去看看接下來會發生什麼事。

克羅司停止戰鬥，靜靜地站在原地，往兩旁讓開，讓沙賽德通過。最後他看到滿身是血的紋站在平原，巨大的克羅司劍搭在肩膀上，幾個克羅司抓了一個人上前，是個身著華貴服飾與閃亮銀色盔甲的貴族，拋在紋的面前。

潘洛德從後方由一隻克羅司帶路，領著他的侍衛隊走上前來。沒有人說話。半晌之後，克羅司隊伍再次分開，這次是滿臉懷疑神色的塞特騎馬上前，身邊圍著一大群士兵，也是由一隻克羅司帶路。

塞特看看紋，抓抓下巴。「打得不痛快。」他說道。

「史特拉夫的士兵很害怕。」紋說道。「而且他們很冷，更不想打克羅司。」

「那他們的領袖呢？」塞特問道。

「都被我殺了。」紋說道。「除了這個。名字？」

「加那爾大人。」史特拉夫的手下說道。他的腿似乎被打斷了，一邊各有一隻克羅司抓著他的臂膀，將他撐起來。

「史特拉夫死了。」紋說道。「軍隊現在是你的。」

貴族低頭。「不是。是妳的。」

紋點點頭。「跪下。」她說道。

克羅司將加那爾拋在地上，他痛得哼出聲音，卻仍然彎下腰。「我發誓我的軍隊會效忠於妳。」他低聲說道。

「不。」紋喝斥。「不是我。是效忠泛圖爾家族的正統繼承人。他現在是你的主上了。」

加那爾愣住了。「好的。」他說道。「謹尊吩咐。我發誓效忠史特拉夫之子，依藍德．泛圖爾王。」

眾人站在冰寒的平原上。沙賽德跟著紋轉身，看著潘洛德。紋朝地面一指。潘洛德靜靜下馬，跪下，彎腰。「我效忠依藍德．泛圖爾王。」

紋轉向塞特。

「妳也要我這樣做？」大鬍子男好笑地說道。

「是的。」紋輕聲回答。

「如果我拒絕呢？」塞特問道。

「那我就殺了你。」紋輕聲說道。「你帶來軍隊要攻擊我的城市。你威脅我的同胞。我不會屠殺你的士兵，要他們替你的作爲付出代價；但是塞特，我會殺了你。」

沉默。沙賽德轉身，望著一排宛如石像站在腥紅雪地裡的克羅司。

「妳知道妳是在威脅我吧。」塞特說道。「妳的依藍德絕對不會接受這種事。」

「他不在這裡。」紋說道。

「那妳覺得他會怎麼說？」塞特問道。「他會叫我不要屈服於這種要求，具有榮譽感的依藍德．泛圖爾，絕對不會因爲有人威脅他的性命就屈服。」

「你不是依藍德那樣的男人。」紋說道。「你也很清楚這點。」

塞特想了想，微笑。「對，我不是。」他轉向他的侍從們。「幫我下馬。」

紋靜靜地看著侍衛解開塞特的雙腿，將他抬到雪地裡。他鞠躬。「好吧，我發誓效忠依藍德．泛圖爾王。他可以隨意處置我的王國……只要他能將它從如今控制我的領土的鬼聖務官手中奪回來。」

紋點點頭，轉向沙賽德。「沙賽德，我需要你的協助。」

「謹遵吩咐，主人。」沙賽德輕聲說道。

紋一愣。「請不要這樣叫我。」

「如妳所願。」沙賽德說道。

「你是現在這裡我唯一信任的人。」紋說道，無視於三名跪地的男子。「哈姆受了傷，微風又……」

「我會盡我所能。」沙賽德低下頭說道。「妳要我做什麼？」

「守護陸沙德。」紋說道。「確保人民有地方住，從史特拉夫的倉庫裡搬來糧食，安頓好這些軍隊，不要讓他們自相殘殺，然後派一支小隊去接依藍德來。他正沿著運河大道南下。」

沙賽德點點頭。紋轉向三名跪地的國王。「沙賽德是我的副手。你們要把他當成依藍德或我一樣服從他。」

三人輪流點頭。

「那妳要去哪裡？」潘洛德抬起頭問道。

紋嘆口氣，突然看起來極端虛弱。「睡覺。」她說道，拋下手中的劍，鋼推劍，飛回陸沙德。

他甦醒後留下了毀滅，卻被眾人遺忘。沙賽德心想，轉身看她飛走。他創造了眾多王國，卻又在重新改造世界的同時，將其全數摧毀。

我們一直以來，都把性別弄錯了。

鋼中字

PART VI
Words in Steel

如果拉剎克無法將艾蘭迪帶離他的征途，我已經指示要那孩子要殺死艾蘭迪。

56

紋是怎麼忍受的？依藍德心中暗想。濃霧中的能見度不到二十呎，隨著他前行的步伐，樹木如鬼魅般出現在他身邊，樹枝繞著路邊。霧幾乎像是活的：會移動、盤旋、隨著冰冷的夜風吹拂，奪走他的呼吸，彷彿吸走一部分的他。

他忍著發抖，繼續前進。過去幾天，雪開始在零零星星地融化，只有在樹蔭遮蔽的地方才留下一堆堆的雪。幸好運河道路還頗爲通暢。

他背著背包，裡面只裝著必需品。在鬼影的建議之下，他們在幾天前的村莊裡將馬匹與村民交換其他物資。過去幾天他們逼著馬匹使出渾身解數奔跑，因此鬼影認爲，要餵飽並且要讓牠們活著完成最後一段通往陸沙德的路程，實在太辛苦，划不來。

況且，城裡該發生的事情，應該也已經發生完了。所以依藍德獨自走在黑暗中。雖然詭異，但他信守承諾，只在夜晚行走。這不止是紋的願望。鬼影也同意晚上比較安全。少有旅人敢在大霧裡前進，因此大多數土匪晚上都懶得監視道路。

鬼影走在前面，敏銳的感官讓他能察覺隱藏的危機，免得依藍德一不小心便闖了進去。這到底是怎麼樣的情況？依藍德邊走邊猜想。錫能讓人的視力變好，但如果什麼都已經被霧遮住，那無論能看得多遠，都沒有意義吧？

作家們宣稱鎔金術能幫人看穿霧。依藍德一直都在想像那會是什麼樣子，當然他也猜想過不知道感覺白鑞的力量，或是以天金戰鬥會是如何。即便是在世族裡，鎔金術師也不常見，但因爲史特拉夫對待他的方式，所以依藍德一直對於自己不是鎔金術師一事感覺到很有罪惡感。

可是，就算沒有鎔金術，我最後還是當上王了，他心想，暗自微笑。他的確失去了王位，雖然他們能奪走他的王冠，卻奪不走他的成就。他證明議會是可行的，也保護了司卡，給了他們權利，還有他們永不會忘懷的自由滋味。他的成就遠超過別人的預期。

霧裡有東西在騷動。

依藍德全身一僵，盯著黑暗。聽起來像是葉子，他緊張地心想。是有東西爬過葉子嗎？還是……只是風吹過？

他當場決定，世界上沒什麼比盯著充滿濃霧的黑夜，看著隨時變換的虛影更可怕的事。有一部分的他寧可瞪著一支克羅司軍隊，也不要晚上獨自站在陌生的森林裡。

「依藍德。」有人低聲說道。

依藍德轉過身，看到是鬼影時，忍不住按住心口。他原本想責怪鬼影居然偷偷摸摸地靠近他，不過轉念一想，人被埋在霧裡面，要不偷偷摸摸也難。

「你有看到什麼嗎？」鬼影低聲問道。

依藍德搖搖頭。「可是我覺得我聽到什麼。」

鬼影點點頭，再次消失在霧裡。依藍德站在原處，不知道是不是該前進，還是應該在原地等待。他沒有考慮太久。鬼影不一會兒便再次出現。

「沒什麼好擔心的。」鬼影說道。「只是霧魅。」

「什麼？」依藍德問道。

「霧魅。」鬼影說道。「你知道的，就是那個大大一團的東西？坎得拉的親戚？別告訴我你沒在書上讀過。」

「我有。」依藍德說道，緊張地環顧黑夜。「可是我沒想過我會跟一隻處在同一片霧裡。」

鬼影聳聳肩。「牠大概只是跟著我們的氣味，希望我們會留下點吃的。那些東西大多數情況都是無害的。」

「大多數？」依藍德問道。

「你知道的應該比我還多。不過我繞回來不是爲了跟你聊撿垃圾吃的東西。前面有光。」

「有村莊？」依藍德問道，想著他們來到這裡的路上所看到的村莊。

鬼影搖搖頭。「看起來像是營火。」

「軍隊？」

「有可能。我想你該在後面這裡等等，如果你一不小心闖進斥候的營地，可就麻煩了。」

「同意。」依藍德說道。

鬼影點點頭，又回到黑夜裡。

依藍德再次獨自站在黑暗中。他全身發抖，拉緊披風，瞄著他聽到霧魅的方向。沒錯，他是有讀過，也知道牠們應該是無害的，但光想到外面有東西爬來爬去，而且身體是以各式各樣的骨骸所組成，也在盯著他瞧……

不要想，依藍德告訴自己。

他將注意力轉向霧。紋至少有一件事說得沒錯，它們滯留得越來越久，無視於日出。有幾個早上甚至日出一個小時後還在。他很輕易可以想像，如果濃霧持續整天不散，大地會發生什麼樣的慘劇。莊稼將長不出來，動物會餓死，文明會崩毀。

深闇有可能是這麼簡單的東西嗎？依藍德對深闇的猜想是根植於傳統學者見地。有些作家認爲整件事都是傳說，是聖務官用來強調他們所崇拜的神的神性的傳言。大多數學者則接受長期以來對深闇的定義，是被統御主殺死的可怕怪獸。

可是，用濃霧來解讀它的存在也相當合理。無論多危險，一隻怪獸怎麼可能威脅整片大陸？可是迷霧……它絕對帶有毀滅性，殺死植物，甚至會……殺人，如沙賽德所說那般？他不安地瞅著圍繞在他身邊，看起來調皮、無辜的迷霧。沒錯，他絕對可以想像那就是深闇。它的名聲遠比怪物更駭人，的確也比軍隊更危險。尤其是他越看越覺得，這霧正想迷惑他的心智，舉例來說，他面前的霧似乎就想變成某種形狀。依藍德發現自己開始可以在迷霧中看到形狀，忍不住微笑。一團霧幾乎看起來像是一個人站在他面前。

那個人上前一步。

依藍德一驚，微微退後。它的輪廓很模糊，甚至不能說有明確的外型，卻看起來非常眞實。迷霧不斷的盤旋勾勒出臉、身體、腿。

「統御老子的！」依藍德驚呼，往後一跳。那東西繼續看著他。我瘋了，他心想，手開始顫抖。迷霧所組成的身影停在他身前幾呎遠，舉起右手，一指。

北方。與陸沙德相反的方向。

依藍德皺眉，看著那身影指著的方向。那裡除了更多霧之外，什麼都沒有。他轉身回去看它，但它仍動也不動地站著，一手平舉。紋說過這東西，他記起來，壓下他的恐懼。她曾經想跟我說過，我還以爲是她幻想的。她說得沒錯。她也說過，霧在白天滯留的時間越來越久，還有霧可能是深闇，全都被她說中了。他開始不知道兩人之中到底誰才是學者。

迷霧繼續指著。

「什麼意思？」依藍德問道，在沉默的空氣中，自己的聲音聽起來很詭異。

它上前一步，手仍然平舉。依藍德知道自己握住劍的動作毫無用處，卻堅持不退後。

「告訴我你要我做什麼！」他強硬地說道。

那東西又指一次。依藍德歪著頭。它看起來不像是在威脅他，反而感覺到一陣不自然的寧靜感，從它身上散發出來。

鎔金術？他心想。它在拉引我的情緒！

「依藍德？」鬼影的聲音從霧中飄出。

那身影突然消失，融化回迷霧中。鬼影走上前來，臉龐隱藏在陰影中，一片漆黑。「依藍德？你剛才說什麼？」

依藍德放開劍柄，站直身體。他仔細看了看迷霧，仍然不確定剛才是不是他的想像。「沒什麼。」他說道。

鬼影回望他來的方向。「你該來看看。」

「軍隊？」依藍德皺眉問道。

鬼影搖搖頭。「不是。是難民。」

「守護者都死了，大人。」老人說道，坐在依藍德對面。他沒有帳棚，只有幾個人分著同一條棉被。「死了，或是被抓了起來。」

另一人爲依藍德端來一杯熱茶，態度溫順服從。兩人都穿著侍從官的袍子，而雖然眼神透露著極端疲累之色，袍子跟雙手仍然十分乾淨。*舊習慣，依藍德心想，*感謝地點點頭，啜了一口茶。*泰瑞司人也許宣告自己獨立，但是上千年來的謙卑順從不可能這麼容易擺脫。*

這營地是個怪異的地方。鬼影說他算了算，裡面將近有千人，根本不可能在寒冬裡一一被照顧、餵飽、安頓。許多都是老人，而男人們大多數都是侍從官：都是培育來服侍貴族的閹人，完全不懂得如何打獵。

「告訴我發生了什麼事。」依藍德說道。

年邁的侍從官點點頭，然後又搖搖頭。他看起來並不孱弱，反而展露出大多數侍從官都有的自制、莊嚴，但他的身體不斷緩慢地顫抖。

「帝國一崩毀，席諾德便公開它的存在，大人。」他也接下一杯茶，可是依藍德注意到那只有半滿。事實證明這是對的，因為年邁的侍從官手抖到幾乎連半滿的茶都端不住。「他們成為我們的統治者。也許他們這麼早就現身是不智的。」

不是所有泰瑞司人都是藏金術師，甚至可以算是罕見。像沙賽德跟廷朵那樣的守護者，從很久以前就被統御主逼得要躲起來，因為他擔心藏金術跟鎔金術的血統可能會混合，有可能生出一個跟他具有同樣能力的人，所以他嘗試要摧毀所有的藏金術師。

「我認得守護者，朋友。」依藍德柔聲說道。「我很難相信他們這麼容易就被打敗。是誰做的？」

「鋼鐵審判者，大人。」老人說道。

依藍德發抖。*原來他們去了那裡。*

「總共有幾十個一起出現，大人。」老人說道。「他們帶著一團克羅司怪物攻擊塔辛文，但我認為那只是調虎離山之計。他們真正的目標是席諾德跟守護者，當我們薄弱的軍隊在抵抗克羅司時，審判者們親自朝守護者下手。」

*統御主啊……*依藍德心想，胃部一陣緊縮。*那我們該怎麼處理沙賽德要我們送去給席諾德的書呢？難道是要交給這些人，還是留著它？*

「他們把守護者的屍體一併帶走了，大人。」老人說道。「泰瑞司已經毀壞殆盡，所以我們前往南方。您說您認得泛圖爾王？」

「我……見過他。」依藍德說道。「他統治陸沙德，我就是從那裡來的。」

「您覺得他會收留我們嗎？」老人問道。「我們已經沒有多少希望了。塔辛文是泰瑞司人的首都，但卻也不大。我們人數不多，因為統御主的緣故。」

「我……不知道陸沙德幫不幫得了你們，朋友。」

「我們很有用處。」老人承諾。「我想，我們宣告自己獨立，實在太驕傲了。就算是審判者攻擊前，我們也遭遇生存的困難，也許他們把我們趕出來，反倒是幫了我們的忙。」

依藍德搖搖頭。「克羅司一個禮拜前攻擊了陸沙德。」他低聲說道。「我自己也是難民，侍從官先生。我不知道，也許陸沙德已淪陷了。」

老人沉默了。「我明白了。」他終於說道。

「對不起。」依藍德說道。「我正要回去看看發生了什麼事。告訴我，我不久前才走了這條路，但我怎麼會在北上的路途中沒有看到你們？」

「我們不是走運河來的，大人。」老人說道。「我們直直橫越了田野，在蘇林沙斯取得補給品。所以，您對陸沙德的事情一無所知？那裡住著一名資深守護者。我們原本希望也許能尋得她的建議。」

「廷朵女士？」依藍德問道。

老人精神一振。「是的。您認得她？」

「她是國王宮廷裡的成員。」依藍德說道。

「我想廷朵守護者現在應該是我們的領袖了。」老人說道。「我們不確定外面有多少行腳守護者，但我們被攻擊時，她是唯一不在城裡的資深席諾德成員。」

「我離開時，她還在陸沙德。」依藍德說道。

「那她可能還活著。」老人說道。「我想，我們至少可以如此希望。您的訊息很寶貴，我感謝您，旅人。請自行在我們的營地裡安頓。」

依藍德點點頭，站起身。鬼影站在不遠兩棵樹樹下的濃霧中。依藍德來到他身邊。

那些人在夜晚中升著大堆的營火，彷彿要反抗迷霧。光線的確有助於減弱迷霧的力量，但光線卻似乎也強調了迷霧的輪廓，引出讓人眼花的立體陰影。鬼影靠著粗糙的樹幹，看著周圍依藍德看不見的東西，可是依藍德可以聽見一些鬼影必定看在眼裡的景象。哭泣的孩子。咳嗽的人。不安的牲口。

「看起來不太妙，對不對？」依藍德說道。

「眞希望他們不要再燒火了，我的眼睛好痛。」

依藍德望向一邊。「這火沒那麼亮。」

鬼影聳聳肩。「他們只是浪費木材而已。」

「你得原諒他們現在只想讓自己舒服一點。接下來幾個禮拜，日子一定不好過。」依藍德頓了頓，看著一隊經過的泰瑞司「士兵」，他們顯然都是侍從官。每個人的姿勢都很挺拔，腳步流暢優雅，但依藍德懷疑他們會用菜刀以外的武器。

泰瑞司裡沒有軍隊能幫助我的人民。

「你讓紋回去召集我們的盟友。」鬼影低聲說道。「帶著他們來跟我們會合，也許去泰瑞司避難。」

「我知道。」依藍德說道。

「可是我們不能去泰瑞司。」鬼影說道。「那裡有審判者。」

「我知道。」依藍德再次說道。

鬼影沉默了片刻。「世界開始完蛋了，阿依。」他終於說道。「泰瑞司，陸沙德……」

「陸沙德沒有被毀掉。」依藍德眼神銳利地看著鬼影。

「克羅司呢？」

「紋會想出阻止牠們的辦法。」依藍德說道。「說不定她已經找到昇華之井的力量。我們得繼續前進。無論失去了什麼，我們絕對有能力，也必定會重建起來，然後我們可以再來想要怎麼幫助泰瑞司。」

鬼影想了想，點點頭，露出微笑。依藍德很訝異自己充滿信心的話居然能如此撫慰少年的憂慮。鬼影往後一靠，打量依藍德手中仍冒著熱氣的茶。依藍德遞了過去，一面隨口說了句他不喜歡心根茶。鬼影高高興興地喝了。

可是依藍德認爲，事情原比他承認的更爲憂心。*深闇回來了，鬼魅躲在迷霧裡，審判者們想要爭奪泰瑞司統御區。還有多少事是我不知道的？*

這是個渺茫的希望。因爲艾蘭迪歷經刺客、戰爭、災難，仍然存活至今。可是，我希望在冰凍的泰瑞司山脈，他的眞面目會被揭露。我盼望奇蹟的出現。

57

「你們聽好，我們都很清楚該做什麼。」塞特用力一敲桌子。「我們這裡有全副武裝的軍隊，已經準備好要上戰場。所以我們該快去把我的鬼國家奪回來！」

「女皇沒有下令讓我們做這種事。」加那爾啜著茶說道，完全不受塞特粗魯的舉動影響。「我個人認爲我們至少應該等到皇帝回來。」

房間中年紀最大的潘洛德好歹做出了同情的表情。「我瞭解你擔心你的人民，塞特王，但我們重建陸沙德的時間甚至不到一個禮拜，現在就想著要擴充領域有點太操之過及，我們不可能授權這種準備。」

「好啦，潘洛德你算了吧。」塞特沒好氣地說道。「我們可不歸你管。」

三個人同時轉向沙賽德。他覺得自己坐在泛圖爾堡壘議事廳的主位上，相當尷尬。顧問跟侍從，包括幾個多克森手下的事務官都站在空曠房間的邊緣，但只有三個依藍德帝國中的國王跟沙賽德一起坐在桌子邊。

「我認爲我們不該操之過及，塞特王。」沙賽德說道。

「這不是著急。」塞特又搥了一下桌面。「我只是想下令蒐集斥候跟間諜情報，好在需要進攻時能有充足的資訊！」

「這還是假設在我們會進攻的情況下。」加那爾說道。「如果皇帝決定要收復法德雷克斯城，最快也必須等到夏天。我們有更緊急的事物——我的軍隊遠離北方統御區太久，應該先回去鞏固現有的根基，再去發展新領域，這是基本政治理論。」

「胡說！」塞特揮揮手，表示他的不贊同。

「你要派斥候可以，塞特大人。」沙賽德說道。「可是他們只能蒐集資訊，不能進行劫掠，無論這機會多有吸引力。」

塞特搖搖他的大鬍子。「所以我向來懶得跟最後帝國裡的其他統御區玩這些政治遊戲。每個人都忙著算計別人，結果什麼事都辦不成！」

「仔細行事是好事，塞特王。」潘洛德說道。「耐心可換來更大的獎賞。」

「更大的獎賞？」塞特問道。「中央統御區等半天有什麼好處？城市都淪陷了，你還在等！要不是你們手邊有最優秀的迷霧之子……」

「最優秀的迷霧之子，大人？」沙賽德輕聲問道。「你難道沒有看到她如何掌控克羅司？你難道沒有看到她像飛箭一般橫越天空？紋貴女絕對不只是『最優秀的迷霧之子』。」

眾人陷入沉默。我必須讓他們時時刻刻都記得她，沙賽德心想。少了紋的領導，沒有她力量的威脅，這個聯盟不要兩三秒就會瓦解。

他覺得自己好無能。他沒有辦法讓這些人專心討論，也沒辦法幫助他們處理問題。他只能一直提醒他們紋的力量。

問題是，他並不想這麼做。他的心中正充滿一種奇特的感覺。疏離。無感。這些人談論的事情有什麼意義？廷朵死了還有什麼有意義？他一咬牙，強迫自己要專注。

「好吧。」塞特揮揮手說道。「我派探子去看看。加那爾，你的食物從鄔都來了沒？」

較年輕的貴族開始感到尷尬。「我們……可能有點問題。似乎有叛亂組織在煽動城市造反。」

「難怪你想派軍隊回去北方統御區！」塞特指控。「你打算要平復你的王國，卻管我的去死！」

「鄔都比你的首都要近多了，塞特。」加那爾說道，繼續喝起他的茶。「在西進之前，先鞏固我的地位是很合理的。」

「我們讓女皇做這個決定。」潘洛德說道。他喜歡扮演調停者的角色，讓自己顯得超然，意思是，他靠介入兩人之間讓自己穩坐權力地位。

這跟依藍德想用來處理軍隊的方法沒什麼不同，沙賽德心想。那男孩的政治策略直覺遠比廷朵承認的要更敏銳。

我不該想她，他告訴自己，閉上眼睛。可是，很難不想。沙賽德做的，想的一切，似乎都不對勁，因爲她不在了，連光芒都顯得比平常黯淡，動機變得更難引發。他發現自己甚至不想專心聽幾位國王說話，更不用提給他們指示。

他知道，這樣很傻。廷朵回到他生命中才多久？只有幾個月。更久以前，他早就認命這輩子不會有人愛他，他也絕對得不到她的愛。不只因爲他不是完整的男人，更是因爲他是個叛逆份子，異議份子，與泰瑞司傳統思想格格不入的人。

她對他的愛絕對是個奇蹟。可是，他該爲這樣的幸運感謝誰，又該因爲她被帶走而詛咒誰？他曉得數百個神，如果有用的話，他會憎恨每一個。

爲了維持自己的理智，他強迫自己再次因爲國王們的話而分心。

「聽我說。」現在是潘洛德在發言，他向前傾身，雙手按在桌面上。「各位，我認爲我們看這個問題的角度不對。我們不該爭吵，而該高興。我們的處境是獨一無二的。在統御主的王國崩解後，幾十個，甚至數百個人都嘗試想要以不同的方式擔任國王，但他們共有的失敗之處，就是都不穩固。

「現在情況看起來，我們被強迫要合作，而我開始用比較正面的方法看待整件事。我會效忠泛圖爾夫婦，我甚至願意接受依藍德．泛圖爾怪異的政府理念，如果這代表十年之後，我仍然大權在握。」

塞特抓了抓鬍子，點點頭。「這話說得有道理，潘洛德。可能是我第一次聽到你說出有道理的話。」

「可是我們不能一直試著認爲我們知道自己要做什麼。」加那爾說道。「我們需要指引。我想未來十年我們能不能活著，很大一部分是要看我們會不會死在那迷霧之子女孩的刀上。」

「沒錯。」潘洛德俐落地點點頭。「泰瑞司先生，什麼時候女皇才會重新下令？」

三雙眼睛再次一起望向沙賽德。

我其實根本不在乎，沙賽德心想，立刻感到一陣罪惡感。紋是他的朋友。他眞的在乎。就算他已經很難再對任何事情在乎。他羞愧地低下頭。「紋貴女因爲長時間的白鑞延燒，所以特別疲勞。」他說道。「她這一年中將自己逼到極限，最後又全速奔跑回陸沙德。她很需要休息。我認爲我們應該再讓她多休息一會兒。」

其他人點點頭，重新開始討論，可是沙賽德的心神則回到紋身上。他瞭解她的症狀，卻也開始擔憂。白鑞延燒對身體頗有損耗，而他懷疑她過去好幾個月都靠著白鑞在強迫自己保持清醒。

當守護者儲存清醒時，他會長時間陷入昏迷般的睡眠。他只能希望這麼嚴重的白鑞延燒也只是帶來同樣的影響，因爲紋一個禮拜前回來以後就再也沒有醒過。他希望她很快就會像脫離睡境的守護者那樣醒過來。

也許她的睡眠會持續更久。她的克羅司軍隊等在城外，雖然她如今失去意識，卻顯然仍受到她的控制。可是能控制多久？如果把自己逼得太急，白鑞延燒是會死人的。

如果她再也不醒來，這個城市要怎麼辦？

灰燼正在落下。*最近灰落得很凶*，依藍德心想，跟鬼影一起走出樹叢，看著陸沙德平原。

「你看。」鬼影低聲說道，指著前方。「城門破了。」

依藍德皺眉。「可是克羅司都駐紮在城外。」史特拉夫的軍營也在原地。

「牠們在工作。」鬼影說道，擋住臉前的陽光，保護他過度敏感的鎔金術師眼睛。「看起來像是在埋葬城外的屍體。」

依藍德的眉頭皺得更緊。*紋呢？她發生什麼事了？她還好嗎？*

他跟鬼影學泰瑞司人直接穿過平原，仔細注意不要被城裡的巡邏隊發現，而這天他們打破平常的習慣，在白天走了一段路，要趁入夜前抵達陸沙德。迷霧即將降臨，依藍德因爲太早起床又走這麼久的路而極端疲累。

不只如此，他已經很厭倦不知道陸沙德發生了什麼事。「你能看到城門上飄的是誰的旗幟嗎？」

鬼影頓了一下，顯然是在驟燒金屬。「你的。」他最終訝異地說道。

依藍德微笑。*好吧，要不就是他們想辦法救了城市，或者就是要逮捕我的複雜陷阱。*「來吧。」他說道，指著一排被允許回到城市的難民，包括之前逃走的人，因爲危險過去之後，又回來取食物。「我們跟他們一起混進去。」

沙賽德輕輕嘆氣，關上房門。國王們終於結束了那天的紛爭。以幾個禮拜前才想征服彼此的人而言，他們其實相處得很好。

沙賽德知道他們新生的友情並不是他的功勞，他的心裡盤旋著其他事。

我這一生也看過不少人死亡，他心想，走回房間。*凱西爾、加登朵、可藍達。都是我尊敬的人。我從來沒想過他們的靈魂何去何從。*

他將蠟燭放在桌上，薄弱的燈光點亮幾頁淩亂的書頁，一堆從克羅司身體取出的怪異釘子，還有一份手稿。沙賽德坐在桌子邊，手指摸著書頁，想起跟廷朵一起做研究的時候。

也許這就是爲什麼紋讓我負責的原因，他心想。她知道我需要別的事情來讓我不能一直想著廷朵。

他畢生的工作就是要記憶，因此遺忘，即使是爲了取得自己心靈的平靜，也不是他喜歡的選擇。

他翻著手稿，在陰暗的房間裡露出欣喜的笑容。他送了一份重新謄寫，整理乾淨的版本讓紋跟依藍德帶往北方，可是這份才是原稿，兩名害怕的學者焦急，幾乎是絕望地疾書而成的手稿。

他一面翻著書頁，搖曳的燭光照耀出廷朵堅定卻美麗的字體，輕易地與沙賽德比較保守的字跡混合，有時候某一頁上他們的筆跡會來回交錯十幾次。

直到他眨眼，一滴晶亮的眼淚落下，灑上書頁，他才意會到他正在哭泣。他低頭，震驚地看到一點水暈開了筆墨。

「現在怎麼辦，廷朵？」他低語。「我們爲什麼要這麼做？妳根本不相信世紀英雄，而顯然我什麼都不相信。這一切有什麼意義？」

他舉起手，以袖子擦擦書頁上的眼淚，盡量不破壞書頁。雖然他很疲累，但他隨便挑了一段來讀。閱讀是爲了要記得，想著他們不擔憂爲何要研究的時光而只是很滿足於做喜愛的事情，以及想著他開始發現是他最愛的人。

我們蒐集了所有關於世紀英雄的資料，他讀著，可是有許多資訊都是相互矛盾的。

他翻到某一段，廷朵堅持要含括這一段。廷朵宣稱裡面有許多非常明顯的相互矛盾，他重新讀了一遍，第一次仔細地思考。這是學者廷朵，對一切都抱持疑心的廷朵。他翻動頁面，讀著她的手稿。

一人寫，世紀英雄會是個子高挑。一個不容人忽略的人。

另一人寫，這個力量不能被一個人佔有，關於這點我們很確定，它必須被持有，卻不能被使用，必須被釋放。廷朵覺得這個條件很愚蠢，因爲其他段落都在討論英雄該用這力量來打敗深闇。

還有一段寫著，所有人都是自私的。英雄是一個可以看到所有人的需要，罔顧自己的願望的人。「如果所有人都是自私的，英雄怎麼會是如其他段落說的無私？」廷朵當時問道。「而且一個出身微賤的人怎麼能征服世界？」

沙賽德搖搖頭，微笑。有時候，她的意見非常完整，但有時候她只是爲了想提供反向的觀點。他再次摸著書頁但停留在第一頁。

個子高挑，它說。這不可能在說紋，但是它也不是來自於拓印，而是另一本書。廷朵圈起這句話是因爲拓印是比較值得信任的資訊來源，拓印上說英雄個子矮。他翻到關刻在鋼片上的證言完整謄稿，找尋他要的那一段。

我第一次見到艾蘭迪時，最先注意到的就是他的身高，裡面這樣寫著。他雖然個子不高，卻似乎於凌駕所有人，令人不自主地心生敬重。

沙賽德皺眉。之前他辯論這沒有矛盾之處，因爲一段可以被解讀成是在講英雄的個性或氣勢，而不是他的實際身高，可是沙賽德停下來，第一次認眞看待廷朵的反對。

果然，他也開始覺得這內容不太對勁。他繼續看著書，瀏覽裡面的內容。

在期待經裡，有我的位置，他讀到。我以爲我是神聖第一見證人——預言中發現世紀英雄的先知。背棄艾蘭迪意謂著背棄我的新地位，以及其他人對我的接納。沙賽德的眉頭蹙得更緊。他以手指劃過段落。外面天色漸暗，幾絲迷霧纏繞在百葉窗邊，溜入了房間後才消失。神聖第一見證人，他再次讀到。我怎麼會忘記呢？那些人在城門前就用這個名字稱呼我。但是我沒發現。

「沙賽德。」

沙賽德驚跳起，一轉身，差點把滿桌的書撞倒在地。紋站在他身後，是陰暗房間中的一道黑影。

「紋貴女！妳醒了！」

「你不該讓我睡這麼久的。」她說道。

「我們有想過要叫醒妳。」他柔聲回答。「可是妳陷入昏迷。」

她似乎很吃驚。

「也許這樣是最好的，紋貴女。」沙賽德說道。「戰鬥已經結束了，而且妳最後幾個月把自己逼得很緊。一切結束後，妳能休息也是好的。」

她上前一步，搖搖頭，沙賽德看得出來，雖然休息了好幾天，她仍然滿臉疲色。「不，沙賽德。」她說。「事情並沒有『結束』。還早得很。」

「什麼意思？」沙賽德關切地問道。

「我腦子裡還是聽得到。」紋舉手按著額頭。「就在這裡。在城裡。」

「昇華之井？」沙賽德問道。「可是紋貴女，那是我編造出來的，我真的非常非常抱歉，但是我甚至不知道它是否真的存在。」

「你相信我是世紀英雄嗎？」

沙賽德別過頭。「幾天前，在城外的平原上，我很確定。可是……最近……我甚至不知道我自己相信什麼。預言跟故事都是一團矛盾。」

「這不是預言。」紋說道，走到他的桌子邊，低頭看著書。「這跟需要做的事情有關。我可以感覺到它……在拉扯我。」

她瞥向關閉的窗戶，邊緣迷霧纏繞，然後走到窗邊，推開百葉窗，讓沁涼的冬日空氣進入。紋站在原處，閉著眼，讓迷霧席捲過她。她身上只穿著簡單的襯衫與長褲。

「我曾經取得過它的力量，沙賽德。」她說道。「你知道嗎？我跟你說過嗎？當我跟統御主戰鬥時，我從迷霧中取得力量，所以才能夠打敗他。」

沙賽德顫抖，不只是因為冰冷，更也是因為她的語調，還有她話中的意涵。「紋貴女……」他開口，卻不知道該怎麼說下去。取得迷霧的力量？這話是什麼意思？

「井在這裡。」她又說了一次，望向窗外，迷霧繞進房間。

「不可能，紋貴女。」沙賽德說道。「所有的報告都同意一件事——昇華之井是在泰瑞司山脈。」

紋遙遙頭。「他改變世界了，沙賽德。」

他愣住，皺起眉頭。「什麼？」

「統御主。」她低聲說道。「他創造了灰山。紀錄上說他創造了王國周圍的巨大沙漠，爲了保護大地而破壞它。所以，我們有何原因要相信，現在世界的樣子跟他當年第一次爬到井邊時是一樣的？他創造了山脈，爲什麼不能壓扁它？」

沙賽德全身寒顫。

「我會這麼做。」紋說道。「如果我知道力量會回來，如果我想要保住它，我會把井藏起來，我會留下傳說，不斷訴說著北方的山脈，然後我會在井邊建立起我的城市，好讓我能看守它。」

她轉身，看著他。「它在這裡。力量在等我。」

沙賽德開口想反駁，卻不知該說什麼。他憑什麼進行這種爭辯？在他陷入沉默的同時，他聽到下方外面傳來聲音。*聲音？他心想。晚上？在霧裡？*他好奇地伸長了耳朵，想要聽到外面的人在說什麼，但他們太遠了，於是，他探入桌上的袋子。他大多數的金屬意識都空了，現在身上只戴著紅銅意識，裡面儲藏著古老知識。從袋子裡，他找到一個小布囊，裡面有十只他當初爲克羅司攻城所準備的戒指，卻從來沒用過。他將布袋打開，取出一只，將布囊塞入他的寬腰帶。

有了這個錫意識，他可以取得更強的聽覺。下方傳來的聲音變得清晰。「王！王回來了！」

紋跳出窗戶。

「我也不完全瞭解她是怎麼辦到的，阿依。」哈姆說道，手臂仍吊在繃帶中。

依藍德穿過城市中的街道，身後跟著許多人，都以興奮的語調在相互交談。隨著依藍德返回的消息傳來，路上的人群越來越大。鬼影有點不安地打量他們，卻似乎蠻喜歡眾人對他的注目。

「戰爭的最後一段我整個人是昏迷的。」哈姆說道。「是白鑞保住了我的命。克羅司把我的小隊都殺了，突破我守衛的堡壘城牆，我逃了出來，找到沙賽德，但那時候我已經意識恍惚，我只記得在海斯丁堡壘外昏倒。等我醒來之後，紋已經奪回了城市。我……」

一行人停下腳步。紋站在他們面前。安靜。陰暗的身影。站在迷霧裡，她幾乎看起來像是依藍德先前在霧裡看到的靈魂。

「紋？」他朝詭異的空氣問了一聲。

「依藍德。」她說道，衝入他的懷抱，神祕的氣氛立時消失。她緊抱著他，全身發抖。「對不起，我覺得我做了一件很不好的事。」

「哦？」他問道。「什麼事？」

「我讓你成爲皇帝了。」

依藍德微笑。「我發現了，而且我也接受。」

「可是你之前好努力要讓人民有所選擇。」

依藍德搖搖頭。「我開始發現，我之前的想法太簡單了。是很崇高的理想，但……不完整。我們會想辦法把這問題處理得更好，可是現在我只是很欣慰我的城市還在。」

紋微笑。她看起來很累。

「紋？」他問道。「妳還在用白鑞延燒嗎？」

「不是。」她說道。「是因爲別的事。」她瞥向一旁，臉上出現深思的神色，彷彿下了某種決定。

「來吧。」她說道。

沙賽德望著窗外，第二個錫意識增強他的視覺。下面的確是依藍德。沙賽德微笑，靈魂上的一個重擔如今移除。他轉身，打算要下樓去跟王會面。

然後，他看到一樣東西飄落他面前的地面上。一張紙。他跪下，拾起紙張，注意到上面是他自己的字體。紙張邊緣因爲被撕裂而凹凸不平。他皺眉，走到桌子邊，翻開提到關如何描述世紀英雄的那一段。一個角落不見了。就是他之前跟廷朵一起發現被撕去的同一個地方。他幾乎忘記所有書頁都少掉同一句話的詭異事件。

在他們發現書頁被撕裂之後，他以金屬意識重新寫了這一頁，如今同樣的位置被撕裂，同樣都是最後一句。爲求保險起見，他將筆記與書頁比對，兩者的裂痕完美吻合。艾蘭迪不可抵達昇華之井，他不能將力量佔爲己有。沙賽德的記憶裡正是如此寫下，與拓印毫無二致。

關爲什麼擔心這件事？他心想，坐了下來。他說他比任何人都瞭解艾蘭迪，甚至數次稱呼艾蘭迪爲有榮譽心的人，所以關爲什麼會這麼擔心艾蘭迪將力量佔爲己有？

紋走在霧中，依藍德、哈姆、鬼影跟在她身後，人群因爲依藍德的命令而散去，不過一些士兵留下來保護依藍德。紋繼續往前走，感覺到撼動她靈魂的鼓動、震動。其他人爲什麼都感覺不到？

「紋？」依藍德問道。「我們要去哪裡？」

「克雷迪克．霄。」她輕聲說道。

「可是……爲什麼？」

她搖搖頭。如今，她知道事實。井在城市裡，隨著鼓動越發強勁，她以爲自己會更加難以辨認它的方向。可是完全並非如此，如今鼓動響亮強烈，她很清楚自己被帶去哪個方向。

依藍德回頭看看別人，她可以感覺到他的擔憂。前方克雷迪克．霄在黑夜裡聳立。像是巨大尖錐的高塔，以毫無視覺平衡可言的規律從地面上突起，指控地伸向星空。

「紋。」依藍德說道。「霧……很奇怪。」

「我知道。」她說道。「它們在指引我。」

「不對。」依藍德說道。「它們看起來像是在躲妳。」

紋搖搖頭。這感覺是對的。她要怎麼解釋？兩人一起進入殘存的統御主皇宮。

井一直在這裡，紋心想，覺得有點好笑。她可以感覺到鼓動從整座建築物中散發出來。她之前爲什麼沒有注意到？

因爲之前的鼓動還太弱，她突然明白過來。以前井還沒滿。現在滿了。開始呼喚她。

她跟隨著之前的道路進入。是她跟著凱西爾潛入克雷迪克·霄，差點死在這裡的那一晚所走的同一條——也是她後來獨自前來殺統御主的那一條。狹窄的石頭走廊變寬，像是一個反扣的碗。依藍德的燈籠映照在精緻的石雕與壁畫上，主要是黑與灰色。石屋位於房間中間，空無人居。

「我想，我們會在這裡找到你的天金，依藍德。」紋微笑地說道。

「什麼？」依藍德的聲音在房間裡迴蕩。「紋，我們在這裡找過了，想到的辦法都試過一遍。」

「顯然不夠。」紋說道，瞅著建築物中的建築物，卻沒有走向它。

要是我，我會把井放在這裡，她心想。這很有道理。統御主絕對會想把井放在身邊，等力量回復時，他能夠再次取走力量。可是在那能發生之前，我就殺了他。

鼓動聲從下方傳來。他們拆了地板，但碰到岩石時便停了下來。一定有通往地下的方式。她走了過去，將中央的石室徹徹底底地找了一遍，卻什麼都沒看到。她走出石室，經過她迷惘的朋友們，有點煩躁。

接著，她嘗試燃燒金屬。藍色的鋼線一如往常散開，指向不同的金屬來源。依藍德身上有幾處，鬼影也有，不過哈姆很乾淨。有些石頭上有鑲嵌金屬，線條就指著那裡。

一切一如她所預料，什麼都沒——

紋皺起眉頭，往旁邊讓了一步。其中一塊石頭鑲嵌著一條特別粗的線。而且是太粗了。她皺著眉頭檢視從她胸口往外延伸的線條，直直對上對面的石牆。這條線似乎正指著牆壁後方。

什麼？

她拉引了一下。什麼都沒發生。所以，她更用力地拉引，悶哼一聲，反而被扯向牆壁。她放開線條，環顧四周。地上很多處都有很深的金屬鑲嵌。她好奇地拉引那些線條來固定住自己，然後再次拉引牆壁。她認為可以感覺到什麼東西動了。

她燃燒硬鋁，用盡全力一拉。突然爆炸的力量差點讓她粉身碎骨，可是她的錨點全部完好無缺，硬鋁燃燒的白鑞讓她不受損傷。一塊牆壁滑開，安靜的房間響起石頭相互摩擦的聲音。紋驚喘出聲，因為金屬燒完，不得不放開鋼線。

「統御老子！」鬼影大喊，但哈姆的動作更快，以白鑞加強的速度已經衝到開口前探頭探腦。依藍德則站在她身邊，拉住她差點倒地的身軀。

「我沒事。」紋說道，喝光一瓶金屬液，補充存量。井的力量在她身邊鼓動，整個房間幾乎要隨之震動。

「這裡有台階。」哈姆收回頭後說道。

紋站穩腳步，朝依藍德點點頭，兩人跟隨哈姆跟鬼影一同穿過假牆。

我不能耽溺於細節，關如此描述。撰寫的空間有限。其他世界引領者前來找我，承認他們的錯誤時，一定認為自己謙卑無比。即便如此，我已經開始懷疑我原本的宣告。可是，我太驕傲。

到頭來，也許就是我的驕傲，導致了我們的滅亡。我的同僚向來不在意我，他們認為我的工作跟我的興趣不符合世界引領者的身分。他們不明白，我研究自然而非宗教的工作，造福了十四國的人民。

可是身爲發現艾蘭迪的人，我變成重要的人。最重要的世界引領者。在期待經裡，有我的位置。我認爲我是神聖第一見證人——預言中發現世紀英雄的先知。當眾宣告放棄對艾蘭迪的支持，等同於放棄我的新地位、眾人對我的接納。因此，我沒有這麼做。

可是現在，我要這麼做。

讓所有人都知道，我，泰瑞司的世界引領者，關，是個騙子。艾蘭迪從來就不是世紀英雄。我頂多過度膨脹他的德行，無中生有地創造出了一個英雄。可是，我最深重的罪行可能是敗壞了我們所相信的一切。

沙賽德坐在桌邊，讀著書。

這裡不對，他心想。他來回讀了幾遍，再次盯著那句「神聖第一見證人」。爲什麼這句話讓他耿耿於懷？

他往後一靠，嘆口氣。就算預言有提到未來，也不該完全遵從，或用來做爲指引。廷朵這件事說得沒錯。他的研究也顯示，預言不可信任，而且充滿疑點。

所以問題在哪裡？

問題就是，整件事實在不合理。

可是有時候宗教表面上的確是不合理的。這是理性的判斷，還是他的成見？是不是他越發厭煩他所背、所教，最後卻背叛他的教義？

種種跡象指向他書桌上的紙片。被撕裂的那片。艾蘭迪不可前往昇華之井……

有人站在他的書桌邊。

沙賽德驚喘，往後一倒，幾乎要被椅子絆倒。那其實算不上是人形，頂多是個影子，似乎是由幾條迷霧所構成，非常隱約，不斷地從紋所打開的窗戶湧入，卻勾勒出人的形狀，頭似乎轉向桌子，書本，或者……是看著那紙片。沙賽德想跑，或想害怕地逃開，但他的學者思維想到一件事來抵抗恐懼。艾蘭迪，他心想。每個人都以爲是世紀英雄的那個人。他說他看到一個迷霧組成的東西在跟蹤他。

紋也說她看過。

「你……你想要什麼？」他問道，試圖保持冷靜。

霧靈沒有動。

會是……她嗎？他驚愕地想到。許多宗教宣稱死者仍然存在於世上，只是凡人不得而見，但這東西太矮，不可能是廷朵。沙賽德很確定就算她的體型變得如此模糊，他仍然能認得她。

沙賽德想要判斷它在看什麼。他遲疑地伸出手，拾起紙片。

霧靈舉起手臂，指著城市中央。沙賽德皺眉。

「我不懂。」他說道。

霧靈更堅定地指了指。

「把你要我做的事寫下來。」

它只是指著。

沙賽德站在只有一根蠟燭照明的房間中良久，接著瞥向大開的書。風吹動書頁，讓他看到自己的筆跡，然後是廷朵的，然後又是他的。

艾蘭迪不可抵達昇華之井。他不能將力量佔爲己有。

也許……也許關發現別人都不知道的事情。那力量是否會讓最正直的人都必定腐化？他是不是因此必須背叛艾蘭迪，想要阻止他？

霧靈又指了指。

如果霧靈將那句撕掉，也許它是想要告訴我什麼。可是……紋不會將力量佔爲己有。她不會像統御主那樣毀滅世界，是吧？

如果她別無選擇呢？

外面，有人尖叫，聲音充滿純粹的恐懼，很快便有其他人的尖叫聲加入。可怕驚恐的聲音，迴蕩在深夜。

沒時間多想了。沙賽德抓起蠟燭，匆忙中將蠟油灑在桌上，出了房間。

蜿蜒的石造台階帶著他們走了好一段時間，紋跟依藍德並肩前進，鼓動聲響亮地迴蕩在她的耳朵裡。樓梯的底端通向——

一個巨大的房間。依藍德舉高燈籠，低頭看著一間巨大的石室。鬼影已經走了一半，哈姆跟在身後。

「統御主啊……」依藍德低語，站在紋的身邊。「除非我們拆了整棟建築物，否則絕對找不到這裡！」

「這大概就是他的原意吧。」紋說道。「克雷迪克．霄不只是皇宮，更是基石，建造來隱藏某個東西。這個東西。樓上牆壁的金屬鑲嵌是爲了隱藏門的輪廓，金屬也讓鎔金術師看不出開門的機關。要不是有人給我暗示……」

「暗示？」依藍德轉向她問道。

紋搖搖頭，朝台階頷首示意。兩人開始走下台階，她聽到鬼影的聲音從下方響亮地傳來。

「這裡有食物！」他大喊。「好多好多罐食物！」

果然，他們發現一排又一排的架子被放置在洞穴中，小心翼翼地排放整齊，彷彿爲了迎接某個很重要的事情。紋跟依藍德同時來到地洞中，哈姆則追上鬼影，大喊著叫他不要跑那麼快。依藍德一開始似乎是要跟著過去，但紋抓住他的手臂。她正在燃燒鐵。

「那裡有很強的金屬來源。」她語帶興奮地說道。

依藍德點點頭，兩人跑過石室，裡面有一個接一個的櫃子。一定是統御主準備的，她心想。可是，爲什麼呢？

她目前並不在乎。她其實也不太在乎天金，但依藍德想要找到天金的急切不容她忽視。兩人跑到大廳的另一端找到金屬線的來源。

牆上掛著一幅巨大的金屬板，像是沙賽德形容，掛在瑟藍集所的那一幅。映入眼中時，依藍德顯然很失望，可是紋上前一步，用錫力增強雙眼開始檢視上面寫著什麼。

「是地圖嗎？」依藍德問道。「那是最後帝國。」

果不其然，金屬板上刻著帝國的地圖。陸沙德被標明在中央，旁邊另外圈起了一個城市。

「爲什麼把史塔林城圈起來？」依藍德皺眉問道。

紋搖搖頭。「這不是我們來此的目的。」她說道。「你看那邊。」一條通道從石室通往別處。「來吧。」

沙賽德跑過街道，甚至不知道自己在做什麼。他跟著在夜晚很難看清的霧靈，因爲蠟燭早已熄滅。有人在尖叫。他們驚慌的聲音讓他全身起雞皮疙瘩，他好想去看看到底是什麼問題，但霧靈很堅定，如果它發現他開始跟丟，便會停下來好引起他的注意力。它可能是帶著他去送死。可是……他對它有一種莫名的信任感。

鎔金術？他心想。它在拉引我的情緒？

他還來不及多想，便碰到第一具屍體。那是個穿著簡單衣服的司卡男子，皮膚上沾滿了灰燼，臉龐因痛楚而扭曲，地上的灰燼因爲他的掙扎而紛亂。

沙賽德驚呼著，停下腳步，跪下，以附近一扇大開窗戶所透露出的些許光芒檢視屍體。這個人死得不輕鬆。

這……好像我之前在研究的死亡，他心想。好幾個月前，在南邊的村莊。那裡的人說霧殺死了他的朋友，讓他倒地抽搐致死。

霧靈出現在沙賽德面前，肢體語言透露出它的堅持。沙賽德皺眉抬起頭。「你做的？」他低聲問道。

那東西用力搖頭，指著。前方是克雷迪克·霄。那是紋跟依藍德之前去的方向。

沙賽德站起身。紋說她覺得井還在城裡，他心想。深闇降臨了，它的觸手早就伸入帝國的角落，如今探入中心。開始殺人。

有我們尚不瞭解的巨大事件正在進行。

他仍然不相信紋去找井會是很危險的。她讀過書，知道拉刹克的故事，他很有信心她不會將力量據爲己有。可是，他仍然不完全確定。事實上，他已經不太確定該如何處理井的問題。

我得去找到她，阻止她，跟她談談，讓她有心理準備。這種事情不能操之過及。如果他們眞的要從井中取得力量，總要先想想該怎麼做。

霧靈繼續指著前方。沙賽德站起身，向前跑，將恐懼的尖叫聲先置之腦後。他走向充滿尖錐跟利刺的巨大皇宮，衝了進去。

霧靈留在霧中，那裡是它的歸屬。沙賽德以燧石點亮蠟燭，等著。霧靈沒有上前來。心中仍然充滿焦急，沙賽德留下它，繼續伸入原本屬於統御主的皇宮。石牆又冷又黑，燭光只剩微弱燈光。井不可能在這裡，他心想，它應該在山裡。可是那個年代的資料實在太模糊。他開始懷疑也許他從未眞正瞭解他的研究。

他加快腳步，一手爲燭火擋風，知道他需要去哪裡。他去過裡面的屋中屋，也是統御主曾經住過的地方。沙賽德在帝國崩解後，仔細研究過這個地方，詳細做了紀錄跟歸檔。他踏入外間，走入一半後注意到牆上從未見過的開口。

一個身影站在門口，頭低低的。沙賽德的火光照出光滑的大理石牆上，銀色的鑲嵌壁畫，還有那人眼中的尖刺。

「沼澤？」沙賽德震驚地問道。「你去哪裡了？」

「沙賽德，你在做什麼？」沼澤低聲問道。

「我要去找紋。」他不解地回答。「她找到井了，沼澤。我們得去找她，在確定井的實際效用之前，我們得阻止她動手。」

沼澤一時沒回答。「你不該來這裡的，泰瑞司人。」他終於說道，頭仍然低垂。

「沼澤？發生了什麼事？」沙賽德往前一步，感覺心急。

「我希望我知道。我希望……我希望我明白。」

「明白什麼？」沙賽德問道，聲音在圓拱的房間迴蕩。

沼澤靜立片刻，然後抬起頭，毫無知覺的尖刺緊盯著沙賽德。

「我希望我明白為什麼必須殺死你。」他說，然後抬起手，鎔金術推向沙賽德手臂的金屬臂環，將他往後一推，重重撞上堅實的石牆。

「對不起。」沼澤低語。

艾蘭迪不可抵達昇華之井……

58

「統御主啊！」依藍德低語，停在第二個石室的邊緣。

紋來到他的身邊。他們在一條狹窄的天然石隧道中走了一段時間，儲藏石室早已在他們身後遠處。隧道的終點是此處，一個較小的石室，裡面滿是濃重的黑煙。煙沒有從石室滲出，而是結成一團，不斷翻滾攪動，相當反常。紋向前一步。煙沒有她以爲的會讓人無法呼吸，反而出奇地讓她感覺被歡迎。「來吧。」她說道，穿過煙霧，走入石室。「我看到前面有光。」

依藍德緊張地跟上。

咚。咚。咚。

沙賽德撞上牆。他不是鎔金術師，他沒有白鑞能增強他的身體。倒地時，他感覺到身側的銳利刺痛，知道自己撞裂了一根肋骨，甚至是受了更嚴重的傷。

沼澤向前一步，被沙賽德拋下的蠟燭躺在原處，不安地搖曳。

「你爲什麼要來？」沼澤低語，看著沙賽德跪起來。「一切原本很順利。」他以鋼眼看著沙賽德緩緩爬走。之後沼澤又推了一次，將沙賽德甩向一邊。

沙賽德在美麗的白色地板上一滑，撞上另一面牆。他的手臂發出啪的一聲折斷，視覺開始模糊。穿過他的痛楚，他看到沼澤彎下腰，拾起某個東西。一個小布囊。從沙賽德的腰帶掉下。裡面裝滿了小塊的金屬，沼澤顯然認爲這是他的錢袋。

「我很抱歉。」沼澤再次說道，然後舉起手，將袋子鋼推向沙賽德。布囊射過房間，撞上沙賽德，撕裂，裡面的金屬割開沙賽德的皮膚。他不需要低頭看自己傷得多重，奇特的是，他不再能感覺到他的痛楚，可是他可以感覺到溫暖的血液流下肚子跟雙腿。

我也……對不起，沙賽德心想，房間開始變暗，他再次跪倒。我失敗了……雖然我不知道是什麼事。我甚至無法回答沼澤的問題。我不知道我爲什麼會來。

他感覺到自己要死了。這是個很奇怪的經驗。他的心智已經放棄，卻仍然迷惘，仍然煩躁，仍然緩慢地……有……問題……

那些不是錢幣，某個聲音似乎在低語。

那個念頭在他逐漸死去的意識中迴蕩。

沼澤拋向你的袋子。那不是錢幣。那是戒指，沙賽德。總共有八個。你昨天拿出來兩個，視覺跟聽覺。其他的還在袋子裡，塞在你的腰帶。

沙賽德倒地，死亡如冰冷的影子一般籠罩上他的身體，可是，這個念頭卻讓他無法拒絕。十個戒指，埋在他的皮肉裡，碰觸他。重量。速度。視覺。聽覺。觸覺。嗅覺。體力。思考力。清醒。

還有健康。

他啓動金。他不需要戴著金屬意識，只需要碰觸就能使用。他的胸口不再炙熱，視線重新凝聚，手臂伸直，骨頭重新組起，數天內積存的健康瞬間用盡。他驚喘一聲，意識從瀕死邊緣恢復，可是金意識讓他的思緒重新恢復清明。

包圍金屬的皮肉癒合。沙賽德站起身，將黏在身上的空袋子拾起，戒指仍封在他的皮肉中。他將袋子往地面一拋，最後的傷口開始癒合，用盡金意識裡面殘存的力量。沼澤在門口停步，訝異地轉身。他的手臂仍然疼痛，骨頭可能撞裂了，肋骨也有瘀青，畢竟用這一點健康能獲得的效果有限，但他還活著。

「你背叛了我們，沼澤。」沙賽德說道。「我沒有發現這些尖刺除了奪走一個人的眼睛外，還會奪走他的靈魂。」

「你打不過我。」沼澤低聲回答，聲音在黑暗的房間中迴蕩。「你不是戰士。」

沙賽德微笑，感覺體內的小金術意識給了他力量。「我認為你也不是。」

*這事情已經超過我能處理的範圍，*依藍德心想。跟著紋穿過詭異、充滿煙霧的石室。地板粗糙不平，燈籠似乎很昏暗，彷彿盤繞的黑霧吸走了所有的光線。

紋很有自信，不，很堅定地走著。兩者之間有差別。無論這個山洞的盡頭是什麼，她很顯然想要知道。

*那……到底會是什麼呢？*依藍德不禁猜想。*昇華之井？*

井是神話的產物，是聖務官在教導統御主的神蹟時才會提到的東西，可是……他跟著紋北上，期待會找到井，不是嗎？他現在為什麼要這麼遲疑？

也許是因為他終於開始接受會發生什麼事，所以讓他很緊張。不是因為他為自己的性命擔憂，而是因為他突然不瞭解自己身處的世界。他瞭解軍隊，即使他不知道該如何打敗他們。可是像井這樣的東西？屬於神，超越學者跟哲學家的邏輯的領域？

太令人害怕。

他們終於走到充滿煙霧的石室另一邊，這裡似乎是最後一間石室，比前面兩間都小很多。踏進去的瞬間，依藍德立刻感覺到一件事：這間石穴是人造的，至少讓人感覺這是個人造的地方。鐘乳石是低矮房間裡的柱子，分布得太過規律，不可能是隨機而生，但看起來仍像是自然的產物，完全沒有人工雕鑿的痕跡。

裡面的空氣似乎比較溫暖，而且令人慶幸的是，一進入這間石穴，他們終於脫離了黑煙。石穴的另一邊似乎有某種黯淡的光線，但依藍德看不見光源是什麼。看起來不像是火把，顏色不對，它不是自然的火光搖擺，而像是隱隱發亮的一股光芒。

紋摟著他，看著房間的後方，突然露出緊張的神色。

「那個光是從哪裡來的？」依藍德皺眉問道。

「一個池子。」紋低聲說道，眼力遠超過他。「一個發亮的白池。」

依藍德皺眉。可是他們沒有行動。紋似乎很遲疑。「怎麼了？」他問道。

她略略移開身子。「那就是昇華之井。我在腦裡可以感覺到它。在鼓動。」

依藍德強迫自己微笑，覺得自己的腦子跟不上事情的發展。「那就是我們來的目的。」

「如果我不知道該怎麼做，怎麼辦？」紋低聲問道。「如果我得到力量，卻不知該怎麼用，怎麼辦？如果我……變成統御主那樣，怎麼辦？」

依藍德低頭看著仍雙手環抱著他的紋，恐懼略略消滅。他愛她。他們面對的情況，無法符合他的理性世界，可是紋從來就不需要理性，而如果他信任她，他也不需要。他雙手捧住她的頭，讓她抬頭看他。

「妳的眼睛很美。」

她皺眉。「你說什麼？」

「而且——」依藍德繼續說道，「美的原因是，妳很眞誠。紋，妳不會成爲統御主。妳會知道要怎麼樣處理那力量。我信任妳。」

她遲疑地微笑，點點頭。可是，她沒有走入石室，而是指著依藍德肩膀後方的東西。「那是什麼？」

依藍德轉頭，注意到小房間後方有個平台，直接從門口邊的石壁延伸出來。紋走到石台邊，依藍德跟在她身後，看到上面的碎片。

「看起來像是破掉的陶片。」依藍德說道。上面有幾塊碎片，平台下面有更多碎片。

紋拾起一片，但這陶片似乎沒什麼特別。她看著仍然在揀拾破陶片的依藍德。「妳看。」他說道，拾起一片沒有跟別的一樣碎裂的陶片。它看起來像是一塊燒過的陶盤，中間鑲嵌某種金屬的珠子。

「天金？」她問道。

「很像，但顏色不對。」他皺眉說道。

「那會是什麼？」

「也許答案在那邊。」依藍德說道，轉身看著光芒邊的一排排柱子。紋點點頭，他們往走向前。

沼澤立刻想靠沙賽德手臂上的護環將他推開，可是沙賽德早就準備好，從儲存重量的鐵意識汲取力量，身體變得更厚重，感覺到重量將他往地下扯，拳頭像是鉛灌手臂末端的兩個鐵球。

沼澤立刻被往後一扯，因為自己的鋼推造成的強大反作用力而後倒。他撞上石牆，雙唇間逸出一聲驚呼，迴蕩在小圓拱房間。

陰影隨著燭火轉暗而跳動，沙賽德汲取視覺，增強視力，釋放鐵的同時，朝神智不清的審判者衝去，可是沼澤很快便恢復，伸出手將一盞沒點亮的油燈從牆上扯下。油燈咻地飛向沼澤。

沙賽德汲取鋅。他覺得自己像是某種鎔金術師跟藏金術師的怪異混合，因為他的金屬來源被封閉在自己體內。金癒合了他的內臟，讓他身體完整，但戒指仍然卡在他的皮肉裡。統御主就是這麼做，將金屬意識保存在體內刺穿皮膚，才不容易被偷走。

沙賽德總覺得這做法太詭異，現在他發現這方法原來是這麼有用。他的思考加快。很快便看出油燈的軌跡，沼澤會把油燈當成武器來攻擊他。因此，沙賽德汲取鋼。鎔金術跟藏金術的基本差異是：鎔金術從金屬本身汲取力量，所以力量是有限的，可是藏金術則是可以反覆儲存一種特質，在數分鐘內取出好幾個月份的力量。

鋼儲存的是速度。沙賽德竄過房間，空氣在他耳邊呼嘯而過，衝出門口，抓起空中的油燈，猛烈汲取鐵，將體重增加數倍，同時汲取白鑞好讓自己得到巨大的力量。

沼澤沒有時間反應。他正拉引著沙賽德超乎人類般強壯、沉重的手。沼澤再次被自己的鎔金術拉扯，拉力讓他摔過房間，直直朝沙賽德飛來。

沙賽德轉身，以油燈重重摜向沼澤的臉。金屬在他的手中彎曲，力量讓沼澤再次後飛。審判者撞上大理石牆，朝空中噴出一道血霧。沼澤倒地時，沙賽德看到他一隻眼睛的尖刺搥入了後腦勺，擊碎眼眶周圍的骨頭。

沙賽德將體重恢復正常，往前一跳，再次舉起他臨時取得的武器，可是沼澤舉起手，鋼推。沙賽德往後滑了幾呎，這才來得及汲取鐵意識，增加自己的體重。

沼澤悶悶一哼，鋼推強迫他背貼著牆，卻也阻擋沙賽德再靠近一步。沙賽德想要靠近，但沼澤的鋼推，加上他沉重的身體，讓走路變得很困難。房間裡的鑲嵌金屬閃閃發光，安靜的壁畫看著他們，通往井的開口就在一旁。

「爲什麼，沼澤？」沙賽德悄聲問道。

「我不知道。」沼澤低咆。

沙賽德突然釋放鐵意識，換使用鋼，再次增快速度。他拋下油燈，身體側彎，遠超過沼澤能跟上的速度。油燈被推後，但沼澤很快就放開油燈，讓油燈落地，自己則往前一跳，顯然是想避免被困在牆壁邊。可是沙賽德的速度比他快。他轉身，舉起手想要拔出沼澤的關鍵尖刺，也就是肩胛骨之間的那一根，橫向刺入沼澤背後。拉出這根尖刺會殺死審判者，這是統御主設計的弱點。

沙賽德繞過沼澤，打算從後方攻擊。沼澤右眼的尖刺從後腦勺突出了幾吋，滴著血。

沙賽德的鋼意識用完了。

那些戒指本來就不是可以讓他長時間使用的，而他兩次大量燃燒讓這只戒指幾秒鐘之內就用光存量。他全身猛烈一震，動作慢了下來，可是手臂仍然舉起，他仍然有等同十個人的力量，可以看到沼澤的袍子下關鍵尖刺突起。如果他能——

沼澤轉身，俐落地將沙賽德的手拍到一旁，肘搥擊入沙賽德的肚子，反手揮打上他的臉。

沙賽德往後倒，白鑞意識用完，力量消失。他痛得一聲撞上堅硬的鐵地面，翻身。

沼澤聳立在黑暗的房間裡。蠟燭搖曳。

「你錯了，沙賽德。」沼澤低聲說道。「我過去不是戰士，可是這件事改變了。你過去兩年都在傳道，可是我都在殺人。殺了好多人……」

沼澤上前一步，沙賽德咳嗽，試圖要讓他瘀青的身體移動。他擔心他又把手臂折斷了。他再次汲取鋅，加快思考速度，卻無法幫助他的身體移動。他清清楚楚知道目前的險境卻無能爲力，只能看著沼澤拾起落地的油燈。蠟燭熄滅。

可是，沙賽德仍然能看到沼澤的臉。血從他破碎的眼眶滴下，讓他的表情更難理解。當他五指曲成爪，抓著油燈準備要打碎沙賽德的臉時，他看起來……很哀傷。

等等，沙賽德心想。*那光是從哪來的？*

一根決鬥杖揮向沙賽德的腦後，碎裂，木屑四散。

紋跟依藍德走到池邊。依藍德靜靜跪在一旁，紋只是站在那裡，凝視著晶亮的池水。

池水積蓄在岩石中的一個小凹槽，看起來很濃，像是金屬，一種銀白色、散發光芒的液態金屬。井只有幾呎寬，但力量在她意識裡激蕩，不容迴避。

紋被美麗的池徹底迷惑，直到依藍德握緊她的手臂，她才發現霧靈的出現。她抬頭，看到霧靈站在他們面前。它一開始彷彿頭低垂，但她轉身的同時，它虛幻的身影開始站直。

她從來沒看過這東西從霧裡走出來。它仍然不……完整。它的身體冒出霧，向下流瀉，創造出朦朧的身影，一個固定的輪廓。

紋輕輕倒抽一口氣，抽出匕首。

「等等！」依藍德站起身說道。

她皺眉，瞥向他。

「我不覺得它是危險的，紋。」他說道，離開她身邊，走向霧靈。

「依藍德，不要！」她說道，可是他輕輕地甩開她的手。

「妳不在時，它來找過我。」他解釋。「它沒傷害我，似乎……只是想讓我知道一件事。」他微笑，依然穿著平凡無奇的披風跟旅人的衣服，緩緩走到霧靈面前。「你要什麼？」

霧靈動也不動地站了片刻，然後舉起手。一道閃光反射池子的光芒。

「不！」紋尖叫，疾衝上前，看見霧靈劃開依藍德的腹部。依藍德痛得悶哼出聲，往後兩步。

「依藍德！」紋說道，急忙衝到依藍德身邊，接住軟倒在地的他。霧靈往後退開，原本看起來虛無飄渺的體內藏著的利刃，汩汩滴著血。

依藍德震驚地躺在地上，眼睛大睜。紋驟燒白鑞，撕開他的外套，露出傷口。霧靈深深地砍入他的肚子，傷口露出內臟。

「不，不，不……」紋說道，腦子麻木。依藍德的血沾在她的雙手。傷勢很嚴重。令人致死。

哈姆拋下斷裂的決鬥杖，一手仍吊在繃帶中。壯碩的打手看起來非常得意，跨過沼澤的身體，完好的手伸向沙賽德。

「沒想到你在這裡，阿沙。」打手說道。

沙賽德有點暈眩地握住他的手，站起身，歪歪倒倒地跨過沼澤的身體，腦中某處深知打審判者的頭不足以殺死怪物。可是沙賽德的神智太模糊，無法顧及。他拾起蠟燭，用哈姆的燈籠點燃，走到台階，強迫自己前進。

他不能停下來。他得找到紋。

紋將依藍德抱在懷裡，用披風凌亂卻無效地充做綁帶，綁在他的身體上。

「我愛你。」她低聲說道，溫暖的眼淚滴在他冰冷的臉頰上。「依藍德，我愛你，我愛你……」

光是愛不夠。他全身顫抖，眼睛盯著天花板，幾乎無法聚焦，猛抽一口氣，血出現在他的唾液中。

她轉向一旁，麻木地意識到自己跪在哪裡。池子在她身旁發光，離依藍德倒下的地方只有幾吋。他的一些血滴入了池子，卻沒有跟液體金屬混合。

我可以救他，她心想。造物的力量就在我手邊，這是拉剎克成為神的地方。昇華之井。

她回望依藍德，看著他逐漸渙散的眼神。他試圖要集中精神看著她，卻彷彿無法控制自己的肌肉，但仍然看起來像是……他想對她微笑。

紋捲起外套，枕在他的頭下，她穿著長褲與襯衫，走到池邊。她可以聽到池子的鼓動。彷彿在……召喚她。召喚她要與它合爲一體。

她踏入池中，池水一開始抗拒她的碰觸，但她的腳開始緩緩沉入。她上前一步，走到水池中央，等著自己慢慢沉下。幾秒鐘後，水池淹沒到她的胸口，閃閃發光的液體包圍著她。

她深吸一口氣，將頭往後一仰，看著石穴頂端，讓池水淹沒她，掩蓋了她的臉。

沙賽德跌跌撞撞地下了樓梯，顫抖的手指握著蠟燭。哈姆在他身後喊著。他經過下方一臉迷惘的鬼影，忽略男孩。

可是，在他開始走過山洞時，一陣微小的顫抖竄過岩石。他直覺性地知道，已經太遲了。

力量突然湧入她。

她感覺到液體擠壓著她，竄入她的身體，攀爬，強行透過她的毛孔與皮膚中的任何空隙滲透。她開口要尖叫，液體卻也從那裡湧入，抑制住她的吞嚥，讓她無法出聲。

她的耳垂突然像著火一樣灼燒，她大喊出聲，拔出耳針，讓它沉入池子，抽掉腰帶，讓裡面的鎔金液體瓶也落下，移除身上僅有的金屬。

然後，她開始燃燒。她認得這個感覺：跟她在腹中燃燒金屬時的感覺一模一樣，只是來自於她的整個身體。皮膚猛然炙熱，肌肉燃燒，骨頭像是著火一樣，她驚喘出聲，這才發現金屬已經不再哽塞她的喉嚨。

她全身發光。她感覺到體內的力量，彷佛它正試圖要衝出來。它像是她燃燒白鑞時會取得的力量，卻驚人地更強大，具有無窮無盡的潛能。原本是超出她所能理解的範圍，但它拓展了她的意識，強迫她成長、理解體內蘊含的力量。她可以重塑世界。她可以推開迷霧。她一揮手就能餵飽世界上的數百萬人，懲惡護弱。她對自己讚嘆不已。石室在她身邊彷佛變得透明，她看到整個世界在她腳下拓展，巨大神妙的一個圓球體，生命卻只能在兩極周圍的有限空間中存在。她可以改變這點。她可以改善一切。她可以……

她可以救依藍德。

她低下頭，看到他正逐漸死去。她立刻瞭解他的問題。她可以修補他破裂的肌膚跟被切割的器官。

妳不能這麼做，孩子。

紋震驚地抬頭。

*妳知道妳該怎麼做，*那個聲音在她腦海中低語。聽起來年邁、慈祥。

「我必須救他！」她大喊。*妳知道妳該怎麼做。*

她的確知道。她看到一切發生，歷歷在目。拉刹克將力量佔爲己有時，世界因此而受到多大的災難。全有或全無，某種程度，就像是鎔金術。如果她留下力量，那她必須在短短時間中將力量全部燒光，按照她的心意改變世界，卻必須在短暫的期限內完成。

或是……她可以選擇放棄。

我必須打敗深闇，聲音說道。

她也看到了。在皇宮外，在城市裡，在大地上，在迷霧中的人，顫抖、倒地，謝天謝地，許多人留在屋內，司卡的傳統仍然深植於人心。

可是有些人在外面。那些相信凱西爾所說，迷霧不會傷人的人。但如今迷霧變了，帶來死亡。那就是深闇。殺人的迷霧。正緩緩遮蔽整片大陸的迷霧。死亡事件零零星星地發生，有人死，有人只是生病，還有其他人在霧中走動，卻若無其事。

會變得更嚴重，聲音低低說道。它會殺戮、毀壞，而且如果妳想以自己的力量阻止它，妳會毀掉世界，像是拉刹克那樣。

「依藍德……」她低語，轉向在地上流血不已的他。

在那瞬間，她想起一件事，想起沙賽德說的話。妳愛他，就必須尊重他的意願，他告訴她。除非妳學會尊重他，否則，那不是愛。不是妳認定的最好，而是他想要的……

她看到依藍德在哭泣。她看到他在看著她，知道他想要什麼。他想要他的人民活下去。他想要世界上的人都能感受到和平，司卡能夠自由。他希望深闇被打敗。人民的安危對他的意義，超過於他自己的性命。遠遠超過。

他剛剛才對她說過，妳會知道該怎麼做。我信任妳……

紋閉上眼睛，眼淚滾落她的臉頰，顯然，神也是能哭的。

「我愛你。」她低語。

她釋放力量。她手中握有成爲神的力量，卻自願放棄，將它釋放入等待的空無。她放棄依藍德。因爲她知道這會是他要的。

石穴立刻開始晃動。紋因爲體內燃燒的力量被奪取，被空無貪婪地吸盡而痛喊出聲，她尖叫著，光芒淡去，倒在如今空無一物的池子，頭撞上了岩石。

山洞繼續搖晃，岩塵跟碎石從天花板上落下，而在一瞬間，紋以超凡的靈敏，聽到她腦海裡響起一個明確清晰的聲音。

我自由了！

……因爲他不能解放被禁錮在那裡的東西。

59

紋靜靜地倒地哭泣。

石室很安靜，風暴終於結束。那東西不在了，她腦中的鼓動終於也安靜下來。她微微啜泣，依然抱著依藍德，聽著他最後掙扎的呼吸。她尖叫著要人來幫忙，叫喚著哈姆跟鬼影的名字，卻沒人回應。他們離得太遠。

她覺得全身冰冷。空洞。握有那麼多力量又被奪去，感覺自己被掏空了，什麼都不剩。一旦依藍德死去，她會是眞的一無所有。

有什麼關係？她心想。生命已經沒有意義。我背叛了依藍德。我背叛了世界。

她不確定到底發生了什麼事，但清楚知道，自己造成了不可挽回的嚴重錯誤。最糟糕的是，她好努力要做對的事情，即使讓她心痛萬分。

有東西站在她面前。她抬頭看著霧靈，卻連怒氣都無法感覺，她此刻已經沒有感受的餘力。

霧靈舉起手，指著東西。

「結束了。」她低語。

它更堅持地指著。

「我來不及找到他們。」她說道。「況且，我知道他的傷勢有多嚴重。我用那力量看到的。他們誰也幫不了我，就連沙賽德都沒辦法，你這下應該高興了。你達到你的目的——」她沒說完。那霧靈爲什麼要刺依藍德？

爲了要我治癒他，她心想。好阻止我……釋放力量。

她眨眨眼睛。霧靈揮揮手。

她緩慢、痲木地站起身，彷彿被催眠般看著霧靈飄了幾步，指著地上的一個東西。池子空了之後，石室陷入黑暗，只剩依藍德的燈籠依然照明。她得驟燒錫才看得見霧靈在指什麼。

一片陶片。是依藍德從房間後面的架子上拿下的圓盤。霧靈焦急地指著它。紋走上前去，彎下腰，手指摸到鑲嵌在圓盤中央的小塊金屬。

「那是什麼？」她悄聲問道。

霧靈轉身，飄回依藍德身邊。紋靜靜地跟著。

他還活著。似乎變得更虛弱，顫抖得更少。詭異的是，他越接近死亡，似乎越能控制自己的身體。他看著她跪下，她可以看到他的嘴唇在動。

「紋……」他以極其微弱的聲音說道。

她跪在他身邊，看著那顆金屬，然後抬頭看著霧靈。它動也不動地站著。她以指尖摩挲著金屬珠，準備要將它吞下。

霧靈出現慌張的動作，急急忙忙地搖手。紋一愣，看到霧靈指著依藍德。

什麼？她心想，但她其實沒有思考的力氣，只是將金屬舉到依藍德唇邊。「依藍德。」她低聲說道，靠近他。「你得把這個吞下。」

她不確定他有沒有聽懂，但他似乎在點頭。她將那點金屬放在他的嘴裡，他的嘴唇動了動，卻開始咳嗽。

我得讓他配著東西沖下去，她心想。

她身上唯一有的東西就是金屬液。她將手伸入空無的井裡，拿回她的耳針跟腰帶，拉出一個瓶子，將液體倒入他的口中。

依藍德繼續衰弱地咳嗽，但液體順利奏效，讓他將那顆金屬沖下。紋跪在他身邊，覺得自己毫無用處，跟先前的她相比，反差之大令她萬分沮喪。依藍德閉起眼睛。

奇特的是，他的臉頰開始出現血色。

紋不解地跪在原地，看著他。他的神情，他躺的方式，他皮膚的顏色……

她燃燒青銅，震驚地感覺到依藍德身上傳來脈動。

他在燃燒白鑞。

尾聲

兩個禮拜之後，一個孤單的身影來到瑟藍集所。

沙賽德靜靜地離開了陸沙德，心中充滿憂慮的思緒還有失去廷朵的悲傷。

他留下了一張紙條。他不能待在陸沙德。至少現在不能。

迷霧仍然在殺人。它隨機攻擊晚上出去的人，毫無規律。許多人沒有死，只是生病，其他人卻被迷霧殺死。沙賽德不知該如何解讀這些死亡，他甚至不確定他是否在乎。紋說她在昇華之井解放了一個可怕的東西，她希望沙賽德留下，研究、記錄她的經驗。

可是，他離開了。

他穿過以鋼鐵鋪設的肅穆房間，以爲會碰上審判者，也許沼澤又會找來要殺他。當他跟哈姆從陸沙德地下的儲藏室回來時，沼澤又再度消失了。他的工作似乎已經完成。他的目的就是阻撓沙賽德，不讓他阻止紋。

沙賽德走下樓梯，穿過酷刑室，終於進入他許多個禮拜以前，第一次來集所時造訪的小石室。他將背包放在地上，以疲累的手指解開它，抬頭看著巨大的金屬板。

關的遺言看著他。沙賽德跪下，從背包抽出被仔細綁縛好的文件夾，解開繩子，取出幾個月前在這個房間做的拓印原本。他認得細薄紙片上，印著自己的指印，知道炭痕是他的手跡，認得自己造成的暈染。

他越發緊張地將拓印舉起，貼上牆上的鋼片。

兩者並不相符。

沙賽德退後一步，不知道該如何看待如今在眼前證實的懷疑。拓印從他虛軟的手指落下，他的眼睛找到金屬板最後的句子。最後一句，霧靈一次又一次撕下的句子。鐵板上的原句跟沙賽德撰寫、研究的句子完全不同。

關的古老文字寫著：艾蘭迪不可抵達昇華之井，因爲他不能解放被禁錮在那裡的東西。

沙賽德靜靜坐下。一切都是謊言，他麻木地心想。泰瑞司人的宗教……守護者花了上千年在尋找、瞭解的東西，都是謊言。所謂的預言，世紀英雄……都是捏造。一個計謀。

有什麼比這個方法更適合讓那怪物獲得自由？人會因爲預言而死。他們想要希望，想要相信。如果有人，有東西能控制這股能量，扭曲它，便能締造許多驚人的事蹟……

沙賽德抬頭，讀著牆上的文字，再次閱讀後半段，裡面的段落與他的拓印不同。

或者該說，他的拓印變了，變成描述那東西要沙賽德看到的文字。關的開頭便寫著——

我將這些文字寫於鋼鐵上，除此之外的，均不可信。

沙賽德搖搖頭。他們應該注意這一句。他在那之後所研讀的一切，顯然都是個謊言。他抬頭看著鐵片，瀏覽內容，來到最後一段。

上面寫著：我現在開始提出我的重點。很抱歉，就算是坐在這座冰冷的山洞，將文字刻入鋼板的同時，我仍然忍不住會離題。一切的問題都在於此。雖然我一開始相信艾蘭迪，但後來我起了疑心。他似乎的確似乎很符合徵象，但該怎麼解釋？他是不是太過符合了？

我知道你們的論點。我們提到期待經，提到古代最偉大的先知對我們許下的承諾。世紀英雄當然會符合預言。完美地符合。這就是預言存在的意義。

可是……一切都太容易，幾乎像是我們塑造了一個英雄來符合我們的預言，而非讓英雄自然而然地出現。這就是我的擔憂，當我的弟兄們前來找我，終於願意相信時，我應該要三思而後行。

在那之後，我開始發現有問題。你們也許有人聽說過我著名的記憶力。確實如此。我不需要藏金術師的金屬意識，即可瞬間記住一張紙上的所有內容，而我可以告訴你們，你們儘管說我昏庸，但預言上的字正在改變。改變很小。甚至很聰明。這裡一個字，那裡一個轉折，可是我記憶中的字跟書頁上的字，截然不同。其他的世界引領者恥笑我，因爲他們的金屬意識對他們證明，預言跟書籍並沒有改變。

所以，這是我必須做的宣告。有東西，有某種力量想要我們相信，世紀英雄已經到來，他必須前往昇華之井。有東西正在讓預言改變，好讓艾蘭迪更符合標準。

無論這力量是什麼，它能改變藏金術師的金屬意識內所儲存的文字。其他人說我瘋了。如同我先前所說，可能確實如此。不過即使是瘋子，不也要倚靠自己的意識，自己的經驗，而非別人的？我知道我背下來的內容是什麼。我知道其他世界引領者如今在傳誦著什麼。兩者並不相同。

我感覺到這改變後面有某種詭計，極端巧妙且聰穎地操弄人心。過去兩年來的自我放逐中，我一直想瞭解這些改變的意義——只有一個結論——有東西控制了我們的宗教，某個詭計多端，不可被信任的東西。它會誤導、暗示，利用艾蘭迪做爲毀滅的力量，帶他走上死亡跟悲傷的道路，牽引著他前往昇華之井，那裡積蓄了千年的力量。我只能猜測，它將深闇派來，好讓人類更絕望，更急著達成它的意願。

預言的內容變了。如今它告訴艾蘭迪，得到力量的瞬間就必須放棄。之前的文字中並不是如此的意思，原意更爲模糊，但新版卻讓這件事變成唯一符合道德標準的做法，這份文字如今描述如果世紀英雄將力量佔爲己有，會發生多可怕的事。

艾蘭迪相信他們的話。他是個好人，即使發生了這麼多事情，他仍然是個好人，是個自我犧牲的人。事實上，他所有的行爲，包括他造成的死亡、毀滅、痛苦，都深深地傷害了他。而這些事情對他而言，其實也是某種犧牲。他已經習慣犧牲自己的意志，以成就他認定的大我。

我毫不懷疑如果艾蘭迪去到昇華之井，他會得到力量，同時爲了眾人的福祉，他會放棄它。將它送給改變文字的同樣力量，將昇華之井的能量獻給這個帶他進入戰爭，誘惑他殺人，詭妙地引他前往北方的毀滅之力。

這東西想要得到井裡的力量，因此強暴了我們宗教中最神聖的信念好取得它。

於是，我最後孤注一擲。我的懇求，我的教誨，我的反對，甚至我的叛變都沒有用。艾蘭迪如今有新的幕僚，他們只會告訴他，他想聽的話。

我有一個年輕的姪子，叫做拉刹克。他以令人羨慕的青春熱情憎恨克雷尼恩的一切，尤其憎恨艾蘭迪。雖然兩人從未見過面，可是拉刹克對於我們的壓迫者居然被選爲世紀英雄，覺得遭受背叛。

艾蘭迪需要嚮導帶領他穿過泰瑞司山脈。我指派拉刹克，並且確保他跟他的朋友們成爲嚮導。拉刹克要試圖帶領艾蘭迪前往錯誤的方向，讓他氣餒，或是阻撓他的任務。艾蘭迪不知道他被騙了。我們都被騙了。可是如今他不再聽我說話。

如果拉刹克無法將艾蘭迪帶離他的征途，我已經指示要那孩子殺了曾經是我朋友的他。這是個渺茫的希望，因爲艾蘭迪歷經刺客、戰爭、災難，仍然存活至今。可是，我希望在冰凍的泰瑞司山脈，他的眞面目會被揭露。我盼望奇蹟的出現。

艾蘭迪不可抵達昇華之井，因爲他不能解放被禁錮在那裡的東西。

沙賽德往後坐倒。這是最後一擊，完全殲滅了他所有殘存的信仰。

在這一刻，他知道，他再也不會有信念。

紋在城牆上找到依藍德，他正看著陸沙德程。他穿著白色制服，是廷朵爲他訂製的同一件。他看起來比前幾個禮拜更……堅毅。

「你醒了。」她說道，站到他身邊。

他點點頭，沒有看她，只是繼續看著城市裡面忙碌的人。他好一段時間神智不清地躺在床上，即使已有新得到的鎔金術在支撐他。即使有白鑞，醫者們仍然不確定他是否能活下來。

他活下來了，而且一如所有的鎔金術師，清醒的第一天就能下床，行動自如。

「發生了什麼事？」他問道。

她搖搖頭，靠著牆垛的石頭。她仍然能聽到那可怕、響亮的聲音。*我自由了……*

「我是鎔金術師。」依藍德說道。

她點點頭。

「顯然還是迷霧之子。」他繼續說道。

「我想……我們現在知道他們從何而來。」紋說道。「第一批鎔金術師。」

「力量呢？哈姆沒辦法給我直接的答案，其他人也只能給我傳言。」

「我解放了某個東西。」她低聲說道。「一個不該被解放的東西，那東西帶我去找到了井。依藍德，我根本不該去找的。」

依藍德靜靜地站著，仍然望著城市。

她轉身，頭埋入他的胸口。「當時好可怕。」她說道。「我其實感覺得出來，但我仍然釋放了它。」

終於，依藍德抱住她。「妳盡力了，紋。」他說道。「事實上，妳做了對的事。妳怎麼能知道妳被告知、被訓練、準備要做的一切，都是錯的？」

紋搖搖頭。「我比統御主還糟糕。最後，也許他發現他被騙了，所以知道他必須取得力量，而不能釋放它。」

依藍德說道：「紋，如果他是好人，他不會對大地做出這些事情。」

「我的行為可能更可怕。」紋說道。「我釋放的東西……殺人的迷霧，如今在白天也會出來……依藍德，我們該怎麼辦？」

他看著她片刻，然後回頭望著城市與人民。

「我們要繼續凱西爾的教誨，紋。我們要活下去。」

（迷霧之子二部曲：昇華之井　完）

鎔金祕典（ARS ARCANUM）

讀者可前往www.brandonsanderson.com，閱讀每個章節的詳細注釋，被刪除情節，還有經常更新的部落格，以及更多的世界設定資訊。

金屬能力快速對照表（Metals Quick-Reference Chart）

金屬	鎔金術能力	藏金術能力
鐵 Iron	拉引附近的金屬	儲存體重
鋼 Steel	推附近的金屬	儲存肢體速度
錫 Tin	增強感官	儲存感官
白鑞 Pewter	增強肢體力量	儲存肢體力量
鋅 Zinc	煽動情緒	儲存心智速度
黃銅 Brass	安撫情緒	儲存溫暖
紅銅 Copper	隱藏鎔金術	儲存記憶
青銅 Bronze	顯示鎔金術	儲存清醒
天金 Atium	看到他人的未來	儲存年紀
脈天金 Malatium	看到他人的過去	未知
金 Gold	看到自己的過去	儲存健康
電金 Electrum	看到自己的未來	未知

名詞解釋

艾蘭迪 Alendi　一千年前，在統御主昇華前，他征服了全世界。紋在統御主的皇宮中找到了他的日記，一開始以爲他成爲了統御主，之後才發現是他的僕人拉剎克殺了他，取代他的位置。艾蘭迪是關的朋友與弟子。關是一名泰瑞司哲人，以爲艾蘭迪可能是世紀英雄。

鎔金術 Allomancy　一種神奇的力量，隨著血統而傳承，持有人能燃燒體內的某些金屬取得特殊能力。

鎔金術金屬 Allomancy Metal　總共有八種基本鎔金術金屬，兩兩成雙，一者爲基本金屬，另一者爲其合金，同時可以四四分組，一爲內部金屬（錫、白鑞、紅銅、青銅）以及外部金屬（鐵、鋼、錫、黃銅）。長久以來一直認爲除此之外，只有另外兩種鎔金金屬：金跟天金。可是自從發現金跟天金亦可製成爲合金後，已知金屬的總數拓展爲十二種。傳說中還有別的金屬，其中一種已經被發現。（請參考：**鋁**）。

鎔金脈動 Allomancy Pulse　鎔金術師在燃燒金屬時，身體散發出的信號，只有燃燒青銅的人能「聽到」鎔金脈動。

奧瑞安妮 Allrianne　灰侯・塞特王的獨生女。

鋁 Aluminium　一種紋在統御主的皇宮時被強迫燃燒的金屬，只有鋼鐵審判者才知曉它的存在。燃燒鋁時，體內的所有其他金屬存量會被燃燒殆盡。它的合金仍然未知。

愛瑪蘭塔 Amaranta　史特拉夫・泛圖爾的情婦之一，是名藥師。

錨點（鎔金術）Anchor, Allomanctic　用來指鎔金術師在燃燒鐵或鋼時，用來推或拉的一塊金屬。

昇華 Ascension　昇華一詞用來形容拉剎克取得昇華之井的力量之後，成爲統御主時所發生的變化。

落灰 Falling Ash　最後帝國的天空經常飄落灰燼，是因爲灰山。

灰侯 Ashweather　塞特王。（請參考：**塞特**）。

天金 Atium　一種原先生於海司辛深坑的奇特金屬，可於地底下的坑洞中挖掘小晶石洞而取得。

毒樺 Birchbane　常見毒藥。

盒金 Boxing　皇家金幣的俗稱，名字起源於其背面的克雷迪克·霄，統御主皇宮的圖——他所住的「盒子」。

微風 Breeze　凱西爾手下的一名安撫師，也是依藍德的主要幕僚之一，眞名爲拉德利安。

青銅脈動 Bronze Pulse　鎔金脈動的別稱。

燃燒（鎔金術）Burn, Allomantic　鎔金術師使用或消耗肚子裡的金屬。首先，鎔金術師必須吞下金屬，然後以鎔金術消化它，才能取得力量。

炎地 Burn Lands　最後帝國邊緣的沙漠。

凱蒙 Camon　紋以前的盜賊集團首領，是個殘酷的人，經常毒打她。凱蒙被凱西爾驅逐，最後被審判者殺死。

塞特 Cett　灰侯·塞特王是在西方統御區中最強大的王。他來自於哈佛富雷克斯。

峑奈瑞河 Channerel　流過陸沙德境內的河。

夾幣 Clip　最後帝國中皇家銅幣的俗稱，通常被迷霧之子跟射幣用來跳躍跟攻擊。

歪腳 Clubs　凱西爾手下的煙陣，如今是依藍德軍隊的將領，曾經是司卡木匠，眞名爲克萊登。

射幣 Coinshot　可以燃燒鋼的迷霧人。

崩解時期 The Collapse　統御主之死與最後帝國的滅亡。

紅銅雲 Coppercloud　燃燒紅銅的人可形成的隱形、隱藏雲霧，如果鎔金術師在紅銅雲中燃燒金屬，那燃燒青銅的人將無法偵測到他們的鎔金脈動。「紅銅雲」一詞有時常用來指煙陣（可以燃燒紅銅的迷霧人）所布下的結界。

深闇 Deepness　神話中的怪物或力量，在統御主與最後帝國的崛起前威脅大地。這個名詞來自於泰瑞司，傳說中世紀英雄會出現，打敗深闇。統御主宣稱他在昇華時已經打敗它。

德穆隊長 Demoux, Captain　哈姆的副手，依藍德皇宮侍衛的一名士兵。

多克森 Dockson　原本是凱西爾的左右手，凱西爾死後，成爲集團的非正式領袖。他沒有鎔金術力量。

統御區 Dominance　最後帝國的省分。陸沙德位於中央統御區，周圍四個統御區稱爲核心統御區，包括最後帝國大部分的人民跟紋化。崩解後，最後帝國分化，不同國王奪權，試圖要統治不同的統御區，因此每個統御區成爲獨立的王國。

依藍德・泛圖爾 Elend Venture　中央統御區之王，史特拉夫・泛圖爾之子。

熄滅（鎔金術）Extinguish, Allomantic　停止燃燒某種鎔金術金屬。

最後帝國 Final Empire　統御主建立的帝國，名字來自於因爲他永生不死，因此他覺得這會是世界所知，最後的帝國，因爲它永遠不會結束或瓦解。

驟燒（鎔金術）Flare, Allomantic　從鎔金術金屬取得具有爆發性的力量，代價是增加金屬的燃燒速度。

奈容汀 Gneorndin　灰侯・塞特的獨子。

葛拉道 Goradel　曾經是陸沙德軍營中的一名士兵，當紋決定要潛入皇宮殺死統御主時，他正在守門。紋說服他要投誠另一方，因此最後他帶領依藍德進入皇宮，試圖要救她。如今爲依藍德守衛的一員。

哈姆 Ham　凱西爾手下的一名打手，如今是依藍德皇宮侍衛的隊長，眞名爲哈姆德。

哈佛富雷克斯 Fadrex　西方統御區中的中型城市，防備工事嚴密，灰侯・塞特的首都與家鄉，是教廷的重要物資儲藏地。

世紀英雄 Hero of Age　預言中的神話人物，是泰瑞司人的救主。傳說中他會出現，取得昇華之井的力量，無私地放棄，以拯救世界免受深闇屠害。眾人均以爲艾蘭迪是世紀英雄，他卻在未能完成任務前被殺害。

鋼鐵審判者 Steel Inquisitors　一群奇怪的生物，是服侍統御主的祭司，頭被尖刺完全刺穿，穿過眼睛，尖刺出現在後腦，卻仍然活著。對統御主有狂熱的忠誠，主要用於找出並殺死擁有鎔金術力量的司卡。他們的能力類別之廣泛，甚至超越迷霧之子。

鐵眼 Iron eyes　沼澤在集團中的暱稱。

鐵拉（鎔金術）Ironpull, Allomantic　以鎔金術燃燒鐵，即可拉引某種金屬。這拉引會對金屬物質施力，將它直直拉向鎔金術師。如果這塊稱爲錨點的金屬物比鎔金術師還重，則會是鎔金術師被拉向金屬來源。

加那爾 Janarle　史特拉夫．泛圖爾的副手。

加斯提．雷卡 Jastes Lekal　雷卡家族的繼承人，曾是依藍德的朋友之一。

坎得拉 Kandra　一族很奇特的生物，能吃掉一個人的死屍，同時以自己的骨肉重新塑造這具身體，會保留模仿之人的骨頭來利用，因爲坎得拉本身沒有骨頭。牠們根據必須以等值天金所定下的契約服侍人類，是霧魅的親戚。

守護者（泰瑞司）Keeper, Terris　「守護者」一詞經常用爲藏金術師的代稱。守護者其實是一群藏金術師致力於發現、記憶所有在昇華前便存在的知識與宗教。統御主幾乎將他們殲滅，他們被迫必須躲藏。

凱西爾　最後帝國裡最富盛名的盜賊集團首領。凱西爾組成司卡反抗軍，推翻統御主，卻在過程中身亡。他是迷霧之子，也是紋的老師。

克雷尼恩 Khlennium　一個古老的王國，存在於最後帝國之前，是征服者艾蘭迪的家鄉。

克禮絲 Kliss　紋在陸沙德宮廷中認識的女子，最後被發現是受僱於人的情報探子。

克羅司 Koloss　統御主在昇華期間創造出的野獸戰士一族，被他用來征服世界。

克雷迪克．霄 Kredick Shaw　統御主在陸沙德的皇宮，在古老的泰瑞司語言中，意指「千塔之山」。

關 Kwaan　一名崩解前的泰瑞司哲人。他是世界引領者，也是第一個誤以爲艾蘭迪是世紀英雄的人。之後他改變想法，背叛了原本是他朋友的艾蘭迪。

統御主 Lord Ruler　統治最後帝國上千年的皇帝。他曾經名叫拉刹克，是艾蘭迪所僱用的泰瑞司僕人。可是他殺了艾蘭迪，去到昇華之井，奪取力量後昇華成統御主，最後被紋殺死。

扯手 Lurcher　可以燃燒鋼的迷霧之子。

陸沙德 Luthadel　最後帝國的首都，世上最大的城市。陸沙德以紡織品、鑄鐵廠、豪華的貴族堡壘著名。

賑天金 Malatium　凱西爾發現的金屬，經常被稱爲第十一金屬。沒有人知道他從哪裡找到，或爲什麼他覺得這可以殺死統御主，但是這種金屬給了紋打敗統御主的線索。

瑪德菈 Mardra　哈姆的妻子。她不喜歡涉入他的盜賊行爲，或是讓他們的孩子陷入他生活所帶來的危險，因此通常不與集團成員往來。

金屬意識 Metalmind　藏金術師當成電池來用的一塊金屬，裡面可儲藏固定的特質，日後提供取用。金屬意識會依照鑄造金屬的不同而得名：錫意識、鐵意識，以此類推。

迷霧 Mist　奇特、無所不在的霧，夜夜降臨最後帝國，比普通的霧氣更濃，會盤旋、翻滾，彷彿活物。

迷霧之子 Mistborn　能燃燒所有鎔金金屬的鎔金術師。

迷霧披風 Mistcloak　許多迷霧之子喜歡穿這件衣服做爲他們地位的象徵。以數十條粗緞帶所組成，上方縫製在一起，從肩膀以下自由散開。

迷霧人 Misting　只能燃燒一種金屬的鎔金術師，比迷霧之子常見許多。（注：鎔金術中，鎔金術師要不擁有一個能力或所有能力，不會有兩或三項。）

霧魅 Mistwraith　坎得拉一族沒有智力的親戚，霧魅是一團沒有骨架的皮肉，在晚上於地面尋找腐肉，吃他們找到的身體，利用骨架組成自己的身體。

諾丹 Noorden　少數選擇留在陸沙德，爲依藍德效力的聖務官之一。

聖務官 Obligator　統御主的祭司，不只是宗教人物，也是公務人員，甚至是間諜網。沒有經過聖務官見證的商業交易或承諾將不被視爲擁有法律或道德效力。

歐瑟 OreSeur　凱西爾僱用的坎得拉，曾經扮演雷弩大人，紋的叔叔。如今他的契約爲紋所有。

潘洛德．費爾森 Penrod Ferson　現存於陸沙德中最顯赫的貴族之一，亦是依藍德的議會成員之一。

白鑞臂 Pewterarm　打手的別稱，亦即可以燃燒白鑞的迷霧人。

費倫 Philen　陸沙德中的傑出商人，亦爲依藍德的議會成員之一。

海司辛深坑 Pits of Hathsin，　曾經是最後帝國中唯一出產天金的洞穴。統御主利用囚犯在裡面工作。凱西爾在死前不久摧毀礦坑以致於天金無法再生。

拉（鎔金術）Pull, Allomantic　利用鎔金術來拉引某樣東西，如以鋅拉引他人的情緒，或是有鐵的金屬。

推（鎔金術）Push, Allomantic　利用鎔金術去鋼推某樣東西，如是以黃銅推他人的情緒，或是有鋼的金屬。

拉刹克 Rashek　他在昇華前曾是泰瑞司挑夫，受僱於艾蘭迪，協助他前往昇華之井。拉刹克與艾蘭迪向來相處不好，最後終於殺死他。他奪取力量，成爲統御主。

瑞恩 Reen　紋的哥哥，保護她、訓練她成爲盜賊。瑞恩很粗暴冷酷，卻將紋從他們瘋狂的母親手中救下，同時保護她得以成長。

釋放（藏金術）Release, Feruchemical　藏金術師停止用金屬意識，不再使用力量的意思。

雷弩大人 Lord Renoux　一名被凱西爾殺死，之後僱用坎得拉歐瑟來模仿的貴族。紋扮演他的姪女，法蕾特．雷弩。

煽動（鎔金術）Riot, Allomantic　鎔金術師燃燒鋅，拉引一個人的情緒，煽動他們。

煽動者（鎔金術）Rioter, Allomantic　可以燃燒鋅的迷霧人。

沙賽德 Sazed　一名泰瑞司守護者，他違背族人的意願，加入凱西爾的集團，協助推翻最後帝國。

搜尋者（鎔金術師）Seeker　可以燃燒青銅的迷霧人。

珊·艾拉瑞爾 Shan Elariel　依藍德的前任未婚妻，是紋殺死的迷霧之子。

司卡 Skaa　最後帝國的農人，曾經屬於不同的種族跟國籍，但在帝國統治的千年中，統御主很努力殲滅他們的自我認同，最後成功創造出單一毫無分別的奴隸。

煙陣（鎔金術師）Smoker　燃燒紅銅的鎔金術師，亦稱爲紅銅雲。

安撫（鎔金術）Soothe, Allomantic　當鎔金術師燃燒黃銅推一個人的情緒時，能夠達到壓制的功效。

安撫者（鎔金術師）Soother　燃燒黃銅的迷霧子。

鬼影 Spook　凱西爾集團中的錫眼，集團中最年輕的成員。統御主被推翻時，他才十五歲，是歪腳的姪子，以前總說著難解的街頭方言，眞名爲雷司提波恩。

鋼鐵教廷 Steel Ministry　統御主的祭司組織，包括少數的鋼鐵審判者，與大量稱爲聖務官的記司。鋼鐵教廷不只是宗教組織，同時也是最後帝國的管理組織。

史特拉夫·泛圖爾 Straff Venture　依藍德的父親，北方統御區的王，家在鄔都。

海司辛倖存者 Survivor of Hasthin　凱西爾的別稱，意指他是唯一成功逃脫海司辛深坑的人。

席諾德（泰瑞司）Synod　泰瑞司守護者的領袖組織。

使用（藏金術）Tap, Feruchemical　從藏金術師的金屬意識汲取力量，等同於鎔金術師所稱的「燃燒」。

塔辛文 Tathingdwen　泰瑞司統御區的首都。

泰爾登 Telden　依藍德的老朋友之一，兩人會談論政治與哲學。

坦迅 Tensoon　詹的坎得拉。

泰瑞司 Terris　最後帝國最北邊的統御區，唯一保留原本王國名稱的統御區，也許代表統御主對他的家鄉仍然有情感。

打手（鎔金術師）Thug　能夠燃燒白鑞的迷霧人。

廷朵 Tindwyl　泰瑞司守護者和席諾德成員。

錫眼 Tin eye　能燃燒錫的迷霧人。

鄔都 Urteau　北方統御區的首都，泛圖爾家族的政治首都。

法蕾特・雷努 Valette Renoux　紋在崩解時期用來滲透貴族社會的假名。

昇華之井 Well of Ascension　泰瑞司傳說中的神奇力量泉源，昇華之井號稱擁有魔法力量，能夠被在正確時機造訪它的人所使用。

世界引領者 Worldbringer　一群崩解時期前的泰瑞司藏金術師學者。守護者組織便是以誕世者爲基礎所組成。

葉登 Yeden　凱西爾集團跟司卡反抗軍的成員之一。他在跟統御主的戰鬥中被殺死。

尤門 Yomen　在西方統御區的一名聖務官，是塞特的政治對手。

中英名詞對照表

A

Ahlstrom Square　奧司托姆廣場
Aime　艾枚
Alendi　艾蘭迪
Allomancy　鎔金術
Allrianne Cett　奧瑞安妮·塞特
Amaranta　愛瑪蘭塔
Anamnesor　永世者
Announcer　宣告者
Anticipation　《期待經》
Arguois Caverns　阿谷瓦山洞
Arts of Scholarship　《學問藝術》
Ascension　昇華
Ashmounts　灰山
Ashwarren　灰巢
Ashweather Cett　灰侯·塞特
Aspen Row　山楊樹街
Atium　天金

B

Bahmen　巴明
Bedes　貝地斯
Black Frayn　黑費恩草
Block Street　棟街
Brass　黃銅
Breeder　種母
Breeze / Ladrian　微風（拉德利安）
Bronze　青銅

C

Cadon　卡登
Camon　凱蒙
Canal Street　運河街
Canton of Finance　財務廷
Captain Demoux　德穆隊長
Central Dominance　中央統御區
Clip　夾幣
Clubs / Cladent　歪腳（克萊登）
Coinshot　射幣
Commercial District　商業區
Conclave of Worldbringers　世界引領者祕密會
Conrad　康拉得
Copper　紅銅
Cracks　裂口
Crenda　可藍達
Crews Genffenry　克魯斯·詹芬利
Culee　庫里

D

Dadradah　達得拉達
Darrelnai　達瑞耐國
Deepness　深闇
Deepness Doctrine　《深闇教義》

Demoux 德穆
Derytatith 泰瑞塔提司山
Detor 迪拓
Dockson / Dox 多克森（老多）
Dridel 佳戴
Duis 度斯
duralumin 硬鋁

E

East Dominance 東方統御區
Elariel 艾拉瑞爾
Elend 依藍德
Eleventh Metal 第十一金屬
Erikell 艾瑞凱
Erikeller 艾瑞凱勒

F

Fadrex City 法德瑞斯城
Faleast 法理司特
Far Peninsula 遠方半島
Farmost Dominance 至遠統御區
Feder Canal 費德運河
Fedik 費迪克
Feldeu 費狄
Fellise 費理斯
FellSpire 落錐
Felt 柔皮
Feruchemist 藏金術師
Feruchemy 藏金術
Final Empire 最後帝國
Flen 富倫

G

Galivan 加利文
Gardre 加爾得
Geffenry 詹芬利
Gemmel 蓋莫爾
Genedere 珍奈德爾
Getrue 葛楚
Gneorndin 奈容汀
Goradel 葛拉道
Grent 葛蘭特
Gurwraith 葛魅

H

HaDah 哈達
Ham / Hammond
哈姆（哈姆德）
Hasting 海斯丁
Haught 浩特
Haverfrex 哈佛富雷克斯
Haws 豪司
Hazekiller 殺霧者
heartroot 心根
Helenntion 海蘭迅
Hero of Ages 世紀英雄
Hettel 海特
Hilde 希兒蒂
Hill of a Thousand Spires
千塔之山
Hobart 霍拔特
Holy First Witness
神聖的第一見證人

Hoselle　荷賽兒

I

Industrial District　工業區
Iron　鐵
Ironeyes　鐵眼
Izenry　依森瑞

J

Jadendwyl　加登朵
Janarle　加那爾
Jarloux　嘉路
Jasten　賈司敦
Jastes　加斯提
Jed　傑得
Jell　阿杰
Jendellah　詹戴拉

K

Kandra　坎得拉獸
Keeper　守護者
Kelsier / Kell　凱西爾（阿凱）
Kenton Street　坎敦街
Khlennium　克雷尼恩
Kinaler　齊奈勒
King Wednegon　維德奈更王
Kiss　克禮絲
Koloss　克羅司
Kredik Shaw　克雷迪克・霄
Kwaan　關

L

Larn　拉恩
Larsta　喇司塔族
Lekal　雷卡
Lestibournes / Spook
雷司提波恩（鬼影）
Lord Dukaler　度卡雷大人
Lord Ferson Penrod
費爾森・潘洛德大人
Lord Habren　哈伯倫大人
Lord Hue　修大人
Lord Prelan　至上聖祭司
Lord Ruler　統御主
Lurcher　扯手
Lutha-Davn Canal
陸沙戴文運河
Luthadel　陸沙德
Luthadel Garrison
陸沙德警備隊

M

malatium　胍天金
Mardra　瑪德菈
Mare　梅兒
Marsh　沼澤
metalmind　金屬意識
Ministry　教廷
Misting　迷霧人
Mistwraith　霧魅

N

Noorden 諾丹

Northern Dominance 北方統御區

O

Obligator 聖務官

Old Gate 舊城門

OreSeur 歐瑟

P

Pewter 白鑞

Pewterarm 白鑞臂

Philen 費倫

Philen Frandeu 費倫·傅蘭敦

Pits of Hathsin 海司辛深坑

Prelan 聖祭司

Preservation 存

R

Rabzeen 拉布貞

Rashek 拉刹克

Redalevin 雷戴文

Reen 瑞恩

Remote Dominance 邊境統御區

Renoux 雷弩

Rindel 林戴

riot 煽動

River Channerel 峑奈瑞河

Ruin 滅

S

Sazed 沙賽德

Searan 席蘭

Seeker 搜尋者

Seran Convectical 瑟藍集所

Shan 珊

Skaa 司卡

Smoker 煙陣

snapped 綻裂

soothe 安撫

Soother 安撫者

Sootwarrens 炭窩

South Bridge 南橋

Southern Dominance 南方統御區

Statlin City 史塔林城

Steel 鋼

Steel Inquisitor 鋼鐵審判者

Steel Ministry 鋼鐵教廷

Straff Venture 史特拉夫·泛圖爾

Studies in Revolution 《革命研究》

Suisna 綏納

Suringshath 蘇林沙斯

Synod 席諾德

T

Tathingdwen 塔辛文城

Tekiel 太齊爾

Telden 泰爾登

Teniert 坦尼珥
TenSoon 坦迅
Tepper 泰伯
Terion 泰利昂
Termredare 徹姆戴爾
Terris 泰瑞司
Teur 特珥
Tevidian 泰維迪安
Theron 賽隆
Thurts 索特
Tin 錫
Tindwyl 廷朵
Tineye 錫眼
Tompher 酮緋
Torinost 托林諾
Troubeld 特魯博得
Twist 揪轉區
Tyden 泰敦
Tyrian 特瑞安

U
Urbain 兀爾斑
Urbene 兀邦
Urteau 鄔都

V
Valette Renoux 法蕾特・雷弩
Vedzan 維德然
Vent 狂風
Vet 斐特
Vin 紋

W
Walin 瓦林
Wellen 威倫
West Dominance 西方統御區
Westerner 西方人
Worldbringer 世界引領者

Y
Yeden 葉登
Yelva City 葉伐城
Yestal 葉斯塔
Yomen 尤門
Yventes 依凡提司

Z
Zane 詹
Zerinah 赭瑞納
Zinc 鋅

國家圖書館出版品預行編目資料

迷務之子.二部曲.昇華之井／布蘭登．山德森（Brandon Sandersen）作; 段宗忱譯 - 初版 - 臺北市：奇幻基地, 城邦文化出版：家庭傳媒城邦分公司發行；民99. 04
面：公分. -（BEST嚴選：020）
譯自：Mistborn: The Well of Ascension
ISBN 978-986-6712-99-9（平裝）

874.57 98024283

ISBN 978-986-6712-99-9

Printed in Taiwan.

城邦讀書花園
www.cite.com.tw

BEST嚴選 020

迷霧之子二部曲：昇華之井

原著書名／Mistborn: The Well of Ascension
作　　者／布蘭登．山德森（Brandon Sanderson）
譯　　者／段宗忱
企劃選書人／楊秀真
責任編輯／王雪莉

行銷企劃／周丹蘋
業務企劃／虞子嫺
行銷業務經理／李振東
總　編　輯／楊秀真
發　行　人／何飛鵬
法律顧問／台英國際商務法律事務所　羅明通律師
出版／奇幻基地出版
城邦文化事業股份有限公司
台北市 115 南港區昆陽街 16 號 4 樓
電話：(02)25007008　傳真：(02)25027676
網址：www.ffoundation.com.tw
e-mail：ffoundation@cite.com.tw
發行／英屬蓋曼群島商家庭傳媒股份有限公司城邦分公司
台北市 115 南港區昆陽街 16 號 8 樓
書虫客服服務專線：(02)25007718．(02)25007719
24 小時傳真服務：(02)25170999．(02)25001991
服務時間：週一至週五09:30-12:00．13:30-17:00
郵撥帳號：19863813　戶名：書虫股份有限公司
讀者服務信箱 E-mail：service@readingclub.com.tw
歡迎光臨城邦讀書花園　網址：www.cite.com.tw
香港發行所／城邦（香港）出版集團有限公司
香港灣仔駱克道 193 號東超商業中心 1 樓
電話／(852) 2508-6231　傳真／(852) 2578-9337
e-mail：hkcite@biznetvigator.com
馬新發行所／城邦（馬新）出版集團　【Cité (M) Sdn Bhd】
41, Jalan Radin Anum, Bandar Baru Sri Petaling, Lumpur, 57000 Kuala Lumpur, Malaysia.
Tel: (603) 90578822 Fax:(603) 90576622
e-mail: cite@cite.com.my

封面及書盒設計／莊謹銘
排　　版／浩瀚電腦排版股份有限公司
印　　刷／高典印刷有限公司
■2010 年（民 99）4 月 6 日初版
■2024 年（民 113）8 月 16 日初版 48.5 刷

售價／399元

廣　告　回　函
北區郵政管理登記證
台北廣字第000791號
郵資已付，免貼郵票

104台北市民生東路二段141號11樓

英屬蓋曼群島商家庭傳媒股份有限公司城邦分公司 收

請沿虛線對摺，謝謝

每個人都有一本奇幻文學的啓蒙書

奇幻基地官網：http://www.ffoundation.com.tw
奇幻基地粉絲團：http://www.facebook.com/ffoundation

書號：1HB020　　書名：迷霧之子二部曲：昇華之井

奇幻戰隊好讀有禮集點贈獎活動

活動期間，購買奇幻基地作品，剪下封底折口的點數券，集到一定數量，寄回本公司，即可依點數多寡兌換獎品。

點數兌換獎品說明：

- **5點** 奇幻戰隊好書袋一個
- **10點** 2012年布蘭登·山德森來台紀念T恤一件
  有S&M兩種尺寸，偏大，由奇幻基地自行判斷出貨
- **15點** 【蕭青陽獨家設計】典藏限量精繡帆布書袋
  紅線或銀灰線繡於書袋上，顏色隨機出貨

兌換辦法：

2014年2月～2015年1月奇幻基地出版之作品中，剪下回函卡頁上之點數，集滿規定之點數，貼在右邊集點處，即可寄回兌換贈品。

【活動日期】：即日起至2015年1月31日

【兌換日期】：即日起至2015年3月31日（郵戳為憑）

其他說明：

＊請以正楷寫明收件人真實姓名、地址、電話與email，以便聯繫。若因字跡潦草，導致無法聯繫，視同棄權

＊兌換之贈品數量有限，若贈送完畢，將不另行通知，直接以其他等值商品代之

＊本活動限臺澎金馬地區讀者

【集點處】

1	6	11
2	7	12
3	8	13
4	9	14
5	10	15

（點數與回函卡皆影印無效）

為提供訂購、行銷、客戶管理或其他合於營業登記項目或章程所定業務之目的，英屬蓋曼群島商家庭傳媒(股)公司城邦分公司，於本集團之營運期間及地區內，將以電郵、傳真、電話、簡訊、郵寄或其他公告方式利用您提供之資料（資料類別：C001、C002、C003、C011等）。利用對象除本集團外，亦可能包括相關服務的協力機構。如您有依個資法第三條或其他需服務之處，得致電本公司客服中心電話(02)25007718請求協助。相關資料如為非必要項目，不提供亦不影響您的權益。

個人資料：

姓名：＿＿＿＿＿＿＿＿＿＿ 性別：☐男 ☐女

地址：＿＿＿＿＿＿＿＿＿＿

電話：＿＿＿＿＿＿＿＿＿＿ email：＿＿＿＿＿＿＿＿＿＿

想對奇幻基地說的話：＿＿＿＿＿＿＿＿＿＿

＿＿＿＿＿＿＿＿＿＿

請剪下右側點數，貼於背面的集點處，集滿5點以上，即可寄回兌換抽獎

Brandon Sanderson

布蘭登・山德森

Brandon Sanderson

布蘭登・山德森